NEW ROMANCE

S. C. STEPHENS

INTRÉPIDE

Ror

Traduit de l'ang
par Typhain

Hugo Roman

À mes amis qui ont toujours été là pour moi,
ma famille qui m'a toujours soutenue
et mes fans qui ont toujours cru en moi.
Je vous adore tous !

S. C. Stephens

1

Extase temporaire

Une main qui courait le long de ma cuisse me tira de mon sommeil. Je m'étirai en souriant et plaçai ma main sur les doigts baladeurs. Ils étaient doux et chauds, et ils emprisonnèrent les miens. Puis je sentis le contact froid d'un anneau de métal sur ma peau, et je souris encore plus en tripotant celui assorti à mon annulaire.

Je m'étais mariée la nuit dernière… au sens spirituel du terme, au moins. Une promesse de dévotion éternelle nous suffisait pour le moment. Ce n'était pas une cérémonie officielle et un bout de papier qui faisaient un mariage. C'était l'explosion d'amour dans ma poitrine, la sensation bouleversante que j'avais été coupée en deux à la naissance et que, miraculeusement, j'avais réussi à retrouver mon autre moitié. Et ce qui était encore plus incroyable, c'était qu'il ressentait la même chose.

Des lèvres douces touchèrent mon épaule, et je me blottis plus près de ce corps qui était ma source de réconfort. Les draps enroulés autour de nous étaient les plus délicats dans lesquels j'avais jamais dormi, mais leur luxe n'était rien comparé à l'homme allongé près de moi. Avec ses jambes chaudes entrelacées avec les miennes, son torse musclé pressé contre mon dos et ses bras autour de moi, il était bien plus confortable que le plus luxueux des lits.

J'amenai sa main jusqu'à ma bouche et embrassai l'anneau à son annulaire gauche. Il laissa échapper un petit rire, puis ses lèvres sensuelles commencèrent à se promener dans mon cou. J'eus immédiatement la chair de poule et ressentis un courant électrique me traverser.

– Bonjour, madame Kyle, murmura-t-il une fois sa bouche près de mon oreille.

Mon cœur tambourina dans ma poitrine et je pivotai pour lui faire face. Il me dévisageait avec un petit sourire aux lèvres. Tout était parfait chez lui, et je n'aurais pas pu rêver d'un plus bel homme pour me donner son nom.

– Bonjour, monsieur Kyle.

Un petit rire incrédule sortit de ma bouche, et le sourire de Kellan s'agrandit. Le contentement dans son regard était presque palpable et cela me réchauffait le cœur de savoir que c'était moi qui le faisais se sentir comme ça. Il avait assez souffert dans sa vie et il méritait d'être en paix, à présent. L'intensité de son amour pour moi me semblait encore un peu surréaliste. Parfois, je n'avais pas l'impression de le mériter, mais j'étais reconnaissante chaque jour.

– Je n'en reviens pas qu'on ait fait ça.

Il haussa les sourcils avec un sourire malicieux.

– Quoi ? Qu'on ait fait l'amour comme des bêtes ? Ça ne devrait pas t'étonner tant que ça. Chaque fois avec toi est toujours incroyable, dit-il avec un air d'adoration.

Je me mordis la lèvre et me forçai à ne pas rougir.

– Je ne parlais pas de ça. Je parlais du mariage.

Il se redressa sur son coude et me regarda. Puis ses yeux se posèrent sur nos doigts entrelacés et la joie sur son visage se transforma en extase. Je ne l'avais jamais vu aussi heureux.

– Jusqu'à ce que la mort nous sépare, murmura-t-il.

Je laissai mes doigts courir sur son torse ridiculement parfait et sentis l'excitation me gagner immédiatement.

– Mes parents ne te considéreront jamais comme mon mari tant que tu ne m'auras pas amenée à l'autel, tu sais.

Je fronçai les sourcils en me rappelant que j'avais laissé un vague message sur le répondeur du fixe de Kellan, étant donné qu'ils dormaient à la maison pour ma remise de diplôme. Ça n'allait pas leur plaire de se réveiller et d'apprendre que je m'étais mariée sans prendre la peine de les prévenir. J'étais étonnée que mon téléphone n'ait pas encore sonné… et qu'ils n'aient pas défoncé la porte de la chambre d'hôtel.

Kellan rit et vint se mettre au-dessus de moi, et je lui souris en lui caressant le dos.

– C'est prévu.

Il se pencha puis m'embrassa dans le cou et sur l'épaule.

– Ils auront une vraie cérémonie officielle.

Puis il laissa ses lèvres courir de ma clavicule jusqu'à ma poitrine et je luttai pour ne pas me tortiller.

– Je t'offrirai le mariage de tes rêves, Kiera.

Ses lèvres se refermèrent autour de la pointe de mon sein et la passion de la nuit dernière me revint par vagues. Notre première union en tant que mari et femme avait beau avoir été plus que satisfaisante, j'en voulais plus. J'avais encore envie de lui, et je doutais que ça s'arrête un jour.

Alors que je passais mes doigts dans ses cheveux, ses lèvres quittèrent la zone érogène où elles se trouvaient. Mon regard croisa le sien et il me sourit avant de m'embrasser entre les seins. Rien que le fait de l'imaginer descendre m'excita davantage, et son sourire se fit plus audacieux, comme s'il le savait.

– Je te donnerai tout ce que tu désires, Kiera, mais jusqu'à ce que je sois en mesure de le faire…

Il lécha mon nombril puis commença à descendre, et j'arquai les hanches tout en poussant sa tête vers le bas. Il rit en m'embrassant au niveau de la hanche et je sentis son souffle chaud sur ma peau.

– On ferait mieux de profiter des avantages en nature.

Puis sa langue me caressa pile là où il fallait et j'arrêtai de faire semblant de tout avoir sous contrôle.

Plusieurs heures plus tard, on finit par se décider à s'habiller pour quitter notre chambre d'hôtel huppée. En jetant un coup d'œil à mon portable, je me rends compte que Kellan l'avait éteint. Ça expliquait sûrement pourquoi on ne nous avait pas interrompus. Il attrapa sa veste sur le banc de la coiffeuse (un banc qu'on avait baptisé la nuit dernière) et je rallumai mon téléphone. Un bip m'avertit que j'avais un message vocal, et quelque chose me disait qu'il n'y en avait pas qu'un.

Étant donné qu'on allait voir mes parents très mécontents dans quelques minutes, je ne pris pas la peine d'écouter les messages. Je me doutais de ce qu'ils disaient, de toute façon.

– Tu pensais à quoi ? Tu ne peux pas l'épouser, Kiera ! Rentre tout de suite, qu'on te mette avec nous dans un avion !

Et j'en passe… Il leur faudrait un moment pour accepter cette union.

Et il leur faudrait encore plus longtemps pour accepter le fait que j'allais bientôt partir sur les routes avec mon mari. J'avais du mal à y croire moi-même. Faire le tour du pays avec Kellan avait été hors de question tant que j'étais encore à la fac, mais j'étais diplômée maintenant, j'étais libre. Je pouvais faire ce que je voulais. Et je voulais être avec Kellan, peu importe où.

Mon père était de la vieille école : va à la fac, obtiens ton diplôme et trouve un boulot. Kellan n'était même pas allé à l'université : il s'était enfui de chez lui après le lycée, il avait commencé à jouer à Los Angeles avec Evan, Matt et Griffin, et ils s'étaient jamais arrêté depuis. Les choix de vie de Kellan étaient un mystère pour mon père, et les miens allaient le rendre carrément furieux.

Mais c'était ma vie, et j'allais faire ce qui me rendait heureuse. Et être avec Kellan… ça me rendait folle de joie. Je n'avais envie d'être nulle part, excepté à ses côtés. Je n'allais pas abandonner mes rêves pour vivre à travers lui, néanmoins : j'allais réaliser mes propres rêves. Il se trouvait simplement que le boulot de mes rêves s'accordait à merveille avec le sien.

Je voulais être écrivain, ce qui me donnait pas mal de liberté, étant donné que je pouvais faire ça n'importe où, tant que j'avais un endroit où être au calme. Ça serait sûrement compliqué dans un bus rempli de mecs, mais j'étais certaine que j'arriverais bien à trouver quelques heures chaque jour pour écrire. J'étais en plein dans l'écriture de mon premier livre, qui était autobiographique, en quelque sorte, étant donné qu'il se fondait sur les événements actuels. C'était une description intime et détaillée de tout ce qui s'était passé entre Denny, Kellan et moi. L'amour, le désir, la trahison… tout était là.

Écrire était parfois une torture, mais c'était aussi une thérapie. En prenant de la distance pour examiner la situation d'un point de vue critique, c'était facile de voir toutes les erreurs que j'avais pu faire. Il y avait des moments où j'avais pleurniché, où j'avais été collante, immature, cul-cul, énervante, et voir tous mes défauts mis à nu m'apprenait vraiment l'humilité. Le livre était si personnel que je n'étais même pas sûre d'être capable de le faire lire à quelqu'un d'autre, surtout à Kellan. Mais j'avais dit oui quand il me l'avait demandé et je ne voulais pas revenir sur ma parole. Il faudrait juste que je le rassure pendant la lecture, en lui disant que je n'étais plus cette fille faible et pathétique. Maintenant, je savais ce que je voulais, et c'était lui.

J'inspectai la chambre pour m'assurer qu'on n'avait rien oublié et mes yeux se posèrent sur le lit défait. L'édredon était en boule, et les draps de satin défaits. On avait fait bon usage du lit King size, et nos cris d'extase résonnaient encore dans ma tête. Pour la énième fois, je remerciai le ciel que Kellan ait approuvé mon idée de louer une chambre d'hôtel pour notre lune de miel. Jamais je n'aurais pu faire ce qu'on avait fait la veille avec mes parents dans la pièce à côté.

Kellan vint passer ses bras autour de ma taille et j'inspirai profondément, savourant son odeur si unique.

– Il faut qu'on y aille, murmura-t-il. J'ai dit à Gavin que je prendrais le petit déjeuner avec lui, et on est déjà super en retard. C'est plutôt un brunch à l'heure qu'il est.

Je le regardai par-dessus mon épaule et ne pus m'empêcher de sourire. Gavin Carter était le père biologique de Kellan, qui avait repoussé la rencontre pendant des mois, terrifié à cette idée. Mais celle-ci avait eu lieu la veille, et maintenant, Kellan allait essayer d'avoir une relation avec celui qui avait contribué à sa venue sur Terre.

Je pivotai et me pendis à son cou, puis je passai mes doigts dans ses cheveux et l'embrassai doucement.

– Je suis sûre qu'il comprendra. C'était ta nuit de noces, après tout.

Kellan soupira et me serra contre lui. Son corps musclé était pressé contre le mien, et mes doigts mouraient d'envie de le caresser, mais ça finissait toujours de la même façon… et il fallait vraiment qu'on y aille. Avec toute la bonne volonté du monde, je laissai mes mains là où elles étaient, et il m'embrassa sur le front.

– Je n'arrive toujours pas à croire que tu sois ma femme.

Je pressai mon visage contre son torse avec l'impression que mon cœur allait exploser. Je l'aimais tellement… Le désir commença de nouveau à monter en moi, et je dus encore une fois lutter contre l'envie de lui prouver physiquement mon amour pour lui.

– Tu as raison, on ferait mieux d'y aller.

– Tu veux remettre ça, c'est ça ? demanda-t-il en souriant.

Je rougis et reculai d'un pas.

– On a battu assez de records la nuit dernière… et ce matin.

Il baissa la tête et m'attrapa par le menton pour m'obliger à le regarder.

– Tu veux faire l'amour ? demanda-t-il avec le plus grand sérieux.

Sa question était si directe que j'eus du mal à ne pas baisser les yeux. Par réflexe, j'eus envie de détourner le regard mais je ne le fis pas.

– Oui, lâchai-je.

Il me sourit avec fierté.

– Tu vois, ce n'était pas si compliqué à admettre.

Je voulus fermer les yeux mais je me retins. Il ne voulait pas que je sois gênée avec lui et il n'était pas en train de me taquiner : il essayait de m'aider à grandir.

– En fait, si… C'était même plutôt gênant.

Il s'écarta de moi et pinça les lèvres.

– Je veux que tu me demandes de coucher avec toi. Maintenant.

– Kellan…

Mal à l'aise, je croisai les bras sur ma poitrine. Je portais toujours la petite robe moulante IKKS que ma sœur m'avait prêtée pour ma cérémonie et elle ne couvrait pas grand-chose.

– Je t'ai déjà demandé avant. Pourquoi tu fais exprès de me mettre mal à l'aise ?

– Tu me l'as demandé dans le feu de l'action, alors qu'on allait le faire de toute façon. Je veux que tu te sentes assez en confiance pour me le demander n'importe où, n'importe quand.

– N'importe où ? demandai-je en haussant les sourcils.

– N'importe où, répéta-t-il avec un petit sourire.

Sachant qu'il n'allait pas lâcher le morceau, je poussai un soupire, puis je comptai mentalement jusqu'à dix. C'est vrai que ce n'était pas si compliqué. Je devrais être capable de lui demander de coucher avec moi. J'avais déjà utilisé mon corps pour lui demander, et pas qu'une fois. Mais c'était différent de le dire à voix haute : ça me faisait me sentir beaucoup plus vulnérable.

– Kellan, est-ce que tu veux coucher avec moi ? finis-je par demander en relevant le menton.

J'avais voulu le dire d'un ton ferme mais ma voix était sortie aiguë et tremblante. C'était tout sauf sexy, mais à voir l'expression de Kellan, vous auriez pu croire que je venais de lui faire un strip-tease. Ses yeux brûlants de désir se posèrent sur moi et je sentis un incendie se déclencher immédiatement. Il regarda mes lèvres, ma poitrine et mes hanches, et même s'il ne me touchait pas, mon corps réagissait comme si c'était le cas. Quand son regard croisa de nouveau le mien, il fit un pas en avant, et je retins mon souffle en sentant ses hanches collées aux miennes.

– C'est le truc le plus sexy que tu m'aies jamais dit, susurra-t-il à mon oreille.

Je fermai les yeux, en ayant l'impression que je vibrais en attendant qu'il me touche, toutes les parties sensibles de mon corps frémissant d'impatience. Tout ce qu'il avait à faire était de poser ses lèvres sur les miennes, caresser ma poitrine ou me toucher les fesses, et j'exploserais. J'en étais sûre.

Il referma ses lèvres sur le lobe de mon oreille et je laissai échapper un gémissement.

– Mais on doit partir.

En disant ça, il me prit la main et me tira en avant. Surprise, je rouvris les yeux et vit qu'il souriait d'un air amusé tout en se dirigeant vers la porte… et non pas vers le lit. Je fronçai les sourcils et il rit.

– Désolé, mais tu vas devoir rester frustrée un petit moment. C'est ton karma… pour toutes les fois où tu m'as laissé en plan alors que j'en mourais d'envie.

Je sentis la culpabilité refaire surface mais je la repoussai. Notre passé n'avait plus d'importance.

– Tu es horrible, murmurai-je.

– C'est possible, dit-il en m'embrassant sur la joue.

Puis il m'attrapa par la taille et me colla à lui. L'incendie se ralluma immédiatement et je grognai doucement avant de reprendre mes esprits.

– J'ai vraiment hâte de passer la journée à te chercher, souffla-t-il en frottant le bout de son nez dans mon cou.

Agacée d'être aussi excitée, je le repoussai.

– Tu crains.

Il rit en ouvrant la porte et j'attrapai mon sac avant de jeter un dernier regard vers le lit en désordre qui avait l'air de crier *Ils se sont éclatés comme des bêtes !*

– Kellan, attends. On ne devrait pas faire le lit avant de partir ?

– Tu es vraiment adorable, dit-il en secouant la tête. Et non, on laisse la chambre exactement comme elle est. Je veux que le monde entier sache ce qui s'est passé ici… la nuit où on a consommé notre mariage.

Une fois dans le hall, la réceptionniste ne le quitta pas des yeux une seule seconde. Je vis son regard se poser sur son alliance quand il lui tendit sa carte de crédit, mais à voir l'étincelle d'intérêt qui brillait dans ses yeux, il était clair qu'elle s'en moquait pas mal qu'il soit marié.

Il était beau comme un dieu, et les hommes comme lui attiraient l'attention dès qu'ils arrivaient quelque part. J'avais l'habitude de ce genre de réaction, et ça ne me dérangeait plus vraiment… du moins, moins qu'avant.

L'employée de l'hôtel tendit son reçu à Kellan et fronça les sourcils quand il la remercia sans même lui jeter un regard. Elle semblait déçue, comme si elle avait espéré qu'il lui propose de venir à l'étage avec lui, et quand elle me regarda enfin, je dus faire un effort pour ne pas sourire. Elle avait peut-être pensé à une liaison expresse et torride avec le canon sur le point de quitter son hôtel, mais Kellan ne faisait plus ce genre de chose.

Je me blottis contre lui et la remerciai poliment pour notre agréable séjour. Je gloussai après avoir dit ça, encore surexcitée par ma nuit de noces. Kellan m'embrassa puis nous guida vers la sortie.

– J'appellerai Gavin en arrivant à la maison et je lui dirai de venir déjeuner chez nous. Autant faire se rencontrer nos familles, non ?

Son sourire joyeux me réchauffa le cœur. Il avait employé le mot « famille » pour parler de son père. Il avait vraiment fait du chemin depuis l'époque où il ne voulait même pas entendre parler de lui.

– C'est une bonne idée. Enfin, si mes parents ne nous tuent pas avant.

Il se contenta de hausser les épaules en se dirigeant vers sa Chevelle. Il ouvrit galamment ma portière et m'embrassa sur la joue avant que je monte. Puis il fit le tour de la voiture au pas de course et s'installa au volant avec un grand sourire. Il avait l'air si heureux que je sois sa femme… J'avais toujours espéré que l'homme que j'épouserais m'aimerait plus que de raison, mais Kellan m'aimait par-dessus tout. La profondeur de ses sentiments me bouleversait parfois, mais je savais que mon amour pour lui était tout aussi puissant. Il était tout pour moi.

Je me décalai sur la banquette pour me rapprocher de lui et il sourit en passant son bras autour de mes épaules.

– Je te manque déjà ?

Je hochai la tête et l'embrassai et il retourna avidement mon baiser en prenant mon visage entre ses mains. Je fis brièvement glisser ma langue contre la sienne et il grogna avant de me repousser.

– C'est moi qui suis censé te provoquer aujourd'hui, pas le contraire.

Il fit une moue adorable et je ne pus m'empêcher de rire.

– J'ai eu un bon professeur.

Il poussa un soupir théâtral et retira son bras pour faire démarrer la voiture.

– Ça m'apprendra.

Le moteur rugit et il eut de nouveau l'air content. Mon expression reflétait la sienne tandis que je posais ma tête sur son épaule. Même si la réceptionniste l'avait ouvertement maté, même si mon père allait nous tuer, et même si le père fraîchement découvert de Kellan allait passer une partie de l'après-midi avec nous, nous empêchant de rester seuls, c'était une journée parfaite : rien n'allait pouvoir altérer mon bonheur.

En arrivant dans la rue de Kellan, j'eus vraiment le sentiment de rentrer à la maison. Même si j'avais adoré notre nuit à l'hôtel, j'étais heureuse de rentrer chez nous. Et j'étais *vraiment* heureuse d'être revenue vivre chez lui quelques semaines plus tôt. Une voiture était garée dans l'allée devant la maison et Kellan observa la Jetta sport rouge pétante en fronçant les sourcils. J'étais aussi curieuse que lui : la voiture n'appartenait à personne que je connaissais.

Il coupa le moteur de la Chevelle et ouvrit sa portière et je l'imitai, en me demandant si Gavin et ses enfants étaient déjà là. Ils n'étaient pas de Seattle, alors peut-être avaient-ils loué une voiture ? Cela dit, j'avais du mal à imaginer Gavin arriver à l'improviste sans prévenir Kellan d'abord, d'autant qu'il aurait eu besoin d'indications pour trouver la maison. Et je doutais qu'une voiture de location ait un autocollant à l'arrière qui disait *Si tu veux grimper ce bijou, au moins, tire-moi les cheveux.*

Sachant que la voiture appartenait probablement à l'une des très nombreuses ex de Kellan, je le suivis à contrecœur. Si une fille s'était ramenée nue sous un long manteau alors que mes parents étaient là…

La porte d'entrée n'était pas fermée à clé et Kellan entra en premier. Sa maison n'était pas bien grande : depuis l'entrée, vous pouviez tourner à droite pour aller à l'étage, ou à gauche pour aller dans la cuisine, ou aller tout droit et atterrir dans le salon. Mes parents étaient assis sur le canapé défoncé du salon, mon père avec les sourcils froncés au maximum. Quant à ma mère, je voyais bien qu'elle n'était pas ravie non plus, même si elle essayait de ne pas le montrer.

Je n'étais pas sûre de la raison : est-ce que c'était à cause de mon escapade ou de la personne vautrée dans le fauteuil de Kellan ? Ce fauteuil avait une grande valeur sentimentale pour moi étant donné que Kellan me l'avait donné quand on avait rompu. Ça voulait dire beaucoup pour moi qu'il ait tenu à moi au point de faire cela à une époque où j'étais loin de le mériter. Et maintenant, une inconnue y était assise, en train de balancer ses pieds chaussés de talons aiguilles au-dessus de l'accoudoir.

En nous entendant entrer, elle tourna la tête vers la porte.

– Merde, murmura Kellan.

Puis il me regarda d'un air inquiet, et le nœud dans mon estomac se transforma en glace alors que je me demandais qui était cette fille.

Kellan serra ma main et entra dans la pièce, et l'inconnue le regarda en plissant les yeux. Elle avait de longs cheveux aussi noirs que ses yeux. La noirceur de son regard était accentuée par un maquillage sombre et ses lèvres écarlates formaient une moue à la fois irritée et sensuelle. Elle était magnifique, mais ça ne m'étonnait pas : la plupart des conquêtes de Kellan l'étaient.

– Putain, Kellan Kyle.

Contente d'elle, elle sourit.

– Enfin, je n'ai sans doute pas besoin de te rappeler ce que tu es.

Je la détestais déjà. Ignorant sa remarque, Kellan se dirigea d'abord vers mes parents.

– Martin, Caroline.

Puis il se tourna vers l'intruse vautrée dans mon fauteuil préféré.

– Joey.

Je haussai tellement les sourcils qu'ils devaient toucher la racine de mes cheveux. Joey ? Comme Joey l'ex-colocataire ? La fille qui avait vécu ici avant qu'on emménage avec Denny… il y a plus de deux ans ? Jamais je n'aurais cru qu'elle reviendrait. Qu'est-ce qu'elle fichait ici ?

Tendu, Kellan fit écho à mes pensées.

– Qu'est-ce que tu fais là ?

Elle bondit sur ses pieds, croisa les bras sur son imposante poitrine et releva le menton, les yeux pleins de fougue.

– Je peux savoir où sont mes affaires ?

Il resta bouche bée et de la colère se lut dans ses yeux.

– Ça fait deux ans que tu es partie, dit-il en serrant ma main plus fort. Je les ai balancées.

Je me mordis la lèvre. En réalité, c'était *moi* qui avais tout balancé. Joey était partie en catastrophe après que Kellan eut couché avec elle avant de s'envoyer en l'air avec quelqu'un d'autre tout de suite après. Il n'avait pas toujours été l'homme doux et loyal qu'il était maintenant. Quand il m'avait raconté cette histoire, il avait insisté sur le fait que Joey n'avait aucun sentiment pour lui et qu'elle était juste possessive. Il l'avait vexée en couchant avec une autre fille… alors qu'elle-même avait fait de même juste après.

Denny et moi avions utilisé ses meubles à notre arrivée ici mais après notre horrible rupture, je m'étais débarrassée de tous ces fantômes pour purifier la maison. Peut-être que je n'aurais pas dû, étant donné que ce n'était pas à moi, mais j'avais eu envie d'un nouveau départ avec Kellan. Je ne m'étais pas attendu que ça me revienne en pleine figure.

L'air théâtralement outré, elle donna un coup dans l'épaule de Kellan.

– Quoi ? C'était à moi, connard !

Rouge, Kellan fit un pas en avant.

– Tu es partie en quatrième vitesse, ce n'est pas mon problème si tu as tout laissé derrière toi ! Ce n'est pas ton garde-meubles, ici.

– C'est bon, épargne-moi tes discours. Tu n'as qu'à me rembourser. Mille cinq cents, ça devrait faire l'affaire.

J'émis un petit bruit étranglé et Joey tourna la tête pour me regarder.

– Et toi, tu es qui ? Sa dernière conquête ?

Mon père se leva, les joues écarlates.

– J'ignore qui vous êtes, mademoiselle, mais je vous conseille de parler autrement à ma fille.

Mon père avait l'air si énervé que j'avais peur qu'il ne fasse une attaque, mais apparemment, ce n'était rien comparé à la rage de Kellan. Il lâcha ma main et alla se planter pile devant Joey.

– Fais très attention, Josephine. C'est à ma femme que tu parles.

Elle eut l'air intimidé l'espace d'un instant et recula d'un pas, puis elle eut l'air d'enregistrer ce qu'il venait de dire. Elle écarquilla les yeux et ouvrit grand la bouche, avant de se mettre à rire.

– Mon Dieu, tu plaisantes ? Toi, le plus grand baiseur que je connaisse, tu es marié ? C'est une blague.

Kellan croisa les bras et mon père soupira avant de se laisser retomber dans le canapé. Cette histoire de mariage était vraiment loin de lui plaire. Je crus entendre ma mère sangloter, mais j'étais trop focalisée sur Joey pour y faire attention. Ma mauvaise humeur était en train de monter en flèche, et je n'avais envie que d'une chose : que cette sale petite garce dégage. Et apparemment, Kellan en pensait autant.

– Parfait, dit-il en lui montrant la porte. Je te donnerai mille cinq cents dollars pour tes meubles. Et maintenant, barre-toi.

Mais Joey secoua la tête.

– Je ne crois pas, non…

Il la regarda sans comprendre et j'en fis autant. Puis, soudain, je serrai les poings et me précipitai sur elle.

– Tu as entendu ? Tu auras ton argent. Alors maintenant, retourne dans le trou dont tu es sortie.

Elle me fusilla du regard puis s'adressa à Kellan sans toutefois me quitter des yeux.

– J'ai un truc à toi que je voudrais te rendre, étant donné que je n'en ai plus besoin.

Il fronça les sourcils et elle sourit en voyant son air confus.

– Sauf que si tu veux le récupérer, chéri, il va falloir doubler la mise.

– Tu es complètement cinglée, ma grande, répliquai-je.

Elle ne me répondit pas, les yeux rivés sur Kellan. Puis elle se pencha pour attraper son sac posé sur le fauteuil, sa jupe courte remontant presque jusqu'à ses fesses. Elle ouvrit son sac et en sortit une carte-mémoire comme celles qu'on trouvait dans des appareils photo. Kellan écarquilla les yeux en la voyant et s'adressa à Joey avant que j'aie le temps de lui demander ce qui se passait.

– C'est bon. Je te donnerai trois mille.

Elle m'adressa un sourire victorieux et tendit la carte SD à Kellan. J'avais le cerveau en ébullition. Que pouvait-il bien y avoir sur cette carte pour que Kellan soit prêt à payer autant ? Il s'empara de la carte puis montra la porte.

– Tu auras l'argent demain.

Elle lui tapota la joue.

– Ça vaut mieux pour toi. Autrement, je vais faire de ta vie un enfer, dit-elle en me lançant un sourire diabolique.

– Dégage, Joey. Et ne t'avise pas de revenir ici.

Joey fit un petit signe de la main à mes parents puis marcha à pas lents jusqu'à la porte d'entrée. Quand elle sortit de la maison, personne ne bougea ni ne parla. Lorsque le bruit du moteur de sa voiture nous parvint, Kellan sembla enfin se détendre. Il se tourna vers mes parents et glissa discrètement la carte dans sa poche.

– Je suis désolé. J'espère qu'elle ne vous a pas trop dérangés pendant notre absence.

Mon père se tourna vers Kellan, raide comme un piquet, et j'aurais pu jurer que ses cheveux blanchissaient de seconde en seconde.

– Je suis plus préoccupé par ce que vous deux fabriquiez hier soir que par votre exécrable amie.

Son regard allait et venait entre Kellan et moi.

– Qu'est-ce que c'est que cette histoire de mariage ? Tu as perdu la tête, Kiera ?

Ma mère renifla de nouveau, et mon père lui tapota la main. J'avais envie de m'asseoir pour discuter de ce qui s'était passé la veille, mais j'étais encore trop choquée par ce qui venait de se produire. Qu'est-ce que Kellan avait dans sa poche qui pouvait bien valoir trois mille dollars ?

Kellan leva les yeux sur moi tandis que mon père tapait du pied sans s'arrêter, l'air à la fois amusé, résigné et un peu effrayé. Je ne savais pas s'il le faisait exprès, mais il était tourné de telle façon que je ne pouvais pas voir la poche où il rangeait son porte-cartes. Mais je savais quand même que ce foutu truc était là.

Kellan me fit signe de m'asseoir près de mon père puis eut un geste en direction de la porte.

– Je reviens tout de suite. Je veux juste aller m'assurer qu'elle n'a pas abîmé ma voiture. Si elle a rayé mon bébé, tu vas devoir me retenir, me dit-il avec un petit sourire, parce que je serais capable de la tuer.

Il rit et commença à se diriger vers la porte, mais ce que je lui dis le cloua sur place.

– Il y a quoi sur la carte ?

Son sourire amusé disparut instantanément.

– Rien du tout. Ne t'en fais pas pour ça.

J'ignorai momentanément mes parents et avançai vers lui. J'essayai de passer mon bras derrière lui pour glisser ma main dans sa poche, mais il s'écarta habilement et je dus faire un effort surhumain pour contrôler ma colère.

– Il y a quoi sur la carte ?

– On peut parler de ça plus tard ? En privé ? demanda-t-il à voix basse.

J'avais envie de hocher la tête et d'aller m'asseoir avec mes parents inquiets pour leur expliquer mon mariage « symbolique », mais je n'arrivais pas à m'enlever le sourire de Joey de la tête.

– Il y a *quoi* sur la carte ? lâchai-je, agacée.

– À ton avis ? On s'est filmés en train de baiser !

Le remord se lut instantanément sur son visage quand il se rendit compte qu'il m'avait parlé aussi grossièrement. Quand il était en colère, il avait parfois tendance à ne pas filtrer ce qui sortait de sa bouche, et la confrontation avec Joey l'avait poussé à bout, renforcée par mes questions incessantes.

Je restai bouche bée avec l'impression qu'on venait de me vider un seau d'eau glacée sur la tête. Je savais qu'il allait dire ça, j'en étais même sûre, mais l'entendre l'avouer me fit mal et je sentis mes yeux se remplir de larmes.

– Tu t'es filmé au lit avec elle ?

Ma mère s'éclaircit la gorge et c'est à ce moment-là que je me souvins que nous n'étions pas seuls. J'avais été incapable d'attendre qu'on ne soit que tous les deux pour commencer cette conversation. Si seulement j'avais pu contrôler ma curiosité… J'aurais tout donné pour ne pas savoir qu'il existait une vidéo de mon mari en train de coucher avec une autre fille. Et j'aurais aussi tout donné pour que mes parents ne soient pas au courant.

En voyant à quel point j'étais mal, Kellan avança vers moi, les bras tendus.

– Kiera, je peux t'expliquer.

Je levai la main pour l'arrêter, tandis que des larmes roulaient sur mes joues. Là, tout de suite, je ne voulais pas d'explications : je voulais juste être seule. Tournant le dos à Kellan et à mes parents, je me précipitai à l'étage. J'entendis Kellan me supplier d'attendre et ma mère m'appeler mais je les ignorai. Je claquai la porte derrière moi, fis valser mes chaussures à travers la chambre, me laissai tomber sur le lit et explosai en larmes.

Rien ne devait venir gâcher ma journée.

2

Tomber amoureux

Une fois ma crise de larmes passée, je me sentis un peu mieux. Je savais que je dramatisais : ce n'était pas comme si Kellan venait juste… J'étais choquée, tout simplement, et dégoûtée, aussi. Je ne supportais pas l'idée des mains d'une autre femme sur lui, peu importe quand ça avait pu arriver. Me souvenir de lui donnant du plaisir à d'autres filles alors que j'étais de l'autre côté du palier suffisait. L'idée de *voir* ça me donnait carrément envie de vomir, à tel point que je mis une main devant ma bouche, juste au cas où.

J'entendis des bruits de conversation au rez-de-chaussée, sûrement mon père qui était en train de dire à Kellan sa façon de penser. Sachant que je devais passer à autre chose, j'essayais de ne pas penser aux talons aiguilles de Joey enroulés autour de la taille de Kellan. Sauf que c'était vraiment difficile de faire sortir cette image de mon esprit.

Pour me distraire, je retirai mon anneau et examinai les petits diamants qui l'ornaient. Alors que j'étudiais chacun d'eux, je me souvins de toutes les choses romantiques et touchantes que Kellan n'avait dites qu'à moi.

Je préfère être en compagnie d'une jolie fille que prendre des coups dans tous les sens. J'ai besoin d'être prêt de toi. Quand j'étais avec elles, c'est toi que je voyais… c'est toi que je veux. On pourrait être tellement heureux ensemble. Tu me rends dingue. Reste avec moi. Trouve une solution avec moi. Ne me quitte pas… s'il te plaît… Je sais que je veux passer le reste de ma vie avec toi. On est mariés. Tu es ma femme. Je t'aime

Au moment où j'entendis un petit grattement à la porte, j'étais un peu plus calme, et je me sentais même un peu ridicule. Kellan entrouvrit la porte mais il resta sur le seuil.

– Kiera… Je peux entrer ?

Je m'essuyai les yeux et rajustai ma robe.

– Oui, dis-je d'une voix enrouée, en me tournant vers lui.

Il ne bougea pas et je fronçai les sourcils.

– Tu ne vas pas me jeter un truc, si ?

Je laissai échapper un petit rire, et en m'entendant, Kellan ouvrit la porte. Je souris en voyant son air inquiet et je secouai la tête.

– Non. C'est bon, tu peux entrer.

Il referma la porte sans faire de bruit puis s'approcha du lit. Son regard se posa sur mon anneau, que j'étais encore en train de tripoter, et il s'arrêta, les yeux humides.

– Tu me quittes ?

Je me rendis compte de ce que mon geste voulait sûrement dire pour lui. J'étais sortie de mes gonds, j'étais partie comme une diva, et à présent, il me trouvait en train de tripoter mon alliance comme si je ne voulais plus la porter. Je la remis immédiatement et il leva des yeux encore pleins de larmes vers moi. Je sentis mon cœur se serrer et je lui tendis la main.

– Bien sûr que non, je ne te quitte pas.

Il n'avait toujours pas l'air convaincu, alors je me mis à genoux et attrapai son tee-shirt. Puis je l'attirai à moi et passai mes bras autour de son cou. Il eut enfin l'air de se détendre.

– J'étais en train de me rappeler de toutes les raisons qui font que je t'aime autant. Je pensais à toutes les choses que tu fais, à comment tu es. J'étais en train de retomber amoureuse de toi.

– Le lendemain de ton mariage, tu apprends que j'ai fait une sex tape avec une autre fille… et ça te fait retomber amoureuse de moi ?

Il toucha mon front, comme si j'avais de la fièvre. Je ris et l'attirai sur le lit avec moi.

– Ça, ça ne m'enchante pas, mais… il y a tellement d'autres choses chez toi, dis-je en appuyant ma tête sur son épaule, que je refuse de laisser ça tout détruire. Nous détruire.

Il sourit et m'embrassa sur le front.

– Je t'ai dit à quel point je t'aimais, aujourd'hui ?

Blottie dans ses bras, je mêlai mes jambes aux siennes et appuyai ma tête sur son torse, là où mon nom était tatoué.

– Sûrement, mais je ne me lasse pas de t'entendre le dire.

Je pris un instant pour profiter du confort de ses bras, jusqu'à ce que sa voix brise le silence.

– Je suis vraiment désolé, Kiera. Je ne voulais pas que tu l'apprennes.

Je baissai les yeux en me demandant si la carte était toujours dans sa poche, puis les relevai et vis son air désolé.

– Je ne veux pas que tu me caches des choses parce que tu penses que la vérité ne va pas me plaire. On a déjà eu assez de problèmes à cause de ça.

Il hocha la tête, pensif.

– Tu as raison. Et je pense que j'aurais fini par t'en parler, mais certainement pas le matin après notre nuit de noces. À vrai dire, j'avais oublié l'existence de ce truc.

Il pinça les lèvres, clairement contrarié que la petite visite de Joey lui ait rafraîchi la mémoire.

– Comment peux-tu oublier avoir fait une sex tape avec ta colocataire ? J'aurais tendance à me rappeler d'un truc pareil.

Je le sentis se raidir, et il soupira en secouant la tête avant que j'aie eu le temps de poser la question qui résonnait dans ma tête.

– Je suis vraiment désolé… Elle a demandé, et moi, ça m'était égal. Je ne disais pas souvent non à l'époque et elle…

Il ferma les yeux quelques instants.

– Je ne pensais pas à l'avenir, à ce moment-là, ni à ce que je laissais derrière moi… je suis désolé.

Je me redressai, en proie à un très mauvais pressentiment.

– Il y a d'autres vidéos, c'est ça ?

Il se crispa et j'eus ma réponse.

– Je suis désolé, Kiera, murmura-t-il à nouveau.

Je croisai les bras et secouai la tête, incrédule.

– Bon sang… J'ai épousé Rocco Siffredi.

Kellan essaya de garder un air sérieux mais ça ne dura pas longtemps. Quand il éclata de rire, je lui donnai un coup dans l'épaule et il prit mes mains dans les siennes, s'assit et passa mes bras autour de sa taille avant de me frotter doucement le dos. Les restes de colère que je ressentais disparurent, puis je me sentis submergée par une vague de mélancolie.

– Elles ne vont pas rester aux oubliettes, Kellan. Pas une fois que ton groupe passera à la radio et que ton nom sera connu. Quand les gens auront compris qu'ils peuvent te soutirer de l'argent… les vidéos vont éclore de partout.

Il sourit tristement et hocha la tête.

– Je sais… et tu n'imagines pas à quel point je suis désolé.

– Ce n'est pas *mon* corps qui est exposé à la vue de tous. Tu n'as pas besoin de t'excuser pour quelque chose que tu as fait il y a des années. Je me sens juste mal de savoir que ta vie intime va devenir aussi… publique.

– Je m'en fiche. Je ne veux juste pas que ça te fasse souffrir, c'est tout.

Je laissai échapper un long soupir.

– Au moins, on sait à quoi s'attendre. Et ce n'est pas comme si j'allais les regarder, dis-je en souriant.

Kellan rit et je fermai les yeux. Ça faisait mal de me dire que le monde entier allait pouvoir profiter de la vue de mon mari dans le plus simple appareil, mais ça n'avait pas vraiment d'importance. Il n'était plus cet homme-là : c'était mon homme, maintenant.

J'ouvris les yeux et scrutai son visage inquiet.

– Tu es vraiment un salaud, dis-je pour plaisanter et lui faire oublier sa peur d'être quitté.

Il hocha la tête en souriant et m'attira sur le matelas avec lui. Au bout d'un moment, je me rappelai qu'on avait tous les deux des choses à faire et des gens qui nous attendaient. Au moment où je m'étirais et où j'allais rappeler à Kellan qu'il devait appeler Gavin, quelqu'un frappa à notre porte.

– Kiera, ma chérie, tout va bien ? demanda la voix inquiète de ma mère.

Kellan s'étira en dessous de moi et me fit rouler sur le côté pour pouvoir se lever. Je me redressai et rajustai ma robe en regrettant de ne pas pouvoir rester dans ses bras.

– Oui, entre.

En entrant dans la chambre, elle regarda Kellan en proie à des émotions contradictoires. Elle n'était clairement pas ravie de ce qu'elle avait entendu au rez-de-chaussée. Elle adorait Kellan, mais elle était protectrice, comme mon père, et Kellan la rendait nerveuse. La beauté, la célébrité, la jeunesse et la monogamie faisaient rarement bon ménage, et même si elle faisait de son mieux pour avoir confiance en lui, elle était certaine qu'il finirait par me tromper.

Mais elle ne le connaissait pas aussi bien que moi, et j'étais sûre qu'il ne ferait jamais ça. Il avait déjà vécu cette vie-là, et il avait besoin d'autre chose, désormais. Il voulait une histoire qui dure toujours… avec moi.

Je souris tandis que ma mère s'approchait de moi. Kellan nous regarda puis m'embrassa sur la joue.

– Je vais appeler Gavin et jeter un coup d'œil à ma voiture. Je reviens tout de suite.

J'acquiesçai et embrassai le bout de ses doigts. Ma mère le regarda quitter la pièce puis s'assit sur le lit avec moi. Elle ne disait rien, mais sa précédente question se lisait encore dans ses yeux verts. Je posai ma main sur son genou et lui fournis la même réponse qu'avant.

– Tout va bien, maman, je t'assure.

Elle eut l'air déconcertée par ma réponse.

– Comment tu peux dire ça alors que lui et cette fille…

Elle ne finit pas sa question et je haussai les épaules.

– C'était il y a longtemps, bien avant qu'il me rencontre. Ça n'a rien à voir avec moi, et maintenant que le choc est passé… je vais bien.

Elle avait vraiment l'air perplexe et je ris doucement en posant la tête sur son épaule.

– Il n'est plus comme ça maintenant et…

Je marquai une pause et songeai à mes propres erreurs.

– … je ne peux pas lui en vouloir d'avoir un passé.

– Et *ton* passé ? demanda-t-elle, comme si elle avait perçu quelque chose dans ma voix. Tu veux me raconter ce qui s'est vraiment passé entre toi et Denny, ma chérie ?

Je clignai des yeux, surprise. Mes parents n'avaient pas posé de questions quand je leur avais dit que Denny m'avait quittée parce qu'il avait trouvé du travail en Australie. Mais ma mère était observatrice, inquiète et curieuse, et elle avait sûrement assemblé les regards coupables et les messes basses comme autant de pièces du puzzle Denny-Kellan-Kiera. J'étais sûre qu'elle se doutait de la vérité en dépit de ce que je lui avais raconté. Sentant mes yeux se remplir de larmes, je secouai la tête. Non, je ne voulais pas lui dire à quel point j'avais été horrible, je ne voulais pas lui dire qu'elle avait élevé *ce* genre de fille, ni que j'avais encore plus de torts que l'homme qui avait fait une sex tape avec son ancienne coloc. Je voulais qu'elle continue à me voir comme sa fille douce et innocente, et en même temps, je ne pouvais pas lui mentir.

– J'ai eu une aventure avec Kellan, murmurai-je, la tête basse. Denny l'a appris et il m'a quittée.

Des larmes de culpabilité commencèrent à rouler sur mes joues.

– Je suis tellement désolée, maman.

Elle avait les yeux humides et j'attendis que des mots durs sortent de sa bouche, mais rien ne vint. Au lieu de ça, elle me prit dans ses bras et me serra fort, ce qui me fit pleurer davantage.

– Tu me détestes ? demandai-je entre deux sanglots.

Elle essuya mes larmes et sourit doucement.

– Bien sûr que non, voyons.

– Tu ne vas pas crier ? Me dire que je suis horrible ?

– Je pense que tu t'es déjà assez punie toi-même. Si tu n'avais pas de regrets, on ne manquerait pas de s'occuper de ton cas, ton père et moi, dit-elle en souriant un peu plus franchement. Mais ça a dû être extrêmement éprouvant et je suis sûre que tu ne referas jamais la même erreur.

Je secouai violemment la tête. Non, je refusais de revivre une torture pareille.

– C'est plutôt le fait que tu te sois mariée derrière mon dos qui me contrarie.

Elle croisa les bras et haussa les sourcils.

– Tu peux m'expliquer ça ?

Je soupirai, sachant que j'aurais du mal à m'en tirer à bon compte sur ce coup-là.

Ça me prit un moment, mais je finis par la convaincre que je m'étais seulement fiancée la nuit précédente. Kellan et moi considérions ce qui s'était passé au bar comme un mariage, mais je savais que le monde extérieur ne le verrait pas comme ça, et ce n'était certainement pas une cérémonie légale. Il faut dire que le message que j'avais envoyé à mes parents était plutôt succinct : je leur avais juste dit qu'on s'était mariés et que je ne rentrerais que le lendemain matin. C'était un miracle que mon père n'ait pas envoyé les forces spéciales à ma recherche.

Une fois que ma mère eut compris ce qui s'était passé, elle rit, visiblement soulagée.

– Tant mieux. J'avais peur que vous ayez fait un saut à Las Vegas et qu'un sosie d'Elvis vous ait mariés.

Elle prit ma main pour observer ma bague.

– Ce n'est pas une façon de commencer une vie à deux… enfin, si tu es sûre de vouloir passer le reste de ta vie avec lui…

Je hochai la tête énergiquement. C'était bien la seule chose dont j'étais persuadée.

– Alors on ferait mieux de commencer à préparer ton mariage, dit-elle en souriant avant de taper des mains d'un air résolu. On pourrait faire ça en décembre, après la naissance du bébé, ou au printemps, quand tout est en fleurs ?

J'attrapai la migraine quand elle commença à passer en revue toutes les choses à faire avant la date du mariage, qu'elle allait d'ailleurs sûrement choisir pour moi : ma robe, la robe de mes demoiselles d'honneur, la liste des invités, les faire-part, les fleurs, la musique, le lieu, le traiteur, le gâteau, les costumes… La liste était interminable et je lui priai d'arrêter.

– Maman, je ne veux pas d'un truc compliqué. On est déjà mariés, avec Kellan. On a juste besoin de légaliser ça.

Elle me regarda sans me voir.

– Tu veux faire ça ici, à Seattle, ou à la maison à Athens ? Toute la famille est là-bas et ça ne serait pas très gentil de leur faire prendre l'avion.

Je soupirai. Elle n'allait pas laisser tomber aussi facilement. J'allais être déguisée et on allait me faire parader dans un nuage rose, que je le veuille ou non. Le simple fait d'y penser me donnait mal au ventre.

– Je ferais mieux d'aller parler à papa, dis-je pour changer de sujet.

Il était sans doute encore sous le choc de cette histoire de sex tape, alors le mariage… Le pauvre. Ce n'était vraiment pas son jour.

Je décidai d'enfiler des vêtements plus confortables avant d'affronter mon père. Ma robe avait tendance à remonter et je ne voulais pas passer mon temps à la rajuster pendant qu'il m'enguirlanderait. De plus, je ne pouvais pas porter de soutien-gorge à cause de la forme du décolleté. Ça avait été un avantage pour ma nuit de noces, mais pour une discussion avec papounet, c'était loin d'être génial.

Ma mère était toute joyeuse tandis que j'enfilais un jean et un tee-shirt. Elle était partie sur le sujet des fleurs, cette fois. Une fois habillée, je me dirigeai au rez-de-chaussée, pendant que ma mère continuait à parler toute seule. Arrivée au bas de l'escalier, je m'imaginais déjà en train de marcher vers l'autel au bras de mon mari. En bas, Kellan était à la fenêtre, en train de regarder mon père avec une expression solennelle, et je me mis à nous imaginer, lui en smoking et moi en robe de satin. Dans ma tête, il était beau comme un dieu, comme d'habitude, et j'étais belle aussi, pour une fois. Envisager une pièce noire de monde me donnait un peu la nausée, alors j'imaginai que nous étions seuls. J'eus des papillons dans l'estomac au moment où la musique se mit à résonner dans ma tête.

Kellan me regarda et me sourit. Il n'était sans doute pas en train de penser à la même chose que moi mais l'expression sur son visage était aussi amoureuse et émerveillée que la mienne. Rougissante d'impatience, je me dirigeai vers lui et passai mes bras autour de sa taille. Il me sourit et m'embrassa sur le front, et on se regardait niaisement quand mon père s'éclaircit la gorge.

– Tout va bien ? demanda-t-il, les sourcils froncés.

J'acquiesçai en lui souriant et il soupira, visiblement incapable de comprendre comment je pouvais passer d'un extrême à l'autre en vingt minutes chrono. Je ris et serrai mon père dans mes bras. Les sautes d'humeur étaient la routine avec Kellan. Ça m'amusait parfois, mais je commençais vraiment à avoir envie de trouver un équilibre. On aurait besoin de calme si on voulait tenir la distance. Et le mariage était un engagement sur le long terme, du moins pour moi.

Quand je m'écartai pour regarder mon père, je le vis regarder Kellan par-dessus mon épaule. Je voyais bien à quel point il était partagé : il voulait que je sois heureuse mais il n'était pas enchanté de me voir avec une rock star qui, de surcroît, avait une sex tape dans la poche.

– Kellan m'a parlé de votre… mariage, au bar. Tu es sûre de ce que tu fais, Kiera ?

Je lui souris de toutes mes dents et l'embrassai sur la joue.

– Absolument sûre, papa.

Ma réponse n'eut pas l'air de le réjouir. Il sembla prendre un coup de vieux en direct. En voyant son air sombre, je le serrai dans mes bras.

– Kellan t'a dit que son père venait manger avec nous ? Kellan, tu as pu lui parler ?

– Je viens de l'avoir. Il sera là dans une demi-heure.

Ses yeux pétillaient de joie. Avoir des sentiments positifs à l'égard d'un membre de sa famille était une sensation nouvelle pour lui, et il avait longtemps lutté contre ça. Une partie de lui hésitait sûrement encore, comme s'il se préparait à l'inévitable explosion d'émotions qui allait se produire, mais pour le moment, il était optimiste.

– Et la voiture n'a rien, ajouta-t-il d'un air tellement soulagé que je ris.

Alors qu'on attendait sa famille, ma mère continuait à me parler mariage, et les regards de mon père se faisaient de plus en plus assassins tandis que mon homme me tenait la main et écoutait ma mère d'un air amusé. J'étais sûre qu'il accepterait n'importe quelle cérémonie excentrique qu'elle proposerait. Ça ne le dérangeait pas d'être au centre de l'attention, et ça ne le dérangerait sûrement pas non plus que j'y sois avec lui. Il me poussait sans arrêt à avoir plus d'assurance et à être plus extravertie, et même si c'était gênant, j'adorais qu'il tienne à moi au point de m'encourager à grandir.

Gavin frappa à la porte pile à l'heure dite. Kellan expira doucement, se leva et frotta ses paumes sur son jean. Je ne vis pas de bosse dans sa poche et je me dis qu'il avait peut-être jeté la carte, du moins je l'espérais. Je ne voulais jamais le voir avec une autre femme, mais si je tombais dessus, je savais que la curiosité me tuerait. Ça me rendrait sûrement folle au point de la regarder, et il y avait des choses que vous ne pouviez jamais effacer de votre mémoire. Kellan en train de faire gémir une de ses ex n'était sûrement pas quelque chose que je voulais me graver dans la tête. L'imaginer suffisait.

Il était visiblement nerveux en se dirigeant vers la porte, et je trouvai cela adorable. Il n'était presque jamais anxieux, mais voir son père était vraiment un grand moment important pour lui. Je n'étais pas sûre de comment il se sentait, mais à sa place, j'aurais éprouvé un mélange d'excitation, d'appréhension et de terreur. Tant de choses peuvent mal se passer quand vous ouvrez votre cœur à une autre personne, surtout quand elle est de votre famille. Kellan était vraiment courageux, et j'étais plus fière de lui que jamais.

Comme pour se donner du courage, il poussa un autre soupir en arrivant à la porte. Puis il sourit et l'ouvrit, et je me levai du canapé quand son père entra. Ils se ressemblaient comme deux gouttes d'eau, c'était impossible de ne pas voir qu'ils étaient de la même famille. La même stature, la même taille, la même couleur de cheveux, le même regard d'un bleu profond… Les voir côte à côte laissait entrevoir le Kellan du futur. Et apparemment, il allait très, très bien vieillir : Gavin était terriblement séduisant.

– Mon Dieu… entendis-je ma mère murmurer derrière moi.

On s'échangea un regard complice tandis que le fils et son père se serraient la main. L'air euphorique, Kellan lui fit signe d'entrer.

– Je suis heureux que vous soyez là. Entrez.

Gavin hocha la tête et rentra dans la maison. Ses enfants, les demi-frère et demi-sœur de Kellan, suivaient juste derrière lui. Je fis un signe à Hailey, sa sœur, auquel elle répondit en souriant. Elle avait presque le même âge que moi, peut-être un ou deux ans de moins. Elle avait hérité des yeux de son père, mais à la lumière du jour, je pouvais voir que ses cheveux étaient un peu plus clairs que ceux des garçons. Le petit frère de Kellan, Riley, était sur ses talons. Mignon comme un cœur, il devait avoir dix ans, deux ans de moins que Kellan quand il avait eu son premier rapport. Avec ses yeux bleu clair, il regardait son grand frère avec admiration. Il l'idolâtrait déjà, c'était évident.

Kellan lui ébouriffa les cheveux quand il entra dans la maison, puis il leur indiqua le salon.

– Asseyez-vous.

Je m'écartai du canapé pour que le père de Kellan puisse s'asseoir à côté de mes parents. Ils se levèrent pour lui serrer la main. Mon père lui donna une poignée ferme, et ma mère eut un petit rire bête qu'elle tenta de dissimuler en s'éclaircissant la gorge. Mon père fronça les sourcils en regardant sa femme serrer la main de la version plus âgée de Kellan, puis il se décala subtilement de façon à être assis entre eux.

Riley s'assit par terre et regarda autour de lui. J'avais récemment embauché ma meilleure amie, Jenny, pour m'aider à repeindre le salon. Anciennement d'un blanc terne, la pièce était maintenant d'un beige chaud avec un mur rouge profond. Dans les coins du mur rouge, elle avait fait usage de ses talents artistiques pour dessiner des notes de musique et reproduit les paroles d'une chanson de Kellan en grosses lettres : *Every single day I'll keep you with me, no matter how far from me you are.* Kellan trouvait ça un peu prétentieux d'avoir ses propres mots sur son mur, mais je trouvais ça très beau et j'avais refusé qu'il repeigne par-dessus. Après tout, c'était aussi ma maison, maintenant.

Hailey vint à côté de moi et me prit dans ses bras. Elle avait l'air de m'adorer et je me trouvais presque risible maintenant d'avoir soupçonné Kellan de me tromper avec elle. Mais il avait été très secret à propos de la découverte de son père biologique, et il l'avait cachée à tout le monde, moi y compris. N'importe qui à ma place aurait tiré les mêmes conclusions.

Kellan souriait tellement qu'il allait sûrement se coincer la mâchoire. Ses yeux se posèrent sur son père en train de discuter avec mes parents et il tapa dans ses mains.

– Je vais commencer à cuisiner, étant donné que c'est presque l'heure du déjeuner. Désolé d'avoir appelé si tard, dit-il à Gavin.

Gavin observa son fils, avant de poser les yeux sur moi. En sentant mes joues rosir, je n'eus aucun mal à imaginer comment il avait pu séduire une femme mariée. C'était une situation embarrassante, bien sûr – aussi horrible que celle où je m'étais retrouvée deux ans plus tôt –, mais c'était facile de comprendre *pourquoi* c'était arrivé. Gavin n'avait pas un visage auquel beaucoup de femmes pouvaient dire non. Je me sentis reconnaissante que mon père fasse office de tampon entre Gavin et ma mère. Je me doutais qu'il n'allait pas la draguer, et je savais qu'elle ne ferait rien, mais quand même…

Un sourire chaleureux illumina son visage et il hocha la tête dans ma direction.

– J'ai entendu dire que vous vous étiez mariés la nuit dernière. Félicitations !

Je me sentis rougir lorsque Hailey laissa échapper un petit cri.

– Tu fais partie de la famille, maintenant, Kiera ! Que ça te plaise ou non !

Mon père soupira.

Kellan s'approcha de moi et m'arracha à sa sœur pour m'embrasser doucement. Il me dévora des yeux comme s'il me voyait pour la première fois et je crus que mes jambes allaient se dérober sous moi.

– Que ça te plaise ou non, murmura-t-il avant de m'embrasser à nouveau.

– Ça me plaît, murmurai-je, sentimentale.

Exacerbé, mon père soupira à nouveau.

Avec un bras autour de mes épaules, Kellan fit face à nos familles.

– On sera en cuisine. Vous avez besoin de quelque chose ?

– Non, on a tout ce qu'il nous faut, dit ma mère en souriant, les yeux rivés sur Gavin.

Mon père se tourna vers elle et se pencha juste assez pour lui bloquer la vue et l'empêcher de voir le père de Kellan.

– Merci, fiston, on n'a besoin de rien, dit Gavin, qui n'avait rien remarqué.

Kellan riait quand on arriva dans la cuisine.

– Il m'a appelé « fiston ».

Je lui souris, ravie de voir leurs liens se développer. Il alla se planter devant le réfrigérateur et son sourire s'évanouit.

– Qu'est-ce que je vais bien pouvoir faire à manger ? Je suis loin d'être doué en cuisine.

Mi-paniqué, mi-inquiet, il ouvrit le frigo et regarda à l'intérieur tandis que je réfléchissais aux plats que j'avais préparés dans le passé sans trop les rater.

– Je peux préparer une omelette, proposai-je.

Il sourit en mettant la main sur des œufs.

– Super.

Il me tendit la boîte et ferma les yeux.

– Dis-moi qu'on a du bacon.

J'étais sur le point de lui répondre que j'en avais acheté quelques jours plus tôt quand il ouvrit les yeux et le repéra. Il émit un soupir de soulagement, et je posai les œufs sur le plan de travail, amusée de le voir si nerveux.

– Détends-toi, dis-je en prenant son visage dans mes mains. Ils sont là pour toi, pas pour le repas.

– Je sais, c'est juste que... je ne veux pas merder.

Il secoua la tête et baissa les yeux.

– Je merde toujours tout, Kiera.

En le voyant aussi tourmenté, mon estomac se serra, et je me collai à lui, mes bras autour de son cou.

– Ce n'est pas vrai. Regarde-nous.

Il sourit, comme si je venais de lui raconter une bonne blague. Nos problèmes n'étaient pas uniquement sa faute : ils venaient d'un travail de groupe. D'une voix douce, il montra du doigt le placard sous l'évier.

– Ah bon ? Parce que je viens juste de jeter une sex tape.

Mon estomac se tordit. J'étais à la fois ravie qu'elle ne soit plus dans sa poche et horrifiée de savoir où elle se trouvait exactement. Je me forçai à sourire aussi naturellement que possible et m'écartai pour attraper une poêle.

– Justement. Tu l'as jetée.

Je m'emparai d'une fourchette et le piquai un petit coup.

– Si tu l'avais planquée dans un tiroir pour la mater plus tard, là, tu serais un connard.

Il rit et me donna une tape sur les fesses avec le paquet de bacon. Au moment où j'essayai de lui échapper, sa sœur arriva.

– C'est qui, le connard ?

Je me frottai les fesses et montrai Kellan du doigt.

– Moi, apparemment, dit-il en fronçant les sourcils.

Hailey lui sourit et s'assit à califourchon sur une des chaises de cuisine pour nous regarder préparer le repas. Kellan mit le bacon au micro-ondes pour le décongeler pendant que je préparais du café. Les gargouillis du café en train de passer se mélangèrent bientôt au crépitement du bacon en train de frire dans la poêle. Je cassai plusieurs œufs dans une autre poêle puis j'attendis quelques minutes que le blanc devienne solide avant d'essayer de les retourner, mais je cassai un des jaunes.

– Je pense qu'il faut attendre encore un peu, dit Kellan en jetant un coup d'œil dans ma poêle.

Je regardai dans la sienne et remarquai une fumée sombre et désagréable.

– Et je crois que tu es en train de faire cramer le bacon, rétorquai-je.

Il retourna immédiatement à son poste, sous les éclats de rire de Hailey.

– Bon sang, comment vous avez pu survivre aussi longtemps ?

Elle se leva et nous rejoignit sur le champ de bataille.

– Je m'en occupe. Retournez avec les autres.

– Merci… sœurette, dit Kellan avec un sourire d'excuse, auquel elle répondit, tout en retournant un œuf.

– Pas de quoi, grand frère.

Je ne pus pas m'empêcher de remarquer la similarité de leur sourire. J'étais heureuse de voir que ça avait l'air d'être dans les gènes. Peut-être que nos enfants en hériteraient ? Enfin, quand on en aurait. Dans très longtemps.

Kellan passa un bras autour de mes épaules et souffla sa satisfaction avant de secouer la tête, contrarié.

– Ça fait des années que je me fais à manger, je ne vois pas pourquoi je n'y arrive pas ce matin.

– Bienvenue dans le monde merveilleux des effets secondaires du stress, Kellan Kyle.

– Je ne suis jamais stressé.

Hailey s'interrompit pour le regarder.

– Tu plaisantes, j'espère ? Tu transpires la trouille à dix kilomètres.

Elle rit, visiblement fière d'elle, et il fronça les sourcils.

– Je suis tellement content d'avoir une sœur.

Ravie de les voir plaisanter comme ça, je passai mes bras autour de Kellan. Riley nous rejoignit quelques minutes plus tard, l'air excité.

– Kellan, tu veux bien me montrer ta guitare ?

– Bien sûr. J'arrive.

Il lui sourit et l'embrassa dans les cheveux, et je le regardai quitter la pièce, aux anges. Puis Hailey dit quelque chose qui érafla un peu mon bonheur.

– C'est vrai, cette histoire de… vidéo ? demanda-t-elle en haussant les sourcils d'un air qui en disait long.

Je me raidis, gênée qu'elle soit au courant, et elle reposa immédiatement les yeux sur ce qu'elle était en train de préparer.

– Désolée, je n'aurais pas dû en parler. Tu n'as sûrement pas envie de parler de ça.

Elle avait l'air un peu gênée, et Riley confus.

– Il a fait plein de vidéos, Hail, intervint-il, les yeux pleins d'innocence. Il y a des tas de vidéos sur le Net.

– C'est vrai… il y en a plein.

Je soupirai, en sachant à quel point c'était vrai.

– Désolée, articula Hailey en silence.

Je hochai la tête. Ça ne servait à rien de m'inquiéter à propos de tous les enregistrements qui allaient finir par ressortir. J'étais capable de gérer et même sans doute bien pire s'il le fallait. Non pas que j'en avais envie, mais si les circonstances l'exigeaient, j'étais capable de supporter n'importe quoi tant que j'étais sa femme.

Kellan réapparut quelques instants plus tard, sa guitare à la main. Comme il était revenu de Los Angeles pour quelques jours, il avait ramené son instrument chéri. C'était comme un porte-bonheur dont il ne pouvait pas rester séparé trop longtemps.

Je souris en le voyant asseoir Riley sur une chaise et lui tendre son instrument. Riley était si excité que je crus qu'il allait s'évanouir et Kellan avait les yeux qui pétillaient en regardant son petit frère, comme s'il se revoyait au même âge. Je les laissai et essayai d'aider Hailey pour le repas. Je trouvai un melon dans le frigo et commençai à le couper quand un son discordant retentit.

Kellan aida Riley à ajuster ses doigts, et en l'entendant lui donner des conseils, je me rappelai de la première fois où il avait essayé de m'apprendre à jouer. Le souvenir de ses mains sur les miennes et de son souffle dans mon oreille me fit sourire. À l'époque, je m'étais vraiment sentie coupable, à vrai dire, je me sentais encore comme ça. Ce qu'on avait fait était mal, et je le savais. J'avais déguisé notre flirt en caresses légères, mais ça n'avait jamais été innocent. Je m'étais vraiment mal comportée, et je le savais. Mais ce souvenir me faisait toujours sourire.

Au milieu des bruits de guitare et de casseroles, j'entendis Gavin discuter avec mes parents et je fus étonnée d'entendre mon père éclater de rire. Gavin devait être aussi charmant que son fils. Ça aussi, ça devait être dans les gènes. *Dieu, prends pitié de toutes les femmes de ce monde si Kellan et moi avons un garçon un jour.*

Alors que le repas était presque prêt, Gavin apparut dans le couloir qui séparait la salle à manger du salon et il eut l'air de resplendir en voyant ses trois enfants réunis. Quand son regard croisa le mien, je lui souris, heureuse qu'il ait enfin la seconde chance qu'il avait supplié Kellan de lui accorder. Je connaissais la valeur d'une seconde chance, étant donné qu'il m'en avait donné une, à moi aussi. Gavin alla s'asseoir à côté de Riley et le petit garçon leva les yeux vers lui.

– Tu as entendu, Papa ? J'ai réussi à jouer trois accords de suite !

Gavin regarda son fils avec un sourire plein de fierté.

– Super ! Tu es déjà sur la route du succès. Comme ton grand frère.

Riley recommença à jouer et Gavin garda les yeux fixés sur Kellan.

– Je peux te parler un instant ? l'entendis-je lui demander à voix basse.

Kellan eut immédiatement l'air sur ses gardes, mais il hocha la tête en indiquant le couloir. Il m'embrassa sur la joue puis disparut avec son père. Je regardai Hailey, mais elle haussa les épaules. Elle non plus ne savait pas de quoi Gavin voulait parler, apparemment.

Une fois le melon découpé, je mis tous les morceaux dans un saladier, puis je me rinçai les mains et allai les rejoindre.

Ils étaient près de la porte qui menait à la buanderie.

– Je ne voulais pas en parler devant Hailey et Riley, mais…

Gavin s'arrêta en voyant que j'étais là, Kellan lui fit signe de continuer et me sourit pour me faire comprendre que je pouvais les rejoindre.

– Martin et Caroline m'ont parlé de la visite que tu avais reçue un peu plus tôt. Ils ont dit que quelqu'un te faisait du chantage ?

Kellan soupira et je me sentis rougir.

– Est-ce que tout va bien ?

Kellan serra les poings et les mâchoires un instant.

– Oui, ça va. Ce n'est rien du tout. Je m'en occuperai avant de partir demain.

Mon cœur se serra à l'idée qu'il doive déjà repartir. Je ne pouvais pas partir avec lui : mes parents étaient encore en ville pour quelques jours, et il fallait que je pose mon préavis au bar aussi. Pete avait toujours été gentil avec moi, et je voulais bien faire les choses, cette fois, en lui laissant le temps de me trouver une remplaçante. De plus, j'avais aussi promis à ma sœur de l'accompagner à son prochain rendez-vous chez le médecin, ce qui voulait dire que, malheureusement, Kellan retournait à Los Angeles sans moi.

Mais d'abord, il allait devoir revoir cette… fille. Cette *pétasse.*

3

Honnêteté

Gavin et ses enfants passèrent l'après-midi chez nous, et la majeure partie du temps fut consacrée à des jeux de société dans le salon. Hailey fit un carton au Monopoly, mon père botta les fesses de tout le monde au Scrabble, et on cassa la baraque au Pictionary avec Kellan. Cela me surprit étant donné que j'étais nulle en dessin, mais Kellan était très fort pour deviner.

À la fin de la journée, Kellan avait l'air parfaitement à l'aise avec sa nouvelle famille et l'incident du matin semblait oublié. C'est à ce moment-là que ma sœur arriva, avec son gros ventre et le père de son bébé sur les talons.

La porte s'ouvrit avec fracas. Sûre qu'on était sur le point de se faire agresser, je sursautai, le cœur battant, et tout le monde se tourna vers l'entrée.

Kellan se leva et vint se planter devant moi, et c'est à ce moment-là que son abruti de bassiste apparut. Kellan se détendit en voyant de qui il s'agissait et regarda son musicien de travers.

– Griffin, on ne t'a jamais appris à frapper ?

Ce dernier renifla ses glaires et ramena ses cheveux blonds derrière ses oreilles.

– Pourquoi je frapperais ? On est de la même famille, mec.

Kellan avait sûrement envie de lui rétorquer que non, sauf

qu'il ne pouvait pas, étant donné que Griffin avait mis ma sœur enceinte. On faisait vraiment partie de la même famille, maintenant. Au secours…

Kellan ouvrit la bouche pour protester lorsqu'Anna entra à son tour et donna un coup à Griffin.

– Espèce d'homme des cavernes, grommela-t-elle.

Nos parents se levèrent du canapé pour le saluer, et l'expression de mon père s'assombrit en regardant le père du bébé. À voir comment il dévisageait Griffin, j'étais sûre qu'il devait trouver que Kellan était tout à coup le gendre idéal, en comparaison.

Encore sous le choc de l'entrée de Griffin, je rejoignis aussi ma sœur. Anna était l'une des plus belles femmes que je connaisse. Son visage mettait les hommes à genoux, et son corps les faisait la suivre comme des petits chiens. Même enceinte, ses courbes continuaient à attirer tous les regards. Elle avait de longs cheveux soyeux qui ondulaient quand elle marchait et les yeux d'un vert si incroyable que c'était impossible de ne pas les regarder. Elle était canon, et grandir à côté d'elle n'avait pas toujours été facile. Mais je commençais à me sentir mieux dans ma peau, et son physique avait enfin cessé de faire naître en moi des éclairs de jalousie. Tout ce que je ressentais en la prenant dans mes bras, à présent, c'était le bonheur de la voir, même si elle avait amené l'autre idiot avec elle.

– Salut, sœurette.

En reculant, je regardai le tee-shirt de grossesse moulant qu'elle portait. Je ne savais pas comment elle faisait pour trouver des vêtements de grossesse aussi provocants, mais presque tout ce qu'elle portait dévoilait son imposant décolleté. Griffin devait être au paradis des vicelards. Je détestais penser à ce genre de truc.

Anna était dans une phase agréable et charmante de sa grossesse, à son quatrième mois. Elle n'avait presque plus de nausées, et elle recommençait à être pleine d'énergie. Enfin, vous ne l'auriez pas deviné en la regardant marcher : elle exagérait son état dès qu'elle en avait l'occasion. Mais je savais qu'elle était plus active qu'elle ne le laissait croire, et j'étais presque sûre que sa nuit avec Griffin avait été particulièrement athlétique.

Le regard d'Anna se posa sur Gavin et ses enfants, qui attendaient poliment, et elle fronça les sourcils.

– Oh, désolée, je ne savais pas que vous aviez des invités.

– Ne t'inquiète pas, ça ne fait rien, assura Kellan.

Mon père emmena Anna au salon en lui tenant le bras, comme si elle allait tomber sans lui. Kellan la serra brièvement dans ses bras et la présenta à sa famille.

– Anna, je n'ai pas eu l'occasion de faire les présentations hier. C'est Gavin, mon... père biologique.

Il se gratta la tête et haussa les épaules, et je me sentis déborder de fierté en l'entendant avouer quelque chose d'aussi personnel aussi facilement. Il était vraiment à l'aise avec le fait d'avoir un parent, finalement.

Anna écarquilla un peu les yeux. Elle n'était pas au courant du passé sordide de Kellan. Elle serra la main de Gavin, puis Kellan la présenta à son demi-frère et à sa demi-sœur, ce qui la stupéfia encore plus. Gavin fit de la place pour Anna dans le canapé et mon père l'aida à s'asseoir.

– Gavin, Riley et Hailey sont venus nous rendre visite depuis la Pennsylvanie, expliqua Kellan en prenant sa sœur par les épaules. Est-ce qu'il y a d'autres membres de la famille là-bas ? demanda-t-il en s'adressant à Gavin.

– Mon frère et sa famille vivent là-bas, et mes parents aussi.

Hailey donna un petit coup à Kellan dans les côtes.

– Tu vas adorer mamie. Elle a un sacré tempérament.

– Kiera, tu te rends compte ? J'ai des grands-parents. Je n'ai jamais eu de grands-parents. Ni d'oncle non plus, en fait.

Il rit, à la fois amusé et ravi à cette idée. Décidément, sa famille n'arrêtait pas de s'agrandir, et rien ne pouvait me faire plus plaisir. Griffin, qui avait assisté à la conversation sans rien comprendre à ce qui se passait, balaya la pièce du regard.

– Attends mec, je pensais que ton père était mort. C'est qui, ces gens ?

Tout le monde l'ignora, et le regard d'Anna s'attarda sur Gavin comme l'avait fait ma mère. Griffin, inconscient ou indifférent, ne remarqua rien. Il faut dire qu'il était encore en train d'essayer de comprendre la situation.

– Gavin, est-ce que votre femme est là aussi ? demanda Anna avec un charmant sourire.

Gavin jeta un regard à ses enfants, qui étaient assis par terre en train de finir une partie.

– Non, je... Je suis veuf, dit-il avec un sourire triste. Leur mère est morte quand Riley avait deux ans.

Hailey leva les yeux vers son père, l'air aussi triste que lui, et le sourire d'Anna s'évanouit.

– Oh, je suis désolée.

Il y eut un instant de silence, que Griffin brisa.

– Sérieusement, mec, c'est qui ?

Kellan rit et lui donna un coup dans l'épaule.

– Viens, je vais te servir une bière et te faire un dessin.

Son rire dissipa la tension dans la pièce et Kellan l'emmena dans la cuisine pour lui dire la vérité sur ses origines. Griffin allait devenir le premier membre du groupe à savoir que le père décédé de Kellan n'était pas son vrai père. Avec un peu de chance, cet imbécile capterait le concept.

Lorsque tout le monde se prépara à partir, il était très tard. Anna et Griffin retournèrent chez eux pour profiter du peu de temps qui leur restait, Gavin et ses enfants regagnèrent leur chambre d'hôtel pour dormir un peu avant de reprendre l'avion le lendemain matin, et mes parents allèrent dans la chambre d'amis pour passer une autre nuit sur mon vieux futon. Mon père soupira quand Kellan et moi fîmes signe depuis la porte de notre chambre pour leur dire bonne nuit.

On n'avait aucune envie de gâcher le peu de temps qui nous restait ensemble en dormant, alors on resta debout le reste de la nuit. Tout habillés, on se fit des câlins en discutant jusqu'à ce que la lumière grise du petit matin filtre à travers la fenêtre. Kellan me caressait les cheveux tandis que j'avais la tête sur sa poitrine, écoutant les battements de son cœur et le son réconfortant de sa voix. Je me sentais à l'abri de tout dans ses bras, enveloppée d'une chaleur qui aurait pu me protéger de la pire tempête de glace.

Je m'agrippai à son tee-shirt, en regrettant qu'il doive partir dans quelques heures, et je le pressai contre moi. Il m'embrassa dans les cheveux et garda le silence quelques instants.

– Kiera ? finit-il par demander.

Je levai les yeux : ses yeux pétillaient et il avait un petit sourire aux lèvres.

– Veux-tu m'épouser ?

Je me redressai, le cœur battant à toute vitesse.

– Quoi ?

– Est-ce que tu veux m'épouser ?

Je regardai ma bague, puis la sienne.

– On ne s'est pas déjà mariés ?

– Si, mais je viens de me rendre compte que je ne t'avais jamais fait de vraie demande. Et tu mérites une vraie demande, dit-il en me caressant la joue.

Après avoir dit ça, il eut soudain l'air pensif, et avant que j'aie pu lui répondre, il me poussa doucement. J'essayai de l'attirer de nouveau contre moi pour lui dire oui mais il m'échappa et se leva. Il contourna le lit et me regarda pendant un long moment, et pile au moment où j'allais lui demander ce qu'il faisait, il laissa échapper un long soupir et mit lentement un genou à terre.

Je ne sais pas trop pourquoi, mais le simple fait de le voir faire ça m'arracha un sanglot. Ma vue se brouilla et je dus m'essuyer les yeux pour réussir à bien le voir.

– Kiera Michelle Allen, veux-tu me faire l'honneur de devenir ma femme ? Veux-tu m'épouser ?

J'avais commencé à hocher la tête longtemps avant qu'il ait fini de parler. Je me baissai et pris son visage dans mes mains.

– Oui, bien sûr que oui.

Je l'embrassai frénétiquement et l'attirai à moi. Il vint au-dessus de moi et on s'étregnit en riant, pleurant même un peu jusqu'à ce que la faible lumière du jour se transforme en grands rayons de soleil. J'entendis mon père sortir de la chambre qui avait jadis été celle que j'avais partagée avec Denny et on arrêta de s'embrasser pour regarder la porte fermée de notre chambre.

Ça lui prit une éternité mais mon père finit par aller au rez-de-chaussée pour faire du café. Kellan me regarda, aux anges, et il entrelaça nos doigts.

– Pourquoi j'ai l'impression de devoir me cacher dans le placard ?

Il pressa ses hanches contre les miennes et m'embrassa dans le cou, et je penchai la tête, ravie. Mon corps commençait à se réveiller et j'enroulai mes jambes autour de lui en me demandant à quel point on pouvait être silencieux. C'était difficile, mais pas impossible.

– Hum… peut-être parce que tu es un vilain garçon qui se sert de moi uniquement pour satisfaire ses pulsions ?

Il arrêta brusquement et recula.

– C'est vraiment ce que ton père pense de moi ?

Son changement d'humeur me surprit.

– Euh… Non, je ne pense pas.

– Bien sûr que si. Il pense que tout ce que je veux, c'est coucher avec toi, et que tu as une remplaçante dans chaque ville.

Je pinçai les lèvres en réfléchissant à comment réfuter ce qu'il venait de dire, mais le problème, c'était que c'était sûrement la vérité. Mon père ne lui faisait pas confiance. Pas avec son mode de vie.

– Je suis sûre qu'il ne pense pas que c'est dans *chaque* ville.

Kellan fronça les sourcils et se leva, et je me redressai en laissant échapper un grognement exaspéré.

– Qu'est-ce que tu fais ?

Il alla jusqu'à sa commode et commença à se déshabiller, et j'oubliai de râler au moment où son boxer atterrit par terre. Il vit que je l'observais en souriant et il enfila un boxer et un jean propre avant de farfouiller dans son tiroir à la recherche d'un tee-shirt, tandis que je continuais à profiter du spectacle. Aussi attirant que puisse être son corps nu, c'était vraiment érotique de le voir comme ça avec son jean IKKS pas encore boutonné. Surtout avec les lignes des muscles de son abdomen qui s'étiraient quand il bougeait…

Amusé par mon inspection, Kellan mit la main sur un tee-shirt rouge et l'enfila, puis il boutonna son jean en secouant la tête et revint à côté de moi.

– Tu sais que si j'en faisais autant avec toi, tu me crierais dessus.

– Je ne crierais pas… mais oui, je sais.

Je l'embrassai et il eut l'air à la fois amusé et agacé quand il s'écarta.

– La vie est injuste, dis-je en riant. La preuve, tu dois t'en aller… Tu vas où, d'ailleurs ?

Il sourit et se passa la main dans les cheveux pour mettre un semblant d'ordre dans ses cheveux en bataille.

– Je vais montrer à ton père qu'il se trompe. Et que je ne veux pas juste coucher avec sa fille.

Il me fit un clin d'œil, posa la main sur la poignée de la porte et me regarda par-dessus son épaule.

– Même si je rêverais de faire autre chose, là, tout de suite.

Son regard suffit à éveiller mon désir et je me tortillai sur le lit.

– Tu vois un peu les sacrifices que je fais pour toi ?

Il sourit et quitta la pièce sans me laisser le temps de répondre.

Je songeai à les rejoindre puis je décidai de les laisser entre eux. Mon père avait besoin de passer du temps seul avec lui et surtout, je ne voulais pas distraire Kellan avec mon sex-appeal. Mon sex-appeal… mais bien sûr. Ma propre stupidité me fit sourire et je sortis du lit. C'était Kellan, le canon dans le couple. Et moi… j'étais celle qui avait de la chance.

En allant à la salle de bain, je croisai ma mère sur le palier. Ce n'était pas très grand ici et l'étage se résumait à deux chambres de taille modeste avec une petite salle de bain coincée entre les deux. Se cogner dans quelqu'un sur le palier était presque inévitable. D'ailleurs, c'était là que j'avais vu Kellan pour la première fois.

Ma mère souriait en écoutant son mari avoir une conversation civilisée avec le mien et je la serrai dans mes bras avant de tendre l'oreille. Mon père était en train de demander à Kellan s'il pouvait vraiment gagner de l'argent avec « son histoire de groupe », et quand Kellan commença à lui expliquer qu'il devrait « bien s'en sortir », ma mère reporta son attention sur moi.

– On devrait aller faire les boutiques pendant que je suis en ville pour te trouver une robe avant que je reparte.

– Maman, je n'ai pas envie d'en faire des tonnes, je veux quelque chose de simple.

– Simple ou pas, il te faut une robe de mariée.

Je savais qu'elle avait raison et je retins un soupir.

– D'accord, si tu veux.

Sans lui laisser le temps de répondre, je me précipitai dans la salle de bain et fermai la porte à clé derrière moi. Je savais que quatre-vingt-dix pour cent de mon mariage serait arrangé avant son départ. Je n'aurais jamais cru que ce genre de choses l'obsédait à ce point, mais on n'en avait jamais parlé auparavant. La question ne s'était jamais vraiment posée quand j'étais avec Denny.

Peut-être que ma mère voyait ce qu'il y avait entre Kellan et moi, et qu'elle savait, tout comme moi, que j'avais trouvé *le bon*. Mon âme sœur. Ma moitié. Ma raison d'être. Rien au monde n'aurait pu me rendre plus heureuse que Kellan. Je ne savais vraiment pas ce que j'aurais fait sans lui.

Quand je ressortis de la salle de bain après une douche interminable, Kellan était dans notre chambre, mais il portait désormais un short au lieu de son jean et il était en train d'enfiler ses baskets. Je dus faire une drôle de tête car il m'observa curieusement. Ou peut-être que c'était parce que j'étais à peine couverte d'une petite serviette blanche. Il fallait vraiment que je fasse une lessive.

Il finit de nouer ses lacets avec un sourire amusé.

– Quoi ? demandai-je en fermant la porte.

Il secoua la tête et sourit encore plus.

– Rien.

J'allais lui demander ce qui l'amusait autant mais il se leva.

– Je vais aller courir un peu.

– D'accord. Tout va bien ?

Je me demandais si mon père n'avait pas été trop dur pendant mon absence. Les yeux de Kellan se posèrent sur moi et je me rendis compte que je ne portais pas de sous-vêtements. Quand son regard croisa le mien, il y avait une étincelle à l'intérieur.

– Oui. Je ne veux pas m'empâter, c'est tout.

Il rit et tapota ses abdos du plat de la main. *Elle en a, de la chance*, pensai-je en regardant sa main. Il me pinça les fesses en passant à côté de moi.

– Je préférerais que tu restes avec moi, même avec du bide.

– J'ai juste besoin de prendre un peu l'air, dit-il en me serrant contre lui.

Il m'embrassa, l'air parfaitement à l'aise, mais j'étais sûre qu'il me cachait quelque chose, ou peut-être que j'étais parano, tout simplement. Notre relation n'avait pas toujours été un modèle d'honnêteté, mais on s'était juré de ne plus rien se cacher, non ?

Je hochai la tête et m'écartai. Son sourire resta intact mais l'étincelle dans ses yeux sembla s'éteindre quand il se retourna pour partir.

– Et merde, je ne peux pas, dit-il soudain.

– De quoi ?

Est-ce que j'avais vu juste ? Il m'avait menti ?

Il prit une grande respiration et me regarda sans rien dire pendant une éternité. La tension augmentait à chaque seconde et l'air frais me donna des frissons. Chaque goutte d'eau qui perlait de mes cheveux me donnait l'impression d'être traversé par un pic à glace. Entre le froid et le stress, je me mis à trembler et il fit un pas vers moi.

– Tu as dit qu'on devait être complètement honnêtes, pas vrai ?

J'acquiesçai, incapable de parler, et il détourna le regard. Son cerveau avait l'air de tourner à mille à l'heure, et je ne savais pas pourquoi.

– Qu'est-ce qui se passe ? réussis-je enfin à articuler.

– Je suis désolé. Je t'ai raconté n'importe quoi. Je n'ai pas envie d'aller courir ni de prendre l'air. J'ai un truc à faire… et je dois le faire seul.

La glace se transforma en feu.

– Tu m'as menti ? Sur quoi ? C'est quoi, ce truc que tu dois faire tout seul ?

Il se raidit et leva les mains.

– Tu vois, c'est exactement la réaction que je voulais éviter, c'est pour ça que j'ai menti. Mais on a dit qu'on essayait d'être honnêtes alors j'ai changé d'avis pour te dire la vérité. Alors ne te fâche pas.

La colère me donnait tellement chaud que j'avais l'impression que mes cheveux allaient sécher en cinq secondes.

– Sauf que tu ne m'as pas dit la vérité. Tu ne m'as rien dit du tout. Tu es vague et mystérieux, et ça ne me plaît pas.

Il ferma les yeux et soupira.

– Ça aurait été plus facile de juste tracer ma route.

Je me mis à taper du pied et il rouvrit les yeux.

– Joey a appelé pendant que tu étais sous la douche. Je dois aller la voir et je veux que tu restes ici avec tes parents.

– Hors de question que tu ailles la voir sans moi ! Je viens avec toi !

Kellan secoua la tête.

– Je refuse que tu l'approches. Tu restes ici.

Son ton était ferme et autoritaire, et ça me tapa vraiment sur les nerfs.

– Tu crois que tu peux me donner des ordres ? Je fais ce que je veux ! Et si je veux venir avec toi…

Kellan soupira et me tourna le dos, mais je l'attrapai par le coude pour l'obliger à me regarder.

– Je n'ai pas fini !

– Je sais bien que tu fais ce que tu veux. Je l'ai bien compris quand Denny est revenu dans ta vie et que tu ne m'as rien dit. Mais moi aussi, je fais ce que je veux, et si je veux régler ça tout seul, je réglerai ça tout seul.

Là-dessus, il tourna les talons et quitta la pièce, et je ne fis rien pour le retenir.

J'allai m'asseoir sur le lit, les larmes aux yeux. L'honnêteté absolue n'avait pas que des avantages.

J'étais encore en pétard longtemps après son départ. Mon père essaya de me consoler en me disant que Kellan n'était peut-être pas celui qu'il me fallait, mais il se tut en voyant mon regard meurtrier. Ma mère était étrangement silencieuse tandis qu'elle feuilletait un magazine de mariage, mais le fait qu'elle souriait comme une idiote en tournant les pages et qu'elle ne me posait aucune question indiquait clairement qu'elle espérait qu'on recolle rapidement les morceaux. C'était ce que j'espérais, moi aussi : je détestais me disputer avec lui ou être en colère contre lui.

Néanmoins, je savais que les désaccords étaient inévitables, et la capacité à trouver une solution était ce qui faisait fonctionner une relation, ou la détruisait complètement. On s'était souvent disputés avec Kellan dans le passé, mais c'était toujours d'énormes accrochages. On ne se chamaillait jamais pour des bêtises, ou pas vraiment. C'était nouveau pour nous et je ne savais pas vraiment comment gérer ça.

Pendant son absence, je n'arrêtai pas de penser à ce qu'il allait dire à Joey ou faire avec elle. Enfin, je ne pensais pas qu'il allait faire quoi que ce soit. Il m'aimait et il considérait qu'on était mariés. Il n'allait pas détruire ça pour une pouf avec qui il avait couché il y a des années.

Alors pourquoi j'avais peur de ce qu'il allait lui dire ? En réalité, j'étais presque sûre de ce qui allait se passer : il allait la traiter de tous les noms, lui dire qu'il n'aurait jamais dû coucher avec elle, et lui balancer une enveloppe pleine de billets en espérant que ça la fasse taire. Je souris en l'imaginant : il était tellement sexy quand il était en colère.

Sourire m'aida à me calmer un peu. En fait, ce n'était pas *lui* qui m'inquiétait dans tout ça. C'était l'élément inconnu. C'était Joey qui me faisait peur. Je ne savais pas ce qu'elle allait mijoter, et ça m'angoissait. Et c'était exactement pour ça que Kellan ne voulait pas que j'y aille. Il la connaissait, il avait vécu avec elle. Il savait qu'elle avait un sacré tempérament et il avait voulu la voir seule pour me protéger. Et moi, j'avais voulu lui arracher les yeux pour ça.

Ma colère se dissipa tandis que j'imaginais ce que Kellan devait ressentir dans cette situation. Il devait être gêné. Pas à cause de l'enregistrement, mais à cause de la façon dont ça avait été dévoilé : devant mes parents et moi. Il voulait qu'elle se calme pour qu'elle passe à autre chose ensuite et il avait dû se douter que m'emmener avec lui contrarierait ses plans. Joey aurait sans doute balancé quelque chose qui m'aurait offensée, et j'aurais fini par lui sauter dessus. Il avait eu raison de m'empêcher de venir. À sa place, j'aurais sans doute fait la même chose.

Quand Kellan revint une heure et demie plus tard, toute ma colère s'était évanouie. Tout le monde tourna la tête en entendant la porte d'entrée, et il prit une grande respiration en la refermant derrière lui. Il me lança un regard nerveux, sans même se tourner complètement vers moi. Il ruisselait de sueur, il avait donc dû finir par aller courir, au bout du compte. Peut-être qu'il en avait eu besoin après son entrevue avec l'autre traînée.

Je devais m'excuser, et je posai le carnet dans lequel j'étais en train d'écrire pour le rejoindre à pas prudents. Il détourna le regard et grommela quelque chose à propos de prendre une douche avant de partir à l'aéroport. Un éclair de tristesse me traversa alors que je pensais à son départ, mais pour le moment, c'était surtout le fait qu'il m'évitait qui m'inquiétait. Alors que j'arrivais dans l'entrée, il se précipita dans l'escalier.

– Kellan ?

– J'arrive, j'ai juste besoin de prendre une douche, cria-t-il par-dessus son épaule.

Je jetai un coup d'œil en direction de mes parents avant de le suivre à l'étage. Quand j'arrivai en haut, il était en train de s'examiner dans le miroir de la salle de bains.

– Kellan ?

Il tourna la tête vers moi et je restai bouche bée. Il avait une marque sanglante sur le visage, du haut de sa joue jusqu'à la mâchoire. C'était pour ça qu'il ne voulait pas me regarder en rentrant : cette salope l'avait agressé.

– Elle t'a frappé ? demandai-je en me précipitant vers lui.

Il regarda sa blessure dans le miroir et soupira.

– Je vais bien, Kiera.

Je pris son visage dans mes mains pour le regarder de plus près.

– Tu saignes.

– C'est bon, je te dis, insista-t-il avec un sourire en coin. Ce n'est pas la première fois qu'une femme me frappe.

Je décidai d'ignorer sa référence provocante à une vieille scène entre nous mais mes yeux se remplirent de larmes. Son sourire s'évanouit et ce fut à son tour de me scruter.

– Disons que ça ne s'est pas très bien passé. Tu aurais peut-être mieux fait de venir, en fin de compte.

– Je ne pense pas. J'aurais sûrement fini au poste pour agression.

Ses lèvres sourient éphémèrement.

– Je suis désolé, je me suis comporté comme un abruti. Mais je ne voulais pas que tu sois impliquée là-dedans.

– Je voulais être là pour te soutenir.

Il baissa les yeux, à la fois reconnaissant et inquiet.

– Je sais. Mais je la connais, et je sais comment elle aurait réagi. Encore plus maintenant qu'elle sait ce que tu représentes pour moi… Je voulais te protéger.

Je l'embrassai sur la joue. Sa peau était un peu salée.

– Je suis forte, je peux me débrouiller.

Il s'assit au bord de la baignoire.

– Je sais et je pense que c'est moi qui suis faible : j'avais besoin d'être sûr que tu étais à l'abri. Je ne voulais pas que tu aies à entendre… Ça ne regardait que moi, Kiera. Je suis désolé.

Ce n'était pas compliqué d'imaginer tous les détails intimes que Joey m'aurait donnés, et toutes les sales histoires qu'elle m'aurait racontées sur Kellan. Elle aurait essayé de s'interposer entre nous, juste parce qu'elle n'avait pas réussi à faire de lui un de ses jouets. Ça ne faisait que prouver, une fois de plus, à quel point la jalousie pouvait être dangereuse.

– Tu peux arrêter de t'excuser, dis-je en passant les bras autour de son cou. Je t'ai déjà pardonné depuis un moment.

Il sourit et me prit par la taille, et les étoiles dans ses yeux me firent un peu oublier sa plaie à la joue.

– Vraiment ?

– Oui, vraiment. On ne sera pas toujours d'accord, toi et moi. Et je suis tellement fière que tu m'aies dit la vérité alors que tu avais vraiment envie de mentir. Tu n'as pas idée de ce que ça représente pour moi.

Il hocha la tête et je sentis mes yeux se remplir de larmes en repensant à tous les mensonges qui avaient entaché notre relation. L'honnêteté faisait peut-être mal parfois, mais c'était vraiment la meilleure solution.

– Tu veux me raconter ce qui s'est passé ?

Il soupira d'un air épuisé qui me rappela qu'aucun de nous n'avait dormi la nuit dernière, et j'étouffai un bâillement.

– Elle voulait venir ici mais je lui ai dit de m'attendre au coin de la rue. Je voulais arriver avant elle pour qu'elle n'ait pas le temps de se pointer à la maison alors je n'ai pas eu le temps d'aller à la banque. Je n'avais pas assez de liquide et quand elle a vu que je lui faisais un chèque pour le reste, elle a pété un plomb. Je lui ai proposé de la conduire à la banque mais elle m'a giflé, alors je lui ai dit d'aller se faire foutre, et après je suis allé courir pour me calmer.

Garce. Il leva les yeux au ciel.

– Elle est cinglée. Je ne comprends pas comment j'ai fait pour vivre avec elle.

Et moi, je comprenais encore moins comment il avait fait pour coucher avec elle, mais il était déjà assez énervé et je gardai ma réflexion pour moi.

– Il faut que je me douche et que je me prépare, murmura-t-il.

J'aurais tellement aimé qu'il puisse rester, ou que je puisse partir avec lui, mais on allait devoir être patients. Kellan ouvrit l'eau et je fermai la porte de la salle de bains. Puis je m'assis et le regardai régler le thermostat, en espérant qu'il reste encore de l'eau chaude.

Il retira ses chaussures, ses chaussettes et son tee-shirt, que la sueur avait collé à sa peau, et mes yeux se posèrent alors sur son tatouage. Heureusement que Joey ne l'avait pas vu. Kellan aurait peut-être reçu plus qu'une gifle. Mais il ne montrait pas souvent son tatouage. C'était comme un secret entre nous. Ça me manquerait de ne pas le voir sur sa peau pendant qu'il serait parti. Enfin, c'était une chose parmi mille autres choses qui allaient me manquer.

– Est-ce que je fais une erreur ? dit soudain Kellan.

– De quoi tu parles ?

– Enregistrer un album, partir en tournée… Tout ce que je veux, c'est une vie tranquille avec toi. Et le contrat que je viens de signer… ça implique tout sauf ça.

Je lui caressai la joue en me demandant comment le réconforter, tout en sachant que je pensais la même chose.

– Kellan, ta vie ne sera jamais tranquille, peu importe ce que tu fais. La scène, c'est toute ta vie. Tu es né pour ça.

Même si c'était tout le contraire de la paix et du silence auxquels on aspirait, je savais que c'était vrai. Il faisait ce qu'il était censé faire : c'était son destin. Mais ça ne voulait pas nécessairement dire qu'on devait renoncer à une vie tranquille tous les deux. Ça voulait dire qu'on devait être flexibles.

– On va juste devoir trouver des moments de calme au milieu du chaos, mais on est plutôt doués pour ça.

– C'est vrai…

On s'embrassa doucement puis il fit un signe de tête en direction de la douche, les sourcils levés. Je savais ce que ça voulait dire : *Tu viens avec moi ?* Une grande partie de moi avait envie de dire oui mais on avait plein de choses importantes à faire, et j'avais deux parents espions au rez-de-chaussée qu'on essayait d'impressionner par notre retenue. Et puis j'étais presque sûre qu'il ne restait pas assez d'eau chaude dans le ballon, de toute façon.

Je secouai la tête, l'embrassai une dernière fois et ramassai ses vêtements sales.

Il fronça les sourcils puis retira le reste de ses vêtements et me les donna.

– Merci d'être là, dit-il avant de m'embrasser sur la joue.

– De rien, répondis-je en essayant de le regarder dans les yeux mais sans pouvoir m'empêcher de regarder son corps nu.

Il ferma le rideau et commença à fredonner et je m'arrêtai un instant pour l'écouter. J'aurais pu rester là toute la journée. D'un seul coup, je l'entendis aspirer entre ses dents et jurer.

– Ça va ?

Sa tête émergea de derrière le rideau : ses cheveux étaient ramenés vers l'arrière et avaient l'air plus sombre que d'habitude, presque autant que ceux de Denny.

– Oui. Ça brûle, c'est tout.

J'avais envie de compatir, mais son air de chien battu finit par me faire rire. Lui n'avait pas l'air amusé, par contre, et il disparut de nouveau.

– Tu veux que je sorte la trousse de premiers secours ?

Il soupira bruyamment.

– Ça va aller, merci.

– Gros bébé, dis-je en ouvrant la porte.

Ma mère montait l'escalier quand j'arrivai sur le palier et son visage s'illumina lorsqu'elle me vit. Son long index pointait un article sur une page du magazine qu'elle avait entre les mains.

– Je viens de trouver le plus beau bouquet de mariée du monde. Il faut absolument que tu jettes un œil.

Les bras chargés des vêtements pleins de sueur de Kellan, je lui souris brièvement.

– Bien sûr maman, pas de problème. Laisse-moi juste aller mettre ça dans la machine.

Elle acquiesça avec enthousiasme et m'emboîta le pas.

Quand est-ce que mes parents repartaient, déjà ?

4

Au revoir, pour le moment

Quand Kellan sortit de la douche, j'étais dans la chambre d'amis avec ma mère, qui m'expliquait les avantages et inconvénients d'un bouquet de mariée tout blanc. Elle était si concentrée qu'elle ne remarqua même pas qu'il entrait dans la pièce seulement enveloppé dans une minuscule serviette. Mais même si elle l'avait vu, ça ne l'aurait sûrement pas fait changer de sujet.

L'espace d'un instant, je me posai la question de savoir si je devais lui demander son avis concernant les fleurs, mais je ne le fis pas. Primo, il devait se préparer, et deuzio, ma mère n'en avait sûrement pas grand-chose à faire de son avis de toute façon. Elle ne lui avait rien demandé jusqu'à maintenant. Pour une raison quelconque, elle ne parlait du mariage qu'avec moi, comme si j'étais la seule à devoir avoir une opinion.

Mais la réalité, c'est que même mon opinion lui était égale. J'avais répété des dizaines de fois que je voulais une cérémonie courte et simple en petit comité… si toutefois j'en avais une. Un mariage impromptu au Pete's serait parfait, et cela ne me posait aucun problème de simplement passer à la mairie pour signer les papiers qui le rendrait officiel. Ensuite, on pourrait avoir une petite réception avec juste notre famille proche et quelques amis. Sauf que ce n'était pas du tout ce que ma mère avait en tête : une cérémonie de gala.

Une fois habillé, Kellan nous rejoignit. Il était en train de lire quelque chose sur son portable et souriait jusqu'aux oreilles. Ma mère arrêta enfin son monologue sur le fait que des fleurs sauvages n'étaient vraiment pas assez raffinées pour un mariage et regarda Kellan. La trace se voyait moins, maintenant qu'il était douché et qu'il avait mis de la crème, mais c'était quand même impossible de passer à côté. Elle me lança un regard curieux mais j'ignorai sa question silencieuse.

– Qu'est-ce qu'il y a ? demandai-je à Kellan.

– C'était Gavin, dit-il en rangeant son portable dans sa poche. Il allait décoller, et il voulait me remercier d'avoir bien voulu le rencontrer. Il m'a aussi dit que je pouvais aller les voir quand je voulais.

Il laissa échapper un petit rire et baissa la tête.

– Et à la fin… il a écrit qu'il m'aimait.

Il leva les yeux au ciel, comme s'il ne comprenait pas comment quelqu'un sur cette planète pouvait l'aimer, encore plus quelqu'un de sa famille. Être aimé était quelque chose de nouveau pour lui, ou du moins, l'acceptation du fait d'être aimé. Il connaissait ce sentiment, pourtant : son groupe l'aimait, et Denny aussi, mais l'image qu'il avait de lui-même avait été faussée pendant tellement longtemps… Il avait fallu que je rentre dans sa vie pour faire évoluer les choses. Mais une vie passée à ne pas se sentir désiré par ses parents était difficile à oublier, et il en souffrait encore parfois.

Je me levai et le pris par la taille.

– Bien sûr qu'il t'aime… Tu es son fils.

– Ça ne veut rien dire.

Mon cœur se serra lorsque je vis son air sombre et je passai une main dans ses cheveux humides.

– Moi, je t'aimerai toujours.

– Promis ? demanda-t-il en me serrant contre lui.

– Promis, assurai-je en posant ma tête sur sa poitrine. C'est impossible de ne pas t'aimer. Crois-moi, j'ai essayé.

Il sourit puis il m'embrassa tendrement, mais notre instant de tendresse fut interrompu par quelqu'un qui toussaillait. On tourna la tête vers la porte et on découvrit mon père, planté là en train de nous observer.

– Tout va bien ?

Il essayait d'avoir l'air détaché mais je sentis bien qu'il était mécontent. Kellan me lâcha et secoua la tête, puis il répondit à mon père sans me quitter des yeux.

– Oui, tout va très bien. Je me prépare juste à partir.

Le visage de mon père s'illumina et il lui donna une tape dans le dos.

– Je peux t'aider à faire quelque chose ?

Sa réponse fit rire Kellan et il m'embrassa sur le front.

– Non merci, ça va aller.

Il tapota l'épaule de mon père en passant à côté de lui pour retourner dans notre chambre et je levai les mains en regardant mon père d'un air incrédule.

– Quoi ? Je ne peux pas offrir mon aide à mon futur beau-fils ?

Il était vraiment irrécupérable…

En un éclair de temps, on se retrouva tous les quatre en route vers le Pete's, où le groupe devait se réunir pour un dernier verre avant leur départ. Une fois de plus, Kellan avait refusé que je l'accompagne à l'aéroport. Il disait que regarder l'avion décoller était bien trop dramatique.

Kellan soupira en coupant le moteur de la Chevelle et il caressa même le volant. Puis, les yeux plissés, il me tendit les clés à contrecœur. Il allait dire quelque chose mais je parlai en premier.

– Je sais. Fais attention, ne te trompe pas de carburant, ne va pas trop vite. C'est bon, j'ai compris.

J'attrapai les clés et il fronça les sourcils.

– Il va falloir qu'on trouve un garage pour quand tu vas venir me rejoindre, dit-il en ouvrant sa portière. Je ne veux pas la laisser dans l'allée aussi longtemps.

Je me raidis en l'entendant dire ça et regardai mon père. Je ne lui avais pas encore dit que j'allais quitter Seattle, et il avait les yeux ronds comme des billes.

– Le rejoindre ? Où ça ? demanda-t-il.

– Je t'expliquerai plus tard, papa, dis-je en ouvrant rapidement ma portière.

– Kiera, attends…

Je sortis de la voiture et fermai ma portière sans lui répondre. Kellan haussa les épaules d'un air d'excuse et mon père descendit à son tour.

– Combien de temps, Kiera ?

Je n'avais vraiment pas envie d'en parler maintenant. Heureusement, Griffin fit distraction en arrivant à ce moment-là. Il gara son van juste à côté de la Chevelle et Anna s'extirpa du siège passager en s'accrochant à la portière, comme si elle allait exploser au cas où elle bougerait trop vite. La portière arrière glissa et Matt sortit à son tour. Il nous fit signe puis tendit la main à sa copine Rachel pour l'aider à descendre du van.

J'avais encore du mal à croire que Matt et Griffin étaient de la même famille. Silencieux et réservé, Matt avait tendance à me ressembler, tandis que Griffin était plutôt du genre… abruti. Parfois (ou plutôt souvent), je regrettais que ma sœur soit avec lui et pas avec Matt, mais Matt était heureux avec Rachel.

Il me fit un petit signe de tête puis donna une tape sur l'épaule de Kellan, et Griffin contourna le van pour venir nous rejoindre. Il alla se mettre derrière Anna, l'attrapa par les hanches et l'attira contre lui en se frottant contre elle. Le visage de mon père vira au rouge écarlate et il oublia immédiatement la conversation qu'il avait essayé d'avoir avec moi.

Au moment où il se dirigeait vers Griffin pour l'empêcher de tripoter sa fille aînée, la voiture d'Evan apparut. Il se gara, coupa le contact, et les deux portières avant s'ouvrirent en même temps. Puis Evan et Jenny nous rejoignirent main dans la main.

Ce couple était nos meilleurs amis, à Kellan et moi. Kellan adorait tous les membres de son groupe, y compris Griffin à sa façon, mais c'était à Evan qu'il se confiait le plus. Le rockeur percé et tatoué de partout était l'un des hommes les plus aimables que je connaissais et on s'était tout de suite bien entendus. Quant à Jenny, c'était ma confidente et mon amie la plus proche. Elle était belle comme une rose, blonde et pétillante, du genre qui plaisait beaucoup à la gent masculine, et elle était d'une gentillesse qui pouvait rivaliser avec celle d'Evan. Parmi tous les couples que je connaissais, ils étaient celui pour lequel je ne me faisais aucun souci. Ils étaient trop bien ensemble pour que ça ne fonctionne pas entre eux.

Je disais tout à Jenny, même des choses que je n'aurais sans doute jamais dû lui raconter. Mais elle m'avait toujours acceptée, dans les bons comme dans les mauvais moments, et elle m'avait toujours soutenue depuis mon arrivée à Seattle. Elle allait vraiment me manquer quand je serais sur la route avec Kellan.

Elle pinça les lèvres quand elle remarqua que j'avais l'air d'être sur un petit nuage et je me rendis compte que je ne lui avais pas encore annoncé la grande nouvelle. Je n'avais pas tendance à être aussi joyeuse avant le départ de Kellan : normalement, j'étais grognon, déprimée… une vraie rabat-joie. Et j'*étais* triste qu'il parte, mais ma bonne nouvelle me faisait oublier ma mélancolie, et je me sentais à deux doigts d'exploser de joie.

Je ne dis rien à Jenny et me contentai de lever la main gauche. En voyant ma bague, elle comprit tout de suite et se mit à pousser des petits cris surexcités qui firent sursauter mes parents. Elle me prit dans ses bras et on se mit à sautiller sur place, tandis que les garçons nous regardaient comme si on avait complètement pété les plombs. Curieuse, Rachel fit un pas en avant. Elle était encore plus timide que moi, mais elle aussi me prit dans ses bras quand elle comprit ce qui se passait. Anna se joignit au cercle et elles examinèrent toutes mon alliance. Elle brillait sous le soleil, s'accordant parfaitement à mon humeur.

– Vous êtes fiancés, dit Rachel en soupirant, avant de jeter un bref regard à Matt par-dessus mon épaule.

– Non… on est mariés.

– Quoi ? Vous vous êtes mariés ? Sans moi ?

Jenny avait l'air aussi blessée que ma mère quand elle l'avait appris, et j'eus la nette impression que j'allais me retrouver avec une deuxième organisatrice de mariage.

– Détendez-vous, renifla Anna. Ils se sont juste échangé une bague dans un bar, ils ne sont pas vraiment mariés.

Mes parents étaient derrière elle et je pus clairement voir un petit rictus se former sur les lèvres de mon père. Kellan grimaça en entendant la remarque d'Anna et je l'imitai.

– On est mariés dans nos cœurs et c'est ça le plus important. Pour la paperasse, on verra ça plus tard.

Griffin s'écarta de Matt devenu soudain blanc comme un linge pour se joindre à la conversation.

– Pitié, les gars, vous n'êtes pas mariés, dit-il sur le même ton qu'Anna.

Il croisa les bras et jeta un regard agacé à Kellan.

– Pas d'enterrement de vie de garçon, pas de mariage. C'est la loi.

– Ce n'est *pas* une loi, Griffin, dis-je en adoptant la même posture que lui.

– Eh bien ça devrait. Pas de nichons, pas de corde au cou.

Il avait ce petit sourire insupportable qui me donnait envie de le gifler mais je résistai. Heureusement, Anna m'aida en lui donnant une tape à l'arrière de la tête.

– Quoi ? lui demanda-t-il en plissant les yeux. C'est normal : si tu dois passer le reste de ta vie avec une seule nana, la moindre des choses, c'est d'en choper une dernière juste avant. Ou deux. Ou trois.

– Ah bon ? demanda Anna en haussant les sourcils. Et ça te plairait qu'un connard fasse ça avec notre fille ?

Elle se caressa le ventre et Griffin suivit sa main du regard.

– Ça ne va pas, non ? Le premier qui fait ça à ma fille, je lui coupe les couilles.

– Je vois.

Anna sourit et l'embrassa sur la joue sans rien ajouter, mais je pouvais voir que Griffin était encore en train de penser à ce qu'elle venait de dire, et qu'il n'avait aucune envie que le scénario qu'il avait en tête pour Kellan arrive à sa fille. On échangea un sourire complice avec Anna : peut-être que le cas de son mec n'était pas complètement désespéré.

Le groupe rentra dans le bar pour prendre un verre avant que le taxi arrive pour les conduire à l'aéroport. L'équipe du soir n'était pas encore là mais il y avait des visages familiers : les deux serveuses de jour, Emily, et Troy, le barman, avec son éternel coup de cœur pour Kellan. Son visage s'illumina lorsqu'il nous vit arriver.

Quand on se dirigea vers la table du groupe, je restai clouée sur place. Un homme que je connaissais bien y était déjà installé, en train d'attendre : Denny Harris, l'ex-amour de ma vie. Kellan remarqua ce qui avait attiré mon attention et s'immobilisa aussi, et Denny se leva, les mains dans les poches.

Il avait un peu changé depuis qu'il était revenu à Seattle. Il avait l'air plus âgé et plus mûr. Sa façon de se tenir montrait qu'il avait gagné en confiance, et ses yeux marron montraient eux aussi davantage d'assurance. Il semblait savoir qui il était et ce qu'il voulait, et ce n'était plus moi. Il était fou amoureux de sa copine, Abby. Au début, ça m'avait fait mal de voir qu'il était passé à autre chose mais c'était ce que j'avais fait, moi aussi. À présent, j'étais vraiment heureuse pour lui.

Il nous fit un grand sourire en voyant l'air ahuri de Kellan. On s'avança jusqu'à lui et Kellan le prit dans ses bras.

– Tu es venu me dire au revoir ?

– Vous allez devenir célèbres, alors c'est peut-être ma dernière chance de t'approcher.

Kellan détourna le regard en souriant.

– Ça, je demande à voir. Mais je suis content que tu sois là.

Je m'avançai pour dire bonjour à Denny. Je savais que Kellan n'était pas encore tout à fait à l'aise avec le fait que je sois amie avec lui, même s'il m'avait dit plein de fois que notre amitié ne lui posait pas de problème, alors je le pris dans mes bras.

Denny salua ensuite le reste du groupe, puis tout le monde prit place et je m'assis à un coin de la table à côté de Kellan.

Quand Denny eut fini ses salutations, il vint s'asseoir à la seule place libre, en bout de table, à côté de moi. L'ironie du sort voulut que Denny, Kellan et moi fussions assis exactement à la même place que la première fois où Denny et moi avions bu une bière avec le groupe.

Denny me regarda alors que Kellan commandait une tournée pour toute la table et je vis qu'il avait l'air pensif. Peut-être que lui aussi réfléchissait à la façon dont les choses avaient radicalement changé. Je haussai les sourcils dans une question silencieuse et son expression changea. Il secoua la tête puis reporta son attention sur Emily qui arrivait avec nos boissons.

Kellan me regardait tandis qu'elle servait un shot à chacun. Je ne ressentais pas la pointe de culpabilité qui me transperçait d'habitude quand on était tous ensemble, et je pris sa main pour embrasser ses doigts. Il me sourit et ma mère regarda la dynamique entre nous trois avec un sourcil levé. Elle ne devait toujours pas en revenir qu'on soit restés amis, surtout maintenant qu'elle savait exactement ce qui s'était passé.

Une fois que chacun eut son shot – à part ma sœur, qui était à l'autre bout de la table en train de fixer son jus de pomme comme si c'était une substance toxique –, tout le monde leva son verre pour trinquer.

Matt ouvrit la bouche pour parler mais son cousin le prit de vitesse.

– À la célébrité, à la fortune et aux filles faciles !

Tout le monde le regarda boire cul-sec sans rien dire et mon père lui lança un regard noir. Quand il reposa bruyamment son verre sur la table, Matt prit la parole comme si rien ne s'était passé.

– Aux bons amis et à la bonne musique.

– Santé !

Tout le monde trinqua, et on se pencha par-dessus la table avec Denny pour célébrer avec Anna et Rachel. On but d'une traite : l'alcool me brûla la gorge, mais le toast en valait la peine.

Tout le monde était en train de discuter joyeusement quand un Troy morose s'approcha de notre table.

– Le taxi est là, dit-il en fixant Kellan.

Je sentis mon cœur se serrer. Les au revoir faisaient partie du quotidien avec Kellan, mais j'avais encore du mal à m'y habituer.

Matt regarda l'horloge accrochée au mur et sourit. Comme c'était lui le pseudo-manager, il s'était occupé de toute l'organisation, et semblait ravi de voir que tout se passait comme prévu. Kellan m'aida à me lever et on alla tous sur le parking. Effectivement, le taxi était arrivé.

Tout le monde commença à se dire adieu. Kellan m'embrassa brièvement avant de dire au revoir à ceux qu'il ne reverrait pas tout de suite. Il prit ma mère dans ses bras, serra la main de mon père et caressa le ventre rond d'Anna. Puis il serra Rachel dans ses bras, fit tourner Jenny dans les airs et tapota l'épaule de Troy, qui sourit de toutes ses dents. Pendant ce temps, je dis au revoir à Evan et à Matt. Evan me serra dans ses bras de toutes ses forces tandis que Matt m'étreignit plus doucement. Je restai à bonne distance de Griffin et lui fis un signe de la main, puis Kellan revint à côté de moi.

Il prit ma main dans la sienne et tendit l'autre à Denny.

– Tu gardes un œil sur elle ? Mais pas de trop près, ajouta Kellan en souriant.

– Ça ne risque pas, murmure Denny, amusé…

Il prit la main de Kellan et la serra fermement.

– Je garde un œil sur elle. Et j'espère que ça va marcher pour vous.

Kellan sourit et me regarda.

– Moi aussi.

Je ne savais pas s'il parlait du succès du groupe, mais j'avais l'impression que tant qu'on était ensemble, le succès n'avait pas d'importance. Il me serra une dernière fois dans ses bras.

– À plus tard, murmura-t-il.

Puis il courut jusqu'à sa voiture pour prendre son seul bagage : l'étui noir qui contenait sa guitare. Il passa la sangle sur son épaule avant d'aller jusqu'au taxi, et le chauffeur la mit dans le coffre tandis qu'il disparaissait dans la voiture. Je dus me mordre la lèvre pour ne pas me laisser submerger par la tristesse. Je le rejoignais dans peu de temps, et j'avais déjà hâte d'y être.

Enfin, le taxi se mit en route. Kellan était à la fenêtre et sortit sa main pour me faire signe, son alliance brillant au soleil. Je souris comme une idiote et lui fis signe à mon tour jusqu'à ce qu'il disparaisse au coin de la rue.

– Alors, comment ça se passe, le mariage, Kiera ?

L'accent australien de Denny s'enroula magnifiquement autour de mon nom. Notre relation avait changé, mais je trouvais toujours le son de sa voix aussi fascinant.

Je scrutai ses yeux, à la recherche d'un signe de tristesse, mais je n'en vis aucun.

– Plutôt bien.

Je passai en revue ce qui s'était déroulé depuis mon mariage imprévu, et le souvenir de la visite surprise de Joey m'assombrit le visage.

– Tu es sûre ?

Une partie de moi n'avait vraiment pas envie d'évoquer mes problèmes conjugaux avec lui : ça me paraissait inapproprié après tout ce qui s'était passé. Est-ce que je ne les méritais pas, tous ces ennuis ? Mais Denny était quelqu'un d'exceptionnel, et une fois qu'il avait pardonné quelqu'un, il n'y avait plus la moindre trace de ressentiment. Du moins, il essayait. Je l'avais vu lutter contre sa rancœur en ma présence, et j'avais entendu la tristesse causée par ma trahison dans sa voix. Mais il était toujours dans ma vie, c'était toujours mon ami, et je lui devais une réponse honnête.

– Il y a eu un souci à la maison, dis-je en regardant mes parents qui discutaient avec Anna, Jenny et Rachel.

– La griffe qu'il avait sur la joue ? C'est toi qui as fait ça ?

– Non… Son ex-colocataire est venue…

Avec sa mémoire d'éléphant, il se rappela de qui il s'agissait.

– Joey ? La fille qui avait disparu après avoir couché avec lui ?

Je sentis mon estomac se tordre.

– Oui, Joey. Elle est venue rechercher ses affaires, mais je m'en étais débarrassée depuis un moment, et Kellan a dû la rembourser.

– Étant donné que c'étaient *ses* affaires, ça me paraît normal. Mais j'imagine que l'histoire ne s'arrête pas là ?

Je n'avais vraiment pas envie d'en parler, mais il fallait que ça sorte et à l'exception de Jenny, c'était lui mon meilleur ami.

– Elle lui a rendu une sex tape qu'ils avaient faite ensemble… et elle lui a demandé de l'argent en échange.

Il y eut un long silence. Je pouvais voir qu'il réfléchissait et qu'il hésitait sur ce qu'il devait répondre, et je n'étais pas sûre d'avoir envie de savoir ce qu'il pensait. Peut-être que c'était préférable qu'il ne dise rien ? Je regardai mes pieds et donnai un petit coup dans un caillou en attendant sa réponse.

– Si elle lui a rendu avant qu'il donne l'argent… alors ça veut dire que c'était juste une copie. Tu n'as pas fini d'entendre parler d'elle.

Je n'avais pas pensé à ça… Je savais qu'il y avait d'autres sex tapes, mais je n'avais pas pensé qu'elle avait pu arnaquer Kellan. Elle l'avait apportée à la maison pour la lui rendre sans être au courant de mon existence et elle s'était comportée avec un tel mépris envers Kellan, qu'elle semblait vouloir s'en débarasser. Bien sûr, peut-être que c'était juste de la comédie, une manière de lui montrer qu'elle n'avait plus besoin de lui et qu'il était inférieur. Elle avait l'air d'une de ces filles qui aiment avoir des trophées, alors quoi de mieux qu'un enregistrement ? Denny avait raison : elle avait d'autres copies.

– Je ne la connais pas, mais s'il devient vraiment célèbre, ça ne m'étonnerait pas qu'elle essaye de lui soutirer de l'argent. Ça pourrait faire la une de tous les magazines. Je suis désolé, Kiera.

Je soupirai en pensant à tous les problèmes à venir.

– Ça ne fait rien. Ça n'a pas vraiment d'importance.

Denny haussa les sourcils et je ris.

– Elle n'est pas la seule à avoir ce genre de vidéos avec lui alors elle n'en tirera pas un très bon prix. Tu sais ce qui se passe quand il y a trop d'offres.

Penser au nombre de sex tapes sur le marché me donna envie de pleurer, mais au lieu de ça, je ris en voyant la tête que Denny faisait.

– Tu as *vraiment* changé, dit-il.

Je souris sans conviction, soucieuse d'essayer d'accepter au mieux la situation. La vie de Kellan n'étant plus privée, certains de ses aspects allaient être difficiles à gérer. Mais on connaissait nos sentiments l'un pour l'autre, et ensemble, on parviendrait à traverser les épreuves.

– Je n'arrive pas à croire qu'il se soit filmé, dit Denny en levant les yeux au ciel. Enfin, en fait, si.

Soudain, il rougit et je lus une question dans ses yeux. Il ne voulait pas la poser mais il mourait de curiosité. Sachant à quoi il pensait, je lui donnai une tape sur l'épaule.

– Non ! Je ne l'ai pas laissé… on n'a pas… Non ! bégayai-je, incapable d'articuler une phrase correcte.

Denny rit et recula d'un pas.

– Désolé, j'y ai pensé avant de pouvoir m'en empêcher.

Il rit plus fort et Anna nous rejoignit.

– Qu'est-ce qui se passe ?

Elle regarda Denny froidement, ni hostile, ni amicale non plus. Elle n'avait toujours pas digéré la bagarre entre Denny et Kellan, et moi, indirectement. Denny se raidit et son rire s'évanouit.

– Rien, on discute, c'est tout.

Elle se crispa, comme si elle pensait que Denny allait essayer de me piquer à Kellan. Je ne sais pas combien de fois je lui avais répété qu'on était juste amis, mais elle n'était toujours pas convaincue.

– Je vais y aller, Kiera, je vais faire une sieste. Les filles et moi, on a mal partout.

Je fis la moue en sachant qu'elle ne parlait pas du bébé dans son ventre.

– D'accord.

Elle gagna le van de Griffin et mes parents vinrent me rejoindre. À voir la tête de mon père, j'étais sûre qu'il voulait me parler de mon projet de rejoindre Kellan et je maugréai.

– Tu es prête à les voir repartir ? demanda Denny.

– Oh que oui ! répondis-je avec un sourire.

Je me demandai si je devais lui dire que je partais. Ça aurait dû être plus facile que de lui parler de la sex tape, et pourtant, ça ne l'était pas.

Ma mère s'immobilisa, distraite par une pièce par terre. Elle ramassait tous les centimes qu'elle trouvait et gardait celles qui dataient d'avant les années soixante-dix. Elle avait des douzaines de boîtes pleines de vieilles pièces, à la maison.

Alors que mon père râlait en lui disant d'arrêter, je finis par lâcher ce que je n'avais pas vraiment envie de dire.

– Je rejoins bientôt Kellan à Los Angeles, et après, je pars en tournée avec lui. Je quitte Seattle.

Éberlué, Denny pâlit. Il avait l'air d'avoir pris un coup de poing dans l'estomac et je sentis une vague de douleur me submerger. Je ne l'avais jamais quitté avant : c'était toujours lui qui était parti. Contrairement à ce que je croyais, peut-être que celui qui partait souffrait plus que celui qui restait, en fin de compte. Ça en avait tout l'air, en tout cas, et je n'étais même pas encore partie. Denny reprit ses esprits et regarda mes parents, un mince sourire aux lèvres.

– Je me rappelle de quand on a dit à ton père que tu quittais l'Ohio. Bon courage. Tu vas en avoir besoin.

J'approuvai et mis ma main sur son épaule. Un éclair de tristesse passa entre nous, alors que nous pensions à tout ce qu'on avait perdu. On allait bien tous les deux, maintenant, et on était heureux dans nos couples respectifs, mais ça ne voulait pas dire qu'on avait oublié ce qu'il y avait eu entre nous.

Il me fit un petit sourire qui me brisa le cœur. Même si les filles allaient me manquer terriblement, son absence allait être douloureuse. Je ne savais pas si je devais le lui dire ou non, alors je lui souris simplement.

– Je reviendrai régulièrement pour voir Anna et m'assurer qu'elle va bien.

– C'est une bonne idée. Je te proposerais bien de veiller sur elle, mais tu sais ce qu'elle pense de moi…

Mes parents s'étaient suffisamment approchés pour nous entendre, et je me contentai d'acquiescer en guise de réponse. Je ne voulais pas parler de ça devant eux. Ils ne savaient pas ce que Denny avait fait, ce à quoi je l'avais poussé, et je préférais qu'ils ne l'apprennent jamais. Mon père insisterait pour que je coupe les ponts avec Denny, et je ne voulais pas. Il faisait partie de ma vie.

Mon père avait l'air épuisé, comme s'il avait envie de vacances après ses vacances. Il croisa les bras sur sa poitrine en essayant d'avoir l'air aussi imposant que possible.

– Kiera, je pense qu'il faut qu'on discute de ton projet de rejoindre Kellan.

À voir sa tête, il était évident qu'il trouvait ça ridicule.

– Tu pars vraiment à Los Angeles ? Parce que ça ne me plaît pas du tout de te savoir dans une ville aussi grande. Et encore moins entourée d'un groupe de rock stars, ajouta-t-il.

Je souris et m'apprêtai à répondre, mais Jenny avait entendu mon père et elle vint nous rejoindre.

– Tu vas vraiment y aller ? Tu vas être avec eux pendant qu'ils enregistrent l'album ?

Je n'avais pas eu le temps de lui dire ça non plus. Il s'était passé tellement de choses que j'étais encore étourdie. Je posai une main sur le bras de Jenny.

– Kellan veut vraiment que je vienne, et étant donné que j'ai fini la fac, je vais avoir beaucoup de temps libre.

– Tu devrais envoyer des candidatures au lieu de perdre ton temps. Ça ne va pas faire sérieux dans ton CV, intervint mon père.

Je me raidis et me serrai contre Jenny. D'un seul coup, je ressentais vraiment le besoin d'être soutenue.

– En fait, papa… je ne vais pas poser de candidatures. Après l'enregistrement, Kellan part en tournée pour faire la promotion de l'album… et je vais partir avec lui.

Pendant un instant, le seul bruit fut celui des voitures qui passaient. Puis Jenny et mon père se mirent à parler en même temps, et à ma grande surprise, ils dirent la même chose, mais sur un ton complètement différent.

– Non !

Dans la bouche de Jenny, c'était une exclamation de surprise, mais dans celle de mon père, c'était un ordre.

– Je sais que ce n'était pas prévu, mais c'est vraiment ce que je veux.

Jenny me serra dans ses bras.

– Qu'est-ce que je suis jalouse ! chuchota-t-elle à mon oreille avant de reculer, les yeux pétillants. Tu vas me manquer… mais tu vas t'éclater, j'en suis sûre.

Je ris, sentant son énergie me gagner. Puis la voix de mon père me ramena sur terre.

– Non, Kiera. C'est inacceptable.

Je tournai la tête vers lui et il se rembrunit encore plus.

– On ne t'a pas fait faire autant d'études pour que tu partes suivre un *groupe* à travers tout le pays.

Il lâcha le mot groupe avec un tel mépris qu'un frisson de colère me parcourut. J'eus envie de dire à mon père que ma bourse avait payé presque toutes mes études et qu'il n'avait pas contribué tant que ça, mais le problème n'était pas là.

– Ce n'est pas juste un groupe, papa. C'est le groupe de mon *mari*.

– Tu n'es pas vraiment mariée, Kiera, dit-il dédaigneux.

– Et il a besoin de moi, insistai-je en ignorant sa remarque.

Il renifla d'un air méprisant, comme s'il était persuadé que ce n'était pas vrai et que Kellan préférait être seul sur la route. Je repris la parole avant de laisser le temps à mon père de protester.

– Ce n'est pas comme si mes études n'avaient servi à rien. Je veux devenir écrivain, et je vais écrire sur la route avec Kellan.

– Écrivain ? Ce n'est pas un métier.

Ma mère lui donna un coup de coude dans les côtes.

– Quoi ?

Ma mère l'ignora et se tourna vers moi.

– Je suis sûre que tu y arriveras, ma chérie. Ton père a peur que ce soit difficile, c'est tout. Juste au début, bien sûr.

Sauf que ce n'était pas ça qui lui posait problème. À moins d'être journaliste dans un grand quotidien, mon père pensait qu'écrire était aussi frivole que faire de la musique. Un vrai boulot, c'était des heures fixes, un bureau fixe et un salaire fixe. Il aimait pouvoir se reposer sur ce genre de certitudes, et moi aussi, mais je savais que la vie de Kellan allait connaître un tournant radical, et j'étais prête à le suivre. Mon père n'y croyait peut-être pas encore, mais il devrait bientôt se rendre à l'évidence : Kellan avait bien trop de talent pour rester dans l'anonymat.

– Ça va aller, papa. Il ne faut pas que tu t'inquiètes.

Son agacement se transforma en angoisse.

– Je serai toujours inquiet pour toi, Kiera.

Je sentis ma colère s'apaiser. Dans un soupir, je lâchai Jenny rejoignit mon père pour le prendre dans mes bras.

– Tout va bien se passer, et moi aussi, je t'aime.

Je l'entendis sangloter en me serrant contre lui. J'étais sûre qu'il finirait par s'y faire. Il n'était peut-être pas d'accord avec ma décision, mais il ne m'en tiendrait pas rigueur, tout comme il ne tenait pas rigueur à Anna de ses erreurs. Mes parents nous aimaient même dans les moments difficiles, et même si ça allait être dur pour eux, ça allait être une expérience incroyable pour moi.

– Viens. On va rentrer à la maison et je vais tout t'expliquer, dis-je joyeusement.

Il hocha la tête puis soupira à fendre l'âme.

5

Un vrai au revoir

Une semaine plus tard, toute la famille prit le chemin de l'aéroport pour accompagner mes parents et je ne pus m'empêcher de regarder les avions qui décollaient avec envie. Si seulement j'avais pu embarquer dans l'un d'eux pour rejoindre Kellan... Il me manquait déjà et c'était réciproque. J'avais reçu une carte postale la veille avec le panneau Hollywood. Au dos, il avait écrit : *Dépêche-toi de me rejoindre, que je puisse arrêter de passer mes journées à rêvasser en pensant à toi.*

Notre mère serra Anna dans ses bras pendant que notre père m'expliquait que je devais l'appeler chaque jour.

– Je ne plaisante pas, Kiera. Si je reste deux jours sans nouvelles, je saute dans un avion et je viens te chercher.

Son expression était sévère, mais je lisais dans ses yeux qu'il était réellement inquiet. Il ne se faisait pas à l'idée de me voir partir. J'enroulai mes bras autour de son cou et l'embrassai sur le front.

– Tout va bien se passer, papa, Kellan sera tout le temps avec moi.

Il sembla mécontent. Apparemment, ça n'avait pas l'air de beaucoup le rassurer. Il n'était pas encore convaincu par Kellan, et il était loin de le considérer comme le garde du corps idéal. Anna vint le distraire en le prenant dans ses bras.

– Bye bye, papa.

Il sourit en lui frottant le dos. Je me tournai vers ma mère pour lui dire au revoir et elle m'embrassa en me disant qu'elle m'aimait.

– Alors, pour le mariage, tu préfères le printemps ou l'hiver ? Parce qu'on a plein de choses à organiser.

Je me crispai. Elle m'avait déjà posé cent fois la question.

– Je ne sais pas encore, maman. Je te tiens au courant.

– Rapidement, alors, car il faut que j'envoie les faire-part.

Une fois nos parents dans l'avion, Anna se tourna vers moi et poussa un râle interminable.

– C'est juste parce que je suis enceinte ou ils sont toujours aussi soûlants ?

Je m'esclaffai. Je n'en savais rien mais sa grossesse n'aidait sûrement pas. Même s'ils étaient pleins de bonnes intentions, ils pouvaient vraiment être épuisants.

Bien que j'eusse hâte de voir Kellan, j'étais aussi triste de quitter Seattle. Un endroit en valait un autre, comme je l'avais déjà dit à Kellan, mais j'avais des amis ici, et ils allaient vraiment me manquer. Quand on fit la fermeture du bar avec Jenny, la veille de mon dernier soir au Pete's, je ne réalisais toujours pas : demain serait mon dernier jour… Une fois que nous fûmes arrivées sur le parking, Jenny me serra contre elle, les larmes aux yeux.

– Tu vas tellement me manquer.

– Arrête, tu vas me faire pleurer, dis-je en retenant mes larmes. Et puis je ne suis pas encore partie : je travaille demain, tu te rappelles ?

Elle renifla et s'essuya les yeux.

– Je sais… c'est juste que je déteste les au revoir.

J'essayai d'ignorer le nœud dans ma gorge.

– On n'y est pas encore. Et puis je vais revenir.

– Je sais, dit-elle en s'égayant un peu. Et puis je viendrai vous voir dès que je pourrai. Enfin, il y a au moins un truc positif par rapport au fait que tu quittes le Pete's.

Je la dévisageai en me demandant ce que ça pouvait bien être et elle sautilla sur place.

– On va faire une fête en ton honneur demain soir !

Un léger malaise me parcourut. Je n'avais vraiment pas envie d'être au centre de l'attention au cours d'une soirée de départ. Jenny fronça les sourcils en voyant ma réaction.

– Ne t'inquiète pas, ce sera en petit comité. Un gâteau dans la réserve juste entre nous.

Sauf que quelque chose me disait que ce ne serait pas le cas.

Sur la route de la maison, je fus soudain frappée par ma solitude. Kellan n'était parti que depuis deux semaines, mais j'avais l'impression que ça faisait une éternité. Notre petite maison semblait froide et inhospitalière, alors que quand il était là, elle était pleine de vie, d'énergie et de musique.

J'ouvris la porte d'entrée tout en fouillant dans mon sac à la recherche de mon portable. Il était tard, mais sans doute pouvais-je réussir à le joindre. C'était un oiseau de nuit doublé d'un lève-tôt, ce qui voulait dire que même quand je n'arrivais pas à le contacter, je n'avais jamais besoin d'attendre très longtemps avant de l'entendre.

Je claquai la porte derrière moi, la fermai à clé, puis j'appelai Kellan, qui répondit presque instantanément.

– Salut. Comment tu sais que j'étais en train de penser à toi ?

– Parce que tu es toujours en train de penser à moi, répondis-je en riant.

– C'est vrai. Tu me manques… Tu arrives bientôt ?

J'accrochai ma veste et mon sac au portemanteau en souriant de toutes mes dents.

– On prend l'avion vendredi matin avec Anna.

Anna avait posé des congés pour le week-end du 4 juillet pour pouvoir m'escorter jusqu'à Los Angeles. Bizarrement, ça avait été l'idée de mon père, mais Anna était toujours partante pour ce genre d'aventure et elle s'était empressée d'accepter. Elle nous aurait même expédiées dès la fin de mon service au Pete's si elle n'avait pas eu un rendez-vous important chez le médecin, le lendemain.

– Tant mieux. J'ai préparé notre chambre, tu vas l'adorer.

– Notre chambre ?

Mon sourire s'agrandit.

– Oui.

J'entendis des rires. Qui d'autre pouvait bien être encore debout à cette heure-ci ?

– Ah, et je ne sais pas si je te l'ai dit, mais il y a une piscine alors apporte ton maillot de bain.

Kellan et le groupe séjournaient dans une demeure qui appartenait à la maison de disques. D'après ce qu'il m'avait dit, celle-ci était géniale, alors la présence d'une piscine n'avait rien d'étonnant. Apparemment, c'était bien plus courant en Californie que dans l'État de Washington : ici, on avait des stands à expresso à chaque coin de rue, et là-bas, ils avaient tous une piscine dans le jardin.

Je me traînai jusqu'à l'étage en lui disant à quel point j'avais hâte de le rejoindre. Être toute seule à la maison était un peu flippant parfois et j'avais même pris l'habitude d'écrire au lit jusqu'au lever du jour : me plonger dans mes mémoires amoureux m'empêchait de penser à la possibilité d'un croquemitaine caché dans le placard. Parler à Kellan au moment d'aller au lit m'aidait aussi à avoir moins peur : sa voix avait toujours cet effet apaisant sur moi. Enfin, peut-être qu'« apaisant » n'était pas le bon mot. Si sa voix me faisait toujours de l'effet, il y avait des fois où son intonation sensuelle était tout sauf relaxante…

Je me préparai à aller au lit avec le téléphone collé à l'oreille et, parce qu'il me manquait, j'enfilai un tee-shirt que je ne portais pas d'habitude. Il était imprégné de l'odeur de Kellan et je ne voulais pas que l'odeur disparaisse. Puis je me glissai sous la couette, vêtue du tee-shirt noir qui avait le mot « Douche Bags » écrit en grosses lettres blanches.

Pendant que Kellan me racontait sa journée, je collai le tissu à mon nez et respirai son parfum à la fois masculin et frais. Je ne savais toujours pas vraiment quelle combinaison de produits il utilisait pour en arriver là, mais c'était l'odeur la plus sensuelle au monde. Peut-être que c'était simplement son odeur naturelle : après tout, sa peau était délicieuse.

– Tu fais quoi ? demanda-t-il soudain.

Je pouvais entendre à sa voix qu'il souriait.

– Je viens de me mettre au lit et…

– Tu es toute nue ?

Je rougis et sentis une décharge électrique me parcourir juste en l'entendant dire ça. Je percevais encore du bruit derrière lui, ce qui indiquait qu'il n'était pas seul, mais peut-être qu'il pouvait s'isoler…

– Non. Je porte le tee-shirt que tu m'as donné il y a longtemps. C'est mon préféré mais je ne le porte presque jamais, pour préserver ton odeur.

Le bruit de son rire suffit à déclencher un incendie dans mon ventre et je passai une main sur mon corps tout en sentant ma solitude augmenter. Il me manquait tellement : son contact, son sourire, ses yeux, son tatouage… son cœur. Tout me manquait chez lui.

– C'est vrai ? J'ai une odeur ?

– Oui, et c'est la plus agréable et la plus excitante du monde. Encore mieux que le café.

– Et voilà, j'ai envie de toi.

Je souris en l'imaginant dans le même état que moi.

– Tu es tout seul ?

Je chuchotai, effrayée que quelqu'un m'entende, ou entende Kellan. Les performances en public n'étaient pas du genre à le déranger.

– Attends.

Puis il s'adressa aux autres personnes dans la pièce.

– Bonne nuit les gars, à demain.

J'entendis ensuite des murmures, puis le silence.

– Maintenant, je suis tout seul. Tu voulais me demander quelque chose ?

Je me passai une main sur le visage. J'avais encore du mal à faire ça, à lui demander ce que je voulais et ce dont j'avais envie.

Mais je me souvins ce qu'il avait dit après notre nuit de noces : il voulait que je sois assez à l'aise pour lui demander et lui parler de tout et n'importe quoi. Je n'aurais pas dû être gênée : il m'aimait de tout son cœur et il ne ferait jamais rien qui soit susceptible de me faire du mal. Il me taquinait parfois, mais quelque chose me disait qu'il ne le ferait pas ce soir.

– Kellan, murmurai-je d'une voix rauque, tu me manques et je veux te faire l'amour. Déshabille-toi.

Je me frappai le front du plat de la main : dans le genre sexy, on pouvait faire mieux... Je m'attendais à ce qu'il rie, mais il ne le fit pas.

– Si tu pouvais voir à quel point j'ai envie de toi.

Le cœur battant, une image de lui me vint à l'esprit et je répondis sans réfléchir.

– Envoie-moi une photo.

Puis je me mordis la lèvre si fort que je crus que j'allais saigner. Est-ce que je venais sérieusement de lui demander de m'envoyer une photo de sa... ? Jamais je n'aurais cru pouvoir lui demander un truc pareil. Mais encore une fois, il y avait plein de choses que je n'aurais jamais cru faire avant de le rencontrer.

– Attends, me dit-il au moment où je commençais à me demander s'il allait vraiment le faire.

Peut-être que c'était mon imagination mais j'eus l'impression d'entendre un bruit de fermeture Éclair. Mon Dieu... Je n'étais pas sûre d'être capable de supporter la vision de l'image qu'il était sur le point de m'envoyer. Mon corps brûlait déjà d'envie qu'il me touche, alors voir à quel point il me manquait et à quel point il avait envie de moi... ça risquait de m'achever.

Je n'entendis plus rien, puis le bruit de sa respiration résonna de nouveau. Je ne savais pas s'il l'avait fait ou non, mais soudain, mon téléphone bippa. Je fermai les yeux un instant, en proie à un mélange de nervosité et d'excitation, puis j'écartai le téléphone de mon oreille.

En faisant attention de ne pas lui raccrocher au nez, je consultai le message qu'il venait de m'envoyer et je restai bouche bée. Il l'avait fait. Il l'avait vraiment fait. Je n'en revenais pas. Il n'était pas aussi réservé que moi, c'est vrai, et c'était sans doute moins exceptionnel pour lui que pour moi, mais quand même…

Je ne pouvais pas arrêter de regarder la photo. Bizarrement, elle était plutôt artistique si on considérait le sujet, et il avait l'air audacieux et fier, comme sur toutes les photos où il apparaissait. La lumière était flatteuse, et sa main gauche était placée de telle façon que son alliance semblait briller, comme pour dire *C'est à toi, et à personne d'autre.* C'était fascinant, désarmant, tendre et sexy à la fois, et l'incendie en moi se déchaîna. J'avais envie de lui… tout de suite.

– Kiera ? Tu es toujours là ?

Je ramenai le téléphone à mon oreille.

– J'ai envie que tu me touches, Kellan. Maintenant.

Cette fois, il laissa échapper un petit rire.

– C'est marrant, moi aussi, j'ai envie.

Avec l'image de son corps gravé dans ma tête, je gémis en disant son nom… Et ce fut loin d'être la dernière fois ce soir-là…

J'avais un sourire niais sur la figure en arrivant au travail le lendemain soir, mais il disparut quand je vis ce que Jenny avait fait : elle avait décoré le bar pour mon départ. Le plafond et les tables étaient ornés de banderoles blanches et roses, et il y avait des ballons de toutes les couleurs au bout de ficelles assez longues pour que les gens puissent les attraper. Les clients avaient l'air de s'amuser comme des petits fous. Une immense banderole était accrochée au mur noir, derrière la scène, qui criait *AU REVOIR, KIERA ! BONNE CHANCE ! TU VAS NOUS MANQUER !* en caractères bien trop gros.

Cela me réchauffa le cœur et me mortifia en même temps. En petit comité, mes fesses, oui !

J'étais toujours à la porte, paralysée, et Jenny sautilla jusqu'à moi pour me prendre dans ses bras.

– On avait dit juste un gâteau dans la réserve !

– Oh, ne t'en fais pas, il y a aussi un gâteau dans la réserve !

dit-elle avec un grand sourire. Mais je me suis dit que ton départ méritait un peu plus que ça. C'est un grand moment pour toi : tu ne quittes pas juste le bar, tu quittes aussi Seattle.

Impossible d'argumenter, les larmes dans ses yeux me coupèrent l'envie de la contredire. J'avais envie d'arracher chaque banderole et de crever chaque ballon, mais à la place, je la serrai dans mes bras. Quelques décorations pour une soirée n'allaient pas me tuer. Néanmoins, je refusai de porter le chapeau qu'elle avait acheté. Me sentir comme une idiote était une chose, mais en avoir l'air en était une autre.

Presque tous les gens que je connaissais à Seattle vinrent au bar pour me souhaiter bonne chance : ma sœur, mes copains de fac, les habitués du Pete's, quelques amis rencontrés au cours de dessin. Denny aussi était là, assis à la table du groupe avec Sam, le videur.

C'était réconfortant d'avoir tous les gens qui comptaient dans ma vie autour de moi. Je n'arrivais pas à croire que j'allais tous les quitter dans deux jours. Le changement paraissait presque trop radical, et une partie de moi pensait que je n'en étais pas capable. Mais je me remémorai ma conversation avec Kellan la veille et songeai à ce qui m'attendait à Los Angeles, et je sus que je pouvais le faire. Ça me ferait mal de partir, mais c'était la bonne décision.

Plus tard dans la soirée, ma copine de fac la plus proche, Cheyenne, arriva. Elle était chaleureuse et ouverte, le genre de fille que tout le monde appréciait. Elle m'avait tout de suite bien aimée et m'avait sauvé la mise plus d'une fois en cours de poésie. Je n'étais pas sûre que j'aurais obtenu mon diplôme sans son aide. Enfin, peut-être que si, mais elle avait clairement facilité les choses.

Elle entra dans le bar suivie de sa copine, Meadow, et du reste des membres de Poetic Bliss. J'étais étonnée que tout le groupe soit là, car elles ne devaient pas jouer ce soir-là. Tandis que Cheyenne me disait bonjour, Sunshine, Tuesday et Blessing branchèrent leurs instruments, Rain alla prendre sa place au micro et Meadow s'installa derrière la batterie. Oui, elles avaient toutes des noms impossibles, et les appeler par leur prénom devant elles avait été un calvaire au début. Ce n'était pas évident d'appeler quelqu'un Tuesday sans perdre son sérieux.

Au milieu du brouhaha qui régnait dans le bar, je regardai mes deux amies : Cheyenne observait le groupe avec un air d'adoration que je connaissais par cœur, étant donné que je faisais la même tête quand les D-Bags étaient sur scène, et Jenny ne tenait pas en place, débordée par le succès de la soirée qu'elle avait organisée.

– Elles vont jouer juste pour moi ? demandai-je, surprise.

– Bien sûr ! s'exclama Cheyenne. J'ai demandé à Meadow si elles voulaient bien venir donner un concert pour ta dernière soirée. Elles ont dû réarranger un ou deux autres engagements mais elles étaient ravies. Tu mérites bien ça !

Je clignai des yeux tout en me demandant si ça me plairait que Kellan organise un truc pareil pour un ancien coup de cœur. Mais Meadow me connaissait et elle savait que j'étais avec Kellan… et que j'étais hétéro. Ça devait aider à apaiser sa jalousie, si toutefois il y en avait une : on s'était mises d'accord pour être juste amies avec Cheyenne avant qu'elles commencent à sortir ensemble.

Alors que la soirée avançait, j'avais de plus en plus de mal à me concentrer sur mon travail. Je me faisais aborder à chaque pas, et certains des clients qui n'étaient pas là pour moi avaient l'air un peu agacés. Finalement, Pete émergea de son bureau pour m'autoriser à finir mon service plusieurs heures en avance et je lui tendis mon tablier, un geste qui fut accueilli par des sifflets et des applaudissements. Pete me tapota l'épaule, me remercia d'avoir travaillé pour lui et me tendit une sucette à la pomme. J'essayai de ne pas pleurer, mais quand Kate, ma collègue, me serra dans ses bras, je fus incapable de retenir mes larmes.

Kate m'attira jusqu'au bar, aussi émue. Rita était derrière le comptoir, comme presque tous les soirs, et elle nous servit des shots pendant que Jenny allait chercher le gâteau dans la réserve. Pour la première fois depuis que je la connaissais, Rita ne parla pas de Kellan. D'habitude, elle se vantait toujours d'avoir couché avec lui ou faisait une remarque déplacée, mais ce soir, elle avait presque un air respectueux tandis qu'elle mangeait une part de gâteau avant de boire un shot à ma santé.

Au moment où on engloutit la dernière part, j'en étais déjà à mon sixième shot. Ils continuaient à apparaître devant moi comme par magie, et il y avait toujours quelqu'un – ma sœur, le plus souvent – pour m'encourager à les boire. J'étais donc un peu dans le vague quand quelqu'un m'attira sur la piste de danse. Cheyenne, peut-être ? Une fois au milieu de la foule, j'oubliai ma retenue habituelle et me mis à danser comme si ma vie en dépendait. J'avais toujours trouvé la danse comme un bon éxutoire, et avec tout l'alcool que j'avais ingurgité, j'avais carrément l'impression de flotter.

Après une éternité passée à danser et à boire, j'étais en sueur, insouciante et ravie. Soudain, je me cognai dans un corps familier et athlétique, et je reconnus Denny, qui me sourit en m'aidant à reprendre l'équilibre. La musique, la foule… tout me rappela une soirée où j'avais dansé avec lui dans une situation bien différente.

– Ça va, Kiera ? demanda-t-il en scrutant mon visage.

Je regardai autour de nous en me demandant si sa copine était là. Ils travaillaient pour une prestigieuse agence de pub et Denny était en quelque sorte son patron.

– Abby est là ?

Je bafouillais un peu, et au moment où Denny allait me répondre, une pensée complètement bizarre me vint à l'esprit.

– Vu que c'est toi qui commandes dans la journée, est-ce que c'est elle ta patronne le soir ?

Rouge, Denny marmonna quelque chose à propos d'Abby qui était de sortie avec des amis tandis que je ricanais bêtement.

Je remarquai alors qu'on était en train de me tendre un autre shot, et je me penchai sur Denny pour m'en emparer avidement. On finit collés l'un à l'autre avec mon bras autour de son cou pendant que je buvais, puis je tendis le verre vide à mon ami, hilare, avant de passer mon autre bras autour de Denny. Nos regards se croisèrent et un sentiment de familiarité m'envahit.

Même si José Cuervo[1] se fichait pas mal des limites à ne pas dépasser, au fond de moi, je savais qu'on était trop proches. Je le repoussai doucement pour que nos poitrines arrêtent de se toucher. Enfin, je voulais le pousser mais je finis par *me* forcer à reculer d'un pas. En faisant ça, je me cognai dans un type derrière moi et perdis l'équilibre, et Denny m'attrapa par le bras pour m'empêcher de tomber.

– Tu es soûle ?

Un rire aigu m'échappa en guise de réponse et Denny leva les yeux au ciel.

– J'allais rentrer à la maison, mais je ne peux pas te laisser toute seule ici dans cet état. Ta sœur est déjà partie ?

Je pinçai les lèvres en essayant de m'en souvenir. Est-ce qu'elle était encore là ? Est-ce qu'elle était venue, d'ailleurs ? Au bout de quelques instants, une image me revint : quelques minutes plus tôt, elle avait commencé à se sentir fatiguée et avait décidé de rentrer à la maison pour aller se coucher. Elle avait essayé de m'emmener avec elle mais j'avais dit que je voulais continuer à danser et j'avais refusé de la suivre. Agacée, elle était allée voir Jenny et lui avait demandé de me ramener à la maison, puis elle était partie. Ça m'avait choquée car c'était bien la première fois que je voyais Anna quitter une soirée en premier.

– Non, elle est partie.

– Bon, je vais te ramener, alors.

Je le serrai dans mes bras, touchée.

– C'est toi le meilleur, Denny.

Soudain, un petit sanglot m'échappa.

– Je suis tellement désolée de t'avoir trompé.

– On dirait bien que c'est vraiment l'heure de rentrer, dit-il en m'entraînant vers la réserve. Allez, viens.

---

1. Marque de téquila

Je m'agrippai à lui et le suivis, oscillant entre l'euphorie et la tristesse. Une partie de moi détestait qu'il s'occupe de moi après tout ce que je lui avais fait, et une autre partie adorait qu'on soit encore aussi proches. J'allai prendre mes affaires dans la réserve quand on croisa Jenny dans le couloir.

– Qu'est-ce qui se passe ?

Elle n'eut pas l'air ravie quand Denny expliqua qu'il me ramenait.

– J'avais dit à Anna que je la ramènerais à la fin de mon service.

Denny tourna la tête vers moi : je tenais à peine debout et je me mis à chanceler… ce qui me fit éclater de rire.

– Je ne pense pas qu'elle puisse attendre jusque-là.

Pour ne pas l'inquiéter, je la pris dans mes bras et lui dis que je l'aimais, mais elle eut l'air de s'inquiter d'avantage.

Denny m'aida à marcher jusqu'à la voiture. Le groupe jouait encore tandis que je farfouillais dans mon sac à la recherche des clés, et je me sentis coupable de ne pas assister à la fin de ma soirée. Une partie de moi avait encore envie de danser, mais ma tête commençait à tourner. Les yeux mi-clos, je tendis les clés à Denny et il ouvrit la portière côté passager avant de m'aider à m'asseoir.

– Et ta voiture ?

Il boucla ma ceinture de sécurité en souriant.

– Ne t'en fais pas pour ça, je la récupérerai plus tard. Le plus important, c'est de te ramener chez toi.

Il ferma ma portière et fit le tour de la voiture, et une fois de plus, je me sentis coupable. Pourquoi est-ce qu'il était aussi gentil avec moi ? J'avais été tellement horrible. Est-ce que ses sentiments pour moi étaient vraiment forts au point de voir plus loin que mes défauts… et de m'aimer encore ?

Il s'assit à côté de moi et je lui posai la question.

– Tu m'aimes encore ? C'est pour ça que tu t'occupes de moi ?

Ses doigts s'immobilisèrent sur le contact.

– Je ne sais pas comment répondre à ça. Et là tout de suite, je pense que c'est mieux si je ne réponds pas.

Il fit démarrer la voiture, et je mis ma main sur son bras, sans comprendre.

– Pourquoi ?

Tout commençait à tourner et je poussai un long soupir. Denny m'observa un instant avant de se mettre en route.

– Parce que tu es complètement soûle, et que je ne veux pas que tu te fasses des idées.

Je retirai ma main et la passai dans mes cheveux, défaisant ma queue-de-cheval.

– Je ne me fais jamais d'idées, gloussai-je en fermant les yeux.

Il soupira, puis il appela Abby en chemin et son visage s'illumina alors qu'il lui parlait. D'après ce que je pouvais entendre, elle n'avait pas l'air inquiète de le savoir avec moi. Il lui dit que j'avais trop forcé au bar et qu'il me ramenait chez moi. Je ne sais pas ce qu'elle répondit mais il rit, et même si je commençais à avoir un peu la nausée, le voir heureux me rendit heureuse.

Plus je restais assise, pire c'était, et au moment où Denny arrêta la voiture, j'avais l'estomac complètement retourné. Je geignis en collant mon visage à la fenêtre.

– Ça va ? demanda Denny, visiblement inquiet.

Je secouai la tête et plaquai une main sur ma bouche. Non, ça n'allait *vraiment* pas. Denny jura et sortit de la voiture en quatrième vitesse pour venir m'aider à sortir et à me lever.

– Denny, murmurai-je, je ne me sens pas bien.

Je trébuchai et il me rattrapa. Je serrai les dents en espérant que la nausée se calme, mais elle augmentait de plus en plus.

– Je sais, Kiera. Ça va aller, tiens le coup, dit-il en m'entraînant rapidement vers la porte.

Je détestais être malade et j'avais les larmes aux yeux pendant qu'il se battait avec la serrure.

Enfin, on rentra à l'intérieur. Denny referma la porte derrière d'un coup de pied et se précipita à l'étage en me tirant par le bras. On arriva dans la salle de bains pile au moment où je n'arrivais plus à me retenir et je me mis à genoux pour vomir violemment dans les toilettes. Denny soupira en me frottant le dos et retira mon sac à main de mon épaule ; je l'entendis mouiller une serviette quand j'appuyai ma tête sur la cuvette. Il me la tendit et je l'attrapai, reconnaissante, avant de m'essuyer la bouche. J'eus à peine le temps de bafouiller un merci que j'étais de nouveau malade.

J'eus l'impression de vomir ainsi pendant des heures. J'étais dans un état lamentable mais Denny resta à côté de moi pendant tout ce temps. Une fois mon estomac complètement vide, je m'allongeai sur le carrelage froid de la salle de bains. La sensation me fit un bien fou et je fermai les yeux.

– Kiera ? chuchota Denny.

J'étais tellement fatiguée que j'étais incapable de répondre. Il laissa échapper un long soupir en ramenant une mèche de cheveux derrière mon oreille et j'eus envie d'ouvrir les yeux pour voir son expression, mais mes paupières étaient trop lourdes. Puis je sentis ses bras me soulever et il me porta doucement jusqu'à ma chambre avant de m'allonger sur le lit. Il me retira mes chaussures et mes chaussettes et je me blottis sous les couvertures, en ayant l'impression que c'était la sensation la plus agréable au monde.

Il se pencha sur moi pour me border puis il hésita. Je pouvais le sentir au-dessus de moi et j'essayai d'ouvrir les yeux une fois de plus mais c'était comme si mes paupières étaient collées. Au bout d'un moment, il m'embrassa dans les cheveux et ce petit geste tendre me fit sourire. Puis il se recula et il s'apprêtait à partir quand je tendis faiblement le bras pour lui prendre la main. Je ne voulais pas qu'il s'en aille. Je ne voulais pas rester toute seule dans cet état.

– Reste, s'il te plaît.

Il soupira.

– D'accord. Je vais juste appeler Abby pour la prévenir. Je serai dans la chambre d'à côté si tu as besoin de quelque chose.

Je hochai la tête et lui lâchai la main. Je pouvais sentir le sommeil me gagner mais je luttai pour rester éveillée car Denny était encore là. Il me regarda sans rien dire pendant un long moment.

– Je ne sais pas ce que je ressens pour toi, Kiera, finit-il par dire. Juste… je tiens à toi. Je me préoccupe de savoir si tu es heureuse, si tu es triste, si tu es en sécurité. Et si c'est ça, l'amour, alors oui, je suppose que je t'aime. Je t'aime mais je ne suis pas amoureux de toi, tu comprends ce que je veux dire ?

Ça nécessita un effort surhumain mais je me retournai et ouvris les yeux pour le regarder. Il était en train de me sourire… lui et les deux autres Denny que je voyais. Je refermai les yeux en hochant la tête. Même avec la tête en vrac, je comprenais parfaitement ce qu'il voulait dire. Parce que je ressentais exactement la même chose.

Il me tapota la jambe et quitta la pièce. J'étais déjà en train de m'endormir quand mon téléphone sonna, et j'entendis Denny aller le chercher dans la salle de bains.

– Kiera… C'est Kellan. Je réponds ?

J'ouvris les yeux immédiatement. Ça risquait de mal passer si Denny répondait à ma place à une heure pareille. Mais ça ne passerait pas mieux si je ne répondais pas du tout. Et aussi, on essayait ce truc d'être totalement honnête l'un envers l'autre… alors je n'avais vraiment pas le choix.

– Oui, s'il te plaît…

J'entendis Denny décrocher et dire quelques mots à voix basse, puis il revint dans la chambre et mon estomac se souleva de nouveau.

– Il veut te parler.

Je pris une grande respiration et attrapai mon portable d'une main tremblante.

– Allô ? dis-je d'une voix presque inaudible.

– Kiera ? Ça va ? Denny m'a dit que tu étais malade.

Il avait prononcé son nom d'une drôle de voix. Ce n'était ni de la douleur ni de la colère, mais quelque chose entre deux.

– Ça va aller… J'ai juste bu trop de shots au Pete's.

Mon estomac se tordit rien qu'en disant le mot « shots » et j'entendis Kellan soupirer profondément.

– Je n'aime pas que tu te soûles quand je ne suis pas là pour m'occuper de toi.

– C'est bon, Denny est là, répondis-je sans réfléchir.

– Je sais, dit-il d'une voix tendue.

– Kellan, s'il te plaît, ne t'en fais pas, murmurai-je. Tu sais que je t'aime. Je t'ai épousé, pas vrai ?

Il rit et toute trace de tension disparut. J'entendis Denny quitter la pièce et fermer la porte derrière lui et j'essayai de ne pas m'inquiéter de savoir si ce que je venais de dire lui avait fait de la peine. Ça n'aurait pas dû : il venait de me dire qu'il ne ressentait que de l'amitié pour moi, après tout.

– Si tu savais comme je suis mal, grognai-je en sentant mon estomac faire des loopings.

Il rit de nouveau.

– Bien fait pour toi, ça t'apprendra à boire sans moi. Je ne peux même pas profiter de toi, en plus.

Je souris en me demandant s'il pouvait refaire ce qu'il avait fait la veille. Puis j'eus un haut-le-cœur si violent que je crus que j'allais être malade dans le lit. Pas de téléphone rose ce soir…

– Je crois que je vais vomir.

– Non, mon ange, répondit-il d'une voix calme. Il faut que tu te concentres sur autre chose, c'est tout. Tu veux que je te chante une chanson pour t'endormir ?

– J'adorerais ça, dis-je en me roulant en boule.

Une minute plus tard, j'entendis le son de sa guitare, puis sa voix résonna dans mon oreille et il se lança dans un concert privé de toutes mes chansons préférées des D-Bags… rien que pour moi. Le son apaisa mon mal de ventre, et je me sentis tout de suite beaucoup mieux. J'avais envie de passer la nuit à l'écouter, mais je finis par succomber au sommeil et à l'alcool pour basculer dans l'oubli.

6

Soirée filles

J'étais complètement déshydratée en me réveillant, et totalement à l'ouest, aussi. Je ne me souvenais même pas être partie du bar. Je me rappelais avoir beaucoup trop bu, et d'avoir dansé pendant le concert… mais je ne savais plus comment j'étais rentrée à la maison. Pourvu que je n'aie pas conduit. Kellan serait en rage contre moi, et je le serais aussi, d'ailleurs.

Penser à lui raviva un vague souvenir de l'avoir entendu à la guitare me bercer jusqu'à ce que je m'endorme. J'étais incapable de savoir si c'était un vrai souvenir ou si j'en avais rêvé, mais c'était agréable en tout cas, et je souris en roulant sur le dos.

Mon estomac n'eut pas l'air d'apprécier la manœuvre. Et ma tête non plus.

Je grognai et me roulai en boule. J'avais l'impression de revenir d'entre les morts, et je me fis la promesse de ne plus jamais boire. Soudain, j'entendis des bruits dans la maison, et une sirène se mit à résonner en moi. Qui était là ? Puis je songeai que ça devait être Anna, qui m'avait sûrement ramenée à la maison. Elle ne m'aurait jamais laissée conduire dans cet état.

Je me rendis compte que je sentais le vomi et je me traînais du lit pour prendre une douche. Je chancelai tout en me débarrassant de mon uniforme, puis je retirai mon jean tout en priant pour que ma nausée n'empire pas. Je balançai ensuite mes vêtements vers le panier à linge sale et je grognai à nouveau en voyant que j'avais les cheveux collés par mon vomi de la veille. C'était vraiment immonde.

J'entendis Anna monter les marches tandis que je dégrafais mon soutien-gorge et j'espérai qu'elle m'apportait un verre d'eau. J'en avais désespérément besoin. J'essayai de me débarrasser de ma culotte mais elle resta coincée autour de ma cheville. Trop fatiguée et trop malade pour coordonner mes mouvements, je perdis l'équilibre et tombai sur les fesses de tout mon poids.

Au moment où je jurai, la porte de ma chambre s'ouvrit.

– Anna ! m'exclamai-je en essayant de me couvrir de mes mains, surprise et gênée. Tu es aussi nulle que Griffin quand il s'agit de frapper à la porte, je ne suis pas…

Je me tus en voyant la personne qui se tenait dans l'encadrement de la porte. Ce n'était pas ma sœur. Et ce n'était pas une fille non plus.

– Denny ? Qu'est-ce que tu…

Il était écarlate et il détourna immédiatement le regard. De mon côté, j'avais l'impression d'avoir le visage en feu. Quelle idiote ! L'alcool, c'était vraiment fini. Des souvenirs commencèrent à me revenir au moment où Denny fermait la porte de ma chambre en bafouillant des excuses. C'était lui qui était venu à mon secours la nuit dernière, pas Anna. C'était lui qui était resté avec moi pendant que j'étais malade, et lui qui m'avait bordée avant de passer la nuit ici pour s'assurer que j'allais bien. Denny, mon extraordinaire ex devenu meilleur ami, avait fait tout ça. Et il venait donc de me voir à poil. La grande classe.

J'en oubliai mes maux de tête et d'estomac et je me relevai pour attraper une serviette et m'enrouler dedans. Puis j'ouvris la porte et je tombai sur Denny, sur le palier. Il était encore rouge et fuyait toujours mon regard, un verre d'eau à la main.

– Désolé, j'ai entendu du bruit alors j'ai cru que tu avais besoin d'aide.

Je m'emparai du verre, à la fois reconnaissante et mortifiée.

– Merci, dis-je avant de descendre le verre d'un trait.

Il me regarda prudemment et je vis qu'il portait les mêmes vêtements que dans mes vagues souvenirs de la veille, un pantalon de costume et une chemise. Il avait dû la retirer avant de se coucher dans le vieux futon de la chambre d'amis car elle n'était pas trop froissée.

Je lui tendis le verre vide en regrettant que ce ne soit pas une bouteille de deux litres et il lut dans mes pensées.

– Je dois aller travailler mais je vais te rapporter de l'eau avant de partir. Comment tu te sens ?

– Morte de honte, dis-je en fermant les yeux un instant.

Un sourire naquit sur ses lèvres et il tourna la tête.

– Je parlais de ton estomac.

Je rougis encore plus qu'avant. *Quelle abrutie.*

– Oh… Euh… Ça va beaucoup mieux, merci.

Il hocha la tête et commença à descendre les marches pour retourner me chercher de l'eau fraîche dans le frigo.

– Merci d'être resté hier soir. C'est vraiment gentil.

Il me regarda par-dessus son épaule et me sourit.

– Pas de souci. Je sais que tu en aurais fait autant.

Je hochai la tête avec enthousiasme.

– Je ferais n'importe quoi pour toi, tu le sais bien.

Son sourire s'évanouit et je sus tout de suite à quoi il pensait : *tout sauf me rester fidèle.* Il ne dit rien, néanmoins, et se contenta de retourner au rez-de-chaussée. Je fermai les yeux et appuyai ma tête contre la porte : je finirais bien par arrêter de me sentir coupable un jour, non ? Non. Probablement pas.

Je me brossai les dents et Denny revint avec un autre verre d'eau. J'avais laissé la porte entrouverte mais il frappa quand même, et après mon deuxième verre, je me sentis bien mieux. Du moins, je me sentais capable de prendre une douche sans tomber ou vomir.

– Comment vas-tu faire pour récupérer ta voiture ? demandai-je alors qu'il s'apprêtait à partir.

– J'ai appelé Abby, elle sera là dans une minute.

– D'accord. Merci encore, Denny…

Il m'assura que ce n'était rien et me fit un petit signe de la main avant de partir. Je crus entendre un bruit de klaxon pendant que je me laissais aller au plaisir d'une douche bien chaude. Je me demandai ce que Kellan penserait du fait que Denny ait passé la nuit avec moi, puis je me rappelai qu'il le savait déjà, et je souris. Je me sentais tellement bien d'être honnête et de ne pas avoir de secrets, et en repensant à Kellan en train de chanter pour me bercer, je me sentis encore mieux. Il n'avait pas piqué de colère, il n'avait pas sauté dans le premier avion : il m'avait fait confiance en pensant que je ne le tromperais pas, et il avait eu raison.

Je me sentis plutôt fière de moi en me lavant les cheveux, pas à cause de tous les shots que j'avais descendus mais parce que je n'avais pas laissé l'alcool me dicter ma conduite. J'avais l'impression d'avoir passé un examen, et d'avoir eu la meilleure note de la classe.

Après ma douche, je me dis que ce serait une bonne idée d'appeler ma sœur pour lui dire que j'étais encore en vie et que je comptais toujours l'accompagner chez le médecin. Je retournai le lit à la recherche de mon portable et le trouvai enfoui dans les couvertures. La batterie était morte, signe que Kellan avait dû rester en ligne jusqu'à ce que mon téléphone rende l'âme. Je ne me rappelais pas du moment où je m'étais endormie, mais il était capable d'être resté en ligne pour m'écouter dormir. Peut-être qu'il s'était endormi comme ça, en s'imaginant qu'on était dans le même lit… Pourvu que je n'aie pas ronflé.

Quand je mis mon portable en charge, je vis que j'avais plusieurs appels en absence de Jenny, Kate et Cheyenne. Je leur envoyai à toutes un message pour leur dire que j'allais bien, puis j'écrivis à Anna pour la prévenir que je me mettais en route.

Cela me prit deux fois plus longtemps que d'habitude, mais je finis par arriver à mon ancien appart'. Anna avait les yeux brillants en montant en voiture, excitée de connaître le sexe du bébé. Elle passait une échographie aujourd'hui, et si ma nièce ou mon neveu y mettait du sien, on découvrirait si on devait peindre la chambre d'enfants en rose ou en bleu. Naturellement, Anna « savait » que c'était une fille depuis la minute où elle avait accepté sa grossesse, et elle avait déjà rempli ma vieille armoire de je ne sais pas combien de tenues rose pâle, mauve et rouge. C'était comme si la Saint-Valentin avait vomi dans ma penderie, et cette idée n'aida pas mon estomac à aller mieux.

J'étais verdâtre. Anna sourit en me voyant.

– Bonne soirée ? demanda-t-elle d'une voix bien trop forte.

– Pas vraiment, non, répondis-je en la fusillant du regard.

En réalité, ce n'était pas tout à fait vrai : j'avais passé une superbe soirée jusqu'à ce que je me mette à vomir tripes et boyaux. Je tentai de me concentrer sur la route et Anna rit.

– Je me sens un peu coupable de t'avoir laissée en plan, ce n'est pas mon genre. Ça a été pour rentrer avec Jenny ?

Je fronçai les sourcils en repensant à la tête de Jenny me voyant partir avec Denny, et je répondis sans réfléchir à qui se trouvait en face de moi.

– C'est Denny qui m'a ramenée.

– Quoi ? Tu es rentrée avec *Denny* ?

J'aurais voulu me gifler. Je n'avais vraiment pas prévu de lui parler de ça.

– Je ne suis pas « rentrée » avec lui. Il m'a raccompagnée et il s'est assuré que j'allais bien.

Je m'arrêtai avant de dire qu'il était resté toute la nuit, histoire d'éviter qu'elle n'accouche dans la voiture. Je tournai brièvement la tête vers elle et la vis plisser les yeux, son regard encore plus pénétrant que d'habitude.

– Sans blague. Tu as couché avec lui ?

J'ouvris la bouche tellement grand qu'elle dut voir mes amygdales.

– Bon sang, Anna ! Non ! Et merci d'avoir autant confiance en moi, au passage.

– J'ai confiance en toi, mais pas en la quantité astronomique d'alcool que tu as absorbée hier soir. Tu ne l'as vraiment pas sauté ?

Je gardai les yeux fixés sur la route, bien décidée à ne pas répondre à une question aussi crasse.

– C'est bon, si tu le dis, je te crois, finit-elle par dire après un long silence.

Mais le ton de sa voix indiquait clairement qu'elle ne me croyait pas vraiment, et je soupirai avec lassitude.

– Il ne s'est rien passé du tout, Anna. On est juste amis, je le jure. Et au cas où tu te poserais la question, oui, Kellan est au courant. Il m'a appelée hier soir pendant que Denny s'occupait de moi.

Elle réfléchit un instant avant de répondre.

– Je pensais que Denny t'avait juste raccompagnée ?

Je la fusillai du regard et elle rit.

– OK, c'est bon. Si tu dis qu'il ne s'est rien passé, alors il ne s'est rien passé. De toute façon, tu ne sais pas mentir.

À notre arrivée chez le médecin, une échographiste vêtue d'une blouse jaune délavée nous emmena dans une pièce faiblement éclairée. Il y avait une vague odeur de produit d'entretien et un ordinateur qui vrombissait. La femme ordonna à Anna de s'allonger sur la table recouverte de papier et Anna s'exécuta avec un sourire émerveillé, avant de baisser son pantalon pour dévoiler son ventre.

– Jetons un œil à ma petite fille, s'exclama-t-elle joyeusement.

– Vous connaissez déjà le sexe ? demanda l'échographiste en étalant du gel sur son ventre. Attention, c'est un peu froid.

Anna inspira quand le gel entra en contact avec sa peau.

– Non, c'est ma première écho, mais je sais que c'est une fille.

La femme lui sourit mais ne répondit pas. Elle devait entendre ce genre de pronostics à longueur de journée.

Quand l'image apparut sur l'écran, tout ce que je distinguai était un tas de petites grappes grises informes, mais l'échographiste avait l'air de savoir ce qu'elle voyait car elle pointa du doigt plusieurs parties du corps. On échangea un regard avec Anna avant de hausser les épaules : aucune de nous ne voyait en quoi ça ressemblait à un être humain. Mais ensuite, on aperçut la colonne vertébrale, bien définie, et mes yeux se remplirent de larmes en voyant à l'écran quelque chose que je reconnaissais. Puis une main se détacha du reste, cinq petits doigts absolument parfaits qui se recroquevillèrent légèrement quand l'échographiste immobilisa la sonde.

– Mon Dieu, Kiera, regarde… murmura Anna, les joues baignées de larmes. Ma fille m'a fait signe.

Je la serrai dans mes bras, aussi émue qu'elle. Après avoir effectué plusieurs mesures et pris des photos, y compris un profil absolument parfait de son visage, la technicienne fronça les sourcils.

– Hum…

Je paniquai immédiatement. Quelque chose n'allait pas avec le bébé ? Anna essaya de se redresser mais elle ne pouvait pas avec son ventre. La technicienne déplaça la sonde pour trouver ce qu'elle essayait de voir.

– Ne bougez pas, s'il vous plaît.

– Qu'est-ce qui se passe ? Il y a un problème ? demanda Anna d'une voix tremblante de peur.

La technicienne se détendit, pour finalement sourire.

– Non, aucun. C'est juste que…

Elle fixa l'écran de nouveau sans finir sa phrase.

– Quoi ? demandai-je en me penchant en avant pour voir ce qu'elle regardait.

Je ne remarquais rien de spécial, mais apparemment, j'avais tort.

– Oui, c'est bien ce que je pensais. Je suis désolée, mais… vous allez avoir un petit garçon.

– Je vais quoi ? demanda Anna en se redressant sur ses coudes.

– J'espère que vous n'avez pas acheté trop de rose.

– Il doit y avoir une erreur. Vérifiez encore. J'attends une fille.

L'échographiste s'exécuta.

– Désolée… c'est définitivement un garçon.

Anna se mit à pleurer, mais pas de joie cette fois.

– Non, non, non. J'attends une fille. J'étais censée avoir une fille !

– Ça va aller, dis-je en lui frottant l'épaule. Tu vas très bien te débrouiller avec un petit garçon.

Elle hocha la tête en s'affalant sur la table.

– Je sais… C'est juste que je voulais vraiment…

Elle se mordit la lèvre pour s'empêcher de continuer. Je la comprenais : elle était très *girly*, et elle avait espéré qu'elle aurait une petite poupée. Elle ne saurait sans doute pas par où commencer avec un garçon… mais j'étais sûre qu'elle s'en sortirait.

– Je suis désolée, dit la technicienne en lui tendant un mouchoir.

Anna se sécha les yeux mais garda le silence, et elle ne dit pas un mot jusqu'à ce qu'on remonte en voiture. Puis son tempérament dopé aux hormones que j'aimais tant refit surface.

– Je vais tuer ce connard quand je le verrai demain.

Elle parlait sûrement de Griffin. Elle claqua sa portière de toutes ses forces et je rentrai la tête dans les épaules en voyant comment elle traitait la voiture chérie de Kellan.

– Ça va aller, dis-je en fermant délicatement la mienne. C'est bien aussi, un garçon.

Je n'avais jamais passé beaucoup de temps avec des enfants en bas âge, garçon ou fille, alors je n'étais même pas sûre que c'était vrai, mais c'était sûrement la meilleure chose à dire, non ?

Apparemment, non. Elle me fusilla du regard, puis se mit à pester contre la technicienne, Griffin et l'univers tout entier.

– Je n'y connais rien, moi, sur comment élever un garçon ! Et puis tu as vu ce qu'il va avoir comme modèle ? Ça va être un homme des cavernes égoïste et obsédé, comme son père.

– Je pensais que c'était ce qui te plaisait chez Griffin.

J'avais parlé tout bas mais elle m'entendit et me jeta un regard noir. Je n'ajoutai plus rien et fis démarrer la voiture. Peu importe ce qu'il y avait entre Anna et Griffin, le mieux était de ne pas m'en mêler.

Lorsque nous arrivâmes à la maison, sa colère s'était un peu dissipée, et la mélancolie commença à prendre le dessus. Elle versa même quelques larmes silencieuses. Elle avait vraiment espéré avoir une fille... Je posai une main sur son épaule, en priant pour qu'elle n'aille pas me mordre.

– Tu aimeras ton petit garçon autant que si ça avait été une petite fille. Et ne t'en fais pas pour Griffin, tu sais que Kellan, Matt et Evan s'assureront qu'il n'ait pas une mauvaise influence sur lui... enfin, pas trop.

Anna me dévisagea un moment sans rien dire et se mit finalement à sourire. Et même si elle avait le teint brouillé, le nez qui coulait et les yeux rouges, elle était toujours belle à tomber.

Je restai un moment avec elle après ça, pour m'assurer qu'elle allait bien et l'aider à faire sa valise. Elle ne partait que pour le week-end, mais sa valise était plus grosse que la mienne. Elle voulait « parer à toute éventualité », et je ne pus m'empêcher de regarder son gros ventre en l'entendant dire ça. Si cela avait vraiment été le cas, elle ne se serait pas retrouvée dans sa situation actuelle : sur le point de mettre au monde un mini-Griffin.

Une surprise m'attendait quand j'arrivai à la maison un peu plus tard : la voiture de Jenny était dans l'allée et elle se tenait debout à côté, en train de me faire signe. Quand je me garai à côté d'elle, Rachel, Kate et Cheyenne sortirent à leur tour, et je souris de toutes mes dents en les trouvant là.

– Qu'est-ce que vous faites ici ?

Jenny vint me rejoindre en sautillant.

– On est là pour fêter ta dernière nuit à Seattle.

– Je crois que j'ai assez fêté ça hier soir.

– C'est pour ça qu'on a prévu un truc un peu plus soft, dit-elle avant de se pencher dans la voiture de Jenny et d'en ressortir avec un duvet à la main. Une soirée pyjama.

– Génial, répondis-je en souriant.

Jenny, Rachel et Kate attrapèrent leurs affaires pendant que j'essayais d'ouvrir la porte d'entrée. La clé restait coincée dans la serrure de temps en temps, et Jenny vint poser une main sur mon épaule pendant que je me battais avec cette clé.

– Ça a été, hier soir ?

À voir sa tête, je voyais bien que ce qu'elle voulait dire était *Est-ce qu'il s'est passé quelque chose entre Denny et toi ?* Elle était juste trop gentille pour poser la question de but en blanc, mais elle avait les mêmes doutes qu'Anna. Je secouai la tête en essayant de ne pas me fâcher. C'était ma faute, après tout.

– Il ne s'est rien passé du tout… à part que Denny m'a vue passer la nuit la tête dans la cuvette.

– Désolée qu'on t'ait mis une cuite pareille. Ce n'était vraiment pas le but.

– Tu n'as pas à être désolée, c'est moi qui ai mal géré.

Je fronçai les sourcils en me demandant pourquoi j'avais bu autant.

– Apparemment, quitter Seattle est plus dur que ce que je croyais.

Ma voix n'était plus qu'un murmure et ma vue se brouilla. Je n'allais pas déjà m'effondrer, si ?

– Tu ne vas pas commencer à pleurer maintenant, dit Jenny en me prenant dans ses bras. Parce que si tu pleures, je pleure, et on va toutes passer la soirée à chouiner.

Je ris, et les autres filles ne tardèrent pas à se joindre à notre étreinte. Tout le monde tirait une tête tellement triste que je finis par rire.

– Allez, ça suffit, dis-je en brisant le cercle. On n'est pas à une veillée funèbre. Et puis, je reviendrai. Je me sens bien plus chez moi ici qu'à Athens.

Kate s'essuya les yeux et sourit.

– J'ai des bonbons et du pop corn.

– Et moi, j'ai tout un tas de comédies romantiques, dit Cheyenne en la prenant par le bras.

Peu après, la soirée pyjama battait son plein. Je n'avais pas fait ça depuis le collège mais de vieux souvenirs resurgirent lorsque les filles déballèrent leurs trésors. Il y avait assez de films pour tenir une semaine, assez de bonbons pour nourrir tout l'État de Washington, et un stock de produits de beauté qui aurait fait un mois à ma sœur. J'eus un énorme fou rire en me faisant un masque au milieu du salon avec quatre autres filles : c'était tellement drôle que je m'en fichais complètement d'être ridicule.

À la moitié du deuxième film, on sonna à la porte et je me précipitai pour ouvrir, avec mon pyjama et mon masque à l'argile. J'ouvris la porte, vêtue d'un débardeur et d'un boxer noir de Kellan, en espérant que ce soit la pizza. Si ça se trouve, la livreuse allait reconnaître les sous-vêtements de Kellan, étant donné qu'elle les avait vus quand il avait commandé une pizza, le soir où on avait joué au strip-poker.

Mon rire amusé mourut sur mes lèvres lorsque je vis qui se tenait sur le pas de la porte. Ce n'était pas la livreuse de pizza : c'était Joey. Elle me regarda des pieds à la tête avec un petit rictus méprisant et je me sentis rougir sous la couche d'argile qui était en train de sécher.

– Qu'est-ce que tu fais là ? Kellan t'a dit de ne pas revenir ici.

Elle m'ignora et se pencha pour regarder à l'intérieur.

– Kellan est là ?

Je fis un pas de côté pour lui bloquer la vue.

– Non, il est à Los Angeles.

Elle attrapa une longue mèche de ses cheveux noirs et se mit à l'entortiller autour de son doigt, terminé par un long ongle rouge impeccablement verni. Je me rappelai de la marque sur la joue de Kellan et je serrai les dents, dévorée par l'envie de lui claquer la porte au nez.

– Il est vraiment en train d'enregistrer un album ? Ou c'est juste sa nouvelle technique de drague ?

Elle sourit en regardant l'anneau à mon doigt, et même si je savais que ça aurait dû m'être égal, j'eus envie de la gifler. Kellan et moi avions traversé tellement de choses ensemble que ça me rendait furieuse de la voir cracher sur notre relation comme si c'était une aventure sans lendemain.

– Oui, il est en studio. Je lui dirai que tu es passée.

J'allais refermer la porte mais elle la bloqua avec son pied.

– Ça alors, c'est intéressant. Tout le monde va bientôt en vouloir un morceau. Enfin, encore plus que maintenant.

Elle se mordit la lèvre et l'expression sur son visage me rappela Ebenezer Scrooge dans *Un chant de Noël.* Je l'imaginais tout à fait en train de compter ses liasses de billets, obtenues en faisant du chantage à quelqu'un.

Je remarquai que mes amies s'approchaient de la porte et je soupirai.

– Tu as d'autres copies de l'enregistrement, c'est ça ?

– Je lui ai juste rendu *son* exemplaire. Mais moi, j'en ai plein d'autres, dit-elle en retirant son pied.

Jenny arriva à côté de moi, le visage recouvert de pâte verte, elle aussi.

– Ça vous dit de regarder ? demanda alors Joey. C'est plutôt chaud. Kellan fait ce truc où…

Je levai une main en l'air pour la faire taire. C'était hors de question que je le voie au lit avec quelqu'un d'autre. Et je ne voulais certainement pas un visionnage avec l'option « commentaires du réalisateur ».

– Je n'en ai rien à faire de toi ou de ton enregistrement. Kellan t'a payée, et en ce qui me concerne, on n'a plus rien à faire avec toi.

J'entendis les filles s'exclamer derrière moi en comprenant ce qui était en train de se passer. Jenny était la seule à qui j'avais parlé de la sex tape et j'étais sûre qu'elle n'en avait pas parlé aux autres. Elles étaient donc en train de l'apprendre.

– Comme tu voudras, dit Joey en haussant les épaules et en rajustant sa jupe courte. C'était juste au cas où tu aurais voulu voir le film de l'année en avant-première.

Elle tourna les talons mais je fis un pas en avant, à la fois outrée, gênée et mortifiée pour Kellan.

– Tu vas vraiment vendre ça ? Toi aussi, tu es dessus. Tu veux vraiment qu'un tas de types se tripotent en te regardant ?

Elle me regarda par-dessus son épaule.

– Si ça veut dire avoir assez de fric jusqu'à la fin de mes jours, alors oui. Et puis, je serai toujours associée à une illustre et riche rock star, et ça me rendra célèbre aussi. On ne peut pas rêver mieux.

Interloquée j'étais incapable de comprendre ce besoin d'être célèbre à tout prix. J'étais là, à essayer de me protéger de l'exposition dont Kellan faisait l'objet, tandis qu'elle était prête à vendre son âme au diable pour en avoir une miette. Elle devait vraiment avoir un besoin désespéré d'être au centre de l'attention pour en arriver là. Étrangement, je sentis ma colère se dissiper alors que je la dévisageais en silence. Et bientôt, je ne ressentis que de la pitié pour elle.

– J'espère que tu trouveras ce que tu cherches.

Puis je rentrai dans la maison que j'occupais avec Kellan, et elle eut l'air confus tandis que je refermais la porte.

7

Tu vas me manquer, Seattle

Je me réveillai surexcitée. On était vendredi, et c'était mon dernier jour à Seattle. Cet après-midi, je serais dans les bras de Kellan, à Los Angeles, et j'en mourais d'impatience. Je me levai et trébuchai presque sur les filles, étalées sur le sol du salon.

Jenny grogna quand je heurtai son coude, mais elle ne se réveilla pas, et je me précipitai à l'étage pour prendre une douche et me préparer. Anna venait me chercher dans peu de temps, et je voulais être rayonnante pour mes retrouvailles avec Kellan. Il n'était parti que depuis deux semaines mais j'avais l'impression que ça faisait une éternité. Le passage du temps avait l'air de dépendre directement de sa proximité : plus il était loin, plus le temps passait lentement.

Quand je sortis de la douche, une délicieuse odeur de café envahit mes narines. J'en eus tout de suite l'eau à la bouche, et je me mis à penser à Kellan (même si je pensais tout le temps à lui, en réalité). Il était toujours dans un coin de ma tête, mais le café l'amenait toujours sur le devant de la scène.

Une fois habillée et prête à partir, j'attrapai mes sacs et descendis en trombe au rez-de-chaussée pour les déposer dans l'entrée. Presque toutes les filles étaient réveillées à présent, en train de se frotter les yeux ou de boire une tasse de café tout en rangeant leurs affaires. Jenny me serra dans ses bras et me tendit une tasse fumante.

– Anna vient d'appeler, elle est en route.

Je hochai la tête et bus une gorgée. Le café me brûla un peu le bout de la langue, mais il était délicieux. Jenny balaya du regard la pièce encore pleine de bazar.

– Je fermerai tout à clé avant de raccompagner les filles chez elles.

En l'entendant dire ça, je me rappelai de quelque chose et fouillai dans mon sac pour trouver mon porte-clés. Je le trouvai coincé dans le livre que j'avais prévu de lire dans l'avion et retirai la clé de la Chevelle du trousseau.

– Tu peux me rendre un service ? Je me suis arrangée avec le garage en dessous de chez Evan : ils sont d'accord pour garder la Chevelle jusqu'à mon retour. Tu crois que tu pourrais conduire la voiture jusque là-bas ?

– Pas de problème. J'irai la déposer avec Rachel cet après-midi.

Rachel nous rejoignit et posa une tête fatiguée sur l'épaule de Jenny. On s'était couchées très tard, et elle bâilla bruyamment. Jenny lui caressa les cheveux, puis Rachel releva la tête et me dévisagea.

– Tu pourrais dire bonjour à Matt de ma part ? Et lui dire que j'aimerais bien pouvoir être avec lui ? demanda-t-elle à voix basse.

Elle se mordit la lèvre avec timidité et je l'assurai que je passerais le message. Je savais exactement ce que ça faisait d'être loin de la personne qu'on aimait : c'était nul. Mais Matt et Rachel avaient l'air doués pour gérer la distance, et j'étais sûre qu'ils allaient rester ensemble en dépit du mode de vie un peu fou des garçons.

– Et je ferai un gros câlin à Evan pour toi, ajoutai-je à l'attention de Jenny.

Elle sourit puis sortit un petit paquet de bonbons de sa poche arrière. Il était tout ratatiné et plié en trois.

– Tu peux lui donner ça, aussi ?

Curieuse, je le dépliai et me rendis compte qu'il était vide.

– En gros, tu veux que je lui donne un sachet vide ?

– Ne t'inquiète pas, il comprendra, assura-t-elle en riant.

Je mis le paquet dans mon sac en me demandant ce que ça pouvait bien vouloir dire, et Cheyenne et Kate vinrent me serrer dans leurs bras.

– Au fait, Justin est à Los Angeles en ce moment, dit Kate. Si tu le croises, tu peux lui dire… salut de ma part ?

Elle rit nerveusement et sa queue-de-cheval se balança sur ses épaules. Justin était le chanteur d'un groupe assez connu : Avoiding Redemption. C'étaient eux qui avaient découvert les D-Bags et qui les avaient invités à partir avec eux en tournée. Et c'était pendant cette tournée que le groupe de Kellan s'était fait remarquer. C'était d'ailleurs la même maison de disques que celle de Justin qui leur avait proposé un contrat. Kate l'aimait bien, et je pense qu'il l'aimait bien en retour. Depuis qu'ils s'étaient rencontrés, ils s'envoyaient souvent des textos, et ses yeux marron étincelèrent quand je lui dis que je transmettrais le message.

Puis la sonnette retentit et Cheyenne me serra contre elle.

– Gare à tes jolies petites fesses, d'accord ?

Je riais quand Jenny ouvrit la porte à ma sœur, mais en voyant la tête d'Anna, mon rire s'évanouit. Elle avait l'air d'une furie en balançant son sac sur la console de l'entrée.

– C'est dans ces moments-là que je regrette vraiment de ne pas pouvoir boire un verre !

– Il y a un problème ? demanda Jenny en refermant la porte.

– À part le fait que je vais buter cet abruti en arrivant à Los Angeles ?

Inutile de demander de qui elle parlait…

– Qu'est-ce qu'il a fait ?

Jenny avait l'air imperturbable, comme si aucune réponse ne pouvait l'étonner. Je connaissais ce sentiment. Jenny aurait plutôt dû demander ce que Griffin n'avait *pas* fait.

– Ce n'est pas la fin du monde, Anna, dis-je en soupirant.

Elle me fusilla du regard et les autres filles me dévisagèrent, choquées. Il faut dire que ce n'était pas dans mes habitudes de défendre Griffin.

– Kiera, il m'a fait un garçon. Tout ce que je voulais, c'était une petite fille, et ce crétin n'a même pas su faire ça.

– Ce n'est pas comme s'il pouvait contrôler le…

Le regard glacial de ma sœur me fit taire.

– Oh, tu vas avoir un petit garçon ! s'émerveilla Kate. Félicitations ! J'a-do-re les petits garçons.

Ce fut son tour de se taire en voyant la tête de ma sœur.

– Je suis sûre que ça va bien se passer, risqua Jenny.

Anna se mit à taper du pied et Jenny haussa les épaules, vaincue.

– Tu as raison, c'est un abruti.

– Ah, toi aussi, tu trouves ?

Je consentai en l'entendant casser du sucre sur le dos de Griffin pendant cinq bonnes minutes. Parfois, vous avez juste besoin que les gens soient d'accord avec vous, peu importe le problème. Et même si Anna était en train de dépasser les bornes, aucune de nous ne pouvait contester le fait que Griffin était effectivement un crétin.

Finalement, Anna dit au revoir à tout le monde et m'aida à charger les affaires dans la vieille Honda de Denny, ou plutôt, supervisa les opérations. J'avais juste deux sacs, ce qui était plutôt raisonnable pour un séjour d'une durée indéterminée, mais Anna avait carrément embarqué trois sacs et un bagage à main plein à craquer qui flirtait avec les limitations de la compagnie aérienne.

Pile au moment où je m'installais dans mon fauteuil et où le steward nous demandait d'éteindre nos appareils électroniques, mon téléphone vibra. Je jetai discrètement un coup d'œil en pensant que c'était Kellan, étant donné que je venais juste de lui envoyer un message pour lui dire qu'on allait décoller. Je souris en voyant que c'était Denny. *Tu vas me manquer. Bonne chance et fais attention à toi.*

Il était vraiment attentionné et je faillis montrer le message à Anna pour la faire changer d'avis à propos de Denny. Mais en voyant ça, elle se dirait que j'avais couché avec lui l'autre soir et je n'avais aucune envie de devoir encore une fois clamer mon innocence, alors je rangeai mon portable dans ma poche sans rien dire.

Le vol jusqu'à Los Angeles n'était pas très long, pourtant, je ne tenais pas en place. J'essayai d'écrire un peu mais j'étais incapable de me concentrer tellement je pensais à nos retrouvailles. Mon cœur battait à mille à l'heure quand on atterrit, et j'arrivais à peine à respirer normalement quand on s'immobilisa sur le tarmac.

– Calme-toi un peu, me dit Anna d'un air agacé.

Mais j'étais incapable de me calmer, et quand la porte s'ouvrit, je me précipitai avant même qu'Anna ait le temps de se lever. On était assises au milieu de l'avion mais j'étais la deuxième à en sortir, et j'étais surexcitée en traversant le couloir qui menait aux arrivées. Est-ce que j'allais réussir à repérer Kellan dans la foule ? Je pourrais toujours lui envoyer un texto si je ne le trouvais pas avant d'aller chercher mes bagages.

En sortant du couloir, je scannai les personnes qui étaient là à attendre de la famille ou des êtres chers, puis je me mis à rire. Kellan était devant, en plein milieu, avec les bras en l'air comme John Cusack dans *Un monde pour nous*. Sauf qu'il ne tenait pas un radiocassette qui passait du Peter Gabriel, mais une pancarte qui disait « MADAME KELLAN KYLE » en énormes lettres noires. J'aurais dû me douter que je n'aurais aucun mal à le repérer, même sans la pancarte.

Je me précipitai vers lui en riant et en pleurant en même temps. Je n'arrivais pas à croire qu'on était enfin réunis… et que je n'allais pas repartir, cette fois. Il lâcha la pancarte pour me prendre dans ses bras et je lui sautai au cou en enroulant mes jambes autour de sa taille. Son parfum inonda mes narines tandis que ses mains chaudes caressaient mon dos, et ma nervosité disparut. J'étais là, et on était ensemble.

Je m'écartai en le sentant rire en silence et vis qu'il me regardait d'un air ravi. Peut-être que c'était juste mon imagination, mais j'avais l'impression que ses yeux étaient encore plus bleus et ses cils plus longs qu'avant. Même son sourire était encore plus sensuel que dans mes souvenirs, comme s'il était devenu encore plus attirant pendant mon absence.

– Je t'ai manqué ? demanda-t-il avec un regard qui voulait dire *Je veux t'embrasser*.

Je souris et m'exécutai sans me faire prier. Même ses lèvres semblaient plus douces, mais quand sa langue effleura la mienne et que sa main arriva en bas de mon dos, je me rappelai qu'on était dans un lieu public plein de jeunes enfants innocents.

J'arrêtai de l'embrasser et reposai les pieds par terre, et il fit la moue, ce qui le rendit encore plus adorable.

– Je m'amusais bien, moi.

– Oui, je sais.

Je lui pris la main et sa moue disparut, puis il se pencha pour ramasser sa pancarte et je dus résister à l'envie de passer mes doigts dans ses cheveux.

– J'aime bien ta pancarte, dis-je en la montrant du doigt. Mais je n'ai pas l'intention de m'appeler madame *Kellan* Kyle. C'est trop démodé.

– Quoi ? C'est mignon de prendre le nom complet de ton mari, non ?

Il caressa mon anneau en disant le mot *mari* et on voyait clairement qu'il était fier que je sois sa femme.

– C'est sexiste, Kellan. J'ai déjà un nom, je n'ai pas besoin de le remplacer avec le tien.

Pour soutenir mon propos, je passai la main sur sa poitrine et traçai les lettres de mon nom tatoué sur son cœur.

– Je peux juste prendre ton nom de famille.

Il me regarda, puis posa les yeux sur mes lèvres et je vis sa langue caresser sa lèvre inférieure. Le moins qu'on puisse dire, c'est que c'était distrayant. Au moment où j'étais en train de me demander jusqu'où on pouvait pousser les démonstrations d'affection en public avant de nous faire embarquer par les agents de sécurité, une voix retentit derrière moi.

– Merci, Kiera ! J'ai failli accoucher lorsque j'ai dû descendre mon bagage à main du porte-bagages.

Kellan et moi nous retournâmes vers Anna : elle était écarlate et bien déterminée à montrer au monde entier qu'elle était en pétard. Kellan me lâcha la main et avança vers elle.

– Je vais t'aider.

– Griffin est là ? murmurai-je en cherchant le bassiste du regard.

J'étais sûre qu'il savait qu'Anna venait avec moi.

– Il a décidé d'attendre à la maison…

Cela m'agaça mais je décidai de laisser tomber. Griffin n'avait jamais été un petit ami attentif. Ça n'avait jamais été un petit ami tout court, en fait : c'était juste un plan cul, comme il le disait lui-même. J'avais cru qu'il changerait avec la grossesse d'Anna et qu'il grandirait un peu, mais comme Kellan le disait toujours, il était… enfin, c'était Griffin, quoi.

Une fois qu'on eut récupéré tous les bagages, ce qui nous prit un petit moment, on se dirigea vers la voiture de Kellan. C'était une Audi gris métallisé décapotable que la maison de disques lui prêtait. Anna se pâma en la voyant mais, pour ma part, je préférais largement la Chevelle. Kellan laissa échapper un petit soupir en s'installant au volant et je compris qu'il en pensait autant.

Comme il n'y avait pas beaucoup de place dans le coffre, Anna était presque enfouie sous les bagages à l'arrière, mais ça n'avait pas l'air de la déranger. Elle était trop occupée à apprécier la balade dans les rues ensoleillées de Los Angeles avec la capote baissée.

– Pas mal, murmura-t-elle.

Il pleuvait quand on était parties de Seattle, ce qui faisait habituellement le bonheur des habitants de la ville – ça diminuait les risques d'incendie –, mais ici, le ciel était d'un bleu éclatant, bien qu'un peu atténué par le léger brouillard qui flottait au-dessus de la ville.

L'air aussi semblait différent de celui de Seattle, comme plus chaud. J'étais émerveillée à mesure que je découvrais la ville : partout où je regardais, toutes les cultures et les ethnies avaient l'air de se mélanger en harmonie. Le réseau routier semblait bien plus complexe que ce à quoi j'étais habituée mais ça n'avait pas l'air de déranger Kellan tandis qu'il nous conduisait vers le centre. Il rit en voyant que je regardais dans tous les sens pour ne rien manquer, mais je ne pouvais pas m'en empêcher. Los Angeles était tellement légendaire, immense… Ce n'était pas pour rien qu'elle attirait autant de monde : on avait l'impression de pouvoir y réaliser tous ses rêves, et on pouvait presque sentir la vie pulser dans l'air.

On ne tarda pas à s'éloigner du centre pour se diriger vers un quartier résidentiel, où vivaient manifestement des gens influents. Les propriétés étaient immenses, les maisons gigantesques, les pelouses d'un vert éclatant et les haies taillées au millimètre près…

Les maisons commençaient à être de plus en plus éloignées les unes des autres et on tourna dans une rue dont l'accès était barré par une barrière gardée par un homme bedonnant d'un certain âge. L'espace d'un instant, j'eus l'impression qu'on passait une frontière et je n'aurais pas été étonnée qu'il nous demande nos passeports.

– Bonjour, Walter, dit Kellan en lui tendant un badge.

– Vous êtes déjà de retour, monsieur Kyle ? C'était rapide. Et je vois que vous avez trouvé deux jolies jeunes femmes sur votre route.

Il souleva sa casquette pour nous dire bonjour et rendit le badge à Kellan avant de lever la barrière. Kellan sourit en faisant rugir le moteur.

– Attention, Walter, je vais finir par croire que vous essayez de draguer ma femme.

– Jamais de la vie, monsieur.

Il me fit un clin d'œil et Kellan secoua la tête en souriant avant de se remettre en route. Avec ses lunettes de soleil, au volant de sa décapotable, il avait vraiment l'air à l'aise ici. Enfin, il avait déjà vécu un an à Los Angeles après le lycée, même si c'était dans des conditions bien différentes.

On passa devant des maisons monolithiques qui devaient coûter plus que ce que la plupart des gens gagnaient au cours d'une vie entière, et j'espérai que Kellan n'avait pas envie de s'installer ici. J'étais prête à le suivre partout, mais cette ville ne m'attirait pas autant que Seattle. Tout était un peu trop tape-à-l'œil, comme la maison devant laquelle s'arrêta Kellan. C'était une grande bâtisse moderne de trois étages avec une façade blanche, une grande terrasse de chaque côté et à chaque étage. Tous les balcons étaient en verre poli et en acier chromé, et même depuis l'allée, je pouvais voir qu'il y avait une piscine sur la terrasse du dernier étage.

Ça me rappelait ces grandes barraques qu'on voyait dans les films où des étudiants pourris gâtés organisaient des soirées pendant que leurs parents étaient « en voyage ». Le fait que des dizaines de personnes se baladaient autour de la maison avec un verre à la main alors qu'il n'était même pas midi ajoutait à la caricature. Je regardai Kellan en fronçant les sourcils tandis qu'une fille passait devant la voiture, vêtue d'un bikini minuscule, et il répondit à ma question avant même que j'aie le temps de la poser.

– La maison appartient à la maison de disques. Ça veut dire que n'importe quel artiste peut venir ici, et certains amènent des invités. Enfin, tout le monde amène des invités, à n'importe quelle heure du jour et de la nuit, ajouta-t-il d'un air ennuyé.

Ça me contraria encore plus, car je l'avais imaginé dans un endroit calme et isolé, occupé à travailler sur l'album. Je ne l'avais pas imaginé dans une maison de fraternité étudiante, et j'avais vraiment cru qu'on aurait de l'intimité. Apparemment, je m'étais trompée.

Il haussa les épaules d'un air désolé et sortit de la voiture pour prendre nos bagages. Je l'aidai tandis que ma sœur regardait autour d'elle d'un air approbateur. Elle avait l'air au septième ciel, les yeux fixés sur un type blond aux yeux blonds avec des abdos surréalistes.

– Pas mal du tout, même.

Je regardai la fille qui accompagnait le blond : elle portait un haut de bikini triangulaire qui couvrait à peine sa poitrine, bien trop ronde et haut perchée pour être naturelle, soit dit en passant.

– Salut, Kellan, dit-elle en passant à côté de nous et en regardant Kellan des pieds à la tête.

Il hocha la tête et me regarda en coin, et je parvins à garder une expression neutre. Ça n'avait pas d'importance qu'il soit entouré de blondes canons : c'était moi qui partageais son lit. N'empêche que j'aurais préféré ne pas voir ses fesses à mesure qu'elle s'éloignait. Elle était tellement dévêtue qu'elle aurait mieux fait de ne pas s'habiller du tout.

Les bras chargés de bagages, on rentra dans la maison. Tout respirait le luxe : les peintures hors de prix accrochées au mur, les canapés en cuir, les tapis persans qui recouvraient le plancher… Tout avait l'air de coûter si cher que je n'osais rien toucher, mais les couples à moitié habillés qui peuplaient la maison ne semblaient pas trop se gêner. Ils étaient vautrés dans les fauteuils, posaient leurs verres directement sur la table basse, jouaient avec les feuilles des plantes vertes taillées à la perfection, et il y en avait même un qui fumait dans un coin. Rebelle.

Kellan les ignora tous et nous conduisit à l'étage. De la musique retentissait dehors, mais on l'entendait de moins en moins à mesure qu'on avançait dans la maison. Je pouvais voir la piscine dans le jardin à travers de grandes fenêtres près de l'escalier, et je crus repérer Griffin parmi la foule… une fille en bikini sur ses genoux. Trop distraite par ce qui l'entourait, Anna ne le vit pas et ça lui aurait été égal de toute façon. Enfin, je crois…

Arrivés au deuxième étage, Kellan nous conduisit dans un grand espace aux airs de résidence universitaire. La salle principale était la pièce à vivre, la porte à ma gauche était celle de la salle de bains, et les cinq autres portes étaient sûrement celles des chambres. Une porte coulissante menait à la terrasse du deuxième étage, et Evan et Matt apparurent dans l'encadrement au moment où on posait nos sacs par terre.

Le guitariste riait en jouant avec un ballon de baudruche rempli d'eau.

– Bien joué, dit-il à Evan, qui leva les bras d'un air modeste.

Le visage d'Anna s'illumina en voyant les garçons et elle

regarda derrière eux en s'attendant à voir Griffin, qui n'était jamais bien loin de son cousin d'habitude. Je n'eus pas le courage de lui avouer qu'il était en train de tripoter des filles au bord de la piscine. Je jetai un coup d'œil autour de moi et fus ravie de constater qu'il n'y avait personne à part nous. Apparemment, les fêtards restaient au rez-de-chaussée et à l'extérieur, et ça m'allait très bien. Peut-être qu'on pourrait avoir un peu d'intimité, finalement.

En nous voyant, Matt et Evan poussèrent des cris de joie. Matt me serra brièvement dans ses bras, puis Evan me souleva de toutes ses forces.

– Où est Griffin ? demanda Anna à Matt après leur avoir dit bonjour.

Elle faisait un peu la moue en caressant son ventre et Matt regarda Evan, puis Kellan. Je pouvais lire la question qu'il posait silencieusement à ses amis : *On lui dit ou pas ?* Ça m'agaça un peu de les voir se parler en langage codé, mais je décidai de ne pas me fâcher. Ils se connaissaient depuis longtemps, ils avaient traversé beaucoup de moments difficiles ensemble et ils étaient comme une famille. Et une famille se serrait les coudes… même quand l'un des frères était un abruti.

– Il est à la piscine, dit finalement Matt en indiquant la terrasse derrière lui.

– Cherche celui qui a la tronche recouverte de lait caillé, ajouta Evan en souriant.

– En plein dans le mille, dit Matt.

Les deux garçons se tapèrent dans la main et je regardai le ballon dans la main de Matt. Il était rose pétant et, en regardant mieux, je pouvais voir un liquide sombre à l'intérieur. Donc, ce n'était pas de l'eau. Et apparemment, ce n'était pas juste du lait non plus : maintenant que j'étais assez près, je pouvais sentir le ballon… et ça sentait mauvais.

Une bombe à lait périmé ? Beurk. Heureusement que les victimes de Matt et Evan étaient à côté d'une piscine. Ce n'était pas très sympa, mais j'espérais secrètement qu'ils visent aussi la fille au bikini qui avait ouvertement maté Kellan.

La main d'Anna se crispa sur son ventre quand elle réalisa où était Griffin : en train de faire la fête avec des filles en petite tenue au lieu de l'aider à porter ses affaires. Elle eut l'air furieuse, puis un grand sourire illumina son visage et elle tendit la main.

– Matt, je peux t'emprunter ça ?

Il rit en lui donnant le ballon.

– Fais-toi plaisir.

Elle alla sur la terrasse, bientôt suivie de Matt et Evan, et Kellan secoua la tête.

– Tu veux voir notre chambre ou tu préfères regarder Griffin se faire bombarder ?

– C'est vraiment un choix cornélien.

Il rit et me prit par la main avant de m'entraîner vers une des portes.

– J'en ai ma claque de Griffin. Par contre, de toi…

Il ouvrit grand la porte et je restai bouche bée en entrant dans la chambre. Ça ressemblait plus à un studio, et ça faisait bien trois fois la taille de notre chambre à Seattle. Les murs étaient peints dans un gris chaud qui tranchait avec les meubles d'un rouge profond. L'édredon était noir avec des motifs argentés, et les draps et les oreillers étaient blancs avec des motifs assortis. Il y avait une lampe noir et argent sur chaque table de nuit et des fauteuils gris parfaits pour lire ou écrire, ainsi qu'un gigantesque écran plat accroché au mur en face du lit.

Dans l'ensemble, la pièce était plutôt masculine mais il y avait quand même des touches féminines ici et là, comme des coussins sur le lit ou une descente de lit assortie. Des bougies étaient disposées à plusieurs endroits et un vase débordant de lys blancs était posé sur une coiffeuse.

La chambre était magnifique mais ce n'était pas à cause de ça que j'avais le souffle coupé : Kellan avait éparpillé des pétales de rose rouge sur le sol et sur le lit, et formé un cœur en pétales de rose blanche au milieu du lit. Il y avait un petit écrin en velours au centre et mon cœur se mit à battre à toute vitesse.

– Ça te plaît ? murmura Kellan à mon oreille en refermant la porte derrière lui.

Je fus incapable de répondre car trop concentrée sur la boîte. Kellan me poussa en avant et le parfum des fleurs m'enveloppa délicieusement. Je retirai mes chaussures pour pouvoir sentir les pétales sous mes pieds, et quand on arriva à côté du lit, Kellan s'arrêta et scruta l'écrin. Au bout d'un moment, il l'attrapa en faisant attention de ne pas toucher au cœur, et mit un genou à terre, sans dire un mot. Même s'il avait déjà fait ça avant, et même si on était déjà mariés dans nos cœurs, je sentis les larmes me monter aux yeux.

– Kiera Michelle Allen, veux-tu m'épouser ?

Mes larmes se mirent à couler quand il ouvrit la boîte et j'étais déjà en train de sautiller quand je découvris la bague. La pierre au milieu était un gros diamant rond qui brillait dans la lumière, entouré d'un halo de petits diamants qui le mettaient encore plus en valeur. Avec d'autres petits diamants incrustés le long de l'anneau, c'était la bague la plus magnifique que j'avais jamais vue.

Kellan était d'un calme olympien quand il la sortit de son écrin, tandis que ma main tremblait quand il la passa à mon annulaire gauche, à côté de l'anneau de promesse que je portais comme une alliance. Les deux bagues se complétaient à la perfection et je n'arrivais pas à en détacher mon regard.

Kellan rit en se relevant et une fois un peu plus calme, je lui dis la première chose qui me passait par la tête.

– Tu n'avais pas besoin de faire ça. Mon ancienne bague faisait très bien l'affaire.

Je ne voulais pas le blesser, mais la nouvelle bague avait l'air de coûter une fortune, et je ne voulais pas qu'il dépense autant d'argent pour moi. Il n'avait pas besoin de me conquérir : j'étais déjà vaincue.

Il sourit et me prit par la taille.

– Si.

– Kellan…

– Si, j'avais besoin de faire ça, m'interrompit-il.

Je fermai les yeux et me résignai. C'était son argent après tout, et je n'avais pas à lui dire comment le dépenser. On s'embrassa, et l'émotion se mélangea au désir provoqué par notre séparation. Ça faisait bien trop longtemps que je n'avais pas été dans ses bras, et même si la maison était pleine de gens, j'eus soudain envie de ne porter rien d'autre que la bague qu'il venait de m'offrir.

Je tirai sur son tee-shirt et il comprit tout de suite le message. Une seconde plus tard, je caressais son torse nu, sa peau douce et tiède surplonbant les lignes de ses muscles. J'embrassai mon nom tatoué sur ma poitrine et il soupira en me serrant contre lui.

Je relevai la tête et vis qu'il avait les yeux fermés, l'air heureux paisible. Je fis courir ma langue autour de son téton puis le pris délicatement entre mes dents et le mordillai. J'étais sûre que ce n'était pas une zone aussi érogène que chez moi, mais j'avais lu quelque part que les hommes aimaient bien ça aussi. Il ouvrit les yeux et un sourire diabolique apparut sur ses lèvres, ce qui confirma mes soupçons.

Ses doigts se baladèrent le long de mon dos en m'effleurant à peine, et je pouvais sentir des ondes de chaleur partout où il me touchait. Quand il arriva à l'ourlet de mon tee-shirt, il passa les mains sous le tissu pour me le retirer, et son regard resta fixé sur mon soutien-gorge.

En général, j'étais plutôt du genre pratique quand il s'agissait de vêtements, et encore plus quand il s'agissait de sous-vêtements, avec une préférence pour les soutiens-gorge blancs ou beiges qui recouvraient complètement la poitrine. Mais ma sœur avait commencé à fourrer son nez dans ma garde-robe en me disant qu'aucune femme mariée à une rock star ne pouvait décemment porter un soutien-gorge d'une marque dont le slogan était *Enfin une femme*. Elle avait fini par me traîner dans des magasins de lingerie, et même si j'avais d'abord ignoré ses suggestions, trouvant tout trop vulgaire, elle m'avait ensuite montré des ensembles élégants qui m'avaient plu. Celui que je portais était un soutien-gorge pigeonnant en dentelle rose pâle.

Je n'avais pas beaucoup d'atouts à la base mais le modèle donnait l'impression que j'avais bien plus de poitrine qu'en temps normal. J'avais un peu l'impression de tricher, mais Kellan connaissait mon corps par cœur, et je ne faisais qu'améliorer un peu l'emballage, comme disait ma sœur. J'avais hâte qu'il voie la culotte assortie.

Il lui fallut une bonne quinzaine de secondes pour relever la tête vers moi, et quand il le fit, la passion brûlait dans ses yeux. Il se mordilla la lèvre et secoua la tête.

– Tu n'avais pas à faire ça, dit-il malicieusement. J'aimais bien les anciens modèles.

Je ris doucement en l'attirant contre moi.

– Si, dis-je avant de plaquer ma bouche sur la sienne.

Il rit, puis s'arrêta quand je déboutonnai son short, avant de gémir quand je glissai ma main sous le tissu de son boxer. Il était déjà prêt pour moi, et j'avais envie de sentir sa peau douce contre moi mais il me poussa sur le lit. Je m'assis sur les pétales et il se pencha, attrapa mon short et me le retira d'un geste. Il grogna en voyant ma culotte en dentelle transparente et me regarda d'un air à la fois excité et agacé.

– Tu veux que je tienne moins de cinq secondes, ou quoi ? C'est de la triche.

Il m'embrassa le nombril puis se mit à descendre, et j'eus l'impression que j'allais exploser. J'avais tellement envie de lui que mon corps me faisait presque mal et je l'attirai au-dessus moi.

– Tu es tellement belle, dit-il avec un regard plein d'amour et d'adoration. Tu le sais, au moins ?

Je me sentis rougir et je détournai le regard. J'étais mignonne, d'accord, mais « belle » était plutôt le genre de mot qui allait à ma sœur. Il retira ses chaussures et son short et me rejoignit sur le lit. Allongé à côté de moi, il m'attrapa par le menton et tourna mon visage vers le sien.

– Tu le sais ?

Je secouai la tête et il soupira en me caressant les cheveux.

– Eh bien moi, je le sais.

Il recommença à m'embrasser et à frotter ses hanches contre les miennes, et je criai au contact à peine atténué par la présence de la dentelle fine.

– Je t'aime, dit-il entre deux respirations.

Il se remit à bouger contre moi et j'arquai le dos en fermant les yeux. Je voulais lui dire que je l'aimais aussi mais j'avais peur que rien ne sorte de ma bouche à part des cris, et une petite partie de mon cerveau était encore consciente que la maison était pleine à craquer. Alors je gémis et j'enfonçai mes ongles dans ses épaules.

Quand il me retira mon soutien-gorge et fit avec sa langue la même chose que ce que je venais de lui faire, j'oubliai complètement la présence des autres et je criai. Il passa les doigts sous l'ourlet de ma culotte, me la retira et continua à m'explorer, me faisant crier à nouveau.

Il m'amena au bord de l'orgasme puis il s'arrêta pile au moment où j'allais jouir. Heureusement, il ne me laissa pas frustrée très longtemps. Il retira son boxer, vint se placer au-dessus de moi et entra en moi à la seconde où ses lèvres touchaient les miennes.

– Tu m'as manqué, murmurai-je.

Il enfouit sa tête dans mon cou en gémissant.

– On ne sera plus jamais séparés, maintenant.

Puis il se mit à bouger, et je me dis une fois de plus qu'il n'y avait rien de plus agréable au monde que de le sentir en moi.

J'enroulai mes jambes autour de sa taille pour me presser contre lui et mieux sentir ses muscles se contracter contre moi. Il m'embrassa dans le cou et je pouvais sentir qu'il respirait de plus en plus vite. Son corps se mit à trembler, et pourtant, il continua à bouger avec la même régularité qui n'allait pas tarder à m'amener au point de non-retour. Entre son parfum, l'odeur de nos corps en sueur et l'arôme des fleurs dans la pièce, j'avais tous les sens en éveil et je savais que je n'oublierais jamais cet instant.

Au bout d'un moment, je cambrai le dos sans le vouloir et je sentis le corps de Kellan se contracter et trembler davantage.

Il approchait aussi, mais je voyais qu'il essayait de se retenir. Moi, je n'en étais plus capable, et je fermai les yeux en sentant un feu d'artifice se déclencher en moi. Peu après, Kellan poussa un cri qui décupla le plaisir que je ressentais déjà tandis qu'il jouissait à son tour.

Épuisés et heureux, on s'affala dans les bras l'un de l'autre jusqu'à retrouver une respiration normale.

– Désolé, j'aurais bien voulu t'en donner deux pour le prix d'un, mais je n'en pouvais plus. Tu peux remercier tes sous-vêtements, finit-il par dire.

Je ris et l'embrassai sur la joue.

– Si le premier est assez bon, je n'ai pas besoin du second.

Il rit et on s'embrassa langoureusement, des pétales de rose collés à la peau.

– Donne-moi une minute, je parie que je peux te faire changer d'avis.

J'étais en train de rire quand la porte s'ouvrit brusquement. Je criai et attrapai un oreiller pour me cacher, et Kellan vint se mettre devant moi. Horrifiée, j'assistai à mon pire cauchemar en voyant Griffin faire irruption dans la pièce. Il avait l'air surexcité en regardant Kellan, et je me trompais peut-être, mais ça n'avait pas l'air d'être parce qu'il venait de nous surprendre au lit. En réalité, il n'avait pas l'air d'avoir remarqué ma présence.

Maintenant, j'étais vraiment sûre que je n'oublierais jamais ce moment…

– Qu'est-ce que tu fous, Griffin ? cria Kellan.

– Devine qui est là ? demanda-t-il en sautillant sur place.

Ses cheveux et son visage étaient recouverts de grumeaux blancs et il empestait. On était loin du parfum des roses qui emplissait notre nid d'amour trente secondes plus tôt.

– Je m'en fous, dégage ! dit Kellan en lui balançant un coussin.

Le coussin lui arriva en pleine tête et il recula d'un pas. J'étais écarlate, mais il ne m'avait même pas encore vue.

– Mec, tu ne diras pas ça quand tu sauras qui c'est. Sors de ton pieu, espèce de larve !

C'est seulement à ce moment-là qu'il remarqua que Kellan avait de la compagnie, et il sourit.

– Salut, Kiera… ravi de te voir.

Il avait dit ça d'un ton provocateur au possible et j'étais sûre que Kellan n'aurait pas hésité à se lever pour lui en coller une s'il n'avait pas été occupé à faire écran entre Griffin et moi.

– Matt ! Viens dire à ton cousin de dégager de ma putain de chambre avant que je le balance par le balcon !

Quelques instants plus tard, Matt et Evan arrivèrent pour nous débarrasser de Griffin, et je pestai en me couvrant le visage. Et merde ! Maintenant, c'était vraiment un cauchemar. Matt et Evan eurent la gentillesse de ne pas me regarder mais j'étais quand même morte de honte. Anna passa la tête dans la chambre en riant et Matt et Evan traînèrent Griffin à l'extérieur.

– Mec, ils peuvent baiser plus tard ! Il faut qu'il voie qui est au rez-de-chaussée. Elle veut te voir, Kell !

Matt lui donna une tape à l'arrière de la tête.

– Tu te rappelles de ce qu'on a dit, par rapport au fait de laisser Kellan un peu tranquille quand Kiera arriverait… à cause de ce *truc* qu'il devait lui donner ?

Visiblement, Griffin ne voyait pas du tout de quoi il parlait et Matt le frappa à nouveau.

– Quel con, grogna-t-il en le poussant dehors. Désolé, Kell ! cria-t-il avant de fermer la porte.

– Dis-moi que c'était un rêve, dis-je à Kellan.

Il soupira et me frotta le dos.

– Malheureusement, non. Désolé, j'ai oublié de fermer la porte à clé. J'avais la tête ailleurs, on dirait, ajouta-t-il avec un petit rire.

Je lui jetai un regard assassin. Personnellement, tout ça était loin de m'amuser.

– De qui il parlait ? Qui est là pour te voir ?

– Aucune idée, répondit-il en secouant la tête.

Puis il tourna la tête vers la porte. On pouvait entendre Griffin et Matt se disputer de l'autre côté.

– Il vaut peut-être mieux que j'aille voir.

8

Une proposition

Avec tous les pétales qui nous collaient à la peau, il nous fallut plusieurs minutes pour nous rhabiller. Kellan riait en retirant des pétales coincés dans mes cheveux décoiffés qui devaient clairement indiquer qu'on venait de faire des galipettes. Enfin, ça aurait pu être pire, tout le groupe aurait pu nous surprendre tout nus. Ah, j'oubliais ! C'était exactement ce qui s'était passé…

Je jettai un regard inquisiteur au lit défait, et Kellan suivit mon regard tandis qu'il remettait ses chaussures. Il sourit, respira un grand coup puis m'embrassa sur le front.

– Je vais buter Griffin. Je reviens tout de suite.

Je souris et le suivis hors de la chambre. Si Kellan avait l'intention de lui faire la tête au carré, il était hors de question que je rate ça. Griffin était de l'autre côté du salon, à l'opposé de notre chambre, et il était en train de s'essuyer les cheveux avec son tee-shirt. Matt et Evan étaient en train de lui parler et Anna tapait du pied. Elle mourait sûrement d'envie de le tuer parce qu'il lui avait fait un garçon, mais avec tout ce qui s'était passé, elle n'en avait pas encore eu l'occasion. C'était quand même incroyable qu'une seule personne arrive à s'attirer autant d'ennuis aussi rapidement.

Quand il vit Kellan se diriger vers lui, il lui fit un grand sourire.

– Mec…

Il n'eut pas le temps de finir sa phrase. Kellan se précipita sur lui, posa ses mains sur son torse et le poussa si fort qu'il tomba par terre de tout son poids.

– C'est quoi, ce bordel ?

Les lèvres pincées, Kellan le fusillait du regard sans rien dire. Je l'avais déjà vu en colère contre des gens et même contre moi, mais je ne l'avais jamais vu se comporter de la sorte avec un membre de son groupe. À part peut-être une fois où Griffin avait vraiment dépassé les bornes avec moi, mais là, c'était différent. Il avait vraiment l'air à bout. En voyant qu'il ne répondait pas, Griffin leva les yeux au ciel.

– C'est bon, détends-toi, je n'ai rien vu à part tes fesses de toute façon.

Kellan montra l'escalier du doigt.

– Prends tes affaires et casse-toi, dit-il d'une voix glaciale.

Matt et Evan le regardèrent, choqués, et même Anna retint son souffle.

– Détends-toi, Kell, dit Griffin en se relevant, je ne savais même pas qu'elle était là.

– Tu croyais quoi, qu'on avait pris deux avions différents ? marmonna ma sœur.

Griffin renifla et croisa les bras sur sa poitrine. Il avait plusieurs tatouages un peu partout, mais à cet instant, je ne pouvais pas m'empêcher de regarder celui d'une fille avec des seins énormes et un costume marin.

– Tu ne peux pas me virer du groupe, de toute façon.

Kellan vint se planter juste devant lui et je vis les autres se crisper. Matt et Evan échangèrent un regard et je pus presque lire dans leurs pensées : *OK, à trois, tu attrapes Kellan et moi, j'attrape Griffin.*

– Et tu peux me dire pourquoi je devrais te garder ?

Absolument pas intimidé, Griffin lui sourit.

– Parce que je déchire, et tu le sais. Et puis, on est les meilleurs amis, toi et moi, ajouta-t-il d'un air innocent.

Kellan ferma les yeux et recula d'un pas, et Matt et Evan eurent l'air de se détendre un peu. Il prit une grande respiration et rouvrit les yeux.

– Si je suis quelque part avec ma femme, *n'importe où*, tu frappes à la porte et tu attends la permission avant d'entrer. Tu peux comprendre ça, abruti ?

– OK, comme tu veux, dit Griffin en haussant les épaules.

Kellan tourna les talons et me prit la main, et même si j'étais écarlate, je me forçai à sourire à Matt et Evan pour les remercier de leur coup de main un peu plus tôt.

En voyant que l'orage était passé, Griffin dut se dire que tout était arrangé, et il passa un bras autour de l'épaule de Kellan. La puanteur du lait caillé me monta au nez, même si Kellan était entre nous. Même des toilettes de festival auraient senti moins mauvais.

– Je peux te montrer qui est là, maintenant ?

Kellan fit la grimace en reniflant l'odeur de lait pourri et repoussa Griffin, qui en déduisit qu'il était encore fâché.

– Allez, c'est bon, je suis désolé d'avoir déboulé comme ça, d'accord ? J'étais un peu excité, c'est tout. Ce n'est pas tous les jours qu'on rencontre une star du porno !

Mon cœur se serra et je commençai à avoir un mauvais pressentiment.

– Ce n'est pas une star du porno, grommela Matt. Arrête de l'appeler comme ça.

– C'est pareil. Elle est dans une vidéo où elle couche avec un mec et je me suis tripoté devant, donc, c'est une star du porno.

Je fermai les yeux et me pinçai les ailes du nez. Pile au moment où je pensais qu'il ne pouvait pas me dégoûter davantage, il trouvait le moyen d'y arriver. Il ignora Matt qui levait les yeux au ciel et Anna qui le regardait d'un air intrigué.

– Elle a spécialement demandé à te voir… elle connaît ton nom ! Tu te rends compte ?

– De qui il parle, à la fin ? Qui est en bas ?

– Sienna Sexton, dit Evan en se grattant la tête.

Kellan ouvrit grand la bouche, et moi aussi. C'était une vraie célébrité, tout le monde la connaissait. Oui, un de ses ex avait rendu publique une sex tape avec elle, et oui, on pouvait encore la trouver partout sur le Net, mais à côté de ça, elle était vraiment talentueuse. Elle avait grandi sous le feu des projecteurs en commençant à jouer dans des films quand elle était petite, puis en grandissant, elle s'était tournée vers la musique. Quand le scandale de la sex tape était arrivé, ça aurait pu détruire sa carrière, mais elle avait au contraire réussi à utiliser son côté provocateur pour orienter sa musique vers des sonorités plus matures, Depuis, elle était toujours en tête des ventes. Et elle connaissait le nom de mon mari, et elle voulait le rencontrer. Je n'en revenais pas.

Kellan dévisagea Matt et Evan.

– Vous êtes sérieux ? Sienna Sexton ? La vraie ? Pourquoi elle veut me voir ? Comment elle me connaît ?

Les garçons haussèrent les épaules.

– Aucune idée, dit Matt. Elle est arrivée il y a quelques minutes et elle a demandé à te voir. Elle t'attend là-haut.

Il pointa le plafond du doigt puis regarda Griffin méchamment.

– On allait t'en parler quand tu aurais eu fini de donner… enfin, tu sais, ce truc à Kiera.

Il rougit et montra ma main.

– La bague te va très bien, Kiera.

– Merci, murmurai-je, mortifiée.

Anna s'approcha pour me prendre la main et jeta un rapide coup d'œil à ma bague avant de se mettre à trépigner.

– Putain, Kiera, on va rencontrer Sienna Sexton !

Ses yeux étincelaient tant que j'étais sûre qu'elle avait oublié pourquoi elle voulait tuer Griffin. Je n'étais pas sûre d'être aussi excitée qu'elle et je soupirai. En voyant qu'il avait enfin l'attention de Kellan, Griffin le prit de nouveau par l'épaule.

– Alors, on peut y aller, maintenant ?

Kellan fit une grimace, comme s'il allait vomir.

– Tu pues. Tu pourrais peut-être te doucher, d'abord ?

Griffin regarda Matt d'un air accusateur.

– J'en ai pour deux secondes.

Il se précipita dans une des chambres et j'entendis le bruit d'une douche. Je n'avais pas encore eu le temps de faire le tour, mais apparemment, toutes les chambres étaient équipées d'une salle de bains. Kellan se tourna vers Matt et Evan.

– On y va, dit-il avec un petit sourire.

Visiblement, il était ravi de se venger de Griffin.

Alors qu'on montait l'escalier, Kellan retira un pétale de mes cheveux et je ne pus retenir un sourire quand il me le tendit.

– Tu allais vraiment le virer du groupe ? demandai-je à son oreille.

– Non, répondit-il à voix basse en regardant par-dessus son épaule, je voulais juste lui donner une leçon. Quoique, peut-être, en fait… Tu veux que je le vire ?

Je réfléchis pendant un instant puis je secouai la tête. C'était peut-être un nase, mais il faisait partie du groupe, et puis ça n'aiderait pas ma sœur que le père de son bébé se retrouve soudain au chômage.

Quand on arriva au troisième étage, deux gardes du corps nous bloquèrent le passage. Avec leurs oreillettes et leurs lunettes de soleil, ils avaient plus l'air d'être des agents secrets que des gardes de pop star.

– Je m'appelle Kellan, et c'est mon groupe. Mademoiselle Sexton a demandé à nous voir.

L'un des deux pressa discrètement quelque chose dans sa main et dit à quelqu'un dans l'oreillette que Kellan était là, et quelques secondes plus tard, il s'écarta et nous laissa entrer. Passer entre ces deux armoires à glace me rendit un peu nerveuse. Ils ne plaisantaient pas avec la sécurité et je pouvais le comprendre : Sienna était hyper célèbre et des fans devaient sans arrêt essayer de lui sauter dessus. Je me demandai si ça allait arriver à Kellan un jour. Est-ce qu'il aurait besoin de Gorille 1 et de Gorille 2 pour le protéger ? Et pour me protéger ?

Lana, la représentante de la maison de disques que j'avais déjà rencontrée (à l'époque où je pensais que Kellan me trompait avec elle), s'avança vers nous.

– Bonjour, Kellan. Bonjour, les garçons, dit chaleureusement celle qui aurait pu passer pour le sosie de Halle Berry.

– Bonjour, Lana, dit Kellan en lui souriant.

– Mademoiselle Sexton aimerait te parler. Enfin, si tu as le temps, bien sûr, ajouta-t-elle en me regardant d'un air entendu.

Je réussis à ne pas rougir. Ses insinuations n'étaient pas grand-chose comparé à ce qui venait de se passer avec Griffin. Peut-être qu'il m'avait rendu service, d'une certaine façon.

– Bien sûr.

Lana nous fit passer dans une autre pièce et je m'attendis à tomber sur Sienna mais les seules personnes présentes étaient un jeune couple en train de farfouiller dans un meuble plein de bouteilles d'alcool et un homme en costume qui attendait patiemment, assis sur un canapé avec des papiers à la main. Une autre porte à double battant, qui menait à la piscine sur le toit, était ouverte, laissant entrer la lumière du soleil et une brise légère, et une autre donnait sûrement dans la chambre. Est-ce que c'était là qu'elle était ? Mon cœur se mit à battre plus vite et je serrai la main de Kellan. Quand on approcha du canapé, l'homme en costume se leva et tendit la main.

– Ravi de te rencontrer, Kellan. Je suis Nick Wallace, le vice-président de Vivasec Records.

Kellan lui serra la main d'un air ébahi. Il avait déjà dû rencontrer tout un tas de gens importants, mais à voir sa tête, c'était la première fois avec quelqu'un d'aussi haut placé.

– Enchanté.

À ce moment-là, trois autres personnes arrivèrent de la terrasse. Je ne reconnus pas deux d'entre elles, mais celle du milieu était facilement identifiable : Sienna Sexton. Physiquement, elle avait tout ce que vous pouviez imaginer chez une célébrité : une peau mate sans aucun défaut, une ossature parfaite, et d'après ce que dévoilait son bikini, pas un gramme de graisse. Elle avait des cheveux noirs lisses et brillants qui tombaient parfaitement sur ses épaules, et ses yeux de la même couleur étaient mis en valeur par du mascara et de l'eyeliner. Elle avait un sourire chaleureux et éclatant quand elle tendit ses deux mains à Kellan.

– Kellan, je suis tellement contente de te rencontrer, dit-elle avec un accent anglais tout à fait charmant. J'adore ce que vous faites.

Elle prit sa main dans les siennes et l'embrassa sur les deux joues. Elle était si proche que le tissu de sa petite robe blanche transparente par-dessus son bikini frôla ma main. Elle sentait la noix de coco et avait une peau bronzée qui respirait la santé et la vitalité, du genre qu'on voyait uniquement dans les pubs pour de la crème hydratante.

Quand elle s'écarta pour le regarder, ses yeux étaient pleins d'adoration et d'intérêt. C'était la même expression que celle que je voyais chez les fans de Kellan, alors elle disait sûrement vrai. Je serrai les dents pour m'empêcher de me coller à lui. Ses fans avaient bien le droit de le toucher… y compris celles qui étaient riches, célèbres et belles à tomber. Quant à Kellan, il avait l'air complètement ahuri, ce qui était plutôt rare chez lui.

– Euh, merci. Moi aussi, j'adore ce que tu fais.

Il lui sourit et je ne pus m'empêcher de froncer un instant les sourcils. *Adorer ?* Je l'avais entendu fredonner ses chansons à la radio une fois ou deux, mais ça s'arrêtait là. Il préférait de loin la musique rock, mais peut-être qu'il voulait juste être gentil. Il ne pouvait pas vraiment lui dire *Merci, tes chansons ne sont pas trop mal.*

Sienna rit, lâcha sa main et recula d'un pas, et je me rendis compte que j'avais passé les dernières secondes à retenir mon souffle.

– Tu es vraiment adorable.

Les accompagnateurs de Sienna allumèrent la télé et s'installèrent dans le canapé, et Kellan présenta le reste du groupe à Sienna, à part Griffin. Il était sûrement en train de hurler aux gardes du corps de le laisser entrer. Sienna salua tout le monde poliment, mais juste avec une poignée de main réservée. La bise devait être réservée à Kellan. Enfin, avec un peu de chance, ça ne se reproduirait pas… autrement, il faudrait que j'aie une petite conversation avec la princesse de la pop.

Une fois les présentations avec le groupe terminées, Anna fit un pas en avant et attrapa la main de Sienna.

– Anna Allen. Je suis super fan de ce que tu fais, tu es mon idole.

Les deux beautés fatales se sourirent et Sienna tapota le ventre d'Anna.

– C'est pour bientôt, ma belle ?

Anna fronça les sourcils un instant puis secoua la tête.

– Non, c'est prévu pour novembre.

Sa voix était un murmure et je me demandai si elle était vexée que Sienna ait cru qu'elle était sur le point d'accoucher parce qu'elle pensait qu'elle était grosse. Ou alors l'idée d'accoucher continuait à la terrifier ? Sûrement un peu des deux.

– Il est de toi ? demanda Sienna, les sourcils levés.

Kellan regarda le ventre d'Anna et secoua la tête, puis il passa un bras autour de mes épaules pour m'attirer à lui.

– En revanche, ça, c'est à moi.

Je lui souris avant de tendre la main à Sienna. Pourvu qu'elle ne remarque pas mon tremblement.

– Bonjour. Je m'appelle Kiera.

Son sourire s'évanouit légèrement en nous regardant, Kellan et moi, mais il était de retour quand elle me serra la main.

– Ravie de te rencontrer.

Son accent me rappelait un peu celui de Denny, et je me promis de l'appeler bientôt pour le prévenir que j'étais bien arrivée. Je ferais bien d'appeler mon père aussi, d'ailleurs.

– Tu voulais me parler ? demanda Kellan.

Sienna tapa des mains, ce qui fit bouger son imposante poitrine, et je ne pus retenir un soupir. Elle avait vraiment un corps parfait, et des seins encore plus gros que ceux de ma sœur enceinte. Je me demandai si c'étaient les siens.

– Oui ! J'ai une proposition à vous faire, qui peut vous intéresser. Et qui m'intéresse aussi, d'ailleurs.

Kellan la regarda d'un air confus et elle pointa son index sur lui.

– Je te veux.

J'allais intervenir poliment pour lui expliquer que ça n'allait pas être possible quand Nick prit la parole.

– Comme vous le savez, Sienna est la plus grande star du label.

Sienna fit un clin d'œil à Nick, qui lui sourit.

– Elle a écouté ce que vous avez enregistré jusqu'à maintenant, reprit-il, et le moins qu'on puisse dire, c'est qu'elle est impressionnée. Ça fait un moment qu'on cherche un moyen de donner un petit coup de jeune à sa musique.

– Quelque chose de neuf et de frais, ajouta Sienna.

– On cherche une collaboration qui irait bien avec son style. Et c'est là que tu interviens, dit-il en prenant Kellan par l'épaule.

– Moi ?

– Oui. Ce que tu fais, c'est exactement ce que Sienna recherche. Et on a la chanson idéale pour vous, « Regretfully ». Sienna a déjà commencé à enregistrer sa partie, et il ne manque plus que toi.

Kellan le dévisagea un instant, puis il se tourna vers Matt et Evan.

– Vous voulez dire, nous, c'est ça ?

– Bien sûr, dit Sienna avec un petit sourire.

Matt et Evan essayaient de garder leur calme mais je voyais bien qu'ils étaient surexcités. Un duo avec celle qui était en tête du hit-parade les propulserait au sommet. Mon cœur se serra quand Kellan tourna la tête vers moi. J'avais toujours su qu'il serait célèbre un jour, mais j'avais cru que j'aurais des années pour m'y habituer. Sauf que maintenant, il risquait de devenir une star du jour au lendemain.

Il se mordit la lèvre comme s'il lisait dans mes pensées puis il se tourna de nouveau vers Nick.

– On a des styles très différents. Est-ce que je peux entendre la chanson d'abord, pour être sûr que ça s'accorde bien avec ce qu'on fait ?

Nick pinça les lèvres. Clairement, il voulait juste que Kellan fasse ce qu'il lui demandait, mais il se força à lui sourire.

– Bien sûr.

– Viens, je vais te la jouer.

Sienna prit Kellan par la main et le conduisit au piano qui se trouvait à l'autre bout de la pièce. J'essayai de ne pas m'énerver en voyant à quel point elle était tactile et combien il la laissait faire, et j'essayai aussi d'ignorer à quel point sa robe était transparente. Est-ce que les réunions de ce genre n'étaient pas censées se passer tout habillés ? Pas quand vous étiez une star de la pop, j'imagine.

Impatiente d'assister à un concert privé, Anna rit et me prit par la main. Sienna s'installa au piano et Kellan resta debout à côté d'elle, les bras croisés. Quand elle commença à jouer, Matt et Evan le rejoignirent et je les suivis à contrecœur. Je n'avais pas vraiment envie de voir à quel point cette bombe sexuelle était talentueuse, mais quand elle se mit à chanter, je dus me rendre à l'évidence : elle avait une voix incroyable. Elle était à la fois claire, puissante et douce et le rythme de la chanson était magnifique. Les paroles étaient géniales et ressemblaient à quelque chose que Kellan aurait pu écrire, à la fois obsédantes, émouvantes, profondes et romantiques. C'était une chanson qui parlait de rupture, du fait de tout avoir avec quelqu'un, puis de tout perdre et d'essayer de recoller les morceaux.

Evan commença à taper du pied en rythme avec le piano et Matt hochait la tête en mesure, sur un arrangement connu de lui seul. Kellan, de son côté, se concentrait pour voir comment les deux styles pouvaient se mélanger. Je pouvais presque entendre les D-Bags accompagner Sienna dans ma tête, et c'était déjà incroyable rien que dans mon imagination.

À la fin de la chanson, Matt et Evan semblaient convaincus, mais Kellan n'avait toujours pas l'air sûr de lui et Lana mit une main dans son dos.

– Ça fait partie de ces opportunités dont on a parlé et qui n'arrivent qu'une fois, Kellan. Je dirais oui, si j'étais toi.

Il sourit et hocha la tête, heureux de bénéficier de ses conseils. Être dans cette pièce avec des personnes qui connaissaient Kellan sous un jour que j'ignorais me fit me sentir toute petite et insignifiante, mais j'essayai de me convaincre que ce n'était pas le cas. J'avais une voix, et une voix qui comptait, du moins pour Kellan.

– Tu en penses quoi ? demandai-je en le prenant par la taille.

– Je ne sais pas trop. Et toi ?

J'avais peur de ne pas dire ce qu'il fallait, alors je décidai de lui dire honnêtement ce que je pensais de la chanson.

– Je trouve ça génial. Ce serait du gâchis de refuser.

Et j'ai peur de te perdre si tu acceptes. Mais je gardai cette partie-là pour moi.

Il me sourit puis se tourna vers Nick.

– Bon, on n'a plus qu'à se mettre au travail.

Nick sourit comme s'il s'était attendu à cette réponse et Sienna poussa un cri de joie. Elle entama une autre chanson au piano, et je fus surprise de voir que c'était une chanson des D-Bags. Elle était vraiment fan de leur musique. Avant même qu'elle commence à chanter, je reconnus une de mes chansons préférées : c'était celle que Kellan chantait la première fois que je l'avais vu, et elle avait une place à part dans mon cœur.

– C'est ma préférée, avoua-t-elle au milieu du premier couplet. Je voudrais bien faire une reprise, un de ces jours. Enfin, si vous êtes d'accord, bien sûr.

Elle fit un clin d'œil à Kellan et il sourit d'un air ravi.

– C'est aussi la chanson préférée de Kiera, dit-il en me serrant contre lui.

– On dirait qu'on a plein de choses en commun, dit-elle en se tournant vers moi.

En voyant comment elle regardait Kellan, je me dis qu'on avait sans doute plus en commun que ce que j'aurais voulu.

Un quart d'heure plus tard, on était de retour au deuxième étage. Matt, Evan et Anna étaient dans tous leurs états en pensant à la collaboration à venir. Griffin faisait la tête dans un coin mais Anna finit par le mettre de bonne humeur en allant s'asseoir sur ses genoux pour lui mordiller l'oreille. Rencontrer son « idole » avait sûrement dû lui faire oublier qu'elle était en pétard contre lui. Elle ne restait jamais fâchée bien longtemps, de toute façon. Kellan était assis à côté de moi dans le canapé et me caressait la main, perdu dans ses pensées. J'étais presque sûre qu'il pensait à Sienna, et je voulais lui faire penser à autre chose mais je ne savais pas quoi dire. Je voulais tellement le soutenir et l'encourager comme il savait le faire avec moi.

Finalement, je décidai d'aller chercher mon carnet et de travailler à mon roman pour le laisser réfléchir tranquillement à je ne sais quoi. Je savais qu'il prendrait la bonne décision et que tout irait bien, parce qu'on se faisait confiance. Et même si j'avais la tête qui tournait à force d'imaginer des scénarios plus horribles les uns que les autres, je n'allais pas les laisser avoir de l'emprise sur moi.

Sienna passa tout le week-end à la maison. Un petit groupe la suivait partout où elle allait, et je ne la vis pas une seule fois toute seule. Il ne fallut pas longtemps à ma sœur pour faire partie de sa clique, et quand Sienna descendit à la piscine, le samedi après-midi, Anna enfila tout de suite un bikini pour la rejoindre. Personne d'autre que ma sœur n'aurait pu aussi bien porter un bikini à pois tout en étant enceinte.

Sienna n'arrêtait pas d'essayer d'engager la conversation avec Kellan : qu'il soit en train de bronzer sur une chaise longue ou en train de nager, elle était là, à lui répéter à quel point leur single allait être génial. J'essayais d'ignorer l'éclat dans ses yeux quand elle lui parlait et de ne pas faire attention à la façon dont Kellan alimentait leurs conversations. Et j'essayais vraiment de ne pas penser à combien ils se ressemblaient : ils avaient l'air de sortir du même moule, et si je n'avais pas été dans sa vie, il serait sûrement sorti avec elle en moins de deux secondes.

Mais il ne faisait ni ne disait rien de déplacé quand il était avec elle et il avait même tendance à toujours me toucher quand il lui parlait, en posant une main sur ma cuisse, en pressant son genou contre le mien, en frôlant mon bras… Il y avait toujours une forme de contact entre nous, comme s'il voulait me montrer que je n'avais pas à m'inquiéter.

Le dernier jour de ma sœur en Californie, on était en train de bronzer à côté de la piscine avec Kellan. La plupart des invités étaient partis la nuit précédente après les feux d'artifice, et pour une fois, la maison était plutôt calme. On était chacun allongés sur une chaise longue, la main dans la main, et il jouait avec mon alliance, les yeux fermés, pendant que j'admirais son tatouage. Soudain, la voix agacée de ma sœur vint rompre notre tranquillité.

– Non, ce n'est pas une bonne nouvelle ! Je voulais une fille !

Elle passa dans mon champ de vision et je la suivis du regard. Elle alla s'asseoir à une table et posa son verre de jus de fruits si brutalement qu'elle en renversa la moitié. Griffin la suivait, juste vêtu d'un maillot de bain, comme Kellan. Sauf qu'il était loin d'avoir un corps aussi parfait, même si lui aussi était en forme.

– Eh bien moi, je suis content, et je pense que c'est génial qu'on ait un petit garçon. Au lieu de l'appeler Myrtille, on peut l'appeler Myrt, ou Mort… Mortimus ?

Ma sœur fit la grimace, et je l'imitai. *Mortimus* ? Hors de question. Soudain, Griffin leva l'index en l'air.

– Je sais ! Maximus ! s'exclama-t-il.

Je regardai Kellan et on sourit tous les deux. C'était déjà mieux que Mortimus… Ma sœur renifla d'un air méprisant.

– Maximus, comme le gladiateur ?

– Pourquoi pas ? Ça va être un vrai tueur.

Il arqua les hanches en avant et j'arrêtai de sourire. Anna rit, caressa le torse de Griffin et l'attira à elle en tirant sur son short. Il se mit à l'embrasser dans le cou et plaqua tout de suite ses mains sur ses fesses, et je détournai le regard. Pourvu qu'ils ne décident pas d'en faire un autre alors qu'ils étaient à trois mètres de moi.

Kellan les observa encore un instant, puis il ferma les yeux et se laissa aller contre le dossier de sa chaise longue, pile au moment où Sienna arrivait à côté de lui. Elle retira sa petite robe de plage transparente et fronça les sourcils en voyant ma sœur se faire tripoter par le bassiste.

– Ils sont vraiment en couple ? Il a essayé de me draguer au moins dix fois.

Leur relation avait l'air de la laisser aussi perplexe que moi.

– Ça dépend de ta définition du mot « couple », dit Kellan en souriant. On n'a pas encore vraiment compris, nous non plus.

Sienna sourit, et la blancheur de ses dents faillit m'aveugler.

– Ils sont loin d'être aussi exclusifs que vous, alors ?

Ses yeux se posèrent sur le tatouage de Kellan, avant de se poser sur mon annulaire, et Kellan sourit en portant ma main à ses lèvres.

– Très loin, dit-il.

Sienna répondit par un sourire poli. Si elle était déçue de voir à quel point Kellan était fidèle, elle n'en laissa rien paraître. Cela dit, c'était une artiste, et jouer la comédie faisait partie de ses talents. Son groupe s'installa autour de la piscine, et elle s'allongea sur le ventre sur une chaise longue. Ses fesses étaient absolument parfaites, et j'ajustai discrètement le bas de mon maillot de bain.

Elle dégagea ses longs cheveux noirs de ses épaules et défit les nœuds du haut de son maillot.

– Je repars à Londres demain matin. Ça vous dirait qu'on dîne tous les trois ce soir ?

Kellan garda le silence, me laissant libre d'accepter ou non. Sauf que je ne me voyais pas trop refuser d'aller dîner avec celle qui était classée dixième de la liste des personnalités les plus influentes.

– Oui, pourquoi pas… Ce serait sympa.

– Fantastique, dit Sienna en fermant les yeux.

J'avais envie d'être du même avis mais je me demandai si je ne venais pas de faire une grosse erreur.

Anna était furieuse de ne pas être invitée à dîner avec sa nouvelle meilleure amie, et Griffin n'était pas mieux. Il avait passé son temps à la mater pendant l'après-midi qu'elle avait passée à bronzer à moitié nue au bord de la piscine, ce qui n'avait pas eu l'air de contrarier ma sœur. Ce que Griffin faisait lui était vraiment égal, tant qu'il faisait attention à elle et qu'il était respectueux envers moi. Je ne savais vraiment pas comment ils allaient se débrouiller pour élever un enfant.

Un peu plus tard, j'étais debout devant le miroir de la salle de bain, à me demander si j'étais assez bien habillée pour être vue en compagnie de Sienna Sexton. Je n'avais pas prévu de vêtements pour ce type de soirée en faisant mes valises, et la seule chose un peu standing que j'avais était une longue robe noire en coton qui descendait jusqu'à mes chevilles. C'était plus confortable que sexy mais je n'avais rien d'autre. Je soupirai en passant la main dans mes cheveux. J'avais voulu les boucler pour relever un peu le style de la robe mais j'avais à peine réussi à les faire onduler.

Kellan arriva derrière moi et m'embrassa sur l'épaule.

– Tu es magnifique.

Je regardai son reflet à côté de moi. Avec son jean brut et sa chemise bleue qui faisait encore plus ressortir le bleu de ses yeux, il était parfait, comme toujours.

Une partie de moi avait envie de lui dire que je n'aurais pas l'air aussi magnifique quand je me retrouverais à côté de Sienna, mais je savais qu'il ne serait pas d'accord, alors je ne dis rien. En me regardant dans la glace, j'essayai de voir ce que Kellan voyait quand il me regardait. J'avais des yeux « expressifs », ce qui, pour moi, voulait dire globuleux. En général, ils étaient marron, mais dans la lumière, le vert ressortait un peu plus, et avec la couche de mascara que je venais d'appliquer, on aurait même pu dire qu'ils étaient beaux. J'avais de jolies pommettes, un nez mignon, des lèvres charnues. Mon menton était peut-être un peu trop proéminent mais dans l'ensemble, j'étais plutôt bien proportionnée. Je n'étais pas magnifique mais… peut-être que j'étais jolie, en fin de compte.

Je lui souris et appliquai une couche de gloss à lèvres.

– Merci.

Il écarquilla les yeux, surpris.

– Quoi ? Tu ne vas pas me contredire et essayer de me convaincre que tu n'es pas belle ?

Je secouai la tête et il sourit.

– C'est nouveau. Ça me plaît, en tout cas : ça te rend sexy d'avoir confiance en toi.

Soudain, un éclair que je connaissais bien passa dans son regard et je me sentis rougir. S'il continuait à me regarder comme ça, on n'arriverait jamais au restaurant. Je le poussai hors de la salle de bains et il rit pendant que je rassemblais le reste de mes affaires. Puis on sortit de la chambre pour rejoindre le reste du groupe, qui était dans le salon.

Evan vint à côté de moi et passa un bras autour de mes épaules.

– Tu es super jolie, Kiera.

Je lui souris, puis me rappelai du service que Jenny m'avait demandé quelques jours plus tôt. Gênée d'avoir oublié, je me précipitai dans la chambre et fouillai dans mon sac jusqu'à ce que je remette la main sur le paquet de bonbons. Puis je retournai dans le salon et le tendit à Evan avec un sourire d'excuse.

– Jenny dit que tu lui manques et qu'elle regrette de ne pas pouvoir être avec toi. Et elle m'a demandé de te donner ça.

Il prit le paquet et se mit à rougir.

– Elle t'a expliqué ce que c'était ?

Je secouai la tête et il rit en rangeant le paquet dans sa poche.

– Merci, Kiera.

Puis il attrapa son portable et alla dans sa chambre, et je pouvais encore l'entendre rire quand il ferma la porte. Il n'avait pas prévu de m'expliquer leur petite blague, on dirait.

Avant de partir, je transmis le message de Rachel à Matt, qui me sourit et me remercia. Griffin et Anna faisaient la tête et je me promis de me rattraper auprès de ma sœur, mais pour ce qui était de Griffin, ça m'était égal. Il pouvait bouder autant qu'il voulait.

Sienna était escortée de Gorille 1, et je fus étonnée de le voir s'installer au volant de la Cadillac Escalade noire. Peut-être qu'elle avait peur d'être dérangée pendant le dîner, ou de se faire accoster dans la rue ? Je n'avais jamais passé du temps avec quelqu'un d'aussi célèbre qu'elle alors je ne savais pas trop à quoi m'attendre, mais en tout cas, l'idée d'être dans son sillage me rendait encore plus nerveuse que la perspective de devoir passer la soirée à lui faire la conversation.

En voyant que j'étais stressée, Kellan me tendit discrètement quelque chose : c'était un pétale de rose rose pâle, et je repensai instantanément au lit qu'il avait décoré pour moi. Je caressai le pétale et souris en voyant qu'il avait écrit « Je t'aime » dedans, puis je le rangeai dans mon sac. Décidément, il trouvait toujours un moyen de m'aider à me détendre.

On arriva vingt minutes plus tard, et je sus immédiatement que c'était une gamme de restaurant qui était complètement au-dessus de mes moyens. Un voiturier s'occupa de la voiture de Sienna tandis qu'un portier en uniforme nous ouvrait la porte. Il salua Sienna en l'appelant par son nom et nous décocha un sourire tellement éclatant que je pouvais presque compter ses dents. Quelque chose me dit que l'accueil n'aurait pas été si cordial si j'étais venue ici toute seule. Sienna remercia le portier et attendit qu'on la rejoigne, puis elle saisit Kellan par le bras.

– On y va ? Je meurs de faim. Tu vas adorer ce resto, dit-elle en se tournant vers moi, tout est super bon.

J'essayai d'ignorer à quel point son corps était pressé contre celui de Kellan, et à quel point sa mini-jupe dévoilait ses jambes. Et le fait que son haut, ample sur le devant, dévoilait son dos avec un décolleté en V qui descendait presque jusqu'à sa jupe. C'était évident qu'elle ne portait pas de soutien-gorge, et c'était sûrement pour pouvoir porter ce style de vêtement qu'elle dénouait son haut pour bronzer.

Tandis que Kellan l'escortait poliment pour passer la porte, je sentis des éclairs de lumière derrière nous. Je regardai par-dessus mon épaule et vis plusieurs hommes armés d'appareils photo qui mitraillaient de flashs, jusqu'à ce que Gorille 1 leur bloque le passage et leur demande de partir.

Est-ce que je venais juste de me faire prendre en photo par des paparazzi ? J'espérai que non.

Le restaurant était aussi ostentatoire à l'intérieur qu'à l'extérieur et j'eus l'impression d'être vraiment mal habillée. L'hôtesse jeta un regard à Sienna et nous conduisit à une table isolée au fond du restaurant. Sienna la suivit sans hésiter, en ondulant délicatement des hanches en dépit de la hauteur de ses talons, et Kellan la suivit avec une main posée en bas de mon dos.

La table était recouverte d'une nappe immaculée et comptait quatre chaises. La serveuse retira rapidement le couvert en trop et nous fit signe de nous installer aux trois places restantes et je me rendis alors compte que le garde du corps ne nous avait pas accompagnés dans le restaurant. Il pensait sûrement qu'elle était suffisamment en sécurité à l'intérieur. Quelques clients nous avaient suivis du regard, mais personne n'avait l'air de vouloir venir nous déranger. Il faut dire que quand un dîner vous coûtait l'équivalent d'un mois de courses, vous vouliez sûrement en profiter, même avec une star assise quelques tables plus loin.

Quelques minutes après notre commande, nos cocktails arrivèrent et on se mit à les déguster en attendant nos plats. C'était la première fois que j'avais vraiment l'occasion de discuter avec Sienna, et sa gentillesse, sa douceur et son sens de l'humour me surprirent. Je ne m'étais pas attendue à ce qu'elle ait autant les pieds sur terre, et je commençais à comprendre pourquoi tout le monde l'adorait autant.

Quand nos assiettes arrivèrent, elle porta une main à son estomac en gémissant.

– Mon prof de sport va me tuer. Avec tous les gens qui passent leur temps à m'observer, j'essaye de rester en forme. Le dernier truc que j'ai envie de voir, c'est mes fesses pleines de cellulite en couverture d'un magazine à scandale, dit-elle en levant sa fourchette. Ce qui veut dire qu'en gros ça fait dix ans que je crève de faim.

Puis elle enfourna sa fourchette dans sa bouche et émit un bruit bien trop extatique pour un dîner au restaurant.

Kellan rit et regarda mon assiette comme pour me dire qu'il espérait que j'en profite autant. Je levai les yeux au ciel et m'adressai à Sienna.

– Ça ne doit pas être évident d'avoir des étrangers qui passent leur temps à épier tes moindres faits et gestes.

– Si tu savais… C'est tellement plus facile pour les mecs, dit-elle en donnant un coup d'épaule à Kellan. Tant qu'ils ont un joli sourire, ils sont tranquilles.

Elle lui adressa un sourire rayonnant tout en le scrutant et je m'éclaircis la gorge.

– Comment c'était de grandir au milieu de tout ça ? demanda-t-il alors.

Elle marqua une pause entre deux bouchées et posa sa fourchette.

– Pas évident. Mes parents étaient du genre autoritaires et obsédés par la scène, et ils ne toléraient aucune erreur de ma part. C'était difficile de faire face à ces attentes, expliqua-t-elle en baissant les yeux. Certains soirs, j'avais juste envie d'avoir des parents normaux et affectueux qui s'en moquaient si j'oubliais ma réplique ou si je faisais une fausse note. J'aurais bien aimé avoir l'impression d'être aimée autrement qu'en fonction de mes performances.

Ses yeux étaient humides et Kellan avait l'air perdu dans ses pensées.

– Je vois ce que tu veux dire, finit-il par répondre.

Je posai ma main sur la sienne et il sourit, les yeux toujours dans le vague. Sienna nous observa un instant puis sa bonne humeur revint.

– En tout cas, s'il y a bien une chose que j'ai apprise dans ce métier, c'est que soit c'est toi qui écrases, soit tu te fais écraser, et je refuse de me laisser écraser par qui que ce soit.

Je fixai mon assiette du regard en me rappelant comment Sienna était devenue aussi célèbre : en ayant sa vie intime étalée dans tous les journaux. Je ne savais pas comment elle faisait pour supporter le fait que le monde entier avait vu ces images. J'ignorais si j'aurais été capable de gérer ça et je me demandai comment Kellan réagirait quand sa propre vie intime ferait la une des magazines.

– Tu penses à l'enregistrement, c'est ça ? demanda Sienna en voyant mon air pensif.

– Non, je… Enfin, si. Ça a dû être horrible, non ?

Kellan soupira, visiblement désolé, et elle nous dévisagea pendant un long moment avant de répondre.

– Je n'oublierai jamais cette période. Les médias s'en sont donné à cœur joie. *La sex tape scandaleuse et sexy de Sienna Sexton.* Mais comme je l'ai déjà dit, tu t'endurcis dans ce métier, sinon tu y laisses ta peau. Bien sûr que j'étais en rage d'être trahie par quelqu'un en qui j'avais confiance, mais c'était trop tard, et avant que j'aie eu le temps de dire ouf, l'enregistrement était partout, alors qu'est-ce que j'y pouvais ? Finalement, j'ai fait la seule chose que je pouvais faire : j'ai suivi le mouvement. J'ai pris le train en marche et j'en ai profité pour donner l'orientation que je voulais à ma carrière. Ce n'était pas ce que j'avais prévu, mais en définitive, ça a été incroyable et je n'ai jamais regardé en arrière. Pas de regrets, dit-elle en fixant Kellan du regard. Il n'y a que comme ça que tu survivras dans cette ville.

9

Touches finales

Le lendemain matin, on prit la route de l'aéroport avec Kellan pour raccompagner Anna, et cette fois, Griffin se joignit à nous, après s'être fait tuer pour ne pas être venu à l'arrivée. C'était bizarre de dire au revoir à ma sœur et de ne pas partir avec elle : j'avais l'impression de rater mon vol. Je m'étais habituée à l'avoir près de moi et c'était dur de la voir partir. Heureusement, j'avais Kellan, et ça rendait vraiment les choses plus faciles. Après son départ, Griffin se tourna vers lui.

– Hé, mec, tu as entendu ? Elle va avoir un garçon !

La fierté se lisait dans ses yeux et Kellan sourit en me serrant plus fort contre lui.

– J'ai cru comprendre, oui.

Je retins un sourire : Anna avait passé son temps à parler du sexe du bébé, la plupart du temps avec un air contrarié. Elle n'était toujours pas ravie à l'idée d'avoir un Maximus, mais elle le serait une fois qu'il serait là.

Kellan lui tapa sur l'épaule et on retourna à la voiture. Comme à chaque fois, il n'y avait plus la moindre trace de leur dispute, et ils plaisantaient en quittant l'aéroport. De mon côté, j'étais de nouveau capable de regarder Griffin dans les yeux, signe que ma gêne commençait à s'estomper.

En entendant Griffin dire à quel point Anna et Sienna étaient sexy quand elles bronzaient au bord de la piscine, je remerciai silencieusement le ciel que Sienna quitte aussi Los Angeles aujourd'hui. Elle n'avait rien fait de mal en soi et je l'aimais bien, mais l'intérêt qu'elle portait à Kellan me tapait un peu sur les nerfs. C'était professionnel, certes, mais je n'étais pas naïve au point de me dire que ça n'allait pas plus loin. Elle le trouvait aussi séduisant que talentueux, et même si elle savait qu'il était pris, est-ce que ça l'empêcherait vraiment de tenter sa chance ? Je n'avais aucune envie de le découvrir et j'étais bien contente qu'elle reparte.

On se rendit directement au studio d'enregistrement, où Kellan et les garçons devaient finir de peaufiner leurs chansons avant de commencer à travailler sur leur duo avec Sienna. J'avais hâte d'assister à une séance d'enregistrement. Kellan m'avait déjà expliqué mille fois comment ça se passait, mais j'étais impatiente de tout voir de mes propres yeux. Et surtout, cela faisait une éternité que je ne l'avais pas entendu chanter et ça me manquait.

Après avoir passé le contrôle de sécurité, Kellan me conduisit jusqu'au studio où il travaillait. Fidèle à lui-même, il avait sa guitare à l'épaule tandis qu'un tas d'autres instruments étaient à disposition au studio.

La salle d'enregistrement était un grand espace insonorisé conçu pour obtenir la meilleure acoustique possible, d'après ce que Kellan m'avait expliqué. Il y avait une petite cabine au fond réservée à la batterie, et une autre avec uniquement un micro à l'intérieur, et les différentes sections de la pièce étaient séparées par des panneaux coulissants qui permettaient d'isoler le son. Deux guitares étaient déjà branchées, et un troisième socle attendait la guitare de Kellan.

J'étais surexcitée d'être là ; une partie de moi avait envie d'attraper un instrument et de commencer à jouer. Dommage que je sois si nulle en musique… Le reste des garçons arriva et Kellan fit signe à quelques personnes qui nous regardaient à travers la vitre avant de poser sa guitare pour m'emmener dans la salle de mixage. Il me présenta à cinq personnes différentes, chargées des arrangements et de la production de l'album.

Eli était un producteur très réputé avec un CV long comme le bras. Il avait travaillé sur les albums de Justin et Sienna, qui avaient tous deux remporté de nombreuses récompenses, et ce n'était qu'un succès parmi tant d'autres. Il avait l'air drôlement jeune pour quelqu'un qui possédait autant d'expérience, mais à le voir derrière la table de mixage, c'était évident qu'il savait ce qu'il faisait.

Il tendit la main à Kellan et réalisa un check compliqué, puis il me fit signe de la main.

– Alors comme ça, il paraît que tu as accepté de travailler avec Sienna ? demanda-t-il à Kellan.

– Oui, je pense que ça peut être intéressant.

– Intéressant ? dit-il en lui donnant une bourrade. Ça va être mortel, tu veux dire ! Attends d'écouter ce qu'elle a déjà enregistré.

Je m'assis sur une chaise près de la porte et regardai autour de moi en ayant l'impression de ne pas vraiment être à ma place. Kellan me souriait de temps en temps mais il était au travail, et il devait se concentrer. Je songeai que je ferais bien de m'y mettre aussi et je demandai à un des hommes présents dans la pièce si ça dérangeait que je reste assise là. Il m'assura que ça ne gênait personne et je sortis mon carnet de mon sac. Je prenais un peu de temps tous les jours pour écrire, et j'avais vraiment bien avancé dans mon roman. Je ne l'avais toujours pas fait lire à Kellan mais il ne me mettait pas la pression, même si je sentais bien qu'il était curieux. Pile au moment où j'allais me mettre à écrire, quelqu'un m'interpella.

– Salut, Kiera, tu vas bien ?

Je levai les yeux et vis Justin Vettel, le chanteur d'Avoiding Redemption, debout devant moi. Je l'avais déjà rencontré quelques fois et me remis rapidement du choc de l'avoir en face de moi.

– Très bien, dis-je en souriant. Qu'est-ce qui t'amène ?

Il désigna Kellan, qui était encore en train de discuter avec Eli.

– Je voulais voir où en était l'album.

Il était vraiment mignon, avec ses yeux bleu clair et sa coupe de cheveux que seul un rockeur pouvait se permettre. Il portait un polo qui dévoilait une partie du tatouage qui allait d'une épaule à l'autre, et même si je ne savais toujours pas ce que cela représentait, ça avait l'air vraiment beau.

– On est en train de finir de planifier la prochaine tournée et je voudrais que Kellan vienne avec nous.

– Il adorerait ça. Il s'est éclaté avec vous.

– C'est sûr que c'est plus sympa de partir en tournée avec des mecs avec qui tu t'entends bien. Et sinon… tu penses que Kate serait d'accord pour venir me voir pendant une semaine ou deux si je lui posais la question ? Enfin, c'est peut-être beaucoup étant donné que, techniquement, on ne sort même pas ensemble.

Il rougit un petit peu, et je trouvai incroyable qu'une star comme lui soit dans un état pareil à cause d'une de mes amies. Célèbre ou pas, il restait un garçon comme les autres, apparemment.

– Je pense que ça lui plairait. D'ailleurs, elle m'a demandé de te dire bonjour de sa part si jamais je te croisais, alors… Bonjour.

Je levai les yeux au ciel en m'écoutant parler. J'étais vraiment nulle pour ce genre de truc, mais Justin sourit et se mordit la lèvre. Soudain, je me rappelai de quelque chose que Kellan m'avait dit.

– Je croyais qu'il n'y avait que les femmes qui pouvaient voyager dans le bus, pas les copines.

– La maison de disques se fout pas mal de qui est dans le bus… tant que *nous*, on est dedans, dit-il en souriant malicieusement. Qui t'a dit ça ?

Je regardai dans la direction de Kellan, et il tourna la tête pile à ce moment-là. Quand nos regards se croisèrent, je secouai la tête, avant de me mettre à rire.

– Mon *mari*.

Justin rit puis me tapota l'épaule.

– Ah oui, c'est vrai ! Félicitations.

Puis il alla dire bonjour à Kellan et je me remis à travailler. Quelques secondes plus tard, j'étais absorbée par mon histoire et je n'entendais plus rien autour de moi. Quand une main me caressa le genou, je sursautai et vis que c'était Kellan, accroupi à côté de moi.

– On va commencer. Tu es bien installée ?

Je lui montrai mon carnet et hochai la tête, et il fut désorienté en voyant mon sac plein de feuilles de papier couvertes de notes.

– Si tu avais un ordinateur portable, tu n'aurais pas à trimballer un tas de papier sans arrêt. Je pense qu'on va aller faire un peu de shopping tout à l'heure.

Je souris de le voir si attentionné et je l'embrassai.

– Je pensais que tu aimais bien ma méthode vieille école.

– Et c'est le cas, dit-il avec sa bouche à quelques millimètres de la mienne, mais il faudrait rentrer dans le vingt et unième siècle, Kiera.

– Venant de toi, laisse-moi rire.

– Tu sais ce qui ne me fait pas rire, moi ?

Il recula et je fis la moue. *Que tes lèvres ne touchent plus les miennes ?* Il tapota mon bloc-notes d'un air contrarié.

– Que je n'aie pas encore eu le droit de lire ton best-seller.

– Tu le liras quand ce sera fini. Je veux que ce soit parfait.

– Je m'en fiche, moi, que ce soit parfait.

Il toucha mon front du bout de son index.

– Ce qui m'intéresse, c'est ce qui se passe là-dedans. Je veux savoir ce que tu penses de ce qui s'est passé entre nous, ajouta-t-il à voix basse.

Mon cœur se serra en voyant la tristesse dans ses yeux et je me contentai de hocher la tête, ne sachant pas quoi répondre. Peut-être que ça allait nous faire du mal à tous les deux mais j'étais bien décidée à être honnête, même si ça voulait dire lui montrer les aspects les plus sombres de ma personnalité. Lui s'était complètement livré à moi, après tout.

Il sourit et me donna un dernier baiser avant d'aller rejoindre les autres. Chacun mit son casque et s'installa, Evan allant s'isoler dans sa cabine tandis que Kellan s'enfermait dans la sienne. C'était fascinant à regarder, mais au bout d'un moment, je commençai à m'ennuyer. Le processus exigeait parfois de rejouer la même chose plusieurs fois pour ensuite garder la meilleure prise, et quand ils rejouèrent le même morceau pour la sixième fois, j'arrêtai d'écouter pour me remettre au travail. Quand ils terminèrent leur session, j'avais fait le plus dur de la partie sur laquelle je travaillais.

– Tu es prête ? demanda Kellan.

Je hochai la tête et me levai pour m'étirer, le corps un peu engourdi d'être restée assise aussi longtemps. Les risques du métier, sans doute. Kellan dit au revoir aux techniciens, qui étaient en train d'écouter attentivement la chanson qu'ils venaient de finir de mixer. Le morceau était d'une qualité incroyable, mille fois plus nette et claire que la version live, et la voix de Kellan me donna des frissons. Ils allaient avoir un succès fou.

Eli tapa dans la main de Kellan.

– On commencera à enregistrer la nouvelle chanson dans deux jours, histoire que vous ayez le temps de la travailler un peu, d'accord ?

Kellan acquiesca et mon cœur se serra. S'ils devaient préparer une nouvelle chanson en deux jours, je n'allais pas beaucoup profiter de lui. Mais ce n'était pas grave, étant donné qu'aucun de nous n'allait nulle part… à part faire les magasins, apparemment.

Les deux semaines suivantes furent plutôt tranquilles, du moins de mon côté. J'appelai mes parents aussi souvent que possible, et ma mère pleura quand je lui envoyai une photo de ma bague. Mon père, lui, n'arrêtait pas de me répéter que je ne devais aller nulle part sans être accompagnée de Kellan et je trouvais plutôt comique de voir qu'il le considérait maintenant comme mon protecteur.

Kellan, lui, était pas mal occupé. Le groupe travailla sur la nouvelle chanson, et même si les garçons devaient juste l'apprendre, et pas la composer, ils le firent néanmoins en un temps record. Heureusement qu'ils ne la composaient pas, d'ailleurs : une fois, j'avais assisté à un débat de trois heures concernant une intro de trente secondes un soir où ils étaient au Pete's. Enfin, Matt, Evan et Kellan étaient en pleine discussion. Griffin, lui, essayait de convaincre quiconque voulait bien l'écouter que le logo Starbucks frôlait la pornographie.

Une fois le groupe prêt, tout le monde retourna au studio pour enregistrer. J'accompagnais Kellan tous les jours, avec mon nouvel ordinateur portable sous le bras, et je travaillais consciencieusement sur mon livre pendant qu'il enregistrait son album. J'étais vraiment ravie que nos deux carrières puissent coexister aussi facilement, et en réalité, celle de Kellan aidait la mienne : son groupe, sa musique et sa voix m'ouvraient l'esprit et les mots affluaient sans effort. Il y avait même eu des jours où j'avais voulu continuer à travailler alors que lui avait fini sa journée, mais il arrivait toujours à me persuader de fermer mon ordinateur et de rentrer avec lui à la maison. L'art de la séduction était vraiment un de ses plus grands talents, avec la musique, bien sûr.

À la fin du mois de juillet, ils avaient fini leur part du travail sur l'album, et c'était désormais aux techniciens de s'occuper du mixage. Tout ce qui leur restait à faire, c'était de se faire prendre en photo pour la couverture de l'album. Kellan n'était pas franchement de bonne humeur sur la route du studio.

– Je ne comprends pas pourquoi il faut qu'on soit sur la couverture. Ça ne pourrait pas être une photo quelconque ? Comme un canard, ou un truc dans le genre ?

– Un canard, vraiment ? demandai-je en ramenant une mèche de cheveux derrière mon oreille.

Mes cheveux n'arrêtaient pas de me voler dans la bouche. Foutue décapotable.

– Quoi ? C'est sexy, un canard… non ?

Je levai les yeux au ciel et il se mit à rire.

– Avec leurs longs becs, leurs ventres rebondis, leurs pieds palmés... Je ne vois pas ce qui pourrait être plus sexy.

Je le regardai, avec ses lunettes de soleil qui le rendaient encore plus séduisant, et pensai immédiatement *Toi*. Puis je finis par éclater de rire.

– Honnêtement ? Tout est plus sexy qu'un canard.

– Je pense qu'on ne va pas être d'accord, sur ce coup-là...

J'allais répondre mais mon portable sonna à ce moment-là. Je l'attrapai au fond de mon sac et répondis après avoir rapidement regardé l'écran.

– Salut, Denny. Comment tu vas ?

Kellan baissa le son de la radio et je tripotai mon pendentif en forme de guitare en attendant la réponse, qui mettait une éternité à arriver.

– Ça va. Et toi ? demanda-t-il d'un ton clairement inquiet.

– Super. Tu as l'air bizarre, on dirait ?

Kellan me regarda avec curiosité et je haussai les épaules, aussi confuse que lui.

– Tu es sûre que ça va ?

– Oui, pourquoi ? Qu'est-ce qui s'est passé ?

Je pensai immédiatement à ma sœur et mon neveu.

– Anna va bien ? C'est le bébé ?

À tous les coups, Anna, Kate ou Jenny m'auraient appelée s'il y avait un problème avec le bébé, non ?

– Non, ils vont bien. Ça n'a rien à voir avec ça. Tu as lu les magazines, ces derniers temps ? Ou les sites de potins ?

Je me sentis immédiatement soulagée et fis signe à Kellan qu'Anna allait bien.

– Tant mieux, j'ai eu peur. Et non, je n'ai vraiment pas eu le temps. Pourquoi je devrais lire ces trucs, de toute façon ?

Denny soupira.

– Et merde. Je t'aurais appelé avant si j'avais su mais je l'ai seulement vu aujourd'hui. Je ne pense pas que beaucoup de gens soient au courant pour le moment, mais je me suis dit qu'il fallait mieux que tu sois avertie, histoire de savoir à quoi t'attendre.

– De quoi tu parles ? demandai-je, nerveuse.

– Le mois dernier, tu m'as bien dit que les garçons allaient faire un duo avec Sienna Sexton ?

Il dit ça d'un air à la fois émerveillé et incrédule, et je pouvais le comprendre : ça me faisait le même effet. Mais je ne comprenais pas pourquoi il changeait de sujet.

– Oui, mais c'est quoi, le rapport ?

– Est-ce que Kellan… passe du temps avec elle ?

– Non, pourquoi ? Elle n'est même pas à Los Angeles, elle est repartie à Londres après avoir enregistré sa partie de la chanson. Qu'est-ce qui se passe, Denny ?

– Il y a une photo de Kellan et Sienna qui circule sur le Web, et elle est aussi en couverture des magazines. Pour l'instant, personne n'a l'air de savoir qui est Kellan, et on ne voit quasiment que son dos sur la photo, mais tout le monde parle de Sienna et de son petit ami mystérieux.

Je crus que j'allais me décrocher la mâchoire.

– Quoi ? De quelle photo tu parles ?

– Ils ont l'air d'être sur le point de rentrer ensemble dans un restaurant et elle le tient par le bras. Il la regarde en souriant et ça a l'air plutôt… convaincant.

Au bout de quelques secondes, je me rappelai des paparazzi devant le restaurant où on avait dîné avec Sienna. Ils avaient pris des photos de nous trois au moment où on entrait, et Sienna était un peu trop proche de Kellan, mais je ne les avais pas quittés un instant et il m'avait tenu la main tout le temps. Sauf que bien sûr, ça ne les intéressait pas de montrer ça : je n'étais personne, tandis que Sienna était une star, et Kellan était désormais son nouveau petit ami mystérieux. S'ils faisaient déjà la une des journaux alors que personne n'était au courant pour le single, qu'est-ce qui arriverait quand le morceau sortirait ?

– Ça va, Kiera ? reprit-il.

– Ce n'est pas du tout ce qui s'est passé. J'étais là, sauf que je ne suis pas sur les photos, murmurai-je.

L'ironie de la situation me fit l'effet d'une gifle. Est-ce que je n'avais pas voulu être invisible et éviter absolument d'être sous le feu des projecteurs ? *Réfléchis bien à ce que tu veux.* Eh bien c'était le cas, maintenant.

– Il faut que je te laisse, Denny. Au revoir.

– Kiera, attends ! Tu es sûre que ça va ?

Je raccrochai sans lui répondre. Non, ça n'allait pas. Kellan coupa le contact et je restai là, à fixer mon portable sans rien dire. C'était quoi, ce cirque ? Les gens pensaient que Kellan et Sienna sortaient ensemble ? Est-ce que ça changeait quelque chose pour moi ? Non, pas vraiment. Ce que le public pensait n'avait pas d'importance, car moi, je connaissais la vérité. N'empêche que j'avais l'estomac complètement retourné.

– Kiera, ça va ?

Kellan avait l'air aussi inquiet que Denny.

– Oui, murmurai-je.

– Tu es sûre ?

– Pas vraiment.

– Tu veux bien me dire ce qui se passe ?

Je me mordis la lèvre et levai l'index pour lui indiquer que j'allais répondre, mais qu'il me fallait un peu de temps. Il attendit patiemment en caressant la bague à mon doigt, et le choc de la révélation de Denny finit par passer. Je me tournai vers Kellan : il avait retiré ses lunettes de soleil et l'inquiétude dans ses yeux était presque palpable.

– Parle-moi, murmura-t-il.

Sachant ce qu'il ressentait, je me sentis un peu bête, et je souris en secouant la tête.

– Denny s'inquiète pour moi parce qu'il y a une photo de toi et Sienna qui circule sur Internet. Apparemment, elle est plutôt convaincante et le monde entier pense que tu es son nouveau grand amour inconnu. Denny ne l'a pas dit clairement, mais je pense qu'il a cru que tu me trompais.

Je commençai à rire mais mon rire s'étrangla lorsque j'imaginai comment ce serait s'il me trompait vraiment avec elle.

– Tu sais que c'est faux, pas vrai ? Elle ne m'intéresse absolument pas, tu le sais, ça ?

Je hochai la tête et je caressai sa joue tiédie par le soleil.

– Je sais. Allez, viens, allons faire cette séance photo. Tu peux peut-être demander à avoir un canard en arrière-plan, ajoutai-je en me forçant à sourire et à adopter un ton joyeux.

Je sortis de la voiture et il fronça les sourcils.

– Kiera…

Je levai une main en l'air pour l'empêcher de continuer.

– Je vais bien, promis. Est-ce qu'on peut juste parler d'autre chose ? De toute façon, c'est faux, alors ça n'a pas d'importance.

Il hésita un instant puis il acquiesça et sortit de la voiture.

On retrouva le reste du groupe dans un studio à l'intérieur d'un grand bâtiment. Le mur du fond était recouvert d'une immense tenture blanche qui allait du sol au plafond, et l'endroit fourmillait d'activité. Il y avait des gens partout, en train d'ajuster les lumières, de bouger les panneaux réflecteurs, de lisser la tenture ou de mettre de l'ordre parmi les accessoires et le maquillage.

On était tous en train d'observer le chaos sans rien dire quand un homme de petite taille vêtu d'un jean slim et d'un col roulé se dirigea vers nous.

– Tiens, les stars sont là.

À voir la façon dont il observait notre petit groupe à travers ses lunettes rectangulaires, c'était impossible de dire si c'était un compliment ou s'il était condescendant. Il claqua des doigts et une blonde avec une énorme poitrine apparut immédiatement.

– Arrange-moi tout ça, lui ordonna-t-il.

La blonde regarda dans la direction des femmes qui s'affairaient au maquillage, et comme si elles venaient de recevoir un ordre silencieux de la part de leur reine, elles abandonnèrent toutes ce qu'elles étaient en train de faire pour venir nous rejoindre. Kellan parut agacé et Griffin sourit de toutes ses dents.

– Je ne suis pas sûr qu'on… commença Kellan quand la blonde s'approcha de lui à grandes enjambées.

– Je m'appelle Bridgette, interrompit-elle en lui tendant la main, et c'est moi qui vais m'occuper de vous aujourd'hui.

Elle le prit par la main et l'entraîna vers une des coiffeuses.

– Je ne pense vraiment pas qu'on a besoin de…

Elle le poussa sur la chaise et avait déjà les mains dans ses cheveux avant qu'il ait le temps de finir sa phrase. Même si je n'étais pas enchantée de voir une belle femme comme elle le tripoter, je ris en voyant la tête qu'il faisait. Alors que Bridgette était en train de réfléchir à comment magnifier mon mari, le photographe revint vers nous.

– Pas la peine de forcer sur celui-ci, il est bien comme il est, dit-il en regardant Kellan de haut en bas. Emmène-le d'abord aux essayages.

Puis il partit inspecter le reste des garçons et Kellan soupira.

Quand Bridgette et ses copines les fées eurent fini avec les D-Bags, je dus reconnaître qu'ils étaient tous au top. Chacun d'eux était hyper séduisant, même Griffin. Et quant à Kellan… il n'y avait même pas de mots pour le décrire. Il était arrivé ici vêtu de son jean bleu IKKS et d'un tee-shirt blanc, mais à présent, il portait un jean slim déchiré pile aux bons endroits et une veste en cuir marron par-dessus son tee-shirt. La veste était si près du corps qu'elle avait presque l'air d'une chemise taillée sur mesure, et elle était à moitié fermée. Elle était assez courte pour laisser entrevoir sa ceinture, et un peu de peau aussi… Il était sexy à mourir, l'image parfaite du rockeur mauvais garçon qui inquiétait tellement mon père. Mais il n'avait pas l'air content.

– Tu es canon. Qu'est-ce qui ne va pas ?

– Elle m'a *maquillé*. J'ai l'air d'un idiot.

J'examinai sa peau : il n'avait absolument pas l'air de porter quoi que ce soit, à part peut-être au niveau des yeux. Ils étaient plus définis que d'habitude et la couleur ressortait tellement qu'on aurait dit des lentilles.

– Ça ne se voit pas du tout. Tu es parfait.

Il allait se passer une main dans les cheveux mais s'arrêta juste à temps, et je remarquai qu'il ne portait pas sa bague.

– Elle m'a mis de l'eyeliner… et je suis presque sûr qu'elle m'a mis du rouge à lèvres, aussi.

J'étais incapable de dissimuler mon sourire.

– Tu es parfait, je te dis. On en mangerait.

– Ah oui ? Tu veux un croc' ? demanda-t-il en passant ses bras autour de ma taille.

Je me sentis rougir et Kellan regarda autour de nous avant de se pencher vers moi. L'odeur du cuir mélangé à son parfum était complètement envoûtante.

– On peut peut-être s'esquiver cinq minutes.

– Bridgette va me tuer si je te décoiffe.

– Peut-être, mais pense qu'à chaque fois que tu verrais la couverture de l'album, tu saurais que c'est à cause de *toi* que je souris comme ça.

Ses mains pressèrent délicatement mes fesses et j'envisageai sérieusement la possibilité de m'isoler avec lui je ne sais pas trop où, au moment oû le photographe claqua des doigts.

– Allez, tout le monde, au boulot !

Kellan rit doucement en s'écartant de moi, et sa main glissa le long de mon bras. Je l'attrapai, me penchai en avant et plantai un baiser sur sa joue maquillée.

– Où est ta bague ? demandai-je.

– La maison de disques ne veut pas qu'on montre qu'on n'est pas célibataires. Apparemment, ça peut faire chuter les ventes de vingt pour cent. Enfin, c'est ce que Frank a dit, expliqua-t-il en montrant le photographe du doigt.

Il hésita un instant, puis il attrapa l'anneau dans sa poche en me décochant un sourire diabolique. Il jeta ensuite un rapide coup d'œil autour de lui, comme s'il était sur le point de piquer un truc dans un magasin, et le mit à son doigt.

– Je m'en fous complètement, en fait. Et ne t'en fais pas pour cette histoire de photo avec Sienna : je vais régler ça.

J'allais lui dire que ça n'avait pas d'importance mais un des assistants de Frank le tira en arrière. Une fois Kellan en place, Frank commença à le photographier, et je souris en voyant qu'à chaque prise sa bague brillait doucement, comme un petit signe de rébellion contre le système.

Au bout de quelques minutes seulement, la séance toucha à sa fin. Les photos étaient sûrement toutes géniales et j'étais bien contente de ne pas être la personne qui allait devoir en choisir une. Visiblement soulagé, Kellan vint m'embrasser sur la joue.

– Je vais me changer et me passer la figure à la Javel et j'arrive.

Griffin nous rejoignit à ce moment-là.

– Tu crois qu'on peut garder les vêtements ? demanda-t-il en lissant sa veste en cuir du plat de la main.

Puis il regarda dans la direction d'une des maquilleuses et eut un petit sourire vicieux.

– En tout cas, j'en connais un qui va s'envoyer en l'air ce soir.

L'agacement qu'il suscitait habituellement chez moi se transforma en indignation.

– Tu me dégoûtes, éructai-je en lui lançant un regard perçant.

Il écarquilla les yeux, à la fois confus et agacé.

– C'est quoi, ton problème ?

Je serrai les poings et résistai à l'envie de lui refaire le portrait.

– Tu vas avoir un enfant avec ma sœur et tu continues à sauter tout ce qui bouge. C'est répugnant !

Il fit un pas en avant et posa ses mains sur ses hanches.

– Je suis une rock star, et je baise avec qui je veux, autant que je veux. C'est comme ça que ça marche.

Je secouai la tête et regardai Matt, Evan et enfin Kellan. Aucun d'eux ne se comportait comme Griffin.

– Justement non, ça ne marche pas comme ça.

Il lança un regard à Kellan et leva les yeux au ciel.

– Pitié. Ce n'est pas parce que tu as transformé Kellan en gentil petit garçon à sa maman qu'il faut que tu te sentes obligée de faire pareil avec moi. Et puis ce n'est pas comme si Anna ne se tapait pas qui elle voulait. Est-ce que tu me vois piquer des crises, moi ?

Je savais qu'il n'avait pas tort et que ça ne me regardait pas mais il était tellement… aaarrrhg !

– Elle n'a été avec personne depuis qu'elle est enceinte, et elle ne parle d'aucun mec à part toi.

Bizarrement, il eut l'air de ne pas en revenir.

– Vraiment ?

Il retourna ça dans sa tête un instant en nous regardant tour à tour, puis il se tourna de nouveau vers moi et leva les bras en l'air.

– C'est juste du cul. Qu'est-ce que ça peut faire ?

– Vous allez tous les deux être parents, Griffin. C'est le genre de truc qui change la vie, et Anna est morte de trouille. Mais toi, tu es là, à t'amuser et à sauter des nanas dans tous les sens. Ça te plaît de coucher avec ma sœur, mais est-ce que tu t'inquiètes pour elle, au moins ?

Il me dévisagea, le visage indéchiffrable, puis il poussa un petit soupir méprisant.

– C'est bon, Kiera, je plaisantais. Détends-toi, un peu.

Là-dessus, il tourna les talons et partit se changer sous le regard des trois autres.

– Je n'en suis pas sûr, finit par dire Matt, mais on dirait bien que tu viens de lui donner à réfléchir.

Il me tendit la main et je la serrai en riant.

– Bien joué, madame Kyle.

Il me fit un clin d'œil et donna une tape dans le dos à Evan, puis les deux allèrent rejoindre Griffin.

– C'est mignon de voir que tu continues à essayer, dit Kellan en passant un bras autour de ma taille.

Je lui souris et regardai sa veste.

– Il a quand même posé une bonne question. Tu penses que tu peux garder les vêtements ?

– Je n'en ai pas besoin, murmura-t-il à mon oreille. Je préférerais plutôt m'en débarrasser, d'ailleurs.

Je fermai les yeux et me mis tout de suite à imaginer sa peau, ses lèvres douces et ses gémissements. Quand je rouvris les yeux, il avait commencé à s'éloigner, mais il continuait à me regarder par-dessus son épaule avec une promesse brûlante dans le regard, et ma respiration tremblait un peu quand j'expirai. Il était vraiment trop sexy.

10

Le buzz

L'album devait sortir le treize septembre, et le premier single était la chanson qu'ils avaient enregistrée avec Sienna. Ça faisait déjà le buzz partout, encore plus depuis que les gens avaient appris que l'homme mystérieux de la photo était le chanteur du groupe qui figurait sur le nouveau morceau de Sienna. Je ne savais pas trop comment ils avaient réussi, mais les médias avaient découvert qui était Kellan, et la rumeur avait commencé à éclore partout que les deux artistes étaient tombés amoureux pendant l'enregistrement. Maintenant que j'étais au courant de ce qui se disait, c'était comme si je ne pouvais plus y échapper : à la télé, au rayon presse du supermarché, à la radio… j'avais dû voir la photo ou en entendre parler un million de fois. Il faut dire que c'était un bon cliché : ils avaient réussi à capturer le moment où ils se souriaient et ils avaient vraiment l'air du parfait petit couple.

Pour une raison quelconque, tout le monde était excité à propos de leur romance imaginaire. Et tout le monde mourait d'envie d'entendre la chanson que ces deux personnes au physique extraordinaire avaient enregistrée ensemble, ce qui me me fit tout de suite soupçonner la maison de disques de Kellan d'avoir révélé son identité. Je les soupçonnais même d'avoir dit aux photographes où on allait dîner ce soir-là. Tout était bon pour stimuler les ventes.

Kellan faisait de son mieux pour étouffer la rumeur : après la séance photo, il avait appelé Sienna sur la route de la maison. J'avais trouvé ça bizarre qu'il ait son numéro de portable. Et encore plus bizarre qu'elle ait le numéro de Kellan. Elle avait tout de suite su qui l'appelait.

– Allô, Sienna c'est… Oui, c'est moi, avait-il dit après une pause.

Il s'était mis à rire et j'avais essayé d'écouter ce qu'elle disait mais je n'entendais rien à part la voix de Kellan.

– Tu as vu la photo de nous deux ? Oui, celle-là. Tu as déjà publié un démenti ou quelque chose ?

Il avait écouté sa réponse, son visage s'assombrissant.

– Mais les gens pensent qu'on sort ensemble.

Il devint nerveux.

– Moi, ça me dérange, avait-il repris en bougeant les mains comme si elle avait été en face de lui. Parce que je suis marié, et je ne veux pas que les gens pensent que toi et moi…

Il avait regardé vers moi et secoué la tête.

– Non, pas officiellement, mais on se considère quand même comme mari et…

Puis elle avait dit quelque chose que je n'avais pas entendu.

– Tu ne peux pas dire qu'on ne faisait que travailler ensemble et que notre relation est purement professionnelle ? Merci.

Puis il avait raccroché et il m'avait souri.

– Elle a dit qu'elle allait s'en occuper.

– Et tu penses qu'elle va le faire ?

– Bien sûr. Pourquoi elle ne le ferait pas ?

Je n'avais pas vraiment eu envie de lui répondre, mais on avait promis d'être honnête l'un avec l'autre.

– Parce que je pense que tu lui plais. Parce que je pense qu'elle *veut* que vous soyez liés. Parce que ça crée un buzz plus important pour le single si les gens pensent que vous êtes ensemble. Et parce que je pense qu'elle est très douée pour manipuler le public afin d'avoir ce qu'elle veut.

Il avait gardé le silence pendant un long moment, ce qui

m'avait donné l'impression qu'il devait penser que j'avais raison, du moins en partie.

– Et tu penses que ce qu'elle veut… c'est moi ? avait-il fini par demander.

Je m'étais laissé aller contre l'appui-tête et j'avais fermé les yeux. *Qui ne voudrait pas de toi ?*

À ma grande surprise, elle avait publié une déclaration peu après l'appel de Kellan, en expliquant qu'elle était actuellement célibataire et ravie de l'être, et que l'homme en question était « simplement un bon ami qui a travaillé avec moi sur un projet que les fans vont adorer ! ».

Même si elle avait fait ce que Kellan avait demandé, je n'étais pas sûre que ça change quoi que ce soit. Personne n'avait l'air de croire que ce « bon ami » n'était rien de plus que ça. Ils pensaient tous qu'en réalité ça voulait dire « On ne veut pas encore annoncer publiquement qu'on est ensemble ». Ça allait booster les ventes, c'était certain. J'avais toujours cru que son premier album serait un succès, mais pas que cela engendrerait un tel raffut, alimenté par les rumeurs et les spéculations autour de la vie personnelle de Kellan et Sienna.

Quand j'en parlai avec Jenny, Kate et Cheyenne, elles m'écoutèrent avec compassion, et ma sœur me dit de ne pas m'inquiéter. Je lui demandai si elle avait vu la photo.

– Oui, une semaine après être rentrée, à peu près. Kellan est super sexy là-dessus, d'ailleurs ! Dommage qu'il ne regarde pas vers l'appareil, ils auraient dû attendre pour les photographier à la sortie.

– Pourquoi tu ne m'en as pas parlé ?

Le ton de ma voix indiquait clairement que je lui en voulais et elle poussa un long soupir.

– Parce que je savais que tu flipperais et aussi parce que je savais que cette photo était bidon.

– Tout le monde les fait passer pour un couple et tu penses que ça n'a pas d'importance ? demandai-je en scrutant le lustre au-dessus de ma tête, allongée sur mon lit.

– Qu'est-ce que tu en as à faire, de ce que les gens pensent ? Toi et moi, on sait qu'il ne sort pas avec elle. J'étais là pendant toute la durée de son séjour et je sais qu'il ne s'est rien passé entre eux. Alors ne t'en fais pas.

– N'empêche que ça me contrarie.

Soudain, je remarquai un pétale de rose sur l'oreiller de Kellan. Il était couleur corail et venait du bouquet que la femme de chambre avait mis dans le salon la veille. Kellan était parti courir et il avait laissé le pétale pour moi avec un message dessus : *Je rentre bientôt.*

– Parce que c'est toi qui décides de laisser ça te contrarier, répondit-elle d'une voix pleine de compassion. Ne te prends pas la tête pour une photo débile. Qu'est-ce qui peut arriver, au pire ?

Elle avait raison, bien sûr. Mais savoir que le monde entier espérait que votre mari était avec quelqu'un d'autre que vous… c'était un peu dur à digérer.

Quelques semaines avant la sortie de l'album, les garçons furent pressentis pour une tournée promotionnelle expresse. Ils devaient se rendre dans les plus grandes villes de presque chaque État, et leur emploi du temps donnait le vertige. C'était un enchaînement non-stop d'avions, d'interviews à la radio et de concerts privés, et ils devaient parfois faire trois villes différentes dans la même journée. J'étais épuisée rien qu'en regardant l'itinéraire, mais au moins, si on survivait à ça, la tournée nous semblerait un jeu d'enfants.

Leur première interview était pour une radio bien connue de Los Angeles, ou plutôt *la* radio numéro un en ville. Le single devait être diffusé pendant l'interview et j'avais l'estomac noué. Même si ça allait remettre de l'huile sur le feu rapport à l'histoire entre Kellan et Sienna, je mourais d'impatience d'entendre la voix de Kellan diffusée sur les ondes.

Sachant qu'on allait être pris dans un vrai tourbillon, Kellan et moi essayions de savourer le moindre moment passé à deux. Il me fit visiter la ville et me montra certains des bars où les D-Bags avaient joué à leurs débuts. Je l'imaginais tout à fait fraîchement sorti du lycée et mettant en émoi toutes les starlettes de Hollywood. À ce moment-là aussi, son agenda avait dû être chargé…

Il me fit aussi faire le tour des attractions touristiques – Disney, Seaworld, le Walk of Fame –, mais les moments que je préférais étaient ceux où on se dorait la pilule au soleil au bord de la piscine, surtout quand tous les autres étaient absents et qu'on n'était que tous les deux. Par un matin ensoleillé de la mi-août, quelques jours avant ce qui devait être l'explosion de la carrière de Kellan, j'étais tranquillement assise sur les marches blanches qui menaient à la piscine, en train de regarder l'eau turquoise clapoter autour de mes chevilles. Une légère odeur de chlore et de crème solaire remplissait mes narines, et à part quelques oiseaux dans un arbre, tout était silencieux. Je savourais pleinement ce moment, sachant très bien que ça ne durerait pas.

Une forme sombre s'approcha de moi sous l'eau, et des mains attrapèrent mes jambes. Puis Kellan sortit la tête de l'eau et me fit un grand sourire.

– Salut.

– Salut, répondis-je le sourire aux lèvres.

Il avait les cheveux ramenés vers l'arrière et des gouttes d'eau ruisselaient sur son visage. Avec le soleil qui se reflétait dans ses yeux, il était magnifique, et à cet instant, je l'avais pour moi toute seule.

Je passai mes mains autour de son cou en soupirant et entourai sa taille de mes jambes par réflexe. Il s'agenouilla dans l'eau tiède en m'entraînant avec lui, et je sentis une satisfaction immense m'envahir en laissant aller ma tête sur son épaule.

C'est le moment que choisit Griffin pour sortir de la maison. Il avança jusqu'aux marches en se grattant la tête, comme s'il réfléchissait à comment s'y prendre, puis il finit par hausser les épaules et taper sur le rail qui courait le long des marches.

– Quoi ? demanda Kellan.

– Le mec de la maison de disques est là. Il veut te parler.

– Quel mec ?

Griffin haussa de nouveau les épaules tout en en profitant pour me reluquer.

– Aucune idée. Celui qui se la raconte avec son costume.

– Nick ? Le vice-président ?

– Si tu le dis.

Kellan me regarda. La dernière fois que le vice-président s'était déplacé, ça avait été pour offrir à Kellan une opportunité exceptionnelle, et j'avais l'impression que ce qui l'amenait aujourd'hui était tout aussi important. Alors pourquoi je me sentais aussi anxieuse, d'un seul coup ?

Kellan sortit de l'eau, se sécha rapidement et passa un tee-shirt. Je l'imitai et enfilai un short. J'aurais aimé être plus habillée que ça mais mon débardeur et mes cheveux mouillés devraient faire l'affaire. Je préférais ne pas faire attendre l'homme qui avait le destin de mon mari entre ses mains.

Griffin nous emmena en haut, là où on avait rencontré Nick et Sienna la dernière fois. Au moment où j'allais entrer dans la pièce derrière Kellan, Griffin m'attrapa par le coude et je me raidis immédiatement en levant les yeux vers lui.

– Anna dit que tu ne m'aimes pas, dit-il d'un air contrarié. C'est vrai ? Je pensais qu'on était potes.

Je dégageai gentiment mon bras, tout en me demandant pourquoi il voulait me parler de ça maintenant.

– Oui, on est potes… bien sûr.

Reste à l'extérieur de ma chambre, ne me touche pas et arrête de prendre ma sœur pour une idiote et ce sera parfait.

Son regard se durcit et il croisa les bras sur sa poitrine.

– Tu mens. Je ne couche pas avec toi, alors je n'en ai pas grand-chose à foutre de ce que tu penses de moi, mais j'aimerais bien savoir pourquoi tu ne peux pas m'encadrer, était donné que j'ai toujours été sympa avec toi.

Sympa ? Il appelait ça comme ça ? Je me retins de lever les yeux au ciel et regardai par-dessus son épaule : je pus voir Kellan serrer la main de Nick, et j'avais vraiment envie de savoir ce qu'ils se disaient, au lieu de rester là à parler pour ne rien dire avec Griffin.

– C'est parce que j'ai dit que tout ce qui m'intéressait, c'était de m'envoyer en l'air ? C'était pour déconner.

Je plissai les yeux sans le vouloir en reportant mon attention sur lui.

– Non, tu ne déconnais pas. Tu es vulgaire, infect, et un plus grand baiseur que ce que Kellan a jamais été !

Il me regarda avec son air qui voulait dire « Mais bien sûr », mais je continuai.

– Tu représentes tout ce que je déteste chez les rock stars. La fête, les filles, le sexe… tu es tout ce que j'ai peur que Kellan devienne !

Il me donna un petit coup dans l'épaule.

– Alors ce n'est pas vraiment avec moi que tu as un problème. Si tu as peur de ce que Kell pourrait faire quand tu n'es pas dans le coin, c'est avec *toi* que tu as un problème. Anna ne m'a jamais demandé de garder ma braguette fermée, on n'a jamais été exclusifs et elle se fout d'avec qui je couche. Alors qu'est-ce que ça peut te faire, à toi ? Et puisque ça t'intéresse autant, j'ai couché avec seulement cinq nanas cette année, et avec personne depuis qu'Anna m'a dit qu'elle était en cloque. Alors oui, je tiens à elle, et je crois même que je suis amoureux d'elle, si tu veux tout savoir !

Là-dessus, il tourna les talons et rentra en trombe dans la pièce, et je le regardai, sous le choc. Est-ce que Griffin venait vraiment de me faire la leçon ? Est-ce que c'était un signe précurseur de l'apocalypse ? Cela dit, il n'avait pas tort sur toute la ligne… Si je ne l'aimais pas, c'était en majeure partie parce que j'avais peur que Kellan ne devienne comme lui. Mais Kellan était différent : ils étaient comme le jour et la nuit. Griffin était cru parfois… mais ma sœur était pareille, et je l'adorais. Et merde. Maintenant, j'allais devoir essayer pour de vrai de bien aimer Griffin. Et en plus, il venait de dire qu'il aimait Anna. J'en avais vraiment pour mon argent, aujourd'hui.

Je finis par les rejoindre en pensant que rien de ce que Nick pourrait dire ne me choquerait plus que le speech de Griffin.

Entouré de Matt et Evan, Kellan était assis dans un canapé en face de Nick. Il y avait pile assez de place pour moi et j'allai m'asseoir à côté de Kellan, tout en ayant l'impression d'arriver comme un cheveu sur la soupe. Quant à Griffin, il se laissa tomber sur une chaise en face de nous.

Nick s'interrompit pour me laisser m'installer et je me sentis rougir. Il devait bien faire trente degrés dehors mais il était quand même en costume trois-pièces, sûrement un Armani qui avait dû lui coûter la peau des fesses. Il avait l'air plutôt jeune pour un vice-président, trente-cinq ans tout au plus, signe qu'il devait être le genre d'homme confiant et ambitieux qui avait l'habitude d'obtenir ce qu'il voulait.

Une fois que je fus assise, Nick me sourit brièvement et me regarda de haut en bas avant de reprendre la parole.

– Je vois que vous faites bon usage de la maison. Vous avez raison : il faut vous reposer tant que vous en avez la possibilité.

Kellan me jeta un regard et hocha la tête.

– J'ai une bonne nouvelle, continua Nick. Une excellente nouvelle, même.

Il se pencha en avant et tapa dans ses mains, et je remarquai qu'il ne portait pas d'alliance.

– Diedrick Kraus vient d'accepter de réaliser le clip de « Regretfully ».

En voyant que personne ne disait rien, il sourit.

– Vous n'avez pas la moindre idée de qui il s'agit, c'est ça ?

– Désolé, dit Kellan.

– Diedrick Kraus est un génie. Il a réalisé certains des plus grands clips de notre époque, mais il est très sélectif dans ses collaborations. On lui a fait écouter la chanson, et il veut faire le clip. Il a même insisté pour s'en occuper. Il est disponible à la fin du mois et Sienna a un creux à ce moment-là, donc on va caler ça pendant la tournée promotionnelle. On dirait que les planètes se sont alignées !

Kellan était bouche bée en regardant les autres.

– On va tourner un clip ? Les gens regardent encore ce genre de truc ? demanda-t-il à Nick.

Celui-ci fronça imperceptiblement les sourcils.

– Oui. Et avec celui-ci, on va frapper très, très fort.

– C'est-à-dire ?

– On va créer un buzz de folie. Depuis que le public a vu cette photo, tout le monde veut en savoir plus sur le nouveau mec de Sienna.

– Sauf que je ne suis pas son nouveau mec.

Nick ne releva pas sa remarque.

– On va verser de l'huile sur le feu et atterrir numéro 1 des ventes.

Mon cœur se serra devant l'air avide de Nick. Je n'étais pas sûre de ce qu'il voulait dire par là, mais j'étais sûre que ça n'allait pas me plaire.

– Qu'est-ce que vous voulez dire ? demanda Kellan prudemment.

– On va jouer sur le côté romantique de la chanson et tourner un clip super sexy. Des corps nus, des baisers passionnés, des gémissements, on va mettre le paquet. Les gens auront besoin de prendre une douche froide rien qu'en regardant la vidéo, ajouta-t-il en faisant un clin d'œil à Kellan. Le buzz autour de toi et Sienna va atteindre des sommets.

J'avais envie de me lever et de hurler à ce type que c'était hors de question, mais je savais que je n'avais rien à dire alors je serrai les dents.

– Sauf que la chanson parle d'une rupture, fit remarquer Kellan.

– C'est vrai. Et toutes les grandes ruptures commencent par une histoire d'amour enflammée.

Tout le monde garda le silence pendant un moment. Evan et Matt me dévisageaient et Griffin souriait de toutes ses dents. Je ne savais pas s'il était content pour le clip ou parce qu'il allait voir Kellan et Sienna tourner une scène qui lui donnerait envie de « prendre une douche froide ». Sûrement un peu les deux.

– Je suis marié, finit par dire Kellan. Je ne peux pas faire ça.

– Moi, je peux ! proposa immédiatement Griffin.

Nick l'ignora et regarda Kellan avec une telle froideur que j'en eus la chair de poule. Il n'avait vraiment pas l'habitude qu'on lui dise non.

– Je ne te demande pas de coucher avec elle. Ça, c'est toi que ça regarde.

Il sourit et regarda vers moi, puis il se tourna de nouveau vers Kellan tandis que je rougissais.

– Tout ce que je te demande, c'est de tourner un clip avec elle pour une chanson que vous avez déjà enregistrée, et dont on possède les droits, au passage.

Un sourire froid naquit sur ses lèvres, puis il s'adossa dans le canapé et posa ses mains sur ses hanches comme s'il allait se lever.

– Divertir les masses fait partie de ta fiche de poste, et parfois, ça inclut de devoir jouer la comédie. Si on avait su que tu serais aussi… réticent, on n'aurait pas signé de contrat.

Il se leva, et se pencha sur Kellan comme s'il voulait l'intimider.

– Tout ce que je te demande, c'est de sourire et de faire ton putain de boulot. Et au cas où tu n'aurais pas encore compris : ce n'est pas vraiment une question.

Sa voix glaciale se tut, et il s'en alla.

Un silence pesant flotta dans la pièce après son départ. On aurait pu entendre une mouche voler. Comme on aurait pu s'y attendre, Griffin fut le premier à intervenir.

– Mec ! Tu vas tourner un clip chaud avec Sienna Sexton ! La classe !

Il leva la main en l'air pour taper dans celle de Kellan et je le regardai en silence, sous le choc. Kellan le fusilla du regard, puis il eut l'air de se dire que ça ne servait à rien de se disputer avec Griffin et baissa les yeux.

Il resta silencieux encore un moment avant de se lever d'un seul coup, et son expression se durcit.

– Tout ça, c'est des conneries.

Puis il quitta la pièce à son tour.

– Kellan ? appela Evan.

Kellan ne répondit pas. Les poings serrés, il partit sans nous jeter un regard, et on se leva tous.

– Qu'est-ce qu'il va faire ? demanda Matt.

Personne ne répondit, et je sentis la peur m'envahir. Je savais exactement ce qu'il allait faire. Il allait faire ce qu'il faisait toujours quand les choses devenaient trop compliquées : il allait prendre la fuite.

Je sortis à mon tour et les garçons me suivirent. Kellan n'était pas dans l'escalier, et pour une fois, la vue sur la piscine ne m'impressionna pas. J'étais trop occupée à me dire que j'allais sûrement devoir faire quelque chose que je ne voulais pas faire. J'allais devoir le convaincre d'embrasser une autre femme. Et pas seulement l'embrasser : simuler une scène de sexe.

Je finis par le trouver dans notre chambre. Il avait l'air furieux et il était en train de fourrer des vêtements dans son sac. Mon sac vide était à côté du sien et une partie de moi eut envie de commencer à emballer mes affaires et d'accepter sa décision sans rien dire. Mais ce n'était pas la solution.

– Qu'est-ce que tu fais ? demandai-je, bientôt rejointe par les garçons.

Il leva la tête vers moi, des éclairs dans le regard.

– Fais ton sac. On rentre à la maison.

– C'est quoi, ce bordel ? s'écria Griffin.

Evan mit une main sur l'épaule de Kellan pour le calmer mais Kellan le repoussa.

– On a signé un contrat, intervint Matt. On ne peut pas partir comme ça.

– Qu'ils nous collent un procès au cul, alors ! Hors de question que je fasse ça pour eux. Je retourne au Pete's. Vous me suivez ou pas ?

Je savais que tout ça était ma faute et je sentis mon cœur sur le point d'exploser dans ma poitrine.

– T'es vraiment une putain de mauviette, dit Griffin.

Kellan s'avança vers lui d'un air menaçant et Evan s'interposa. Il prit Kellan par les épaules et Matt posa une main sur la poitrine de Griffin pour le faire reculer. Il y avait tellement de tension dans la pièce que je savais que rien de constructif ne ressortirait de tout ça. Kellan avait besoin qu'on le calme, pas qu'on le confronte, et à ce moment précis, j'étais la seule qui pouvais le faire. Je détestais avoir ce pouvoir, surtout que ça ne m'aurait pas dérangée de retourner au Pete's…

– Vous pouvez nous laisser ? demandai-je aux autres sans quitter Kellan des yeux.

Kellan me regarda, furieux, et Evan serra mon bras avant de quitter la pièce.

– Mets-lui un peu de plomb dans la cervelle, c'est *lui* qui raconte des conneries ! cria Griffin avant que Matt ne l'entraîne à l'extérieur de la pièce.

Quand j'entendis la porte se fermer, je fis un pas vers Kellan. Maintenant que les autres étaient partis, il n'avait plus que moi pour déverser sa colère et sa frustration, mais j'étais prête. J'avais subi ses attaques plus d'une fois.

– Toi aussi, tu vas me traiter de mauviette ? Tu penses que je devrais accepter et me la faire pour prouver je ne sais pas quoi ?

Je me raidis un peu sans pour autant me fâcher, car je savais que ce n'était pas vraiment contre moi. Je me rapprochai de lui et lui pris les mains.

– Tu ne peux pas abandonner maintenant.

– Tu as entendu ce qu'ils veulent me faire faire ?

– Oui. Et ça ne me dérange pas.

– Quoi ? Ça ne te dérange pas de me voir m'envoyer Sienna en vidéo ?

Je passai mes bras autour de son cou et il eut l'air de se détendre un tout petit peu.

– Bon, dire que ça ne me dérange pas, c'est peut-être un peu exagéré. Mais on est obligés.

Il secoua la tête et passa ses bras autour de ma taille.

– Non, on n'est pas obligés. Je ne veux pas te faire du mal, et si j'accepte, je sais que je vais t'en faire.

– Sauf que je refuse que tu abandonnes tes rêves à cause de moi.

Il secoua la tête et détourna le regard mais je l'attrapai par le menton pour l'obliger à me regarder.

– Tu es si près du but. Tu dois juste faire ce truc pour faire décoller ta carrière et celle du groupe. Et après, une fois que tu auras rempli les termes de ton contrat et que vous serez le groupe que tout le monde s'arrache, vous n'aurez qu'à signer ailleurs.

Il sourit et je fus soulagée de voir que sa bonne humeur semblait revenir. Mais il ne tarda pas à reprendre un air sérieux et à soupirer longuement. Il garda le silence pendant un long moment, et je pouvais voir qu'il réfléchissait à cent à l'heure tout en digérant tout ce qui venait de se passer. Quand il reprit la parole, sa voix était à peine audible.

– Je ne veux vraiment pas laisser tomber les gars et je comprends ce que tu veux dire. Mais quand j'ai dit que tu étais tout pour moi et que les autres filles ne m'intéressaient plus, j'étais sérieux. Je ne veux même pas la toucher.

– Je sais, et c'est pour ça que je t'aime. Mais il n'y a pas de raison que ça nous affecte. Tu restes mon mari, je reste ta femme, et jouer la comédie devant une caméra ne change rien à ça. D'accord ?

Il hocha doucement la tête puis soupira.

– Je ne sais même pas si je suis capable de tourner une scène pareille avec quelqu'un d'autre que toi.

– Et moi, je suis sûre que si. Tu n'auras qu'à imaginer que c'est moi. Ce ne serait pas la première fois.

Je lui souris pour lui faire comprendre que je le taquinais, et il me sourit à son tour avant de se rembrunir.

– Tu veux vraiment que je fasse ça ?

Je me mordis la lèvre. Est-ce que c'était vraiment ce que je voulais ? Non. Je n'avais aucune envie de le voir dans les bras de Sienna. Mais je voulais qu'il réussisse, et pas qu'il laisse tout tomber à cause de *ça*.

– Oui, finis-je par dire.

Il ferma les yeux en hochant la tête une seule fois, et je l'embrassai doucement tout en détestant l'idée que qui que ce soit d'autre puisse le faire.

– Par contre…

Il rouvrit les yeux.

– Si ça doit vraiment se faire, je veux être là. Je veux voir.

– Alors ça, certainement pas.

– Il le faut, Kellan.

– Pourquoi tu veux assister à ça ? murmura-t-il.

Parce que je suis complètement maso.

– Parce que si j'imagine au lieu de voir, ce sera encore pire.

– Kiera, dit-il d'un air suppliant, je n'ai vraiment pas envie de faire ça, et si je le fais, je veux que tu sois le plus loin que possible. Je ne veux pas te faire du mal, et si les rôles étaient inversés, je ne pourrais pas supporter de te voir avec un autre.

– Tu m'as déjà vue, pourtant, murmurai-je en souriant tristement.

Il eut l'air tellement malheureux que cela me brisa le cœur.

– Je t'aime, dis-je avant de l'embrasser.

Pour lui faire oublier sa tristesse, je l'embrassai encore et encore et sa respiration finit par s'accélérer. Il passa ses mains dans mes cheveux, sa langue titillant la mienne, et un gémissement vint perturber le silence qui régnait dans la pièce. Puis ce fut lui qui poussa un petit grognement et je glissai mes mains impatientes sous son tee-shirt. J'avais besoin de faire tomber toutes les barrières entre nous. *Maintenant.*

Il s'écarta de moi pour retirer son tee-shirt puis ses lèvres rencontrèrent de nouveau les miennes. Je suivis du bout des doigts les contours de ses muscles que je connaissais si bien, puis je tirai sur l'élastique de son short de bain encore mouillé. Kellan m'aida à l'enlever, et une seconde plus tard, il était complètement nu devant moi.

Je laissai mon regard se promener sur celui qui m'appartenait corps et âme. Sienna allait peut-être passer un moment avec lui, mais elle ne saurait jamais ce que c'était que d'être vraiment avec Kellan. L'espace d'un instant, je fus presque désolée pour elle. Presque.

Le souffle court, je passai mes bras autour de son cou et l'attirai vers le lit. À la seconde où mon dos toucha le matelas, il se mit à me déshabiller. Mon short alla rejoindre le sien, bientôt suivi de mon débardeur, et je grognai quand ma poitrine se retrouva découverte. Sa bouche se referma sur la pointe d'un de mes seins et je m'abandonnai à quelque chose qu'il ne pourrait jamais faire avec elle dans un film, et encore moins dans un clip interdit aux moins de 12 ans.

Kellan enroula une de mes jambes autour de sa taille et glissa immédiatement en moi, et j'enfonçai mes doigts dans sa chair en râlant sans doute beaucoup trop fort. Il inspira en sifflant entre ses dents.

– Mon Dieu, Kiera… murmura-t-il avant de commencer à bouger.

Peut-être que c'était à cause de toutes les émotions qu'on venait d'éprouver, mais j'avais l'impression que je débordais d'une énergie nouvelle et que chaque sensation était décuplée. Ce qui se passait à cet instant n'appartenait qu'à nous, et Sienna n'y aurait jamais accès. Et même si elle était à des milliers de kilomètres, je criais comme si elle était dans la pièce à côté.

Kellan en faisait autant, et il ne nous fallut pas longtemps pour approcher du point de non-retour. On tremblait tous les deux, notre peau couverte de sueur, et quand l'orgasme explosa en moi, je plantai mes ongles dans le dos de Kellan. Pas au point de le faire saigner, mais suffisamment pour qu'il s'en souvienne un moment. C'était ma manière de rappeler qui on était et ce qu'on avait traversé. Kellan enfouit son visage dans mon cou et cria tandis qu'un frisson le parcourait, signe qu'il était en train de jouir à son tour.

Non, Sienna n'aurait jamais accès à ça. Sa pâle imitation de ce moment n'arrivait pas à la cheville de la réalité.

À bout de souffle, Kellan roula à côté de moi et sourit quand je l'embrassai sur la joue. Puis il ferma les yeux et je le regardai se reposer, fascinée. Il n'arrêta pas de sourire, mais sa respiration se fit bientôt plus régulière et lente. Il finit par s'endormir, et je me sentis légèrement euphorique de savoir que j'avais le pouvoir de le calmer autant. Mais quand je me mis à penser au mercredi, ma bonne humeur s'envola. Peut-être que Sienna ne vivrait pas *ça* avec lui, mais, et si la vidéo leur donnait envie d'aller plus loin ? Est-ce que j'étais en train de faire une erreur monumentale ?

Je me glissai gauchement hors du lit, bordai Kellan et enfilai des vêtements propres. Puis je pris son portable sur la table de nuit et quittai la pièce sans faire de bruit. Une fois dans le salon, je m'attendis à tomber sur les autres D-Bags impatients de connaître la réponse de Kellan. Mais en me repassant la scène, je me rendis compte qu'on n'avait sans doute pas été très discrets et qu'ils devaient déjà savoir que je l'avais fait changer d'avis. Je sentis le rouge me monter aux joues mais je parvins à ne pas me sentir gênée. Au moins, personne ne nous avait surpris, cette fois.

J'allais rejoindre la terrasse quand Griffin sortit de sa chambre. Je m'immobilisai en me demandant quel commentaire obscène il allait bien pouvoir me sortir, mais il me sourit fièrement en montrant la porte de ma chambre.

– T'as couché avec lui pour le convaincre ? Excellent.

J'eus envie de le traiter de porc et de quitter la pièce, mais je m'étais promis de faire un effort pour être sympa avec lui, alors je haussai les épaules.

– Je l'ai fait changer d'avis à propos de la vidéo… mais maintenant, j'ai peur d'avoir commis une erreur.

Il se passa une main dans les cheveux et je me rendis compte que c'était la première fois qu'on avait une conversation. C'était vraiment bizarre, et je n'avais aucune idée de ce qu'il était susceptible de répondre.

– Ne t'en fais pas pour ça. Vous n'êtes pas du genre à partager alors ça m'étonnerait qu'il fasse quoi que ce soit avec elle.

Il me fit un clin d'œil, que bizarrement je trouvai charmant au lieu de dégoûtant.

– Kellan sait de quel côté penche sa bite.

– Merci… enfin, je crois, murmurai-je en me sentant étrangement rassurée par son expression absurde.

Il rit avant de quitter la pièce.

– Pas de quoi, Kiera.

Je me demandai si je ne venais pas d'entrer dans une dimension parallèle où j'encourageais Kellan à sortir avec d'autres filles et où Griffin me réconfortait. Il allait se passer quoi, ensuite ? Anna et Denny allaient décider de se marier et d'élever l'enfant de Griffin comme si c'était le leur ? L'idée me fit rire toute seule quand je sortis. Aucune chance que ces deux-là se mettent ensemble.

Les mains moites, je me mis à faire les cent pas sur la terrasse. Elle donnait sur la piscine de derrière et je pouvais voir Matt et Evan tremper les pieds, chacun sur son portable. Ils étaient sûrement en train d'écrire à Rachel et à Jenny et de leur parler du clip avec Sienna. Je grognai intérieurement et fis défiler la liste des contacts de Kellan jusqu'à ce que je trouve le numéro de Sienna. Kellan était à moi, et je n'avais pas l'intention de laisser la place à quelqu'un d'autre.

Elle répondit presque immédiatement.

– Kellan, quelle bonne surprise ! Qu'est-ce que je peux faire pour toi, chéri ?

Son ton affectueux m'agaça, mais j'essayai de ne pas y penser. Elle appelait tout le monde « chéri ».

– En fait, c'est Kiera.

– Ah. Eh bien qu'est-ce que je peux faire pour toi, Kiera ?

Il y a avait une petite note de déception dans sa voix, mais sa politesse enjouée la dissimulait presque à la perfection.

– Je voulais juste te dire que j'ai convaincu Kellan de faire le clip avec toi.

Cette fois, elle fut incapable de cacher sa déception.

– Il ne voulait pas tourner le clip ?

Je soupirai. Je détestai devoir la réconforter, elle aussi.

– Il n'était pas d'accord avec les idées du réalisateur.

Il ne voulait pas tourner ce genre de scène avec toi, mais je lui ai dit que… ça ne posait pas de problème.

– Il a dû te demander la permission ? Comme c'est… mignon.

L'amusement dans sa voix était évident. Sienna Sexton n'avait sans doute pas pour habitude de demander la permission pour quoi que ce soit.

J'hésitai à l'envoyer promener, mais je ne voulais pas vraiment défendre Kellan, et de toute façon, ce n'était pas pour ça que j'appelais.

– Le plus important, c'est qu'il soit d'accord, finalement. Je voulais juste te demander quelque chose…

Je pris une grande respiration.

– Est-ce que j'ai fait une erreur en l'encourageant ? Tu as l'habitude d'obtenir ce que tu veux, alors de femme à femme, réponds-moi franchement : tu veux mon mari ?

Il y eut une longue pause à l'autre bout du fil et mon estomac se tordit affreusement. J'étais persuadée qu'elle allait dire oui.

– Oui, dit-elle enfin sans surprise. Mais pas de la façon que tu crois.

Ça, ça me surprit. J'étais peut-être naïve, mais qu'est-ce qu'il pouvait bien y avoir comme autre façon ? Elle continua sans que j'aie besoin de lui demander de s'expliquer.

– Ma carrière stagne, et j'ai besoin de Kellan pour la relancer. Être avec lui en couverture des magazines people, même pour si peu de temps, tu n'imagines pas les répercussions que ça a eu. J'ai déjà reçu plein de propositions de collaboration avec d'autres artistes, et on m'a proposé un script pas plus tard qu'hier. Alors oui, j'ai désespérément besoin de Kellan… mais juste pour le buzz.

– Oh, chuchotai-je.

– Tu avais besoin d'autre chose, chérie ?

– Non, dis-je en ayant l'impression d'avoir la tête qui tournait. Merci de ta franchise.

– Pas de quoi. Salut-salut !

Elle raccrocha et je gardai les yeux rivés sur le portable de Kellan pendant un long moment. Est-ce que je la croyais ? Est-ce que je pouvais lui faire confiance ? Seul l'avenir me le dirait.

11

La machine est lancée

L'air vibrait autour de nous la veille du lancement du single, et Kellan en oubliait presque ses scrupules à l'idée du clip qu'il devait bientôt tourner. Tout le groupe était sur des charbons ardents, comme des enfants surexcités le matin de Noël, et comme toujours dans ces moments-là, ils se défoulaient sur leur tête de Turc préférée : Griffin. Pendant que je travaillais fiévreusement sur mon livre, ils étaient agglutinée devant la console et jouaient à Halo. Griffin semblait être leur cible à tous, même s'ils ne s'étaient pas mis d'accord explicitement. Les insultes et les jurons volaient à mesure qu'il perdait son calme.

– Tu vas arrêter de me buter, oui ? demanda-t-il à Matt.

Les yeux rivés sur l'écran, Matt fit de son mieux pour ne pas sourire.

– Désolé, je n'ai pas fait exprès.

– Evan, tu m'as touché en pleine tête !

Evan aussi retint son rire d'exploser.

– Mince, désolé !

– Putain, Kellan, apprends à viser !

Kellan n'était pas aussi doué que les autres pour cacher sa joie et il se mit à rire.

– Bande de nases, dit Griffin en jetant sa manette.

Tout le monde eut un fou rire quand il quitta la pièce au pas de charge mais la liesse cessa quand il réapparut deux minutes plus tard avec deux pistolets à eau chargés à ras bord.

– Crevez tous, bande de connards ! cria-t-il avant de commencer à nous arroser.

Je criai en essayant de protéger mon ordinateur portable du mieux possible et les garçons se dispersèrent en poussant des hurlements. Griffin éclata d'un rire diabolique et se lança à la poursuite de Matt, qui se précipita dans l'escalier. Evan ressortit de sa chambre armé de bombes à eau et courut après Griffin en poussant un cri de guerre, suivi de Kellan hilare, et je désesperai en assistant au carnage. *Les mecs, tous pareils.*

Il y eut une succession de bruits, d'éclats de voix et d'insultes, et la plupart venaient de Griffin.

– Le tuyau d'arrosage, c'est de la triche, Kellan !

Quand ils revinrent trois quarts d'heure après, ils étaient tous trempés.

– Si vous croyez que je vais nettoyer, vous vous fourrez le doigt dans l'œil, dis-je en croisant les bras.

Kellan secoua la tête en souriant.

– Ne t'inquiète pas, la femme de ménage vient demain matin.

Puis il se retourna et dévoila le seau d'eau qu'il tenait caché derrière son dos.

– Non ! eus-je le temps de crier avant qu'il ne me balance le contenu du seau à la figure.

Trempée et glacée, je me levai en hurlant.

– Je vais te tuer, Kellan Kyle !

Je me lançai à la poursuite de mon futur ex-mari et Griffin sourit quand je passai à côté de lui.

– Dis donc, elle est fougueuse quand elle est en pétard, c'est sexy !

Inutile de préciser qu'on alla tous se coucher bien trop tard, en égard à l'interview à l'aube le lendemain. Après leur passage à l'antenne, on devait tout de suite prendre l'avion pour entamer la tournée pour la promo de leur album. *La machine était lancée, qu'on soit prêts ou pas.*

Quand on descendit tranquillement au rez-de-chaussée le matin avec nos sacs, Nick était déjà là.

– Vous êtes prêts ?

Kellan hocha la tête en bâillant et je l'imitai. Nick nous sourit puis fit un geste en direction d'une femme qui se tenait à sa droite : c'était une grande blonde aux jambes interminables, tirée à quatre épingles, elle aussi. Son visage était sévère et impassible, et elle n'inspirait pas vraiment la sympathie.

– Je vous présente Tory, c'est elle qui sera responsable de toutes vos interviews.

– Ravie de vous rencontrer, dit-elle en tendant la main à Kellan. Nick m'a beaucoup parlé de vous.

Son visage resta impassible mais je vis qu'elle l'examinait de haut en bas.

– Comment ça, responsable ? demanda-t-il à Nick après lui avoir serré la main.

– C'est moi qui organise vos interviews, intervint-elle. Je vous accompagnerai à chaque fois et je communiquerai aux journalistes les questions qu'ils seront autorisés à vous poser. C'est aussi moi qui mettrai fin à une interview si les journalistes ne respectent pas les exigences de la maison de disques.

– Et les miennes, d'exigences ?

Tory se fendit enfin d'un sourire.

– Nick a demandé que vous n'évoquiez pas votre vie personnelle.

Ses yeux bleu acier se posèrent sur moi, ce qui rendit son sous-entendu encore plus clair. *Ne dis pas que tu es marié.*

– Je n'ai pas le droit de parler de ma femme ? demanda Kellan en se tournant vers Nick. Alors quand on va me demander ce qui se passe avec Sienna, je suis censé dire quoi ?

Il leva les mains en l'air et Nick lui sourit calmement.

– Tu leur dis que tu n'as aucun commentaire à faire. Ils comprendront ce qu'ils voudront.

– Autant leur dire qu'on s'envoie en l'air entre chaque interview.

– Je ne te demande pas de mentir, je te demande juste de ne pas répondre et de ne pas divulguer d'infos inutiles. Tu penses que tu peux faire ça ?

Les garçons lancèrent des regards prudents vers Kellan et je lui pris la main. S'il ne pouvait pas réfuter les rumeurs qui couraient déjà, ça équivalait à les confirmer. Il était déjà contrarié à cause du clip qu'il avait accepté de tourner avec Sienna, et même si ne pas parler de sa vie personnelle n'était pas aussi grave que devoir coller sa langue dans la bouche d'une autre fille, ça semblait tout aussi intrusif. Je me demandai ce que Kellan allait répondre à Nick, qui semblait se le demander lui aussi.

– On veut que le single soit numéro 1. Quand votre album sortira dans quelques semaines, ça ne m'étonnerait pas qu'il caracole direct dans le top vingt des meilleures ventes, et c'est en partie dû au fait que le public a un faible pour toi et Sienna. À leurs yeux, vous êtes en couple et c'est le genre de publicité qui n'a pas de prix. Quand le clip va sortir, le buzz va atteindre des sommets, et si on ne tire pas avantage de ça et qu'on ne surfe pas sur la vague, votre album va se retrouver aux oubliettes en moins de deux. La concurrence est féroce et l'industrie regorge de beaux mecs talentueux. Vous voulez commencer votre carrière en étant au-dessus du lot, ou en dessous ? C'est à vous de voir.

Il haussa les épaules comme s'il n'en avait rien à faire, mais le ton de sa voix indiquait clairement le contraire. Et il était aussi très clair que Kellan n'avait pas le choix : c'était Nick le patron et il avait déjà pris sa décision.

Kellan serra les dents et ne dit rien, et je serrai sa main plus fort pour lui montrer mon soutien.

On prit nos affaires et on alla dehors, où deux énormes 4 x 4 nous attendaient. Les vitres étaient teintées, comme si on était des espions ou des agents fédéraux… On se serait crus dans *Men in Black*. Dans une ville comme Los Angeles, ils auraient mieux fait de louer une limousine pour qu'on passe inaperçu. Mais s'ils voulaient que tout le monde se demande qui pouvait bien être dans la voiture, alors ils avaient sûrement fait le bon choix.

Un des chauffeurs nous accueillit et ouvrit la portière avant de s'emparer de nos sacs, et il refusa l'aide de Kellan d'un hochement de tête poli. Il portait un costume impeccable et des lunettes de soleil, même si le soleil n'était pas encore levé. Lui et l'autre chauffeur mirent les sacs et les instruments dans le coffre des voitures pendant qu'on montait à l'intérieur. Griffin sauta tout de suite à l'avant, Matt et Evan s'installèrent sur la banquette du milieu, et on alla s'asseoir tout au fond avec Kellan. On était un peu serrés mais c'était quand même confortable, et l'intérieur était super luxueux. Tout était électrique, le cuir des sièges était doux comme de la soie, du bois sombre ornait le tableau de bord et les portières, tout sentait encore le neuf.

Heureusement, Nick et Tory grimpèrent dans l'autre voiture, et une fois tout le monde installé, le chauffeur se mit en route. L'atmosphère dans l'habitacle était survoltée, et pas seulement à cause de l'interview à venir : les garçons n'en revenaient pas de ce que Nick avait dit à propos du classement potentiel de l'album. Matt et Evan se retournèrent pour regarder Kellan.

– Tu crois qu'il a raison ? Tu penses vraiment qu'on va se classer aussi haut dès le début ?

Kellan haussa les épaules, impassible.

– Peut-être, je n'en sais rien, dit-il à voix basse.

Puis il tourna la tête pour regarder par la fenêtre, et même s'il était assis juste à côté de moi, j'eus l'impression qu'il était à des millions de kilomètres.

– C'est sûr, les mecs ! cria Griffin depuis le siège avant. Je parie même qu'on sera numéro 1 direct !

Matt et Evan se tournèrent vers lui pour lui parler et Kellan soupira en collant son front contre la fenêtre.

– Ça va ? demandai-je en posant mon menton sur son épaule.

Il releva la tête et regarda ses amis d'un air triste.

– J'ai l'impression de les laisser tomber en n'étant pas aussi excité qu'eux.

– C'est différent pour eux : la maison de disques ne leur demande pas de faire les trucs gênants qu'ils te demandent à toi.

Je suis sûre qu'ils comprennent. Enfin, au moins Matt et Evan, plaisantai-je dans l'espoir de lui remonter un peu le moral.

Il sourit mais son regard s'assombrit un instant après.

– Ça fait juste tellement… fabriqué. Je ne comprends pas pourquoi on fait tout un plat de cette prétendue romance à deux balles. Je pensais que notre talent suffirait… Si on réussit, je veux que ce soit parce qu'on est doués, pas à cause de l'intérêt qu'on porte à ma vie privée.

Il avait l'air contrarié, comme si l'idée d'incarner cette image du rockeur idéal était absurde, et comme s'il ne comprenait pas pourquoi tout le monde était en adoration devant lui. C'était tout sauf absurde, en réalité, mais je comprenais ce qu'il voulait dire.

– Et ce sera le cas. Peut-être pas au début, mais après, l'album restera en tête des ventes parce que vous êtes l'un des meilleurs groupes que j'aie jamais entendus.

– L'un des meilleurs groupes ? demanda-t-il en haussant les sourcils.

Je levai les yeux au ciel et il regarda les autres.

– Ils m'ont tellement soutenu… Ils étaient ma famille quand je n'avais absolument personne, et quand je suis parti de Los Angeles pour revenir à Seattle, ils ont tout quitté pour me suivre. Je leur dois tellement… On aurait signé un contrat il y a des années, déjà, si on était restés ici. Je les ai privés de cette vie-là une fois et je ne veux pas refaire la même erreur. Je leur dois de réussir et Nick a raison sur une chose : il y a de la concurrence, et Matt, Evan et Griffin… ils n'ont que ça dans la vie. Pour eux, c'est ça ou rien, alors…

– Alors…

Il hocha la tête.

– Je ne veux pas que tu t'inquiètes et je ne veux pas te faire du mal. Je n'ai pas d'aventure et ça ne m'intéresse pas. Si tout ce que j'ai à faire pour décoller, c'est tourner un clip et la boucler pendant les interviews, alors je le ferai.

Je poussai un soupir en pensant à ce que son silence impliquerait. Le monde entier penserait qu'il est avec Sienna, et il y aurait tellement de ragots à leur sujet que ce serait sûrement impossible d'y échapper. Je serais bombardée d'histoires de rendez-vous galants, de mariage en secret sur une plage et autres rumeurs de grossesse. Mais c'était juste des rumeurs, et Kellan ne serait même pas avec elle. J'avais juste à ignorer la star sulfureuse qu'il incarnerait dans les médias et les choses resteraient les mêmes dans l'intimité. Il y avait pire comme compromis… Et puis de toute façon, je n'avais jamais voulu être sous les feux de la rampe.

– Je comprends. Et ça ne me dérange pas.

– Vraiment ? Alors si quelqu'un me demande si Sienna et moi, on est mariés, et que je ne dis rien, ça ne te gêne pas ?

– Je sais que c'est difficile d'être une célébrité. Avant, tu avais du talent, les gens aimaient ta musique, et ça s'arrêtait là. Mais maintenant, en plus de ton talent, tu dois aussi apprendre à jouer le jeu du public. Nick est doué quand il s'agit de manipuler, alors tu le laisses faire son travail, toi tu fais le tien, et je suis sûre que tout va bien se passer.

Il m'offrit enfin un sourire joyeux.

– Je ne sais pas si tu es devenue sage ou si tu es encore naïve.

– Je vais opter pour la première option.

Il se mit à rire et soudain, je pensai à quelque chose.

– Tu crois qu'on va quand même pouvoir se marier ? Avec une cérémonie et tout ça ? Ma mère va faire un infarctus si on décide de tout annuler.

Il se pencha pour m'embrasser sur la joue.

– Bien sûr qu'on va se marier. Il m'a juste dit de ne rien dire au public. Et j'ai bien l'intention de te dire « Je le veux ». À toi et devant des dizaines de personnes.

Je grognai et laissai aller ma tête contre mon siège.

– Pitié…

– Ça va aller, tu verras. Si tu es capable de supporter tout ce qui se passe en ce moment, je suis sûr que tu peux jurer amour éternel, dévotion et fidélité devant quelques invités.

Un attroupement nous attendait quand on arriva à la station de radio. Un cordon le long du trottoir retenait un tas de lycéens tandis qu'un autre groupe de jeunes faisaient les cent pas de l'autre côté, probablement des stagiaires qui travaillaient à la radio.

La première voiture s'arrêta et Tory en sortit, suivie d'un homme qui s'empara des étuis des guitares dans le coffre. Les garçons étaient censés jouer une de leurs chansons en direct après la diffusion de leur single avec Sienna.

– Ils sont là pour nous ? murmura Evan.

Personne n'en savait rien, alors personne ne lui répondit.

Quand ce fut notre tour de descendre, les filles se mirent à crier si fort que j'en eus mal aux oreilles. Je n'arrivais pas à croire qu'autant de gens puissent faire le pied de grue à une heure pareille pour apercevoir les D-Bags. Quand Kellan sortit de la voiture, les cris décuplèrent et j'avais les oreilles qui bourdonnaient lorsque je lui emboîtai le pas.

Kellan me tendit la main, ce qui était sa manière de se rebeller étant donné que Nick n'avait rien dit quant aux démonstrations d'affection en public, mais Tory le poussa vers l'avant avant que j'aie le temps de l'attraper. Les portes de la station s'ouvrirent à ce moment-là et Sienna apparut, entourée de ses deux gardes du corps. Je ne savais pas qu'elle serait présente et la voir ici m'étonna. C'était donc sûrement pour elle que tous ces fans étaient là. Elle n'allait quand même pas faire toute la tournée de promo avec nous, si ?

Kellan aussi eut l'air étonné, surtout quand Sienna se pendit à son cou et l'embrassa sur les deux joues. Je pus voir plusieurs personnes prendre des photos avec leurs téléphones portables, capturant les retrouvailles des « tourtereaux ». Les filles sautaient sur place en les regardant, et un peu plus loin, je remarquai un homme avec un téléobjectif. Sûrement un paparazzi, à en juger par son sourire satisfait tandis qu'il prenait des photos en rafale.

Toujours prête à faire le show, Sienna poussa le bouchon encore plus loin : elle écarta ses longs cheveux de son visage pour qu'on la voie bien, elle se pencha et lui planta un rapide baiser sur la bouche. Kellan la repoussa et recula d'un pas mais le mal était fait. J'étais sûre que le photographe n'en avait pas raté une miette. Kellan parut interloqué et Sienna l'entraîna à l'intérieur du bâtiment, à l'abri des regards.

Je me précipitai derrière eux, en ayant l'impression d'être l'assistante qu'on laissait en plan plutôt que la femme du chanteur, et une fois dans l'entrée, Kellan se dégagea de l'étreinte de Sienna.

– C'était quoi, ça ? demanda-t-il d'un ton sec.

– Ça s'appelle du marketing, chéri, répondit-elle en lui tapotant la joue. Respire, c'est juste une photo de rien du tout pour titiller le public.

– Pas sur la bouche. Il n'y a que ma femme qui m'embrasse sur la bouche.

Elle sourit, et c'était peut-être mon imagination mais j'étais presque sûre qu'elle était en train de se dire *On en reparle quand tu seras sous la couette avec moi.*

– D'accord. Et ta voix, ça va ? Prêt à chanter notre chanson en acoustique ?

Je restai clouée sur place. Je ne savais pas qu'ils devaient jouer le single ce matin, et à en juger par la tête de Kellan, il n'était pas au courant non plus. L'idée, c'était de jouer un des morceaux de leur album après que la radio aurait diffusé le single, mais apparemment, ce n'était pas assez tape-à-l'œil pour la princesse de la pop.

Avant que Kellan ait le temps de répondre, Sienna l'entraîna à sa suite et il me lança un regard tandis que je les suivais. Je lui souris pour lui montrer que tout allait bien, et Sienna et ses gorilles le poussèrent presque dans un ascenseur tandis que le reste du groupe montait dans un autre. Les deux portes se refermèrent avant que je puisse entrer et je soupirai en attendant, entourée de quelques stagiaires qui gloussaient comme des écolières.

– Punaise, son mec est vraiment canon ! murmura l'une d'elles.

Je m'assurai que Tory n'était pas dans le coin avant de répondre.

– Ils ne sont pas ensemble.

Nick ne m'avait pas dit que *je* devais me taire aussi, même si ses regards appuyés l'avaient sous-entendu. Mais ça n'avait pas d'importance de toute façon : c'était évident que personne ne me croyait.

Quand j'arrivai à l'étage où se trouvait le studio, Kellan et les garçons étaient déjà avec Sienna en train de papoter avec les animateurs. On leur amena leurs instruments, et je m'assis sur un tabouret dans un coin pour observer la scène.

Les garçons se présentèrent chacun leur tour, et quand ce fut à Kellan, une animatrice prit la parole.

– C'est vraiment dommage que tu sois si laid, Kellan. Heureusement qu'on est à la radio, mesdames, car vous seriez vraiment dégoûtées.

Sa voix était clairement sarcastique, et quand Kellan sourit en secouant la tête, elle poussa un petit grognement.

– Mon Dieu… Il va m'achever s'il sourit comme ça.

Son collègue tendit le bras comme pour la retenir.

– Allez, on se calme. On ne va pas leur sauter dessus avant même qu'ils aient pu jouer.

L'animatrice laissa échapper un soupir dramatique.

– Tu me connais… Quand il y a un beau mec dans les parages…

– Ce n'est pas pour rien que tous les beaux mecs de la ville se planquent.

Kellan et les garçons se mirent à rire puis le présentateur reprit la parole.

– On a aussi Sienna Sexton avec nous ce matin, et au nom de tous les hommes qui nous écoutent en ce moment, si je peux dire juste une chose… quel canon !

Elle lui sourit et rejeta ses cheveux en arrière.

– Merci, c'est adorable, roucoula-t-elle.

– Alors, demanda la présentatrice en les montrant du doigt elle et Kellan, à ce qu'il paraît, vous êtes en couple ?

Sienna et Kellan échangèrent un regard et il serra les dents tandis qu'elle haussait les épaules.

– C'est vrai qu'il est plutôt mignon…

Puis elle se pencha vers l'animatrice avec un petit sourire conspirateur.

– Je serais vraiment bête de laisser passer une occasion pareille, pas vrai ?

La femme se pencha à son tour, comme si elle et Sienna étaient les meilleures amies du monde.

– Ça veut dire oui ?

Sienna lui fit un sourire de sainte-nitouche, et la femme se tourna vers Kellan.

– Allez, Kellan, raconte. Qu'est-ce qui se passe entre Sienna et toi ?

Il se gratta la tête, visiblement très mal à l'aise. Tory était debout à côté de moi, et elle avait l'air d'une vipère prête à bondir sur les animateurs s'ils posaient une mauvaise question, ou sur Kellan s'il ne respectait pas les exigences de la maison de disques, et rien que de la sentir ronger son frein à côté de moi me rendait nerveuse.

– Eh bien, euh… notre single sort aujourd'hui, finit-il par murmurer, et l'album sera dispo en septembre.

Les deux animateurs rirent en voyant qu'il essayait maladroitement de changer de sujet et sourirent d'un air entendu, et j'eus l'impression qu'on venait de me planter un poignard dans le cœur. Il l'avait fait : en évitant de répondre à leur question, il venait de confirmer qu'il sortait avec Sienna. Je ne savais pas ce qui allait se passer à partir de là, mais je savais que ce n'était que le début. Sa réponse venait de mettre le feu aux poudres, et je ne pouvais rien faire à part espérer que l'incendie soit facile à maîtriser.

Kellan me regarda avec un air confus et je lui adressai un sourire d'encouragement. Ce que le public pensait n'avait pas d'importance. Nous, on connaissait la vérité.

Les animateurs passèrent les minutes suivantes à interviewer chacun des garçons. Evan avait l'air parfaitement à l'aise en parlant de Jenny, mais Matt avait l'air de détester chaque seconde derrière le micro et il fut encore plus évasif que Kellan au sujet de sa vie privée. Quand ce fut au tour de Griffin, il fut ravi d'être au centre de l'attention et de faire part aux auditrices de sa « disponibilité », si jamais l'une d'entre elles était intéressée par un « concert privé », mais ensuite, il parla du fait qu'il allait bientôt avoir un enfant avec sa copine. J'étais vraiment incapable de dire s'il était sérieux quand il parlait de son statut de célibataire, ou s'il jouait avec son image de rock star, mais en tout cas, j'étais étonnée qu'il parle d'Anna et du bébé.

Après ça, les garçons allèrent s'installer pour jouer. Griffin et Matt attrapèrent leur basse et leur guitare tandis qu'Evan allait s'asseoir derrière la batterie acoustique qu'un des assistants avait installée. Quant à Kellan, il était debout derrière un micro, l'air parfaitement détendu à présent. J'aurais sûrement transpiré à grosses gouttes à sa place en sachant que j'étais sur le point d'être entendu par des milliers de personnes, voire davantage. Et chanter en acoustique était encore plus intimidant, car on ne pouvait pas compter sur le boucan des instruments pour cacher les fausses notes. Mais Kellan n'en faisait jamais, et j'étais sûre qu'il allait assurer.

Quand les animateurs leur donnèrent le feu vert, Evan attaqua l'intro, bientôt rejoint par Griffin et Matt, puis par Kellan quelques mesures plus tard. La première partie de la chanson était plutôt douce, et la voix de Kellan ne tarda pas à remplir la pièce. Puis ils arrivèrent à un passage un peu plus chargé en émotions, et sa voix se fit plus puissante. Il était parfait, comme prévu, et ce que le public était en train de découvrir en ce moment était quelque chose que j'avais toujours su : Kellan était bien plus qu'un beau mec. C'était un véritable artiste.

Quand ce fut au tour de Sienna de se mettre à chanter, elle fit aussi preuve d'un talent exceptionnel. Les deux chanteurs se tenaient côte à côte, et chacun ondulait doucement au rythme de la musique, puis quand le duo se transforma en une sorte de bras de fer, ils se tournèrent pour se faire face. Je ne sais pas si c'était la chanson, ou le regard de Kellan, mais à la fin, j'avais la chair de poule.

J'eus envie d'applaudir mais les animateurs se lancèrent tout de suite dans une série de compliments alors je ne le fis pas. Je voulais juste que le monde entier sache à quel point les D-Bags étaient talentueux, et apparemment, c'est ce qui était en train de se passer. Un écran devant l'animateur affichait une suite ininterrompue de messages envoyés par les auditeurs, et ils étaient tous plus élogieux les uns que les autres.

Je n'arrive pas à croire que la chanson était live ! Je ne les connais pas mais il me faut leur album ! Sienna était top, mais Kellan... si son look est aussi canon que sa voix, je pense que je ferais une attaque en le voyant ! Je suis complètement fan !

Les compliments pleuvaient, tout le monde avait l'air complètement scotché, et j'étais si fière de lui que j'avais l'impression que mon cœur allait exploser dans ma poitrine.

Les garçons remballèrent leurs instruments avant de dire au revoir à tout le monde, et Kellan rayonnait en quittant le studio. Il me souleva dans ses bras, me fit tournoyer dans les airs et Sienna nous regarda d'un drôle d'air, sans toutefois dire quoi que ce soit. Il me posa devant l'ascenseur au moment où la porte s'ouvrait, et il m'attira à l'intérieur avant d'appuyer sur le bouton qui faisait se refermer les portes avant que qui que ce soit n'ait eu le temps d'entrer.

– Alors, c'était comment ?

Il avait un sourire de petit garçon et je secouai la tête en me demandant s'il se rendait compte que ma réponse à cette question était et serait toujours la même.

– Génial ! Parfait ! Mortel ! Je continue ?

Je passai mes bras autour de son cou et il me plaqua contre la paroi de l'ascenseur.

– Plus tard, peut-être.

Il s'avança pour m'embrasser puis s'immobilisa juste avant que nos lèvres ne se touchent, l'air inquiet.

– Sienna m'a embrassé. J'ai l'impression de devoir me passer la bouche à la Javel avant de t'embrasser, toi.

Je souris et l'attirai à moi.

– Je pense que je survivrai.

Quand nos bouches se rencontrèrent, je regrettai qu'on ne soit pas au dernier étage d'un gratte-ciel. Sa langue caressa la mienne et je sentis ses hanches collées contre moi tandis qu'il me plaquait davantage contre le mur. Quand il glissa ses doigts sous mon tee-shirt et se mit à caresser le bas de mon dos, je compris qu'aucun immeuble sur terre n'aurait été assez haut, de toute façon.

Quand la cabine s'arrêta, il me lâcha et baissa la tête, l'air contrit.

– Je suis désolé, murmura-t-il.

Encore un peu étourdie par notre échange bref mais intense, je répondis en riant.

– Il n'y a vraiment pas de quoi.

– Non, je parle de l'interview, dit-il en se faufilant entre les gens qui voulaient entrer dans l'ascenseur. Quand je n'ai pas parlé de toi... J'aurais vraiment bien voulu, tu sais.

– Arrête. Je ne veux pas que tu gâches ce moment en te sentant coupable. Je t'ai dit que je comprenais, et je le pensais vraiment. Pour le moment, tu n'as pas le choix, c'est comme ça et c'est tout. Et puis, tu as vu les réactions après ? ajoutai-je avec un grand sourire. Les auditeurs ont adoré la chanson à cause de ta voix, pas à cause des ragots. Une fois que l'album sortira, tu pourras dire et faire tout ce que tu voudras et ça n'aura plus d'importance, parce que c'est *toi* que le public adorera, pas ton pseudo couple avec Sienna.

Je le dévisageai et sentis les larmes me monter aux yeux.

– Tu viens de jouer en acoustique pour une des plus grosses radios de la ville, et bientôt, ton single passera en boucle, et tu n'imagines pas à quel point je suis fière de toi.

Il m'offrit un sourire éclatant.

– Veux-tu m'épouser ? murmura-t-il.

Je ris en l'entendant poser la question pour la énième fois, mais avant que j'aie eu le temps de répondre, l'autre ascenseur s'ouvrit et Tory nous rejoignit, accompagnée du reste des garçons. Elle s'interposa entre Kellan et moi et lui dit qu'il avait d'autres interviews à donner et un avion à prendre, et que ce n'était pas trop le moment de traîner. Néanmoins, elle lui accorda quand même quelques minutes pour aller parler aux fans qui attendaient devant le studio.

Kellan était complètement dans son élément tandis qu'il discutait et signait des autographes, et sa reconnaissance envers eux sautait aux yeux. Leurs cris le faisaient rire, il signait tous les autographes qu'on lui demandait, et posait pour autant de photos que possible. Certains aspects de son métier ne lui plaisaient peut-être pas, mais il adorait aller à la rencontre de ses fans.

Au moment où Tory claqua des doigts pour lui dire qu'il était temps de partir, une limousine arriva au coin de la rue. L'espace d'un instant, je crus que c'était pour nous, jusqu'à ce que Sienna sorte du bâtiment. Les fans criaient à pleins poumons tandis qu'elle leur faisait signe entre deux autographes, et quand elle passa à côté de Kellan, elle lui donna un baiser interminable sur la joue.

– À tout à l'heure, dit-elle suffisamment fort pour que les gens autour d'eux entendent.

Kellan eut à peine le temps de hocher la tête qu'elle avait déjà disparu, et quand il regarda dans ma direction, je haussai les épaules. Au moins, elle ne l'avait pas embrassé sur la bouche, cette fois. Peut-être qu'elle allait respecter ses exigences, après tout.

Les jours suivants passèrent dans un brouillard fait de voyages en avion, de fans, d'interviews et de concerts en acoustique, le tout sous la supervision du général Tory. Elle était toujours là dès qu'on allait quelque part et je n'arrivais pas à décider si avoir une responsable était utile ou super chiant. Je me rappelais des difficultés de Matt quand il s'occupait de l'organisation tout seul et je savais à quel point c'était compliqué – rien que la gestion de Griffin était un boulot à plein temps –, mais il y avait un côté peau de vache chez elle qui nous tapait sur les nerfs.

Sans parler du fait qu'elle interrompait toujours les moments de tendresse entre Kellan et moi. Je ne savais pas si elle le faisait exprès, mais elle trouvait toujours le moyen de se mettre entre nous en public, et la dernière fois qu'on s'était affichés ensemble remontait à la première interview à Los Angeles. On n'était même pas assis côte à côte quand on prenait l'avion, mais on parvenait quand même à trouver du temps l'un pour l'autre. On s'échangeait des petits mots romantiques, et Kellan me tendait des pétales de rose avec des messages dès qu'elle avait le dos tourné. Je ne savais pas où il les trouvait mais à chaque fois qu'il m'en donnait un, ça illuminait ma journée. *Tu es sexy, Je t'aime, J'ai envie de toi,* et bien sûr mon préféré, *Épouse-moi.*

Ça ne m'aurait pas étonnée que Nick ait expressément demandé à Tory de nous obliger à garder nos distances. Il ne voulait surtout pas que les gens découvrent que Kellan et Sienna n'étaient pas vraiment ensemble, et depuis la fameuse interview à Los Angeles, tout le monde en était persuadé. Entre ça et la photo de leur baiser, le consensus général était qu'ils étaient en couple et les sites de potins rivalisaient de détails inventés de toutes pièces sur leur relation.

Le buzz qui les entourait était si intense que j'avais presque l'impression de sentir l'air vibrer partout où on allait. Par chance, les chemins de Sienna et des D-Bags se séparèrent après Los Angeles, autrement, sa présence aurait sûrement jeté encore plus d'huile sur le feu. Néanmoins, on continuait à poser des questions à Kellan en interview, et à chaque fois, il faisait en sorte de changer de sujet. Au bout d'une semaine de tournée, la question était devenue tellement prévisible qu'on en riait avec Kellan dès qu'on avait la chance de passer un peu de temps ensemble. Il n'y avait pas grand-chose d'autre à faire de toute façon.

Après sa dernière interview de la journée, Kellan se laissa aller contre l'appui-tête du 4 x 4 dans lequel on voyageait.

– Je suis crevé, murmura-t-il.

On en était à la moitié de la tournée, et on se dirigeait vers la côte Est. J'appuyai ma tête contre son épaule et grognai en signe d'assentiment. C'était épuisant de courir comme ça dans tous les sens. Tout ce que je voulais, c'était un bon bain chaud, un bon bouquin et une sieste… tout ça avec Kellan pour me servir d'oreiller, bien sûr.

Les autres aussi étaient exténués. Matt et Evan étaient muets comme des carpes derrière nous, Griffin, assis à côté du conducteur, était en train de ronfler, et j'écoutais la radio d'une oreille distraite, les yeux clos. Soudain, je me rendis compte que je chantonnais et j'ouvris les yeux. Je regardai Kellan, sous le choc, et il parut stupéfait.

– Quoi ?

Tout à coup, il reconnut la chanson lui aussi. C'était *sa* voix dans les haut-parleurs et il se pencha vers le chauffeur.

– Vous pouvez monter le son ?

Le chauffeur s'exécuta et la voix de Kellan envahit l'habitacle. Je réveillai Griffin en tapant dans mes mains et en sautillant sur mon siège, et quand il reconnut la musique, il m'emboita le pas. On faisait tellement de boucan que je n'entendis bientôt même plus le morceau au milieu des cris et des rires.

Tory nous avait dit que le duo Sienna–D-Bags passait déjà sur toutes les radios, mais on avait été tellement occupés qu'on ne l'avait pas encore entendu. C'était complètement surréaliste.

– Vous passez à la radio ! criai-je.

– Je sais ! C'est du délire… dit-il les yeux écarquillés.

Je le pris dans mes bras et le serrai de toutes mes forces. C'était en train d'arriver, pour de vrai, et j'étais plus heureuse que jamais. Quelques secondes plus tard, tout le monde était au téléphone, en train d'appeler quelqu'un pour lui faire écouter la chanson. J'étais presque sûre que quasi tout le monde à part nous l'avait déjà entendue – je savais que c'était le cas pour ma mère, Jenny et Anna, elles m'avaient appelée en glapissant tout de suite après –, mais pour les garçons, c'était la première fois, et ils avaient envie de partager ce moment. Matt appela Rachel, Evan appela Jenny et Griffin appela ma sœur. Kellan, lui, appela son père, et moi… j'appelai Denny.

– Salut, Kiera. Tu es à une fête ?

Je me bouchai l'autre oreille pour pouvoir l'entendre et je criai dans le téléphone.

– Tu entends ? La chanson passe à la radio !

J'approchai mon portable d'un haut-parleur puis je le recollai à mon oreille.

– Tu te rends compte ? C'est la chanson de Kellan ! À la radio ! dis-je avant de me mettre à rire.

– Je l'ai déjà entendue, ils la passent sans arrêt ici !

À la fin de la chanson, le chauffeur baissa le volume et on se calma tous un peu. Kellan serrait ma cuisse en parlant avec sa famille et je pouvais voir l'émotion dans son regard. Son père était sûrement en train de lui dire à quel point il était fier de lui, et je pouvais à peine imaginer l'effet que ce compliment devait avoir sur lui, étant donné qu'aucun parent ne lui avait jamais dit ça avant.

– J'ai vu des nouvelles photos, aussi… Ça va, toi ?

Je me demandai s'il savait que tout ce qui se disait sur Kellan et Sienna était complètement faux.

– Ils ne sont pas ensemble, tu sais. Tous ces sites racontent n'importe quoi.

Denny soupira, et je l'imaginai en train de se passer la main dans les cheveux.

– Oui, c'est aussi ce que Jenny dit, mais elle est plutôt… minoritaire, disons. La plupart des gens avec qui j'en ai parlé pensent qu'il y a quelque chose entre eux. Je suis désolé.

– Et tu peux m'expliquer pourquoi je resterais avec lui, s'il était vraiment avec elle ?

Je sentis qu'il n'avait aucune envie de répondre, mais il finit par le faire.

– Il est en train de devenir riche et célèbre… Les gens pensent que tu acceptes la situation à cause de son statut.

– Je ne suis pas comme ça. Je m'en fiche de tout ça, d'ailleurs, ça a plutôt tendance à nous compliquer la vie, à vrai dire !

– Je sais, Kiera, dit-il d'une voix douce. C'est pour ça que je n'écoute pas tout ce qui se raconte. Parce que je te connais et que je sais que tu ne tolérerais pas qu'il te trompe. On est pareils, là-dessus.

Je sentis une vague de culpabilité me submerger. Tous les autres avaient fini leur conversation et j'étais là, à me demander ce que je pouvais bien répondre.

– Oui, je sais, finis-je par répondre. Je dois y aller, mais je te rappelle plus tard, d'accord ?

– OK. Félicite Kellan de ma part.

– Ça marche.

Kellan était en train de m'observer quand je raccrochai et il passa un bras autour de mes épaules.

– Gavin ne l'avait pas encore entendue, dit-il en riant. Il était aussi excité que moi, et Hailey aussi, je crois.

Je souris et lui montrai mon portable.

– Denny te félicite. Il m'a dit qu'il l'avait déjà entendue plusieurs fois.

Il sourit de toutes ses dents et je décidai de ne pas lui parler du reste de la conversation que je venais d'avoir. Je pouvais toujours lui dire plus tard. Pour le moment, je voulais qu'il profite de son heure de gloire. Il le méritait.

12

L'amour en vidéo

Deux semaines après le début de la tournée pour la promo de l'album, on reprit l'avion direction Los Angeles pour que les garçons tournent le clip de « Regretfully » avec Sienna. Il y avait de l'abattement dans l'air quand on retrouva notre chambre avec Kellan, et pas seulement parce qu'on était épuisés. On avait été tellement occupés avec la promotion qu'on avait complètement oublié le clip, mais maintenant, on y pensait sans arrêt. Kellan allait devoir faire semblant de faire l'amour à une autre femme, et c'était loin de nous enchanter, l'un comme l'autre. Sans parler du fait que j'avais décidé d'assister au tournage, histoire de ne pas m'imaginer qu'ils étaient en train de tourner un porno. J'avais entendu dire que filmer des scènes d'amour avait toujours un côté clinique et froid. Pourvu que ce soit vrai.

Le matin du tournage, je me levai avant Kellan, bien décidée à lui offrir un moment inoubliable sous la couette pour détendre l'atmosphère. Mais dans le fond, on connaissait tous les deux la vraie raison de mes ardeurs : j'avais peur, et notre moment d'intimité revêtit aussi une pointe de désespoir.

Kellan ne dit pas un mot sur la route du studio, tandis que les autres étaient de vraies boules de nerfs. Ils n'arrêtaient pas de répéter à quel point ils étaient excités de tourner un vrai clip officiel, et de mon côté, j'étais à la fois impatiente et morte de trouille.

La limousine que Sienna nous avait envoyée nous conduisit jusqu'à un immense complexe qui abritait plusieurs studios. De grands bâtiments rectangulaires numérotés s'étendaient à perte de vue, et à mesure qu'on avançait, je ne pus m'empêcher de me demander quels chefs-d'œuvre pouvaient être en cours de tournage autour de moi.

On s'arrêta devant le bâtiment B7, où Sienna nous attendait en souriant comme dans une pub pour dentifrice. Avec son petit haut blanc et son jean tellement moulant qu'on aurait pu croire qu'il avait été cousu à même sa peau, elle était juste parfaite. Est-ce qu'elle était déjà comme ça en arrivant, ou bien est-ce qu'elle était déjà passée à la coiffure et au maquillage ?

Ses longs cheveux brillaient à la lumière tandis qu'elle se rapprochait de nous, et elle prit Kellan dans ses bras avant de l'embrasser sur les deux joues.

– C'est vraiment bon de te revoir, minauda-t-elle.

Il se contenta d'approuver tout en me tendant la main, mais ça n'empêcha pas Sienna de passer son bras sous le sien pour l'entraîner à l'intérieur. Le studio était rempli de gens avec des casques et des oreillettes, et il y avait tellement d'activité que je me sentis tout de suite mal à l'aise de ne rien avoir à faire. J'avais l'impression de devoir courir dans tous les sens, moi aussi, même si je ne savais pas pourquoi.

Les garçons étaient en extase et Sienna leur fit une petite visite guidée. Il y avait plusieurs décors à l'intérieur du studio, mais on n'allait en utiliser que deux. L'un représentait une scène, et cette vue me réconforta immédiatement. Ce décor-là serait utilisé pour filmer le groupe dans son ensemble, et ces séquences seraient ensuite intégrées au reste de la vidéo, qui se concentrait sur le deuxième décor : une grande pièce avec un énorme lit en plein milieu. Cette vision me retourna l'estomac.

Kellan me regarda d'un air inquiet et pressa ma main plus fort, et en voyant Sienna s'asseoir sur le lit et laisser échapper des petits rires coquets, je commençai à me demander si j'étais vraiment capable d'assister à ça. Rien que le fait de la voir assise là me donnait envie de vomir. Mais c'était du cinéma, et j'avais déjà supporté bien pire, alors je devais bien être capable de supporter ça.

Kellan allait me dire quelque chose quand quelqu'un survint derrière nous. Vêtu d'un costume impeccable, comme à son habitude, Nick venait d'arriver, accompagné d'un homme dont les cheveux attachés en queue-de-cheval lui arrivaient jusqu'en bas du dos. Nick offrit à Sienna un sourire dégoulinant et ouvrit les bras.

– Sienna, tu es resplendissante, ma chérie.

Elle se leva pour lui faire la bise, visiblement ravie du compliment.

– Toi aussi, Nicholas.

Nick passa un bras autour de son prodige de la pop pour se tourner ensuite vers Kellan.

– Content de te revoir, Kellan.

Il avait un éclat triomphant dans le regard, comme s'il avait toujours su que Kellan finirait par donner son accord pour le clip. Kellan hocha la tête en serrant les dents et Nick ignora la colère dans ses yeux.

– Les garçons, je vous présente Diedrich Kraus, un génie visionnaire, dit Nick en montrant Monsieur Queue-de-cheval. Diedrich, voici Kellan, Matt, Evan et Griffin. Et vous connaissez déjà Sienna, dit-il en la serrant par la taille.

Je tentai de ne pas accorder d'importance au fait que Nick ne m'avait même pas présentée et j'observai Diedrich sourire à Sienna avant de se tourner vers Kellan. Il tendit la main et se mit à parler avec un accent assez prononcé que je ne reconnaissais pas. Suédois, peut-être ?

– Je suis très heureux de vous rencontrer. La caméra va vous adorer, dit-il en serrant la main de Kellan dans les siennes. Vous et mademoiselle Sienna allez court-circuiter tout l'équipement du studio.

Il était en train de rire à sa propre blague quand un homme avec un porte-bloc nous rejoignit pour dire aux garçons qu'ils devaient aller au maquillage, à la coiffure et aux essayages. Sienna fut emmenée dans une direction et les garçons dans une autre, et Kellan m'embrassa sur la joue en me disant qu'il n'en avait que pour une minute. Je me demandai ce qu'il allait porter… Avec un peu de chance, il aurait le droit de garder ses sous-vêtements.

Quelqu'un appela Diedrich, et je me retrouvai seule avec Nick. Il se tourna vers moi, le regard sévère.

– J'espère que tu ne vas pas poser de problème.

Je relevai le menton et tentai d'avoir l'air aussi assurée que possible.

– Ce n'est pas prévu, répondis-je d'une voix ferme.

– Tant mieux, dit-il avec un sourire de travers. Parce que je n'hésiterai à te coller dehors si jamais tu mets le bazar. D'ailleurs, je suis quasi sûr que je pourrais te faire rapatrier à Seattle si je le voulais. Alors penses-y, au cas où tu trouverais quoi que ce soit… de mauvais goût.

Puis d'un seul coup, il tapa dans ses mains.

– Et maintenant, au boulot !

Je me dirigeai vers le buffet pour passer mes nerfs, et j'étais en train d'engloutir l'équivalent de mon poids en carottes quand Griffin arriva dans la pièce, vêtu d'un pantalon noir moulant, d'un tee-shirt gris, d'une veste en cuir et d'un bracelet à clou. Si j'avais toujours eu du mal avec sa personnalité, il fallait reconnaître qu'il était mignon, et sa tenue lui allait particulièrement bien. Il regarda le décor, puis se dirigea vers moi. Je n'étais pas sûre d'avoir envie de lui parler et je mis une autre carotte dans ma bouche tout en me demandant si c'était le bon moment pour passer des carottes au chocolat. Griffin attrapa un chocolat, enleva l'emballage et le goba aussi sec.

– C'est nul, murmura-t-il.

Loin de moi l'idée de le contredire, mais je me demandais pourquoi lui pensait ça.

– Tu n'es pas excité de tourner un clip ?

Visiblement surpris que je daigne lui adresser la parole, il ne me répondit pas tout de suite. Quand il le fit, il se tourna vers moi pour me faire face et je dus résister à l'envie de faire un pas en arrière.

– Si, super excité même. Mais ils vont filmer les scènes du groupe en même temps que la scène d'amour, expliqua-t-il en montrant le lit. Autrement dit, je ne vais même pas pouvoir mater Sienna Sexton en petite tenue. C'est nase.

Je me demandai si je ne ferais pas mieux de regarder les garçons au lieu de me focaliser sur Kellan et je soupirai.

– Oui… vraiment nase.

Il eut l'air encore plus surpris que je sois d'accord avec lui. Enfin, je n'étais pas d'accord à proprement parler mais j'étais loin de passer un bon moment. Je laissai les légumes de côté et m'attaquai à un Kit-Kat avec mauvaise humeur.

– Tu flippes toujours à cause de Sienna et Kellan.

J'avais du mal à croire qu'il était devenu mon confident mais je hochai la tête.

– Je n'ai vraiment pas hâte d'assister à ça.

– Ne t'en fais pas pour ça. Ils vont juste se rouler quelques pelles, et il y aura peut-être un peu de frotti-frotta, mais ça s'arrête là.

Je fis la grimace. Du *frotti-frotta* ?

– De toute façon, Kellan est tellement d'une humeur de chien que ça m'étonnerait qu'il ait ne serait-ce qu'une demi-molle.

J'écarquillai les yeux, sous le choc. Je n'avais même pas imaginé que Kellan puisse être excité, mais ce n'était pas impossible. Ce n'était pas le style de phénomène qui se contrôlait sur commande.

– Tu devrais l'entendre râler dans la cabine d'essayage.

Il leva les yeux au ciel puis sa voix grimpa d'une octave alors qu'il essayait d'imiter Kellan.

– Comme je suis malheureux, je dois emballer une superstar hyper sexy. Les filles tombent comme des mouches partout où je passe. J'ai des cheveux mortels et des abdos en béton, ouin, ouin.

Il fit semblant de se masturber à travers son pantalon avec un air excédé et je ne pus retenir un sourire. Il était vulgaire et cru et peut-être qu'il disait des choses que je n'avais pas envie d'entendre parfois, mais il avait aussi un côté amusant qui pouvait être étrangement réconfortant, et je me sentis un peu mieux. On nageait vraiment en plein délire.

Puis Griffin dut partir et Sienna fit son apparition quelques minutes plus tard. Vêtue d'un peignoir blanc vaporeux, elle était juste canon. Tandis que je me rapprochais de la fausse chambre, Diedrich la rejoignit et fit un geste en direction de la foule de personnes présentes dans la pièce. Il était probablement en train de lui demander si elle préférait tourner la scène en petit comité, mais quand elle regarda autour d'elle, elle haussa les épaules et secoua la tête. Décidément, rien ne l'arrêtait. Elle retira son peignoir qu'elle tendit à un assistant qui passait à côté d'elle, et je restai bouche bée en voyant la lingerie plus que légère qu'elle portait. Je l'avais pourtant déjà vue porter des bikinis microscopiques, mais il y avait quelque chose d'encore plus provocant dans le fait qu'il s'agissait de sous-vêtements.

Quelqu'un siffla à l'autre bout de la pièce et Sienna se tourna vers la personne pour lui faire un grand sourire. Diedrich fronça les sourcils et parla si sèchement à un autre assistant que j'eus l'impression qu'il venait de le virer. Le lit était recouvert de draps en satin, et quand un assistant écarta le drap de dessus, Sienna grimpa sur le lit avec des airs de femme fatale. Puis ce fut au tour de Kellan de faire son apparition : il portait un peignoir, lui aussi, et il gardait la tête baissée tandis qu'elle s'étalait sur le drap de satin. Il y avait quelque chose de si triste dans son expression que j'eus envie de le serrer dans mes bras.

Sienna fronça les sourcils en voyant la tête qu'il tirait et tapota la place libre à côté d'elle. Diedrich donna des indications à Kellan sur ce qu'il devait faire – comme s'il avait besoin qu'on lui explique comment s'y prendre sous la couette. En revanche, Diedrich ne lui demanda pas si *lui* voulait tourner la scène en comité réduit. C'était un privilège réservé aux femmes, apparemment. Kellan hocha la tête et entreprit de retirer son peignoir et je me mordis la lèvre en le voyant se déshabiller. Heureusement, il portait des sous-vêtements, mais ce n'était pas le genre de caleçon qu'il portait d'habitude : c'était un boxer près du corps, et forcément, ça lui allait à la perfection. Plusieurs membres de l'équipe arrêtèrent ce qu'elles étaient en train de faire pour le regarder, mais aucune ne fut stupide au point de le siffler.

De là où j'étais, je pus voir qu'il n'y avait plus la moindre trace du tatouage sur sa poitrine. Sûrement l'œuvre de la maquilleuse. Ils ne voulaient pas voir mon nom sur sa poitrine dans le clip, sachant qu'ils voulaient jouer la carte du merveilleux couple Sienna-Kellan. Il ne portait sûrement pas son alliance non plus.

Avant de grimper dans le lit avec elle, Kellan balaya la pièce du regard. Quand il me vit, il me sourit faiblement d'un air perturbé, et égoïstement, savoir à quel point c'était difficile pour lui m'aida à me sentir un peu mieux. Griffin avait raison : Kellan n'avait absolument pas envie de ça.

Je hochai la tête pour l'encourager et me forçai à m'approcher un peu pour le soutenir. Il alla rejoindre Sienna sur le lit et elle passa avidement ses bras autour de lui. J'avais envie de lui crier qu'elle n'était pas obligée de le coller tant que les caméras étaient éteintes mais Nick ne me quittait pas des yeux, alors je restai là sans rien dire.

Un autre assistant ajusta le drap de façon à ce que celui-ci remonte jusqu'à leurs hanches, quelqu'un régla les lumières et une autre personne s'occupa de mettre en place les panneaux réflecteurs pour créer une ambiance de circonstance. On mit en route les caméras ainsi que de grands écrans qui retransmettaient ce qui était filmé et je décidai de regarder l'écran au lieu de regarder directement Kellan, convaincue que je trouverais la situation plus facile. C'était comme si les voir à la télé rendait tout cela un peu moins réel.

À l'écran, Kellan avait l'air hyper mal à l'aise tandis qu'il s'allongeait à côté de Sienna. Elle s'appuya sur un coude et se pencha sur lui, ses longs cheveux balayant son épaule.

C'était clair qu'elle n'était pas stressée, elle avait même carrément l'air en extase. Un instant plus tard, le réalisateur cria « Action » et la pièce plongea dans le silence.

Kellan ne bougea pas d'un millimètre, mais Sienna se mit tout de suite au travail : elle se pencha en avant pour l'embrasser, et je me mordis l'intérieur de la joue si fort que je sentis un goût de sang dans ma bouche. Kellan s'efforça de lui rendre son baiser, mais au lieu d'être sexy, c'était maladroit et presque embarrassant. Tous ses mouvements semblaient forcés et Sienna, clairement frustrée, vint se mettre à califourchon sur lui. Mais là encore, il réagit à l'opposé de ce qu'on attendait de lui, en se contentant de rester allongé là sans bouger. Elle fronça les sourcils, rejeta ses longs cheveux par-dessus son épaule et se pencha pour l'embrasser. Grâce au gros plan, je pus voir qu'elle glissait sa langue entre ses lèvres, mais je vis aussi que la mâchoire de Kellan ne bougeait pas. Il lui résistait.

– Coupez !

Le cri du réalisateur me fit sursauter et je desserrai les poings. Je ne m'en étais pas rendu compte, mais j'avais tellement enfoncé mes ongles dans mes paumes que je saignais presque.

Sienna roula sur le côté et Kellan se redressa.

– Il est raide comme un piquet, qu'est-ce que vous voulez que je fasse ? cria-t-elle.

– Désolé, répondit Kellan dans un soupir, je fais de mon mieux.

– Justement, non, grommelai-je entre mes dents.

Je me mordis la lèvre en ayant envie de me gifler. Je n'arrivais pas à croire que j'étais en train de l'enguirlander parce qu'il n'était pas fichu de faire semblant de faire l'amour à une autre. Surtout que ce n'était pas comme si c'était la première fois qu'il faisait ça devant une caméra. Mais cette fois, il était loin de trouver ça aussi facile, visiblement.

Nick cria à Kellan de se mettre au boulot, et Kellan me chercha du regard. Quand il me trouva, je hochai la tête et articulai « C'est bon », et il soupira.

Nick me fusillait du regard comme si c'était ma faute, et je demandai si ça faciliterait les choses que j'aille sur l'autre plateau avec le reste des D-Bags. Au moment où j'allais quitter la pièce, Diedrich décida d'adopter une approche plus proactive face à la réticence de son acteur principal.

– Enlevez votre soutien-gorge, chérie. On va bien réussir à lui donner envie, ajouta-t-il à voix basse.

Certains des hommes à côté de lui se mirent à rire, et j'enfonçai de nouveau mes ongles dans mes paumes.

Sienna haussa les épaules et retira son minuscule soutien-gorge noir, qu'elle tendit à un assistant sans même prendre la peine de se couvrir. Comment elle pouvait avoir confiance en elle au point de montrer ses seins devant un tas d'inconnus sans sourciller ? Je trouvais ça incroyable. Aussi incroyable que sa généreuse poitrine, d'ailleurs.

Je me forçai à ne plus la regarder et à me concentrer sur Kellan. Il évitait de la regarder et il se tortilla sur le lit comme si c'était l'endroit le plus inconfortable au monde. Même si des milliers d'hommes auraient tué pour être à sa place, il avait l'air malheureux comme les pierres, et ça me rendait vraiment triste.

Sienna n'eut pas l'air de le remarquer, ou alors elle fit exprès de l'ignorer. Elle grimpa à nouveau sur lui et pressa sa poitrine nue contre son torse, puis quelqu'un sur le plateau s'assura qu'aucune partie indécente de son anatomie n'était visible pendant qu'il regardait le plafond en soupirant à fendre l'âme. J'aurais payé cher pour lire dans ses pensées à ce moment-là.

Après une dernière vérification, un assistant attrapa la main de Kellan et la posa sur les fesses de Sienna, puis il attrapa l'autre et la positionna en bas de son dos. Kellan adorait poser ses mains en bas de mon dos… Sienna sourit et murmura quelque chose à son oreille, et il la regarda en souriant un peu. Il avait toujours l'air raide comme un piquet, comme s'il était incapable de se détendre… ou qu'il avait peur d'y parvenir.

Diedrich cria « Action » une nouvelle fois et Sienna se pencha de nouveau sur Kellan pour l'embrasser. Mon cœur se mit immédiatement à battre plus fort, et je dus m'obliger à respirer normalement. Kellan l'embrassa sans enthousiasme, ses mains rigides là où l'assistant les avait placées. Ce petit manège dura une éternité, avec Sienna qui essayait désespérément de l'exciter et Kellan qui réagissait à peine, à des années-lumière de l'homme passionné qu'il était avec moi.

Pile au moment où je croyais que Diedrich allait crier « Coupez » et que Nick allait me flanquer dehors, Kellan prit une grande respiration, ferma les yeux et eut l'air de revenir à la vie. Il bougea ses mains en premier, caressant Sienna et s'attardant en bas de son dos. Puis il se mit à l'embrasser avec une réelle ferveur et au bout de quelques secondes, je pouvais voir leurs langues se mélanger en gros plan sur l'écran devant moi, les petits gémissements que poussait Sienna étant la seule chose qui venait perturber le silence.

Mon Dieu, pourquoi j'ai accepté qu'ils fassent ça ?

Maintenant que ses acteurs commençaient à rentrer dans la peau de leurs personnages, Diedrich leur aboyait des instructions – touche ceci, caresse cela, lève la tête, embrasse-la, viens au-dessus d'elle… Au moment où elle se retrouva sur le dos, Kellan était à fond dans ce qu'il faisait, et les larmes me montèrent aux yeux, mais je continuai à regarder.

Il y avait une caméra au pied du lit en plus de celle sur le côté, et elle offrait une vue imprenable sur le dos musclé de Kellan. Le drap était placé stratégiquement de façon à couvrir son boxer et à donner au spectateur l'impression qu'il était nu en dessous. Le tissu était si fin qu'il épousait la moindre courbe de son corps, et ça rendait chaque coup de hanches qu'il donnait à Sienna vraiment explicite et dérangeant à regarder.

La caméra placée sur le côté était celle qui filmait leurs visages en gros plan, et celle-là me perturbait presque davantage, car l'expression de Kellan était une expression que j'avais déjà vue… c'était celle qu'il avait quand il était au lit avec moi. Les yeux clos, il respirait bruyamment entre deux baisers enflammés et Sienna se tortillait et grognait en dessous de lui. Ça ne m'aurait pas étonnée qu'elle ne soit pas en train de jouer la comédie et qu'elle prenne vraiment du plaisir. Mais alors… est-ce que lui en prenait ? Est-ce qu'il était excité ? Je n'en avais pas la moindre idée et ça me rendait dingue de ne pas savoir.

La bouche de Kellan jouait avec la sienne et je vis sa langue glisser entre ses lèvres avant de glisser jusqu'au lobe de son oreille. À la demande du réalisateur, il caressa son flanc puis prit en coupe le sein qui était le plus proche de la caméra. Au moment où je pensais en avoir vu assez pour faire des cauchemars pendant un mois, Kellan caressa sa gorge du bout de son nez, avant de laisser sa langue se promener dans son cou et je sentis une vague de jalousie incontrôlable me submerger. C'était ma caresse préférée ! Et il s'en servait sur cette… pétasse ! Alors non, on n'avait pas fixé de limites sur ce qu'il avait ou pas le droit de faire aujourd'hui, mais par respect pour moi, est-ce qu'il n'aurait pas pu au moins se retenir de faire ce qu'on faisait dans *notre* chambre ?

Ce que ma mère m'avait dit au cours du dernier Noël me revint. *Il faut vraiment avoir du courage et du caractère pour supporter toute l'attention dont il fait l'objet. Tu es sûre d'être cette personne ?* Elle n'avait pas tort… Est-ce que j'étais capable de supporter ça ?

J'allais tourner le dos à l'écran, dégoûtée, mais je me rappelai de l'expression sur son visage au début, et de la pression que tout le monde mettait sur ses épaules. Le groupe, la maison de disques, et même moi… Puis je me rappelai de ce que je lui avais dit quand il avait dit qu'il ne pouvait pas faire ça et que je l'avais convaincu d'accepter de tourner le clip. *Fais comme si c'était moi.* Est-ce que c'était ce qu'il était en train de faire ?

Le réalisateur cria « Coupez ! » et Kellan s'immobilisa et s'écarta d'elle instantanément. Je pouvais voir sa poitrine se soulever et sa mâchoire trembler, et l'inquiétude remplaça ma jalousie. Est-ce qu'il allait bien ?

Sienna allait plus que bien, ça ne faisait aucun doute : elle se pâmait comme si Kellan était la huitième merveille du monde. Comment elle faisait pour ignorer son malaise à ce point ?

Est-ce que j'étais la seule à me rendre compte d'à quel point il semblait effrayé ? J'avais envie de courir jusqu'à lui et de lui dire que je n'étais pas fâchée, mais au bout de quelques secondes, Diedrich recommença à filmer.

Dès que ça tournait, Kellan avait l'air parfaitement à l'aise : il souriait, la provoquait, la goûtait et avait l'air amoureux d'elle, mais dès qu'il y avait une pause, il était hyper tendu et gardait les yeux fermés, comme s'il avait peur de voir ma réaction si jamais il les ouvrait.

Le tournage dura des heures, et quand tout fut fini, j'étais épuisée. Visiblement ravi, Diedrich remercia ses stars chaleureusement et convint de retrouver tout le monde le lendemain. Kellan se leva, attrapa son peignoir et quitta la pièce avant même que j'aie le temps de l'appeler. Quant à Sienna, elle avait l'air triste en refermant son peignoir sur sa poitrine encore dénudée.

Indifférente à sa mélancolie, je me lançai à la recherche de mon mari, sans succès. C'était un dédale de couloirs avec des gens dans tous les sens. Je finis par tomber sur le reste des D-Bags, qui s'étaient changés et portaient de nouveau leurs vêtements habituels, et Evan me serra dans ses bras.

– Kiera ! Tu aurais vu ça, on était mortels ! Et Kellan, il est où ? demanda-t-il en regardant autour de lui.

Matt me regarda d'un air inquiet tandis que Griffin était en train de discuter avec une des assistantes.

– Je ne sais pas… Il est introuvable.

– Peut-être qu'il avait besoin d'air et qu'il attend dans la voiture ? suggéra Matt.

Je ne savais pas où le chercher alors je hochai la tête et sortis, suivie des garçons. Sienna nous fit signe quand on passa à côté de sa loge. Elle aussi s'était changée mais j'avais encore l'image de son corps presque nu dans ma tête et l'image de la langue de Kellan dans son cou. J'avais l'estomac retourné en arrivant dehors et je pris une grande bouffée d'air comme si je venais de passer dix ans enfermée dans une grotte. Evan me donna une petite tape dans le dos puis montra la limousine noire qui nous attendait.

– On va bien voir s'il est là-dedans.

J'acquiesçai faiblement, les larmes aux yeux, et le chauffeur ouvrit la portière en nous voyant arriver. Les garçons montèrent en premier et j'entendis Evan héler Kellan. Il était donc bel et bien planqué dans la voiture. Griffin lui demanda comment ça s'était passé et je crus que j'allais me sentir mal. *Tu veux savoir comment c'était ? C'était atroce.* J'hésitai au moment de monter en voiture. Je n'étais pas sûre d'être prête à voir Kellan. Tout ça était encore beaucoup trop frais.

Je finis par grimper dans la limousine en évitant de regarder vers lui, et une fois en route, je gardai les yeux fixés sur le paysage qui défilait. Je pouvais sentir son regard sur moi, mais j'étais incapable de lui faire face. Je ne m'étais jamais sentie aussi bizarre. Je savais à quel point ça avait dû être difficile pour lui et je savais qu'il avait fait semblant que ce soit moi pour y arriver. J'avais envie de le réconforter car je savais à quel point ça l'avait contrarié de devoir faire ça. Mais en même temps, je ne voulais pas voir sa tête parce que je savais que ça me ferait aussitôt penser à Sienna.

La tension augmentait à mesure que les discussions allaient en diminuant, à tel point que même Griffin s'en rendit compte.

– Vous vous êtes disputés ? finit-il effectivement par nous demander.

Quelqu'un lui donna une bourrade pour l'empêcher de continuer son interrogatoire, ce qui m'arrangea bien car je ne savais absolument pas quoi répondre. Tout ce que je savais, c'était que je ne me sentais vraiment pas bien, et que j'aimais toujours Kellan plus que tout.

Je sortis de la voiture à la seconde où le chauffeur ouvrit la portière pour me précipiter à l'étage et je claquai la porte de notre chambre derrière moi. Je savais bien que je n'allais pas pouvoir l'éviter éternellement mais j'étais partagée entre la culpabilité et la douleur et j'avais juste besoin d'une minute. En entendant les garçons arriver dans la salle, je filai à la salle de bains et fis couler l'eau dans le lavabo pour pouvoir pleurer tranquille. Soudain, j'entendis des petits coups à la porte.

– Kiera…

Il y avait une telle douleur dans sa voix que je coupai l'eau. Je ravalai un sanglot et me regardai dans le miroir en m'ordonnant de me calmer. On ne devait pas laisser le clip se dresser entre nous. Je repensai à son air horrifié et à sa réticence au début du tournage, et ces images aidèrent à apaiser le souvenir des baisers enflammés que j'avais vus ensuite. J'étais capable de supporter ça. J'étais capable d'être avec lui et d'être sa femme.

Je commençais juste à respirer normalement quand sa voix retentit de nouveau.

– Kiera… S'il te plaît.

Soudain, j'entendis un bruit que j'avais souhaité ne plus jamais entendre : il était en train de pleurer. Quand j'ouvris la porte, il tenait sa tête entre ses mains et ses épaules tremblaient. Je le pris dans mes bras et il enfouit son visage dans mon cou.

– Pardonne-moi. Je suis tellement désolé… Ne me quitte pas, je t'en supplie.

Je le serrai contre moi, au bord des larmes, et je lui caressai les cheveux en le berçant.

– C'est bon, je ne suis pas fâchée. Tout va bien.

Il s'écarta et je vis qu'il avait les yeux rouges et les joues humides.

– Comment tu peux ne pas m'en vouloir à mort après ce que tu as vu ? Tu dois me détester…

– Kellan… tu embrassais qui, aujourd'hui ?

– Toi… J'ai repensé à la première fois où on avait fait l'amour… quand tu m'avais dit que tu m'aimais.

Un sourire illumina enfin son visage en dépit de sa tristesse et je lui souris en retour.

– Je sais. Et c'est pour ça que je ne t'en veux pas. Je sais que tu pensais à moi… et je t'aime plus que tout.

Il s'écroula dans mes bras, terrassé par le soulagement.

– J'avais tellement peur de te perdre… Tu ne voulais même pas me regarder dans la voiture.

– Je suis désolée, dis-je en me blottissant contre lui. J'avais juste besoin d'un peu de temps.

– Ça ne se reproduira plus jamais. Je me fiche des enjeux, je ne veux plus jamais te faire ça. Ni me faire ça. Je refuse de continuer à jouer leur petit jeu.

Je me laissai aller contre lui, soulagée, et Kellan approcha sa bouche de la mienne pour m'embrasser mais je me raidis. Ses yeux étaient remplis de peur quand je le repoussai.

– Tu sens comme elle…

– Pas pour longtemps.

En deux secondes, il était déshabillé et sous la douche. Je me déshabillai à mon tour pour le rejoindre sous le jet d'eau chaude, et il sourit en me tendant le savon.

Je lui savonnai d'abord le dos, puis je m'attaquai à sa poitrine et frottai sans répit jusqu'à ce que le maquillage disparaisse et que mon nom soit de nouveau visible sur son torse. Quand ce fut le cas, je souris et embrassai son tatouage, et Kellan sourit à son tour avant de se laver les cheveux. La tête pleine de mousse, il m'observait tandis que je savonnai ses jambes, et quand je remontai le long de ses cuisses, il ferma les yeux.

– C'est la seule partie qu'elle n'a pas touchée, mais j'apprécie ton dévouement, dit-il en rouvrant un œil.

Je ris et m'apprêtai à l'embrasser mais il m'arrêta.

– Attends. Il reste encore un truc à laver.

Je me demandai ce que je pouvais bien avoir oublié quand je le vis attraper la bouteille de shampoing et en verser dans sa bouche.

– Kellan !

Il leva un doigt en l'air et se gargarisa avec le shampoing, puis il fit une grimace comme s'il allait vomir et se pencha pour cracher. Mais il s'étrangla et se mit à tousser et je ris tellement fort que je sentis les larmes me monter aux yeux. Et ça faisait un bien fou.

– Je n'en reviens pas que tu aies fait ça !

Quand il mit sa tête sous le pommeau de douche, des bulles se formèrent dans sa bouche et il finit par se frotter la langue avec la fleur de douche. À ce stade, je riais tellement que j'en avais mal au ventre.

– Ça, c'est fait ! dit-il en faisant la grimace avant de couper l'eau.

– Ce n'était vraiment pas nécessaire.

– Si, ça l'était, assura-t-il en souriant.

Je me pendis à son cou et sautai pour passer mes jambes autour de sa taille.

– Je t'aime… même si tu es complètement cinglé.

Il rit et ouvrit la porte de la douche.

– Tant mieux, parce que je pense que j'en ai pour une semaine à roter des bulles de savon.

Je passai mes mains dans ses cheveux et le dévisageai jusqu'à ce que j'aie l'impression que mon cœur allait exploser.

– Moi aussi, je t'aime. Je n'aime que toi, et je t'aimerai toujours.

13

Projets

Le reste du tournage fut beaucoup moins traumatisant : Kellan tourna ses scènes avec le groupe et finit aussi celles avec Sienna, mais habillé cette fois, et le tournage des scènes de groupe fut vraiment génial. Les voir sur scène, même si c'était juste un décor, donnait vraiment l'impression d'être au Pete's. Kellan était incroyable et même si l'enregistrement audio ne serait pas utilisé pour le clip, c'était digne d'une de leurs meilleures performances.

Le reste des scènes dans la chambre était plutôt intéressant à regarder, à vrai dire. Toute la chanson était une ode à un amour perdu, et la vision de Diedrich était que Sienna et Kellan devaient se disputer autour du lit qui avait accueilli les affres de leurs « étreintes passionnées », comme il se plaisait à appeler leur scène de sexe.

Ils passèrent donc toute la journée à filmer les scènes de rupture, et le côté technique était fascinant. Pendant le tournage, Kellan se penchait sur le lit vide et chantait en regardant droit devant lui, mais dans la version finale, il regardait un cliché de lui en train d'embrasser Sienna. À un moment, un couple vêtu de combinaisons vertes grimpa sur le lit pour simuler ce que Kellan et Sienna avaient fait la veille (il y avait donc *vraiment* des gens qui faisaient ça comme boulot ?), puis Kellan caressa le bras du double de Sienna, ce qui, dans la version finale, donnait l'impression qu'une version de Kellan était au lit avec Sienna tandis que l'autre lui touchait le bras d'un air mélancolique. Si même moi j'arrivais à regarder ça sans être révulsée, alors le clip allait être aussi magnifique que la chanson.

Pendant le passage le plus intense de leur « dispute », Kellan et Sienna chantaient en se regardant et en faisant bien attention à ne pas regarder le lit où l'image de leurs corps enlacés devait ensuite être ajoutée numériquement, et je dois avouer que je préférais de loin voir Kellan chanter en regardant Sienna avec mépris que le voir lui lécher le cou.

La chanson s'acheva sur Kellan et Sienna quittant la « chambre » dans des directions opposées. Diedrich expliqua qu'il allait utiliser le passage où Kellan s'écartait de Sienna et roulait sur le dos avec les yeux fermés et la mâchoire tremblante comme dernier plan du clip. Il dit que l'expression sur le visage de Kellan était l'illustration parfaite du présage de leur rupture imminente, et qu'elle permettait de créer une vidéo qui pouvait être visionnée à l'infini. Je n'en étais pas persuadée, mais en me rappelant de la douleur sur le visage de Kellan, j'étais certaine que la scène serait forte en émotions.

Avec l'air d'un père fier de son rejeton, Nick s'approcha de Kellan à la fin de la dernière journée de tournage et lui tapa sur l'épaule.

– Alors tu vois, ce n'était pas si terrible ! s'exclama-t-il. La vidéo va faire un carton.

Il se frotta les mains et je pus presque voir les billets de banque défiler dans ses yeux. Kellan passa un bras autour de mes épaules avant de lui répondre.

– Ravi que ça vous plaise. Parce que c'est la première et la dernière fois que je fais un truc pareil.

Le sourire de Nick s'évanouit immédiatement.

– Il ne faut jamais dire jamais. Tu démarres tout juste dans le métier, je te rappelle.

Le ton de sa voix indiquait que Kellan et son groupe étaient loin d'être irremplaçables, mais je n'étais pas du même avis. Les ventes de leur single avec Sienna atteignaient des sommets et j'étais sûre que celles de leur album en feraient autant quand celui-ci sortirait dans quelques semaines.

Kellan me regarda puis se tourna de nouveau vers Nick.

– Non, je ne retournerai jamais un clip comme ça. J'ai ma dose. J'ai fait une promesse, je l'ai tenue et je ferai le maximum pour vous aider à promouvoir l'album parce que je dois bien ça à mes musiciens, mais ma femme passe en premier, et il va falloir vous y faire.

La tension ne tarda pas à devenir palpable entre eux : Nick n'aimait pas qu'on lui dise non, mais Kellan en avait marre qu'on lui donne des ordres.

– Le *maximum* ? demanda Nick.

– Dans la limite du raisonnable. Je ne vous laisserai plus jouer avec ma vie privée, je n'aime pas l'étaler. Mais ce n'est pas pour ça que je vais me taire, et si on me pose des questions sur ma vie personnelle, j'ai bien l'intention de donner une réponse honnête. Ah, et aussi, j'ai relu mon contrat. Je sais ce que mon job implique, et je sais ce que je suis obligé *ou non* de faire pour vous.

Nick sourit d'un air suffisant, comme s'il savait quelque chose que Kellan ignorait, et un instant plus tard, il haussa les épaules comme si de rien n'était.

– Tant mieux.

Quand Nick et Sienna partirent, pas longtemps après, ils avaient tous les deux l'air de mauvais poil. Personnellement, j'étais ravie, et même quand Général Tory vint nous chercher pour nous emmener à l'aéroport pour repartir faire la promo de l'album, ça n'affecta pas ma bonne humeur. Kellan s'était rebellé et il n'allait plus se laisser faire. Je lui demandai de ne pas citer mon nom, car je ne voulais pas être au centre de l'attention, mais à partir de là, dès que quelqu'un lui posait la question, il répondait que Sienna était juste une collègue et qu'il était en couple. Tory n'appréciait pas qu'il réponde à une question à laquelle Nick lui avait interdit de répondre, mais il se moquait de leur avis, se contentait de sourire quand elle lui tombait dessus après chaque interview.

On passait d'une ville à l'autre sans avoir le temps de respirer, mais même si c'était épuisant, ne plus avoir à s'inquiéter du clip était vraiment un soulagement. C'était comme si nous avions été délestés d'un poids. Sans parler du fait que Sienna avait commencé sa propre tournée, ce qui signifiait qu'on n'allait sûrement pas la revoir avant un long moment. Les rumeurs finiraient par s'apaiser, et je finirais par ne plus entendre parler du super couple qu'elle formait avec Kellan. J'avais vraiment hâte que ce moment arrive.

À la fin de la tournée promotionnelle, le groupe avait quelques jours de repos avant le début de la tournée avec Justin et Avoiding Redemption, alors on prit tous l'avion pour Seattle. Les dernières semaines nous avaient exténués, et être dans mon lit ne m'avait jamais paru aussi merveilleux. Je dormis douze heures d'affilée la première nuit, et Kellan dormit encore plus que moi.

Comme Nick l'avait prévu, leur single avec Sienna se classa numéro 1 juste avant la sortie de l'album des D-Bags, qui se plaça immédiatement en dix-neuvième position. Même si Kellan en avait parlé avec Nick, un succès pareil avait quand même l'air de l'étonner, mais pas moi. Je savais qu'une fois que le monde connaîtrait son existence, le succès suivrait.

On décida de sortir tous ensemble pour fêter ça, et comme on était à Seattle, un seul endroit s'imposait : le Pete's Bar, là où tout avait commencé.

Kellan me prit la main tandis qu'on regardait le signe du bar qui brillait à l'entrée. On avait du mal à croire que ça faisait à peine plus de deux ans que j'avais vu Kellan ici pour la première fois. Je l'avais pris pour le pire des coureurs de jupons, ce qu'il était à l'époque, mais j'avais aussi fini par découvrir une personnalité bien plus profonde que ça.

– Je t'ai déjà dit que je t'avais remarquée à la seconde où tu étais entrée dans le bar avec Denny ? demanda-t-il soudain.

– C'est vrai ? Pourtant, tu étais sur scène et le bar était plein à craquer !

Kellan m'entraîna vers les portes en marchant à reculons.

– C'était comme une décharge électrique quand tu es entrée dans la salle. Comme si je savais que je ne serais plus jamais le même.

Il sourit et je levai les yeux au ciel.

– Mais bien sûr. Tu as remarqué Denny, mais moi, j'ai du mal à y croire.

Il arrêta d'avancer et je lui rentrai dedans. Être sur le parking du Pete's avec lui me réconfortait autant que d'être dans notre nid d'amour quelques pâtés de maison plus loin.

– J'étais incapable de te quitter des yeux. Rien qu'en te regardant, j'avais l'impression que mon cœur était plus léger et j'avais des papillons dans l'estomac. Ça a changé ma vie.

Ses mots m'émurent profondément, mais je ne tardai pas à repenser à sa performance sur scène et je souris.

– Ça ne t'empêchait pas de déshabiller toutes les filles du regard.

Il se remit en route en riant.

– Tu marques un point. Mais n'empêche que je t'ai repérée tout de suite. C'était impossible de ne pas te voir.

Alors que je retournais ça dans ma tête, Griffin apparut devant nous et fit une entrée des plus dramatiques. D'habitude, j'étais à l'intérieur quand il faisait ça et c'était un peu bizarre de rentrer dans le bar *après* lui. Kellan rit en me tenant la porte et je l'embrassai sur la joue avant d'entrer.

Un mélange de cris, d'applaudissements et de sifflets nous accueillit, dans un tel vacarme que j'en eus mal aux oreilles. Rachel se crispa aussi en entrant avec Matt, et quelques secondes plus tard, le groupe était entouré d'un tas de nouveaux fans et d'anciens habitués. On rejoignit Kate et Jenny avec Rachel, et tandis qu'on restait au bar, à l'écart des garçons, je fus émerveillée de voir à quel point le

Pete's avait l'air à la fois pareil qu'avant et différent. Avant, c'était un lieu de tranquillité pour Kellan, mais maintenant qu'il était célèbre, ce n'était plus vraiment le cas. Au milieu du bruit qui régnait dans le bar, je pouvais entendre des murmures et le nom de Sienna circuler, tandis que pas mal de personnes me regardaient d'un air confus. Apparemment, elle nous suivait vraiment partout.

Je pris des nouvelles de Rachel, Kate et Jenny jusqu'à ce que le raffut autour des garçons commence à se calmer. Puis Jenny alla rejoindre Evan, et il la serra dans ses bras en la soulevant du sol. Je l'entendis l'appeler sa « fraise Tagada » et souris, même si je ne comprenais pas à quoi il faisait allusion.

Rachel s'éclipsa discrètement avec Matt à la première occasion, Griffin alla s'installer à une table d'étudiantes, et Kellan finit par se retrouver tout seul au milieu des clients curieux.

Je me tournai vers Rita pour commander à boire pour les garçons en attendant Kellan mais elle avait déjà aligné plusieurs bouteilles de bière sur le comptoir.

– Alors, qu'est-ce qui se passe vraiment entre lui et Sienna ? demanda la blonde décolorée en faisant un signe de tête vers lui. Parce qu'à voir leur clip, on a l'impression que ce n'était pas leur première fois... ni la dernière.

Je fus étonnée, pas par sa question mais par le fait que le clip était déjà sorti. C'était sûrement pour ça que le nom de Sienna était sur toutes les lèvres.

– Ne crois pas tout ce que tu vois. Il la voit et il lui parle à peine.

– Chérie, dans sa période faste, il ne voyait ni ne parlait à *aucune* d'elles.

– On est toujours ensemble, dis-je en levant la main pour lui montrer ma bague.

Rita prit ma main et poussa un sifflement admiratif.

– Merde alors ! Il a vraiment bon goût, dit-elle en regardant dans la direction de Kellan.

En la voyant humidifier ses lèvres bourrées de collagène, j'eus comme un doute là-dessus. Il y avait eu des moments dans sa vie où son goût avait été plus que douteux.

Une fois débarrassé de ses admirateurs, Kellan se dirigea vers la table du groupe. Sam l'avait faite libérer à notre arrivée, ce qui n'avait pas l'air de déranger les clients qu'il avait dû déplacer. Denny et Abby étaient en train de dîner à une table pas loin, et Kellan alla les chercher pour qu'ils viennent s'installer avec nous.

Assis à ma droite, Denny leva son verre pour trinquer avec moi. On discuta pendant quelques minutes de ce qui s'était passé dans nos vies respectives pendant mon absence tandis que les garçons évoquaient le succès de l'album, et à un moment, Denny jeta un regard à Kellan et se pencha vers moi.

– Ça va toujours, entre vous ?

Son ton inquiet indiquait clairement que lui aussi avait vu le clip et je contins un soupir.

– C'est à cause du clip que tu demandes ça ? Oui, tout va bien.

– Tu l'as vu ? demanda-t-il d'un air hésitant.

– Pas la version finale, mais j'ai assisté au tournage.

Le souvenir de Kellan au lit avec Sienna revint à la surface, mais je le repoussai. On était là pour faire la fête et je voulais en profiter.

– Ah bon ?

Denny avait l'air réellement choqué, et je pouvais comprendre pourquoi. J'imaginais à quel point le clip devait être chaud, et si on ajoutait ça aux rumeurs qui couraient sur Kellan et Sienna… Ça devait lui paraître incroyable que j'aille bien et que j'aie même accepté d'assister au tournage, sachant combien j'étais timide, jalouse et égoïste il y a quelques années.

– Ça doit sûrement avoir l'air bien plus sexy que ça l'était en réalité. C'était plutôt… tiède pendant le tournage.

Enfin, les premières prises l'étaient, en tout cas.

– Ah bon ? répéta Denny. C'est très convaincant, en tout cas…

Je posai mon verre et regardai Kellan, assis à gauche de moi.

– Tout va très bien entre nous, répétai-je à Denny.

Il acquiesca, mais à voir la tête qu'il tirait, j'étais sûre que ce n'était pas la dernière fois qu'il me poserait la question.

Anna arriva à la fin de son service et vint s'asseoir sur les genoux de Griffin, qui avait abandonné son fan club à la minute où j'avais apporté les bières. Ça m'avait étonnée de le voir préférer la bière à son harem, mais en voyant son sourire tandis qu'Anna mordillait le lobe de son oreille, je commençai à me demander si ses centres d'intérêt n'avaient pas vraiment changé.

On était le vendredi soir, et les Poetic Bliss ne tardèrent pas à arriver et à monter sur scène. Rain était surexcitée de savoir que Kellan était dans le public, et elle l'obligea à monter sur scène avec elle. La foule se mit à crier et Kellan fit semblant de donner des coups à Rain pour l'éloigner de lui. Elle esquiva ses coups imaginaires et fit semblant elle aussi de le frapper avec ses petits poings. Sa jupe était tellement courte que je voyais l'ourlet de sa culotte quand elle se penchait en avant, et même si ça ne me plaisait pas de savoir qu'il y avait eu quelque chose entre eux, je fus obligée de rire en voyant leur petit jeu.

Au bout de quelques instants, Kellan se rendit et attrapa le micro pour s'adresser au public.

– Salut.

Ce seul mot suffit à déclencher des cris perçants dans tout le bar et Kellan se mit à rire.

– Putain, qu'est-ce que c'est bon d'être à la maison !

Les cris redoublèrent et ma sœur siffla entre ses doigts. Ça m'avait toujours rendue un peu jalouse qu'elle arrive à faire ça : j'aurais été incapable de faire comme elle, même si ma vie en dépendait. Kellan balaya le bar du regard, les yeux brillants.

– Ça vous dérange si les D-Bags jouent un morceau ou deux ?

À en juger par la réaction du public, ça n'avait vraiment pas l'air de les gêner : tout le monde hocha la tête avec enthousiasme, et quand Kellan regarda les autres membres des Poetic Bliss, elles acquiescèrent aussi, ravies de se faire voler la vedette. Kellan sourit et fit signe au reste des D-Bags de le rejoindre.

Griffin se leva si vite de sa chaise qu'il faillit faire tomber ma sœur mais Denny la rattrapa juste à temps. Elle le remercia à contrecœur tandis que Matt envoyait un coup à Griffin, et la table à côté de nous rit en voyant les cousins se bagarrer.

Une fois les garçons sur scène, les filles leur tendirent leurs instruments. Griffin fronça les sourcils en s'emparant de la basse rose fluo de Tuesday tandis que Blessing tendait à Matt sa guitare bleu canard. Evan alla s'installer derrière la batterie de Meadow, qui était ornée du logo du groupe une énorme fleur violette. Les filles se décalèrent sur le côté de la scène pour laisser la place, et il y eut quelques ricanements à les voir avec des instruments aussi féminins. Rachel riait tellement qu'elle attrapa le hoquet.

Kellan secoua la tête et son expression amusée fit battre mon cœur plus vite. Kellan sur scène… il n'y avait rien de plus génial. La foule avait l'air du même avis, car quand Evan attaqua l'intro, l'air se mit à vibrer littéralement sous l'effet des cris. Avec une main dans ses cheveux, Kellan entama un classique du groupe, et tous les fans de la première heure se mirent à chanter, tandis que les autres continuaient à hurler.

Kellan détacha le micro de son pied et commença sa « parade », qui consistait en des aller-retour au bord de la scène, pour bien montrer à toutes les femmes qui le regardaient qu'il avait remarqué leur présence. Il regardait chacune dans les yeux et leur souriait en chantant, et il s'arrêtait parfois pour poser un pied sur un haut-parleur et se pencher en avant pour tendre la main à des fans, qui ne manquaient jamais de pousser des cris suraigus en effleurant le bout de ses doigts.

Ça me rendait jalouse avant, mais en voyant à quel point lui et ses fans étaient heureux, je ne ressentais rien d'autre que de la joie. Il avait une relation exceptionnelle, quasi symbiotique, avec son public, chacun se nourrissant de l'énergie de l'autre. Alors que l'apogée de la chanson approchait, Kellan s'immobilisa au milieu de la scène.

– Est-ce que c'est ça que tu veux ? chanta-t-il en s'adressant à la foule.

Les fans crièrent leur réponse passionnément et à la fin de la chanson, les garçons en entamèrent une autre sans attendre.

Je ne savais pas s'ils avaient une liste établie ou si Evan décidait au hasard de ce qu'il jouait ensuite et si les autres le suivaient sans hésiter. Peut-être un peu des deux… Ils jouaient ensemble depuis tellement longtemps.

Leur chanson suivante était rapide et entraînante, et avec Jenny, on entraîna Rachel sur la piste de danse. Anna se joignit à nous et se mit à se déhancher en dépit de son gros ventre. Je vis Denny emmener Abby sur le côté de la piste et danser avec elle avec de grands sourires. Il n'y avait pas de tristesse, pas de jalousie, juste de la joie et de la paix, ce qui était ce que j'avais toujours voulu pour lui.

À la fin de la chanson, Kellan salua le public, le remercia et sauta dans la fosse. Il traversa une marée de mains tendues pour me rejoindre et me prendre dans ses bras, et les fans finirent par le laisser tranquille. Kellan m'embrassa tandis que la voix de Rain retentissait dans le bar.

– Merci les gars, mais maintenant, c'est au tour des filles de casser la baraque !

Kellan se tourna vers elle et se mit à rire, et les filles commencèrent leur concert. Jenny se remit au travail, Rachel alla rejoindre Matt à la table du groupe, et Anna se dirigea vers un tabouret pour s'asseoir, bientôt rejointe par Griffin. Denny me fit un petit signe avant de gagner la sortie avec Abby, et on resta au milieu de la foule avec Kellan, à danser sur les morceaux des Poetic Bliss. Cela faisait un moment que je n'avais pas dansé avec lui et j'avais presque oublié à quel point il était doué. Il vint se glisser derrière moi et ondula des hanches dans un mouvement si sexy que j'eus immédiatement envie de planter tout le monde sur place pour m'isoler avec lui. Je pouvais sentir son souffle chaud dans mon cou et son nez contre ma nuque, et je fermai les yeux en appuyant ma tête contre son épaule, ravie de sentir son corps contre le mien.

– Tu viens ? demanda-t-il soudain à mon oreille.

Tu parles d'une question.

Ses mains glissèrent sur mes hanches et il m'attira contre lui. Je n'avais pas besoin de ça pour savoir qu'il était excité, mais sentir le renflement de son jean déclencha un incendie en moi. Je tournai la tête pour le regarder et lui offris un sourire malicieux, et celui qu'il m'offrit en retour était aussi diabolique que la flamme dans ses yeux.

Je l'entraînai alors vers le couloir. Plusieurs personnes tentèrent de nous arrêter tandis qu'on se dirigeait vers la réserve, où seuls les employés avaient le droit d'entrer, mais je les esquivai habilement et on finit par s'y glisser en refermant rapidement la porte derrière nous. Kellan me pressa contre la porte et la verrouilla.

– Le nouveau verrou fonctionne bien, on dirait, murmura-t-il.

Je ris en l'attirant contre moi. Je ne sais pas si c'était la danse, les quelques bières que j'avais bues, le fait de le voir sur scène et encore la nouveauté de nous afficher en public – ce qu'on n'avait pas eu l'occasion de faire depuis la tournée promotionnelle –, mais j'avais plus envie de lui que jamais.

Entre deux baisers passionnés, je laissai mes mains glisser le long de son tee-shirt pour défaire sa braguette, et il geint avant de m'imiter. Je jetai quand même un bref regard par-dessus son épaule pour m'assurer qu'on était seuls dans la pièce mais je ne vis personne et je recommençai à l'embrasser en fermant les yeux.

Au moment où il commençait à faire glisser mon jean le long de mes cuisses, je glissai ma main dans son caleçon et sentis à quel point il était prêt pour moi. Il gémit quand je pressai doucement son sexe dans ma main et, en sentant son désir, mon souffle se fit plus rapide. C'était comme s'il allait exploser, tellement excité que le moindre frôlement était susceptible de l'achever. Soudain, je me rappelai de quelque chose qu'il avait dit une fois, et à Denny en plus, et je l'empêchai de baisser mon pantalon. Si on était vraiment là pour célébrer son succès, peut-être que je devrais lui faire un petit cadeau. Il y avait quelque chose que je ne faisais pas pour lui d'habitude, mais peut-être que je devrais, étant donné qu'apparemment tous les mecs aimaient ça. Enfin, c'était ce que j'avais entendu dire.

Je le poussai et me laissai glisser le long de la porte, et Kellan me regarda d'un air ahuri.

– Kiera… ?

Quand je m'arrêtai au niveau de sa taille, il retint son souffle, et c'était comme si son regard essayait de me dire *Je t'en supplie, fais ce que je pense que tu vas faire.* Il caressa ma joue et je me sentis plus puissante, plus désirable et plus belle que jamais. Sans détacher mon regard du sien, je baissai son caleçon, et son impatience devint presque palpable. Quand il se remit à respirer, son souffle était irrégulier, mais il ne dit rien et il ne me mit pas la pression. Il continuait juste à me supplier du regard. Quand je remarquai qu'il tremblait, peut-être parce qu'il résistait à l'envie d'attirer mes lèvres contre lui, je baissai la tête et le pris dans ma bouche. Il grogna, et je l'entendis appuyer son front contre la porte au-dessus de moi. Je l'avais déjà caressé avec ma langue, mais ça n'était jamais allé plus loin qu'une léchouille ou deux. Je n'avais jamais fait quelque chose d'aussi audacieux, quelque chose d'aussi ouvertement destiné à lui faire plaisir.

Alors que sa respiration se faisait de plus en plus saccadée, il caressa ma joue tandis que je faisais de mon mieux pour me détendre. Plus rapidement que ce à quoi je m'attendais, je le sentis se contracter et sus qu'il était sur le point de jouir. Je n'étais pas certaine de ce que je voulais faire, mais j'avais vraiment envie de lui faire plaisir et je savais ce que *moi* j'aurais voulu si les rôles avaient été inversés. Alors quand il murmura mon nom et posa une main sur mon épaule pour me repousser, je m'agrippai à ses hanches et le pris plus profondément dans ma bouche, décidée à aller jusqu'au bout.

Mon va-et-vient l'amena au point de non-retour, et il agrippa la poignée de la porte avant de gémir en poussant un cri de jouissance. Sa réaction suffit à me faire oublier le goût… qui, d'ailleurs, n'était pas aussi désagréable que ce que j'avais imaginé.

J'attendis un moment que sa respiration se calme, puis je lui remis son caleçon et me relevai. Il avait toujours le front contre la porte et les yeux clos. En repensant à son visage, son regard et sa réaction, je me rendis compte que je ne l'avais jamais vu aussi excité. Je passai mes bras autour de lui et me blottis contre sa poitrine, et il enfouit son visage dans mon cou.

– Putain… c'était… merde…

Il s'affala sur moi et je ris de le voir complètement incohérent. Apparemment, c'était réussi.

– Arrête de jurer, dis-je en lui caressant le dos.

Il rit et il secoua la tête.

– Désolé, dit-il d'une voix endormie.

Mon corps irradiait de désir, mais il n'avait vraiment pas l'air en état de me renvoyer l'ascenseur et je ne voulais pas vraiment qu'il le fasse. J'aimais voir que c'était moi qui l'avais épuisé et je voulais que ce moment soit uniquement pour lui. Je refermai ma braguette puis j'en fis autant avec la sienne, et il recula d'un pas.

– Tu fais quoi ?

– Je te rhabille. Ça ne fait pas très sérieux d'aller retrouver les autres avec ton pantalon sur les chevilles.

– Mais tu n'as pas… tu ne veux pas que je te donne du plaisir, moi aussi ?

J'avais envie de lui arracher son jean et de le supplier de me prendre contre le mur mais à la place, je secouai la tête en souriant.

– Tu m'en as donné.

– Tu es sûre ? Parce que tu fais plus de bruit que ça, d'habitude.

Je me mordis la lèvre, à deux doigts de changer d'avis.

– Je ne suis peut-être pas arrivée… jusqu'au bout, mais j'ai vraiment pris du plaisir. J'avais vraiment envie de faire ça, dis-je en dégageant une mèche de cheveux qui lui tombait dans les yeux. Tu peux toujours me rendre la pareille plus tard…

J'ouvris la porte et je l'entendis rire tandis que je retournais dans le couloir.

Avec la tournée avec Avoiding Redemption qui devait commencer bientôt, les D-Bags disparurent de la surface de la terre, comme s'ils se terraient avec leurs moitiés respectives. Je ne vis pas Anna et je ne l'eus pas au téléphone pendant cinq jours. Quand je ne rendais pas visite à des amis – surtout Denny et Cheyenne –, je passais la plupart de mon temps au lit avec Kellan. L'ordinateur portable était vraiment l'idée du siècle : je pouvais travailler tout en étant avec lui sous la couette. Pour ce qui était de l'inspiration, difficile de faire mieux.

Un après-midi où je sentais que j'avais besoin de faire une pause et d'arrêter de penser aux drames de mon passé, je fermai le document word et je commençai à surfer sur le Net. Kellan se redressa sur un coude et m'embrassa sur l'épaule.

– Tu as fini ?

– Non, je fais une pause. Et non, tu ne peux toujours pas le lire.

Je souris et tapai le nom de son duo avec Sienna dans la barre de recherche. Peut-être que j'étais folle de vouloir regarder ça, mais j'étais vraiment trop curieuse depuis que Denny m'en avait parlé. De toute façon, ce n'était pas à cause de Sienna que je voulais voir le clip, mais pour soutenir Kellan. C'était son tout premier, et je me sentais coupable de ne pas l'avoir encore vu.

Il regarda l'écran et fronça les sourcils en voyant ce que je m'apprêtais à regarder.

– Tu es sûre que tu veux voir ça ?

– Pas vraiment… mais c'est ton premier clip officiel et je me dis qu'on devrait le regarder. Peut-être que ça passera mieux si on le voit ensemble ?

Kellan hocha la tête et me prit la main, puis il embrassa mon alliance comme s'il était déjà en train de s'excuser et je lui caressai la joue avant de reporter mon attention sur l'écran de l'ordinateur.

Quand je cliquai sur le lien, une pub pour un parfum se mit à défiler, et je lis certains commentaires sur le clip en attendant. « Kellan et Sienna sont trop sex ensemble ! » « Je les ADORE ! » « J'espère vraiment qu'ils sortent ensemble ! Est-ce qu'ils vont se marier ? » « J'ai entendu dire qu'ils l'étaient déjà ! » « Kell-Sex forever ! »

Je fronçai les sourcils. Kell-Sex ? Merveilleux. Les fans avaient déjà combiné leurs noms et le surnom qu'ils avaient trouvé était carrément immonde, en plus. Ils n'auraient pas pu trouver quelque chose d'un peu plus… poétique ?

La vidéo démarra et je serrai la main de Kellan de toutes mes forces, mais ça n'eut pas l'air de le déranger. Je sentais qu'il me dévisageait tandis que je regardais les images de lui et Sienna au lit. Je devais reconnaître que c'était douloureux à regarder au début, mais au bout d'un moment, je me retrouvai absorbée par la beauté artistique du clip et j'oubliai presque que l'homme à l'écran était mon mari. À la fin du clip, je compris ce qui plaisait autant aux fans : Sienna et Kellan faisaient des étincelles.

Kellan s'éclaircit la gorge, et quand je tournai la tête vers lui, je vis qu'il me scrutait en se demandant ce qui se passait dans ma tête. Je décidai d'être honnête et de lui dire ce que je pensais avant qu'il ne me pose la question.

– Vous allez super bien ensemble. Je comprends pourquoi les fans adorent l'idée que vous soyez en couple.

Il commença à secouer la tête mais je lui caressai la joue.

– Tu pensais vraiment à moi tout le temps ?

Il approuva énergiquement.

– C'était le seul moyen que j'avais d'y arriver.

Je sentis mon cœur se serrer dans ma poitrine. Il n'aimait vraiment que moi. J'essayai d'oublier ce que le monde entier voulait pour lui et de me concentrer uniquement sur ce que *lui* voulait, et sur ce que je voulais aussi.

– Kellan Kyle, veux-tu m'épouser ?

Il retira l'ordinateur de mes genoux et me sourit d'un air taquin en venant au-dessus de moi.

– Pas trop tôt. J'ai cru que tu ne poserais jamais la question, murmura-t-il avant de m'embrasser dans le cou.

– Ça veut dire oui ? demandai-je en riant.

– Avec toi, je ne dis jamais non, dit-il en pressant ses hanches contre les miennes.

Au moment où il posa ses lèvres sur les miennes, je me mis à penser à ma mère… ce qui était plutôt bizarre, dans un moment pareil. Mais c'était parce qu'elle m'avait appelée le matin pour m'entretenir des faire-part pour le mariage. Elle avait essayé de ne pas le montrer au téléphone, mais j'avais bien senti l'incertitude dans sa voix alors qu'elle parlait de mon avenir, et je savais qu'elle se demandait si le mariage était toujours d'actualité. Elle regardait la télé, elle voyait la couverture des magazines et elle entendait les mêmes ragots que moi à propos de Kellan et Sienna. À sa place, moi aussi, je me serais posé des questions. Je l'avais rassurée et lui avais dit que le mariage était toujours au programme, mais pas encore de date définitive.

Au moment où Kellan allait commencer à embrasser ma poitrine, je le repoussai et il leva sur moi des yeux brûlants de désir. Je dus avaler deux fois ma salive avant de me souvenir de ce que je voulais lui demander.

– Vous avez combien de jours de vacances à Noël ?

– Je ne sais pas trop. Quatre ou cinq jours, peut-être une semaine. Pourquoi ?

Je haussai les épaules et passai mes bras autour de son cou.

– Ça te dirait de venir avec moi à un mariage dans l'Ohio ?

– C'est quelqu'un que je connais ? demanda-t-il d'un air amusé.

– Juste une fille un peu fadasse et agaçante que la moitié de la planète déteste.

Il haussa les sourcils et amena sa bouche tout près de la mienne.

– Ils ne te détestent pas. Ils te ne connaissent même pas. Et puis tu n'es pas fadasse, et encore moins énervante. Enfin, plus maintenant, en tout cas.

Il rit et je lui donnai une tape sur l'épaule. *Connard.* Puis je fronçai les sourcils. Il avait raison quand il disait que les fans ne me connaissaient pas, et c'était sans doute très bien comme ça. Car s'ils me connaissaient… là, ils me détesteraient sûrement. Il embrassa les coins de ma bouche et je souris doucement.

– J'adorerais me marier avec toi en décembre…

– Tu peux demander les dates exactes ? demandai-je en caressant son tatouage. Que je puisse le dire à ma mère ?

Il hocha la tête et me tourna le dos comme s'il allait se lever et aller se renseigner à la minute, mais je le retins et plaçai un doux baiser sur son torse.

– Si tu pouvais attendre un peu, en revanche… Parce que j'aimerais bien qu'on fasse l'amour, d'abord.

Je sentis un sourire de fierté naître sur mes lèvres : je venais de lui dire que j'avais envie de faire l'amour avec lui et je n'avais même pas bafouillé.

– Eh bien, madame Kyle, vous êtes drôlement effrontée. Je suis choqué… et super excité, aussi.

Il allait venir sur moi mais je le poussai et il rit quand je me mis à califourchon sur lui. Mais son ricanement ne dura pas longtemps et il fut bientôt remplacé par des bruits d'un tout autre genre…

14

Se donner en spectacle

C'est à peine si je me rendis compte qu'on quittait Seattle pour monter dans un bus avec Avoiding Redemption, et ça arriva si vite que j'avais l'horrible présentiment qu'il me manquait quelque chose. J'étais pourtant presque sûre de n'avoir rien oublié : j'avais mes vêtements, ma brosse à dents, mon ordinateur portable, mes notes et mon mari. De quoi d'autre pouvais-je avoir bien besoin ? Un peu d'intimité, mais ça risquait d'être difficile au cours des semaines à venir.

Le premier concert devait avoir lieu à Los Angeles, à la House of Blues sur Sunset Strip. À mes yeux, c'était l'endroit parfait pour démarrer une tournée : célèbre, iconique et intime à la fois, avec une disposition qui permettait à tous les spectateurs de bien voir la scène. Dans les coulisses, il y avait des fans dans tous les sens, et le côté un peu chaotique rendait l'atmosphère encore plus électrique.

Kellan et Justin étaient en train de signer des autographes avec d'autres musiciens pendant que je me promenais en coulisse. Pendant la tournée précédente, le groupe avait été ajouté à la dernière minute et presque personne ne les connaissait. Maintenant, plein de fans portaient des tee-shirts D-Bags. J'étais sûre que tout le monde avait entendu le duo avec Sienna, et que beaucoup avaient aussi écouté l'album. À ce stade, les gens ne venaient plus au concert par accident : ils venaient spécialement pour les D-Bags, et c'était vraiment excitant. Même si c'était Justin la tête d'affiche, on avait vraiment l'impression que c'était la tournée de Kellan.

En plus des D-Bags et d'Avoiding Redemption, trois autres groupes faisaient aussi la tournée. Le premier monta sur scène et la musique résonna contre les murs, mais le vacarme en coulisse ne diminua pas pour autant. Quelques personnes au milieu de la pièce se mirent même à danser en levant leur verre.

Je regardai Kellan à l'autre bout de la pièce, en train de discuter avec une fan qui avait des couettes rouges. Tout en écoutant les gens autour de moi, je remarquai que la plupart parlaient du physique de Kellan. « Merde, il est vraiment trop sexy ! Comment il réussit à être encore plus beau en vrai ? » « Tu as vu comment il est gaulé ? Imagine comment il doit être sans tee-shirt… »

Je m'étranglai presque dans mon verre et m'éloignai l'air de rien de la fille qui venait de dire ça. Effectivement, c'était encore mieux sans le tee-shirt mais si elle croyait qu'elle allait pouvoir le vérifier par elle-même… J'entrepris de m'intéresser à d'autres conversations, que je trouvai beaucoup moins amusantes. « Il sort avec Sienna, c'est ça ? » « Je ne sais pas. Apparemment, il a dit qu'ils n'étaient pas ensemble dans une interview. » « Ils disent tous ça, mais en vrai ça veut juste dire qu'ils ne veulent pas en parler. » « Ils sont tellement sexy, tu as vu le clip ? » « Arrête, j'en étais malade. C'est vrai qu'ils vont super bien ensemble. »

Je ne sais pas combien de fois j'entendis cela sur les quelques mètres qui me séparaient de Kellan, mais quand je le rejoignis, je n'en pouvais plus de cette Sienna… et elle n'était même pas là. Il me sourit et m'embrassa sur la joue.

– Merci, murmura-t-il en me piquant ma bière.

Il prit une gorgée et je le fusillai du regard.

– J'ai craché dedans.

Il garda la gorgée en bouche une seconde puis avala.

– Ça ne me dérange pas. J'adore tes fluides corporels.

Justin nous dévisageait et je donnai un coup dans le ventre de Kellan.

– Tu passes vraiment trop de temps avec Griffin.

Il rit et continua à boire ma bière, tandis que Justin se trounai vers une fan qui venait de lui sauter dessus avec un cri perçant.

– Justin, je t'aime ! hurla-t-elle si fort que sa voix couvrait la musique.

Justin adopta immédiatement la même expression courtoise et professionnelle que Kellan affichait souvent pour s'adresser à ses fans.

– Merci, c'est adorable.

Elle poussa un autre cri et lui colla de force un boîtier de CD dans les mains, ce qui faillit lui faire valser sa bière. Sans s'émouvoir de cet étalage d'excitation, il signa le morceau de plastique et la fille s'éventa avant de se tourner vers Kellan. Je crus que ses yeux allaient lui sortir de la tête.

– Mon Dieu, Kellan Kyle ! Je suis ta plus grande fan !

Justin eut l'air vexé pendant une seconde, puis il rit et leva les yeux au ciel derrière son dos. En voyant la « plus grande fan » de mon mari se mettre à trembler, je dus me mordre la lèvre pour ne pas rire.

– Merci, ça me fait très plaisir, dit-il poliment.

Elle sortit un autre CD de son sac et le colla sous son nez, et j'observai la jaquette. Sur la photo que la maison de disques avait retenue, les garçons étaient en ligne, Kellan légèrement plus en avant que les autres. Il avait la tête un peu baissée et souriait à l'appareil d'un air séducteur. La photo était magnifique, mais comme par hasard, elle s'arrêtait juste au-dessus des mains de Kellan, et on ne pouvait pas voir son alliance. C'était à la fois amusant et énervant de voir que Nick se donnait autant de mal pour créer l'illusion que Kellan était célibataire.

– Tu peux signer *Pour la fille de mes rêves ?*

Elle soupira après avoir dit ça et Justin s'éloigna en ricanant.

– Je ne suis pas sûr que ça plaise à ma copine, répondit Kellan d'un air amusé tout en me regardant.

Je contins un sourire. Même si on était mariés dans nos cœurs, Kellan respectait mon souhait de ne pas s'étaler en public sur notre relation. En général, il répondait qu'il « voyait quelqu'un » ou qu'il « avait une fille dans sa vie ».

– Oh, je sais que tu es avec Sienna, répondit-elle en agitant la main. Je sais bien que je n'ai pas vraiment ma chance, mais c'est marrant de faire semblant.

Elle gloussa mais Kellan la regarda d'un air sérieux.

– Je ne sors pas avec Sienna. On a juste travaillé ensemble sur une chanson et un clip.

La fan sourit et acquiesça, mais c'était évident qu'elle n'en croyait pas un mot. Kellan me regarda et ouvrit la bouche pour parler, mais sachant ce qu'il s'apprêtait sûrement à dire, je le pinçai dans le dos. Même s'il restait discret à propos de moi dans les médias, je savais qu'il n'hésiterait pas à mettre les points sur les « i » avec les fans, mais je préférais l'éviter. Je voulais rester aussi anonyme que possible.

Kellan sursauta et referma la bouche, puis se contenta de signer le CD et de le lui rendre. Elle serra la pochette contre sa poitrine comme si c'était un trésor et ne bougea pas d'un millimètre. Je commençais à me demander si elle avait l'intention de passer le reste de la soirée avec nous quand, soudain, elle vit Griffin apparaître.

– Griffin !! Je t'adore ! hurla-t-elle en se précipitant vers lui.

Je restai incrédule. Justin, Kellan, et… Griffin ? Sérieusement ?

– C'était quoi, ça ? demanda Kellan en se tournant vers moi.

– De quoi tu parles ?

– Pourquoi tu m'as pincé ? J'allais juste lui dire que j'étais avec toi et pas avec Sienna.

Je frottai l'endroit où je l'avais pincé.

– Désolée. Je sais que c'était ce que tu allais faire, c'est juste que… je ne veux pas être exhibée quand tu donnes un concert, ni que tu me présentes à cinquante mille personnes. Je ne veux pas que les gens me regardent ou racontent des choses à mon sujet, ni qu'on parle de moi dans la presse. Je ne veux pas que des rumeurs commencent à circuler à mon propos et je ne veux *surtout pas* faire la une des magazines. Sauf que comme tout le monde espère que tu es avec Sienna, c'est exactement ce qui se passerait. Je deviendrais un scoop et je... On n'a qu'à rester vagues, d'accord ? Ça finira par retomber.

Il posa son verre et passa un bras autour de ma taille.

– Alors tu ne veux pas que je fasse ça ?

– Je ne suis pas en train de te dire qu'on doit s'arrêter de vivre. Je pense seulement qu'on devrait éviter de rentrer dans les détails. On a juste à rester discrets, et on est plutôt doués pour ça, non ?

Il sourit et me serra contre lui.

– Il y a des gens qui nous regardent. Ils vont sûrement comprendre que tu es ma copine.

Je le repoussai en riant.

– Crois-moi, ils vont surtout se dire qu'il est temps que je dégage pour qu'eux aussi puissent serrer leur idole dans leurs bras.

Kellan rit mais je savais que j'avais raison.

Pendant qu'on attendait que ce soit au tour des D-Bags de monter sur scène, Kellan et les garçons continuèrent à discuter avec des fans et d'autres musiciens et je restai avec eux pour profiter de leur compagnie. Plusieurs des membres des autres groupes avaient fait la tournée précédente et les connaissaient bien. Certains me reconnurent même après m'avoir vue en photo dans l'album de Kellan et prirent le temps de me saluer. Hormis quelques regards jaloux, les fans ne firent pas de commentaires sur le fait que je « flirtais » avec Kellan quand je le prenais dans mes bras ou qu'on se donnait la main. Mais comme quelques filles avaient réussi à obtenir un câlin, peut-être que tout le monde pensait qu'il était le type d'artiste qui voulait absolument faire plaisir aux fans et leur donner ce qu'ils voulaient. Et c'était le cas, mais jusqu'à un certain point.

Les D-Bags devaient monter sur scène juste avant le groupe de Justin, et j'embrassai Kellan sur la joue avant qu'il entre en piste.

– Bonne chance.

Il me sourit, les yeux brillants d'excitation.

– Merci. À tout à l'heure.

Il se précipita sur scène et je remarquai que les fans avaient disparu des coulisses. Tout le monde devait être dans la salle pour assister au concert, et je me dirigeai vers le côté de la scène pour trouver un endroit où je ne dérangerais personne. Une fois installée, je me rendis compte à quel point il y avait du monde : la salle était tellement blindée que je me demandai si les limites de capacité d'accueil étaient respectées. Mais quand Kellan fit son apparition, le public avait l'air de se moquer d'être serré comme des sardines.

Guitare à l'épaule, il leva la main en se dirigeant vers le micro, et la foule se mit à hurler.

– Bonsoir, susurra-t-il dans le micro tandis que les autres s'installaient.

La foule était carrément en délire à présent, et quand les cris s'apaisèrent un peu, un groupe en profita pour hurler.

– On t'aime, Kellan !

– Moi aussi, je vous aime, dit-il en riant.

Les filles au premier rang eurent l'air d'être sur le point de tomber dans les pommes.

– Vous passez une bonne soirée ?

Sa question déchaîna un tonnerre de hurlements, et Kellan hocha la tête en faisant glisser sa guitare devant lui.

– Hum, je ne suis pas sûr. Vous n'avez pas vraiment l'air de vous amuser. Allez, on essaye encore. Vous passez une bonne soirée ?

Cette fois, il cria sa question, et le public devint fou. Les spectateurs commencèrent même à taper des pieds, et c'était comme si un tremblement de terre menaçait de faire s'écrouler le bâtiment.

Satisfait, il fit un signe de tête à Evan, qui entama l'intro de la première chanson. Il y avait des choses dont je ne me lasserais jamais, et regarder Kellan sur scène en faisait partie. Quelque chose émanait de lui qui faisait que c'était impossible de le quitter des yeux. Et à l'inverse de tout un tas de chanteurs que j'avais déjà vus en concert, il ne se contentait pas de rester planté derrière le micro chanson après chanson : il interagissait vraiment avec le public et les faisait réellement participer au concert, et j'étais persuadée que chaque personne se sentait liée à lui à un moment ou à un autre. Sa capacité à chanter à la perfection tout en étant drôle et charmeur était l'un de ses plus grands talents, du moins quand il s'agissait de musique…

À la fin de leur set, chaque D-Bag salua le public et fila en coulisse. Kellan me prit tout de suite dans ses bras et je pouvais voir qu'il était encore sous le coup de l'adrénaline que lui procurait la scène.

– Viens, on retourne au bus, murmura-t-il en enfouissant son visage dans mon cou.

Je fermai les yeux en réfléchissant à sa proposition. C'était au tour de Justin de monter sur scène, et la plupart des autres groupes étaient encore en train de faire la fête en coulisses. On pourrait sûrement avoir un peu d'intimité si on partait tout de suite. À la fin du dernier concert, tout le monde reviendrait dans les bus pour qu'on reprenne la route, et ce serait impossible d'être un peu tranquilles.

J'étais déjà en train de l'attirer à moi par la boucle de la ceinture quand j'entendis des cris monter depuis la salle. Je plissai les yeux dans un effort de concentration et Kellan tourna la tête vers la scène.

– Ils chantent quoi ?

Il tenta de déchiffrer ce que c'était, mais après quelques secondes, toute la foule se mit à crier en rythme, ce qui nous permit enfin de comprendre.

– Ils crient « Regretfully ». Ils veulent qu'on joue le single.

Nous comprîmes simultanément.

– On ne peut pas la jouer sans Sienna… à moins que…

Quand il se tourna vers moi, ses yeux avaient un éclat tellement diabolique que je savais exactement à quoi il pensait. J'essayai de me dégager de son étreinte mais il me serrait fort.

– Désolé, ma belle. Je déteste décevoir les fans et il n'y a que toi qui puisses la remplacer.

J'avais réussi à pivoter dans ses bras et je lui tournai désormais le dos, mais ses tentacules étaient fermement arrimées autour de ma taille et je n'arrivais pas à me dégager.

– C'est mort, Kyle ! Je ne monte pas sur scène !

Il commença à me tirer vers la scène en riant.

– Désolé, mais tu vas devoir chanter avec moi ce soir.

Je commençai à crier et à me débattre comme s'il était en train de m'agresser et il finit par me lâcher, les yeux rieurs.

– Tu ne veux pas réaliser ton fantasme de chanteuse ? Au pire, si le trac te rend malade, il y a un seau dans un coin de la scène.

– Félicitations, tu viens de gagner le droit de dormir tout seul cette nuit ! dis-je en le fusillant du regard.

Son expression changea si vite que je dus tourner la tête pour qu'il ne me voie pas sourire.

– Je plaisantais, Kiera.

Je fis semblant de ne pas l'entendre et m'éloignai à toute vitesse.

– Kiera ? Tu sais bien que c'était pour rire !

Incapable de continuer à simuler, je regardai par-dessus mon épaule d'un air amusé, et le sourire qu'il m'adressa en retour était si charmeur que je sus qu'il ne dormirait pas seul. Peu importe là où il allait, mon corps, mon cœur et mon âme le suivaient sans réfléchir. Excepté sur scène…

Après une semaine de tournée, tous les groupes s'étaient installés dans une routine confortable : voyage, mise en place, concert, démontage, voyage. Parfois, certains membres changeaient de bus, mais le plus souvent, les D-Bags voyageaient avec les cinq membres d'Avoiding Redemption tandis que les autres partageaient l'autre bus. Tout de suite après le premier concert, Kellan s'était approprié le seul lit qu'il y avait dans le nôtre. Il avait barré la porte avec du scotch du genre « Défense d'entrée » et avait collé un signe en plein milieu qui disait *Réservé à M. et Mme Kyle. Ça veut dire : interdiction d'entrée. Oui, Griffin, c'est à toi que je parle.*

Griffin avait boudé au début mais les autres avaient trouvé ça drôle et nous avaient laissé la chambre, puisque nous étions le seul couple.

À l'exception des fans qui évoquaient Sienna à Kellan chaque soir et qui réclamaient toujours leur chanson à la fin de chaque set, le buzz autour d'eux commençait à faiblir. Nick devait être vert, et Sienna n'était sûrement pas mieux. Mais ils faisaient leur tournée chacun de leur côté à présent, et sans photos volées ni vidéos osées, il n'y avait pas grand-chose d'intéressant à raconter sur eux. Néanmoins, ça n'empêchait pas les journalistes de persister.

– Alors, Kellan, qu'est-ce qui se passe vraiment entre Sienna Sexton et vous ?

Une personnalité de la radio au regard perçant était penchée sur un micro et attendait la réponse de Kellan comme si sa vie en dépendait. Kellan sourit mais je vis qu'il avait envie de soupirer. Il en avait vraiment ras-le-bol de répondre aux mêmes questions ville après ville, et pendant un instant, je crus qu'il allait réadopter la bonne vieille stratégie du « sans commentaire » tant il en avait marre de devoir rendre des comptes sur sa vie privée.

– On est collègues. On a travaillé ensemble sur un projet, mais ça s'arrête là.

Il marqua une pause et attendit la question qui suivait systématiquement.

– Alors vous êtes célibataire ?

Il secoua la tête en souriant.

– Non. Je préfère ne pas entrer dans les détails mais je suis avec quelqu'un.

J'étais assise derrière l'animatrice, tandis que Kellan lui faisait face, et il regarda par-dessus son épaule un instant, le temps de river ses yeux aux miens.

– Et je suis très amoureux d'elle.

Il regarda de nouveau l'animatrice avant qu'elle ait le temps de se rendre compte qu'il s'adressait à moi, et je me dis que j'avais vraiment le meilleur mari du monde. Je tentai d'avoir l'air aussi impassible que possible mais j'avais du mal à dissimuler le sourire sur mes lèvres.

– D'accord. Ça vous dirait de nous chanter une chanson ?

Kellan eut l'air surpris qu'elle ne réagisse pas à ça. Peut-être que c'était tout simplement parce qu'il ne lui avait pas répondu ce qu'elle avait envie d'entendre…

Matt et Griffin attrapèrent leur guitare et leur basse tandis qu'Evan tapait dans une caisse claire. La voix de Kellan ne tarda pas à remplir le studio, et l'atmosphère s'allégea immédiatement. Personne ne pouvait dire le contraire : les D-Bags étaient géniaux.

Après ça, on grimpa tous dans deux taxis pour regagner les bus. Notre chauffeur était en train d'écouter la radio qu'on venait de quitter et Evan, qui était dans le taxi avec nous, se pencha en avant.

– Vous croyez qu'ils parlent de nous maintenant qu'on est partis ?

On haussa les épaules avec Kellan puis on se mit à écouter plus attentivement ce qu'elle disait, et je le regrettai immédiatement.

– Kellan ment, un point c'est tout. Juste collègues, mais bien sûr. Il croit quoi, que je vais gober que ce clip n'était que du cinéma ? Désolé, chéri, mais Sienna n'est pas bonne actrice à ce point. Ces deux-là font bien plus que chanter ensemble ! « Je suis avec quelqu'un » ? Merci Kellan, tu parles d'un scoop !

Kellan grommela et laissa aller sa tête contre le siège. Je comprenais ce qu'il ressentait, et surtout, je comprenais mieux pourquoi personne ne l'écoutait.

La radio prit ensuite des appels d'auditeurs, tous des supporters de Kell-Sex à la vie à la mort qui eux aussi déformaient tout ses propos. « Il est très amoureux de Sienna ! Vous avez entendu la voix qu'il avait en disant ça ? Ça doit être un petit ami de rêve ! »

Evan secoua la tête, incrédule, et Kellan se tourna vers moi.

– Rappelle-moi de ne plus jamais faire d'interview avec eux.

Il pouvait compter sur moi.

– Tu es sûre que tu veux que je reste vague ?

Je me mordis la lèvre mais j'acquiesçai. Le battage finirait par s'arrêter et si je pouvais rester dans l'ombre jusque-là, j'avais bien l'intention de le faire.

Les garçons jouaient dans une House of Blues ce soir-là, mais à Dallas, cette fois. Je n'étais jamais allée au Texas, et je ne sais pas pourquoi mais je passai mon temps à imaginer Kellan portant un chapeau de cow-boy partout où il allait. Ça me faisait rire toute seule, et quand il finit par me demander pourquoi je rigolais comme ça et que j'expliquai la raison, il leva la main au niveau de sa tête comme s'il portait un Stetson.

– Salut, ma p'tite dame, dit-il d'une voix traînante.

Griffin lui envoya une balle aki à la figure.

– Mec, tu fous la honte à tous les pénis de la planète.

Avec un petit sourire, Kellan ramassa la balle et la lança à travers le bus. Il l'atteignit en plein dans l'entrejambe et Griffin devint écarlate sous l'effet de la douleur, tandis que les garçons qui assistaient à la scène se crispaient en laissant échapper un « Ooooh » compatissant. Justin secoua la tête et il tapota l'épaule de Griffin.

– Ça doit faire mal. Ce n'est pas comme ça que tu risques d'avoir d'autres enfants, hein, Hulk ?

Griffin le repoussa faiblement tandis que tout le monde rigolait quand, soudain, le bassiste de Justin, Mark, se précipita dans le bus.

– Tu ne vas pas croire qui est là, dit-il à Justin.

J'eus tout de suite un mauvais pressentiment.

– C'est qui ?

Je regardai Kellan, qui avait l'air de penser exactement la même chose que moi. *Pitié, tout sauf elle.*

– Sienna Sexton, mec !

On soupira tous les deux en même temps. *Et merde.* Puis Kellan se tourna vers Mark.

– Qu'est-ce qu'elle fait là ?

– Aucune idée, répondit Mark en haussant les épaules. Elle est avec une pétasse blonde coincée qui m'a demandé de venir te trouver, « et que ça saute ». Non mais qui parle encore comme ça, sans déconner ?

– Ça doit être Tory, soupira Kellan. J'imagine qu'on ferait mieux d'aller voir ce qu'elles veulent.

Je ne savais pas si c'était pour nous soutenir ou par pure curiosité mais Evan et Matt nous suivirent. Griffin resta dans le bus car il ne pouvait toujours pas se lever après l'attaque de Kellan. Sienna était dans un bureau que quelqu'un avait précipitamment transformé en loge et Gorille 1 et Gorille 2 gardaient la porte, ce qui me parut inutile étant donné qu'il n'y avait personne à part les employés.

Les deux gardes du corps regardèrent Kellan comme s'ils ne le connaissaient pas, et quand il posa une main sur la poignée de la porte, ils posèrent tous les deux une main sur son bras.

– Je suis Kellan Kyle, vous vous souvenez ? leur demanda-t-il d'un air agacé.

Ils ne bougèrent pas d'un pouce et Kellan leva les mains en l'air.

– Sienna a demandé à me voir.

L'un deux parla dans son oreillette, attendit quelques secondes puis nous ouvrit la porte.

– Vous pouvez entrer, mademoiselle Sexton vous attend.

Kellan leva les yeux au ciel en me prenant la main, et on était à peine entrés qu'elle nous tomba dessus. Elle était aussi parfaite que la dernière fois que je l'avais vue : sa peau irradiait, ses longs cheveux brillaient, et son corps de rêve épousait des vêtements moulants qui ne la couvraient pas des masses. Malheureusement, elle ne s'était mystérieusement pas déformée depuis la dernière fois. Dommage. Tory était derrière elle, adossée contre un mur et préoccupée à consulter un agenda garni de Post-it multicolores.

– Kellan ! Ça fait tellement longtemps.

Elle allait le prendre dans ses bras mais il lui fit signe de rester là où elle était. Ça ne l'empêcha pas de réussir à l'embrasser sur la joue à la vitesse de la lumière.

– Je suis vraiment contente de te revoir.

Inutile de préciser que j'avais bien remarqué qu'elle ne m'avait pas encore adressé la parole. Elle n'avait pas non plus salué qui que ce soit, d'ailleurs : elle n'en avait que pour Kellan. Quand il se tourna vers nous, elle finit par nous jeter un regard.

– Qu'est-ce que tu fais ici ? Je croyais que tu étais en tournée ? lui demanda-t-il.

D'un air timide de sainte-nitouche, elle baissa les yeux et haussa ses épaules dénudées.

– J'étais dans le coin et je n'avais pas de concert ce soir. Je n'allais pas rater une occasion de te voir sur scène.

– Oui, ça devrait être sympa, dit-il en hochant doucement la tête.

Elle tapa dans ses mains, l'air aux anges.

– Ça va être génial ! J'ai vraiment hâte.

– Tu voulais me voir juste pour me dire que tu allais assister au concert de ce soir ?

Une expression passa sur le visage de Sienna, qui me rappela Nick : elle semblait agacée, comme quelqu'un qui ne supporte pas qu'on s'adresse à lui autrement qu'avec la plus grande déférence. Mais elle se recomposa immédiatement et sourit à Kellan.

– J'ai eu une super idée et je voulais t'en parler.

Il croisa les bras sur sa poitrine.

– Ah bon ? Et c'est quoi, ton idée ?

Elle fronça les sourcils devant son manque d'enthousiasme puis son visage s'illumina de nouveau, comme si Kellan jouait avec un interrupteur qui la faisait changer d'expression.

– Je ne sais pas pour toi, mais le public n'arrête pas de me demander de chanter notre chanson à chaque concert.

– Pareil.

Elle se mordit la lèvre et enfonça un doigt manucuré dans la poitrine de Kellan.

– Sauf que je ne peux pas la chanter sans toi.

Kellan fixa son doigt du regard puis releva les yeux sur elle.

– Nick peut te donner la bande avec ma voix. Ou alors tu peux trouver un autre mec pour chanter ma partie.

Elle parut clairement agacée mais elle se reprit immédiatement.

– Ce n'est pas pareil, minauda-t-elle. J'aimerais bien la chanter avec toi. Ça rendrait les fans complètement dingues.

– C'est pour ça que tu es venue ? Tu veux chanter pendant le concert de ce soir ? demanda-t-il, surpris.

Je pouvais comprendre pourquoi il était aussi étonné. La salle était un trou à rat comparé aux stades dans lesquels elle se produisait, mais l'idée avait l'air de la transporter.

– Ce serait génial, non ? Personne ne s'y attend. Qu'est-ce que tu en dis ?

Kellan n'avait pas l'air convaincu et il se tourna vers ses compères pour demander leur avis. Evan fronçait les sourcils, conscient de ce que les médias racontaient sur Sienna et Kellan, mais Matt, en éternel manager, souriait, conscient de l'impact que ça aurait.

– Imagine les gros titres dans les journaux demain, dit Sienna en voyant que Kellan hésitait. « *Sienna Sexton surprend le public pendant la tournée à guichets fermés des Avoiding Redemption* »…

Kellan me regarda en se mordant les lèvres et je hochai la tête, ne voyant aucun mal à ça.

– Tu veux juste une chanson et rien de plus ?

Elle hocha la tête en riant.

– Ça va être mortel.

Je soupirai. Je n'aurais pas dit mieux.

Quelqu'un décida que les D-Bags monteraient sur scène en dernier ce soir-là. Kellan protesta pour que Justin passe en dernier, comme d'habitude, mais on ne lui demanda pas son avis. Ça paraissait logique étant donné que l'intervention de Sienna était un peu la cerise sur le gâteau, et même si je détestais dire ça par rapport à Justin, en réalité, c'était pour Kellan que les spectateurs se déplaçaient en masse.

Sienna resta cachée pendant le concert. Personne dans le public ne savait qu'elle était là et je devais admettre que, même moi, j'étais excitée et impatiente de voir la réaction des fans. Il fallait absolument que j'en parle à quelqu'un, alors j'envoyai un message à Anna et Denny. Denny répondit immédiatement par un *Sérieux ? Waouh* tandis qu'Anna se contenta d'un *Je te déteste* qui me fit rire. Deux minutes plus tard, je reçus un autre texto de Denny : *Attends, elle a fait la route depuis le Montana pour venir chanter une chanson à Dallas ?*

Ça eut le mérite de me clouer le bec. Elle était dans le Montana ? C'était ça qu'elle appelait « être dans le coin » ?

Mais je n'eus pas le temps de ruminer car c'était l'heure pour les D-Bags de monter sur scène. Peut-être que c'était parce que je savais ce qui arriverait ensuite, mais je les trouvai encore plus géniaux que d'habitude. Les écouter était vraiment une source d'inspiration, même si je n'avais pas beaucoup écrit ces derniers temps. J'avais essayé de m'aménager des moments pour travailler dans le bus, mais il y avait tellement de monde et d'activité que c'était vraiment difficile, et travailler en coulisse n'était pas mieux. J'avais l'impression d'assister à une fête ininterrompue, ce qui était vraiment sympa mais peu propice à l'écriture d'un roman d'amour.

Quand les garçons quittèrent la scène, le public se mit à réclamer sa chanson préférée, comme chaque soir. De là où j'étais, je pouvais voir quelques tee-shirts Kell-Sex dans la foule. En voilà qui allaient complètement halluciner quand ils allaient voir Sienna et Kellan débouler sur scène. Soudain, je me rendis compte de l'effet que leur performance allait produire et je commençai à me demander si c'était vraiment une si bonne idée que ça. On essayait d'étouffer les rumeurs, pas de les attiser. Mais c'était trop tard : Sienna était dans les starting-blocks.

Tout le monde attendait que les cris atteignent le niveau de frénésie habituelle et je finis par avoir l'impression que les fans allaient mettre la salle à sac si les D-Bags ne revenaient pas sur scène. Kellan riait en attendant le moment propice pour réapparaître et annoncer qu'il avait une surprise, et je serrai sa main en sentant les cris du public résonner dans ma poitrine. Quand le vacarme fut tel qu'on avait l'impression que le plafond allait s'écrouler, il me donna un long baiser.

– Je ferais mieux d'y aller, histoire d'en finir et de t'emmener au lit après.

– Bonne idée, dis-je en souriant.

Il me pinça les fesses puis se précipita sur scène. Il alla s'installer au micro et leva les mains, mais le bruit ne s'arrêta pas et il dut parler par-dessus les hurlements des spectateurs.

– Qu'est-ce que vous faites encore ici ? Le concert est terminé.

Il fit un petit geste de la main comme s'il voulait que les gens s'en aillent, et plusieurs personnes rirent dans la salle. C'est à ce moment-là que Sienna fit son apparition, vêtue d'une autre tenue que celle qu'elle avait en arrivant. Dans l'après-midi, elle portait un jean moulant et un haut sans manches, mais à présent, elle portait un haut blanc transparent avec un soutien-gorge noir. Un soutien-gorge noir ? Avec un haut translucide ? À la façon dont les spots l'éclairaient, elle aurait tout aussi bien pu porter *seulement* un soutien-gorge.

Les hurlements redoublèrent et Kellan regarda derrière lui. Ce n'était pas prévu comme ça : il était supposé taquiner le public, puis annoncer la présence de Sienna, qui devait entrer sur scène à ce moment-là. Il se raidit en la voyant, et des dizaines de personnes dégainèrent leur portable pour immortaliser l'instant. Elle se dirigea vers Kellan, rayonnante tandis qu'elle saluait la foule, et elle glissa un bras autour de sa taille tout en l'embrassant sur l'épaule, avant d'appuyer sa tête contre lui. La foule dévorait chacun de leurs gestes, et Kellan s'écarta discrètement d'elle.

– Mesdames et messieurs, je vous demande d'applaudir mademoiselle Sienna Sexton.

Au ton de sa voix, je sentis bien qu'il n'était pas content. Un technicien tendit un micro à Sienna, qui salua la foule et lui dit quelques mots tandis que le reste des D-Bags se mettait en place. Quand elle eut fini de parler, Kellan fit signe à Matt de commencer à jouer, et les fans devinrent fous. Sa colère se dissipa tandis que son amour pour la scène prenait le dessus. Il était un artiste avant tout, et en dépit de ce qu'il éprouvait à l'égard de la personne avec laquelle il chantait, il voulait faire plaisir au public.

Après un duo qui enflamma la salle, Sienna envoya des baisers à la foule sous le charme et Kellan salua avant de me regarder par-dessus son épaule. Quand nos regards se rencontrèrent, il secoua la tête et haussa discrètement les épaules, impuissant : que ça nous plaise ou non, cette chanson avait un succès monstrueux et entendre Kellan et Sienna la chanter ensemble sur scène était incroyable.

15

Sans rancune

Après Dallas, la tournée nous emmena dans le Midwest, et je découvris des paysages aussi plats, vastes et spacieux que Kellan me les avait décrits. La monotonie qui nous entourait m'aidait à me détendre et à me perdre dans mes pensées. Et comme souvent, mes réflexions tournaient autour de Kellan, ou plutôt de notre passé commun, pour être exacte. Le bus était bruyant avec les garçons mais j'arrivais quand même à m'aménager des moments dans la journée où j'arrivais à m'isoler dans la chambre du fond pour écrire un peu.

Le bus ressemblait beaucoup à celui de la tournée précédente, privilégiant le nombre de passagers au confort. La « chambre » était juste une version un peu plus grande des autres couchettes, avec un matelas fin comme du papier à cigarette collé contre le mur du fond. Ça sentait tout le temps l'essence mais la petite porte parvenait quand même à atténuer un peu le bruit et le lit était assez grand pour permettre de dormir à deux, alors j'étais contente. Certes, ça ne valait pas notre chambre à la maison mais c'était déjà mieux que les lits superposés.

Une semaine était passée depuis la visite surprise de Sienna, et naturellement, sa venue avait généré les gros titres. *Sienna Sexton fait une visite surprise à son petit ami pendant sa tournée !* J'aurais dû m'y attendre, mais je fus quand même choquée. Tout ce que Kellan pouvait faire ou dire n'avait pas d'importance : tout était déformé dans les médias pour faire croire au public que lui et Sienna étaient fous amoureux.

L'image de Sienna en train d'embrasser Kellan sur l'épaule était partout, et j'avais même vu des fans en coulisses demander à Kellan de signer la photo qu'ils avaient imprimée, mais il refusait à chaque fois. Il leur expliquait qu'elle n'était pas sa petite amie et que la photo les avait induits en erreur, avant de leur demander s'ils avaient autre chose à signer. Et les fans lui offraient toujours le même regard plein de dévotion, convaincus qu'il était vraiment trop chou de vouloir garder sa relation avec Sienna secrète. Ils pensaient tous qu'il la protégeait et ils l'aimaient encore plus. En réalité, c'était moi que Kellan protégeait.

Dire que j'étais agacée que le duo de choc Kell-Sex fasse de nouveau la une des magazines était un euphémisme. Au moins, ils n'étaient plus dans la même ville alors ça finirait par se tasser. Et Kellan m'avait déjà prévenue qu'il refuserait si jamais elle s'avisait de revenir en quête d'un nouveau coup de pub. Il fallait juste qu'il continue à serrer les dents en attendant qu'un autre couple de stars intéresse la sphère publique, et j'étais sûre que ça finirait par arriver. Les gens adoraient ce genre d'histoire, surtout quand un couple de célébrités traversait une période difficile.

On était dans le Dakota du Sud aujourd'hui pour faire la promotion de l'album, selon un concept qui me faisait éclater de rire. La station de radio qui sponsorisait l'événement appelait ça « Jouez avec les D-Bags » : ils avaient loué une salle de billard pour l'occasion et devaient recevoir le groupe pour l'après-midi ainsi que quelques dizaines de participants. Kellan avait hâte de jouer aux fléchettes, mais il était vraiment nul au billard, et je n'étais pas mieux. En revanche, le reste des garçons se débrouillait plutôt bien, surtout Griffin, qui était vraiment doué. En arrivant sur le parking, Griffin se mit à donner des « conseils » à Kellan.

– Si la fille se penche en avant et appuie sa poitrine sur la table pour tirer, ça veut dire qu'elle a grave envie que tu lui touches les fesses.

– Griffin… grognai-je en fermant les yeux.

Mais qu'est-ce que ma sœur lui trouve, à la fin ?

– Quoi ? C'est vrai. Absolument aucun coup ne justifie de se pencher autant, c'est juste un code pour dire « Vas-y, tripote-moi ».

– Ça ne t'embête pas ? demandai-je à Kellan.

– Pas du tout, répondit-il en souriant avant de donner une tape à Griffin à l'arrière de la tête.

– J'essayais juste de rendre service, grommela Griffin en se frottant la nuque.

Quand Griffin se mit à discuter avec Evan, qui était assis à l'avant, j'appuyai mon menton sur l'épaule de Kellan et le remerciai intérieurement d'avoir compris ce que je voulais, et il embrassa le sommet de ma tête en riant. J'essayais peut-être d'être plus sympa avec Griffin, mais il y avait encore des moments où il méritait des claques et j'étais sûre qu'Anna aurait réagi pareil, sur ce coup-là.

On descendit de voiture et les employés de la radio nous pressèrent d'entrer à l'intérieur. Kellan et les garçons prirent la pose pour quelques photos avec les animateurs tandis que j'attendais avec un groupe de stagiaires. Une des filles se mordit la lèvre en regardant Kellan adresser au photographe un sourire à couper le souffle, et c'était peut-être dans mon imagination, mais j'étais presque sûre de l'avoir entendue gémir.

Tout en jouant avec mon alliance, je me demandais si j'avais envie de jouer aux fléchettes. Je n'avais aucune coordination, et il y avait un vrai risque que je blesse quelqu'un si je devais lancer un objet pointu à travers la pièce. Soudain, la stagiaire quitta Kellan des yeux pour se tourner vers moi.

– Vous êtes venue avec le groupe, dit-elle en observant ma bague. Vous êtes mariée avec l'un d'eux ?

Sa tête indiquait clairement qu'elle espérait que je dise non, et le stress m'envahit. Je n'avais pas imaginé que quelqu'un puisse m'interroger sur *ma* vie privée. C'était une conversation privée et pas une interview, mais cette fille travaillait pour la radio et lui confier quelque chose revenait au même que de parler à la ville tout entière. Enfin, j'exagérais peut-être un peu, mais l'idée ne me plaisait pas.

– Pas mariée, non, répondis-je enfin sans savoir quoi dire d'autre.

C'était la vérité, étant donné que légalement, je n'étais pas mariée. Elle avait l'air sur le point de me demander autre chose et je m'excusai avant de m'éloigner, mal à l'aise.

Les participants étaient divisés en quatre équipes, et chacune était attribuée à un des membres du groupe, qui était le capitaine. L'équipe de Kellan était surexcitée, et si les filles des autres groupes avaient l'air jalouses, au début, elles s'en remirent vite. Elles jouaient au billard et aux fléchettes avec des rock stars, après tout. Je me faufilai parmi l'équipe de Kellan, même si je savais que je ne l'aiderais sans doute pas à gagner. Au moins, je pourrais le réconforter quand on perdrait. Ou plutôt *si* on perdait. Il faudrait peut-être que je sois un peu plus optimiste, pour commencer…

Chaque D-Bag menait une équipe de dix joueurs sous-divisée en deux équipes de cinq et une immense feuille de match était placardée sur le mur, pour y écrire les résultats et finalement le nom du vainqueur. Il y avait même un trophée pour le capitaine de l'équipe gagnante, mais la manière de compter les points était plus compliquée que tous les cours de stats que j'avais eus à la fac et j'étais incapable de comprendre comment ça fonctionnait. Tout ce que je savais, c'était que même si on était dans la même équipe, Kellan faisait tout ce qu'il pouvait pour me déconcentrer et je ratais mon coup presque à chaque fois.

Pendant la partie de fléchettes, il me pinçait le dos dès que je m'apprêtais à tirer et je manquai la cible trois fois de suite. Il y eut même une fois où j'étais tellement concentrée que je ne l'avais pas vu arriver, et quand il passa sa main dans mon dos avant de la glisser dans la poche avant de mon jean, je sursautai tellement que je lançai ma fléchette en direction d'un groupe qui jouait au billard. Griffin la prit dans les fesses, mais comme c'était des fléchettes électroniques, il ne fut pas blessé. Il était loin d'être enchanté, néanmoins, et il lança un regard assassin à Matt, persuadé que c'était lui qui l'avait attaqué.

Kellan éclata de rire avant de s'écarter pour me laisser jouer, et un groupe de filles lui tomba dessus comme autant d'abeilles sur un pot de miel. Personne n'avait l'air de trouver l'attitude de Kellan envers moi bizarre, mais c'était sans doute parce qu'elles flirtaient toutes avec lui sans se poser de questions. Tout le temps qu'il ne passait pas à jouer, il dut écarter des mains baladeuses. Il avait l'air tellement désespéré que même moi, je finis par trouver ça drôle.

Quand notre groupe se dirigea vers la table de billard, l'équipe de Griffin était en tête, suivie de celle d'Evan et de Matt. On était derniers, ce qui n'avait rien d'étonnant : personne ne se concentrait dans notre équipe, à part peut-être les trois garçons, mais même eux avaient l'air d'avoir du mal à rester sérieux avec autant de filles autour.

Deux des garçons de notre équipe ratèrent leur coup face à une grande rousse qui n'avait d'yeux que pour Kellan, et je me penchai vers lui.

– Je te parie vingt dollars que j'en rentre plus que toi.

– Et moi, je te parie quarante dollars que tu viens juste de perdre vingt dollars.

Je ris et tendis la main, et il me sourit.

– Histoire de rendre ça un peu plus intéressant, on n'a qu'à dire que si je gagne, on couche ensemble en coulisses ce soir. Et si c'est toi qui gagnes, alors… on couche ensemble en coulisses ce soir.

– Je ne suis pas sûre que tu saches très bien comment ça fonctionne, quand les gens font un pari.

– Tu crois ? murmura-t-il à mon oreille en posant une main sur mon ventre.

– OK. C'est d'accord, dis-je en mourant d'envie de sentir sa main aller plus bas.

Je n'avais aucune idée de comment on allait réussir au milieu de tout ce cirque, mais à vrai dire, je m'en moquais.

On rata tous les deux un tir après l'autre, et j'étais en train de me demander comment ça se passait si aucun de nous ne rentrait une boule quand, soudain, la chance sourit à Kellan. Il eut l'air aussi étonné que moi.

– Ouais ! cria-t-il en levant un poing en l'air.

Étant donné qu'on était toujours derniers, tout le monde le regarda comme s'il était dérangé, mais il s'en moquait. En souriant comme un gamin, il commença à jouer avec sa queue de billard comme si c'était une guitare, et toutes les filles se mirent à glousser.

– J'ai gagné, me dit-il sans prêter attention à leurs regards énamourés.

Je savais qu'il ne me restait plus qu'une chance de rentrer une boule, et que c'était vraiment peu probable que j'y arrive. Et surtout, je savais que peu importe qui remportait le pari, on coucherait ensemble dans les coulisses de toute façon.

Ce fut finalement Evan qui remporta la Coupe des D-Bags, sous les cris dépités de Griffin, qui arrivait deuxième, avec seulement quatre points d'écart.

– Tu as triché, finit-il par dire à Evan.

– Comment tu veux que j'aie triché ?

– Aucune idée, mais je suis sûr que tu as triché.

– Si pour toi, tricher veut dire être meilleur que toi, alors oui, carrément.

Kellan rit tandis que Griffin grimaçait, puis tout le monde se mit à parler de choses et d'autres et Kellan vint à côté de moi, les yeux pétillants.

– J'ai vraiment hâte d'être à ce soir.

Le sous-entendu dans sa voix était limpide et je me sentis rougir.

– Ça va être chaud, me surpris-je à répondre.

– Je vais encore transpirer comme pas possible.

Je détournai le regard. C'était tellement gênant… et tellement sexy, aussi.

– Tu vas être vidé, parvins-je à dire sans ciller.

Il écarquilla les yeux puis détourna le regard à son tour en se mordant la lèvre, et tout le monde remonta en voiture pour se rendre à la salle où les garçons devaient se produire le soir.

– J'espère que tu te sens d'attaque, me dit Kellan en ouvrant la portière une fois que nous fûmes arrivés.

– Et moi, j'espère que ce sera aussi jouissif que d'habitude.

Tout le monde me regarda bizarrement alors que je descendais de voiture, et Griffin avait même l'air un peu excité. Kellan avait du mal à se retenir de rire et je sentis le rouge me monter aux joues.

– Pas assez subtil, c'est ça ?

Il secoua la tête puis se mit à rire sans pouvoir s'arrêter. Je cachai mon visage dans mes mains, mais en entendant Matt et Evan rire aussi, j'écartai les doigts pour les regarder et leurs sourires finirent par me faire rire aussi.

On était tous de très bonne humeur en entrant dans la salle, et tandis que Matt et Evan allaient aider à tout mettre en place, Kellan vint se placer derrière moi et me prit par la taille.

– Alors, on va où ? dit-il en frottant son nez dans mon cou.

Je regardai la salle déjà pleine de fans et de membres des autres groupes. Ce serait impossible d'avoir de l'intimité ici : même les portes des toilettes s'ouvraient et se fermaient sans arrêt.

– Tu étais sérieux ?

Il me fit pivoter pour que je sois face à lui et je vis quelques fans s'arrêter pour le dévisager. Elles espéraient sûrement pouvoir serrer le copain de Sienna dans leurs bras, elles aussi.

– Quand je parlais de coucher avec toi ? Toujours. Et puis, il me semble que je te dois une faveur, murmura-t-il.

Ses lèvres frôlèrent mon oreille et je sentis un courant électrique me parcourir des pieds à la tête.

Il me prit la main et m'entraîna à travers la foule, sans que j'aie la moindre idée de là où il m'emmenait. Dans un placard à balai, peut-être ? Tous les gens qu'on croisait nous dévisageaient.

– Apparemment, ça ne dérange pas Sienna qu'il flirte avec les fans, alors on a peut-être une chance ! dit une fille quand on passa à côté d'elle.

Je n'en revenais pas que les gens puissent être aussi stupides, mais ce n'était pas vraiment leur faute. Ils ne connaissaient pas Kellan, ils ne me connaissaient pas, et ils n'avaient que leurs magazines à scandale. Avec tout ça, je me demandais souvent quel genre de ragots j'avais moi-même gobés alors que tout était inventé.

Kellan se dirigeait vers un couloir au pas de charge, et même s'il se faisait interpeller tous les cinq pas, il continuait sa progression avec entêtement.

– Tu ne devrais pas plutôt aider les garçons à tout installer ? demandai-je en riant.

Il n'y avait pas beaucoup de techniciens sur la tournée, alors tous les musiciens aidaient à tout monter et tout démonter à chaque concert. Kellan allait passer pour une grosse feignasse s'il s'esquivait avec moi au lieu d'aller leur donner un coup de main, et au moment où il allait me répondre, on tomba nez à nez avec Justin. Il était en train de regarder quelque chose sur son téléphone et il rentra dans Kellan.

– Désolé, je ne regardais pas où j'allais.

Il nous montra son portable et je vis une suite de messages avec, dans le coin de l'écran, une photo de Kate, ce qui ne m'étonna pas beaucoup. La dernière fois que je l'avais eue au téléphone, elle m'avait dit que Justin et elle s'écrivaient tous les deux jours, et elle riait à chaque fois qu'elle parlait de lui. Ça me faisait vraiment plaisir qu'ils soient en contact : j'aimais bien Justin et Kate était adorable.

– Pas de problème, lui dit Kellan. On allait… faire une course.

Justin fronça les sourcils, visiblement curieux de savoir quel genre de courses on pouvait bien avoir à faire dans un endroit pareil, et j'eus envie de pincer Kellan à nouveau. Normalement, il était bien plus doué que ça pour raconter des bobards.

Kellan donna une tape à Justin sur l'épaule et il allait le dépasser quand Justin reprit la parole.

– Au fait, je voulais juste te dire… Je comprends complètement. Sans rancune, mec, je ne t'en veux vraiment pas.

– De quoi tu parles ?

– Du fait que tu quittes la tournée. Je voulais juste que tu saches que je comprends. Vous pouvez prétendre à bien plus que ça, même moi, je m'en rends compte.

– Je quitte la… quoi ? Mais de quoi tu parles, putain ?

L'expression de Justin se transforma en un mélange bizarre d'horreur, de choc et de confusion.

– Tu n'es pas au courant ? Je pensais que tu savais. Merde, je suis désolé.

– Que je savais quoi ? Il s'est passé quoi depuis ce matin, bordel ?

Justin se passa une main dans les cheveux en soupirant.

– Pendant que vous étiez en train de faire le truc avec la station de radio, un gros bonnet de la maison de disques est passé et il a commencé à aboyer des ordres à tout le monde. Il a dit qu'il enverrait des gens chercher vos affaires après le concert ce soir, et que si qui que ce soit y touchait, ce serait sa fête.

Kellan serra ma main plus fort et je lui caressai le bras.

– Et je peux savoir où partent nos affaires ? On va où, exactement ?

Justin se dandina sur place, clairement gêné d'être celui qui devait annoncer la mauvaise nouvelle.

– Vous retournez à Los Angeles. Vous jouez au Staples Center demain soir… avec Sienna Sexton. Ils vous envoient faire sa tournée avec elle.

Pendant un instant, j'avais cru que Kellan avait fait quelque chose de mal et qu'on retirait le groupe de la tournée pour le punir. Mais en entendant *son* nom, je commençai à comprendre. Sienna voulait davantage de publicité, et Kellan était pile ce qu'il lui fallait.

– Quelle salope ! m'exclamai-je.

– Ce n'est pas elle qui l'a demandé, je crois, intervint Justin. Vous commencez à être vraiment connus et vous pourriez remplir des salles dix fois plus grandes que celles où on se produit. La maison de disques le sait et ils font ce qui semble le plus logique. Je pense qu'ils ont raison : ça n'a pas de sens que vous soyez en tournée avec nous. Je l'ai su à la seconde où Sienna est venue à Dallas pour chanter votre single. Vous valez mieux que ça, et on vous tire vers le bas.

Kellan secoua la tête, pas du tout du même avis. Il voulut dire quelque chose mais aucun son ne sortit de sa bouche, et Justin lui sourit et lui tapa dans le dos avant de s'éloigner.

– C'est quoi, ce bordel ? me demanda Kellan.

– Demande plutôt à Sienna et à Nick.

– C'est bien ce que j'ai l'intention de faire, dit-il en attrapant son portable dans sa poche.

Il sélectionna le numéro de Nick dans sa liste de contact et appuya sur le bouton « Appel ».

– Je ne sais pas ce que c'est que ces conneries, mais ça ne va pas se passer comme ça.

Puis son regard se durcit, et je compris que Nick venait de répondre.

– C'est quoi, ce cirque ?

Vert de rage, Kellan l'écouta en silence pendant un moment, puis d'un coup, la surprise remplaça la colère sur son visage.

– Vous êtes où ? demanda-t-il en regardant vers le couloir. D'accord. À tout de suite.

Apparemment, on allait quand même dans le couloir, mais pas pour faire ce qu'on avait prévu à la base…

Kellan fourra son portable dans sa poche et se précipita dans le couloir, et comme il me tenait toujours la main, je fus obligée de le suivre. De toute façon, je ne voulais pas rater ça. Nick n'avait pas le droit : Kellan n'était pas sa chose et il ne pouvait pas lui dicter ses moindres faits et gestes. C'était absolument inadmissible et ça allait beaucoup plus loin que ce qui était spécifié dans le contrat de Kellan.

Le couloir comptait plusieurs portes en enfilade, et un homme se tenait devant l'une d'elles, les bras croisés sur la poitrine.

Kellan se dirigea droit sur lui et l'homme frappa à la porte d'un coup sec.

– Il est là.

Nick dut répondre quelque chose car l'homme ouvrit la porte. Kellan entra dans la pièce sans lui jeter un regard et on se retrouva dans ce qui devait être le bureau du responsable de la salle de spectacles. Nick nous attendait, assis à un bureau recouvert de piles de paperasse.

– On peut savoir pourquoi vous nous avez retirés de la tournée ?

Nick nous offrit un sourire d'un calme olympien qui me tapa sur le système, et il nous indiqua deux chaises.

– Asseyez-vous, je vous en prie.

– Je n'ai pas envie de m'asseoir, et je ne veux pas quitter la tournée.

Nick soupira.

– On dirait que tu crois que tu as ton mot à dire, sauf que ce n'est pas le cas : c'est moi qui décide. En général, je suis plutôt flexible et je fais toujours tout ce qui est en mon pouvoir pour laisser autant de liberté que possible à mes artistes.

J'émis un petit reniflement méprisant en l'entendant dire ça et il me fusilla du regard.

– Mais dans certains cas, reprit-il, lorsque le talent de la maison de disques n'est pas représenté correctement, j'ai l'obligation, et même le *devoir* d'intervenir pour arranger ça.

Il se leva, mit ses mains dans ses poches et se dirigea vers nous. Son attitude était à la fois détendue et intimidante.

– Le problème, dans le cas présent, c'est que vous avez trop de succès. Ce qu'il vous faut, ce sont des stades. Vous gâchez votre talent ici et c'est une perte d'argent de jouer dans des salles aussi petites. Et je ne suis pas du genre à aimer gaspiller.

Il s'assit au bord du bureau et il haussa les épaules.

– C'est avec Sienna que vous devez être. C'est une évidence depuis que je vous ai vus sur scène tous les deux. C'est magique quand vous êtes ensemble, et on doit en tirer parti au maximum.

– Non. Je reste ici.

Nick continua comme s'il ne l'avait pas entendu.

– Sienna a été prévenue, et elle a gentiment pris des dispositions pour vous accueillir. Vos affaires partent ce soir, mais vous le savez sans doute déjà, et une voiture viendra vous chercher tout de suite après le concert pour vous conduire à l'aéroport. Une fois à Los Angeles, la limousine de mademoiselle Sexton viendra vous chercher.

Kellan lâcha ma main et croisa les bras.

– J'ai dit qu'on restait ici.

Nick se leva lentement et vint se planter devant lui. Kellan était plus grand que lui mais ça n'avait pas l'air de l'impressionner.

– Et je t'ai dit que tu n'avais pas ton mot à dire. Si tu as bien lu ton contrat, alors tu dois savoir que la maison de disques a le dernier mot. Si on veut vous retirer d'une tournée et vous intégrer à une autre, on le fera. Si on veut vous envoyer en Alaska, on le fera. Et vous irez, parce que ce que tu n'as toujours pas l'air de comprendre, c'est que…

Il se rapprocha de Kellan et amena sa bouche près de son oreille.

– … tu nous appartiens.

Quand Nick recula, il tapota le bras de Kellan.

– Et puis je te rappelle que tu m'as dit toi-même que tu ferais tout ce que tu pourrais pour nous aider à promouvoir l'album… dans la mesure du raisonnable.

Il renifla et lissa les pans de sa veste.

– Et je pense que c'est plutôt raisonnable de te demander de te produire dans les plus grandes salles des États-Unis… Tu ne crois pas ?

Kellan n'avait rien à répondre à ça. Il était coincé et Nick le savait. Il l'avait toujours su et c'était pour ça qu'il n'en avait pas fait tout un foin la dernière fois que Kellan l'avait contredit. Il contrôlait tout depuis le début.

Kellan tremblait quand Nick quitta la pièce et je pouvais voir une veine pulser dans son cou. Il était livide et je restai à côté de lui sans rien dire en attendant qu'il se calme. Il laissa échapper un grognement frustré, puis il attrapa une des chaises à côté de nous et la jeta contre le mur.

Je sursautai et posai une main sur son bras.

– Ça va aller, Kellan.

– Plus ça va et plus ils me traitent comme une foutue marionnette.

Je posai ma main sur sa joue.

– Je sais, ça craint. Crois-moi, je comprends. Mais… je pense que Nick n'a pas tout à fait tort.

Il fronça les sourcils mais sa colère eut l'air de se dissiper un peu.

– Qu'est-ce que tu veux dire ?

– J'adore Justin et le reste du groupe, mais il a raison : vous avez beaucoup plus de succès qu'eux. Vous les avez déjà remplacés dans l'ordre de passage. Vous devez jouer dans des stades.

Je souris et passai ma main dans ses cheveux.

– Et le Staples Center… C'est dur de faire plus grand que ça.

– Mais j'aime bien ce qui est petit. Et intime, ajouta-t-il avec un adorable sourire.

– Je sais. Mais peut-être que ça aussi, ça va te plaire. Tant que tu n'as pas essayé, tu ne peux pas savoir.

– Je te trouve drôlement naïve sur ce coup-là, dit-il en secouant la tête.

Un tas de scénarios commencèrent à défiler dans ma tête, certains plausibles (comme Sienna étant sans arrêt dans nos pattes) et d'autres complètement improbables (comme la maison de disques droguant Kellan pour qu'il se laisse séduire par cette dernière. Après leur aventure d'un soir, Sienna serait enceinte et le monde entier attendrait avec impatience l'arrivée du bébé, que Nick baptiserait « Disque de platine ».) Mon propre délire me fit froncer les sourcils.

– J'essaie juste de voir le bon côté des choses.

Il laissa échapper un soupir interminable.

– On ferait mieux d'aller trouver les autres pour leur annoncer la « bonne nouvelle ».

Après le concert, on quitta la salle à la seconde. La foule réclama « Regretfully » avec la même furie que d'habitude, mais on ne laissa même pas le temps aux garçons de faire un rappel. Ils furent expédiés si rapidement que Kellan n'eut même pas le temps d'embarquer sa guitare, et il s'inquiéta à propos de son instrument pendant toute la durée du vol. Il était si stressé que je faillis lui proposer d'aller faire l'amour dans les toilettes de l'avion, histoire de lui changer les idées, mais je finis par lui dire de ne pas s'inquiéter et que tout irait bien.

La voiture qui nous attendait à Los Angeles était vraiment impressionnante. Ce n'était pas une limousine classique, c'était un Hummer, et Griffin était au bord de l'hystérie.

– Bon sang, Kell, dit-il une fois à l'intérieur, tu devrais voir le bar là-dedans. Il y a même assez de place pour une barre verticale ! Il faut vraiment que j'en achète une un de ces quatre.

Kellan leva les yeux au ciel et m'aida à monter en voiture. Les garçons avaient des sentiments partagés concernant la tournée. Ils adoraient Avoiding Redemption et les autres groupes, mais faire une tournée avec Sienna était vraiment une opportunité en or qui pouvait leur ouvrir tout un tas de portes, et leur visibilité s'en ressentirait sûrement sur les ventes.

À ma grande surprise, Sienna nous attendait dans la voiture, en train de remplir des coupes de champagne.

– Bienvenue, mes chéris ! s'exclama-t-elle joyeusement tandis qu'on prenait place.

Matt et Evan la saluèrent chaleureusement mais Kellan se contenta de lui sourire et elle soupira d'un air morose.

– Je suis vraiment désolée que ça se soit passé comme ça, dit-elle en commençant à faire passer les coupes. Nick en a le droit, c'est vrai, mais par politesse envers les autres groupes, il n'aurait pas dû faire ça.

Elle avait vraiment l'air de désapprouver la décision de Nick et secoua la tête en finissant de servir tout le monde.

– Je lui ai dit qu'il faisait une erreur et qu'il ferait mieux de vous laisser tranquilles, mais… il se laisse emporter, parfois.

Elle sourit avec empathie mais je n'étais pas entièrement convaincue. Son discours paraissait sincère, mais ça lui profitait autant qu'à Nick, alors j'avais du mal à croire qu'elle n'avait rien à voir dans tout ça. Quand on eut tous un verre, Sienna leva le sien bien haut.

– Ce n'est peut-être pas idéal comme début, mais je propose qu'on trinque. À la meilleure tournée du monde, dit-elle en tendant le bras.

Kellan soupira mais il trinqua avec tout le monde, et se dérida. Il ne croyait sûrement pas Sienna non plus, mais il devait sans doute penser qu'il ferait mieux d'en tirer le meilleur parti possible. C'était dur de quitter Justin mais on ne pouvait plus rien y changer, et on devait aller de l'avant.

Après avoir bu une gorgée de champagne, Sienna glapit comme une petite fille.

– J'ai vraiment hâte de vous montrer votre bus, vous allez l'adorer. C'est *tellement* plus sympa et luxueux que celui dans lequel vous étiez.

Kellan regarda autour de lui. Baigner dans l'opulence n'avait pas l'air de l'impressionner. Si Sienna le connaissait vraiment, elle saurait que ça ne voulait pas dire grand-chose pour lui. Il n'avait pas besoin de biens matériels pour être heureux.

Même s'il était très tard (ou très tôt), Sienna insista pour nous montrer notre bus. Apparemment, tout le monde allait à l'hôtel ce soir-là. Est-ce que ça voulait dire qu'on dormait à l'hôtel de temps en temps ? C'était un luxe qu'on n'avait jamais lors de la tournée avec Justin.

Rayonnante, Sienna nous fit visiter notre nouvelle maison. Il y avait plusieurs tables entourées de fauteuils moelleux, un canapé et un écran plat, et même une console avec avec un nombre hallucinant de jeux vidéo. Sienna avait raison : c'était *vraiment* mieux que notre ancien bus. Elle passa absolument tout en revue avant de nous emmener là où on allait dormir. Il y avait des lits superposés, comme dans le bus précédent, sauf qu'ils étaient beaucoup plus espacés. Au moment où je me demandais s'il faisait plus chaud dans les couchettes du haut ou dans celles du bas, Sienna prit Kellan par la main et l'entraîna vers le fond du bus. Je fronçai les sourcils en voyant qu'il se laissait faire mais je les suivis. Après les lits, il y avait une salle de bains – avec une douche ! – et une porte fermée qui devait mener à la chambre du fond. Debout à côté de la porte avec le même sourire que celui d'une présentatrice télé, elle tourna la poignée.

– Et voilà la suite nuptiale, murmura-t-elle en observant Kellan tandis qu'il entrait.

Il me tendit la main et je le suivis. La première chose que je remarquai, à part le fait que la pièce était mille fois plus accueillante que la remise dans laquelle on avait l'habitude de dormir, c'étaient les fenêtres. Les trois murs avaient d'immenses fenêtres et je pouvais voir tout le parking. Pourvu que ce soit des vitres sans tain… C'est alors que je remarquai l'énorme lit au milieu de la pièce… On allait dormir dans un vrai lit, sur un vrai sommier ! Il y avait une penderie près de la porte pour nos vêtements, et même un écran télé. C'était presque comme avoir notre propre studio, et j'étais tellement contente que j'aurais pu prendre Sienna dans mes bras.

Encore sous le choc du confort dont on allait bénéficier ici, je me tournai vers notre bienfaitrice.

– Merci, Sienna.

– Ce n'est rien du tout, dit-elle en agitant la main. Je veux que tout le monde y trouve son compte.

Son visage irradiait la sincérité et j'avais vraiment envie de la croire. Sauf que je n'y arrivais pas.

16

Spectacle

J'étais une vraie boule de nerfs en attendant que les garçons montent sur la scène. Le Staples Center… C'était complètement fou ! On était loin de la salle de concert classique : c'était carrément un stade, et d'après ce que je pouvais voir depuis les coulisses, on jouait à guichet fermé. Je n'avais aucune idée de combien de personnes étaient là, mais j'étais sûre qu'il y en avait des dizaines de milliers, et je n'en revenais pas.

Kellan était vautré dans un fauteuil en train de siroter une bière, aussi relax que s'il agissait d'un autre concert au Pete's. Tandis que je tripotais nerveusement mon collier, il discutait tranquillement avec Deacon, le chanteur du groupe Holeshot, qui assurait la première partie du concert de Sienna. Ils avaient été les seuls sur sa tournée jusqu'à ce que Nick retire les D-Bags de la tournée d'Avoiding Redemption.

J'étais tellement stressée que je me mis à faire les cent pas, sous le regard amusé de Kellan. Deacon aussi avait l'air de trouver ça drôle, d'ailleurs. Son groupe avait une chanson qui passait à la radio, mais elle était loin d'être aussi célèbre que le duo de Kellan avec Sienna. Cela dit, le fait que les D-Bags fassent désormais partie de la tournée et que son groupe ait par conséquent moins de temps sur scène ne semblait pas le déranger. Il avait juste l'air content d'avoir quelques mecs en plus avec qui traîner, et ça tombait bien, étant donné qu'on allait passer les prochains mois dans le même bus.

Lui et Kellan étaient vraiment comme le jour et la nuit : Kellan avait les cheveux châtains et en bataille comme s'il sortait du lit, tandis que ceux de Deacon étaient d'un noir profond et plus longs que les miens. Les yeux de Kellan étaient d'un bleu profond et ceux de Deacon d'un bleu si clair qu'ils semblaient presque blancs. Et si Kellan était toujours rasé de près, Deacon arborait un bouc éternellement bien taillé. Mais à côté de ça, ils partageaient la même passion pour la musique.

Je continuai à arpenter la pièce, ravie d'avoir assez de place pour passer mes nerfs. Dès notre arrivée, j'avais remarqué que la sécurité sur la tournée était bien plus élevée que ce à quoi on était habitués. Avant, les coulisses étaient remplies de filles et de bière, mais la tournée de Sienna était beaucoup plus carrée. Après les réglages son, seul un petit groupe de fans avait pu rencontrer les garçons. Tory, en éternelle chef de régiment, leur avait donné des instructions très strictes quant à ce qu'ils pouvaient faire ou non en présence des rock stars. Elle avait aboyé sur le groupe de gagnants d'une émission de radio jusqu'à les transformer en gentils toutous dociles, et j'avais été vraiment choquée par sa manière de s'adresser à eux. Sans parler du fait que ses « règles » rendaient la rencontre vraiment bizarre, aussi bien pour Kellan que pour les fans. D'après moi, si elle avait laissé les fans et les musiciens interagir comme sur l'autre tournée, l'expérience aurait été bien plus enrichissante pour tout le monde, mais elle n'avait pas l'air de comprendre que les garçons avaient besoin de leurs fans et vice-versa.

À présent, les seules personnes présentes en coulisses étaient des journalistes, le personnel du stade, les techniciens de la tournée et les membres des différents groupes. Il n'y avait que nous trois dans la loge où on se trouvait, et l'absence d'activité autour de nous me rendait encore plus nerveuse pour Kellan.

– Elle est toujours comme ça ? demanda Deacon en me pointant du doigt.

– Plus ou moins, répondit Kellan en me souriant.

La porte s'ouvrit et un homme avec une oreillette apparut.

– Deacon, c'est bientôt à vous.

Deacon hocha la tête, se leva et s'étira rapidement.

– À tout à l'heure !

Kellan lui sourit puis se tourna vers moi une fois Deacon parti.

– Tu veux bien t'asseoir, s'il te plaît ?

– Tu n'as pas la trouille ? demandai-je en pressant les paumes de mes mains sur mon estomac.

– Ça allait, jusqu'à ce que je te voie dans cet état.

Il prit une gorgée de bière puis il posa sa bouteille sur une table basse à côté de lui et tapota ses genoux.

– Viens là et aide-moi plutôt à me détendre.

Je me dirigeai vers lui sans parvenir à croire qu'il puisse être détendu à ce point. Ça ne le stressait vraiment pas d'être sur scène. Il aurait pu chanter tout nu devant un million de personnes que ça ne l'aurait pas dérangé. Il n'était vraiment pas normal. J'allai m'asseoir sur ses genoux et passai les mains dans ses cheveux en espérant que son calme soit communicatif. Je l'embrassai doucement sur la joue et il rit.

– Ah, voilà, ça va déjà mieux.

Ravie qu'on soit seuls dans la pièce, je me serrai davantage contre lui et l'embrassai plus passionnément. Il laissa échapper un gémissement et passa ses mains le long de mon dos puis sous mon tee-shirt. Je pressai ma poitrine contre son torse et me laissai emporter par son parfum et par ses baisers légèrement aromatisés à la bière, oubliant le monde autour de nous.

Il me caressait le dos tandis que sa langue glissait doucement contre la mienne, puis il dégrafa mon soutien-gorge. J'arrêtai de l'embrasser et lui adressai un regard mécontent. On était peut-être seuls pour le moment, mais la loge était tout sauf privée.

– Oups, désolé, dit-il en souriant malicieusement.

Alors que j'étais en train de remettre mon soutien-gorge en place, la porte s'ouvrit de nouveau et je me levai à toute vitesse pour lui faire face. J'avais mal remis mon soutif et j'étais écarlate quand Sienna entra dans la pièce.

– Désolée, vous étiez occupés, peut-être ?

– Pas de souci, dit-il en me souriant, on commence à avoir l'habitude.

Elle rit et s'installa dans un fauteuil.

– Ah oui ? Je serais curieuse d'en savoir plus.

Mon soutien-gorge finalement maîtrisé, je vins m'asseoir à côté de Kellan. J'étais de nouveau nerveuse et je remuais les jambes sans arrêt. Holeshot venait de commencer à jouer et leur musique parvenait jusqu'à nous. Ils n'étaient pas aussi bons que les D-Bags, mais j'aimais quand même beaucoup ce qu'ils faisaient.

– Tu es prêt ? demanda Sienna.

Kellan attrapa sa bière, la lui montra et en but une gorgée.

– Plus que prêt.

Sienna sourit et secoua la tête d'un air amusé, je détestai voir qu'il avait cet effet sur elle. Ils se lancèrent ensuite dans une grande discussion sur la musique. Même s'il n'aimait pas trop les petits jeux auxquels elle s'adonnait, je pense que Kellan l'appréciait quand même en tant que personne. Mais quand elle commença à parler de ses parents, il devint silencieux.

– Ils seraient en train de me crier dessus en ce moment même. Enfin, s'ils étaient toujours autorisés à venir à mes concerts, dit-elle d'une voix vide d'émotion. Et je monterais sur scène terrorisée à cause d'eux.

– Désolé que tu aies dû traverser ça.

– Merci, répondit-elle en posant une main sur sa cuisse.

La voir flirter avec lui me fit oublier mon stress en un clin d'œil.

– Et toi, ils étaient de quel genre, tes parents ? Gentils et affectueux ? demanda-t-elle en souriant.

Il prit sa main et la reposa sur sa cuisse à elle, poliment mais fermement. Elle fronça les sourcils mais elle ne protesta pas et Kellan but une autre gorgée de bière avant de répondre.

– Vraiment pas, non. Mais je n'ai plus de souci à me faire à ce sujet.

Je posai ma main sur son torse et Kellan me sourit. Je savais que sa phrase d'apparence anodine contenait bien plus de souffrance que tout ce que Sienna pouvait imaginer. Je l'embrassai doucement pour le réconforter et aussi pour administrer à Sienna une petite piqûre de rappel. *Il est peut-être sympa avec toi, mais il est amoureux de moi.*

– Décidément, la famille, c'est loin d'être aussi exceptionnel que ce qu'on dit.

– Moi, j'ai une famille géniale, dis-je en pensant à ma sœur volage, mon père trop protecteur et ma mère obsédée par le mariage.

– Tu en as, de la chance, répondit Sienna en souriant. Et vous deux, alors ? Vous envisagez de fonder une famille dans le futur ?

Ses yeux se fixèrent sur mon estomac et je me sentis hyper mal à l'aise.

– Un jour, bien sûr.

– Peut-être après qu'on sera officiellement mariés, dit Kellan en me donnant un petit coup d'épaule. On fait ça le vingt-sept décembre, au fait, pendant la pause de Noël.

Heureusement, les tournées de Justin et de Sienna avaient les mêmes vacances. Ma mère m'aurait étripée si j'avais dû changer la date du mariage, surtout qu'elle avait envoyé les faire-part. La bouche de Sienna se tordit légèrement mais elle nous répondit d'une voix douce.

– C'est vrai ? Alors, toutes mes félicitations.

Elle avait l'air d'avoir envie de prendre Kellan dans ses bras, mais la façon dont on était collés l'un à l'autre ne le lui permettait pas vraiment. Puis le même homme qui était venu avertir Deacon vint chercher Kellan, et Sienna se leva en même temps que lui et lui tendit le bras.

– Je t'emmène ?

Peut-être était-ce mon imagination, mais j'avais l'impression qu'il y avait un double sens dans sa question. Il ne la prit pas par le bras mais hocha poliment la tête et je les suivis, ma main dans celle de Kellan. Un groupe de personnes qui portaient des brassards avec le nom d'une des radios locales repérèrent Sienna instantanément. C'était difficile de ne pas la voir, cela dit. Elle portait son costume de scène, une combinaison dans le style années 1970 recouverte de strass qui brillaient de mille feux. La combinaison était un dos nu qui descendait si bas que je pouvais voir les creux en bas de son dos, et son décolleté était tellement profond qu'elle avait dû utiliser de l'adhésif double face pour que tout reste en place.

– Sienna, je peux vous poser quelques questions ? Une photo, peut-être ?

Ses gardes du corps la suivaient partout et ne laissaient jamais personne l'approcher tant qu'elle n'avait pas dit oui.

– Avec Kellan ? demanda une blonde dans un jean hyper serré.

Le sourire sur ses lèvres était tout sauf professionnel et Kellan désigna la scène d'un geste.

– Désolé, mais je dois y aller.

La blonde fit la moue, appareil photo en main.

– Juste une photo en couple !

Kellan se tourna vers moi et leva les yeux au ciel. J'étais derrière lui, alors la blonde ne pouvait sans doute pas voir qu'on se tenait la main.

– On n'est pas ensemble, répondit-il d'une voix ferme.

La blonde lui sourit d'un air entendu et je pouvais presque lire dans ses pensées. *C'est bon, j'ai compris, vous ne voulez pas encore parler de votre relation. Je garderai le secret, pas de problème.* Il avait l'air de vouloir la remettre en place mais je tirai sur son bras. La remettre en place impliquait de lui dire qui j'étais et je ne voulais pas faire partie du spectacle. Et d'ailleurs, l'homme avec l'oreillette n'arrêtait pas de nous faire signe de nous dépêcher. Alors qu'on tournait le dos aux journalistes, je vis Sienna envoyer un baiser à Kellan.

– Et ça, c'est qui ? demanda alors quelqu'un en me montrant du doigt.

– Juste une vieille amie de Kellan, dit Sienna avec un sourire charmeur.

Elle arbora un petit air satisfait, puis continua à répondre aux questions. Kellan ne l'entendit pas mais je la fusillai du regard sans savoir si je devais être fâchée ou non. Elle avait dit que j'étais une vieille amie alors qu'elle aurait très bien pu répondre que je n'étais personne… Je ne savais vraiment pas quoi penser d'elle. Parfois, je la trouvais sympa, et l'instant d'après, elle était aussi manipulatrice que Nick. J'étais incapable de la cerner.

Penser aux vieux amis et à ce que je ressentais me fit alors penser à Denny. Le pass que j'avais autour du cou me permettait d'aller absolument partout dans les coulisses, alors je pris quelques photos avant de les lui envoyer. En route pour aller voir les garçons jouer, je pris une photo de la foule qui sautait sur place et lui envoyai en disant *Tu as vu un peu le monde qu'il y a ?* Mais juste après, je remarquai sur la photo une pancarte qu'un fan tenait au-dessus de sa tête et qui disait « Kell-Sex forever ». Décidément, je détestais ce surnom.

Denny répondit alors que je scannai la foule à la recherche d'autres pancartes dans le même style. *Je serais complètement en train de faire dans mon froc à sa place. Mais bon, j'imagine qu'il est super zen.*

Je ris et lui répondis qu'il était complètement détendu. Flegmatique, même.

Puis la lumière des spots se mit à danser sur le public et les fans levèrent les bras en poussant des cris d'impatience. Soudain, toutes les lumières se braquèrent sur la scène, et le public se mit à hurler. Les garçons s'étaient installés dans l'obscurité et une fois que le public se rendit compte qu'ils étaient là, ce fut un tonnerre de cris et d'applaudissements. Visiblement, les fans étaient hystériques que les D-Bags aient rejoint la tournée, et je me couvris les oreilles en riant pour ne pas finir sourde. De là où j'étais, je pouvais voir Kellan secouer la tête, complètement époustouflé par la foule qui s'étendait devant ses yeux. Et même si je l'avais déjà vu faire ça un millier de fois, une vague d'excitation me submergea lorsque je le vis s'approcher du micro.

– Bonsoir, Los Angeles !

Kellan offrit un sourire radieux au public en ajustant sa guitare et je vis une fille au premier rang s'évanouir au milieu de ses amies. Il leva une main en l'air et le vacarme diminua. Enfin, plus ou moins.

– On est les D-Bags et on est vraiment ravis de jouer pour vous ce soir. En revanche, on joue seulement si vous avez été sages.

Il décrocha le micro de son pied et s'approcha du bord de la scène pour contempler la foule devant lui.

– Alors... vous avez été sages ? demanda-t-il d'une voix débordant de sensualité.

La réponse du public fut si stridente que je n'entendis même pas Evan attaquer l'intro. Heureusement que les garçons portaient une oreillette sinon ils n'auraient rien entendu non plus. Kellan revint à sa place, remit le micro sur son pied et se mit à jouer, et le son des accords de sa guitare se répandit partout dans le stade.

Si la chanson était un classique pour moi, la plupart des spectateurs présents ne la connaissaient pas et ils furent immédiatement conquis. La voix de Kellan était si parfaite et puissante que j'en avais des frissons et ça m'inspirait tellement de le regarder que je me précipitai dans la loge pour aller chercher du papier et un crayon. À mon retour, ils avaient entamé une nouvelle chanson, et Kellan, libéré de sa guitare le temps d'un morceau, arpentait la scène de long en large, titillant le public.

Les mots affluaient dans ma tête tandis que la voix de Kellan résonnait dans mes oreilles et je me mis à écrire frénétiquement toutes les images qui défilaient dans mon esprit. Ça n'avait aucun rapport avec la tragédie de mon passé, cette fois, et travailler sur quelque chose de nouveau fit naître un immense sourire sur mes lèvres. C'était tellement enrichissant d'écrire, et le faire tout en écoutant Kellan me mettait dans un état proche de l'euphorie.

Kellan vint me retrouver à la fin du concert et je sautai presque dans ses bras tellement j'étais fière de lui. Comme à chaque fois, le public réclamait une autre chanson et Evan et Matt n'en revenaient pas. Quant à Griffin, il avait l'air de trouver qu'un tel succès était le minimum syndical et il tapa sur l'épaule de Kellan.

– Il faut qu'on fasse un rappel.

– On n'a pas le temps, dit Kellan en secouant la tête. C'est le concert de Sienna, et elle déteste quand il y a du retard.

Griffin se pinça les lèvres et prit Kellan par le bras.

– Qu'est-ce que j'en ai à foutre de Sienna ? C'est notre moment de gloire, dit-il en poussant Kellan vers l'avant.

Matt et Evan le poussèrent aussi.

– Passe la tête et fais-leur signe, dit Matt. Bouche-toi les oreilles, Kiera, ajouta-t-il en riant.

Je lui obéis, et heureusement, car je pense que mes tympans auraient explosé quand ils retournèrent sur scène. Un employé complètement paniqué leur faisait des signes frénétiques pour leur demander de revenir en coulisses et ils riaient tous quand ils vinrent me rejoindre. Kellan passa son bras autour de ma taille et le vacarme se calma un peu.

– On doit rester dans les parages pour le duo avec Sienna, mais comme c'est la dernière chanson, on pensait aller au bar de l'autre côté de la rue. Ça te dit ?

Une partie de moi avait envie de rester pour continuer à écrire le roman qui s'était mis à bourgeonner dans ma tête, mais l'enthousiasme de Kellan était si contagieux que je n'arrivai pas à refuser. Et puis il y aurait tout un tas d'autres concerts pour m'inspirer à l'avenir. Je hochai la tête et Kellan montra le bloc-notes que je tenais serré contre ma poitrine.

– Tu as écrit pendant que j'étais sur scène ?

– Ça m'inspire de te regarder.

Il se passa une main dans les cheveux d'un air incrédule.

– Je t'inspire ? Vraiment ?

– Bien sûr. Tous les jours.

Il me regarda comme si j'étais un Martien.

– Et après, c'est moi qui suis ridicule.

Je ris jusqu'à ce qu'il s'empare de mon carnet. J'essayai de le lui reprendre mais il le tendit à l'homme qui était venu le chercher dans sa loge.

– C'est l'avenir de la littérature que vous avez entre les mains.

Je vous le confie jusqu'à notre retour.

L'homme écarquilla les yeux en s'en emparant.

– Bien, monsieur.

Je crus qu'il allait nous faire une révérence.

– Assurez-vous de bien le ranger dans l'étui de ma guitare.

– Oui, monsieur, répéta l'homme avant de disparaître.

– Est-ce qu'il vient vraiment de m'appeler « monsieur » deux fois ?

Kellan rit en me prenant par la taille et je lui donnai une bourrade.

– Ne commence pas à prendre la grosse tête.

– Ça ne risque pas, m'assura-t-il en souriant.

Puis on se dirigea tous vers la sortie, avec Matt et Griffin qui ouvraient la marche et avançaient comme si on était des cambrioleurs.

– On a le droit de quitter le stade pendant le concert ? demandai-je à Kellan.

– Aucune idée. C'est pour ça que ces deux-là jouent à James Bond.

On fit de notre mieux pour ne croiser personne et on finit par atteindre des portes surmontées d'un signe « Sortie ». On s'engagea prudemment dans un couloir dont Matt déclara d'un air assuré qu'il menait aux bus. Sauf qu'on n'allait pas aux bus, mais personne n'avait besoin d'être au courant. Une fois dehors, on tomba sur un vigile posté près de la porte. Les garçons le saluèrent en passant à côté de lui comme si de rien n'était, et soit il les reconnut, soit il vit le pass autour de mon cou, mais il ne nous posa pas la moindre question. Il était sans doute trop occupé à gérer les gens qui essayaient de s'incruster dans les coulisses pour s'inquiéter des gens qui en sortaient.

Il fut la seule personne qu'on croisa jusqu'au moment où on arriva dans la rue, et cette espèce de liberté nous rendit euphoriques. Tout le monde riait et j'étais ravie de faire partie de leur petite escapade. Griffin se mit en quête du bar et Kellan prit Matt par le bras.

– Tu sais à quelle heure on doit y retourner ?

Matt hocha la tête en tapotant le cadran de sa montre et j'espérai qu'il disait vrai. Autrement, ils risquaient d'avoir de gros problèmes. D'un seul coup, Griffin allongea son bras droit.

– Là ! Bar en vue ! s'écria-t-il.

Puis il prit la route de son paradis alcoolique au pas de course et Matt et Evan le suivirent en riant.

– Le dernier arrivé s'assoit à côté de Griffin, dit alors Kellan.

J'étais déjà en train de courir avant la fin de sa phrase. J'avais un énorme point de côté en arrivant à l'entrée mais mon pied toucha le paillasson une demi-seconde avant celui de Kellan. Les mains sur les genoux, je tentai de reprendre mon souffle en le regardant. Ça faisait un bail que je ne n'avais pas couru.

– Je t'ai eu, parvins-je à articuler.

– Je t'ai laissé gagner pour profiter de la vue, dit-il en ouvrant la porte, lui aussi à bout de souffle.

Je m'attendais à ce que tout le monde dans le bar s'arrête de parler en voyant entrer les garçons, mais personne n'avait l'air de savoir qui ils étaient, je fus ravie de constater qu'ils pouvaient encore être anonymes. Kellan fut le seul qui sembla éveiller les soupçons, mais je ne savais pas si c'était son physique ou les photos avec Sienna qui étaient la raison des murmures qui émanèrent de plusieurs tables.

Griffin se dirigea vers une table dans le fond du bar et on le suivit.

– Mêmes règles que d'habitude, dit-il soudain avec le plus grand sérieux.

Matt leva les yeux au ciel, Evan rit et Kellan fronça les sourcils.

– On ne joue pas à ça ce soir, Griff.

– C'est ce qu'on va voir, dit-il avec un sourire arrogant. Quoi, tu as peur de perdre ?

– Il a toujours gagné à ce jeu, dit Evan.

– Quel jeu ? demandai-je, curieuse de savoir à quoi ils jouaient d'habitude quand ils étaient en tournée et qu'ils allaient dans un bar.

– C'est un jeu débile que Griffin a inventé, répondit Kellan comme si *débile* et *Griffin* étaient des synonymes.

– Tapette. Tu fais ton timide parce que ta copine est là ?

– Ma femme, corrigea Kellan.

– Peu importe, on joue. Tout le monde retourne ses poches, allez.

Il fit le geste en même temps, révélant des poches vides. Kellan regarda vers moi et je fis oui de la tête, trop curieuse pour refuser. Kellan retourna ses poches, vides elles aussi, et une fois que Matt et Evan en eurent fait autant, Griffin eut l'air satisfait.

– Bien. Comme d'hab', chaque numéro rapporte un point et chaque capote en rapporte cinq. Le perdant paye l'addition, et chacun paye un shot au gagnant. Et le premier qui triche se fait immédiatement botter le cul.

Il désigna ses yeux avec son index et son majeur puis les yeux de Matt comme pour dire *Je t'ai à l'œil*, et Matt soupira. Quant à moi, je n'avais toujours pas compris le jeu. Des capotes ? C'était quoi, ce truc ?

– C'est quoi, ton jeu ? demandai-je.

– Celui qui finit avec le plus grand nombre de numéros de téléphone dans les poches gagne, dit Griffin en parlant lentement comme si j'étais déjà soûle et que je ne comprenais rien.

J'écarquillai les yeux et me tournai vers Kellan.

– Et tu n'as jamais perdu ?

– Mais sans jamais rien demander, je t'assure, répondit-il en levant les mains.

Je serrai les lèvres et Kellan se gratta la tête.

– Euh… tu veux boire quelque chose ?

– Hum hum, dis-je en souriant d'un air pincé.

Il se dirigea immédiatement vers le bar et je ris en le voyant traverser la foule tête baissée.

– Il n'a vraiment pas besoin de demander, dit Evan en passant un bras autour de mes épaules. Les filles ont juste tendance à lui coller aux basques. Regarde.

Curieuse, je me mis à observer attentivement mon mari. Alors qu'il attendait d'être servi, deux filles s'approchèrent de lui et il ne fallut que cinq secondes à l'une d'elles pour glisser une serviette en papier dans sa poche. Je restai bouche bée, estomaquée que ce soit allé si vite, et Griffin avait l'air aussi scotché que moi.

– Putain, il plaisante ou quoi ? Espèce de pute ! cria-t-il à Kellan.

Certaines filles durent croire qu'il s'adressait à elles car elles regardèrent Griffin en fronçant les sourcils. En voilà quelques-unes qui ne risquaient pas de lui donner leur numéro…

Kellan se tourna vers nous et quand il vit mon air amusé, il agita la serviette en direction de Griffin avant de la remettre dans sa poche.

– Hors de question que cet enfoiré gagne une fois de plus.

Puis il disparut dans la foule, et je sus qu'il ne se gênerait pas pour demander des numéros au lieu d'attendre qu'on les lui donne. Voire qu'il n'hésiterait pas à les acheter à coup de shots. Je savais que ce jeu aurait dû me dégoûter, mais à part Griffin, aucun des garçons ne faisait quoi que ce soit pour gagner : leur physique et leur charisme suffisaient. Ils étaient toujours prêts à plaisanter et si faciles à vivre qu'un cercle ne tarda pas à se constituer autour d'eux, et j'eus presque l'impression d'être encore au Pete's. À la différence près qu'il suffisait à Kellan de passer à côté d'une fille pour se retrouver avec un bout de papier discrètement glissé dans sa poche. Mais en voyant que Kellan ne réagissait à aucune sollicitation, je commençai à me demander si, peut-être, ce n'était pas moi qui me trompais. Peut-être que c'était *exactement* comme chez Pete's mais que je ne faisais pas attention à ça quand on était à Seattle. En tout cas, je n'avais jamais rien retrouvé dans ses poches.

Quant aux garçons, ils prenaient vraiment le jeu à la rigolade. À chaque fois que Kellan allait prendre un verre au bar ou qu'il allait aux toilettes, un des garçons lui demandait combien de numéros il avait récupérés au passage. Mais quand Griffin revenait à notre table avec l'air agacé, Matt lui disait toujours la même chose d'un air faussement compatissant.

– Mince, pas de chance.

Ce à quoi Griffin répondait toujours gracieusement par un bras d'honneur.

La bière et la bonne humeur coulaient à flot et je me félicitai intérieurement d'avoir décidé de les suivre à travers tout le pays. Lorsque l'alarme de la montre de Matt retentit, on se regarda tous pendant une fraction de seconde avant de nous rappeler que les garçons devaient encore monter sur scène.

– Merde, Sienna a presque fini. Il faut qu'on y aille !

Il descendit sa bière d'un trait, l'air inquiet, et tout le monde allait se mettre en route quand Griffin leva les bras.

– Pas si vite ! Il nous faut un gagnant. Videz vos poches !

Je gloussai, un peu éméchée, tout en me demandant qui avait brisé le plus de cœurs ce soir. Probablement Kellan. Je me penchai sur lui comme s'il s'apprêtait à révéler sa main au poker au lieu d'une collection de numéros de téléphone. Evan vida ses poches en premier et plaqua un bout de papier roulé en boule sur la table.

– Un seul, dit-il en haussant les épaules avec l'air de s'en moquer.

Surexcité, Griffin dévoila une serviette en papier, une carte de visite et ce qui ressemblait à un morceau de papier toilette.

– Ah ! Trois, bande de nases !

Il croisa les bras et lança à Kellan un air de défi. Certaine qu'il devait en avoir plus que ça, je lui donnai un petit coup dans les côtes et il vida ses poches à son tour.

– Euh… cinq, annonça-t-il une fois qu'il eut fini de déplier tous les bouts de papier.

– Et merde ! cria Griffin en tapant sur la table.

– Seulement cinq ? demanda Evan. Petite soirée.

– Bon, tu veux boire quoi ? grommela Griffin.

– Et Matt, alors ? demandai-je.

Le guitariste avait assisté à la scène en silence, un petit sourire aux lèvres, et il allait répondre quand Griffin l'interrompit.

– Pff, comme s'il pouvait battre Kellan. C'est plié, je te dis. Sauf si quelqu'un t'a filé une capote ?

Matt secoua la tête face à l'air inquisiteur de son cousin.

– Non…

Puis il mit la main dans sa poche, en ressortit ce qui ressemblait à une carte de crédit et la jeta sur la table, les joues rouges.

– On m'a filé la clé d'une chambre d'hôtel.

En entendant les garçons crier et siffler, on aurait pu croire que Matt venait de gagner au Loto.

– Putain ! s'exclama Griffin. Victoire par K.-O. !

Il sauta sur ses pieds et attrapa Matt par l'épaule.

– Bon sang, Kellan a perdu ! cria-t-il en faisant pivoter Matt avant de le pousser vers le bar. Hé, tout le monde ! C'est mon cousin et il vient juste de détrôner Mister Univers !

Matt devint écarlate et entreprit de se diriger vers la porte.

– Mec ! Et tes shots ?

Evan riait si fort qu'il en pleurait, et j'étais morte de rire aussi.

– Bon, on dirait que j'ai perdu, finit par dire Evan.

Il attrapa son portefeuille mais Kellan posa une main sur son bras et tendit un billet de cent dollars à la serveuse. Ou peut-être deux, je n'étais pas sûre.

– C'est bon, Evan.

– Merci, Kell, dit Evan en lui tapant sur l'épaule.

Puis on gagna tous la sortie, en abandonnant les numéros et la clé d'hôtel sur la table, et je souris en voyant qu'aucun membre du groupe n'avait gardé le moindre numéro, même Griffin.

– Tu n'es pas fâchée ? me demanda Kellan une fois dehors.

– Je suis furieuse, ça ne se voit pas ?

Il haussa les sourcils et je ris.

– Si Griffin avait gagné, là, je serais en pétard.

Kellan regarda dans la direction de Griffin, qui était en train de hurler à toute la rue que « les boules de son cousin étaient enfin descendues » tandis que Matt baissait la tête, mort de honte.

– Ça ne risque pas, murmura Kellan.

Matt eut du mal à les contrôler, mais les garçons finirent par regagner le stade, sauf que passer le vigile de la porte de derrière se révéla plus compliqué qu'au départ. Ce n'était plus le même que tout à l'heure et il voulait absolument une preuve que les garçons faisaient partie de la tournée. Kellan, Matt et Evan avaient leur pass avec eux mais Griffin avait oublié le sien et on était tous trop soûls pour convaincre le vigile de nous laisser entrer. Griffin n'arrêtait pas de lui montrer le pass autour de mon cou sans comprendre qu'il n'était valable que pour moi, mais heureusement, Deacon finit par entendre ce qui se passait depuis l'intérieur du bus et par rapporter son pass à Griffin.

Une fois à l'intérieur, les garçons se précipitèrent vers la scène et un technicien à bout de nerfs leur fit signe de se tenir prêts. Kellan m'embrassa avant d'entrer sur scène, et en sentant son haleine chargée d'alcool, j'espérai qu'il n'oublie pas les paroles de la chanson.

Je retournai à mon poste d'observation pour regarder Sienna annoncer que le rappel de ce soir serait un peu spécial. La foule se doutait de quelle chanson il s'agissait et tout le monde était hystérique. Pompette et impatiente, j'essayai de siffler en même temps que le public mais ça eut le même effet que si j'avais soufflé dans une chambre à air.

– Mesdames et messieurs, dit Sienna en désignant la scène derrière elle, je vous demande d'applaudir de nouveau les D-Bags, et tout particulièrement l'extraordinaire Kellan Kyle !

Je ne savais pas si c'était parce que j'avais bu, mais les cris me perçaient affreusement les tympans. Les garçons firent leur apparition et prirent la place des musiciens de Sienna presque sans trébucher. Kellan alla rejoindre Sienna qui prit sa main et l'embrassa sur la joue, ce qui me tapa sur les nerfs, comme toujours. Kellan s'écarta discrètement d'elle tout en saluant le public, et en les entendant commencer à chanter, je me demandai si les filles qui avaient glissé leurs numéros à Kellan ce soir s'étaient rendu compte de qui il était.

Même s'il avait trébuché et qu'il s'était cogné dans un lampadaire entre le bar et le stade, il avait l'air complètement sobre en chantant sa rupture imaginaire, mais quand Sienna approcha son visage du sien pour chanter sa partie, elle était si près que j'étais sûre qu'elle pouvait sentir qu'il avait bu. Au lieu de chanter face au public, ils restaient face à face et faisaient comme s'ils ignoraient la foule, ce qui rendait la chanson encore plus dramatique. À la fin, Kellan fit semblant de vouloir quitter la scène, comme s'il était tellement en colère qu'il ne supportait plus de la voir. Ç'aurait été fidèle à la fin du clip, mais visiblement, Sienna n'était pas de cet avis. Quand il passa à côté d'elle, elle le prit par le bras et Kellan lui rentra dedans, trop soûl pour résister. Rapide comme l'éclair, elle l'attrapa par le cou et pressa ses lèvres contre les siennes deux secondes avant que la scène ne plonge dans l'obscurité, uniquement troublée par le flash des téléphones portables du public en délire.

J'étais tellement sous le choc que j'étais incapable de bouger.

Heureusement qu'elle avait dit qu'elle ne l'embrasserait plus sur la bouche.

Même si je savais qu'elle l'avait surtout embrassé devant le public pour créer la photo de l'année, j'avais la désagréable sensation qu'elle l'avait aussi fait pour montrer qu'elle était intéressée, et notre conversation téléphonique me revint comme une gifle en pleine figure. Bien sûr qu'elle voulait Kellan. Qui n'aurait pas voulu de lui ? Mais c'était *mon* mari et elle ne pouvait pas l'avoir.

Je me dirigeai en trombe vers la sortie des artistes, à l'arrière, les poings serrés, tout en sachant que je risquais de me faire éjecter de la tournée. Est-ce que j'étais vraiment sur le point de refaire le portrait à une superstar ? J'en mourais d'envie, en tout cas. Elle était allée trop loin.

Tandis que je me dirigeais vers la sortie, Kellan dévala les marches qui menaient de la scène aux coulisses. Il avait l'air furieux, et Evan était juste derrière lui.

– Franchement, tu dramatises, chéri, dit Sienna du haut de l'escalier, les mains sur les hanches.

Les dents serrées, Kellan ferma les yeux. En général, c'était la tête qu'il faisait quand il était sur le point d'arracher les yeux de quelqu'un. Puis il rouvrit les yeux et se tourna vers elle.

– Je t'ai dit pas sur la bouche !

Avec un petit sourire, elle descendit les marches à son tour et dépassa Evan, qui était visiblement tendu en voyant la tête de Kellan.

– Je me suis laissé emporter par la magie de l'instant, mais ça n'arrivera plus, dit-elle en posant une main sur son bras.

– Tu m'étonnes, que ça n'arrivera plus ! dis-je, mon courage sûrement décuplé par l'alcool que j'avais dans le sang. Il n'est pas à toi !

J'allais me jeter en avant mais quelqu'un m'attrapa par les épaules. Je crus d'abord que c'était Kellan, mais en regardant derrière moi, je vis que c'était un des gardes du corps de Sienna, Gorille 2 apparemment. Sienna avança jusqu'à moi, l'air serein.

– C'est un être humain, chérie, pas une chose. Il n'appartient à personne.

Elle fixa tout le monde d'un air glacial, comme si elle était au-dessus de tout ça, mais quand elle me regarda de nouveau, ses yeux lançaient des éclairs.

– Et au cas où tu ne l'aurais pas remarqué, on ne peut pas dire qu'il m'ait repoussée.

Puis elle regarda Kellan d'un air de défi. Je vis sa mâchoire se crisper mais il ne dit rien, et Sienna tourna les talons, visiblement satisfaite.

Gorille 2 me lâcha et je soufflai en me redressant. Elle n'avait pas tort… Les gens autour de nous reprirent ce qu'ils étaient en train de faire et je me tournai vers Kellan. Evan me tapota l'épaule et Matt le suivit en tirant Griffin derrière lui. Par chance, aucun journaliste n'avait assisté à la scène. Je ne savais vraiment pas quoi penser de Kellan à ce moment précis. Une partie de moi comprenait : c'était un artiste, il était sur scène et il était devant des milliers de personnes. Mais les mots de Sienna résonnaient dans ma tête. Il ne l'avait pas repoussée. Est-ce que ça voulait aussi dire qu'il lui avait rendu son baiser ?

Incapable de supporter sa vue plus longtemps, je tournai les talons et le plantai là, mais il me rattrapa immédiatement.

– J'ai trop bu, Kiera, et c'est allé tellement vite, je n'ai même pas eu le temps de…

– Je sais !

– Alors pourquoi tu es fâchée ?

Je soupirai et me tournai pour lui faire face, et le mouvement m'étourdit un peu.

– Parce que moi aussi, j'ai trop bu !

J'allais lui tourner le dos mais il m'attrapa par le bras.

– Tu veux bien arrêter de me tourner le dos ?

Agacée, je lui lançai un regard que j'espérais aussi furieux que possible.

– Tu m'en veux ?

– Je n'en sais rien. Tu lui as rendu son baiser ?

Il ouvrit la bouche et je vis dans ses yeux la bataille qui se livrait en lui. Pour l'avoir vu à l'œuvre, je savais qu'il était aussi bon menteur que chanteur. C'était d'ailleurs l'une des raisons pour lesquelles notre relation avait été aussi compliquée au début : c'était difficile de faire confiance à quelqu'un capable de mentir aussi facilement. Mais j'étais vraiment mal placée pour parler, et c'était pour ça que je ne m'étais jamais vraiment servie de ça contre lui. On était tous les deux capables du pire, ce qui expliquait pourquoi l'honnêteté avait désormais une place aussi importante dans notre couple.

– Pendant une demi-seconde, pas plus, finit-il par répondre.

Je sentis les larmes me monter aux yeux.

– Je suis soûl et elle m'a pris par surprise. C'était comme un réflexe, j'ai bougé les lèvres d'un millimètre mais je te jure que je ne recommencerai jamais. Quand je me suis rendu compte de ce qui se passait, je l'ai repoussée, mais les lumières étaient déjà éteintes à ce moment-là.

Je voulais vraiment être en colère contre lui, mais je ne le comprenais que trop bien, et en réalité, j'étais fière qu'il me dise une vérité difficile à entendre alors que mentir aurait été tellement plus facile. J'étais blessée mais, néanmoins, je reniflai en passant mes bras autour de son cou.

– C'est bon, murmurai-je à son oreille. Ce n'est pas à toi que j'en veux. C'est à elle.

– On est deux, dit-il en me serrant contre lui.

17

La preuve

J'étais tellement habituée au fait de voyager sans arrêt que je ne savais même plus depuis quand on était sur les routes. J'avais eu du mal à dormir au début, avec les mouvements du bus qui n'arrêtaient pas de me réveiller, surtout quand le chauffeur ralentissait ou prenait un virage, mais maintenant, je ne m'en rendais même plus compte.

Presque à chaque fois que j'ouvrais les yeux, on était sur la route. Ça prenait un certain temps de tout démonter après chaque concert de Sienna – il y avait beaucoup plus de matériel que sur la tournée de Justin –, ce qui voulait dire qu'on prenait souvent la route de la ville suivante tard dans la nuit ou très tôt le matin. Certains musiciens et certains membres du personnel dormaient alors quelques heures à l'hôtel, mais on aimait bien notre chambre avec Kellan, aussi on restait dans le bus à chaque fois qu'on en avait l'occasion.

En regardant le paysage défiler par la fenêtre, je remarquai qu'il était très tôt car le ciel était encore teinté de rose. La voiture miniature que j'avais offerte à Kellan à Noël trônait sur le rebord de la fenêtre et roulait doucement d'avant en arrière, bercée par le roulis du bus. Et presque à chaque fois que j'ouvrais les yeux, j'étais seule dans notre lit, avec Kellan par terre en train de faire des pompes. Il faisait toujours ça en se réveillant : des pompes et des abdos. Il disait que c'était pour rester en forme, mais je pense que ça l'aidait aussi à se vider la tête les matins où il n'avait pas bien dormi, ce qui lui arrivait souvent. Le plus souvent, je dormais encore, mais parfois, ça me réveillait et je le regardai en secret avant de me rendormir, ce qui me garantissait généralement de faire des super rêves ensuite.

J'avais un grand sourire sur le visage en suivant du regard les lignes des muscles de son dos. Ses bras tremblaient légèrement à mesure qu'il montait et descendait et je me demandai à quelle heure il avait bien pu commencer. Il repoussait vraiment ses limites, parfois, presque comme s'il se punissait en en demandant toujours plus à son corps.

J'espérais que son acharnement n'avait rien à voir avec Sienna. Elle ne l'avait plus embrassé sur scène, mais la photo du soir où elle l'avait fait s'étalait partout. *Leur amour scellé par un baiser* était le titre qui remportait tous les suffrages, et les magazines de potins s'en donnaient à cœur joie maintenant que Sienna et Kellan étaient en tournée ensemble. J'avais perdu le fil du nombre d'articles que j'avais vus et qui expliquaient qu'ils « ne pouvaient pas se passer l'un de l'autre » et du nombre de titres du genre « Kellan Kyle quitte précipitamment la tournée d'Avoiding Redemption pour aller rejoindre celle qu'il aime ». Tout le monde était conquis par le fait qu'il semblait incapable d'être séparé d'elle, en dépit de la manière abjecte dont il niait toute relation entre eux.

– Ça va ? lui demandai-je.

Il s'arrêta à quelques centimètres du sol, puis ses bras lâchèrent et il s'étala comme une crêpe.

– Super, grommela-t-il en riant.

Il se leva et agita les bras pour détendre ses muscles.

– Désolé, je ne voulais pas te réveiller.

– J'étais réveillée de toute façon, dis-je en laissant mon regard vagabonder sur son caleçon noir.

Il revint se mettre au lit avec moi, la peau chaude et un peu humide d'avoir fait de l'exercice.

– Tu es en sueur, dis-je en m'écartant de lui.

Il rit et enroula ses jambes autour des miennes.

– Dans ce cas, je vais te faire transpirer aussi, comme ça, ça ne te gênera plus.

Je passai mes bras autour de son cou en riant et l'attirai contre moi, mon dégoût déjà oublié. Tandis qu'il commençait à m'embrasser dans le cou, je vis qu'on était sur le périphérique d'une ville quelconque en pleine heure de pointe. Il y avait une voiture juste derrière nous et le conducteur chantait une chanson comme s'il était le chanteur d'un groupe de rock. Je m'immobilisai en me demandant une fois de plus s'il ne pouvait vraiment pas me voir derrière les vitres teintées du bus.

Kellan ne remarqua pas que j'étais distraite et il passa ses doigts sous mon top IKKS, sans doute dans l'intention de me le retirer. Mais quand je grognai et que je fermai les yeux à demi, Kellan s'arrêta et me dévisagea avec curiosité.

– Tu crois qu'ils peuvent nous voir ? demandai-je en désignant la vitre.

– Non, répondit-il à la hâte d'un air qui montrait que lui s'en moquait pas mal de toute façon.

Je décidai de le croire et me détendis enfin. Il y avait quelque chose de follement érotique dans le fait de faire l'amour dans un endroit qui donnait l'illusion d'être vus de tous et je commençai rapidement à avoir de plus en plus chaud. Le souffle court, j'aidai Kellan à me déshabiller, et une fois que je fus nue en dessous de lui, il se mit à caresser ma poitrine et à la presser délicatement entre ses paumes. Je glissai ma main dans son caleçon et constatai que je n'étais pas la seule à être excitée. Je me mis à le caresser aussi et il arrêta de m'embrasser et ferma les yeux. Sa respiration se fit plus rapide, et quand j'augmentai l'intensité de mes caresses, il appuya son front contre mon épaule.

– J'adore quand tu me touches, murmura-t-il dans mon oreille.

Ses mots me firent l'effet d'une décharge électrique et j'eus tout de suite envie de bien plus. Je voulais le faire gémir et crier jusqu'à ce qu'il soit incapable d'aligner deux mots, et savoir que j'en étais capable me faisait me sentir belle et séduisante.

Mais avant que j'aie eu le temps de bouger, il se mit hors de ma portée et prit les choses en main. Il glissa sa main entre mes jambes alors qu'il léchait la pointe de mes seins, et je criai en m'agrippant à mon oreiller. Pendant que ses doigts attisaient encore plus l'incendie en moi, j'arquai le dos et jetai un coup d'œil sur la voiture derrière nous. Il avait l'air de s'ennuyer à mourir. S'il savait…

Les lèvres de Kellan gagnèrent rapidement mon ventre, faisant naître la chair de poule sur leur passage, et je ne tardai pas à bafouiller son nom en serrant mon oreiller si fort que j'avais l'impression que j'allais le déchirer en deux d'une seconde à l'autre. Il me caressa enfin là où j'en mourais d'envie, mais ensuite, il ne fit plus rien. J'avais l'impression que l'attente allait me tuer quand, soudain, il m'attrapa par les hanches pour m'empêcher de bouger et souffla sur ma peau. C'était tellement bon que je dus réunir toute ma volonté pour m'ordonner de ne pas jouir.

Je crus entendre Kellan rire, mais sa langue était déjà revenue sur ma peau et je me moquais pas mal de savoir si ça l'amusait ou pas. Je passai mes doigts dans ses cheveux et sentis qu'il décrivait différents mouvements sur ma peau sensible. Au bout d'un moment, je fus incapable de résister plus longtemps et je criai en sentant un feu d'artifice exploser en moi.

– Je n'arrive jamais à aller plus loin que le H avec toi, dit-il une fois revenu au-dessus de moi.

– Quoi ?

Quand je caressai son dos, il pressa ses hanches contre les miennes et mon excitation refit immédiatement surface.

– L'alphabet. Je n'arrive jamais à aller plus loin que la lettre H avant que tu… finisses.

– Mais de quoi tu parles ?

Il fit courir son nez le long de mon cou, sa langue goûtant délicatement ma peau, puis il se mit à titiller le lobe de mon oreille, et c'est là que je compris enfin ce qu'il voulait dire.

– Tu dessines l'alphabet quand tu…

Il sourit d'un air amusé et m'embrassa sur la joue.

– Je me suis fixé l'alphabet entier comme objectif mais je n'ai pas encore réussi. Enfin, je n'ai pas dit mon dernier mot.

Puis il glissa l'extrémité de son sexe en moi et se retira aussitôt, et je grognai de désespoir. Il voulait me tuer ou quoi ?

– Et toi, on te l'a déjà fait ? demandai-je en me retenant de ne pas l'attraper pour le forcer à entrer en moi.

Soudain, je me demandai si ma question était bizarre. Est-ce que c'était possible de faire la même chose sur un mec ? Est-ce que ça lui plairait ? Ces questions m'excitèrent encore plus. Il venait de me faire jouir, et si je pouvais lui faire ressentir une fraction de ce que je venais d'éprouver…

Avant qu'il ait le temps de répondre, je vins me mettre au-dessus de lui et je commençai à l'embrasser sur le torse, et sa respiration s'accéléra quand il comprit où je voulais en venir.

– Je sais que ce n'est pas ton truc. J'adore sentir le goût de ta peau sur ma langue, c'est pour ça que je le fais, mais je ne veux pas que tu fasses un truc qui ne te plaît pas juste pour me faire plaisir.

– Ce n'est pas ce que je préfère, mais j'adore voir l'effet que ça te fait.

Je le mordis doucement au niveau de la hanche et il ferma les yeux en laissant sa tête reposer sur l'oreiller.

– D'accord, bafouilla-t-il.

Je sentis ses mains dans mes cheveux tandis que j'embrassai le bout de son sexe, puis, ne sachant pas trop quoi faire, je le pris délicatement dans ma bouche. Ce n'était vraiment pas ce que je préférais, mais j'adorais entendre Kellan gémir et sentir l'étreinte de ses doigts se resserrer, et je décidai de me concentrer là-dessus. J'alternai les caresses avec ma main et ma bouche et je dessinai une lettre différente avec ma langue à intervalles réguliers. En arrivant à la lettre G, il avait l'air complètement surexcité et ça décupla mon désir. Je me laissai complètement aller et je sentis la main de Kellan trembler. À la lettre L, il se tortillait tellement sur le lit que je faillis perdre le contrôle, mais je parvins à continuer mon petit manège. Quand j'enroulai ma langue autour de lui pour dessiner la lettre O, il se redressa et me poussa et m'attira à lui sans un mot. Une seconde plus tard, il me coupa le souffle en s'introduisant en moi.

On était serrés l'un contre l'autre et je ne l'avais jamais vu aussi excité quand on commença à bouger. Il ne nous fallut que quelques secondes pour jouir et on s'écroula dans les bras l'un de l'autre, épuisés, tandis que le pauvre chauffeur derrière nous avait toujours l'air aussi apathique.

– C'était génial, finit par dire Kellan après quelques instants.

– On dirait que moi non plus je n'ai pas pu finir l'alphabet, répondis-je en retenant un sourire.

J'avais les jambes qui flageolaient un peu en me dirigeant vers la salle de bains quelques minutes plus tard et j'entendis des ronflements de l'autre côté du rideau qui nous séparait du reste du bus. Tant mieux, ça voulait sûrement dire que personne ne nous avait entendus. De mon côté, j'étais complètement réveillée à présent, et j'avais hâte de me doucher pour pouvoir ensuite commencer à écrire.

Kellan n'était plus dans notre chambre quand je revins de la salle de bain et je gagnai le coin détente du bus, passant à côté des autres qui dormaient encore comme des masses. Le chauffeur me fit un signe de tête quand j'agitai la main vers lui et j'espérai qu'il n'avait rien entendu, lui non plus. J'avais presque tendance à oublier qu'on avait des chauffeurs avec nous, parfois. Celui-ci était un homme d'un certain âge absolument adorable qui s'appelait Jonathan, et en tant que chauffeur de bus de groupes de rock, il en avait sûrement vu d'autres.

Kellan était assis dans un fauteuil en train de jouer de la guitare. Il leva la tête en m'entendant arriver et me sourit.

– Tu veux un café ? demanda-t-il en désignant une tasse fumante sur la table. C'est de l'instantané, par contre, ajouta-t-il avec une grimace.

Il y avait une kitchenette dans le bus, près de la salle de bain, mais à part le micro-ondes et le mini-frigo, ça s'arrêtait là. J'acceptai quand même la tasse de bonne grâce.

– Merci.

Il me regarda m'installer avec mes notes et mon ordinateur puis il se remit à jouer. On travailla comme ça un bon moment, entre le bruit des accords et celui de mon clavier, puis Kellan se mit à fredonner une chanson. Je ne connaissais pas la mélodie, alors je fis une pause pour écouter plus attentivement. Apparemment, je n'étais pas la seule à être inspirée, ce matin. J'adorais qu'on puisse être ensemble tout en travaillant chacun de notre côté. Être réunis nous comblait, même si on avait chacun notre vie, nos loisirs et nos amis et qu'on ne dépendait pas du bonheur de l'autre.

Alors que j'étais en train de me dire que je pourrais vraiment m'habituer à ce style de vie, une exclamation de surprise dans le fond du bus me fit sursauter. On se tourna vers le rideau d'un bloc avec Kellan, mais il était toujours fermé et on ne pouvait rien voir.

– Nom de Dieu, se mit alors à répéter Griffin en criant bien plus fort que nécessaire.

Plusieurs personnes râlèrent tandis que d'autres lui ordonnaient de se taire et lui demandaient s'il avait vu l'heure, mais de mon côté, c'était l'inquiétude qui dominait. Qu'est-ce qui pouvait bien choquer Griffin ?

– Ne bouge pas, m'ordonna Kellan.

Il posa sa guitare et se leva et, pour une fois, je décidai de lui obéir et le regardai s'engouffrer derrière le rideau.

J'entendis des murmures excités et des plaintes et je n'avais toujours pas la moindre idée de ce qui se passait. Plus Kellan mettait de temps à revenir, plus ma curiosité augmentait, et je faillis me lever une demi-douzaine de fois pour aller le rejoindre, même si je n'étais pas sûre de vouloir savoir ce qui se passait.

Enfin, Kellan réapparut et je ne savais pas si c'était mon imagination mais il avait l'air un peu pâle. Tandis qu'il marchait vers moi, j'entendis mon portable sonner dans notre chambre. Puis ce fut le silence, suivi d'une nouvelle sonnerie quelques instants plus tard.

Kellan s'assit à côté de moi sans rien dire et Griffin passa la tête par le rideau, et j'étais incapable de dire si ce qui se lisait sur son visage était de l'incrédulité, de l'excitation ou juste une curiosité maladive. Il disparut de nouveau derrière le rideau et je me tournai vers Kellan, morte d'inquiétude.

– Quoi ? murmurai-je.

Il se frotta la tête, comme s'il cherchait ces mots, et mon portable se remit à sonner.

– Je ferais mieux de répondre, c'est peut-être ma sœur.

– Ça ne serait pas étonnant.

– Qu'est-ce qui se passe ? demandai-je en voyant son air sombre.

Il soupira et posa une main sur mon genou.

– Joey a balancé la vidéo. Tout le monde ne parle que de ça ce matin.

Mon cœur se serra, mais pas pour longtemps. C'était loin d'être une surprise, après tout.

– C'est tout ? Tu m'as fait peur.

Mais il se mordit la lèvre et je sus qu'il y avait autre chose.

– Quoi ?

Il se massa les tempes comme s'il avait la migraine.

– Son appareil était pourri et la vidéo est tellement granuleuse qu'on la reconnaît à peine. Et avec toutes les histoires, les photos, et le fait que Nick nous ait changés de tournée, maintenant, tout le monde croit que…

– Que tu as fait une sex tape avec Sienna.

Il hocha la tête et c'était comme si mon cœur s'arrêtait de battre.

– Elles se ressemblent alors elles sont faciles à confondre, surtout depuis l'angle où c'est filmé. Et puis il n'y a pas de date sur la vidéo… En revanche on voit mon visage en gros plan étant donné que c'est moi qui lance l'enregistrement et… Joey dit beaucoup mon nom.

J'eus presque la nausée mais je résistai en me rappelant qu'il avait tourné cette vidéo longtemps avant de me connaître.

– Tu vas faire une déclaration à la presse ?

– Oui, mais je pense que ça ne changera rien. Les gens vont croire ce qu'ils veulent.

Il ferma les yeux et eut soudain l'air épuisé.

– Même Griffin croit que c'est Sienna sur la vidéo.

Il rouvrit les yeux et me caressa la joue.

– Je suis vraiment désolé. On dirait que, sans le vouloir, je viens de leur offrir sur un plateau la preuve qu'ils attendaient tous, et à ce stade, c'est fichu.

Je savais qu'il avait probablement raison et je soupirai à fendre l'âme. On ne pouvait pas se contenter de publier un démenti et imaginer que, d'un seul coup, tout le monde allait nous croire. Le public était trop amoureux de l'idée de Sienna et Kellan en couple. Personne ne l'avait jamais vraiment cru avant, alors maintenant que cette vidéo venait de nous exploser à la tronche, ça allait être encore pire. Avec le « sans commentaire » des débuts, on avait mis de l'huile sur le feu sans le savoir. Puis Nick et Sienna avaient pris les choses en main et les ragots étaient devenus incontrôlables. Tout ce qu'on pouvait faire à présent, c'était attendre la chute en espérant qu'on ne se ferait pas trop mal à l'atterrissage.

Je rangeai mon ordinateur, plus du tout inspirée, puis je passai une éternité au téléphone. Ma sœur, Jenny, Kate, et comble de l'horreur, mes parents, tout le monde y passa. Heureusement, mon père et ma mère n'avaient pas vu la vidéo mais ils étaient au courant, et ma mère n'eut pas l'air de me croire quand je lui dis que ça ne changeait rien pour le mariage.

Je finis par réussir à calmer tout le monde mais je dus vraiment convaincre chaque personne que c'était un vieil enregistrement. Je finis par dire à chacun de regarder la vidéo en se concentrant sur la poitrine de Kellan. En voyant que le tatouage n'y était pas, alors ils sauraient que ça n'avait pas été filmé pendant qu'on était ensemble. Ça ne m'aiderait pas avec le grand public, étant donné que presque personne ne connaissait l'existence du tatouage et qu'il était invisible dans le clip, mais au moins, ça convaincrait mes amis. Et de fait, ils finirent tous par me croire, même si c'était parfois un peu à contrecœur.

Denny fut le dernier à m'appeler, et c'était la conversation que je redoutais le plus. J'étais assise sur le lit quand le téléphone sonna. Le bus était arrêté depuis un moment dans une ville dont je serai incapable de me rappeler le nom et tous les techniciens étaient en train de tout installer pour le concert du soir.

Tous les garçons étaient partis se balader et ils allaient sûrement introduire les Holeshot à leur petit jeu à boire. Les deux groupes s'entendaient bien, ce qui n'avait rien de surprenant : les D-Bags étaient vraiment faciles à vivre et ils s'entendaient généralement avec tout le monde. Kellan m'avait proposé de les accompagner, puis de rester avec moi quand j'avais dit non, mais j'avais refusé aussi. J'avais envie d'être un peu seule pour réfléchir tout en regardant la pluie tomber par la fenêtre. Après son départ, j'avais trouvé un pétale de rose collé au miroir de la salle de bain qui disait *Je suis désolé.* Je le savais. Et moi aussi, j'étais désolée.

Je regardai mon portable, agacée. Je n'étais pas sûre d'avoir encore le courage d'expliquer à un autre ami que Kellan ne couchait pas avec Sienna Sexton. Ça me tapait un peu sur les nerfs de les voir tirer des conclusions aussi vite, mais avec toutes les « preuves » qui s'accumulaient contre Kellan, je ne pouvais pas vraiment leur en vouloir. Si je n'avais pas été en couple avec lui, j'en aurais sûrement pensé autant.

En voyant le nom de Denny s'afficher, j'hésitai, puis je finis par répondre.

– Salut, Denny, dis-je d'un air fatigué.

– Salut… Tu dois être épuisée de répondre au téléphone.

Je souris pour la première fois depuis des heures.

– Si tu savais… Mais je suis contente que tu appelles.

– Bon… Je pose la question ou pas ?

– C'est la sex tape de Joey, la fille dont je t'ai parlé. Sauf que tout le monde pense que c'est Sienna. Franchement, c'est presque triste pour elle : Joey rêvait d'être sous le feu des projecteurs, et même avec une preuve, elle a quand même raté son coup.

Je ris jaune et Denny soupira.

– J'en étais sûr. Ça va, toi ?

Le soulagement m'envahit. J'étais tellement contente de ne pas avoir à le convaincre, lui aussi.

– Ça peut aller, si on considère que Kellan fait la une de tous les magazines avec une autre. Ça craint, je t'assure. Je n'ose même pas aller sur Internet.

– Laisse faire le temps. Ils finiront bien par passer à autre chose.

– Je sais, mais si ça se trouve, le prochain ragot portera lui aussi sur Kellan.

Je reniflai, les larmes aux yeux, tout en me détestant de me mettre dans cet état.

– C'est juste que ça me manque de…

Je ne finis pas ma phrase, incapable de dire que l'époque où personne ne le connaissait me manquait. Pourtant, c'était vrai. Même si Kellan avait toujours été une star à sa façon, c'était à bien plus petite échelle à l'époque du Pete's et je regrettais cette période.

– Je sais, dit Denny. Tu peux toujours rentrer à la maison, tu sais. Ça te ferait peut-être du bien ?

Je ramenai mes genoux sous mon menton en réfléchissant à ce qu'il venait de dire. J'aurais pu rester tranquillement à la maison et passer mon temps à écrire. J'aurais pu rendre visite à ma sœur et à mes amis. J'aurais même pu sauter dans un avion pour rendre visite à mes parents, ou passer du temps avec Denny. C'était tentant et réconfortant mais mon cœur était arrimé à celui de Kellan et je refusais d'être séparée de lui. Il était tout pour moi et je ne voulais pas rater un instant de ce voyage, en dépit des moments difficiles. Quand j'avais accepté de devenir sa femme, j'avais aussi accepté d'être avec lui pour le meilleur et pour le pire, et si j'avais été capable de rester à ses côtés pendant le tournage de cette foutue vidéo, alors je pouvais bien être à ses côtés tandis qu'il payait les pots cassés de sa jeunesse débridée. Je ne voulais pas me sauver ou me cacher. C'était fini, tout ça.

– Non. Ma place est ici, avec lui. Mais merci de m'avoir écoutée, Denny.

Quand je croisai Sienna, ce soir-là, elle était tout sourire, ravie du coup de pub monstrueux dont elle bénéficiait. Bien sûr, elle prenait un air totalement mortifié dès qu'elle était en interview. Elle planta même une journaliste en plein entretien, les bras levés et partant au pas de course comme si elle était offensée que cette personne ait osé aborder le sujet. Le moindre de ses gestes confirmait la rumeur : Kellan et elle avaient fait une sex tape ensemble, et leur glorieux couple était en train de révolutionner la stratosphère.

Kellan essaya de calmer le jeu. Physiquement, d'abord, il restait aussi loin d'elle que possible, allant jusqu'à être à l'autre bout de la salle lorsqu'ils chantaient le single. Il disait aussi à qui voulait bien l'entendre que Sienna n'était pas la fille de la vidéo et qu'il n'était pas avec elle et ne l'avait jamais été. Mais c'était trop peu, et trop tard. Personne ne pouvait plus faire taire la rumeur.

Deux semaines après la publication de la vidéo, les ragots sordides continuaient. On était à Atlanta, en Géorgie, un endroit que j'avais toujours voulu visiter, et les garçons avaient une interview avec une radio en début d'après-midi. J'étais assise sur un tabouret contre le mur à côté de Tory, qui était toujours présente quand Kellan et les garçons parlaient à la presse. Si j'étais avachie contre le mur, Tory, elle, était raide comme un piquet et légèrement penchée en avant, comme si elle était prête à bondir, et elle avait l'air d'une maman ourse qui protégeait ses petits.

– Alors, Kellan… La rumeur continue à enfler. Vous avez quelque chose à dire à propos de la charmante et très *talentueuse* Sienna Sexton ?

À la façon dont il avait insisté sur le mot talentueuse, tout le monde dans le studio avait bien compris qu'il ne faisait pas référence à sa musique, et Kellan se tortilla sur son siège.

– Pour la millionième fois, c'est juste une connaissance. On travaille ensemble, rien de plus.

Tory fronça les sourcils en l'entendant dire ça, mais elle savait, tout comme Nick et Sienna, que rien de ce que Kellan pouvait dire n'avait plus d'importance, et l'animateur ne tarda pas à le confirmer.

– Vous travaillez… je vois. C'est le genre de concert qui me plairait bien, à moi aussi, dit-il en se tournant vers son collègue.

Ils rirent de bon cœur tous les deux et Kellan se rembrunit.

– Je ne suis pas en couple avec Sienna et je ne l'ai jamais été.

Les animateurs le regardèrent d'un air incrédule.

– Alors ce n'est pas elle avec vous sur la vidéo ?

Kellan ferma les yeux et mit une éternité à les rouvrir.

– Non.

– Ça y ressemble, pourtant, intervint le deuxième animateur. Et on a fait des arrêts sur image.

Je sentis mon estomac se tordre et je serrai les poings. Je détestai l'idée que tout le monde dans la pièce avait dû voir la vidéo de Kellan en train de coucher avec une autre. Enfin, tout le monde sauf moi. Il était juste hors de question que je regarde ce truc. Certaines images restaient gravées à jamais dans la mémoire, et j'étais sûre que ce serait le cas de celles-ci si je les visionnais.

– Je ne vois pas ce que tout cela a à voir avec l'album, dit soudain Kellan, et c'est pour parler de l'album que je suis ici. La fille sur la vidéo est une fille avec qui je suis sorti il y a des années. Je ne connaissais même pas Sienna à l'époque, et même si la fille paraît lui ressembler, ce n'est *pas* elle.

Les deux animateurs échangèrent un regard.

– Dans ce cas, pourquoi cette fille ne se manifeste pas ? C'est bizarre, non ? Enfin, si c'est une autre qui a dévoilé la vidéo… où est-elle ?

Malheureusement, c'était là que le bât blessait à chaque fois. Joey avait disparu de la surface de la terre. Elle n'était pas venue défendre sa place d'actrice principale dans la vidéo et elle n'était pas venue chercher ses miettes de célébrité. Elle était restée planquée dans son trou et avait laissé Sienna s'emparer de sa « part du gâteau », ce qui ne lui ressemblait absolument pas.

– Je ne… Je ne sais pas, bafouilla Kellan.

Sachant qu'il était en train de s'enfoncer, il chercha Tory du regard et lui demanda silencieusement de mettre fin au massacre. Mais apparemment, une des filles dans le studio avait décidé de s'en mêler aussi.

– Moi, je trouve ça mignon qu'il protège Sienna en disant qu'il n'y a rien entre eux. C'est chevaleresque, et vous feriez bien d'en prendre de la graine, dit-elle en montrant du doigt les deux animateurs.

J'aurais voulu la poignarder avec un stylo bille. Qu'est-ce que Kellan pouvait dire pour qu'on le croie ?

Tory fit un pas en avant et passa son pouce sous sa gorge dans un mouvement que les animateurs comprirent tout de suite : *Vous passez à autre chose ou on arrête tout.* Ils changèrent donc rapidement de sujet et se mirent à poser des questions sur le concert que le groupe devait donner le même soir, ce qui détendit instantanément Kellan.

À la fin de l'interview, Kellan se dirigea vers moi, morose. Il détestait ne pas pouvoir changer l'opinion du public et être une marionnette qui dépendait de la bonne volonté de Nick et Sienna. Je lui tapotai le bras mais ne fis aucun geste tendre, pour tenter de limiter au minimum les démonstrations d'affection. Avec tout ce qui se passait en ce moment, je ne voulais surtout pas me faire remarquer, car si Kellan était incapable de contrôler ce que les gens pensaient de lui, il serait encore moins capable de contrôler ce que les gens pensaient de *moi*. Et si toutes ces sales commères apprenaient qui j'étais, on n'aurait plus un instant de répit. Ils me présenteraient comme l'autre femme qui venait s'immiscer dans la relation Kell-Sex et tout le monde me détesterait et me diaboliserait. Être impliquée dans un scandale à l'échelle planétaire me faisait tellement flipper que j'avais même demandé à Kellan de porter son alliance à la main droite quand on sortait. Ce n'était pas la peine de m'attirer des ennuis inutiles, et la pression retomberait dès la fin de la tournée de toute façon.

C'était absurde, mais en réalité, c'était moi le secret inavouable de Kellan, et c'était un sentiment trop familier pour que ça me dérange. En revanche, je ne savais vraiment pas comment on ferait en décembre pour ne pas attirer l'attention sur notre mariage. Surtout que les bans étaient publiés publiquement, non ? N'importe qui faisant un minimum de recherches approfondies pouvait découvrir le pot aux roses.

Étant donné qu'on était arrivés le matin mais que le concert n'avait lieu que le soir, on nous avait attribué une chambre d'hôtel, et cette fois, on avait accepté d'abandonner notre nid d'amour dans le bus pour une suite avec un jacuzzi. On était dans un énorme SUV, en route vers l'hôtel, quand mon portable sonna. Je fouillai dans mon sac et le trouvai coincé parmi les pages d'un livre que j'essayais de lire pendant mon temps libre. Sauf que j'étais tellement occupée à écrire que ça aurait été plus vite que Kellan me fasse la lecture. Peut-être que ce n'était pas une mauvaise idée, d'ailleurs. Je souris en voyant le nom sur l'écran.

– Salut, sœurette. Ça va ?

– Tu es où ? répondit Anna.

– À Atlanta. Pourquoi ?

– Je sais que tu es à Atlanta. Ce que je veux savoir, c'est où tu es exactement, là tout de suite.

– On est sur la route. On vient de quitter la station de radio et on retourne à l'hôtel, un palace dans le quartier de Buckheel, ou Buckhead, enfin, un truc comme ça. Pourquoi ?

– Alors il va falloir dire au chauffeur de passer me prendre à l'aéroport… Parce que je viens au concert ce soir !

Je mis quelques secondes à comprendre ce qu'elle venait de me dire.

– Tu es en Géorgie ?

– Quoi ? Anna est en Géorgie ? demanda Griffin en pivotant sur son siège. Trop bien ! Elle est où ?

– À l'aéroport.

– Oui, je viens d'atterrir ! intervint-elle.

Interloquée, la première question qui me passa par la tête fut « Pourquoi tu es venue en Géorgie ? », suivie de *passer me chercher ?* L'aéroport était à l'opposé de notre hôtel : on était dans le nord de la ville, là où le concert se déroulait ce soir, et l'aéroport était dans le sud d'Atlanta. Ce n'était pas du tout notre route mais je n'allais pas l'abandonner à l'aéroport, et Griffin avait déjà dit au chauffeur de faire demi-tour.

– Allez, ramène-toi ! Je t'aime ! dit-elle avant de raccrocher.

Je secouai la tête et remis mon portable dans mon sac. C'est vrai que ma sœur était du genre à traverser le pays sur un coup de tête pour assister à un concert.

18

De la compagnie

Ma chère sœur spontanée, imprévisible et reine dans l'art de l'improvisation, trimbalait une demi-douzaine de sacs, ce qui me donna l'impression qu'elle avait prévu de rester bien plus que le temps d'un concert. Son ventre était énorme depuis la dernière fois que je l'avais vue et elle ne faisait plus semblant de se dandiner en marchant, désormais. Quand je la pris dans mes bras, le bébé se pressa contre mon ventre et je ris en posant une main sur son ventre.

– Salut, Max.

– C'est Maximus, corrigea Griffin avant de me pousser pour prendre ma sœur dans ses bras.

Il prit ensuite son visage dans ses mains et l'accueillit en l'embrassant à pleine bouche, ce qui ne manqua pas de m'écœurer, comme d'habitude. Cela dit, j'avais observé Griffin depuis qu'il m'avait avoué qu'il n'avait couché avec personne depuis qu'Anna lui avait annoncé qu'elle était enceinte, et apparemment, il disait la vérité. Une telle abstinence devrait vraiment être une épreuve pour un coureur comme lui.

Quand ils arrêtèrent de s'embrasser, ma sœur le regarda comme si c'était la première fois qu'elle voyait un carré de chocolat après six mois de régime. Elle aussi s'était abstenue, et elle avait un appétit sexuel aussi insatiable que celui de Griffin. Super. À moins de m'enfermer quelque part, j'allais sûrement avoir le privilège d'entendre leurs exploits, voire d'y assister. Sa visite allait être longue.

Dans la voiture, ils n'arrêtaient pas de se tripoter et Matt, assis derrière eux, fit la grimace.

– Rassurez-moi, on rentre directement à l'hôtel ?

Kellan et Evan rirent tandis que je faisais de mon mieux pour ignorer leurs respirations entrecoupées. Je gardais les yeux rivés sur le paysage qui défilait par la fenêtre mais je pouvais les entendre froisser les vêtements l'un de l'autre. Pourvu qu'ils ne se mettent pas à se déshabiller. Si j'entendais un bruit de fermeture Éclair, je sautais en marche, peu importe qu'on soit sur l'autoroute.

On arriva enfin au St. Regis Atlanta, un grand bâtiment élégant et majestueux qui transpirait le luxe et l'opulence. Tout dans l'architecture du lieu avait été conçu pour intimider et impressionner, mais à cet instant, ça m'était bien égal. Tout ce que je voulais, c'était descendre de voiture, et quand le SUV s'arrêta, on se précipita à l'extérieur comme si l'habitacle était rempli d'un gaz toxique. Evan et Kellan étaient toujours en train de rire tandis qu'ils attrapaient les bagages d'Anna dans le coffre, Matt avait l'air sur le point de vomir, et naturellement, Anna et Griffin ne descendaient pas de voiture.

Un groom apparut comme par magie avec un chariot à bagages et notre chauffeur prit la suite d'Evan et Kellan pour décharger le coffre. On avait plusieurs chauffeurs qui se tenaient à notre disposition dès qu'on voulait aller quelque part, et celui-ci s'appelait Paul. Il était poli, compétent, et surtout, il était silencieux. Il ne nous parlait que si on lui posait une question, et j'étais sûre que c'était pour ça que la maison de disques l'avait choisi. Il avait dû signer un paquet de clauses de confidentialité.

Evan et Matt s'éloignèrent avec le groom, Paul retourna s'installer au volant, et je restai là avec Kellan en attendant que ma sœur sorte de la voiture, pendant des secondes qui se changèrent bientôt en minutes. Il faisait beau pour une fin de mois d'octobre. À Seattle, le vent devait commencer à souffler, la pluie à tomber et les températures à chuter le soir, mais ici, il faisait aussi bon que par une belle journée de printemps. N'empêche, je n'avais pas l'intention de passer la journée à attendre que ma sœur sorte de là.

Paul était assis à la place du conducteur et attendait poliment que Griffin ait fini… ce qu'il était en train de faire à Anna. Je n'avais aucune envie de les interrompre et je me tournai vers Kellan.

– Tu veux bien… ?

– Avec plaisir, dit-il avec un sourire revanchard.

Il se précipita sur la poignée et ouvrit la portière côté passager puis il sauta dans la voiture. J'espérais vraiment qu'ils étaient encore habillés… Un instant plus tard, Kellan réapparut suivi d'un Griffin ébouriffé… et qui avait la braguette ouverte, une vue qui me retourna l'estomac. Alors que Griffin allait se lancer dans une diatribe furieuse, Anna sortit de la voiture et l'embrassa sur la joue avant d'ajuster sa robe de grossesse moulante. Son geste le calma instantanément. Elle vint me rejoindre et me prit par le bras comme si elle ne venait absolument pas de faire une branlette sur la banquette arrière d'une voiture.

– Ça va être génial, Kiera ! glapit-elle en se collant à moi.

Alors qu'elle m'entraînait vers l'hôtel, je regardai par-dessus mon épaule : les yeux de Griffin étaient rivés sur ses fesses et il n'avait toujours pas refermé son pantalon.

Le groom nous attendait quand on arriva dans le hall, et en regardant autour de nous, j'en pris une nouvelle fois plein la vue. Le hall d'entrée avait l'air de sortir tout droit d'*Autant en emporte le vent*, avec ses grands escaliers, ses chandeliers en cristal, ses sols recouverts de plancher et ses tapis luxueux. Tandis qu'Anna observait le décor bouche bée, Matt et Evan se rendirent à la réception pour régler les détails de son séjour. Ça me faisait vraiment plaisir de voir que les garçons acceptaient aussi facilement la présence des copines ou des femmes des autres, que ce soit pour un week-end ou pour plusieurs mois. Pour des musiciens de leur âge, ils étaient vraiment loin du stéréotype de rockeurs qui cassent tout dans leur chambre d'hôtel, s'envoient groupie après groupie et font la fête à longueur de temps.

Quand le groom reçut l'autorisation de conduire Anna à nos chambres, on se dirigea vers l'ascenseur. Les portes intérieures étaient en cuivre et on pouvait se voir dedans avec Anna. Cet hôtel était vraiment le plus luxueux que j'avais jamais vu, encore bien mieux que celui où on avait passé notre nuit de noces avec Kellan.

– Je suis vraiment contente de te voir, finis-je par lui dire, mais tu es sûre que c'est raisonnable de voyager dans ton état ?

– Dans mon état ? répéta-t-elle en arrêtant de jouer avec ses longs cheveux bruns. Je ne suis pas malade.

Le groom fit la grimace. Il regardait droit devant lui, mais à voir son reflet dans les portes en cuivre, c'était évident qu'il avait les yeux fixés sur le reflet de la poitrine imposante d'Anna.

– Mais si le travail avait commencé plus tôt que prévu ? Dans l'avion, par exemple, tu imagines ?

Elle passa un bras autour de moi et me sourit.

– Tu te prends trop la tête. Et puis ça serait génial, en plus. Imagine un peu : « Un petit garçon naît à 10 000 mètres d'altitude ».

Le groom laissa échapper un petit rire qu'il essaya de masquer en toussant, et Anna lui adressa un sourire de star de cinéma. En voyant ça, je ne pus m'empêcher de ressentir une pointe de jalousie : pour une raison quelconque, je n'avais pas hérité du gène « rien à secouer ». Une sonnerie retentit quand l'ascenseur s'immobilisa et le groom nous invita poliment à sortir de la cabine en premier. Je me demandai si c'était la règle dans son métier ou si c'était pour pouvoir mater les fesses de ma sœur.

Tandis que nos pieds s'enfonçaient dans le tapis à mesure qu'on avançait, je jetai un œil vers la quantité astronomique de bagages que ma sœur avait apportée.

– En tout cas, ça fait beaucoup d'affaires pour venir juste à un concert.

– En fait… je reste, dit-elle en riant et en prenant ma main entre les siennes.

Je crus que j'allais me décrocher la mâchoire.

– Quoi ? Mais… et ton travail ?

Anna travaillait dans un restaurant « familial » de la chaîne Hooters. Sa responsable avait passé beaucoup de temps à la former et à lui apprendre tout ce qui touchait à la gestion du restaurant, et jusqu'à… hier, le projet d'Anna était de devenir gérante après l'arrivée du bébé. Elle ne venait quand même pas de démissionner, si ? Enfin, venant d'elle, ça ne m'aurait pas étonnée.

Elle haussa les épaules, complètement indifférente.

– J'ai décidé de prendre mon congé maternité.

On arriva enfin à nos chambres, au bout du couloir. Les D-Bags et moi occupions deux chambres d'un côté et les trois membres de Holeshot occupaient une chambre de l'autre côté, tandis que Sienna occupait le penthouse. Quelque chose me disait que Griffin et Anna allaient sûrement s'octroyer une des chambres et qu'on devrait se serrer avec les autres. Peut-être qu'on allait retourner dormir dans le bus plus vite que prévu, avec Kellan.

– Mais il te reste encore un mois, parvins-je à articuler, sous le choc.

Je trouvai ma clé et ouvris la porte, et Anna entra dans la chambre comme si elle était la maîtresse de maison.

– Je sais ! Encore un mois de folie et d'insouciance !

Elle avança jusqu'au lit impeccable et se vautra sur la couverture finement brodée.

– Je n'allais quand même pas gâcher ma dernière chance de profiter un peu de ma liberté et rester coincée dans un resto au lieu de faire le tour du pays avec un groupe de rock stars !

Elle haussa les sourcils comme si j'étais censée la comprendre, et c'était le cas. Sauf que c'était loin d'être aussi simple dans la vraie vie. Je vins m'asseoir à côté d'elle tandis que le groom apportait ses bagages à l'intérieur.

– Et le bébé, alors ? Où est-ce que tu vas accoucher ?

– Tu vas sûrement trouver ça dingue, mais figure-toi que je pensais accoucher à l'hôpital.

Elle avait un air moqueur et je secouai la tête.

– Et si on n'est pas à côté d'un hôpital à ce moment-là ? On fera quoi si on est au milieu de nulle part ?

Mon Dieu… Est-ce que j'allais devoir accoucher ma sœur ? Dans un bus ? Je me sentis mal rien que d'y penser mais elle balaya mes inquiétudes d'un geste.

– Ça va aller, Kiera, détends-toi un peu.

Je savais que l'accouchement la stressait, elle aussi, et je commençai à me demander si c'était ça, la vraie raison pour laquelle elle avait fui Seattle. Quand il s'agissait de déni, personne ne lui arrivait à la cheville.

Griffin et Kellan nous rejoignirent une minute plus tard et Kellan donna un pourboire au groom tandis que Griffin venait s'allonger à côté de ma sœur. Il glissa ses mains sous sa robe avant que j'aie eu le temps de détourner le regard et je me précipitai vers Kellan, écarlate. Il les regardait s'embrasser fougueusement en riant et je le pris par la main pour l'emmener hors de la chambre.

– À tout à l'heure, lançai-je par-dessus mon épaule.

Anna grommela quelque chose puis elle laissa échapper un long râle, et je fermai précipitamment la porte avant de me diriger vers l'autre chambre réservée au groupe. Anna et Griffin pouvaient garder la chambre, ça ne posait vraiment pas de problème.

Comme prévu, Anna resta donc pour le concert, puis, quand les bus quittèrent Atlanta, elle prit ses affaires et partit avec nous. Griffin était au septième ciel, et même si une partie de moi pensait que c'était juste parce qu'il avait de nouveau des rapports sexuels réguliers – ou plutôt *très* réguliers –, je captais de brefs moments de tendresse entre eux qui laissaient supposer que, peut-être, ils s'aimaient vraiment.

J'étais ravie d'avoir une autre présence féminine à mes côtés sur la route, et vraiment heureuse de retrouver ma sœur, car ça faisait du bien d'avoir quelqu'un à qui parler. Le seul truc qui ne me plaisait pas, c'était la perte de mon lit : Griffin et Anna nous avaient éjectés de la chambre à la seconde où elle était arrivée dans le bus. Vu qu'elle était enceinte jusqu'aux dents, je ne pouvais pas vraiment me plaindre. La faire dormir dans une couchette aurait réellement été cruel.

Je me glissais donc de mauvaise grâce entre Kellan et la paroi du bus tous les soirs, en essayant de ne pas penser à l'absence de confort et d'intimité. *Ça ne fait rien, j'adore ma sœur et elle en a plus besoin que moi* était devenu le mantra que je me répétais chaque soir quand j'essayais de m'endormir au milieu des ronflements, des bruits et des discussions de dortoir.

En me réveillant avec un torticolis après une autre nuit presque sans sommeil, je me demandai si on pouvait louer un camping-car avec Kellan jusqu'à la fin de la tournée. J'en étais même à regretter le matelas qu'on avait dans le bus de Justin. Il faisait sombre et tout était étrangement silencieux, ce qui voulait dire qu'il était sûrement très tôt, ou très tard, je n'en savais rien. Quand vous passiez votre temps à défaire vos sacs en pleine nuit et prendre la route à l'aube, vous n'aviez plus la notion du temps, et changer de fuseau horaire n'arrangeait rien. Mon horloge interne était complètement déréglée.

La partie dortoir du bus n'avait pas de fenêtre, le petit rideau gris qui nous donnait l'illusion d'avoir un peu d'intimité était fermé, et tout était paisible. Mes yeux s'habituèrent rapidement à l'obscurité et la première chose que je finis par distinguer fut un sourire dans le noir.

– Bonjour, murmura Kellan.

J'étirai mon corps endolori et sentis une vilaine douleur dans mon cou. J'allais devoir acheter un oreiller ergonomique si ça continuait.

– Bonjour. C'est le matin ?

Je bâillai et il m'attira à lui.

– Aucune idée.

Alors que j'enroulais mes jambes autour des siennes, nos corps s'alignèrent et le sourire de Kellan s'agrandit en sentant mes hanches contre les siennes.

– Bien dormi ?

– Pas vraiment. Ça me manque de ne plus dormir dans notre lit.

En voulant changer de position, il se cogna la tête dans la couchette au-dessus de la nôtre.

– Pareil. On est serrés comme des sardines, là-dedans.

Je passai mes bras autour de son cou en soupirant.

– On n'est pas obligés de dormir ensemble tous les soirs. Peut-être qu'on dormirait mieux séparément.

– Je préfère ne pas dormir du tout que dormir sans toi.

Il me serra contre son torse et m'embrassa doucement, et quand je sentis ses mains sous mon haut, je pressai mon corps contre le sien. Être serré n'était pas si mal, en fait, même si le problème de l'intimité se posait. On n'avait pas vraiment eu de moments à deux depuis que ma sœur avait rejoint la tournée deux semaines plus tôt, et je mourais d'envie de lui faire l'amour.

Visiblement, il était dans le même état. Une de ses mains suivit la courbe de mon dos pour venir se loger sur mes fesses, sous ma culotte, et je grognai en pressant mes hanches contre les siennes. J'étais sûre qu'on pouvait y arriver, même sans avoir de place.

Notre baiser se fit plus intense, et après quelques manœuvres délicates, Kellan réussit à se mettre sur le dos et moi au-dessus de lui. Mon dos touchait presque la couchette du dessus et c'était vraiment bizarre de me dire qu'Evan dormait juste au-dessus. Kellan plia les genoux et arqua les hanches, et j'essayai de ne pas penser que la tête de Matt était au niveau des pieds de Kellan.

Maintenant qu'il n'y avait plus d'obstacle entre lui et moi, le désir qui avait commencé à éclore en moi se répandait à travers tout mon corps. Je lui mordis l'épaule pour ne pas crier et il retint son souffle en baissant le bas de mon pyjama, ce qui était loin d'être facile entre le manque de place et les draps enroulés autour de nous. Kellan avait raison : j'aurais vraiment dû dormir toute nue. Après pas mal de jurons et de contorsions, il finit par réussir à le baisser jusqu'à mes chevilles et j'utilisai mes pieds pour finir de le retirer, sans m'occuper de là où il allait atterrir.

Je l'embrassai fougueusement et m'attaquai à son caleçon. J'avais tellement envie de lui que j'aurais pu arracher le tissu. Il leva les hanches et baissa son caleçon sans toutefois le retirer, mais ça me suffisait. Il grogna quand je me pressai contre lui et je plaquai une main sur sa bouche pour le faire taire. Il n'y avait toujours aucun bruit dans le bus, et tant que c'était silencieux, je pouvais faire comme si on était seuls.

Je n'avais pas besoin de préliminaires, je n'avais pas besoin de jeux, j'avais juste besoin de lui, et on se mit à bouger avec détermination. La couchette grinçait, nos respirations étaient rapides et je savais que si quelqu'un se réveillait, il comprendrait tout de suite ce qu'on était en train de faire, mais je m'en moquais. L'expression sur le visage de Kellan et le feu qui brûlait entre nous étaient tout ce qui importait.

En sentant l'orgasme monter, j'enlevai ma main de la bouche de Kellan et plaquai mes lèvres contre les siennes. On se mit à gémir entre deux baisers, et au moment où j'étais en train de me dire que je n'en pouvais plus, je sentis une volupté déferler en moi. Kellan se raidit sous moi, signe qu'il était en train de jouir, lui aussi, et je sentis mon corps trembler tandis qu'il se tortillait sous moi, les yeux fermés. J'adorais jouir en même temps que lui et devoir le faire en silence rendait l'expérience encore plus intense.

Quand on s'écarta, on avait tous les deux le souffle court et je m'affalai contre lui. Quelques instants plus tard, je guettai, en quête du moindre bruit, mais heureusement, je n'entendis rien.

Je restai blottie dans les bras de Kellan aussi longtemps que possible mais je savais que je n'allais pas me rendormir et j'avais besoin d'aller aux toilettes. Je passai par-dessus Kellan, à la recherche de mon bas de pyjama, et il me chatouilla, ce qui n'aida vraiment pas ma vessie. Je passai la tête par le rideau et vis que mon pantalon avait atterri dans le couloir. Comme on était sur la couchette du bas, j'avais juste à tendre le bras pour le récupérer. Soudain, je remarquai que le rideau de la couchette en face de moi était ouvert et que Deacon était en train de lire à la lumière de sa liseuse.

Je me sentis blanchir en le voyant me regarder ramasser mon bas de pyjama. Maintenant, je me rappelais pourquoi je dormais habillée… Heureusement que j'avais gardé le haut. Il me fit un petit signe de la main, et même s'il faisait trop sombre pour que je voie bien son visage, son sourire était clairement gêné.

J'ouvris et fermai la bouche comme un poisson hors de son bocal. Qu'est-ce que je devais dire ? Est-ce que je devais m'excuser ? C'était quoi, l'étiquette, dans une situation pareille ? Que ferait madame de Rothschild à ma place ? Alors que je cherchais quoi faire pour détendre l'atmosphère, Deacon retira un écouteur de son oreille et de la musique se mit à retentir en sourdine.

– Tu as dit quelque chose ?

Je secouai la tête, soulagée. Il n'avait rien entendu. Enfin, même s'il n'avait rien entendu, il n'était pas idiot. Il avait vu mon bas de pyjama tomber du lit et il était en train de me regarder le ramasser. Il savait. Et j'ignorais depuis combien de temps il était réveillé, en train de lire et d'écouter de la musique. Peut-être qu'on l'avait réveillé et qu'il avait mis de la musique pour ne plus nous entendre. Au moins, il était poli. Si ç'avait été Griffin, il aurait probablement tout enregistré avec son portable.

Je ramassai mon pyjama et retournai rapidement derrière le rideau, puis j'enfouis mon visage dans le cou de Kellan.

– Ça ne va pas ?

– Notre chambre me manque *vraiment* beaucoup.

– Je nous prendrai une chambre d'hôtel dès qu'on pourra.

Ça me réconforta un peu. De rares moments d'intimité étaient toujours mieux que rien du tout. En me dépêchant de me rhabiller, je donnai un coup de genou dans les parties de

Kellan sans le faire exprès et il me fusilla du regard en étouffant un cri de douleur.

– Désolée, chuchotai-je en l'embrassant sur la joue.

– Vivement l'hôtel, grogna-t-il.

Tiraillée entre la culpabilité et l'envie de rire, je me dirigeai vers le fond du bus pour aller à la salle de bain, en gardant les yeux rivés au sol. Si d'autres étaient réveillés, je préférais ne pas le savoir.

En début d'après-midi, on arriva à Charlotte, en Caroline du Nord, pour le concert du soir qui se déroulait à la Time Warner Cable Arena. Anna était en train de surfer sur Internet tandis que Kellan et Evan jouaient au poker avec Deacon et David, le bassiste des Holeshot. Heureusement, Deacon n'avait fait aucun commentaire par rapport à ce qui s'était passé le matin. Matt était au téléphone, probablement avec Rachel, et le batteur des Holeshot, Ray, jouait à Guitar Hero avec Griffin, qui était en train de lui mettre une raclée. Quant à moi, cela faisait une heure que j'attendais qu'Anna me rende mon ordinateur pour pouvoir écrire un paragraphe ou deux avant le concert. À chaque fois que je lui demandais si elle en avait encore pour longtemps, elle répondait toujours « Juste une minute », mais comme elle était sur des sites d'éducation, je n'insistais pas trop. Je pouvais bien retourner à mon bloc-notes pour une journée.

– J'aimais mieux la Floride, dit Anna en regardant le ciel chargé de nuages lourds.

Après Atlanta, on avait passé un peu de temps à Miami, et même si elle était enceinte jusqu'aux yeux, elle en avait profité au maximum. Elle avait été enchantée de pouvoir bronzer en plein automne, et elle avait même voulu sortir après un concert. Je lui avais rappelé qu'elle devait accoucher dans deux semaines et que passer la nuit en boîte n'était peut-être pas une super idée. Il y avait déjà assez de bruit pendant les concerts, alors ce n'était pas la peine de rendre bébé Maximus sourd en dansant près d'un caisson de basse. Elle m'avait regardé de travers mais elle avait fini par céder, et elle avait passé la nuit dans sa chambre avec Griffin.

Je lui souris et tapotai sur mon bloc-notes du bout de mon stylo en pensant à la façon dont on s'était retrouvés, avec Kellan. J'approchais de l'épilogue et c'était ma partie préférée, car c'était le moment où j'avais enfin arrêté d'avoir peur et où j'avais fini par accepter le fait qu'on était faits l'un pour l'autre. Ce souvenir m'absorba complètement et les mots se mirent à affluer bien trop vite pour mon stylo.

Soudain, Anna renifla, ce qui interrompit ma concentration.

– Quoi ? demandai-je, contrariée.

Entre elle qui me parlait toutes les cinq secondes, le vacarme du jeu vidéo et les cris en provenance de la table de poker, j'aurais sûrement été plus au calme sur ma couchette.

– Tu sais qu'il y a des sites dont le seul but est de prouver que c'est bien Sienna sur la vidéo ?

Sa question eut le mérite d'attirer mon attention et je posai mon carnet dans un soupir. Elle fit pivoter l'ordinateur sur la table pour que je puisse voir l'écran et je constatai que quelqu'un avait créé un blog consacré à prouver – sans l'ombre d'un doute – que Kellan et Sienna s'étaient bien filmés au lit. Sérieusement ?

La page regorgeait de captures d'écran de la vidéo de Joey. Les images étaient granuleuses et sombres, et certains objets étaient entourés d'un cercle, avec en dessous des théories plus fantaisistes les unes que les autres. Voir Kellan de dos alors qu'il était en train de faire l'amour à une autre était bien plus que ce que je voulais voir. Ça me rappela l'horreur de le voir tourner le clip, sauf que là c'était pire, car c'était réel. Et je ne voulais pas en voir plus.

Je fis la grimace en retournant l'écran vers ma sœur et elle jeta un regard dans la direction de Kellan avant de se pencher vers moi comme si elle était sur le point de partager un secret d'État.

– Ils comparent des arrêts sur image du clip avec Sienna à la recherche de ressemblances, et ils ont trouvé une marque à l'intérieur de la cuisse de Joey qui ressemble à la tache de naissance de Sienna.

Elle leva les yeux au ciel et j'essayai de ne pas penser au genre d'angle qui avait dû permettre de voir ce type de détails.

– N'importe quoi. Ils disent même qu'il y a un réveil dans la chambre qui est exactement le même que celui dans les chambres d'un hôtel près des studios où « Regretfully » a été tourné, et qu'ils se sont « entraînés » avant le tournage. Ça va loin, dit-elle d'un air amusé. Alors que franchement, c'est évident qu'ils sont dans la chambre de Joey.

Soudain, mon sang se glaça dans mes veines. Kellan et Joey s'étaient filmés dans *son* ancienne chambre à la maison. *Mon* ancienne chambre. La chambre que j'avais partagée avec Denny. Le lit que j'avais partagé avec Denny. Ils avaient couché ensemble sur le même matelas. Ça me donna envie de rendre

Je regardai Kellan, qui venait de poser ses cartes sur la table d'un air abattu tandis qu'Evan se moquait de lui. Est-ce qu'il y avait pensé, au moins ? Il savait qu'on avait tous fait l'amour dans ce lit, mais il n'y avait sûrement pas réfléchi plus que ça. Après tout, il avait amené un tas de filles dans *son* lit, et être dans son lit avec lui ne me dérangeait pas. Alors pourquoi ça me gênait autant qu'il ait couché avec quelqu'un dans mon lit ? En dépit de toutes les choses horribles que j'avais faites, je n'avais jamais invité Kellan dans le lit que je partageais avec Denny. C'était peut-être idiot, comme limite, mais c'en était une. Je me tournai vers ma sœur en essayant de ne pas imaginer Kellan en train de faire des galipettes dans le lit où on avait dormi avec Denny.

– Comment tu peux être sûre que c'est *mon* ancienne chambre ? Les photos sont super floues. Tu as regardé la sex tape ?

– C'est toi qui m'as dit de la regarder, tu te souviens ? Et tu avais raison : pas de tatouage.

J'avais envie de m'énerver mais c'était vrai : c'était moi qui avais dit à tous mes amis de regarder pour leur prouver que ce n'était pas Sienna, alors je ne pouvais pas me plaindre. Mais je n'avais pas vraiment imaginé qu'ils le feraient : j'avais cru qu'ils se contenteraient de me croire sur parole. Pourtant, connaissant Anna, j'aurais dû me douter qu'elle sauterait sur l'occasion. Elle s'était même sûrement préparé des pop-corn.

– Allez, dit-elle en voyant mon air contrarié, si tu n'étais pas avec lui, toi aussi, tu voudrais regarder la vidéo. C'est sexy comme pas possible.

– Anna ! m'exclamai-je en lui donnant une tape sur le bras. Je n'ai pas besoin d'entendre ça.

– Désolée. Mais n'empêche que c'est vrai, regarde-le.

Elle fit un geste dans sa direction et on se tourna toutes les deux vers lui en même temps, ce qui attira son attention.

– Quoi ? nous demanda-t-il comme si on venait de le surprendre en train de piquer des bonbons.

– Il pourrait rendre une pub pour du papier toilette sexy, marmonna-t-elle. Et une vidéo avec toi, alors là… Laisse tomber, ça ferait fondre le disque dur de l'ordi.

Elle parvint à me faire rire et je me détendis un peu. Kellan était toujours en train de nous dévisager d'un air perplexe et on éclata de rire avec Anna. J'étais donc en train de rire parce qu'une sex tape avec moi serait encore plus chaude que celle avec Joey. Quand est-ce que ma vie était devenue aussi surréaliste, exactement ?

On finit par se calmer en arrivant à la salle de concert, et Anna me rendit enfin mon ordinateur.

– Au fait, me demanda-t-elle soudain avec le plus grand sérieux, tu as eu maman au téléphone ces derniers temps ?

Mon cœur se mit à battre plus vite en voyant son air inquiet. Est-ce qu'elle allait bien ? Il s'était passé quelque chose ? Elle avait surmonté son cancer depuis des années mais peut-être qu'il y avait une nouvelle tumeur ? Mais mon père m'aurait appelée si c'était le cas, non ? Et elle avait eu l'air d'aller très bien la dernière fois que je lui avais parlé.

– Non, pas ces jours-ci. Pourquoi ?

– Il faut que tu l'appelles tout de suite.

J'allais déjà partir chercher mon portable en courant quand elle m'interrompit.

– Étant donné que ton mariage est dans à peine plus d'un mois et que tu l'as chargée de tout organiser, ce que je trouve complètement débile, au passage… elle t'a trouvé une robe, et elle m'a envoyé une photo.

Je me rassis sur mon siège, soulagée.

– Je suis sûre que la robe est très bien, Anna, dis-je en riant.

– Tu ne dirais pas ça si tu l'avais vue. Elle a des manches bouffantes, Kiera. Des manches. Bouffantes. Il faut que tu arranges ça aussi vite que possible !

Je soupirai. De là où j'étais, je ne pouvais pas y faire grand-chose, et je ne me voyais vraiment pas sauter dans un avion pour aller donner une leçon de style à ma mère. L'idée d'avoir des manches bouffantes était loin de me faire rêver, mais c'était surtout pour elle qu'on faisait tout ça, alors est-ce que ce que j'allais porter avait vraiment de l'importance ? Pas tant que ça. Tout ce qui m'intéressait, c'était Kellan. Le reste, c'étaient des détails.

– J'ai vraiment hâte de voir ce qu'elle a choisi pour toi, mademoiselle la demoiselle d'honneur.

Anna sourit de toutes ses dents en se souvenant du rôle que je lui avais confié, mais pas pour longtemps.

– Et merde ! Elle n'oserait jamais…

Je regardai Anna sans ciller et souris. Bien sûr, qu'elle oserait. Anna se leva en catastrophe et se dirigea vers le fond du bus, sûrement pour attraper son portable et prévenir notre mère qu'elle préférerait mourir que porter du taffetas.

Peu après, l'équipe des techniciens était déjà à l'œuvre pour tout mettre en place. Contrairement à la tournée de Justin, l'aide des musiciens n'était pas vraiment nécessaire, car l'équipe technique était vraiment importante. Après avoir effectué les réglages pour le son, Sienna, Holeshot et les D-Bags passèrent environ une heure avec leurs fans. Si la plupart d'entre eux avaient gagné le droit de les rencontrer en participant à un jeu à la radio, certains avaient carrément acheté un pass VIP. Comme toujours, Tory et les gardes du corps de Sienna étaient là pour veiller au grain et garder un œil sur les fans en pleine crise de nerfs.

Avec nos pass autour du cou, on attendait dans un coin de la pièce avec Anna et on regardait Tory énoncer les règles de la rencontre : interdiction de prendre les stars dans ses bras et autorisation de parler à chacun pendant quinze secondes au maximum avant de devoir passer à la personne suivante. C'était affreusement mécanique, et même si la sollicitude de Kellan à l'égard de ses fans m'avait dérangée à une époque, c'était toujours mieux que le côté froid et clinique de ces séances. Tory aurait mieux fait de crier directement *Vous pouvez regarder mais pas toucher*.

De toute façon, ce que Kellan voulait ou aurait voulu n'avait pas d'importance. C'était le concert de Sienna et ces règles primaient : elle préférait garder de la distance avec ses admirateurs. Est-ce que c'était parce qu'elle avait eu une mauvaise expérience dans le passé ? Sûrement. Est-ce que Kellan allait avoir son lot de cinglées, lui aussi ? Entre Candy et Joey, on pouvait dire qu'il avait déjà commencé sa collection.

Il y avait de l'électricité dans l'air tandis que les fans attendaient le moment où leurs stars préférées allaient enfin apparaître et on observait la scène d'un œil amusé avec Anna. C'était vraiment bizarre de connaître personnellement ceux qui faisaient l'objet d'une telle adoration. Comme d'habitude, il y avait beaucoup de fans des D-Bags dans le tas, et malheureusement, il y avait aussi plusieurs tee-shirts Kell-Sex dans le lot. Leurs supporteurs avaient commencé à apparaître un peu partout ces derniers temps, et chaque concert apportait son quota de banderoles et donnait lieu à un tas de montages vidéo réalisés par les fans eux-mêmes. Et même si certaines vidéos étaient parfois réussies, je les détestais toutes sans exception.

Soudain, mon regard se posa sur une fan Kell-Sex qui avait une petite culotte en dentelle à la main. Elle pensait vraiment que Kellan allait signer ça ? C'est alors que je remarquai ce qu'il y avait *sur* la petite culotte et je me décrochai presque la mâchoire.

– Bon sang, Anna, regarde ça.

Anna regarda dans la direction que je pointais du doigt et se mit à rire. Une pro de la couture avait brodé les initiales *KK* sur le devant et les mots *Dieu du rock* à l'arrière. Je me mis la main sur la bouche pour ne pas éclater de rire et m'imaginai sa tête si je portais un truc pareil. Ça n'aurait pas manqué de l'amuser.

– Il me faut ce truc, dit Anna en se levant.

Puis je la vis se diriger vers la fille, lui montrer son pass en lui disant je ne sais pas quoi puis me montrer du doigt. La fille se mit à sauter sur place et donna immédiatement la culotte à Anna, qui revint vers moi tandis que la fille et la copine qui l'accompagnait poussaient des cris suraigus.

– Qu'est-ce que tu leur as promis en échange ?

Elle me tendit la culotte et m'offrit un sourire radieux.

– Je leur ai dit que tu étais l'assistante de Kellan et que tu leur arrangerais un entretien privé si elles me la donnaient.

Je levai les yeux au ciel. Comment elle voulait que je fasse ça ? Tory faisait entrer chaque fan puis les faisait ressortir aussi vite que possible et jamais elle n'en laisserait une rester plus longtemps. Mais cette petite culotte était vraiment trop géniale et je décidai de trouver un moyen d'honorer la promesse d'Anna, même si ça devait faire péter un câble à Tory.

Au moment où je me levai et où je glissai la culotte dans ma poche, les stars firent enfin leur entrée et une série de cris stridents retentit. Les garçons de Holeshot entrèrent en premier et saluèrent les fans d'un geste de la main en se dirigeant vers la zone qui leur était réservée, le long du mur. Je souris en voyant la coiffure de Deacon : il avait ramené ses cheveux en queue-de-cheval, comme à chaque fois qu'il rencontrait des fans. Il m'avait raconté qu'une fois, une fille lui avait carrément arraché une mèche de cheveux et que depuis, il avait tendance à se méfier. David et Ray n'avaient pas ce problème : David avait le crâne rasé, et les cheveux de Ray étaient très courts.

Les D-Bags ne tardèrent pas à arriver, et les cris devinrent si stridents que je me bouchai les oreilles. Anna se joignit aux fans tandis que les garçons allaient rejoindre Deacon et les autres, et je remarquai que Matt avait l'air affreusement mal à l'aise, comme à l'accoutumée. Je compatissais : moi non plus, je n'aimais pas être au centre de l'attention.

Evan scanna la pièce du regard en souriant tandis que Griffin paradait comme un roi devant ses sujets. Il souffla dans sa paume pour vérifier qu'il avait l'haleine fraîche puis se frotta les mains en souriant d'un air de prédateur, comme s'il s'apprêtait à déposséder une pauvre fille de sa vertu. Mais je savais que c'était juste pour le show : Anna l'avait dompté, du moins pour le moment.

Puis ce fut au tour de Kellan d'entrer. Comme à son habitude, il était habillé confortablement, avec un tee-shirt noir et un jean un peu large, et la simplicité de ses vêtements ne faisait qu'accentuer la beauté de son visage. Il balaya la pièce d'un regard charmeur qui, je le savais, s'adressait à moi, mais les fans étaient sans doute convaincues qu'il passait la foule en revue à la recherche d'une partenaire potentielle, et un grand nombre d'entre elles semblaient ravies de se porter volontaires, y compris des filles vraiment jeunes, ce qui était un peu perturbant.

Je ris en le voyant me chercher du regard. J'avais vraiment hâte de voir sa tête quand je lui montrerais la surprise que j'avais dans ma poche.

Enfin, Sienna entra dans l'arène, suivie de sa cour habituelle. D'après les règles précédemment énoncées par Tory, elle était censée se tenir près de la porte pour être la dernière personne que les fans rencontraient, mais visiblement, Sienna n'était pas de cet avis : elle alla se placer entre Kellan et Matt, faisant de Matt le dernier maillon de la chaîne. Kellan la regarda d'un air absent mais elle sourit et lui donna un petit coup d'épaule pour bien montrer à tout le monde à quel point ils étaient « proches », et tout le monde se mit à prendre des photos pour immortaliser le moindre mouvement de ce beau couple follement amoureux. *Mais bien sûr.*

Je tentai de cacher au mieux mon agacement. Étant donné que Kellan avait commencé à refuser de poser avec elle, elle devait désormais se contenter de moments pris sur le vif pour continuer à captiver le public. C'était clair que Kellan détestait son petit jeu et il faisait de son mieux pour garder ses distances tandis que Sienna faisait tout ce qu'elle pouvait pour rester près de lui.

Tory et les agents de sécurité demandèrent aux fans de former une ligne, puis ils les firent avancer un par un, comme lorsque les gens faisaient la queue pour féliciter des jeunes mariés après une cérémonie. Et comme je voulais parler à Kellan, je me glissai dans la queue avec Anna.

Les fans étaient tellement surexcités autour de nous que ça me rendait un peu nerveuse. C'était ridicule, bien sûr, étant donné que je connaissais tous les musiciens et que je les avais même vu ronfler, roter et pire, mais l'anxiété ambiante était contagieuse. Deacon me sourit quand je passai devant lui et je rougis en repensant à ce qui s'était passé le matin. Enfin, ce qui était fait était fait, et ça ne servait à rien que je ressasse. Quand j'arrivai à la hauteur d'Evan, il eut l'air de vouloir me prendre dans ses bras mais il se retint. Autrement, le reste des filles autour de nous prendrait ça comme un signe qu'elles pouvaient se jeter sur lui et ça finirait en carnage.

Puis je passai devant Griffin, qui s'humecta les lèvres et embrassa le vide en me voyant. Ça restait vulgaire mais moins que d'habitude, et j'éclatai de rire. Puis quand Anna arriva devant lui, il tendit les mains.

– Hé, toi, la fille enceinte ! Je veux absolument une photo avec toi, tu es vraiment trop canon.

Elle leva les yeux au ciel mais joua le jeu en sortant un petit appareil photo numérique de son sac.

– Je ne suis pas venue les mains vides.

Il haussa les sourcils d'un air suggestif.

– Je suis sûr que tu es toujours parée.

Anna rit et se frotta le ventre.

– À part une fois…

Le regard de Griffin s'adoucit en regardant le ventre d'Anna.

– Je ne sais pas qui est le père, mais il a de la chance.

– C'est un abruti, mais je l'aime, dit-elle en haussant les épaules d'un air nonchalant.

Personne dans la foule ne pouvait comprendre l'énormité de ce qui venait de se passer, à part moi, et je sentis mon cœur battre à tout rompre dans ma poitrine tandis que je regardais Anna dévisager Griffin. Il déglutit, mal à l'aise, et il allait lui répondre quand les fans qui attendaient derrière Anna se mirent à protester.

– Bon, tu la prends, ta photo ?

Anna soupira et me tendit son appareil puis elle alla se mettre à côté de lui. Griffin ne faisait vraiment pas le malin. Il ne passa même pas un bras autour d'elle et ne tira même pas la langue, pas plus qu'il ne lui fit les oreilles de lapin comme il le faisait d'habitude. Il se contentait de la regarder sans rien dire, sous le choc, un état dans lequel je n'aurais jamais cru le voir un jour.

Je n'en revenais toujours pas quand j'arrivai à la hauteur de Kellan. Il posait pour des photos avec Sienna, ce qui m'étonna. Ils ne se touchaient pas et un fan posait entre eux deux, mais ça n'empêchait pas Sienna de le regarder d'un air énamouré. Elle profita d'un moment d'inattention pour poser la tête sur son épaule, et même si Kellan s'écarta sans attendre, c'était trop tard : plusieurs personnes avaient pris une photo.

Kellan fit un pas de côté en soupirant d'un air exaspéré puis, quand il vit que j'étais la prochaine, il écarquilla les yeux sous l'effet de la surprise.

– Salut, dit-il d'un air malicieux. Je vous signe un autographe sur quelque chose ?

Je regardai Sienna en secouant la tête et il fronça les sourcils.

– La fille a supplié, expliqua-t-il en comprenant que je n'étais pas contente à cause de la photo. Je ne voulais pas être mal élevé.

Je hochai la tête en essayant d'être compréhensive. Les fans avaient attendu pendant une éternité et se faisaient traiter comme du bétail, alors Kellan voulait juste être gentil, tandis que Sienna trouvait le moyen d'en profiter. En voyant que Tory était occupée à accompagner vers la sortie des fans qui avaient fini leur tour des artistes, je fis signe à Kellan de se rapprocher de moi, puis je lui désignai la fan qui m'avait donné sa relique. Elle n'était pas loin derrière moi, en train d'admirer les tatouages d'Evan.

– Elle m'a donné quelque chose de spécial, tu peux la remercier pour moi ?

– C'est quoi ?

– Tu verras plus tard, dis-je avec un sourire. Mais je lui ai promis que tu passerais un peu de temps avec elle.

Il hocha la tête et une fan enragée qui avait doublé ma sœur pour arriver jusqu'à Kellan plus vite me poussa.

– Je vais voir ce que je peux faire, promit-il.

Son air intrigué m'amusa, mais mon sourire s'évanouit quand j'arrivai à la hauteur de Sienna.

– Tu n'as pas besoin de faire la queue pour me parler, tu sais, me dit-elle avec un grand sourire poli.

Je sais, oui. Et toi, tu n'as pas besoin d'essayer de convaincre le monde entier que tu couches avec mon mari.

Même si je mourais d'envie de lui dire ma façon de penser, je gardai mes réflexions et me contentai de lui sourire avant de quitter la pièce. Je ne pouvais pas lui parler, du moins pas ici. Peut-être que si j'arrivais à me retrouver en tête-à-tête avec elle, je pourrais la convaincre d'arrêter d'alimenter la rumeur de sa romance imaginaire avec Kellan. Ça devenait franchement ridicule et la dévotion des groupies envers cette relation bidon était proche du fanatisme. Si elle disait ne serait-ce qu'un mot, j'étais sûre que les choses se calmeraient. Mais leurs deux albums étaient en tête des ventes, alors il y avait de grandes chances pour qu'elle continue à jouer le jeu. Avérée ou non, la rumeur leur faisait gagner de l'argent et Sienna continuait de dispenser des commentaires aussi ambigus que possible. « C'est un homme remarquable », « J'adore passer du temps avec lui », « J'admire tellement son travail », et ma préférée : « Il a vraiment tout pour lui : il est beau, intelligent, charismatique, talentueux et il a un corps… je ne vous dis pas. »

C'était tellement frustrant… J'aurais voulu pouvoir tenir la main de mon mari en public sans avoir peur qu'on se fasse surprendre par un paparazzi. J'aurais voulu pouvoir être heureuse de voir Kellan porter son alliance partout où il allait. Et surtout, j'aurais voulu pouvoir arrêter de stresser à l'idée que des fans obsédés par Kell-Sex se tapent l'incruste à mon mariage le mois prochain.

19

Le déni

À la fin de la séance, Kellan retourna voir mademoiselle Petite Culotte et sa copine, et elles semblaient toutes les deux sur le point de se faire pipi dessus. Quant à Tory, elle avait l'air furax que son programme soit contrarié, mais en même temps, elle avait toujours un air fâché. Kellan lui fit son plus beau sourire dans la catégorie « Cause toujours » et il emmena les deux fans avec lui pour une visite privée des coulisses.

Étant donné que j'étais « l'assistante » de monsieur Kyle et que j'étais à l'origine de cette visite, je suivis le petit groupe pour que les deux filles ne trouvent pas ça bizarre. Elles étaient plutôt marrantes : tandis que Kellan marchait devant elle et leur parlait des différentes zones, des instruments et des différents groupes, elles s'agrippaient l'une à l'autre comme si elles étaient des bouées de sauvetage. Elles tremblaient tellement que j'avais presque peur que le trop-plein d'endorphines ne les fasse s'évanouir et, quand Kellan les regardait directement, elles laissaient échapper des petits cris aigus suivis de gloussements incontrôlés. Est-ce que j'étais aussi nerveuse que ça quand j'étais en sa présence au début ? Pas que je sache, en tout cas.

Kellan finit la visite en sautant sur scène et en tendant la main aux deux filles pour les aider à grimper. Elles devinrent pâles comme des mortes et je m'avançai pour être prête à les rattraper si l'une d'elles tombaient dans les pommes. Bon sang, c'était juste un homme… Certes un homme attirant et talentueux, mais un homme quand même.

Il rit en voyant leur tête et les aida à grimper, puis il avança vers le bord de la scène et tendit le bras vers moi.

– Besoin d'un coup de main, madame Kyle ? demanda-t-il assez bas pour qu'elles ne l'entendent pas.

Ses yeux pétillaient de malice mais je secouai la tête et montai sur scène toute seule.

– Merci, monsieur Kyle, mais ça va aller. De plus, je pense qu'il vaut mieux que vous gardiez les mains libres pour rattraper ces demoiselles si jamais elles s'évanouissaient et tombaient de la scène. Vous ne voudriez pas qu'elles vous collent un procès.

Les filles étaient en train de glousser tandis qu'elles mataient ouvertement ses fesses, et quand il se tourna vers elles, elles se mirent à glapir.

– Heureusement que tu ne cries pas comme ça juste quand je te regarde. Je préfère devoir le mériter, ajouta-t-il à voix basse.

Il retourna vers les fans et me laissa là, rougissante. Il savait vraiment jouer avec les mots.

Alors que la visite privée touchait à sa fin, Sienna arriva sur la scène, suivie de loin par ses deux gorilles. Les deux fans eurent un nouveau sursaut d'excitation en voyant la superstar s'approcher d'elles, d'autant qu'elle était déjà en tenue de scène, vêtue de sa fameuse combinaison moulante. Ses cheveux étaient ramenés en une queue-de-cheval impeccable qui mettait son cou délicat et ses pommettes en valeur et lui donnait l'air d'une déesse grecque qui venait rejoindre son Adonis.

Les fans sortirent leur appareil photo en moins de temps qu'il n'en fallait pour le dire et parvinrent à faire rentrer le fameux couple dans un seul et même cadre. Sienna leur offrit un sourire façon cérémonie des Oscars et elle fit un geste en direction de deux agents de sécurité qui attendaient un peu plus loin.

– C'est l'heure, chéri, dit-elle d'une voix rauque et sensuelle qui avait l'air de suggérer que ça pouvait être l'heure de tout un tas de choses.

Kellan allait lui répondre mais les deux filles attrapèrent enfin leur courage à deux mains et prirent la parole.

– Sienna, on t'adore. Tu es trop géniale et on trouve ça trop bien que toi et Kellan vous soyez tombés amoureux en enregistrant une chanson. Ils devraient faire un film sur vous.

Sienna jubilait.

– Ce serait génial ! Je pourrais même jouer mon propre rôle !

Elle sourit à Kellan et se mit à glousser de concert avec les deux autres comme si elles étaient à une soirée pyjama. Au moment où Kellan était en train d'expliquer aux deux filles qu'il n'était pas avec Sienna, les deux agents de sécurité nous rejoignirent pour demander aux deux filles de quitter la scène, et elles firent la moue comme deux gamines tandis qu'on les escortait loin de leurs superstars. L'une d'elles avait presque les larmes aux yeux et c'était clair qu'elles ne croyaient pas ce que Kellan venait de leur dire. Encore deux victimes de la machinerie Kell-Sex.

Je levai les yeux au ciel et suivis Kellan en coulisses tandis que les techniciens finissaient de tout préparer pour le concert qui devait démarrer dans deux heures. Habitués à être tout le temps en présence de stars, ils ne nous prêtaient même pas attention, et je trouvais que leur attitude aidait vraiment à garder les pieds sur terre.

– Il faut qu'on parle, dit-il en arrivant à côté de Sienna.

– Pas de problème, chéri, dit-elle en faisant comme si elle ne remarquait pas son air glacial.

Elle nous fit signe de la suivre et se dirigea vers sa loge sans même vérifier si on était derrière elle. Elle devait vraiment avoir l'habitude qu'on lui obéisse au doigt et à l'œil. Elle s'engouffra dans sa loge sans nous jeter un regard et je posai une main sur le torse de Kellan une fois devant sa porte.

– Si ça ne te dérange pas, j'aimerais bien lui parler, moi. Seule à seule.

Il fronça les sourcils mais il acquiesça.

– Je vais aller faire un tour. Préviens-moi quand tu auras fini. Et surtout, ne te sens pas obligée d'y aller doucement.

Je caressai sa joue et il embrassa mon poignet avant de s'éloigner. Ma peau picotait là où ses lèvres l'avaient effleurée et je n'en revenais pas qu'il continue à me faire cet effet. Mais j'étais ravie que ce soit le cas.

Je rentrai dans sa loge et fermai la porte derrière moi et elle se retourna pour me faire face en poussant un soupir dramatique.

– Dis-moi ce qui ne va pas, Kellan chéri. Oh, dit-elle en remarquant qu'il n'était pas là, c'est juste toi ?

– J'ai demandé à Kellan de nous laisser seules.

Elle mit ses mains sur ses hanches d'un air amusé.

– Ah bon ? Et pour quoi faire ? Me menacer de t'en prendre à moi physiquement si je ne garde pas mes distances avec ton homme ?

En toute sincérité, je n'avais pas vraiment réfléchi, et même si le scénario qu'elle venait d'énoncer m'était passé par la tête, je l'avais aussitôt écarté. La violence n'était pas une solution. Je devinais que tout ce que je pourrais répondre à sa question la mettrait sur la défensive, alors je décidai de m'y prendre autrement.

– Tu as déjà été amoureuse ?

Elle cligna des yeux, prise au dépourvu.

– Je n'ai vraiment pas le temps pour ça…

Sa voix me fit douter de la véracité de ses dires et je fis un pas vers elle, avec l'impression que j'avais mis le doigt sur quelque chose.

– Eh bien Kellan et moi, on *est* amoureux. *Profondément* amoureux. On a traversé beaucoup de choses ensemble, et il a vécu bien pire avant de me connaître. Et cette relation inventée de toutes pièces entre vous est vraiment dérangeante. Il adore ce qu'il fait, il adore ses fans, et il ne vit que pour la musique, mais tout ce foutoir, ça le rend malheureux. Ça ne te fait rien de savoir qu'il est malheureux ?

Elle me regarda d'un air impassible qui ne me donna aucun indice sur l'intérêt qu'elle portait ou non au bien-être de Kellan, puis elle finit par hausser les sourcils.

– Je ne lui fais aucun mal. Et j'ai respecté sa consigne de ne pas l'embrasser sur la bouche.

Je soupirai. Elle n'allait vraiment rien faire pour me faciliter la tâche. J'ouvris la bouche pour lui répondre mais elle fut plus rapide.

– Je respecte ta démarche, et je vous aime vraiment bien tous les deux, mais qu'on soit bien d'accord : ma carrière passe en premier, et je ferai tout ce que je peux pour rester au top, y compris flirter gentiment avec un homme marié.

Elle leva les yeux au ciel et je ne savais pas si c'était à cause de la partie sur le flirt ou de celle sur le mariage. Enfin, les deux concepts lui paraissaient sans doute aussi ridicules l'un que l'autre.

Je serrai les dents et m'apprêtai à sortir de sa loge en trombe. J'aurais dû savoir que ça ne servait à rien de discuter avec elle. Ça lui était égal que Kellan se sente manipulé. Tout ce qui l'intéressait, c'était que son album soit numéro un. Il était sorti quelques semaines avant celui de Kellan, et l'objectif n'était pas encore atteint.

– Désolée de t'avoir fait perdre ton temps. Je voulais juste avoir une conversation d'adultes à propos de Kellan, peut-être même trouver une solution qui conviendrait à tous, étant donné que tu as dit que tu voulais que tout le monde y trouve son compte. Mais on dirait que tu t'intéresses seulement à ce qu'il peut faire pour toi, alors je vais te laisser te vautrer tranquillement dans ta gloire.

Je tournai les talons mais elle m'attrapa par le coude et son regard sombre me transperça.

– Vous dramatisez tous les deux. C'est comme ça que ça se passe quand on devient connu, et j'essaie de faire avancer la carrière de Kellan autant que la mienne. Si j'étais aussi égoïste que ce que tu crois, Kellan serait dans *mon* lit en ce moment, pas dans le tien. Mais je n'ai rien tenté avec lui parce que je respecte votre relation.

Je la fusillai du regard, furieuse qu'elle prétende pouvoir le séduire aussi facilement. D'autant que ce n'était pas le cas : Kellan m'aimait plus que tout.

Elle me lâcha le bras en ayant l'air de se calmer, et quand elle reprit la parole, son ton était plus doux.

– Tout ce cirque médiatique qu'il déteste tellement, ça va continuer, avec ou sans moi. Au cas où tu ne l'aurais pas remarqué, Kellan est très attirant, dit-elle avec un sourire, et très talentueux par-dessus le marché. Et c'est le genre de combo qui a la capacité inquiétante de réduire la femme la plus sophistiquée à l'état d'adolescente tremblotante. Je pense que même une femme mariée heureuse dans son couple n'hésiterait pas à tout envoyer balader pour une nuit avec lui.

Là-dessus, elle n'avait pas tort, et je me mis à rire.

– Habitue-toi dès maintenant, dit-elle en posant sur mon bras une main presque réconfortante, tant qu'il est en sécurité avec moi, parce que les médias vont lui prêter des aventures avec toutes les femmes qu'il va croiser. C'est comme ça, on n'y peut rien.

Mon cœur se serra mais je savais qu'elle avait raison.

– Oui, sauf qu'avec tes groupies, c'est différent. Ils sont complètement fanatiques et ils vous ont transformé en une espèce de super couple… Kell-Sex.

– Ce surnom… dit-elle en levant les yeux au ciel. C'est vraiment immonde, tu ne trouves pas ?

Je souris et me sentis un peu mieux.

– J'ai peur de le toucher quand il y a des gens autour de nous. J'ai peur qu'on soit découverts et que les fans s'en prennent à moi. Qu'est-ce qui se passerait s'ils découvraient mon existence, à ton avis ?

Elle haussa les épaules.

– Ils baveraient sur ton dos, ils pleurnicheraient et tu te ferais sûrement assassiner sur la Toile, mais je ne pense pas qu'ils te courraient après avec une fourche. Je ne pense pas que ça aurait un effet aussi négatif sur vous que ce que tu crois, dit-elle en me souriant franchement. Les fans s'en remettraient : ils aiment trop Kellan.

Elle me fit un clin d'œil et s'empara d'un tube de rouge à lèvres sur sa coiffeuse, puis elle se pencha devant le miroir.

– Je vais lever un peu le pied sur les démonstrations d'affection, si ça vous dérange vraiment à ce point.

– Ce serait gentil… merci.

Elle exauçait enfin nos souhaits, mais ça n'avait pas la saveur d'une victoire pour autant. J'hésitai, puis je décidai de lui demander ce que j'avais vraiment en tête.

– Tu penses que tu pourrais dire quelque chose à tes fans ? Leur dire que Kellan est en couple ? Sans dire mon nom ou quoi que ce soit, ajoutai-je rapidement, juste pour nous aider à calmer un peu le public.

Elle mit une éternité à appliquer son rouge à lèvres.

– Pas de problème, chérie, finit-elle par répondre.

Croyant que notre petite entrevue était terminée, j'allais partir mais sa voix me fit m'immobiliser.

– Je t'ai vue écrire en coulisse. Ça avance, ton livre ?

– J'ai presque fini, répondis-je, étonnée qu'elle ait remarqué que j'écrivais.

Elle se tourna vers moi et s'assit en équilibre sur le bord de sa coiffeuse.

– Je connais des gens dans le monde de l'édition. Ils pourraient peut-être jeter un coup d'œil à ton manuscrit, une fois que tu auras terminé ?

J'avais l'impression qu'accepter de l'aide venant d'elle revenait presque à passer un pacte avec le diable et je décidai de rester vague.

– Merci. Je m'en souviendrai, dis-je en souriant.

Elle me fit un petit geste de la main, signe qu'on en avait terminé, et je sortis de la pièce sans vraiment savoir si la conversation s'était bien passée ou pas. Pour me changer les idées, je me mis en quête de ma rock star préférée, et ce qu'il était en train de faire quand je le trouvai m'étonna un peu. L'équipe n'avait pas encore fini d'installer les instruments sur scène et il y en avait plusieurs qui traînaient encore en coulisses, y compris une batterie. Et Kellan était installé derrière, en train d'essayer de jouer une chanson des D-Bags sous les rires sans pitié d'Evan.

Je ne l'avais jamais vu jouer de la batterie avant et c'était à la fois bizarre et naturel. Ce n'était clairement pas sa spécialité, et il se mordait la lèvre en se concentrant, ce que je trouvais terriblement séduisant. Et apparemment, je n'étais pas la seule, car un petit cercle était en train de se constituer autour de nous pour l'écouter jouer, ou plutôt essayer de jouer.

Evan me repéra et vint me serrer dans ses bras. Il n'arrivait pas à s'arrêter de rire et je crus qu'il allait se mettre à pleurer en voyant Kellan se mélanger les pinceaux et faire tomber une baguette.

– C'est cool de savoir que je suis meilleur que lui dans un domaine.

Je ris en regardant Kellan jurer et secouer la tête. Il avait vraiment du mal à garder le rythme et je reconnaissais à peine la chanson qu'il essayait de jouer.

– Il a d'autres talents, murmurai-je.

Evan rit et je me rendis compte du double sens de ma phrase.

– Enfin, le chant, je veux dire.

– Oui, oui, j'avais compris, dit-il en riant plus fort.

– Au fait, c'est quoi, le truc du paquet de bonbons ?

Je ne voulais pas être indiscrète, mais la curiosité me dévorait depuis des mois. Evan baissa les yeux et je vis qu'il rougissait un peu.

– Euh… Avec Jenny, la première fois qu'on a… enfin, tu sais, on était en train de manger ces bonbons-là et… disons que le paquet s'est fait ratatiner dans le feu de l'action. Je ne savais pas qu'elle l'avait gardé.

Il leva les yeux vers moi et sourit d'un air attendri.

– Elle est sentimentale.

– Comme la plupart des filles, répondis-je.

– Et merde, j'abandonne ! cria soudain Kellan.

Les gens autour de nous se mirent à rire et il laissa tomber les baguettes par terre.

– Le pauvre, dit Evan en me tapant dans le dos. Il va falloir que tu le consoles avant le concert.

Je ris et allai rejoindre mon mari découragé.

– Je suis nul, dit-il en faisant la moue avec une tête de chien battu.

Je résistai à l'envie de l'embrasser et lui tendis la main pour l'aider à se lever.

– Tu ne peux pas être le meilleur partout, dis-je en jouant avec son alliance avant de lui lâcher la main.

– Tu as raison, dit-il d'une voix rauque, je vais m'en tenir aux trucs où je suis vraiment, vraiment bon.

Puis il me lança un regard qui fit monter en flèche ma température corporelle, mais au moment où j'allais le rappeler à l'ordre, il changea de sujet.

– Comment ça s'est passé avec Sienna ?

– Elle a dit qu'on dramatisait. Et elle a aussi dit qu'elle ferait en sorte de te coller un peu moins.

– Elle a déjà dit ça avant. Mais dès qu'un appareil photo est braqué sur elle, c'est comme si elle avait un trou de mémoire. Elle est prête à tout pour donner aux fans ce qu'ils veulent.

– Je pense que c'est parce qu'elle a été élevée comme ça. C'est sûrement comme ça qu'elle a survécu à la transition entre enfant star et super star.

Mes propres paroles me firent cligner des yeux. Est-ce que je venais vraiment de prendre sa défense ? Kellan eut l'air étonné aussi en ouvrant la porte de sa loge.

– Je comprends. En fait, je pense que la seule chose que je comprends vraiment chez elle, c'est qu'elle a eu une enfance aussi pourrie que la mienne.

Je refermai la porte derrière nous et passai mes bras autour de son cou.

– Son enfance n'a rien à voir avec la tienne. Absolument rien.

Une expression triste que je connaissais bien s'inscrivit sur son visage et je le serrai dans mes bras de toutes mes forces, pour lui rappeler que mon amour pour lui était plus fort que toute la méchanceté que ses parents avaient bien pu lui témoigner.

Un peu plus tard, alors que les D-Bags étaient sur scène, Anna vint me rejoindre à l'endroit où je m'installais d'habitude, juste derrière la scène. En général, je profitais de leurs concerts pour travailler sur mon nouveau roman. Travailler sur deux romans en même temps n'était sûrement pas le meilleur moyen d'en finir *un*, mais dès que je regardais Kellan sur scène, j'avais dix idées à la minute pour ma nouvelle histoire.

Je m'arrêtai en plein milieu d'une phrase et regardai ma sœur : elle n'avait pas l'air très en forme et elle massait un endroit sur le côté gauche de son ventre. Ses yeux émeraude brillaient un peu à la lumière des spots et je ne savais pas si c'était parce qu'elle était émue ou juste fatiguée. Ça devait être épuisant de porter un enfant, sans parler du fait de devoir supporter Griffin. Je repensai à la déclaration qu'elle lui avait faite l'après-midi et je me demandai si elle allait bien.

Je refermai mon ordinateur, me levai et lui montrai ma chaise.

– Tu veux t'asseoir ?

Ce n'était pas ce qu'il y avait de plus confortable mais au moins, ça lui éviterait de rester debout.

– Merci, dit-elle sans quitter la scène des yeux.

Elle alla s'asseoir et tourna la tête pour continuer à avoir les garçons dans son champ de vision (ou peut-être un seul d'entre eux) et, en dépit de son maquillage, je vis qu'elle avait les yeux cernés. Elle ne l'admettrait jamais mais elle était épuisée. Elle aurait vraiment mieux fait de rentrer et de se reposer tant qu'elle le pouvait encore.

– Ça va, sœurette ? demandai-je en posant une main sur son épaule.

– Oui, répliqua-t-elle en prenant un air dur. Pourquoi ça n'irait pas ?

J'aurais pu lui citer tout un tas de raisons mais je choisis de me concentrer sur celle dont elle accepterait sans doute de parler : la fatigue liée à sa grossesse.

– Tu n'arrêtes pas de te frotter le ventre.

– Maximus n'arrête pas de donner des coups exactement au même endroit. Je vais avoir un bleu, s'il continue, expliqua-t-elle en faisant la grimace.

– Ce ne serait pas le fils de Griffin s'il n'était pas pénible, dis-je sans réfléchir.

– Il vaut mieux que ce que tu crois.

– Je sais, répondis-je en me remémorant certaines conversations que j'avais eues avec lui.

Elle ouvrit des yeux ronds comme des billes en m'entendant admettre un truc aussi énorme et je lui donnai une petite tape qui la fit rire. Voyant qu'elle avait l'air de meilleure humeur, je décidai de lui poser la question qui me trottait dans la tête.

– Mais sinon, ça va après ce qui s'est passé tout à l'heure ? Avec Griffin, je veux dire.

Sa bonne humeur s'évanouit immédiatement.

– De quoi tu parles ?

Je retins un soupir exaspéré. Ces deux-là étaient vraiment têtus comme des mules. On était des petits joueurs avec Kellan, comparés à eux.

– Tu lui as dit que tu l'aimais et il s'est transformé en statue.

Elle fronça les sourcils et détourna le regard.

– Ça ne me pose pas de problème. On n'a pas une relation aussi gnangnan que la vôtre, et ça me va très bien, dit-elle en me regardant en coin. Je n'ai pas besoin de toutes ces conneries prétendument romantiques. Et puis de toute façon, je plaisantais. Je ne le pensais pas vraiment.

Elle serra les dents et déglutit trois fois de suite, et quand je vis ses yeux se remplir de larmes, je sus qu'elle mentait. Elle le pensait vraiment. Elle ne plaisantait pas. Et ça lui posait un problème. Elle en attendait davantage de sa part mais jamais elle n'accepterait de le reconnaître. Dans le doute, elle appliquait la bonne vieille méthode : le déni.

Ne sachant pas trop quoi faire, je l'embrassai sur la joue.

– Je t'aime, Anna.

Si Griffin n'était pas capable de le lui dire, elle pouvait au moins l'entendre dans la bouche de quelqu'un d'autre. Elle leva la tête vers moi et une larme roula sur sa joue, qu'elle essuya immédiatement.

– Il m'a dit qu'il t'aimait, ajoutai-je.

Je crus que ça l'aiderait à se sentir mieux mais elle avait juste l'air fatigué en regardant Griffin sur scène. Mais bon, peut-être que c'était juste à cause de la grossesse.

– Je vais aller m'allonger dans le bus, si jamais Griffin demande où je suis.

Je lui promis de passer le message, le cœur lourd.

À la fin du concert, il ne me posa pas de questions mais je lui dis quand même où elle était. Il hocha la tête, ce qui prouvait qu'il m'avait entendue, mais au lieu de se diriger vers le bus, il resta assis là jusqu'à ce que les D-Bags doivent retourner sur scène pour le duo avec Sienna. Pour la première fois de ma vie, je regardai Griffin au lieu de Kellan et Sienna : même sur scène, sous le feu des projecteurs, il avait l'air perdu dans ses pensées. C'était la première fois que je le voyais dans cet état et je ne savais vraiment pas quoi penser.

À la fin du concert, les garçons me retrouvèrent dans les coulisses, avec Sienna qui leur emboîtait le pas. Je pensais que Griffin voudrait sûrement aller retrouver Anna : on jouait dans la même salle le lendemain soir, ce qui signifiait qu'on avait un peu de temps libre et la possibilité de dormir à l'hôtel. Kellan avait tenu sa promesse et nous avait réservé une chambre rien que pour nous. Sauf qu'au lieu d'aller chercher Anna, Griffin se tourna vers Matt.

– On va boire un verre ?

Matt hocha la tête et se tourna vers nous.

– Ça vous dit de sortir ?

– Carrément, dis-je en posant mon ordinateur alors que Kellan était déjà en train de répondre « non ».

Il me regarda d'un air ahuri. On avait évité de sortir avec les autres depuis l'explosion du couple Kell-Sex et on avait plutôt fait profil bas, ce qui n'avait pas manqué de nous valoir des réflexions de la part des autres – enfin, de la part de Griffin. Mais cette fois, j'avais envie de sortir avec eux. L'expression sur le visage de Griffin ne me plaisait pas, et le voir se frotter les mains avec impatience me plut encore moins.

– Je trouve que c'est une super idée ! s'exclama Sienna, apparemment aussi excitée que lui. Je connais un endroit génial.

Elle avança et fit un geste comme si elle s'apprêtait à prendre Kellan dans ses bras, mais elle se retint à la dernière seconde et je me sentis presque fière d'elle. Presque. Kellan continuait à me dévisager et je pouvais lire dans ses pensées. *Tu ne préférerais pas être seule avec moi dans une chambre d'hôtel au lieu d'aller boire des coups avec Griffin ?* Je me forçai à sourire pour le convaincre de mon enthousiasme. Bien sûr que j'aurais préféré rentrer avec lui à l'hôtel. Mais Anna était ma famille et je devais prendre soin d'elle.

Sienna passa un coup de fil pour prendre des dispositions et on se dirigea vers les loges. Je me demandai qui elle pouvait bien connaître en Caroline du Nord et où elle allait nous emmener. De toute façon, c'était trop tard : en à peine cinq minutes, les garçons s'étaient déjà changés et parfumés, je remarquai que Griffin avait eu la main particulièrement lourde sur l'eau de toilette.

Sienna mit une éternité à se changer, et quand elle émergea de sa loge, je songeai que j'aurais peut-être mieux fait d'aller me changer, moi aussi. Elle portait une robe corail qui avait l'air d'avoir été faite pour aller en boîte et le bas de la robe formait comme des pétales qui se soulevaient et dévoilaient ses cuisses dès qu'elle faisait le moindre mouvement.

Quant à moi… je portais un jean IKKS et des baskets en toile. Sexy. Mais de toute manière, je n'avais aucune robe de ce style dans mes affaires alors j'essayai de mettre de côté mon sentiment d'être affreusement quelconque. J'allai rejoindre Kellan qui regarda Sienna et leva les yeux au ciel.

– Même dans ses meilleurs jours, tu es quand même plus belle qu'elle.

Je rougis en ayant soudain l'impression d'avoir remporté le concours de Miss America. Son compliment donnait l'impression que Sienna en avait fait des tonnes pour se faire remarquer et que ça la rendait presque ridicule. Ça la rendit un peu moins belle à mes yeux et je me sentis davantage son égale lorsqu'on quitta la salle de concert.

Sienna avait l'air d'être gelée et frottait ses bras nus, mais elle n'eut pas à attendre longtemps. Une limousine apparut comme par magie, et on se précipita tous à l'intérieur. Je soupirai en voyant la débauche de luxe dans l'habitacle. Ce n'était pas comme ça qu'on allait faire couleur locale… Ça me fit vraiment regretter les boîtes où on sortait avec Kellan à Seattle. Et les soirées au Pete's. Et la tournée avec Justin. Je regrettais l'époque de la simplicité…

Kellan garda son bras autour de moi pendant tout le trajet, et Sienna nous observa avec une drôle d'expression. Son regard était bienveillant, mais il y avait aussi une pointe de nostalgie, et peut-être même de la tristesse dans ses yeux. Peu importe son côté bravache, j'étais sûre qu'elle avait été amoureuse à un moment et que ça s'était mal terminé. L'espace d'un instant, son vernis craqua et j'eus le sentiment de voir la vraie Sienna au lieu de son double célèbre, mais quand elle remarqua que je l'observais, elle reprit tout de suite son air assuré et me fit un clin d'œil.

Lorsque le chauffeur s'arrêta devant une boîte qui s'appelait Poison, un tas de photographes se trouvaient devant l'entrée, comme s'ils savaient déjà qui se trouvait dans la voiture, et ils commencèrent à mitrailler avant même qu'on sorte de la limousine. On se serait cru à l'avant-première d'un film, et sachant qu'on était en Caroline du Nord, j'étais presque sûre qu'ils n'étaient pas là par hasard. Je ne savais pas qui Sienna avait bien pu appeler pour organiser notre petite soirée, mais désormais, je comprenais mieux pourquoi elle avait mis dix plombes à se préparer.

Le chauffeur fit le tour de la voiture pour nous ouvrir la portière, et tandis que je regardais les flashes d'un air horrifié, je vis un petit sourire se former sur les lèvres de Sienna. Une soirée en boîte avec son célèbre amant, voilà qui allait lui faire un sacré coup de pub. Même s'ils entraient séparément, ça ferait la couverture de tous les magazines dès le lendemain matin. Et qu'est-ce que les fans allaient penser de moi, dans l'histoire ? Peut-être qu'ils allaient me prendre pour une amie de Sienna, ou pour la copine d'un des membres du groupe ? Mais si j'entrais avec Kellan, ça risquait de déchaîner un océan de rumeurs à mon sujet et je voulais absolument éviter ça.

Sienna lissa sa robe avant de se dévoiler aux objectifs des photographes, et le chauffeur lui tendit la main pour l'aider à sortir de la voiture. Quand elle apparut, les flashes se déchaînèrent et elle s'arrêta au bout de trois pas pour attendre Kellan. Evan et Griffin allaient se lever pour sortir aussi mais Kellan leva la main et se pencha vers le chauffeur.

– Vous pouvez nous emmener autre part, s'il vous plaît ?

Le chauffeur hocha la tête puis il demanda à Sienna si elle voulait partir, elle aussi, ou si elle préférait rester. Elle hésita en regardant la foule autour d'elle mais elle finit par remonter en voiture et le chauffeur se remit en route.

– Tu exagères, dit-elle à Kellan en faisant la moue, c'est la meilleure boîte de la ville.

– Tu peux y retourner, si tu veux, répondit-il avec un sourire charmeur.

Elle leva les yeux au ciel puis donna au chauffeur le nom d'une autre boîte qui devrait être « un peu moins blindée », selon elle. Effectivement, en arrivant, je fus soulagée de constater que personne ne nous attendait à l'entrée. À l'intérieur, les basses me donnaient l'impression de vibrer et un homme nous conduisit jusqu'à un carré VIP. Il avait l'air fou de joie de nous avoir dans son établissement et il semblait prêt à nous décrocher la lune si on le lui demandait. Je ne savais pas si c'était le propriétaire mais il était entouré de deux filles vêtues de corsets et de shorts noirs, qui auraient aussi bien pu être strip-teaseuses que serveuses.

Sienna commanda deux bouteilles de Cristal et une des deux filles partit en direction du bar. Serveuse, donc. Je repensai avec nostalgie à mon uniforme du Pete's. J'avais vraiment eu de la chance. Sienna sourit au propriétaire et s'installa dans un fauteuil rouge, et je fus amusée intérieurement en voyant que la couleur du fauteuil jurait avec sa robe. Il n'y avait personne dans la pièce à part nous, le proprio et la seconde serveuse, et tous les autres clients étaient de l'autre côté d'une épaisse paroi en verre. On avait une vue imprenable sur les centaines de corps qui bougeaient au rythme de la musique, et je me demandai s'ils savaient qu'on pouvait les voir. C'était clair qu'eux ne savaient pas qu'on était là, et je rougis en voyant un type passer la main sous la jupe de la fille avec qui il dansait.

Griffin balaya la pièce du regard, puis concentra son attention sur ce qui se passait de l'autre côté de la vitre.

– Ça manque de nanas, ici.

Le propriétaire alla aussi aussitôt le rejoindre et claqua des doigts à l'attention de la serveuse.

– Vous préférez les blondes, les brunes ou les rousses ?

Griffin lui adressa un sourire qui me donna la nausée.

– J'aime tout.

Le propriétaire afficha le même sourire répugnant et lança un regard en direction de Kellan.

– Et j'imagine que la taille mannequin est le minimum ?

Griffin hocha la tête avec enthousiasme et le propriétaire fit un petit signe à la serveuse, qui se dirigea immédiatement vers la porte.

– J'en veux au moins une douzaine ! lui cria Griffin.

Elle acquiesça avant de disparaître et je plissai les yeux en regardant Griffin et le maître des lieux. J'ignorais qu'on pouvait commander des filles aussi facilement qu'une bouteille de bière… On s'installa sur un canapé en velours avec Kellan tandis que je luttai contre une envie de vomir.

– Dès que tu as envie de partir, tu me le dis, murmura Kellan à mon oreille.

Je hochai la tête tout en sachant que je n'irais nulle part. Je n'allais pas laisser le copain de ma sœur tout seul au milieu du paradis des filles faciles.

20

Assez

La serveuse ne tarda pas à revenir avec les bouteilles de champagne et servir plusieurs coupes, et on trinqua avec Kellan pile au moment où le « divertissement » arrivait. Pour le plus grand plaisir de Griffin, une mini-légion de nanas toutes plus sexy les unes que les autres entra dans la loge, et elles avaient toutes la taille mannequin avec leurs tee-shirts moulants, leurs shorts moulants et leurs jupes moulantes. Peut-être qu'il y avait un congrès de bimbos en ville cette semaine-là ? En tout cas, le déluge de rires bêtes, de sourires et de paillettes se répandit dans la pièce comme un parfum de supermarché. Quelques-unes allèrent s'installer à côté de Sienna, une ou deux s'assirent près d'un Evan pas du tout intéressé et d'un Matt rouge tomate, une demi-douzaine entoura Griffin, et le reste se précipita sur Kellan. Avec une agressivité qui ne me ressemblait pas, je sautai sur ses genoux et passai mes bras autour de son cou. *Bas les pattes, pétasse.* Ça eut le mérite de les tenir à distance, ce qui n'aurait sûrement pas été le cas si je n'avais pas bougé, et elles se concentrèrent sur les coupes de champagne que leur tendait la serveuse.

– J'aime bien quand tu défends ton territoire, dit Kellan. Peut-être qu'on pourrait leur demander de nous suivre partout ?

Je fis une sale tête mais son sourire était si provocateur que je finis par y répondre. En guise de punition, je me décalai légèrement pour faire appuyer mon poids pile aux bons endroits, et je vis un éclair dans ses yeux. Il attrapa mon verre et le posa sur le plateau de la serveuse qui passait par là avant de me pousser et de se lever.

– On ferait mieux de danser.

Je me levai à mon tour et plusieurs filles nous rejoignirent au centre de la pièce, mais je me plantai face à Kellan en les ignorant. Il posa ses mains sur mes hanches et se rapprocha progressivement de moi jusqu'à ce que nos hanches se touchent, puis on se mit à bouger ensemble d'une façon qui en disait long sur notre relation. Mais en dépit de ça, aucune des filles n'avait l'air de comprendre qu'il était pris, ou du moins, qu'il était avec moi.

Certaines n'arrêtaient pas de regarder Kellan et Sienna en alternance, mais étant donné que Sienna le regardait d'un air presque indifférent sans piquer une crise, elles finirent par se dire que flirter avec lui ne posait sûrement pas de problème. Même si les mains de Kellan étaient sur moi, ça ne les empêcha pas de mettre leurs sales pattes sur lui et je dus plusieurs fois retirer des mains posées sur son torse. À un moment, il secoua la tête en se débarrassant d'une paire de mains qui se baladaient sur ses fesses et j'eus l'impression d'être avec un porte-bonheur vu le nombre de personnes qui voulaient le toucher.

Une nouvelle chanson envahit la pièce faiblement éclairée et, tout en continuant à danser avec Kellan, je jetai un coup d'œil au reste des garçons. Evan et Matt ne m'inquiétaient pas : ils s'étaient tout de suite lancés dans une grande conversation, et en ce moment même, Matt était en train de montrer un accord à la guitare à Evan qui souriait de toutes ses dents. Je n'aurais pas été étonnée qu'ils soient en train de parler d'une nouvelle chanson, et c'était assez comique de voir les filles essayer désespérément d'attirer leur attention. J'avais presque envie d'aller les voir pour leur dire de ne pas perdre leur temps et de profiter de leur coupe de champagne gratuite. Ils ne feraient rien qui soit susceptible de faire du mal à leurs copines.

Sur leur gauche, Sienna flirtait avec deux garçons qui avaient l'air de sortir tout droit d'une pub pour Abercrombie. Apparemment, le propriétaire lui avait amené des joujoux, à elle aussi, et elle jouait avec ses cheveux et riait en passant leur corps en revue. Elle avait l'air de leur faire croire qu'ils avaient une chance avec elle, mais son regard finissait toujours par revenir se poser sur Kellan. *Toujours.*

Je passai mes doigts dans les cheveux de Kellan et l'attirai plus près de moi. Nos poitrines se touchaient à présent et un petit sourire démoniaque se forma sur ses lèvres. Il sentait merveilleusement bon et ses lèvres étaient terriblement tentantes, à quelques millimètres des miennes. Ses mains se promenaient sur moi, le long de mes flancs, dans mon cou, dans le bas de mon dos, et je ressentis soudain l'envie de sentir ses mains sur ma peau nue. Je me rappelai qu'on avait une chambre qui nous attendait et j'allai lui demander si on pouvait partir de cette drôle de soirée quand, soudain, je me rappelai pourquoi on ne pouvait pas.

Je cherchai Griffin du regard avec appréhension, et en le trouvant en train de nettoyer les amygdales d'une blonde, je sentis une vague de fureur me submerger. Anna lui avait avoué ses sentiments et c'était comme ça qu'il la remerciait ? Quel sale con ! J'arrêtai de danser et observai Griffin toucher les fesses de la fille qui se tenait devant lui, tandis que deux autres étaient pendues à son cou et qu'une rousse avait la main dans son pantalon. J'étais tellement en rage que je commençai à me diriger vers lui pour lui dire ma façon de penser mais Kellan me tira en arrière.

– Faire un scandale ne va pas servir à grand-chose. Je lui parlerai plus tard.

Je repoussai Kellan avec humeur.

– Plus tard ? Tu veux dire après qu'il se les sera envoyées ?

Il secoua la tête et allait me répondre quand Sienna se joignit à nous, un gigolo à chaque bras.

– Tout va bien ? demanda-t-elle.

Un des garçons avait les yeux rivés sur ses seins, et l'autre… sur Kellan. Pour changer. Tout le monde adorait Kellan. Sauf moi, en cet instant précis.

– Très bien, répondit-il avec un sourire bref.

Je m'apprêtai à protester avec véhémence quand Griffin passa dans mon champ de vision. Un bras autour de la blonde et l'autre autour de la rousse, il se dirigeait vers les toilettes de la zone VIP, et j'étais sûre que ce n'était pas parce qu'il avait envie de pisser.

– Quel enfoiré ! grommelai-je en faisant un pas vers lui.

Je n'allais sûrement pas rester plantée là et le regarder tromper ma sœur sans rien faire. Mais Kellan me tenait fermement.

– Lâche-moi.

Il secoua la tête et m'attira vers lui.

– Tu ne le changeras pas. Il changera seulement s'il en a envie. Et il ne va pas arrêter juste parce que tu débarques en lui criant dessus, crois-moi. Tout ce que tu vas récolter, c'est des trucs que tu n'as absolument pas envie de voir.

Je dégageai ma main et le poussai.

– Alors vas-y, toi.

J'étais tellement en colère et triste pour ma sœur que je sentis des larmes me monter aux yeux et il me caressa la joue.

– C'est à *lui* de décider, Kiera. Si c'est moi qui le force, ça ne sert à rien.

Son regard débordait de compassion et je compris qu'il avait raison. On ne pouvait pas surveiller Griffin à chaque fois qu'on sortait, mais ça me faisait mal de rester là sans rien faire.

– Il ne va pas s'en sortir comme ça. Je n'ai pas l'intention de mentir pour le couvrir.

Soudain, je me sentis envahie d'un profond respect pour Jenny. Si j'en étais malade de ne rien faire tandis que Griffin trompait ma sœur, elle avait dû ressentir la même chose quand j'avais trompé Denny. Je lui devais bien plus que les excuses que je lui avais présentées.

– Anna sait comment il est, Kiera. Tu n'as pas besoin de mentir.

– Je veux m'en aller, dis-je en luttant contre mon envie de pleurer et de vomir.

Kellan hocha la tête et me serra contre lui, et je restai blottie contre son torse pendant qu'il demandait à une serveuse de nous appeler un taxi. Après des au revoir en hâte avec Sienna et les D-Bags qui en valaient la peine, on sortit par derrière et on s'engouffra dans le taxi jaune et noir qui nous attendait déjà. Kellan donna l'adresse au chauffeur avant de se tourner vers moi, et son visage était à la fois inquiet et désolé.

– Je le déteste, sifflai-je tandis que des larmes commençaient à rouler sur mes joues.

Pile au moment où je commençais à bien l'aimer... C'était complètement irrationnel, mais j'avais l'impression qu'en plus de ma sœur, il m'avait trompée moi aussi.

Kellan prit mon visage dans ses mains pour m'embrasser tendrement. Tous les hommes n'étaient pas des minables, heureusement.

J'étais furax tandis que j'étais allongée dans mon lit King size à côté de mon mari endormi. Je n'appréciais même pas le contact des draps en coton égyptien ou de l'édredon, et les pompons qui décoraient les quatre coins de ma taie d'oreiller me servaient uniquement à passer mes nerfs. Griffin était définitivement un abruti de compétition. Si mon père ne l'avait pas fait, peut-être que moi, je pouvais le tuer ? J'étais sûre que Kellan accepterait de m'aider à cacher le corps.

Je guettais le moindre bruit dans le couloir pour être sûre de ne pas rater Griffin quand il reviendrait. J'allais le réduire en miettes et ni Kellan ni personne ne pourrait rien faire pour m'en empêcher cette fois. Il était allé trop loin.

Je savais que Kellan avait raison et que c'était Griffin qui devait choisir de devenir respectable mais bon sang, Anna allait accoucher du jour au lendemain. Il ne pouvait pas attendre jusque après la naissance de son fils pour recommencer à s'envoyer n'importe qui, au moins ? Sans parler du fait qu'il n'était pas le mec le plus futé du monde. Est-ce qu'il utilisait des préservatifs ? Et s'il allait mettre une des bimbos enceinte ? Ou attraper une

MST qu'il pouvait refiler à ma sœur ? Ça me révulsa et ne fit qu'accroître ma colère.

Je n'arrêtai pas de gigoter en attendant Griffin, et voir Kellan endormi paisiblement à côté de moi m'agaçait encore plus. Comment pouvait-il prendre ça avec autant de calme ? Les mecs pouvaient vraiment être bizarres. Et en même temps, Griffin et Anna étaient bizarres. Ils ne s'étaient jamais rien promis mais avec la naissance du bébé et la monogamie toute neuve de Griffin, j'avais cru que… enfin, j'avais espéré que les choses étaient devenues différentes. Peut-être que j'aurais mieux fait de n'en vouloir qu'à moi-même, pour avoir cru qu'il avait changé.

Parce qu'en réalité, c'était toujours un connard.

Je me glissai hors du lit en entendant des voix dans le couloir et j'ouvris la porte sans même être sûre que c'était lui. La tête basse et les mains dans les poches, il se trouvait pile devant moi quand je sortis dans le couloir et je le plaquai contre le mur. Il se cogna dans la porte en face de la mienne et je remarquai qu'il était livide. J'allais lui passer le savon de sa vie, et tant pis si ça réveillait tous ceux qui essayaient de dormir à notre étage. C'était l'honneur de ma sœur qui était en jeu. Et oui, je savais que c'était hypocrite de ma part mais ça m'était égal.

– Tu es le plus gros enfoiré que j'aie jamais rencontré !

– C'est quoi, ton problème ?

Matt et Evan étaient avec lui, et en voyant que j'allais me jeter sur lui, Evan m'attrapa pour m'en empêcher.

– Ma sœur va accoucher de ton fils et toi, tu sautes les premières pétasses venues dans des toilettes ? J'espère bien qu'Anna va te dégager !

– Comme Denny t'a dégagée, toi ?

– Griffin !

Mes cris avaient réveillé Kellan, qui se tenait torse nu sur le pas de notre porte, et il fusillait Griffin du regard, qui lui renvoya un regard irrité mais prudent. Je profitai de ce moment de silence pour en remettre une couche.

– Anna t'avoue qu'elle t'aime, et toi, tu ne trouves rien de mieux à faire que de te faire tripoter par une poufiasse ? Qu'est-ce qui ne va pas, chez toi ?

Griffin fit un pas vers moi et Evan et Matt posèrent tout de suite une main sur son bras pour le calmer.

– Je n'ai rien fait du tout, d'accord ! hurla-t-il en amenant son visage près du mien. Alors fous-moi la paix !

– Et tu crois que je vais gober ça ? Je t'ai *vu*.

Il soupira et me répondit en baissant un peu le ton.

– Oui, on a commencé, et elles étaient toutes les deux prêtes à me sauter dessus mais je n'arrêtais pas de penser à Anna. Et au final, je n'en ai sauté aucune, et c'est parce que je suis amoureux de ta sœur ! C'est bon, connasse, tu es contente ? Je suis devenu un gentil toutou, comme les autres chochottes, dit-il en montrant les autres.

Je restai bouche bée. Je n'avais aucune idée de quoi répondre mais quelqu'un d'autre répondit à ma place.

– Tu es amoureux de moi ?

Tout le monde tourna la tête vers la chambre dont Anna venait d'émerger, et Matt et Evan lâchèrent Griffin.

– Oui, dit-il d'un air défait. Je suis amoureux de toi et je ne veux personne d'autre.

Il fronçait les sourcils, comme s'il ne comprenait pas comment les coups d'un soir avaient soudain pu perdre de leur intérêt, et Anna avança vers lui en souriant.

– Moi aussi, je t'aime, et je ne veux personne d'autre non plus. Juste toi, ça me suffit.

Elle posa une main sur sa joue et il sourit enfin.

– Pareil.

– Alors viens, dit-elle en l'entraînant vers leur chambre, parce que je suis chaude comme la braise, là.

Il la suivit sans hésiter et lui pelota les fesses.

– Moi aussi, murmura-t-il avant de l'embrasser.

J'eus envie de vomir, mais pas du tout pour les mêmes raisons, et je voulus rentrer dans ma chambre mais Kellan bloquait toujours le passage et il avait l'air en colère.

– Griffin !

Griffin arrêta d'embrasser ma sœur à contrecœur et se tourna vers nous.

– Je te conseille de ne plus jamais traiter ma femme de connasse.

Griffin lui sourit avant de reporter son attention sur Anna.

On retourna se coucher après ça mais pas pour bien longtemps. Kellan avait une série d'interviews au téléphone, ce que Tory ne manqua pas de lui rappeler en frappant à la porte comme une forcenée.

– Téléphone dans dix minutes, Kyle.

Fatigué et dans le gaz, il se redressa paresseusement et m'embrassa sur la joue, et je passai ma main dans ses cheveux. J'étais bien trop en colère en rentrant la veille pour faire quoi que ce soit, mais ce matin, j'étais apaisée et heureuse, et c'était dommage de ne pas profiter du lit. Dix minutes, ce n'était pas très long, mais ça suffirait sûrement pour un petit coup rapide, et j'attirai Kellan contre moi tandis qu'il me mordillait l'oreille.

– Bonjour, murmura-t-il.

J'enroulai mes jambes autour des siennes et me pressai contre lui, bien décidée à le réveiller complètement.

– Bonjour.

Je fermai les yeux en le sentant contre moi et il entreprit immédiatement de me déshabiller aussi. Quand on fut nus, je supposai qu'il devait nous rester neuf minutes, et quand il se glissa en moi, je me laissai complètement aller, ravie de profiter de ce moment de liberté dans notre suite. La nouveauté d'être complètement seule avec lui m'excitait tellement que j'atteignis l'orgasme en une minute et demie. Quand Tory revint frapper à la porte pour dire qu'il lui restait cinq minutes et qu'elle lui avait envoyé le programme de sa journée par texto, j'en étais à mon deuxième, et quand elle revint pour le prévenir qu'il lui restait soixante secondes, j'en eus un troisième, auquel Kellan se joignit.

On était essoufflés et ravis quand il sortit du lit avec son portable à la main pour commencer sa série d'interviews, et je me demandai en souriant s'il allait avoir d'autres poses de dix minutes dans la journée.

Étant donné qu'on ne prenait pas la route aujourd'hui, je décidai d'être paresseuse et de faire appel au service de blanchisserie. C'était le manager de Sienna qui avait réservé les différents hôtels de la tournée, et elle avait des goûts plutôt extravagants, ce qui voulait dire qu'on ne dormait jamais dans autre chose que des cinq étoiles. Par conséquent, les hôtels dans lesquels on séjournait pouvaient laver et repasser votre linge si vous en faisiez la demande, et ça m'arrangeait bien car je détestais faire la lessive. La vie avec Sienna n'avait pas que des inconvénients, et je devais reconnaître que je me sentais vraiment chouchoutée.

Après avoir mis tous nos vêtements dans un sac, j'allai chercher deux peignoirs dans la salle de bain. Longs et blancs, ils sentaient la lavande et étaient plus doux que tous ceux que j'avais portés dans ma vie. J'avais l'impression d'être enveloppée dans un nuage et c'était tellement agréable que j'eus envie d'en piquer un.

Kellan était installé à une table près de la porte-fenêtre qui donnait sur le balcon. La vue sur Charlotte depuis notre chambre était impressionnante avec tous ses gratte-ciel, mais je n'y jetai qu'un rapide coup d'œil. Kellan était assis sur sa chaise complètement nu, ce qui était beaucoup plus distrayant comme paysage. Mais il risquait de faire faire une crise cardiaque à l'employée de l'hôtel si elle le voyait comme ça et je lui balançai l'autre peignoir pour qu'il se couvre. Il me sourit tout en continuant à parler avec l'animateur et il se contenta d'étaler le peignoir sur ses jambes, mais ça ferait l'affaire.

Alors que j'envisageais de piquer les deux peignoirs, on nous apporta le petit déjeuner. Se faire monter à manger dans la chambre était ce que je préférais : c'était vraiment génial d'être là, au milieu d'oreillers moelleux et qu'on vienne disposer du bacon, des œufs, des roulés à la cannelle, du jus d'orange et du café sur un plateau sous votre nez. J'adorais, et ça me donnait l'impression d'être une princesse. En fait, j'aurais adoré continuer à vivre dans le luxe après la tournée. Peut-être que j'aurais pu employer une de mes amies pour nous amener le petit déjeuner au lit, ou peut-être Rita ? Ça ne la dérangerait sûrement pas de voir Kellan torse nu tous les matins. Hum… À la réflexion, on se passerait de Rita.

Un employé de l'hôtel disposa le petit déjeuner de Kellan sur la table devant lui et je tendis le sac de linge sale à la femme de chambre. C'était tellement pratique de ne pas avoir à chercher un Lavomatique. L'employée était très professionnelle mais ses yeux fixaient le corps à moitié nu de Kellan à intervalles réguliers, ce qui donnait presque l'impression qu'elle avait un tic nerveux.

Kellan interrompit sa conversation un instant pour les remercier et j'attrapai mon porte-monnaie pour leur donner un pourboire. L'employé prit le sien poliment et quitta la pièce silencieusement mais la femme de chambre n'avait pas l'air pressée de partir et je commençai à me demander si je n'allais pas devoir la pousser jusqu'à la porte.

– Merci, Leanne, dis-je après avoir regardé son badge.

Entendre son nom la ramena sur terre : elle arrêta de dévisager Kellan et me sourit en rougissant un peu.

– Si vous avez besoin d'autre chose, n'hésitez pas, dit-elle avant de sortir précipitamment.

Je ne pouvais pas vraiment lui en vouloir : voir Kellan dans cet état aurait perturbé n'importe qui.

On passa le reste de la journée à se reposer dans notre chambre et à profiter de ces quelques heures d'intimité. On s'habilla seulement avant de partir pour le concert. Nos affaires étaient propres et repassées, et je retirai le peignoir à contrecœur pour mettre mon soutien-gorge et la fameuse petite culotte KK. Quand Kellan remarqua ce que je portais, il resta cloué sur place.

– C'est quoi, ce truc ?

Je tournai sur moi-même pour qu'il voie aussi l'inscription *Dieu du rock* sur mes fesses.

– C'est ce que j'ai récupéré en échange de la visite privée. Ça te plaît ?

Il fronça les sourcils et croisa les bras.

– Il y a mes initiales sur ta petite culotte. Bien sûr, que ça me plaît.

– Pourquoi tu fais cette tête-là, alors ?

– Parce que si tu avais porté ça plus tôt, j'aurais pu l'arracher avec mes dents. Mais on n'a plus le temps... Dommage pour toi.

– La culotte sera toujours là à la fin du concert, tu sais...

Il me regarda avec une lueur coquine dans les yeux et j'eus autant de mal à en détacher mon regard que la pauvre Leanne.

J'étais impatiente de retrouver ma sœur en arrivant à la voiture. Je n'étais pas sortie de ma chambre de la journée et j'étais curieuse de savoir comment ça allait entre elle et Griffin. Matt était déjà dans la voiture et on attendait Kellan qui était en train de signer des autographes à des fans qui l'avaient reconnu en passant devant l'hôtel. Sienna devait sûrement être avec lui.

– Tu as vu Anna ? demandai-je à Matt.

Il secoua la tête d'un air inquiet.

– Et toi, tu as vu Griffin ?

Quand je secouai la tête à mon tour, il soupira.

– S'il rate le concert, je le tue.

– Il sera là. Il est débile mais pas à ce point. Rachel va bien, au fait ?

Matt sourit et se pencha vers moi avant de se lancer dans une réponse détaillée. Il était assez réservé, d'habitude, mais le ton de sa voix indiquait clairement qu'elle lui manquait, et c'était sans doute pour ça qu'il avait envie de se confier. Matt et Evan n'avaient pas vu leurs copines depuis un moment et je savais à quel point c'était difficile. Matt avait l'air d'avoir besoin de parler à quelqu'un, et je lui accordai toute mon attention.

Je m'étais à peine rendu compte qu'on quittait l'hôtel lorsqu'on arriva sur les lieux du concert. Les agents de sécurité nous emmenèrent en coulisses et nous conduisirent jusqu'à deux loges en nous disant qu'ils reviendraient chercher les garçons pour la rencontre avec les fans.

– Je vais aller voir où est Anna, dis-je ensuite à Kellan.

– OK, mais je suis sûr qu'elle va très bien. À plus tard, KK.

Je restai immobile, les joues en feu. Est-ce qu'il était vraiment en train de parler de ma petite culotte ? Enfin, j'étais sans doute la seule à avoir compris. Les autres pensaient sans doute qu'il parlait de mes initiales, et je me rendis soudain compte que j'avais les mêmes que lui, ce qui m'amusa.

– Vivement ce soir, KK.

Kellan écarquilla les yeux en comprenant à quoi je faisais allusion, et je me sentis assez fière de moi quand je quittai la pièce pour me lancer à la recherche de ma sœur.

Bizarrement, elle était introuvable, et personne dans l'équipe ne l'avait vue. Je passai de l'un à l'autre et demandai à absolument tout le monde si personne n'avait vu une fille très enceinte mais la réponse était invariablement la même. Je commençai à vraiment m'inquiéter, car elle n'était pas du genre à manquer les rencontres avec les fans et les réglages, même quand elle était très fatiguée.

Je me dirigeai vers la salle où avait eu lieu la veille la rencontre avec les fans en pensant qu'elle était peut-être déjà là-bas, mais elle n'y était pas non plus. Les fans étaient tous arrivés par contre, et Holeshot fit son entrée dans un concert de cris, suivi de près par les D-Bags… sans Griffin. Matt avait l'air complètement flippé et il scrutait son téléphone sous le regard inquiet d'Evan.

– Alors ? articula Kellan, les sourcils froncés.

Je secouai la tête. Elle n'était nulle part, et apparemment, Griffin non plus. Et s'il y avait un problème ? Si elle avait commencé le travail ce matin ? Si ça se trouve, elle était dans un hôpital en train d'accoucher et je n'étais même pas au courant ! Elle m'aurait appelée, quand même… Pourquoi elle ne m'avait pas appelée ? Elle était où, à la fin ?

J'attrapai mon téléphone portable et je quittai la pièce pour passer des coups de fil dans les différents hôpitaux. Les fans passaient à côté de moi après leur entrevue avec leurs stars préférées mais je leur tournai le dos. Quand je remis mon portable dans mon sac, j'avais appelé tous les hôpitaux, toutes les cliniques et même tous les vétérinaires que j'avais pu trouver. Dieu sait où Griffin aurait pu amener ma sœur si elle était sur le point d'accoucher… Pourvu que le bébé ne soit pas en train d'arriver.

La peur au ventre, j'envisageai la pire des solutions… appeler notre père. Il s'était tellement inquiété concernant *ma* sécurité que la possibilité que quelque chose arrive à Anna ne l'avait sans doute même pas effleuré. Elle avait toujours été si forte et si indépendante… Je ne savais même pas si mon père savait qu'elle était sur la route avec nous. Il risquait de péter un plomb et d'envoyer la Garde nationale à sa recherche…

Je ressortis mon portable et m'assis sur un tabouret pliant, puis je me plongeai dans la contemplation de mon écran. Mon père allait sûrement me renier officiellement… Kellan vint me rejoindre alors que je réfléchissais à ce que j'allais bien pouvoir lui dire et il se mit à genoux devant moi.

– Toujours rien ?

Je secouai la tête, les larmes aux yeux.

– Et s'il lui est arrivé quelque chose ?

– Elle est avec Griffin, je suis sûre qu'elle va bien.

Il me caressa la joue et j'entendis des bruits dégoûtés derrière lui : deux fans qui étaient en train de nous observer. Elles me regardaient avec une aversion clairement affichée et restèrent là jusqu'à ce qu'un agent de sécurité les oblige à avancer. C'était quoi, ce cirque ? Les fans de Kell-Sex étaient tellement attaquées que maintenant il n'avait même plus le droit de consoler une amie ? En tout cas, si elles étaient aussi jalouses que ça, ça devenait vraiment inquiétant.

– Qu'est-ce qu'on fait ? demandai-je à Kellan.

– On attend. Je suis sûr que Griffin arrivera à temps pour le concert, et il saura nous dire où est Anna.

J'eus l'impression d'attendre une éternité. Je n'arrêtais pas d'appeler sur son portable mais elle ne décrochait pas, et à chaque fois que je demandais à Kellan si je devais appeler mes parents, il me disait d'attendre encore dix minutes. Sauf que je n'en pouvais plus d'attendre, et Matt n'était pas mieux. Il faisait les cent pas dans la pièce en aboyant dans son téléphone.

– On entre en scène dans vingt minutes, Griffin ! Je ne sais pas ce que tu fous mais ramène-toi !

Je n'avais jamais vu Matt en colère avant et ça faisait vraiment bizarre. Même si Griffin et lui n'arrêtaient pas de se chamailler comme un vieux couple, ils s'aimaient beaucoup et il était sûrement aussi inquiet pour son cousin que je l'étais pour Anna.

– Détends-toi, dit Kellan, il va venir.

Matt serra son téléphone dans sa paume, comme si c'était la faute de son portable si Griffin avait disparu.

– Et s'il ne vient pas, on fait quoi ? On annule ou on joue sans bassiste ?

Evan se gratta la tête et fit un geste en direction de la scène, où Holeshot était en train de jouer une dernière chanson.

– David a dit qu'il pouvait jouer avec nous si Griffin n'était pas là.

– Il connaît nos chansons, au moins ? demanda Matt.

– Il a dit qu'il ferait semblant, répondit Evan en haussant les épaules.

– Semblant ? Génial !

Au moment où j'allais proposer à Matt d'appeler à sa place pour lui éviter de casser son portable, Griffin entra dans la pièce. En le voyant arriver, Matt perdit le peu de calme qui lui restait et lui jeta son portable à la figure.

– Tu étais où, bordel ?

Griffin parvint à rattraper le téléphone de justesse.

– J'ai failli me le prendre en pleine tête ! T'es malade ?

Anna apparut à son tour et elle était entourée d'une aura que je ne lui avais jamais vue auparavant, comme si elle était complètement paisible et heureuse. Au moins, voir qu'elle était toujours en vie m'apaisa, moi aussi, et je me jetai sur elle pour la prendre dans mes bras.

– J'étais morte d'inquiétude, tu étais où ?

Elle regarda Griffin qui lui sourit, et c'est à ce moment-là que je remarquai qu'il portait un anneau en or à la main. J'attrapai immédiatement la main de ma sœur et vis qu'elle avait une bague, elle aussi.

– Sans rire ! Vous vous êtes mariés ?

Elle se mit à rire et Griffin passa un bras autour de ses épaules.

– Oui ! glapit-elle en levant la main gauche.

Les garçons la regardèrent sans rien dire, trop abasourdis pour faire un commentaire. Sauf que moi, j'étais trop choquée pour ne rien dire, au contraire.

– Tu t'es mariée ? répétai-je.

– Oui, dit-elle en faisant la moue, visiblement déçue de nos réactions.

– Avec *lui* ? demandai-je en montrant son nouveau mari du doigt.

– Oui.

Elle serrait les dents à présent et je dus vraiment prendre sur moi pour ne pas la secouer comme un prunier et lui crier *Mais pourquoi tu as fait un truc pareil ?* Kellan s'approcha et la prit dans ses bras.

– Félicitations, Anna.

– Merci ! dit-elle avec un petit rire.

– Et à toi aussi, j'imagine, dit-il en donnant une tape dans le dos de Griffin.

Griffin leva le menton avec fierté.

– Merci. On fêtera mon enterrement de vie de garçon dans la prochaine ville.

Matt et Evan finirent par les féliciter à leur tour, puis Matt attrapa Griffin par le bras.

– Il faut qu'on y aille.

Tous les garçons quittèrent la pièce et je me tournai vers elle.

– Tu as épousé *Griffin* ?

Elle me donna une tape sur le bras, si fort qu'une marque rouge s'imprima immédiatement sur ma peau.

Tandis qu'elle me racontait sa journée super romantique, passée à la mairie de Charlotte pour essayer de se marier en un après-midi, je songeais que Griffin était officiellement mon beau-frère, maintenant. Les vacances, les anniversaires, les réunions de famille… il serait là tout le temps. Et si on avait des enfants avec Kellan, il serait leur oncle. *Tonton Griffin.* Rien que l'idée me donnait des frissons.

Je regardai le concert dans une sorte de brouillard. Ma sœur avait *épousé* Griffin. Sur un coup de tête. Parce qu'il lui avait dit qu'elle l'aimait. Et ce qui était encore pire, c'était que Griffin, le plus gros coureur que j'avais jamais rencontré, avait *épousé* ma sœur. Je n'aurais jamais cru que ça arriverait un jour. C'était comme si la Terre s'était arrêtée puis qu'elle s'était mise à tourner dans l'autre sens. Comment elle avait fait pour se marier avant moi ? Nos parents allaient halluciner. Ou peut-être pas. C'était le genre de trucs qui arrivait avec Anna et, après toutes ces années, ils devaient avoir l'habitude.

J'avais absolument besoin de partager mon incrédulité avec quelqu'un et j'envoyai un texto à Denny. *Devine un peu qui a pété les plombs cet après-midi et a décidé de devenir officiellement madame Griffin Je-suis-un-abruti ?*

Sa réponse ne se fit pas attendre. *Anna a épousé Griffin ? Sérieux ? Waouh. Ton père va se jeter par la fenêtre.*

Je ris en lisant sa réaction. On était vraiment pareils, lui et moi.

21

C'est l'heure de faire la fête

Quelques jours après le mariage improvisé de ma sœur, la tournée passait par Washington D.C. et une grande partie de la matinée fut employée à explorer la ville avec les autres. Je n'arrivais pas à croire que la capitale de notre nation soit aussi chargée en histoire : il y avait des monuments et des symboles absolument partout et j'avais l'impression d'être dans un documentaire. Cela me donna envie de revenir avec Kellan pour prendre le temps de vraiment tout visiter.

Puis on rentra se reposer un peu avant le concert. Dans l'après-midi, alors que Kellan était en train d'écrire les paroles d'une nouvelle chanson dans un de ses carnets, je terminai enfin mon livre. Je tapai *Fin*, sauvegardai le document puis tendis la main pour attraper celle de Kellan. Je me sentais vraiment soulagée en me laissant aller contre le dossier de ma chaise : ça faisait du bien d'avoir réussi à sortir tout ça de ma tête et d'avoir fini d'écrire tout ce que j'avais à raconter, et Kellan remarqua mon expression.

– Tu as fini ? Ça y est, je peux le lire ?

J'hésitai, puis je fis pivoter l'ordinateur vers lui. Il y avait certains passages qui n'allaient pas lui plaire, beaucoup même, mais j'avais promis que je le laisserais le lire et je savais qu'il en avait envie. Il posa son stylo et se redressa lentement en me regardant droit dans les yeux, conscient de la confiance que je lui témoignais en le laissant lire mes pensées les plus profondes.

Quand il posa les yeux sur l'écran, un mélange horrible de peur et de stress me retourna l'estomac et j'eus soudain envie d'être n'importe où sauf dans ce bus. J'aurais préféré admettre que j'étais la petite amie de Kellan devant un parterre de journalistes plutôt que de le regarder lire mon roman.

Je finis par me lever et il me regarda curieusement.

– Désolée, je suis incapable de rester assise là pendant que tu lis, expliquai-je en tremblant légèrement.

Je regardai le bus vide sans savoir où aller. Tout le monde était parti : certains étaient à l'hôtel, d'autres visitaient la ville, et Anna était partie faire les boutiques avec Griffin. Elle était en train de transformer le fond du bus en crèche ce qui me fit me demander si elle allait *vraiment* faire la tournée jusqu'à ce qu'elle accouche.

Kellan commença à baisser l'écran pour fermer l'ordinateur.

– Si ça te gêne, je ne suis pas obligé de le lire.

– Non, je veux que tu le lises. Mais je pense que je ne peux pas te regarder faire.

Il rouvrit l'ordinateur et je me dirigeai vers les couchettes pour emprunter son Discman et écouter un peu de musique. Il y avait quelques fans sur le parking, et en regardant par la fenêtre du bus, je vis qu'ils commençaient à s'agiter, à crier et à sortir leurs appareils photo. On aurait dit une horde de hyènes, sauf que j'ignorais complètement pour quelle raison ils étaient dans cet état-là.

À ce moment-là, quelqu'un frappa à la porte du bus et on se tourna tous les deux vers la porte. Qui ça pouvait être ? Un agent de sécurité ? Un technicien ? Tous les autres étaient partis et je savais qu'aucun d'entre eux n'aurait frappé en revenant. Enfin, à part Griffin, peut-être : il continuait à frapper systématiquement quand il savait qu'on était dans une pièce avec Kellan. Je ne savais pas s'il le faisait pour être respectueux ou pour se payer notre tête, mais dans tous les cas, ça m'allait bien.

Kellan se dirigea vers la porte tandis que je jetais de nouveau un œil dehors, et je levai les yeux au ciel. *Sienna.* Bien sûr, qui d'autre pouvait déclencher une frénésie pareille ?

– Sienna ? demanda Kellan en ouvrant la porte. Qu'est-ce que tu viens faire là ?

Ce n'était vraiment pas dans ses habitudes de venir nous embêter jusque dans notre bus.

– Je peux entrer ? demanda-t-elle avec un sourire charmeur.

Il recula d'un pas et l'invita à entrer d'un geste, et elle marqua une pause en passant devant lui.

– Merci, murmura-t-elle en battant des cils.

Il resta impassible en refermant la porte sur la foule de regards curieux et les fans se mirent à leur crier des questions avant qu'il ne referme la porte complètement. *Vous êtes ensemble depuis longtemps ? Vous allez vous marier ? On vous adore ! Kell-Sex forever !* En entendant ça, je ne pus m'empêcher de lever les yeux au ciel. J'avais vraiment du mal à comprendre comment une relation imaginaire était devenue un tel sujet d'obsession pour autant de gens.

Sienna arriva dans le coin détente du bus et me sourit joyeusement comme si tout était normal.

– Salut, Kiera ! Je suis contente de te voir.

– Salut. Moi aussi, répondis-je sans le penser vraiment.

– Qu'est-ce que tu veux ? demanda Kellan.

Il avait l'air de penser qu'elle voulait quelque chose et j'avoue que moi aussi, mais avec toutes les photos qui venaient d'être prises, peut-être qu'elle avait déjà ce qu'elle voulait.

Elle se tourna vers lui et lui sourit, faussement timide.

– C'est interdit de passer voir ses amis ? En général, j'ai l'habitude d'avoir du monde autour de moi et là, avec la tournée, il n'y a que mes gardes du corps avec moi dans le bus. Niveau compagnie, ce n'est pas génial. Ça vous dirait de vous installer dans mon bus pour la prochaine étape ?

Kellan ouvrit la bouche pour répondre mais je fus plus rapide que lui.

– C'est gentil mais ça va aller. On est bien installés ici.

Il ne manquait plus que Kellan partage un bus avec elle pour que tous les journaux à scandale la déclarent enceinte dans les trois jours. Elle fit la moue, déçue.

– Comme vous voudrez. Mais si vous changez d'avis, vous savez où me trouver. Mon bus est vraiment plus sympa que celui-ci.

Kellan passa à côté d'elle et s'empara de mon ordi sur la table.

– J'aimerais aller me reposer un peu avant le concert, j'espère que ça te ne dérange pas.

Elle secoua la tête et il se tourna vers moi.

– Ça va aller ?

Il fit un petit signe dans la direction de Sienna et je sus que ça voulait dire *Ça va aller si je te laisse seule avec elle ?* Je hochai la tête et effleurai l'ordinateur du bout des doigts.

– Je suis un peu inquiète, c'est tout.

Il m'embrassa sur la joue et amena sa bouche près de mon oreille.

– Ça ne changera rien à ce que je ressens pour toi.

Son souffle sur ma peau me donna la chair de poule.

Il s'éloigna vers le fond du bus et je vis que Sienna le regardait avec un petit sourire.

– C'était bizarre, non ? demandai-je.

– De quoi, chérie ? demanda-t-elle en arrêtant de regarder les fesses de Kellan.

Je tentai de lui sourire aussi sincèrement que possible, mais j'étais sûre qu'il était évident que je me forçais.

– Tous ces photographes quand on est arrivés devant la boîte.

– Pas vraiment. C'est comme s'ils me suivaient à la trace à longueur de temps, je peux à peine aller aux toilettes tranquille. Je suis un peu jalouse quand je vous vois aller et venir aussi facilement. Ta sœur est au centre commercial cet après-midi, pas vrai ?

Je hochai la tête et elle soupira.

– Je ne peux même pas mettre les pieds dans une boutique sans provoquer un mouvement de foule.

Je songeai à sa vie, et au tournant que celle de Kellan était en train de prendre.

– Tu pourrais tout abandonner. Partir dans un coin tranquille.

Elle rit en jouant avec une mèche de cheveux.

– Abandonner la scène ? Je pourrais, c'est sûr, mais à quoi ça sert de vivre si c'est pour ne pas faire ce qui nous rend le plus heureux ? Même si ce n'est pas toujours facile, les avantages sont plus nombreux que les inconvénients. Je suis au sommet et je ne changerais ça pour rien au monde. Je suis très bien comme ça.

Ses yeux glissèrent vers le fond du bus et je me dis qu'il y avait au moins *une* chose qu'elle changerait si elle le pouvait : ce serait d'avoir Kellan à côté d'elle pendant qu'elle gouvernerait le monde.

Elle resta une bonne heure avec moi, mais en voyant que Kellan ne réapparaissait pas, elle finit par froncer les sourcils, et je ne savais pas si c'était parce qu'elle était déçue ou parce qu'elle s'ennuyait.

– Je vais y aller, finit-elle par dire. À tout à l'heure.

Elle avait parlé assez fort pour que Kellan l'entende, mais il ne répondit pas et elle quitta le bus la tête haute.

Après son départ, la curiosité l'emporta et je décidai d'aller voir Kellan. J'écartai le rideau du dortoir et vis que le rideau de notre couchette était ouvert et la lumière allumée. Kellan était allongé sur le côté, les yeux rivés sur l'écran de l'ordinateur, et il avait l'air hyper concentré.

– Sienna est partie, murmurai-je en arrivant à côté de lui.

Il sursauta, surpris.

– Je ne t'ai pas entendue rentrer. Tu m'as foutu une de ces trouilles.

Je souris, m'assis au bord du lit et montrai l'ordinateur en me mordant la lèvre.

– Tu me détestes ? demandai-je à voix basse.

Il me regarda pendant un long moment, impassible, et je n'avais aucune idée de ce qu'il pensait. Est-ce qu'il avait lu les passages où je parlais de mes sentiments pour Denny ? Ou les scènes d'amour ? Je n'aurais pas dû le laisser lire la version intégrale. Ça me tuait de ne pas savoir ce qui lui passait par la tête mais je ne voulais pas le brusquer, alors je restai là à attendre. Quand enfin il soupira et qu'il rabattit l'écran, je me préparai au pire, et il changea de place pour venir s'asseoir avec moi au bord du lit.

– Je suis vraiment désolé, murmura-t-il d'un air triste. Pour toute la peine que je t'ai faite.

– Que *tu* m'as faite ? C'est moi qui ai été horrible.

– Je n'en suis pas encore à ce moment-là de l'histoire. J'en suis encore au moment où je suis un connard.

Je souris et lui donnai un petit coup d'épaule.

– J'aime bien ça, parfois, quand tu es un connard.

Il sourit, les yeux fixés au sol.

– Je m'en souviendrai. Mais je suis sérieux : je suis vraiment désolé. J'aurais dû être honnête avec toi. J'avais envie de te dire ce que je ressentais, mais… c'était trop dur et je n'y arrivais pas.

– Je sais. Et tu n'as pas à t'excuser. Ce que j'ai fait, c'est cent fois pire, et j'ai beau m'excuser, je sais que ça ne suffit pas.

Il ne répondit pas et se contenta de me sourire tristement en essuyant une larme sur ma joue.

– Je suis désolée pour les scènes avec Denny. Je n'aurais pas dû te laisser lire ça.

– C'est bon, je comprends. Avant de commencer à lire, je savais très bien qu'une histoire sur toi et moi débuterait par une histoire sur toi et lui. Il a occupé une place importante dans ta vie, tu as un passé et c'est normal. C'est ce qui a fait de toi la femme que tu es et c'est pour ça que je suis tombé amoureux de toi. Enfin, cela dit, j'ai zappé certains passages, avoua-t-il en riant, j'espère que tu ne m'en veux pas.

Je secouai la tête et le pris dans mes bras. Bien sûr que non, je ne lui en voulais pas. J'enfouis ma tête dans son cou pour laisser échapper quelques larmes de culpabilité et de remords puis, une fois plus calme, je l'embrassai dans le cou.

– Je t'aime, tu sais ?

Il me serra contre lui et me frotta le dos.

– Je sais que tu aimes mes cheveux.

Je m'écartai pour le regarder et vis qu'il avait le plus grand mal à dissimuler un sourire amusé.

– Je veux dire, tu aimes vraiment *beaucoup* mes cheveux. On croirait presque tu es obsédée. Ah, et mes abdos aussi. On peut tracer les contours au marqueur, si tu veux ? Ou avec de la crème Chantilly, ce serait plus drôle.

Je le poussai et me levai. Abruti. Il m'attrapa par la taille et m'attira sur ses genoux et je ris en basculant dans ses bras.

– Seulement si tu fais pareil sur moi.

Il me mit à califourchon sur lui et ses yeux se mirent à briller d'excitation.

– Ça marche, dit-il avant de m'embrasser.

Puis il aventura ses doigts sous mon tee-shirt et je les sentis danser sur ma peau, me chatouillant et me caressant à la fois, et je regrettai qu'on ne puisse pas se sauver dans une chambre d'hôtel.

– Tiens, j'ai déjà vu ça quelque part… dit une voix derrière moi.

Je m'écartai de Kellan et regardai qui était là. Ça ne me terrifiait plus autant qu'avant de me faire surprendre mais ça ne voulait pas dire que j'aimais ça. Mais quand je vis qui était là, le choc l'emporta sur tout le reste.

– Jenny ?

Elle se mit à rire en sautillant sur place.

– Surprise !

Je poussai un cri et sautai des genoux de Kellan pour la prendre dans mes bras, les larmes aux yeux. Ça ne faisait que deux mois qu'on ne s'était pas vues mais j'avais l'impression que ça faisait une éternité.

– Kate ? Rachel ? Cheyenne ? dis-je soudain en voyant qui était derrière elle.

C'était complètement surréaliste de voir toutes mes amies de Seattle à Washington. Jenny rit en voyant ma tête tandis que mon regard allait de l'une à l'autre, et Kellan regardait la scène en souriant comme s'il était au courant de tout.

– Il se passe quoi ?

Griffin et Anna rentraient tout juste de leur expédition au centre commercial et Anna était juste derrière Cheyenne, joyeuse. Griffin disparaissait sous les sacs et il s'effondra sur une chaise, laissant tout tomber autour de lui, et deux petits bodys de bébé dépassèrent d'un sac.

Anna passa un bras autour de Rachel et me tendit l'unique chose qu'elle portait : un sac en plastique noir. Un peu nerveuse, je m'en emparai et regardai à l'intérieur : il y avait tout un tas de choses à l'intérieur, mais ce qui retint mon attention fut un énorme pénis qui avait l'air de me regarder. Je refermai le sac et me tournai vers Kellan.

– Sérieusement, il se passe quoi ?

Il rit et passa un bras autour de moi.

– Étant donné qu'on se marie officiellement le mois prochain et qu'Anna et Griffin viennent de faire le grand saut, on a décidé de fêter ça, dit-il en pointant du doigt Anna et lui-même.

– Double enterrement de vie de jeune fille, Kiera ! cria Anna en sautillant sur place.

Je les regardai chacune leur tour, sous le choc. Elles avaient traversé tout le pays en étant prévenues à la dernière minute, juste pour ça ? Enfin, et aussi pour voir leurs copains, dans le cas de Jenny et Rachel. Je les pris toutes dans mes bras puis retournai près de Kellan.

– C'est toi qui as organisé ça ?

Il haussa les épaules en souriant.

– On a des vies de dingue, et il faut savoir faire une pause pour apprécier les bons moments, parfois. Autrement, tout ça, ça ne vaut pas le coup. Et un mariage avec toi, ça rentre définitivement dans la catégorie des bons moments.

Je sentis les larmes me monter aux yeux et entendis Kate laisser échapper un soupir rêveur. Puis Griffin vint interrompre notre moment romantique en faisant ce qu'il faisait le mieux : ouvrir son clapet.

– Et pendant que vous serez en train de baver sur des mecs, nous, on sera entourés de filles à moitié à poil.

Anna lui donna un coup dans le ventre en riant et je regardai Kellan, qui secoua la tête.

– On va juste dans un bar après le concert, ce soir.

– J'ai dit que je voulais un club de strip-tease, dit Griffin en faisant la moue.

– Et moi, j'ai dit que je voulais un bar. Mais si tu veux vraiment un bar à strip-tease, tu peux toujours y aller tout seul. Perso, je n'ai pas l'intention de fêter mon mariage en me frottant à des filles couvertes de paillettes.

Griffin leva les yeux au ciel et imita le bruit d'un fouet qui claque dans l'air, et Kellan se contenta de lui sourire.

– Et nous, on va faire quoi exactement ? demandai-je à Anna.

– Ne t'en fais pas pour ça. Tout est sous contrôle.

Quelques heures plus tard, je me regardais dans la glace en me demandant si j'avais envie d'embrasser ma sœur ou de la buter. Elle avait eu la grande idée de nous faire habiller à l'identique, à mi-chemin entre une fille d'une vidéo de Robert Palmer et un personnage des Muppets. On portait toutes une petite robe à manches longues, Jenny et Anna nous avaient maquillées avec du rouge à lèvres rouge et de l'ombre à paupières sombre, et Cheyenne et Kate avaient ramené nos cheveux en arrière en une queue-de-cheval sophistiquée. Je crus qu'on allait s'en tenir au style « Addicted to Love », mais j'aurais dû savoir que ce n'était pas assez excentrique pour ma sœur : une fois qu'on fut prêtes, elle nous asséna le coup de grâce, un assortiment de perruques de toutes les couleurs.

Anna vint me rejoindre alors que je passais les doigts dans ma perruque rose et elle se mit à rire sous la masse bleue électrique qui recouvrait sa tête.

– On envoie du lourd.

Je me tournai vers elle pour l'examiner : même avec un ventre assez gros pour contenir *deux* bébés, elle arrivait à être canon, et j'étais sûre qu'elle allait se faire draguer.

– Je me sens complètement ridicule.

– Arrête un peu, tu es magnifique.

– Il faut vraiment que je porte ça ? Kellan a eu son mot à dire pour sa soirée, alors je peux en faire autant, non ?

– Non, répondit-elle en souriant.

Je fis la grimace et elle se regarda dans le miroir de la salle de bains.

– Ce soir, tu n'es pas Kiera.

Elle se pencha pour que nos visages soient tout prêts l'un de l'autre et, pour la première fois, je remarquai qu'en fait on se ressemblait beaucoup.

– Ce soir, tu es Kiki, déesse du sexe !

Je grognai puis je me mis à rire. Pourquoi pas, après tout ? Ça me ferait des vacances de me mettre dans la peau d'une autre pour une soirée.

– C'est bon, tu as gagné.

Elle me donna une tape sur les fesses avant de quitter la pièce.

– Comme d'habitude, Kiki.

Une fois prêtes, on alla rejoindre les garçons, et Griffin siffla en nous voyant. Matt rougit, Evan sourit de toutes ses dents, et à voir la tête de Kellan, il avait l'air d'aimer ce qu'il voyait.

Jenny alla se pendre au cou d'Evan avec sa perruque d'un vert acidulé et l'embrassa sur la joue, lui laissant une grosse marque de rouge à lèvres. Rachel portait une perruque jaune canari et plaqua une main sur sa bouche pour étouffer un rire gêné quand Matt la prit dans ses bras. Au moins, je n'étais pas la seule à me sentir mal à l'aise. Kate arrangea ses cheveux violets en souriant et Cheyenne, dont la perruque rouge écarlate me rappelait les cheveux de Meadow, me donna une tape sur l'épaule tandis que Kellan se levait pour m'accueillir.

– Je sens que je vais avoir du mal à me concentrer pendant le concert, grogna-t-il à voix basse. Tu es canon.

– Merci, dis-je en dépit de mon envie de le contredire.

Il sourit avec fierté en voyant l'assurance dont je faisais preuve, et il se pencha sur moi pendant que mes amies disaient au revoir et rassemblaient leurs affaires.

– Tu gardes la perruque ?

Il joua avec une boucle rose en se mordant la lèvre, et en voyant le feu et la passion dans ses yeux, je n'eus plus envie d'aller nulle part excepté dans une chambre d'hôtel avec lui.

– C'est le seul truc que j'ai prévu de garder tout à l'heure.

Il grogna, me prit par la taille et interpella les autres.

– Les mecs, changement de programme, on annule le concert de ce soir.

Le visage de Matt s'illumina, Evan poussa un cri de joie et attira Jenny sur ses genoux, et Griffin pinça les fesses de ma sœur.

– Grave ! Trop bien, s'exclama-t-il.

– Bien tenté, mais tu sais que ça ne marche pas comme ça, dis-je à Kellan en souriant.

– Je sais, mais on peut toujours rêver.

Il soupira et je l'embrassai sur la joue, puis je maugréai en voyant Anna s'emparer du sac en plastique noir. Elle nous tendit à chacune un collier et des sucettes en forme de pénis et un boa qui allait avec nos perruques. Naturellement, il y avait des petits pénis en plastique cousus entre les plumes. On allait toutes passer pour des folles assoiffées de sexe…

On sortit toutes du bus et une limousine noire arriva sur le parking à ce moment-là.

– Il faut qu'on y aille, me dit Kellan tandis que les garçons se dirigeaient vers les coulisses. Je vous ai loué une limousine pour la soirée pour que vous soyez tranquilles. Amuse-toi bien, tu en as besoin.

– Merci. Amusez-vous bien aussi.

Il allait s'éloigner mais je l'attrapai par le bras.

– Au fait… si tu veux vraiment aller dans un club de striptease, ça ne me dérange pas. J'ai confiance en toi.

Je n'étais pas ravie à cette idée, mais j'avais assez confiance en lui pour savoir qu'il ne ferait rien derrière mon dos qu'il ne ferait en ma présence.

– Ça me fait plaisir que tu dises ça. Mais je n'en ai pas vraiment envie, de toute façon. Et puis, ça ne m'a jamais particulièrement attiré.

Je voulais bien le croire : il n'avait jamais eu besoin de payer pour que des filles se jettent sur lui. Pour ça, il lui suffisait d'organiser une soirée chez lui.

On se dirigea vers la limousine avec les filles, moi au milieu, la tête basse sous ma perruque rose. Le chauffeur nous ouvrit la portière et Anna échangea quelques mots avec lui avant de nous rejoindre à l'intérieur. En repensant à ce qui s'était passé quand on était allés au Poison, je regardai derrière moi, nerveuse à l'idée que quelqu'un nous suive, mais Anna me donna un petit coup dans les côtes.

– Détends-toi, Kiki.

– Tu as raison. Allez, allons nous amuser un peu.

Suivant les directives de ma sœur, le chauffeur nous conduisit d'abord au restaurant, et même si j'avais l'impression d'être la reine des idiotes en rentrant à l'intérieur, j'étais ravie qu'on aille d'abord manger quelque chose, je mourais de faim.

L'ambiance dans le resto était un peu chaotique, et je trouvai qu'on se fondait plutôt bien dans le décor, en fait, même si tous les clients nous dévisageaient. Je suivis ma sœur à l'étage en essayant d'ignorer leurs regards et on alla toutes s'installer dans un box, avec Jenny, Kate et Rachel d'un côté et Cheyenne, Anna et moi de l'autre. Un serveur arriva quelques secondes plus tard.

– Bonsoir, je m'appelle Gabe et c'est moi qui vais m'occuper de votre table ce soir. Enterrement de vie de jeune fille ? demanda-t-il en pointant nos serpents d'un air amusé.

Je retirai mon boa et le posai sur mes genoux. C'était un restaurant familial alors ce n'était peut-être pas une super idée de porter ça. En chemin, déjà, j'avais réussi à convaincre ma sœur de retirer son collier et de me promettre de ne pas sortir sa sucette ici.

Elle passa un bras autour de moi et sourit à Gabe.

– En plein dans le mille !

– Félicitations, dit-il en posant son regard bleu sur moi.

Bizarrement, j'eus l'impression qu'il me dévisageait. Il me matait ou quoi ?

– Merci, murmurai-je. On fête son mariage, à elle aussi, dis-je en me tournant vers Anna. Je n'en reviens toujours pas que tu aies épousé Griffin.

– Tu vas me lâcher, un peu ? Tu es pire que papa.

Je fus obligée de rire. J'étais presque sûre que mon père n'était pas au courant, et d'ailleurs, il ne savait sûrement même pas qu'elle n'était pas à Seattle.

– Vous êtes sœurs ? demanda-t-il en souriant.

Puis il sourit à chacune, avant de se concentrer de nouveau sur moi.

– J'ai exactement ce qu'il vous faut. Cocktail surprise ?

Il me fit un clin d'œil et je me figeai. Il était vraiment en train de me draguer.

– Euh, non, c'est bon, on vous fait confiance.

– Sans alcool pour moi, en revanche, d'accord ?

Elle se frotta le ventre et Gabe détourna le regard un instant. Il hocha la tête et se tourna vers moi, une fois de plus.

– Pas de problème. Ne bougez pas, je reviens tout de suite.

Dès qu'il fut parti, toutes les filles se tournèrent vers moi.

– Il était grave en train de te draguer ! s'exclama Jenny.

Je m'enfonçai dans mon siège et jouai avec une mèche de ma perruque.

– N'importe quoi.

Mais je savais qu'elle avait raison et je me mis à rire, incapable de garder mon sérieux. Malheureusement pour Gabe, je n'étais pas célibataire. J'étais même sur le point d'épouser mon amour de rock star, dont la beauté extérieure n'était rien comparée à sa beauté intérieure. Je doutais qu'on puisse faire plus parfait et je me sentis vraiment chanceuse.

Gabe revint quelques minutes plus tard avec des verres énormes remplis d'un liquide fruité et fort qui me fit grimacer après la première gorgée.

– Avec ça, vous devriez être d'attaque pour la soirée, dit Gabe en me faisant un clin d'œil.

Je le remerciai puis je commandai des bâtonnets de poulet.

Si jamais c'était le genre de cocktails qu'on allait boire ce soir, j'avais intérêt à ne pas avoir l'estomac vide…

Gabe continua à flirter avec moi pendant tout le repas et les filles passèrent leur temps à se moquer de moi. Il était mignon et j'étais flattée, mais je n'étais vraiment pas intéressée. À la fin du repas, j'ouvris des yeux ronds en voyant qu'il avait inscrit son numéro de portable sur l'addition qu'il me tendait.

– Au cas où ça ne marcherait pas… dit-il en haussant les épaules.

– Euh, merci. Mais je pense vraiment que ça va le faire.

Il avait l'air démoralisé quand je me levai pour partir, et j'avais tellement l'habitude de voir cette expression sur les visages des fans de Kellan que c'était bizarre de me dire que c'était moi qui en étais la cause. En montrant le reçu à ma sœur une fois dehors, je repensai au jeu auquel Kellan et les garçons jouaient quand ils sortaient et je songeai que si on avait joué, ça aurait été moi la gagnante. L'idée me fit rire et je pris une photo du bout de papier pour l'envoyer à Kellan, avec les mots *J'ai gagné !* J'espérai qu'il trouverait ça drôle et qu'il ne s'inquiéterait pas de ce que j'étais en train de faire. Après tout, si je lui faisais confiance concernant les strip-teaseuses, il fallait qu'il me fasse confiance, lui aussi.

Il ne répondit pas à mon message mais ça n'avait rien d'étonnant : il devait encore être sur scène. C'était drôle de ne pas être là pour l'entendre chanter mais je passais vraiment un bon moment. Je ne savais pas où on devait aller ensuite, mais le cocktail de Gabe était en train de faire son effet et ça m'était égal. Quand le chauffeur de notre limousine nous ouvrit la portière, Anna lui donna un bisou sur la joue qui le fit rougir, et je l'embrassai sur l'autre.

Naturellement, on alla ensuite dans un club de strip-tease, et je fronçai les sourcils en arrivant sur le parking et en voyant les néons roses en forme de jambes à l'entrée. Le club s'appelait le Pole Palace, et rien que le nom me fit grimacer.

– Ça ne m'intéresse vraiment pas d'aller voir des filles à moitié nues se frotter à des hommes mariés.

Anna poussa un soupir exaspéré.

– Et ton goût pour l'aventure, alors, Kiki ? Ça va te plaire, crois-moi.

Je n'étais pas certaine de devoir la croire et je sortis de la limousine d'un pas hésitant.

– Si vous me voyez sortir en courant, dis-je au chauffeur, ramenez-moi tout de suite à la maison, d'accord ?

– Bien sûr… Kiki, dit-il poliment avec un sourire.

De nouveau parées de nos boas, on se rassembla devant l'entrée. Ça n'avait pas l'air de déranger Jenny et Kate d'être là et Cheyenne, elle, souriait carrément. Elles contrastaient avec Rachel, qui avait un air aussi dubitatif que le mien. Soudain, je vis une pancarte posée sur un chevalet près de la porte. *Ladies night ! Venez voir les mecs les plus sexy de la ville !* J'aurais dû m'en douter…

Pour une raison quelconque, je me sentis un peu mieux en sachant qu'on allait voir des mecs se frotter à des femmes mariées. Je trouvais ça plus innocent, même si je me sentais quand même hyper gênée, d'autant que j'étais fagotée comme une poupée Bratz.

– Tu plaisantes, Anna ?

– Non, dit-elle avec un grand sourire avant de se tourner vers le videur.

Jenny, Kate et Cheyenne la suivirent en riant et on échangea un regard mortifié avec Rachel avant de nous décider à leur emboîter le pas. Le club était rempli de femmes de tous les âges qui sifflaient et criaient en regardant les étalons luisants d'huile sur scène, et voir ces hommes onduler du bassin et donner des coups de hanche clairement évocateurs me mit un peu mal à l'aise.

J'attrapai Anna par le bras en me demandant si Kellan serait vraiment d'accord, étant donné qu'on n'avait pas parlé de la possibilité que moi j'aille dans un bar à strip-tease.

– Kellan et les garçons… tu es sûre que ça ne leur poserait pas de problème ? demandai-je en montrant du doigt des serveurs en train de poser pour des photos avec des clientes plus qu'amicales.

– Absolument sûre, crois-moi.

Mais je n'étais pas convaincue et je me sentis un peu coupable d'être là. Je n'allais rien faire du tout avec ces tas de muscles, bien sûr, mais Kellan ne savait pas que j'étais là et je trouvais ça malhonnête. Je sortis mon portable pour l'appeler mais Anna devina ce que j'allais faire et elle s'empara de mon téléphone.

– Je lui ai dit où on allait, Kiera, et ça ne lui pose aucun problème. C'est même lui qui a trouvé le club.

Je fus surprise, mais là encore, j'aurais dû m'en douter. Il voulait que je m'amuse avec mes amies, et à en juger par leurs ricanements, les femmes ici avaient vraiment l'air de bien s'amuser. Et surtout, Kellan adorait me mettre mal à l'aise, et c'était tout à fait l'effet que ce style d'endroit avait sur moi.

Je finis par rire et par me résoudre à passer un bon moment avec mes amies. Anna nous fit prendre place à une table près de la scène, et au bout de deux verres, je criais aussi fort que le reste des femmes dans le public. Les danseurs étaient amusants, et je devais avouer qu'ils étaient super sexy. Ce que je préférais, c'étaient leurs costumes : pour le moment, on avait eu droit à un pompier, un policier et un ouvrier, et je riais sans pouvoir m'arrêter.

À un moment, un nouveau danseur déguisé en cow-boy arriva sur scène. Il avait un bandana qui lui couvrait le bas du visage comme si c'était un bandit et un chapeau de cow-boy qui lui couvrait les yeux. Il avait une main qui tenait son chapeau et son autre bras pendait le long du corps. Il portait un débardeur sans rien en dessous et ses muscles brillaient comme s'il était couvert d'huile. Comme tout cow-boy qui se respecte, il portait des jambières en cuir, avec en dessous un boxer en lycra et… rien d'autre. Il était canon et un frisson parcourut le public. Rien que la façon dont il se tenait en attendant que la musique démarre était séduisante, et j'eus l'impression qu'il n'aurait pas de mal à mettre l'ambiance.

Les premières mesures retentirent et je reconnus tout de suite une chanson de Rihanna. Un instant plus tard, le cow-boy releva la tête pour balayer la salle du regard et je crachai la gorgée de cocktail que j'avais dans la bouche.

– Putain de merde !

Jenny, Kate, Cheyenne et Rachel se tournèrent toutes vers moi en même temps comme si j'étais devenue complètement cinglée pendant qu'Anna se tenait les côtes, morte de rire.

J'étais incapable de répondre aux regards interrogateurs de mes amies, trop perturbée par le regard d'un bleu profond que je venais de reconnaître. Tandis qu'il commençait à onduler des hanches sous les cris approbateurs du public, ses yeux se rivèrent aux miens, et même si je ne pouvais pas voir sa bouche, je savais qu'il me souriait. J'avais envie de m'enfoncer sous terre, mais je ne pouvais pas le quitter des yeux. Qu'est-ce que Kellan fichait là, à danser dans un bar à strip-tease ?

Puis il se mit à danser et j'arrêtai de me poser des questions. C'était un charmeur-né, et c'était complètement enivrant de le regarder bouger sur scène devant un public aussi subjugué que celui qui venait assister aux concerts. Il se mit à parcourir la scène avant de venir se planter devant notre table et de retirer son débardeur. Mon cœur battait à mille à l'heure et quand il me balança le bout de tissu, je faillis ne pas le rattraper tellement j'étais perturbée. Les femmes autour de moi se mirent à hurler en voyant son torse, et en découvrant son tatouage, les filles se tournèrent vers moi avec des yeux écarquillés.

– C'est… ? commença Jenny sans finir sa phrase par peur que quelqu'un d'autre nous entende.

De toute façon, elle n'avait pas besoin de dire son nom : on savait toutes de qui elle parlait, et quand je hochai faiblement la tête pour lui dire que *oui*, c'était bien Kellan qui était là en train de tortiller des fesses, elles se mirent toutes à rire et Anna siffla à nous en percer les tympans.

Tout comme quand il était sur scène avec les D-Bags, Kellan s'appropria la scène et séduisit le public. Il laissait les filles le toucher mais reculait dès qu'elles devenaient trop pressantes. La façon dont il se caressait illustrait sûrement la manière dont les femmes dans le public auraient aimé le caresser, et à la moitié de la chanson, il arracha ses jambières, ce qui déclencha un tonnerre d'applaudissements. J'enfouis mon visage dans mes mains, à la fois excitée et morte de honte. J'arrivais à peine à croire qu'il était en train de faire ça, mais ça n'aurait pas dû me surprendre : c'était exactement genre de trucs qu'il était prêt à faire.

Vers la fin de la chanson, il avança dans ma direction, désormais uniquement vêtu de ses bottes, son boxer, son bandana et son chapeau, et je retins mon souffle tout en priant intérieurement pour qu'il puisse garder le costume. Il sauta à bas de la scène et atterrit pile à côté de notre table. Avant que quiconque ait eu le temps de se jeter sur lui, il me prit par la main et me fit me lever. Les autres clientes protestèrent mais il finit son numéro en soulevant ma jambe et l'enroulant autour de lui. Mon corps épousa instinctivement le sien et l'espace d'un instant, j'oubliai qu'on était le centre de l'attention. Une fois la chanson terminée, il me fit basculer en arrière, et quand il me releva, son visage n'était qu'à quelques millimètres du mien. Son bandana se soulevait rapidement, signe que sa respiration était aussi agitée que la mienne. Sans plus accorder d'importance aux gens autour de nous, je l'embrassai à travers le tissu et je sentis ses mains me caresser les fesses.

La foule se mit à hurler et je m'écartai de lui à contre-cœur.

– Tu ferais mieux de ne pas trop m'exciter dans cette tenue, je risque de finir chez les flics.

Je ris en repoussant sa poitrine huileuse.

– Je n'en reviens pas que tu aies fait un truc pareil.

Il se pencha pour me faire le baise-main.

– Je n'ai pas pu résister. C'était son idée, dit-il en montrant ma sœur du doigt.

Je la fusillai du regard et elle se contenta de le mater des pieds à la tête avant de me faire un clin d'œil. Un nouveau danseur fit son entrée, vêtu d'un uniforme blanc de soldat, et Kellan me serra dans ses bras.

– Je dois filer, si j'arrive en retard pour le duo avec Sienna,

Matt va me tuer. Et puis il faut que je me douche pour me débarrasser de toute cette huile de merde.

Je ris et je l'embrassai sur la joue.

– Tu n'es vraiment pas comme tout le monde.

– Toi non plus. Je suis content que tu t'amuses, en tout cas. Je te retrouve à l'hôtel tout à l'heure.

– Compte là-dessus, dis-je en imitant son ton charmeur et en haussant les sourcils.

Le coin de ses yeux se plissa et je sus qu'il était en train de m'adresser un sourire qui aurait fait tourner la tête de plus d'une femme dans la salle. J'avais envie de lui retirer son masque mais je ne voulais pas que quelqu'un le reconnaisse. Kellan à moitié nu déguisé en cow-boy n'était vraiment pas une image que j'avais envie de voir dans les magazines. Ce Kellan-là n'était qu'à moi. Enfin, à moi et à un tas de spectatrices qui ignoraient qui il était.

Il finit par se diriger vers les coulisses pour aller se doucher et se changer avant de retourner au concert et plusieurs personnes en profitèrent pour le caresser au passage. Avant de disparaître, il se tourna une dernière fois vers moi et souleva son chapeau pour me saluer, et je souris en soupirant, avec le sentiment d'être encore plus amoureuse de lui qu'avant.

Le reste des danseurs paraissait bien fade en comparaison et je finis par penser à lui au lieu de regarder ce qui se passait sur scène. Quand Anna commença à fatiguer, je suggérai qu'on rentre et tout le monde approuva. On sortit pour aller retrouver la limousine et je remerciai le chauffeur quand il nous ouvrit la portière, comme toujours.

– Vous avez passé une bonne soirée ? demanda-t-il d'un air amusé.

– Excellente, répondis-je dans un soupir.

Une fois dans la voiture, Anna posa sa tête sur mon épaule et me rendit mon portable, et je lui caressai les cheveux en consultant mes messages. Je n'en avais qu'un, de Kellan. Après avoir reçu ma photo avec le numéro de Gabe, il avait répondu *C'est avec moi que tu vas dormir ce soir et tous les soirs, alors je pense que c'est moi qui ai gagné.*

Je me mordis la lèvre et demandai au chauffeur de nous ramener tout de suite à l'hôtel. Kellan et les garçons ne seraient sûrement pas rentrés de leur expédition au bar après le concert, mais ça ne me dérangeait pas. On l'attendrait toute la nuit s'il le fallait, ma perruque et moi… et avec un peu de chance, il aurait toujours les bottes et le chapeau de cow-boy pour aller avec le débardeur que j'avais glissé dans mon sac.

22

Un service

Kate et Cheyenne avaient un air fatigué lorsqu'elles grimpèrent dans le taxi qui les conduisit à l'aéroport le lendemain matin. Elles m'avaient vraiment manqué et j'étais émue au moment de leur dire au revoir. Jenny et Rachel, elles, restaient encore un peu pour faire du tourisme avec Evan et Matt. Notre bus était tellement blindé, bruyant, débordant de musique et de rires qu'il n'avait sûrement rien à envier à Disneyland.

En arrivant à Philadelphie, la « ville de l'amour fraternel », tout le monde dans le bus se mit à faire des projets pour l'après-midi. Jenny, Rachel, Matt et Evan avaient choisi d'aller visiter la ville ; Deacon, Ray et David étaient originaires de là et allaient donc en profiter pour voir des amis ; et Anna et Griffin décidèrent d'aller manger une glace, étant donné que ma sœur en mourait d'envie. On avait envie de passer un peu de temps à deux avec Kellan et on déclina les invitations de tout le monde.

Quand on se retrouva seuls, je lui souris d'un air charmeur.

– Alors, maintenant qu'on n'est que tous les deux, monsieur Kyle, qu'est-ce que vous avez envie de faire ? Vous pourriez peut-être vous acquitter de cette dette que vous avez envers moi ? demandai-je d'une voix grave.

J'étais assez fière de moi : non seulement j'avais dit ça sans rougir mais ma voix avait même résonné de façon érotique. Je devenais vraiment douée à ce petit jeu. Mais à ma grande surprise, Kellan fronça les sourcils et baissa la tête.

– En fait… j'ai un service à te demander.

– Qu'est-ce que c'est ?

Il portait un tee-shirt blanc à manches longues avec, par-dessus, un tee-shirt noir à manches courtes, et sa tenue illustrait parfaitement son expression. Il semblait à la fois impatient et réfractaire, heureux et malheureux, paisible et mélancolique, et je détestais voir cette dualité sur son visage, surtout quand j'en ignorais la raison. Il passa une main dans ses cheveux et leva la tête vers moi.

– J'ai beaucoup réfléchi à un truc. Je pensais que je n'allais pas le faire au début, alors je n'en ai même pas parlé, mais plus on reste là et plus ça me perturbe, alors je me dis que… peut-être qu'il vaut mieux que je le fasse, en fait. Je crois même que j'en ai besoin. Mais je ne peux pas le faire tout seul : j'ai besoin de toi.

Je ne m'étais pas attendue à ça et je lui pris la main.

– Bien sûr. Demande-moi tout ce que tu veux, c'est d'accord. Je suis toujours là si tu as besoin de moi.

Ses yeux se remplirent de larmes et le voir comme ça me brisa le cœur.

– Qu'est-ce que tu as besoin de faire ?

Il s'éclaircit la gorge.

– Je dois aller voir quelqu'un.

Puis il détourna le regard et je l'embrassai sur l'épaule.

– D'accord.

Je n'avais pas besoin de savoir qui. Ça n'avait pas d'importance. Il avait besoin de moi, et je voulais être présente.

Kellan appela un taxi pendant que j'allais chercher mon sac et une veste. La maison de disques nous fournissait un chauffeur, mais généralement, c'était seulement pour les sorties officielles. Quand il s'agissait de faire des courses, on devait se débrouiller tout seuls. À la demande de Kellan, notre chauffeur, Jonathan, avait bien voulu déplacer le bus de façon que la porte soit cachée par l'autre bus. Ça nous protégeait un minimum des fans et des photographes et ça empêchait aussi Sienna de débarquer dans le cadre d'un autre coup de pub « visite conjugale ».

Quand le taxi arriva et qu'il eut passé le contrôle de sécurité, il vint se garer pile dans l'espace compris entre les deux bus et Kellan enfila sa veste en cuir.

– Merci, murmura-t-il tristement avant de m'aider à mettre ma veste.

– Ne me remercie pas. C'est normal.

Quand on grimpa en voiture, il était complètement impassible.

– Au cimetière de Saint-Joseph, dans le canton de Gloucester, s'il vous plaît, indiqua-t-il au chauffeur.

Je m'étais attendue à tout sauf à ça et je n'avais aucune idée de ce qu'on allait faire dans un cimetière.

– C'est là que mes parents sont enterrés, ajouta-t-il en me regardant.

Sachant à quel point cette journée allait être difficile pour lui, je mis ma main sur sa cuisse et il la recouvrit immédiatement de la sienne.

– Pourquoi ils sont enterrés ici et pas à Seattle ? demandai-je tandis qu'il regardait la ville défiler par la fenêtre.

Il haussa la tête sans me regarder.

– Ma tante a rapporté leur dépouille ici après l'oraison funèbre. Elle a dit qu'ils n'avaient rien dans l'État de Washington et que ça ne servait à rien de les faire enterrer là-bas. Du coup, elle a décidé qu'ils reposeraient ici, près de l'endroit où elle a grandi avec ma mère.

– Alors ta tante vit ici ?

– Je ne sais pas et ça m'est égal. On n'est pas en contact. On ne l'a jamais été.

Visiblement, il n'avait aucune envie de parler d'elle et je n'insistai pas.

On s'arrêta en chemin pour acheter des fleurs. Mon cœur se serra quand je le vis se précipiter dans la boutique et en ressortir avec deux bouquets, et je crus que j'allais me mettre à pleurer quand il me tendit un pétale de rose blanche qui disait *Je suis content que tu sois là.*

Le trajet jusqu'au cimetière nous prit à peine vingt minutes, durant lesquelles la pluie légère qui tombait à notre départ de Philadelphie s'était transformée en averse torrentielle. Je n'avais pas de parapluie avec moi mais ça ne faisait rien. Tout ce qui importait, c'était Kellan, et il avait besoin de faire ça pour pouvoir tourner la page. Le chauffeur s'arrêta dans une rue qui faisait le tour d'une grande étendue de verdure avec un immense ange en pierre au milieu. Kellan lui demanda de nous attendre puis il sortit de la voiture, les bouquets à la main, et se mit à regarder partout autour de lui. Quand je le rejoignis, il était déjà trempé jusqu'aux os et continuait à balayer le cimetière vide du regard. Il secoua la tête et se passa la main dans les cheveux.

– Je ne sais pas où ils sont.

Je pus lire la tristesse dans ses yeux d'avoir à avouer qu'il ne savait pas où ses parents étaient enterrés. Je lui pris la main et regardai la mer de pierres tombales qui nous entourait : le cimetière était immense et un chemin sur notre gauche conduisait à encore plus de stelles qui s'étendaient à perte de vue. On pourrait passer des jours à chercher sans les trouver, et on n'avait que quelques heures devant nous.

– On va les trouver, assurai-je en serrant sa main.

On se mit tout de suite à chercher en commençant systématiquement par la fin de chaque allée et en laissant deux ou trois allées entre nous pour couvrir autant de surface que possible. On mit une demi-heure à parcourir la première section sans rien trouver et je regardai le chauffeur de taxi en train de bouquiner au sec dans sa voiture. Je me demandais combien la promenade allait bien pouvoir nous coûter, mais tout comme la limousine de mon enterrement de vie de jeune fille, c'était le style de dépense qui ne le dérangeait pas.

Tremblants de froid, on se dirigea vers la deuxième moitié du cimetière. Elle faisait au moins deux fois la taille de la surface qu'on venait de parcourir et je me sentis fatiguée rien qu'en la regardant. Mais on n'avait pas le choix et on continua à chercher. Je regardais chaque pierre érodée à la recherche des noms John et Susan Kyle. Il y avait tellement de gens enterrés là, chacun avec son passé, ses histoires d'amour, ses joies et ses peines... C'était bouleversant de penser au nombre de vies que chacun avait croisé, pour le meilleur mais parfois aussi pour le pire.

J'étais tellement concentrée que quand leur nom passa devant mes yeux, je faillis les manquer. *John et Susan Kyle. Parents et amis adorés.* Je regardai la plaque de marbre noire, sous le choc de les avoir trouvés, et vis du coin de l'œil que Kellan était encore en train de chercher, quelques rangées plus loin. Ses fleurs étaient dans un piteux état, maintenant.

– Kellan, l'appelai-je d'une voix blanche.

Il tourna la tête vers moi puis regarda la pierre tombale à mes pieds, et je le vis prendre une grande respiration avant de se diriger vers moi. Je ne savais pas si c'était à cause du froid, mais il tremblait quand il arriva à mes côtés. Il posa sur la tombe un regard vide et s'accroupit devant sans dire un mot. Puis il brossa le nom de sa mère et ensuite de son père du bout des doigts, avant de poser sa main sur l'herbe mouillée devant leur tombe et de fermer les yeux.

En dépit de la pluie battante, je vis des larmes rouler sur ses joues et je posai ma main sur mon épaule. Quand il rouvrit les yeux, ils étaient humides et je sentis un nœud se former dans ma gorge. Pendant combien de temps il continuerait à avoir mal à cause d'eux ? Il plaça ensuite un bouquet sous chaque nom avec tendresse, et le voir faire ça me brisa le cœur : après tout ce qu'ils lui avaient fait, après leurs insultes, leurs coups, après lui avoir fait croire qu'il ne méritait pas d'être aimé... il les aimait encore. J'avais trouvé ça bizarre de lire « Parents adorés » sur leur tombe, mais peut-être que ce n'était pas tout à fait faux. Qu'ils le méritent ou non, leur fils les avait vraiment aimés.

– Je suis désolé de ne pas avoir été ce que vous vouliez, dit-il d'une voix presque étouffée par la pluie.

Ses yeux se posèrent alors sur le nom de sa mère.

– Je suis désolé d'avoir gâché ta vie. Et la tienne, ajouta-t-il en regardant le nom de son père. J'aurais aimé que les choses soient différentes mais on ne peut plus rien y faire maintenant. Alors je voulais juste vous dire au revoir et…

Il déglutit, le visage déformé par la douleur, et j'eus le plus grand mal à retenir mes larmes.

– … et vous dire que je vous aime tous les deux.

Quand il finit par se relever, il reniflait et sa mâchoire tremblait. Je passai mes bras autour de sa taille pour le réconforter tout en luttant contre ma propre envie de pleurer et il me serra contre lui sans quitter la tombe des yeux.

– Tu penses qu'ils seraient fiers de moi ? me demanda-t-il après un long silence. Même un tout petit peu ?

Sa voix se brisa et je le serrai plus fort. Pour une fois, j'hésitai à briser notre pacte de l'honnêteté, car je ne me voyais vraiment pas lui dire ce que je pensais de ses connards de parents, mais je ne le fis pas.

– Je n'en sais rien, répondis-je à la place. Mais *moi*, je suis fière de toi, pour tout ce que tu as accompli jusqu'à présent et pour ce que tu viens de faire.

Je fus alors incapable de retenir mes larmes, et il hocha la tête en tentant de ne pas craquer mais il finit par se mettre à pleurer aussi et un sanglot lui échappa. Je le pris par la nuque et il enfouit sa tête dans mon cou tandis qu'il pleurait sur tout ce qu'il avait enduré, ce qu'il avait perdu et ce qu'il n'aurait jamais.

La pluie finit par se calmer en même temps que ses larmes et il appuya son front contre le mien.

– Je t'aime tellement…

En l'embrassant, je sentis le goût de ses larmes sur sa bouche, et tout parut étrangement solennel autour de nous : les oiseaux ne chantaient pas, il n'y avait pas de voitures qui passaient, juste le contact des gouttes d'eau qui ruisselaient le long des feuilles des arbres, et le silence était cathartique. Soudain, un flash de lumière attira mon attention.

Je crus d'abord que c'était le soleil qui avait enfin décidé de se montrer et qui se reflétait dans le papier argenté d'un bouquet de fleurs, mais le flash fut suivi d'un bruit familier d'obturateur. On s'écarta l'un de l'autre et on tourna la tête en même temps vers l'homme qui se tenait près d'un massif d'arbustes avec un appareil photo à la main. Un paparazzi avait dû suivre notre taxi en espérant faire la photo de l'année. Et le pire, c'est qu'il avait réussi. Un cliché de Kellan en train de m'embrasser sous la pluie, ça risquait de se vendre à prix d'or.

– Dis-moi que je rêve, dit Kellan d'un ton à la fois incrédule et furieux.

Un sentiment de frustration vint s'ajouter à la peine que je ressentais pour lui, et le mélange mit le feu à un incendie de colère. J'en avais tellement ras-le-bol de tout ce cirque. Les fans de Kell-Sex, les médias, Nick et Sienna, ils pouvaient tous aller se faire foutre ! Sans oublier le type qui était en train d'interrompre un moment aussi intime. Je serrai les poings avant de me diriger vers lui au pas de course, ce qui eut l'air de lui plaire car il prit une rafale de photos.

– Vous n'avez vraiment aucune morale ou quoi ? On est dans un cimetière, bordel ! Vous ne pourriez pas faire preuve d'un peu de respect ?

Je n'étais plus qu'à quelques pas de lui et il souriait de toutes ses dents, visiblement ravi que je me donne en spectacle. Je pouvais presque voir les dollars danser dans ses yeux et ça me rendit folle de rage. Il rigolerait moins quand je réduirais son bel appareil photo en miettes. J'allais tendre le bras vers lui quand Kellan m'arrêta.

– Arrête…

Le photographe reporta son attention sur lui.

– Alors comme ça, on trompe Sienna ? C'est ta sale petite maîtresse, Kellan ?

Kellan vint se mettre devant moi et planta son index entre les côtes du photographe.

– Fais gaffe à ce que tu dis ! Ce n'est pas ma maîtresse !

Il recula d'un pas ou deux, sans arrêter de nous mitrailler.

– Ah bon ? Pourtant, on dirait bien que tu te tapes cette garce dans le dos de Sienna. Pour ce qui est de garder le secret, c'est raté. Je t'ai pris en flag', mec ! Ta pétasse est sur le point de faire les gros titres !

Kellan sourit. Le photographe crut sûrement que c'était parce qu'il trouvait ça amusant, mais moi, je savais ce que ça voulait dire : il était agacé. Il était même bien plus qu'agacé, il était à deux doigts de lui faire une tête au carré. Soudain, il serra le poing, tendit le bras et frappa le type en plein dans la mâchoire. Peut-être même moins de deux doigts, en fait...

Le photographe perdit l'équilibre et laissa tomber son appareil, mais malheureusement, celui-ci était attaché autour de son cou, et il ne se fracassa pas par terre comme je l'esperais. L'intrus reprit vite ses esprits et se remit à nous photographier.

– Espèce de malade ! Je vais porter plainte !

Du sang coulait le long de son menton, et pourtant, il avait l'air étrangement ravi. Kellan fit un pas en avant mais je le retins, par peur qu'il n'aille vraiment trop loin.

– Arrête, Kellan, ça ne vaut pas le coup.

– Il a réussi à te prendre en photo.

Je soupirai en secouant la tête.

– Eh bien tant pis. Ça vaut mieux que de finir chez les flics.

Il se laissa entraîner à contrecœur à l'écart du photographe, qui riait carrément à présent.

– Espèce de sac à merde, lui cria Kellan par-dessus son épaule.

– En tout cas, ce n'est pas moi qui fais cocu la nana la plus sexy de la planète.

Kellan lui tourna le dos.

– Je suis *marié* à la nana la plus sexy de la planète, grommela-t-il entre ses dents, et jamais je ne la tromperais, connard.

– Ce n'était peut-être pas très malin, mais je suis contente que tu lui aies cogné dessus.

– Moi aussi.

Il passa son bras autour de moi et on regagna le taxi, la tête haute. Tous les efforts que j'avais déployés pour rester dans l'ombre étaient inutiles : j'étais grillée, maintenant. À cause de l'objectif de cet abruti, notre moment intime allait faire la couverture des journaux et tout le monde connaîtrait mon visage. C'en était fini de mon anonymat, et de ma liberté aussi. Je ne pourrais plus me cacher et les fans tarés et obsédés de Kell-Sex sauraient tout de ma vie. Ce n'était qu'une question de temps.

Une fois de retour à la salle de concert, je pensais qu'on retournerait dans le nid chaud et sûr du bus, mais apparemment Kellan avait d'autres projets. Il me prit la main pour m'emmener vers le bus de Sienna. Je me raidis, incertaine d'avoir envie de le suivre, mais Kellan avait l'air aussi menaçant que le ciel d'orage qui pesait sur Philadelphie et je sus qu'il valait mieux que je l'accompagne.

Il tambourina à la porte du bus en appelant son nom, sans succès. Au moment où je commençais à me dire qu'elle devait être sortie, ou en train d'attendre le début du concert dans notre hôtel de luxe, Gorille 1 vint ouvrir la porte. Il nous examina des pieds à la tête, au cas où on serait armés, puis il s'écarta pour nous laisser entrer. Une fois à l'intérieur, je me demandai pourquoi elle ne dormait pas là tous les soirs. C'était un vrai temple du luxe sur roues : dans la première moitié du bus, il y avait des canapés en cuir de chaque côté, tandis que le fond abritait des fauteuils inclinables qui faisaient face à un énorme écran plat. Il y avait une cuisine, mais d'après ce que je pouvais voir, aucune couchette. La chambre de Sienna, tout au fond, était sûrement plus luxueuse que la plupart des studios du pays, et j'eus soudain le sentiment d'avoir vécu dans la misère au cours des dernières semaines.

Lovée dans un des canapés et plongée dans la lecture d'un magazine de mode, elle leva les yeux en nous entendant entrer.

– Kellan, Kiera, quelle bonne surprise !

Elle regarda immédiatement vers la fenêtre, à l'affût des photographes.

– Qu'est-ce que je peux faire pour vous, par ce bel après-midi ?

Kellan alla se planter devant elle et Gorille 2 redressa son fauteuil, visiblement pas ravi de l'expression sur le visage de Kellan.

– Tu nous as tendu un piège ?

Je n'avais pas imaginé qu'il en était arrivé à cette conclusion et je le regardai, surprise. N'empêche que c'était tout à fait plausible, comme scénario… J'observai Sienna : est-ce que c'était elle qui avait monté un sale coup ? Elle secoua la tête, confuse.

– De quoi tu parles, enfin ? Et d'où vous sortez, tous les deux ? Vous êtes tellement trempés qu'on dirait que vous avez pris une douche tout habillés.

Elle sourit puis claqua des doigts et tendit le bras. Un instant plus tard, son garde du corps lui tendit deux serviettes qu'elle nous tendit à son tour.

– On a été pris en embuscade par un connard avec un appareil photo. Je lui ai mis un pain, mais il a quand même réussi à prendre Kiera en photo avant.

Elle lui offrit un sourire complice.

– Ils sont pires que des cafards, pas vrai ? Ils s'incrustent vraiment partout… Ne t'en fais pas pour ça, mon équipe va s'en occuper. Avec un joli chèque, neuf photographes sur dix renoncent à porter plainte.

Je l'écoutai tout en me séchant les cheveux et Kellan plissa les yeux.

– Tu l'as payé ?

Elle fit la moue et ses yeux sombres scrutèrent son visage.

– Je ne savais même pas où tu allais. Comment voudrais-tu que je te balance si je ne savais pas où tu étais ?

– Avec toi, je n'arrive jamais à savoir si tu dis la vérité ou si tu racontes des conneries.

Je dissimulai un sourire : moi non plus, je n'arrivais jamais à savoir. Et rien que pour cette raison, je savais que jamais il ne voudrait de Sienna. Même si quelque chose m'arrivait demain et s'il se retrouvait seul du jour au lendemain, il ne sortirait jamais avec quelqu'un à qui il ne peut pas faire confiance.

Prêt à partir, il jeta nos serviettes sur le canapé et m'entraîna vers la porte.

– Je n'ai rien à voir là-dedans, réitéra Sienna d'un ton clairement irrité. Je ne suis pas une espèce de conspiratrice qui essaie de saboter votre relation. Je prends les choses comme elles viennent et vous devriez apprendre à en faire autant.

– Si je découvre que tu as quoi que ce soit à voir avec ça, c'est terminé. Je fais mes valises et je me barre de cette tournée, et je n'en ai rien foutre de ce que Nick pourra bien me faire. Qu'il me colle un procès pour rupture de contrat s'il veut.

Plus tard, ce soir-là, je restai dans la loge pendant que Kellan était sur scène au lieu d'assister au concert. J'avais trop de choses en tête. Dans quelques heures, demain matin au plus tard, la photo serait partout, et le buzz serait énorme. Je sentis mon estomac se tordre. Je détestais être le centre de l'attention, et ce qui m'attendait était bien pire que tous les premiers jours d'école, tous les nouveaux boulots, tous les entretiens, tous les anniversaires et autres cérémonies de remise de diplôme que j'avais pu vivre. D'un seul coup, ça me paraissait simple comme bonjour d'avancer vers l'autel au milieu d'une foule d'invités.

J'étais tellement stressée de ne plus être anonyme que j'avais l'impression d'avoir passé les dernières années dans une couverture doublée en moumoute qui me protégeait du vent, du froid et des agressions… et qu'on venait de me l'arracher, me laissant complètement nue, exposée à tous les regards. Kellan aussi était quelqu'un de discret… Est-ce que ça lui faisait cet effet-là, à lui aussi, quand de parfaits étrangers parlaient de sa vie ? Peut-être… Mais au moins, il avait l'amour et l'admiration de ses fans pour le réchauffer, tandis que moi… ils n'allaient certainement pas m'accueillir à bras ouverts. J'étais un obstacle pour Kellan et, d'après ce que j'avais vu, les fans voulaient le voir avec Sienna, ou bien le voulaient pour elles toutes seules. Il n'y avait pas de troisième choix.

Je ne pouvais pas contrôler la réaction des fans, mais je savais que c'était à moi de décider comment *je* voulais réagir à cette situation. Je pouvais décider de me cacher et de rester enfermée dans le bus en espérant que tout ça retombe rapidement. Ou alors je pouvais prendre position et marcher fièrement aux côtés de mon mari. Je n'avais jamais eu envie d'une telle exposition, mais je ne voulais plus me cacher. On avait traversé trop d'épreuves avec Kellan pour être ensemble et ensuite le rester. Je ne voulais pas revenir au point de départ et devoir cacher notre relation. J'adorais être avec lui et j'avais envie de crier au monde entier que Kellan était à moi.

Jenny et Rachel assistaient au concert étant donné qu'elles repartaient à Seattle tôt le lendemain matin, et Anna me tenait compagnie. Enfin, plus ou moins : vautrée dans un fauteuil, elle avait la bouche ouverte et ronflait doucement, sûrement épuisée par son après-midi avec Griffin. Mais je savais que tout serait différent demain, peu importait la façon dont on déciderait de gérer la tempête médiatique avec Kellan, et je la secouai doucement pour la réveiller.

Elle sursauta et regarda autour d'elle, dans le gaz.

– Oui, maman, je suis réveillée.

Puis elle cligna des yeux et me reconnut.

– Kiera ? Il est quelle heure ?

Elle devait sûrement croire qu'il était trois heures du matin.

– Il est tôt, les garçons sont encore sur scène.

Elle laissa basculer sa tête en arrière et ferma les yeux.

– Pourquoi tu me réveilles, alors ? Johnny Depp était en train de me masser les pieds.

– Je pense que demain… ça va vraiment craindre. Il y a un truc que je voudrais faire ce soir pendant que je suis encore une illustre inconnue et je me demandais si tu voudrais bien venir avec moi.

Elle se leva sans hésiter. Ou plutôt, elle essaya : ce n'était pas évident pour elle, avec Maximus, et je l'aidai à se mettre debout.

– On va où ?

En entendant ma réponse, elle posa sa main sur mon front.

– Tu es qui, et qu'est-ce que tu as fait à ma sœur ?

– Je suis une fille qui en a marre de se cacher. Je veux que tout le monde sache.

Elle me sourit et sembla fière de moi.

– Alors on y va.

On se glissa discrètement dehors et vingt minutes plus tard le chauffeur de taxi nous déposait devant un salon de tatouage, dans un quartier pas très reluisant. Le chauffeur nous avait assuré qu'ils étaient les meilleurs de la ville, et qu'ils étaient ouverts tard le soir, ce qui était une bonne tactique d'un point de vue commercial si on tenait compte du fait qu'ils étaient en face de ce qui ressemblait à un bar de motards.

Une clochette tinta quand j'ouvris la porte et le regard d'Anna s'illumina en voyant les photos de tatouage qui décoraient la pièce.

– Je n'en reviens pas que tu t'apprêtes à faire ça, me dit-elle alors qu'on examinait une photo de femme avec une constellation d'étoiles le long du flanc. Ma petite sœur est vraiment en train de grandir.

Je levai les yeux au ciel en me dirigeant vers le comptoir.

– Je devrais m'en faire un aussi ! s'exclama-t-elle soudain. Le nom de Griffin, juste là. Comme ça, il pourrait l'embrasser à chaque fois qu'il me gonfle, dit-elle en montrant ses fesses du doigt.

– Tu passerais ton temps penchée en avant.

Elle m'adressa un sourire pervers et je changeai rapidement de sujet.

– Tu ferais peut-être mieux d'attendre d'avoir accouché pour te faire un tatouage.

– Tu as sûrement raison. Il faudrait que j'essaie d'être responsable de temps en temps.

Je ris avec elle et passai ma main sur son ventre.

– Ça ne te ferait pas de mal.

– J'espère qu'il va arriver bientôt, en tout cas. J'en ai ma claque d'être enceinte !

Au moment où j'allais demander à ma sœur si elle allait rentrer à Seattle ou chez nos parents pour accoucher, un homme séduisant apparut derrière le comptoir. Ses bras étaient recouverts de tatouages de toutes les couleurs qui me rappelaient Evan, et lui aussi portait des plugs aux oreilles.

– Évitez juste d'accoucher ici, si ça ne vous embête pas.

Anna lui sourit et quand il tendit la main pour nous dire bonjour, je remarquai qu'il avait les mots *No regrets* tatoués sur le pouce. J'étais complètement d'accord avec lui et je me serais bien fait tatouer la même chose, mais pas ce soir. J'avais prévu autre chose.

– Je m'appelle Brody. Qu'est-ce que je peux faire pour vous ?

Je lui secouai la main puis lui montrai l'intérieur de mon poignet droit.

– Je voudrais le nom de mon mari à cet endroit-là.

– Pas de problème. Il s'appelle comment ?

– Kellan, dis-je en souriant.

Quand on ressortit de là, mon poignet recouvert d'un épais bandage, je n'étais vraiment plus sûre de vouloir un autre tatouage un jour. Avoir une aiguille qui vous rentrait dans la peau des centaines de fois était loin d'être une sensation agréable, et j'étais du genre assez sensible à la douleur. C'était un miracle que je sois restée assise tout le temps. À la seconde où l'aiguille était entrée dans ma peau, j'avais failli me lever et partir en courant, et je l'aurais sûrement fait si le tatouage avait été autre chose que le nom de Kellan.

Les garçons jouaient encore à Philadelphie le lendemain alors on demanda au taxi de nous ramener à l'hôtel au lieu d'aller assister à la fin du concert. Anna était fatiguée et je n'avais vraiment pas envie d'être là pour entendre la réaction des fans pendant le duo passionné qui avait été le point de départ de tout ce cirque. J'envoyai un message à Kellan pour qu'il ne s'inquiète pas puis j'allai l'attendre au lit, juste vêtue d'un tee-shirt léger par-dessus mes sous-vêtements.

Plus fatiguée que ce que je pensais, je m'endormis à peine la tête sur l'oreiller et me réveillai seulement en sentant un corps se glisser dans le lit. Il avait dû prendre une douche avant de me rejoindre car sa peau était fraîche et un peu humide et il sentait le gel douche au citron de l'hôtel. Je frissonnai quand il colla son torse contre mon dos et qu'il enroula ses jambes autour des miennes.

– J'ai froid, murmura-t-il. Tu veux bien me réchauffer ?

Je me retournai pour lui faire face et me serrai contre lui. Quand il enfouit sa tête dans mon cou, je l'embrassai sur la joue et il grogna de satisfaction.

– Tu es toute chaude…

Je lui frottai le dos pour le réchauffer et quand il m'embrassa dans le cou pile à l'endroit que j'aimais tant, j'eus soudain envie de bien plus que de lui tenir chaud.

Il dut lire dans mes pensées car il me fit rouler sur le dos et vint se placer au-dessus de moi.

– J'adore quand tu me donnes chaud, murmura-t-il.

Puis il plaqua sa bouche sur la mienne et je laissai échapper un gémissement. Sentir qu'il était prêt et qu'il avait envie de moi suffit à m'exciter. La journée avait été tellement intense que faire l'amour était exactement ce qu'il me fallait, et c'était sûrement la même chose de son côté.

Je lui rendis son baiser et attrapai son boxer, et Kellan se mit à me déshabiller. J'avais envie de crier dès qu'il me touchait, dès que je sentais sa bouche et ses mains sur les zones les plus érogènes de mon corps, et quand je sentis la pointe de son sexe glisser en moi, j'agrippai à deux mains l'oreiller sous ma tête.

– Oui… s'il te plaît… suppliai-je en sachant à quel point il aimait que je dise ça.

Je m'attendais à ce qu'il s'introduise complètement en moi et à crier de plaisir, je m'attendais à agripper ses hanches et à l'encourager à donner des coups de rein puissants et rapides. Mais il se contenta de s'allonger à côté de moi et je poussai un grognement frustré avant d'embrasser son torse et de passer une jambe au-dessus de lui. Si *lui* ne me prenait pas, *moi*, j'allais prendre les choses en main.

– Kiera ? demanda-t-il en effleurant mon poignet.

J'ignorai sa question et me mis à califourchon sur lui, mais il m'empêcha de presser mes hanches contre les siennes et caressa le bandage.

– Qu'est-ce que c'est que ça ? demanda-t-il, tendu.

Je grognai et me tortillai de façon à le faire s'introduire en moi. J'avais complètement oublié mon tatouage quand il avait commencé à m'embrasser et c'était la dernière chose dont j'avais envie de parler, mais je savais qu'il était inquiet.

– C'est pour toi, gémis-je en le sentant glisser en moi.

Il retint son souffle, puis il mit ses mains sur mes hanches pour m'attirer à lui.

– C'est quoi ?

J'avais vraiment du mal à me concentrer tandis qu'il commençait à bouger en moi et il me fallut quelques secondes pour réussir à parler.

– Ton nom, murmurai-je.

– Quoi ? Pourquoi ? Oh, Kiera, qu'est-ce que c'est bon…

Oubliant ses questions, il grogna et me serra contre lui. Puis on s'embrassa et on se mit à bouger ensemble de plus en plus vite, jusqu'à ce que mes petites exclamations se transforment en cris de plaisir. Mon orgasme me foudroya et quand je serrai Kellan contre moi de toutes mes forces, il laissa échapper un long gémissement en jouissant à son tour.

À bout de souffle, il me caressa la joue.

– Alors ?

– Alors quoi ?

Il prit un instant pour reprendre sa respiration puis il attrapa ma main pour examiner mon bandage.

– Qu'est-ce que tu as fait ?

Je m'assis et allumai la lampe sur la table de nuit pour lui montrer. Il plissa les yeux, ébloui, puis il les écarquilla et ouvrit grand la bouche en comprenant ce que j'avais fait.

Je retirai prudemment le bandage pour révéler l'encre encore brillante sur ma peau et il garda le silence tandis qu'on examinait les lettres de son nom sur mon poignet. Je commençai à croire qu'il n'aimait pas et qu'il ne savait pas comment me le dire quand il leva des yeux brillants sur moi.

– Tu sais que c'est permanent ?

Je souris en remettant la bande en place.

– Tu sais que *nous*, c'est permanent ?

– Je sais, oui.

Je feignis la surprise.

– Ah bon ? Tu ne vas pas me contredire et me dire que je suis ridicule ?

– Ridicule peut-être, mais pour ce qui est de passer le reste de ma vie avec toi, je n'ai pas l'intention de te contredire, non.

– Tant mieux. Parce que tu sais que je suis folle de toi, pas vrai ?

– Oui, répondit-il en souriant.

– Et tu sais que tu es quelqu'un de bien.

– Oui, répondit-il d'un air hésitant.

– Et tu sais que tu mérites d'être aimé.

Il fronça les sourcils et je crus que j'avais perdu la bataille, mais au bout d'un moment, un sourire naquit sur ses lèvres.

– Oui, dit-il enfin d'une voix assurée.

Je me sentis incroyablement fière de lui et j'allai l'embrasser quand il s'écarta.

– Et toi, tu sais que tu es sexy, fascinante, adorable et que je n'aime que toi. Tu sais que tu es la plus belle fille que j'aie jamais vue.

– Oui, dis-je en souriant encore plus.

– Bien.

Il sourit d'un air triomphant et m'embrassa enfin.

– J'adore quand tu dis oui. Et j'adore ton tatouage.

– Tant mieux, parce que moi, c'est *toi* que j'adore.

23

Mal de dos

Le lendemain matin commença tranquillement, mais je savais que ça ne durerait pas. Alors que le soleil commençait à se lever et que ses rayons caressaient les parties de nos corps qui n'étaient pas recouvertes par les draps, les inquiétudes liées à l'avenir me semblaient encore loin et je décidai de me concentrer sur l'homme allongé à côté de moi.

Lui aussi avait l'air paisible et heureux en passant ses doigts sur le bandage qui couvrait mon poignet. Je savais qu'on avait tous les deux des choses à faire aujourd'hui et qu'il allait bien falloir qu'on se lève pour affronter l'explosion qui s'était sans doute déjà propagé, mais quelques minutes de tranquillité supplémentaires ne pouvaient pas nous faire de mal, et quelque chose me disait que ce serait les dernières qu'on connaîtrait avant un bon bout de temps.

Mes craintes se confirmèrent dix minutes plus tard, quand mon portable et celui de Kellan se mirent à sonner presque en même temps. Je pris une grande respiration, on échangea un regard et on resta là sans bouger pendant quelques instants.

– Rappelle-moi pourquoi on a acheté des portables ?

Je ris et l'embrassai sur le bout du nez.

– On ferait mieux de répondre. Les photos ont dû être publiées et nos parents doivent être inquiets.

Je me raidis en me demandant si mes parents les avaient vues. Mon père allait péter un plomb en voyant sa fille se faire traiter de tous les noms dans les magazines.

Kellan soupira et il allait se lever quand je posai une main sur sa joue.

– Peu importe ce qui va se passer, je veux que tu saches que je n'ai aucun regret. Être avec toi, t'aimer, vivre ça avec toi… Je sais que ça en vaut la peine et qu'on réussira à traverser ça ensemble. On est une équipe, et même si on est seuls contre tous, je sais qu'on va gagner.

– Seuls contre tous ? Ça nous laisse peu de chances.

Nos téléphones arrêtèrent de sonner l'espace d'un instant, pour recommencer aussitôt. Je ris et l'embrassai doucement.

– C'est mieux que zéro chance.

On était complètement empêtrés dans les draps et on riait quand on finit par réussir à sortir du lit. Heureuse de voir qu'on arrivait encore à plaisanter malgré le chaos autour de nous, j'enfilai des vêtements propres et Kellan mit un caleçon, et je pris quelques secondes pour profiter de la vue de son corps presque nu avant de répondre au téléphone.

Je regardai l'écran de mon portable, curieuse de savoir qui parmi mes proches aurait la primeur de mes impressions, et je souris en voyant le nom de Denny. C'était réconfortant de savoir que je pouvais toujours compter sur lui.

– Salut, Denny.

Kellan était de l'autre côté de la pièce et il était aussi au téléphone, à présent.

– Kiera, tu vas bien ? Tu as vu les journaux ? Ta photo est partout. Ils connaissent ton existence et ils disent tous que tu es la maîtresse de Kellan.

Je m'assis sur le bord du lit en soupirant.

– Je n'ai pas encore vu mais je savais que ça allait tomber. On s'est fait surprendre par un photographe hier alors qu'on pensait être seuls. Ils me détestent tous, c'est ça ?

Il poussa un long soupir qui parlait pour lui.

– Disons que certains d'entre eux sont vraiment… passionnés. Et créatifs. Et que j'espère pour toi que tu ne vas pas les croiser dans une rue sombre. Tu vas dire que je répète toujours la même chose, mais tu peux toujours rentrer si jamais ça devient vraiment compliqué. Abby a même dit qu'elle pouvait te cacher dans un placard, ajouta-t-il en riant.

– Oui, parce que rentrer à Seattle et me cacher chez mon ex et sa copine, ça améliorerait vachement les choses !

Kellan entendit mon commentaire et me sourit.

– Ma fiancée… dit enfin Denny après un long silence. J'ai demandé Abby en mariage et elle a dit oui.

Même si je m'y attendais, ça me fit quand même l'effet d'une bombe. Ça avait dû lui faire pareil quand Kellan et moi nous étions « mariés » juste sous son nez… J'avalai ma salive et je fis en sorte d'ignorer la pointe de douleur que je ressentais, laissant la joie que je ressentais pour mon meilleur ami prendre le dessus.

– Denny, c'est… Félicitations ! Je suis tellement contente pour vous. Tu mérites d'être heureux, et je suis sûre que tu le seras avec Abby.

Il laissa échapper un soupir de soulagement.

– Merci. J'avais un peu peur de te l'annoncer.

– Tu ne devrais pas avoir peur de m'annoncer une bonne nouvelle, on a dépassé ce stade. Enfin, j'espère.

– C'est vrai.

On parla encore quelques instants avant de raccrocher, et mon téléphone sonna de nouveau une seconde plus tard. Quelque chose me disait que j'allais passer la journée à ça et j'en avais déjà marre. Je consultai l'écran et décrochai en faisant la grimace.

– Salut, papa.

J'essayai d'avoir l'air aussi détendue que possible mais ça n'eut pas l'air de le calmer.

– Tu vas tout de suite rentrer à la maison !

Je m'installai confortablement sur le lit et passai les vingt minutes suivantes à convaincre mon père que j'allais bien, que Kellan allait bien, que tout était merveilleux et qu'il n'avait aucune raison de s'inquiéter, tout en espérant que c'était la vérité.

Mais mon père avait l'air à deux doigts de sauter dans un avion pour venir me chercher et j'eus toutes les peines du monde à mettre fin à la conversation. Entre-temps, Kellan avait laissé entrer Jenny et Rachel, et Jenny me serra dans ses bras après que j'eus raccroché.

– On voulait juste te dire au revoir avant de partir pour l'aéroport avec Rachel.

Elles étaient loin d'être aussi joyeuses que d'habitude.

– Ça me dégoûte, tout ce qu'ils racontent dans les médias. Ils te font passer pour la dernière des garces.

Le téléphone de Kellan se remit à sonner et il répondit en soupirant. Il était encore en caleçon et Rachel prenait soin d'éviter de regarder dans sa direction. Quant à Jenny, elle n'avait même pas l'air de s'en rendre compte.

La nuit dernière, Kellan m'avait apporté mon ordinateur et un sac avec quelques affaires, et pendant la conversation avec mon père, j'avais fait un tour sur le Net. Je n'avais pas eu de mal à trouver ce que je cherchais : ça apparaissait carrément en page d'accueil de mon navigateur.

Il y avait trois photos de Kellan et moi dans l'article. La première était un gros plan sur nos visages tandis qu'on s'embrassait, et on voyait clairement que Kellan avait l'air en deuil. La deuxième photo montrait le moment où on s'était rendu compte de la présence du photographe. On regardait droit dans sa direction, visiblement choqués, et le gros plan était tel qu'on ne voyait pas les tombes autour de nous, ce qui donnait vraiment l'impression que Kellan était dévasté parce qu'il venait de se faire surprendre en train de tromper Sienna. De mon côté, j'avais l'air de la maîtresse au cœur de pierre qui le forçait presque à être infidèle à la femme qu'il aimait.

La dernière photo montrait Kellan penché au-dessus du photographe juste après l'avoir frappé. Il avait l'air furieux et sur le point de lui fracasser la tête, comme un homme infidèle en rage de s'être fait prendre la main dans le sac. Ces photos étaient une vraie mine d'or, terriblement trompeuses et compromettantes.

Je jetai un coup d'œil en direction de mon ordinateur et Jenny soupira en suivant mon regard.

– Je me sens tellement coupable de t'abandonner au milieu de ce cirque.

– C'est toujours un peu le cirque avec lui, tu sais, dis-je en regardant Kellan. Mais ça vaut le coup.

– On doit y aller, mais appelle quand tu veux d'accord ? Et sois forte, dit-elle en me serrant dans ses bras.

J'acquiesçai en luttant contre une soudaine envie de pleurer. Rachel aussi me serra brièvement contre elle, puis elles partirent et je me sentis terriblement seule. J'avais été tellement heureuse de retrouver mes amies… Mais je me souvins que je les reverrais bientôt à mon mariage, et entre-temps, j'avais toujours ma sœur pour me tenir compagnie. Je me demandai si elle avait déjà vu les journaux.

– Les filles sont parties ? demanda alors Kellan, qui venait de raccrocher.

– Oui, Matt et Evan les accompagnent à l'aéroport.

Il hocha la tête puis désigna son portable.

– J'ai eu mon père et Hailey, ils sont inquiets pour toi. Hailey a peur que tu te fasses lyncher par les fans, dit-il en fronçant les sourcils comme s'il en pensait autant.

– Ne t'en fais pas pour moi, on verra ça plus tard. Pour le moment, je te rappelle que tu dois te préparer pour le concert privé.

Il bascula la tête en arrière en se rappelant qu'il avait encore des obligations au milieu de cette folie.

– J'avais complètement zappé. Je voulais préparer une déclaration officielle cet après-midi mais je pense que je ne vais pas avoir le temps.

Je caressai son tatouage sur son torse et au moment où je l'embrassai, nos portables se remirent à sonner et Tory frappa à la porte.

– Dix minutes, Kyle !

J'en avais marre de me cacher, alors quand la SUV de la maison de disques nous déposa à la salle de concert, je sortis en tenant Kellan par la main. Une véritable nuée de paparazzi attendait de l'autre côté des barrières de sécurité. Je n'avais jamais vu autant d'appareils photo de ma vie, et ils entrèrent tous en action dès qu'on apparut. Les flashes brillaient dans tous les sens et tout le monde criait son nom, et je remerciai mentalement Kellan de la force qu'il me communiqua en serrant ma main. Je tremblais tellement que j'avais l'impression que j'étais sur le point de m'écrouler.

Je n'avais jamais été aussi mal à l'aise de toute ma vie mais je me forçai à me redresser et à relever la tête. Je n'avais rien fait de mal et je n'avais aucune raison d'avoir honte ou peur. Mais les fans présents dans la foule prirent ça pour de l'arrogance et les insultes se mirent à fuser : *salope, pétasse, briseuse de ménage, garce* et bien d'autres encore que je ne voulais même pas répéter.

Kellan me serrait la main à m'en faire mal, et une fois qu'on arriva à l'intérieur, je la secouai pour que le sang recommence à circuler.

– Désolé, murmura-t-il. C'est le seul moyen que j'ai trouvé de ne pas cogner dans le tas.

– Étant donné que la plupart des gens dans le tas étaient des filles, c'est sûrement une bonne chose.

– J'avais quand même envie, dit-il en passant un bras autour de ma taille.

– Et moi donc.

Mon ton était rieur mais je n'étais pas sûre de vraiment plaisanter. Quand on arriva dans la loge du groupe, les garçons étaient déjà là et Anna était avec eux. Elle se tenait près d'une petite table recouverte de trucs à grignoter et était en train de vider un paquet de M&Ms dans un saladier déjà rempli de pop-corn. Elle alla ensuite s'asseoir laborieusement sur une chaise et posa le saladier sur son ventre, et je vins m'asseoir à côté d'elle.

– Salut, dis-je en observant les pop-corn qui venaient de bouger sous les coups de Maximus.

– Salut. Alors comme ça, il paraît que tu es une sale garce qui a piqué le mec de Sienna ?

Je me laissai aller contre le dossier de ma chaise et lui souris.

– C'est ça. Je suis officiellement la pire garce du monde.

Elle prit une poignée de pop-corn et de chocolat et se fit un devoir de l'engloutir avant de me répondre.

– Je t'aime toujours, tu sais, même si tu es la dernière des salopes.

– Merci, moi aussi, je t'aime.

Je ris et tendis la main pour prendre du pop-corn mais elle me donna une tape.

– Ce n'est pas parce que je t'aime que j'ai l'intention de partager mes pop-corn avec toi. Débrouille-toi, pétasse.

Je poussai un soupir théâtral et j'allais me lever quand je la vis faire la grimace et mettre une main dans son dos.

– Ça va ?

– Oui, j'ai juste mal au dos mais ça va.

En la regardant mieux, je la trouvai pâle et éteinte. Peut-être que c'était juste parce qu'elle ne portait pas d'ombre à paupières ni de mascara alors que j'avais l'habitude de la voir toujours maquillée. Ça rendait mon père dingue qu'elle ne mette jamais le nez dehors sans maquillage.

– Pourquoi tu as besoin de mettre du mascara alors que tu vas être dans le noir au cinéma ? disait-il toujours.

– Parce qu'il y a de la lumière dans le hall, voyons, papa, répondait-elle invariablement.

Rien que le fait qu'elle ne se soit pas maquillé les yeux aujourd'hui en disait long sur la fatigue qu'elle devait éprouver.

– Peut-être que tu ferais mieux d'aller t'allonger dans le bus.

Elle secoua la tête et même ses cheveux me parurent ternes.

– Je veux voir le concert. Griffin a dit qu'il allait jouer un solo pour moi.

Même douloureux, son sourire montrait bien à quel point elle aimait son mari. Et moi, je n'arrivais toujours à m'habituer au fait que le mot « mari » puisse s'appliquer à lui.

Tory ne tarda pas à venir chercher les garçons pour leur séance de dédicaces et je restai avec Anna, trop bien installée pour avoir envie de suivre Griffin. Sauf que je n'étais même pas sûre qu'elle soit si bien installée que ça : en apparence, elle avait l'air d'aller bien, mais la même expression revenait régulièrement sur son visage et elle se mettait ensuite à inspirer et expirer lentement. Puis elle semblait aller mieux et recommençait à se gaver de pop-corn.

– Tu es sûre que ça va ?

– À vrai dire, pas vraiment. Tous les M&Ms sont au fond du saladier.

Sa réponse ne me fit pas rire et je montrai son dos.

– Physiquement, je veux dire. Ça va, tu es sûre ?

– C'est juste un mal de dos, je te dis. Ça arrive quand tu trimballes une boule de bowling de cinquante kilos, mais ça va passer si je garde les jambes surélevées.

– Peut-être que tu ferais quand même mieux de voir un docteur. C'était quand, la dernière fois que tu en as vu un ?

Elle n'avait pas vraiment été suivie depuis son départ de Seattle et j'étais sûre qu'un gynécologue aurait pu lui donner des conseils, mais elle leva les yeux au ciel.

– Pour un mal de dos ? Ils vont me faire quoi, à l'hôpital ? Me dire de rester assise et de me reposer, et c'est ce que je fais. Tu vois, je suis tellement douée que je respecte les consignes du docteur avant même de l'avoir vu.

J'allais répliquer face à son ton sarcastique quand elle gémit et siffla entre ses dents. Le saladier de pop-corn s'écrasa par terre et éclata en mille morceaux tandis qu'elle massait frénétiquement sa chute de reins. J'allai immédiatement me placer derrière elle et appuyai dans le bas de son dos, et elle se pencha en avant tout en essayant de respirer calmement entre deux cris de douleur. Je me rendis soudain compte que c'était bien plus qu'un simple mal de dos : c'était mon neveu qui arrivait, et mon cœur se mit à battre à toute berzingue.

– On doit t'amener à l'hôpital. Le travail a commencé.

Elle secoua la tête.

– C'est juste un mal de dos, je te dis. Je dois accoucher la semaine prochaine.

Dans une autre situation, je lui aurais donné une tape à l'arrière de la tête comme Kellan le faisait avec Griffin.

– Presque personne n'accouche à terme, Anna.

– Pourquoi ils appellent ça le terme, alors ? Ils feraient mieux d'appeler ça la date approximative de livraison.

– En tout cas, c'est le bébé qui commande, et Maximus a bien l'air décidé à débarquer aujourd'hui.

– Mais… et mes M&Ms ?

– Tes M&Ms attendront, dis-je en la massant d'une main et en cherchant mon portable dans mon sac de l'autre.

Une fois de plus, mon téléphone s'était glissé entre les pages de mon livre. J'essayai d'appeler Kellan mais il ne répondit pas, et Griffin non plus. Sans trop d'espoir, j'appelai Matt et Evan, puis de nouveau Kellan, mais en vain. Ça n'avait rien d'étonnant : la politique de Tory était super stricte à ce sujet pendant les rencontres avec les fans. Deacon avait répondu une fois, et Tory l'avait étripé après la séance de dédicaces. Ils avaient beau être des rock stars, elle savait qui il fallait chouchouter pour faire monter les ventes.

– Je vais devoir aller les chercher.

Ce qui voulait dire que j'allais aussi devoir traverser une salle blindée de fans de Kell-Sex, mais je n'avais pas trop le choix.

– Va chercher Griffin… Je veux Griffin… dit Anna d'une petite voix perdue et effrayée.

Je lui frottai le dos et me levai mais elle me rappela quand je m'apprêtais à sortir.

– Kiera !

Quand je me tournai, elle semblait terrifiée.

– Je crois que je viens de me faire pipi dessus.

En effet, son pantalon noir était trempé et sa chaise était mouillée aussi.

– Et moi, je crois que tu viens de perdre les eaux.

En entendant ça, elle se mit officiellement à flipper.

– Non, non, non ! Je ne vais pas accoucher dans les coulisses d'un concert de rock ! Je veux être dans un hôpital, et je veux être défoncée aux antidouleurs !

– Il a été *conçu* dans les coulisses d'un concert alors ça paraît logique qu'il naisse au même endroit.

Elle me frappa au bras, si fort que j'aurais sans doute un bleu le lendemain.

– Emmène-moi à l'hôpital, putain !

Je tournai les talons et quittai la pièce au pas de course. Pour la première fois depuis le début de la tournée, il n'y avait personne dans les couloirs, même pas un technicien. D'habitude, il y avait toujours un tas de gens occupés à faire quelque chose mais aujourd'hui, les coulisses étaient vides et je dus me résoudre à aller là où je savais qu'il y aurait du monde… Il y aurait même beaucoup trop de monde, mais c'était là qu'était Griffin alors je n'avais pas le choix.

En approchant des portes, je pus entendre les cris et les gloussements qui indiquaient généralement que la séance avait commencé. Les portes étaient grandes ouvertes et quelques fans étaient déjà en train de sortir, certaines avec les joues rouges comme si elles avaient pleuré. Je passai à côté d'elles à toute vitesse et l'une d'entre elles poussa un cri.

– C'est elle ? La pétasse qui couche avec Kellan ?

– Je crois que c'est elle, répondit une autre. Elle est gonflée, qu'est-ce qu'elle fout ici ?

J'avais vraiment des problèmes plus urgents à gérer et je les dépassai en serrant les dents. Quand j'entrai dans la pièce, mon regard rencontra immédiatement celui de Kellan, debout à côté de Sienna, et il écarquilla les yeux en me voyant. Il savait que si j'étais là c'est parce qu'il se passait quelque chose de grave, et il prit un air alarmé que les fans allaient prendre pour de la panique. *Oh non, ma maîtresse est dans la même pièce que ma copine.*

Il essaya d'avancer vers moi mais les fans l'empêchaient de bouger, et de toute façon, ce n'était pas lui que je voulais voir. Je traversai la foule de fans en train de faire la queue pour atteindre Griffin et un silence s'abattit sur l'assemblée, bientôt remplacé par des murmures rageurs, à base de « C'est elle ! Elle est là ! Quelle salope ! ». Puis tout le monde réagit en me reconnaissant : au début, les gens se contentaient de me bloquer le passage. J'avais beau m'excuser, demander poliment, c'était comme si les fans formaient un mur en béton armé et je commençai à paniquer. Ma sœur allait accoucher, elle avait besoin de son mari et il fallait absolument que je le prévienne. Incapable de penser à autre chose, je me mis à les bousculer, et on me brusqua immédiatement en retour. Néanmoins, quand l'endroit se mit à ressembler à une fosse pendant un concert, je commençai enfin à avancer. La vérité, c'était surtout qu'on me poussait brutalement en avant, mais si ça me permettait d'arriver jusqu'à Griffin, ça m'était égal.

Au moment où j'étais presque à sa hauteur, quelqu'un me poussa contre une fille aux airs de grosse dure qui avait une crête rose sur la tête. Elle portait un tee-shirt Kell-Sex, et quand elle me reconnut, je luttai contre une énorme envie de soupirer. Elle ne me laissa même pas le temps de m'excuser et de la contourner : pour le plus grand plaisir de la foule qui nous entourait, elle me gifla. On ne m'avait jamais giflée auparavant, et maintenant que je savais ce que ça faisait, je me promis de ne plus jamais frapper quelqu'un, même si la personne le méritait.

Malgré mon oreille gauche qui sifflait, j'entendis Kellan crier mon nom mais je profitai de ce moment d'inattention des fans pour enfin rejoindre Griffin.

– Putain, elle t'a vraiment giflée ? Ça va ?

Il était déjà en train de se diriger vers la fille mais on avait autre chose à faire que défendre mon honneur et je lui pris la main.

– Anna a perdu les eaux, il faut l'emmener à l'hôpital !

Il resta bouche bée et ses yeux se posèrent sur la porte, dont l'accès était bloqué par des centaines de fans qui avaient arrêté de faire la queue bien gentiment. Tory criait pour essayer de rétablir un peu d'ordre et j'entendis Kellan crier mon nom mais je restai concentrée sur Griffin.

– Elle va bien ? demanda-t-il, inquiet.

– Non, dis-je en le tirant par le bras. Elle a la trouille et j'ai dû la laisser toute seule pour venir te chercher.

Il hocha la tête et se mit à avancer jusqu'à la sortie, sans se donner la peine d'être aussi poli que moi.

– Dégagez le passage, putain ! cria-t-il en me tirant derrière lui.

Matt et Evan essayèrent de nous suivre, mais c'était impossible de bouger de là où ils étaient.

– Anna ! Hôpital ! criai-je par-dessus mon épaule à l'intention de Kellan.

Il comprit tout de suite ce que je voulais dire et se tourna vers Sienna. Les fans n'avaient pas la moindre idée de ce qui se passait mais ils sautèrent sur l'occasion pour outrepasser les consignes de Tory et se ruer sur leurs stars adorées. Un groupe plaqua Kellan contre le mur et les fans trop loin de l'action se vengèrent sur moi. On m'insulta, on me fit des croche-pieds et je suis presque sûre que quelqu'un me cracha dans les cheveux. Heureusement, Griffin ne me lâchait pas et on finit par arriver dans le couloir au moment où Gorilles 1 et 2 arrivaient à la rescousse. Griffin se mit à courir pour aller rejoindre ma sœur et je le suivis tout en espérant que les gardes du corps parviennent à mettre Kellan et Sienna à l'abri.

Quand on arriva dans la loge, Anna faisait les cent pas en se frottant le ventre, respirant bruyamment. De la sueur commençait à perler sur son front mais l'expression de douleur sur son visage sembla s'atténuer un peu lorsqu'elle vit Griffin.

– Griff, je commence vraiment à avoir mal.

– D'accord. Pas de souci, on va te conduire à l'hôpital et ils vont te donner des cachets.

Je ne voulus pas jouer la rabat-joie en leur faisant remarquer que c'était sans doute trop tard pour la péridurale, mais je me décidai quand même à leur faire part d'un détail.

– Et pour le concert de ce soir ?

– Et merde ! s'exclama Griffin avant de poser les yeux sur moi. Tu connais nos chansons. Tu n'as qu'à jouer à ma place.

– Arrête, je sais à peine jouer un accord à la guitare !

– Je suis sûr que tu vas assurer. Bon courage !

Il me tapota le bras et je le regardai quitter la pièce en soutenant ma sœur. Il venait vraiment de me désigner bassiste remplaçante ? Je secouai la tête et me lançai à leur poursuite.

– Non, je viens avec vous ! De toute façon, on va sûrement me jeter des œufs si je monte sur scène.

– Pas grave, Matt se débrouillera.

Pauvre Matt… Il allait sûrement faire une attaque.

En ouvrant la porte, je me demandai si je devais appeler un taxi ou une ambulance, mais je n'eus besoin de faire ni l'un ni l'autre. Une voiture de la maison de disques se mit à avancer vers nous, et même si le chauffeur parut étonné en voyant Anna, il ouvrit quand même la portière. Je supposai que Kellan s'était tourné vers Sienna pour lui demander de nous envoyer une voiture et je me promis de la remercier plus tard.

Mon téléphone sonna alors que le chauffeur progressait rapidement dans les rues de Philadelphie et je poussai un soupir de soulagement en constatant que c'était Kellan. Au moins, les fans ne l'avaient pas piétiné.

– Tout va bien ? demandai-je.

– J'allais te poser la même question. Je n'en reviens pas que cette connasse t'ait frappée.

– Ça va.

Ma joue piquait et j'étais presque sûre d'avoir encore la marque de ses doigts, mais ce n'était pas grand-chose comparé à Anna. Elle respirait bruyamment et elle avait si mal qu'elle avait les yeux pleins de larmes.

– Et Anna ?

– Ça peut aller…

À ce moment-là, elle ferma les yeux et poussa un cri de douleur. Griffin la prit dans ses bras plus tendrement que ce que je n'aurais jamais imaginé et se mit à lui murmurer des mots d'encouragement, et en les voyant comme ça, me le représenter en beau-frère fêtant Noël dans ma famille me sembla un peu moins bizarre.

– Je voudrais vraiment être avec vous mais Matt flippe complètement pour le concert. On part répéter avec David pour qu'il soit prêt à remplacer Griffin, mais je vais dire à Sienna que je ne serai pas là pour le rappel et je viendrai vous rejoindre. Je suis sûr qu'elle comprendra.

J'étais loin d'en être aussi sûre que lui mais je savais qu'il faudrait qu'elle l'attache pour l'en empêcher.

– D'accord. À tout à l'heure, bon courage.

– Toi aussi.

Quand on arriva aux urgences d'un des nombreux hôpitaux de la ville, j'envoyai un message à Denny pour le mettre au courant et lui demandai de prévenir tous nos amis à Seattle. Puis je sortis de la voiture et aidai Griffin à faire sortir Anna, avant de la conduire jusqu'à l'entrée des urgences. Elle n'arrêtait pas d'essayer de s'accroupir, comme si elle avait envie de faire pipi.

– Attends pour pousser, on y est presque.

– Facile à dire ! Je voudrais bien t'y voir !

– Je sais… mais essaie de tenir encore un peu.

Heureusement, les urgences étaient plutôt calmes à notre arrivée, et Griffin interpella une infirmière à l'accueil.

– S'il vous plaît ! Le bébé va sortir !

Je fus soulagée de constater qu'il avait réussi à dire ça sans jurer. L'infirmière apporta un fauteuil roulant pour Anna et tendit des formulaires à Griffin.

– Vous devez remplir ça.

Il regarda les papiers comme si c'était du chinois.

– Je ne vais pas remplir des putains de formulaires pendant que ma femme est en train d'accoucher, vous êtes tarée ou quoi ?

Je poussai un soupir exaspéré et m'emparai des papiers. Sans jurer, tu parles…

– C'est bon, je m'en occupe. Va avec Anna. Elle a déjà perdu les eaux, ajoutai-je à l'attention de l'infirmière.

Elle hocha la tête et emmena Anna dans une salle, avec Griffin sur les talons.

– Merci, Kiera, cria-t-il par-dessus son épaule avant de disparaître.

Je m'assis et soupirai en songeant que mon neveu serait sûrement déjà là quand j'en aurais fini avec toute cette paperasse. Mais après tout, c'était normal qu'Anna et Griffin fassent ça ensemble.

Quand j'eus terminé, je donnai les papiers à l'infirmière qui avait admis ma sœur et elle m'indiqua où se trouvait Anna. En chemin, je m'arrêtai dans une boutique de l'hôpital pour acheter un ours en peluche bleu et je me dirigeai vers les salles d'accouchement en caressant le ruban soyeux qui entourait le cou du nounours.

Une fois arrivée à la salle des infirmières, j'allais demander dans quelle chambre se trouvait Anna quand j'aperçus Griffin, qui marchait dans le couloir l'air complètement hébété. Une bouffée d'angoisse me prit à la gorge en voyant sa tête tandis qu'il passait à côté de moi pour s'avachir dans un fauteuil et j'allai le rejoindre, même si je mourais d'envie de courir au chevet de ma sœur.

– Griffin… ça va ?

– C'était… le truc… le plus répugnant… que j'aie jamais vu.

Ma peur s'évanouit. Je compris que c'était pour ça qu'il tirait une tête pareille mais que ma sœur allait bien. Je tapotai son genou et son expression changea.

– Et le truc le plus incroyable, aussi.

Ses yeux se remplirent de larmes et je sentis ma gorge se serrer.

– Tu aurais dû la voir, elle a été tellement courageuse.

Je hochai la tête et j'eus soudain l'envie bizarre de le prendre dans mes bras.

– Tu peux aller la voir. Elle est magnifique… comme sa maman.

– Elle ? C'est une fille ?

Il hocha la tête et une larme roula sur sa joue.

– Anna avait raison. Comme d'habitude.

Un sanglot m'échappa et je sautai au cou de Griffin. Il rit et il pleura dans mes bras et je ressentis quelque chose que je n'avais jamais ressenti pour Griffin : une profonde affection.

– C'est quelle chambre ?

Griffin se leva et indiqua le bout du couloir.

– Je viens avec toi.

Ma sœur était à la fois épuisée et rayonnante quand j'entrai et elle avait un petit paquet dans ses bras entouré d'une couverture rose et coiffé d'un bonnet pastel. Je me remis à pleurer et quand Anna leva les yeux vers moi, elle pleurait aussi.

– J'ai réussi, Kiera.

Je me penchai sur elle pour la prendre dans mes bras, bouleversée.

– Je savais que tu assurerais.

Elle déplaça légèrement le bébé contre sa poitrine pour que je puisse voir son visage : elle était rose et parfaite, avec des joues dodues qui donnaient envie de la couvrir de baisers. Comme si elle savait que je la regardais, elle ouvrit les yeux, puis elle ouvrit la bouche comme si elle essayait déjà de sourire. Griffin avait raison : elle était magnifique, et surtout une des plus belles choses que j'avais jamais vues. Ou plutôt *la* plus belle chose que j'avais jamais vue.

Je tendis la main pour caresser doucement la petite main qui n'était pas enserrée dans la couverture et je recommençai à pleurer quand ses petits doigts se refermèrent instinctivement autour de mon auriculaire.

– Je pense qu'il va falloir que j'aille l'échanger, dis-je à Anna en lui montrant l'ours bleu.

– Je lui avais bien dit que j'attendais une fille, à cette grosse vache.

– Et alors… Myrtille ?

– Tu rigoles ? C'était hors de question que je l'appelle comme ça. Et puis on a eu une meilleure idée.

Je les regardai tous les deux en me demandant ce qu'ils avaient bien pu choisir, après avoir été fixés sur Maximus pendant des mois.

– Elle s'appelle Gibson, dit Griffin en souriant.

Je compris tout de suite à quoi cela faisait référence : Gibson était une marque de guitare. C'était un nom assez surprenant pour un bébé, surtout une petite fille, mais c'était le nom parfait pour un enfant de rock star. Je souris et caressai la joue du bébé.

– Bonjour, Gibson. Je suis vraiment contente de te rencontrer. Et j'adore ton prénom.

Soudain, je pensai à quelque chose : ma mère n'avait pas cessé d'appeler ma sœur au cours des deux dernières semaines pour venir à Seattle et être là pour la naissance. Anna n'avait pas arrêté de lui dire que c'était trop tôt, mais je pense qu'en vérité elle ne voulait pas lui avouer qu'elle n'était pas à Seattle, contrairement à ce que croyaient nos parents. Et notre mère allait être furieuse d'avoir manqué la naissance de sa première petite-fille.

– Anna… Maman va nous tuer.

24

Beauté et cruauté

On décida d'appeler nos parents le lendemain matin. Ils avaient raté la naissance de toute façon, alors quelques heures de plus ou de moins n'allaient pas changer grand-chose. Et surtout, ils allaient vouloir savoir ce qu'elle comptait faire ensuite, et Anna n'y avait pas encore réfléchi. Pour le moment, elle voulait juste être un peu au calme et profiter de sa fille.

Je lisais dans un coin de la pièce pendant qu'Anna dormait et que Griffin tenait Gibson dans ses bras. Il n'arrivait pas à la quitter des yeux et je ne l'avais jamais vu aussi heureux. Il riait doucement dès qu'elle bougeait un orteil, c'était un spectacle inédit. C'était vraiment adorable et j'abandonnai rapidement mon livre pour les regarder.

– Je pense qu'elle va être blonde, comme moi, dit-il en ajustant son bonnet et en caressant les petits cheveux qui dépassaient. Mais j'espère qu'elle aura les yeux d'Anna.

Pour le moment, elle avait les yeux bleu foncé mais l'infirmière nous avait expliqué que la plupart des bébés avaient les yeux de cette couleur à la naissance, et que la couleur définitive apparaîtrait pendant la première année. J'étais étonnée que Griffin s'en souvienne.

Quand Kellan arriva avec Evan et Matt, les visites étaient presque terminées. J'étais dans la salle d'attente en train d'acheter quelque chose au distributeur et je vis Kellan faire son numéro de charme aux infirmières qui, bien sûr, le laissèrent entrer. Encore un peu et elles lui auraient sûrement préparé un lit et fait couler un bain.

Je remarquai que tous les garçons s'étaient changés et ça me fit sourire qu'ils se soient faits beaux pour l'occasion. Trop occupé à chercher la chambre d'Anna, Kellan ne me vit pas. Je les rattrapai sans faire de bruit et lui pinçai les fesses, ce qui le fit sursauter.

– Salut, vous. Vous venez souvent par ici ?

Il sourit, soulagé que ce ne soit que moi.

– Pas si je peux l'éviter, non.

Je ris et lui montrai la chambre.

– Elle est là.

Impatiente, je me mordis la lèvre en les voyant se précipiter dans la chambre pour rencontrer le nouveau membre de la famille. Je leur avais envoyé un texto après la naissance pour leur dire qu'Anna et le bébé allaient bien mais je ne leur avais pas révélé le sexe, pour leur faire la surprise.

Matt fut plus rapide que les autres et vit Gibson en premier. Evan était juste derrière lui, suivi de Kellan et moi. Anna était réveillée mais était toujours alitée et c'était Griffin qui avait Gibson dans les bras.

– Tu ne trouves pas qu'elle a mon nez ?

– C'est une fille ?

Matt les regarda à tour de rôle, sous le choc.

– Félicitations. Elle est magnifique.

Griffin rayonna comme si c'était lui qui avait fait tout le travail alors qu'en réalité il n'avait pas fait grand-chose.

– Merci.

Anna sourit en voyant à quel point il était fier et indiqua le lavabo de l'autre côté de la chambre.

– Lavez-vous les mains et vous pourrez la prendre dans vos bras.

C'était drôle de regarder ces rock stars normalement insouciantes se passer ce petit être comme s'il était composé de matière nucléaire et, quand ce fut enfin au tour de Kellan, il frotta les paumes de ses mains sur son jean.

– Ça me stresse, me murmura-t-il. Et si je la fais tomber ?

– Ne t'en fais pas, tu es plutôt doué avec les femmes.

Il leva les yeux au ciel et la prit des mains d'Evan avec précaution. Le sourire qui naquit sur ses lèvres était tel que j'en eus les larmes aux yeux. Le voir tenir un enfant dans ses bras… j'avais toujours imaginé que la scène lui irait comme un gant, mais ce n'était rien du tout comparé à ça… Il avait tellement d'amour à donner, ça se voyait comme le nez au milieu de la figure.

– Elle sent bon, murmura-t-il en se tournant vers moi. Comment ça se fait qu'elle sente aussi bon ?

Je haussai les épaules. S'il savait combien de fois je me posais la question le concernant…

Il se mit à la bercer tout en lui faisant des grimaces pour essayer de la faire rire et j'essuyai une larme sur ma joue en le regardant. Et quand il se pencha pour lui faire un bisou esquimau, je dus tourner la tête pour ne pas me mettre à sangloter. Je pouvais presque sentir mes hormones me crier « Je veux un bébé », mais chaque chose en son temps : il fallait déjà que je commence par me marier.

Quand je tournai la tête vers Anna, je vis qu'elle avait les larmes aux yeux, elle aussi.

– Je pense qu'il en veut un, articula-t-elle à mon attention en le montrant du doigt.

Je secouai la tête et lui répondis ce que je venais juste de me répondre à moi-même. *Pas tout de suite.*

Matt prenait je ne sais pas combien de photos et même si j'en avais déjà pris des dizaines, je ressortis mon portable pour en prendre de Gibson et Kellan.

– Je vais en envoyer à mes parents, dit Matt en souriant. Au fait, Griff, tu as appelé les tiens ?

– Oui, ils veulent qu'on vienne à Los Angeles dès que la tournée sera terminée.

Matt et Griffin étaient tous les deux originaires de Los Angeles et ils avaient encore de la famille là-bas, dans un quartier à l'opposé du palace de la maison de disques. Ils avaient tous les deux rendu visite à leurs parents pendant qu'on était là-bas mais ils ne les avaient pas vu tant que ça, étant donné que, selon Griffin, la maison qu'on occupait « déchirait grave par rapport à la baraque de ses parents ».

J'avais envie de demander à ma sœur ce qu'elle avait l'intention de faire ensuite, mais Matt fut plus rapide que moi.

– On doit reprendre la route ce soir. Qu'est-ce que vous comptez faire ?

Griffin regarda Anna, la mort dans l'âme.

– Il faut que je parte avec eux.

– Je sais, dit-elle tristement.

– Je vais rester avec toi. Je suis sûre que si tout va bien, ils te laisseront sortir demain, et à ce moment-là, je te ramènerai à la maison. Enfin, chez les parents, je veux dire. Tu n'auras qu'à rester là-bas et te reposer jusqu'au mariage.

Elle n'eut pas l'air d'apprécier mon idée de passer un mois chez nos parents mais il n'y avait pas trente-six solutions. Si elle rentrait à Seattle, ça voudrait dire qu'elle devrait quand même reprendre l'avion pour Athens ensuite, et pendant la période la plus chargée de l'année. Autant rentrer directement dans l'Ohio… Et puis ça rassurerait Anna d'avoir notre mère près d'elle pour l'aider… même si elle allait la rendre folle.

Elle hocha la tête, résignée, mais Griffin n'avait pas l'air de l'entendre de cette oreille.

– Alors ça, ça m'étonnerait.

Il prit délicatement sa fille des bras de Kellan, qui n'avait pas du tout l'air d'avoir envie de la lâcher, et Anna releva la tête dans l'espoir que Griffin ait trouvé la solution miracle. De mon côté, je croisai les bras sur ma poitrine, curieuse d'entendre ce qu'il avait à proposer.

– Je ne veux pas que tu t'en ailles. Je veux que tu restes avec moi. Une fois qu'ils lui auront dit qu'elle peut sortir, dit-il en se tournant vers moi, je veux que tu me la ramènes.

À en juger par le ton qu'il employait, ce n'était pas une question, mais je ne pus m'empêcher d'intervenir.

– Tu veux avoir un nouveau-né dans le bus avec toi ?

Il haussa les épaules et regarda les autres.

– Pourquoi pas ?

L'instinct maternel d'Anna venait sûrement de se réveiller car elle n'avait pas l'air emballée.

– Niveau hygiène, je ne suis pas sûre que ce soit une bonne idée, Griff.

– C'est sûrement moi, le truc le plus crade dans ce bus, et tu dors avec moi tous les soirs.

J'essayai de ne pas rire mais j'échouai lamentablement et Kellan me donna un coup de coude en secouant la tête. Anna ne semblait toujours pas convaincue et son regard allait de sa fille à moi.

– Tu en penses quoi, Kiera ?

Maintenant que Gibson était née et que son existence était tangible, Anna paraissait terrifiée à l'idée de faire ce qu'il ne fallait pas et de prendre une mauvaise décision.

Elle et Griffin me dévisageaient tous les deux d'un air anxieux, mais pour répondre à cette question, il fallait que je les oublie et que je me concentre sur Gibson. Qu'est-ce qui était le mieux pour elle ? Si c'était ma fille, je ferais quoi ? Je n'y connaissais rien en bébés mais j'en connaissais un rayon sur la vie dans un bus. Et à l'exception de mes parents, qui avaient tous les deux un travail à plein temps qu'ils ne pouvaient pas abandonner pour aider ma sœur, personne n'était sans doute mieux placé pour l'aider que les D-Bags.

– De façon générale, je pense que c'est complètement dingue d'avoir un enfant et de vivre la vie qu'on mène.

Anna fronça les sourcils et Griffin allait répliquer mais je levai la main pour le faire taire.

– Mais dans ce cas précis, je pense que ça pourrait marcher. Votre fille n'aura pas une enfance traditionnelle, de toute façon, et s'il y a bien un endroit où elle recevra tout l'amour du monde, c'est bien dans ce bus.

Anna sourit et ses yeux se remplirent de larmes.

– Et puis l'infirmière a bien dit que pendant les premiers mois ils ne faisaient que dormir, manger et faire caca, non ?

Griffin m'adressa un signe de tête reconnaissant, puis il eut soudain l'air de réaliser que les autres aussi avaient leur mot à dire.

– Et vous, les gars… vous êtes d'accord ?

– Je pense que c'est une super idée, dit Kellan en passant un bras autour de ma taille.

Evan hocha la tête, toujours imperturbable, et Matt sourit.

– Ce n'est pas comme si on n'avait pas déjà l'habitude d'entendre des cris en provenance de votre chambre à longueur de temps.

Tout le monde rit, puis Kellan se tourna vers Matt.

– Il faut qu'on parle avec les mecs de Holeshot.

– Deacon est du genre facile à vivre, je suis sûr qu'il dira oui.

– Au pire, glissai-je, ils peuvent toujours aller dans le bus de Sienna. Elle a bien dit qu'elle en avait marre d'être toute seule, non ?

Kellan rit et Gibson sursauta.

– En voilà, une bonne idée.

– Mec, dit Griffin en le fusillant du regard, baisse d'un ton, tu fais peur à ma fille.

– Désolé.

Puis il imita le bruit d'un fouet qui claquait dans l'air et je dus enfouir mon visage dans son cou pour ne pas éclater de rire à mon tour.

Kellan et les garçons partirent peu après. Le concert était terminé et les techniciens étaient sans doute en train de tout démonter. J'attendis dans le couloir avec Evan, Matt et Kellan pendant que Griffin disait au revoir à sa famille.

– Tu vas me manquer, me dit Kellan.

– Toi aussi, répondis-je en me blottissant contre lui, mais tu vas juste à East Rutherford, c'est tout près.

– Moi, je trouve ça trop loin. Tu crois que Griffin sera un bon père ?

Je regardai la porte fermée de la chambre d'Anna. Ça faisait bien un quart d'heure qu'il disait au revoir à sa femme et à sa fille.

– Bizarrement, je pense que oui.

– Et tu penses que *moi*, je serai un bon père, un jour ?

Je me serrai contre lui et acquiesçai énergiquement.

– Tu seras génial, j'en suis sûre.

Il sourit à la promesse que ma phrase contenait : pour lui et moi, la question n'était pas de savoir *si* on voulait des enfants mais plutôt de savoir *quand*.

Quand Griffin sortit enfin de la chambre, il s'essuya discrètement les yeux. Je ne l'avais jamais vu aussi malheureux et je ne pouvais pas m'empêcher de le dévisager.

– Quoi ? grommela-t-il.

Puis il traversa le couloir, s'éloignant à chaque pas des deux personnes qui étaient maintenant toute sa vie, et Matt et Evan coururent derrière lui. Evan passa un bras autour de ses épaules et Matt lui donna une petite bourrade dans les côtes. Kellan les regarda en souriant tristement.

– Il faut que j'y aille, mais on se voit bientôt. Fais attention à toi, d'accord ?

– Je fais toujours attention à moi. Je t'aime, dis-je avant de l'embrasser doucement.

– Moi aussi, je t'aime.

En le regardant s'éloigner, j'essayai de ne pas penser à quel point il allait me manquer, et observer la façon dont ses vêtements épousaient la forme de son corps m'aida à me changer les idées. Arrivé à la porte, il regarda derrière lui et me fit un petit signe avant de sortir. En lui répondant, je remarquai qu'une infirmière le regardait en soupirant et je ris, avant d'en faire autant en le voyant disparaître.

Vingt minutes plus tard, mon téléphone sonna et je me précipitai pour répondre.

– Je te manque déjà ?

– À ton avis ? Je voulais juste te prévenir qu'il y avait un groupe de fans devant l'hôpital quand on est partis.

Je me levai immédiatement pour regarder par la fenêtre mais la chambre d'Anna donnait sur une cour située au centre de l'hôpital, pas sur l'extérieur.

– Des fans ? Ici ? Mais comment…

Je ne finis pas ma phrase. Je venais de me rappeler que j'avais annoncé que j'allais à l'hôpital devant des dizaines de fans. Les plus acharnés avaient dû me suivre en espérant croiser Kellan ou peut-être me refaire le portrait…

– On est sortis du côté des urgences, ils ne m'ont pas vu mais ils doivent penser que je suis encore là… avec toi. J'ai appelé l'hôpital pour les prévenir, donc je ne pense pas qu'ils laisseront rentrer qui que ce soit mais fais attention en sortant, d'accord ? Je n'ai pas encore eu le temps de faire une déclaration à propos de la photo.

– D'accord. Merci.

Génial. Est-ce que j'allais vraiment devoir affronter une horde de fans enragés en essayant de sortir d'ici avec ma nièce ? Et moi qui pensais que ma vie ne pouvait pas devenir plus bizarre…

Quand je me réveillai, le lendemain, j'avais le dos en compote et l'impression de ne pas avoir dormi de la nuit. Quelqu'un était venu plusieurs fois dans la nuit pour vérifier que le bébé allait bien, et je m'étais réveillée à chaque fois. Une fois complètement réveillée, je me rendis compte que Gibson n'était plus là. J'avais dû finir par m'endormir profondément tôt le matin et quelqu'un était venu la chercher. J'étais presque sûre que c'était impossible de kidnapper un bébé – ils portaient un bracelet qui sonnait si on les faisait sortir de l'hôpital –, mais je sentis quand même une vague de panique me submerger.

Anna n'était plus là non plus, ce qui voulait sûrement dire qu'elle était avec sa fille, mais tandis que je mettais mes chaussures, j'envisageai quand même de fouiller l'hôpital chambre par chambre pour trouver ma nièce. C'était sans doute plus raisonnable de demander à une infirmière néanmoins, et quand je sortis dans le couloir pour en trouver une, je me rendis compte que j'avais paniqué pour rien : Anna était là, vêtue de la robe de chambre de l'hôpital et en train de bercer Gibson, et le soulagement m'envahit immédiatement, pour bientôt faire place à de l'amusement : un infirmier la suivait, les bras chargés d'un siège bébé, de fleurs et de deux énormes sacs. Même quelques heures après avoir accouché, ma sœur arrivait toujours à faire faire aux hommes ce qu'elle voulait.

– Gibson vient juste de passer un test pour contrôler son audition. Tout est normal.

Elle me sourit, sourit à sa fille et demanda à l'infirmier de tout poser sur son lit. Il s'exécuta de bonne grâce et il lui demanda même si elle avait besoin d'autre chose mais elle secoua la tête sans quitter Gibson des yeux.

Après le départ (à contrecœur) de l'infirmier, je me tournai vers le lit pour examiner ses sacs.

– Euh… Tu es allée faire les boutiques, ce matin ?

On était parties pour l'hôpital sans rien, à part les vêtements qu'on avait sur le dos.

– Non, c'est Sienna qui a envoyé tout ça. Elle devait se douter qu'on était parties en catastrophe et que les garçons ne penseraient pas à nous apporter des affaires.

J'écarquillai les yeux en examinant les présents de Sienna. C'était vraiment attentionné de sa part. J'espérais juste qu'il y avait des affaires de toilette dans un des sacs : j'aurais pu tuer pour une brosse à dents.

– C'est gentil de sa part, reconnus-je.

Anna frotta son visage contre celui de Gibson avant de la remettre dans son berceau.

– Oui, elle a même demandé à un chauffeur de nous attendre pour nous ramener une fois que je serais autorisée à sortir.

Elle se mit à déballer le contenu des sacs et en sortit des vêtements pour elle, pour le bébé, et à ma grande surprise, des vêtements pour moi.

– Quand elle n'est pas occupée à manipuler le public pour lui faire croire qu'elle entretient une liaison avec mon mari, elle est plutôt sympa.

– Tu penses toujours qu'elle court après Kellan ?

– Je ne pense pas qu'elle lui coure réellement après mais je pense qu'elle ne dirait pas non.

Anna s'assit sur le lit pour continuer à vider les sacs et elle fit la grimace en s'asseyant. Elle devait avoir encore mal.

– En même temps, Kiera, qui lui dirait non ?

– Toi, j'espère, dis-je en attrapant le body rose le plus minuscule du monde.

Elle ricana en frottant une couverture rose contre sa joue.

– Ça coule de source. Pareil pour toi, d'ailleurs.

Elle haussa les sourcils, tout à fait sérieuse, et je m'étranglai en avalant ma salive.

– Attends… Tu t'inquiètes pour moi et *Griffin* ?

– Non, répondit-elle en riant. C'était juste pour voir ta tête. Ça valait le coup.

Après le déjeuner, un pédiatre vint nous voir pour procéder à un examen complet de Gibson.

– Votre fille a l'air en parfaite santé, déclara-t-il une fois l'examen terminé, et tous ses résultats sont normaux. Est-ce que vous avez des problèmes concernant l'allaitement ?

Je repensai au matin, quand Anna avait juré comme un charretier en essayant de donner le sein à Gibson. Apparemment, ce n'était pas aussi facile que ça en avait l'air, mais Anna avait fini par réussir. Néanmoins, elle ne lui dit pas qu'elle avait eu du mal à y arriver, ni qu'elle allait élever son bébé dans un bus rempli de rock stars. Le médecin l'aurait probablement fait interner.

– Non, tout se passe bien.

– Dans ce cas, vous pouvez sortir dès aujourd'hui, dit le docteur en souriant.

Trois heures plus tard et après avoir visionné une vidéo ennuyeuse à mourir sur « Comment prendre soin de votre nouveau-né », Anna et Gibson furent officiellement autorisées à quitter l'hôpital. Pendant que j'appelai Kellan pour le prévenir qu'on s'apprêtait à sortir, Anna appela enfin nos parents. Notre père n'eut pas l'air de très bien le prendre, car Anna éloigna son portable de cinquante centimètres de son oreille. De temps en temps, elle essayait de glisser un « Papa… Mais… Je… », mais il ne la laissait jamais terminer. Elle finit donc par arrêter d'essayer de se justifier et elle se contenta de jouer avec sa fille en l'écoutant à moitié piquer sa crise.

Une fois la leçon de morale terminée, elle me tendit son portable mais j'étais encore en ligne avec Kellan et je secouai la tête.

Je n'avais absolument pas envie de me prendre un savon mais Anna insista.

– Désolée, je dois y aller, mon père veut me parler.

Le rire de Kellan me fit sourire.

– Bon courage, à plus tard.

– Au revoir.

Je raccrochai et pris le portable d'Anna à contrecœur en m'attendant au pire.

– Allô ?

– Bonjour, ma chérie.

La surprise et le soulagement m'envahirent : c'était ma mère, ce qui voulait dire qu'il y avait de fortes chances que je ne me fasse pas crier dessus en tant que complice du projet d'Anna de donner naissance sur la route.

– Je voulais juste savoir si tu venais pour Thanksgiving. Ça me ferait tellement plaisir de te voir, surtout qu'on a plein de choses à régler pour le mariage. Et puis j'ai vraiment hâte de te montrer la robe que j'ai achetée. Elle est magnifique, tu vas l'adorer, tu verras.

Ma sœur se mit à rire et je la fusillai du regard.

– À vrai dire, maman, Kellan avait vraiment envie d'aller voir son père pour Thanksgiving, et comme on va passer Noël avec vous… Je sais qu'on doit parler de plein de choses mais Kellan n'a jamais vraiment passé de vacances en famille et je voudrais vraiment lui faire plaisir. Je suis désolée… Tu veux bien ?

Après un silence de plusieurs secondes, elle soupira, vaincue.

– D'accord. Bien sûr, je comprends. Tu es mariée, enfin presque, alors il va falloir que je m'habitue à te partager.

Elle avait une toute petite voix et j'espérai qu'elle ne se mette pas à pleurer.

– En tout cas, j'ai vraiment hâte de voir tout ce que tu as choisi et je suis sûre que ça va être génial. Merci de t'occuper de tout ça, maman. Je me sens hyper coupable de ne pas pouvoir t'aider davantage.

– Je sais que tu as plein de choses à gérer, ma chérie.

L'inquiétude s'entendait dans sa voix. Elle savait que c'était compliqué en ce moment, et j'allais lui dire pour la énième fois que tout allait bien quand, soudain, son humeur changea.

– Je suis tellement impatiente de te voir dans ta robe !

On papota encore un moment puis je lui dis au revoir et rendis son portable à Anna.

– Je n'en reviens pas que tu n'aies rien dit pour les manches bouffantes. On dirait un truc de l'époque élisabéthaine, je te jure. Je suis sûre que c'est dangereux. Tu pourrais mettre ton mari KO en tournant trop vite et en heurtant sa tête avec ta manche, et après il faudrait que je le ranime.

Je ris et je lui balançai un bavoir en plastique à la figure.

East Rutherford, dans le New Jersey, ne se trouvait qu'à deux heures de route, ce qui voulait dire que ce serait facile de rejoindre les garçons. Si on se dépêchait, on pourrait peut-être même arriver à temps pour la séance de dédicaces. Non pas que j'aie prévu d'y assister…

Anna appela le chauffeur pour lui demander de venir nous chercher, et il nous rejoignit dans la chambre pour nous aider à transporter nos affaires. Enfin, les affaires de Gibson, plutôt. Il nous fallut une demi-heure pour l'installer dans son siège bébé et Anna la changea bien vingt fois de position. Ça devait la stresser de la transporter en voiture, et sachant qu'elle n'était pas du genre inquiet, je trouvais ça vraiment touchant de la voir dans cet état. Quand je m'aperçus qu'elle était sur le point de détacher de nouveau une sangle pour la remettre, je pris ses mains dans les miennes.

– C'est bon, Anna.

– Tu es sûre ? Peut-être que c'est trop serré, ou pas assez ? Et sa tête, tu crois qu'elle est bien tenue ?

Elle avait les yeux humides et je pris son visage entre mes mains.

– Elle va bien et tout va bien se passer. Aie confiance.

Elle prit une grande respiration et acquiesça.

– J'en ai mal au ventre. Ça craint.

Je ne pus m'empêcher de rire.

– Maintenant, tu sais ce que papa et maman ressentent tous les jours.

– Mince… tu as raison. Il faut absolument que je leur présente des excuses !

Le chauffeur avait fini de charger la voiture depuis longtemps et il nous attendait patiemment devant l'entrée principale de l'hôpital. Je pouvais voir la berline depuis le couloir et je pouvais aussi voir un groupe d'une douzaine de personnes que le chauffeur essayait d'éloigner de la voiture. Et merde ! J'avais oublié que les fans étaient là. J'avais complètement oublié de demander au chauffeur de venir nous chercher à l'arrière mais, surtout, je m'étais dit qu'ils seraient partis, depuis le temps. Je pouvais voir leurs joues roses et la buée qui sortait de leur bouche, signe qu'il faisait un froid de canard dehors. Est-ce qu'ils étaient revenus ce matin ou est-ce qu'ils avaient passé la nuit à attendre ? Dans tous les cas, pourquoi ils restaient là ? Ils devaient savoir que Kellan avait d'autres concerts à donner et qu'il n'était plus à Philadelphie. C'était vraiment pour moi qu'ils étaient là ? En quoi je pouvais les intéresser ?

Heureusement, le chauffeur était assez baraqué pour réussir à les tenir à l'écart et l'accès à la voiture était dégagé. En voyant les gens dehors, j'eus soudain l'impression de quitter un tribunal et de devoir affronter un groupe de manifestants opposés au verdict du procès.

– Il se passe quoi avec les groupies ? demanda Anna en arrivant à la première série de portes automatiques. C'est pour toi, tout ça ?

– Je pense que c'est pour Kellan.

Je vis sa main se resserrer plus fort autour de l'anse du siège bébé.

– Peut-être qu'on devrait demander au chauffeur de faire le tour.

Je commençais à me dire la même chose quand une fille nous aperçut et avertit les autres. Toutes les têtes se tournèrent vers moi et tous les visages devinrent haineux. C'était clair qu'ils croyaient tous ce que les journaux racontaient et que personne n'était de mon côté. Pourvu que je ne sois pas sur le point de me faire lyncher.

– Trop tard, ils nous ont vues. Autant y aller, maintenant.

– D'accord, dit-elle en jetant un regard inquiet à sa fille.

Je fis signe au chauffeur pour lui indiquer qu'on arrivait et qu'on devait se dépêcher, et le groupe rassemblé autour de la voiture s'approcha de la porte. Des flashes se mirent à crépiter, et deux surveillants de l'hôpital nous accompagnèrent jusqu'à la porte principale en voyant que la tension commençait à monter dehors. Ils demandèrent poliment au groupe de faire moins de bruit mais c'était comme s'ils parlaient une langue étrangère et tout le monde se précipita sur nous à la seconde où on fut dehors. Angoissée par la sensation d'avoir des inconnus qui envahissaient mon espace vital, je me précipitai vers la voiture. Deux filles me poussèrent contre ma sœur, mais la majorité du groupe se contentait de m'insulter. Et leurs mots étaient comme autant de gifles en pleine figure.

– Laisse Kellan et Sienna tranquilles ! Ils sont faits l'un pour l'autre ! Tu n'es rien du tout ! Tu ne mérites même pas de respirer, espèce de pétasse ! Tu n'aurais jamais dû venir au monde ! Va te pendre, tout le monde sera content !

Anna devint écarlate mais je serrai son bras et la fis monter en voiture. Je n'avais pas besoin qu'elle se batte pour moi alors qu'elle portait sa fille. Elle mit le siège bébé au milieu et monta en voiture, ce qui m'obligea à contourner la voiture pour atteindre mon siège.

Le chauffeur et les employés de l'hôpital m'aidèrent à me frayer un passage, et je remarquai que les flashes ne venaient pas seulement des appareils des fans : il y avait carrément des photographes. Tout le monde sur Internet devait savoir où j'étais à cet instant, et les paparazzi me mitraillaient sans répit pendant que les fans continuaient à m'insulter.

– Tu te crois belle ? Cageot ! Tu crois que Kellan en a quelque chose à foutre de toi ? Il est amoureux de Sienna, pétasse ! Quand il en aura marre de toi, il te jettera comme une merde. Espèce de salope !

J'avais les larmes aux yeux mais je continuai à avancer sans répondre, la tête haute. Ils n'avaient aucune idée de ce qui se passait vraiment. Cela dit, leur dévotion était admirable : jamais je n'aurais pu m'en prendre à quelqu'un aussi méchamment.

Je tremblais en montant dans la voiture, et des filles se mirent à taper à la fenêtre, toujours sous l'œil vigilant des photographes. Je verrouillai ma portière tandis que le chauffeur envoyait balader les fans, puis je me tournai vers Gibson. Elle était vraiment adorable. Je plaçai mon doigt dans sa paume en ignorant les harpies à l'extérieur et elle referma sa main autour de mon index.

– Ça va ? demanda Anna alors qu'on s'éloignait enfin.

Une larme roula sur ma joue et je tremblais encore comme une feuille, mais je hochai la tête.

– Ma nièce me tient la main. Tout va bien.

– Je t'aime, tu sais, dit Anna en essuyant ma joue.

– Moi aussi.

Le trajet fut bien plus long que prévu. On dut s'arrêter deux fois pour Gibson, une fois pour la changer et l'autre pour lui donner à manger, et on se retrouva aussi coincés plusieurs fois dans les bouchons.

Quand on finit par arriver, le concert avait déjà commencé et Anna était tellement fatiguée qu'on décida d'aller dans le bus. J'avais juste envie de dormir.

Étant donné que les garçons étaient sur scène, il n'y avait ni fans ni photographes pour nous déranger pendant qu'on vidait la voiture, et c'était tant mieux car je ne pense pas que j'aurais été capable de supporter ça deux fois dans la même journée. J'étais tellement contente de revenir dans le bus, comme si je rentrais à la maison, et je constatai que tout était comme d'habitude. Des bouteilles de bière vides sur les tables, des chaussettes dans le couloir, un bol à moitié vide de… je ne sais pas quoi sur le canapé… C'était toujours le même bazar, que j'avais appris à aimer avec le temps. Anna, elle, n'avait pas l'air enchantée en regardant autour d'elle.

– Ils sont vraiment crades. Il va falloir qu'ils apprennent à ranger et à nettoyer maintenant que Gibson est là.

Cela me fit rire de la voir soudain aussi inquiète de la propreté du bus, sachant que jusqu'à maintenant elle avait autant contribué à la saleté et au désordre que le reste des garçons.

Avec Gibson toujours dans son siège, on se dirigea vers la chambre et je restai bouche bée en entrant. Il y avait un petit parc coincé entre le lit et la fenêtre, un mobile accroché au-dessus avec des instruments en peluche et des peluches dans le berceau, ainsi qu'une adorable couverture rose.

De l'autre côté du lit, il y avait une petite commode avec, au-dessus, un petit matelas et un système d'attaches parfait pour l'allonger et la changer. Un autre mobile était accroché au plafond au-dessus de la table à langer improvisée, et le lit était recouvert de sacs qui débordaient de vêtements roses.

Anna posa Gibson et fouilla dans un des sacs.

– J'ai le meilleur mari du monde, dit-elle en sortant du sac une petite guitare rose en peluche.

J'étais tellement sous le choc que je ne pus même pas répondre.

J'aidai Anna à ranger la montagne de vêtements roses que Griffin avait achetés pour leur fille, mais étant donné qu'ils avaient déjà tout un tas de trucs bleus qu'ils avaient achetés en prévision d'un garçon, on finit par ranger des habits et des vêtements un peu partout dans le bus. Chaque couchette vide était recouverte d'affaires et on glissa même des bavoirs dans la portière du chauffeur. Une fois qu'Anna et Gibson furent bien installées et endormies, je me traînai jusqu'à la couchette que je partageais avec Kellan et m'y allongeai avec bonheur. Puis je reniflai notre couverture, qui était imprégnée de son odeur, et je ne tardai pas à m'endormir dans un soupir de satisfaction.

25

Seuls contre tous

Je me réveillai en sentant des bras autour de moi et des jambes entrelacées aux miennes. Le bus était immobile et silencieux mais je ne savais pas si c'était parce qu'on était arrivés à destination ou si on était encore dans le New Jersey. Je m'étirai en souriant et me blottis contre Kellan.

– Il est quelle heure ?

– Tard, murmura-t-il. Ils sont en train de tout démonter mais on part seulement demain matin. Tu m'as manqué la nuit dernière. Je n'ai pas réussi à dormir.

Je me retournai pour lui faire face et on se serra l'un contre l'autre.

– Salut, dit-il en caressant ma joue.

– Salut.

Il m'embrassa, et en sentant sa langue jouer avec la mienne, je m'agrippai à son tee-shirt pour le lui enlever, en espérant qu'on était seuls dans le bus. Il m'aida en le retirant pour moi et je caressai son dos nu.

– Salut, répétai-je en souriant encore plus qu'avant.

– Pour ce qui est de me déshabiller, tu ne perds jamais de temps.

Je fermai les yeux en riant et savourai la sensation de son corps près du mien, et de ses doigts qui me caressaient sous mon tee-shirt.

– Ça a été en partant de l'hôpital ?

Je gémis doucement en sentant ses hanches contre les miennes, même si plusieurs couches de vêtements nous séparaient.

– Si on oublie les fans qui m'ont dit que je n'aurais jamais dû venir au monde, impeccable.

– Quoi ? demanda-t-il en s'immobilisant.

L'inquiétude se lisait dans ses yeux et je secouai la tête.

– Ça va. Je vais bien.

Je me tortillai pour qu'il recommence à me caresser. Échec total. Il s'allongea près de moi en retirant ses mains de sous mon tee-shirt et je me redressai sur mon coude.

– Ils t'ont menacée ?

– Non. Ils ont juste manifesté leur mécontentement, on va dire. Mais personne ne m'a tou… enfin, personne ne m'a fait de mal, corrigeai-je en me rappelant la façon dont on m'avait poussée.

Kellan se redressa tant bien que mal et resta là sans rien dire. Même dans le noir, je savais qu'il était perdu dans ses pensées.

– Kellan, personne ne m'a fait de mal.

Quand il releva la tête vers moi, la colère se lisait sur son visage.

– Cette fois-ci, mais la prochaine fois ? J'en ai marre de ces conneries, tu es ma femme. Tory nous a fait faire une séance de dédicaces dans un lycée qui avait gagné un concours, et ça a pris toute la journée. J'étais tellement débordé que je n'ai eu le temps de parler à personne, sauf à toi. Il faut que je parle à la presse sinon ça va continuer à empirer.

Il avait l'air vraiment frustré de ne pas avoir eu le temps de prendre ma défense, mais l'effet boule de neige avait été si rapide qu'il lui avait été impossible de réagir. Je l'embrassai et l'attirai au-dessus de moi.

– Ça ne fait que deux jours, ce n'est pas ta faute.

Il ne répondit pas et me rendit à peine mon baiser et je savais qu'il continuait à penser à tout ça. Sauf que même en ressassant, le problème serait toujours là demain matin, et je voulais juste profiter du moment présent. Je passai ma main dans ses cheveux et l'attirai plus près, et il finit par m'embrasser plus passionnément.

Quand ses hanches furent de nouveau pressées contre les miennes, je laissai échapper un long soupir de satisfaction. À présent, je me fichais qu'on soit seuls dans le bus ou non : les garçons avaient tous des iPods, de toute façon, et j'avais besoin de sentir Kellan, tout comme il avait besoin de moi. Il glissa une main sous le tissu de ma culotte et j'arquai le dos dans une prière silencieuse.

– J'ai envie de toi, souffla-t-il dans mon oreille.

L'entendre dire ça décupla mon désir et je baissai sa braguette. Il n'avait pas mis son pyjama avant de venir me rejoindre mais j'étais plus que ravie de l'aider à finir de se déshabiller.

– Mais je veux être sûr que tu es en sécurité.

Je m'arrêtai pour le regarder : ses yeux étaient brillants de désir, ses lèvres entrouvertes et sa respiration rapide. Je savais qu'il avait envie de moi mais je savais aussi qu'il se faisait du souci.

– Ne t'inquiète pas, je…

– Je t'ai entendu parler avec Denny de la possibilité de rentrer à Seattle. Je sais que tu plaisantais mais… peut-être que c'est une bonne idée. Peut-être que tu ferais mieux de rentrer à la maison le temps que je règle ça.

Je n'en revenais pas qu'il me propose un truc pareil.

– Non. Je veux rester avec toi. Être à la maison, ça veut dire être avec toi, peu importe où c'est.

– Moi aussi, je veux être avec toi mais je ne supporte pas que les gens te parlent comme ça. Ça me donne envie de leur cogner dessus. Et je ne veux pas que tu restes si c'est dangereux pour toi.

J'allais répliquer mais il ne m'en laissa pas le temps.

– J'ai vu comment cette fille t'a giflée alors ne me dis pas qu'il n'y a pas de danger.

– Tu as dit qu'on avait besoin de s'aménager des moments à deux parce que sinon, ça ne valait pas le coup. Tu te souviens ?

– Je sais, mais c'était avant que ça parte autant en vrille. Et même si je fais une déclaration, ça ne changera rien, si ça se trouve. Les gens sont tellement curieux qu'ils continueront peut-être à te harceler, ou même à t'insulter, et je ne supporte pas ça. Je ne peux pas travailler correctement si je passe mon temps à m'inquiéter pour toi. Je veux que tu sois en sécurité, même si ça implique qu'on soit séparés.

Il avait l'air de se sentir vraiment coupable mais je savais à quel point il était inquiet et j'étais contente qu'il me dise honnêtement ce qui le préoccupait.

– Et moi, je veux être avec toi. Tant pis si on me harcèle, si on me prend en photo, qu'on me ridiculise ou même qu'on me gifle. Mais je refuse que ces gens nous obligent à nous comporter d'une certaine façon et à être séparés. On s'est trop battus pour être ensemble. Alors même si on est seuls contre tous, je m'en moque, mais je refuse qu'on nous dicte notre conduite. C'est à *nous* de décider.

Un petit sourire naquit sur ses lèvres.

– Qu'est-ce que tu es sexy quand tu es comme ça.

Je passai mes bras autour de son cou et je l'embrassai.

– Alors arrête d'essayer de me renvoyer à Seattle et fais-moi l'amour.

Il me rendit mon baiser et m'aida enfin à lui retirer son jean.

Quand je me réveillai, j'étais nue, et je tâtonnai autour de moi à la recherche de mon pyjama… sauf qu'il était introuvable. J'ouvris les yeux : il commençait à faire jour dehors, et on voyait donc assez clair dans le bus. Toujours pas de pyjama.

Kellan dormait encore à côté de moi et pour que je sois réveillée avant lui, ça voulait vraiment dire qu'il n'avait pas dû dormir beaucoup la nuit précédente. En regardant bien, je vis que ses vêtements avaient disparu aussi. C'était quoi ce délire ? Je me rappelais pourtant bien les avoir mis dans un coin de la couchette pour qu'ils ne se retrouvent pas une nouvelle fois par terre dans le couloir.

Je secouai doucement Kellan et il fit un petit bruit qui ressemblait à « Quoi ? » mais sans ouvrir les yeux.

– Kellan, est-ce que nos vêtements sont par terre ?

Si ça se trouve, je n'avais pas fait attention la nuit dernière et on les avait fait tomber dans le feu de l'action. Kellan ouvrit un œil et bâilla.

– Quels vêtements ?

– Ceux qu'on n'est pas en train de porter.

Il sourit et roula sur le côté pour poser sa tête sur ma poitrine.

– C'est mon type de vêtements préféré.

Il se mit à me caresser et je fermai les yeux. Puis il prit la couverture entre ses dents et la tira pour exposer ma poitrine, et avant que j'aie le temps de réagir, il était déjà en train d'embrasser la pointe de mes seins. *Qu'est-ce que j'avais perdu, déjà ?*

– Tu peux regarder s'ils sont par terre ?

– Tu es sûre ? dit-il sans quitter ma poitrine des yeux.

– Oui, répondis-je en riant. S'il te plaît.

Il glissa sa tête à travers le rideau et la rentra immédiatement, les sourcils froncés.

– Il n'y a rien.

Je m'assis et fouillai partout, y compris sous le matelas. Rien.

– Nos affaires sont où, alors ?

– Aucune i…

Il s'interrompit et soupira.

– Je vais le tuer.

Je remontai le drap sous mon menton pour couvrir ma poitrine.

– Griffin a piqué nos vêtements ?

Il haussa les sourcils en guise de réponse. J'aurais voulu être mortifiée et en colère mais c'était tellement normal que Griffin se comporte comme un abruti que je finis par éclater de rire. J'étais tellement contente que les choses soient redevenues « comme d'habitude » à cet instant que j'eus presque envie d'embrasser Griffin. Presque.

Kellan me regarda comme si j'avais complètement perdu la boule. Et c'était peut-être le cas, mais je préférais les sales blagues de Griffin aux insultes de parfaits inconnus.

– Va nous chercher des habits, dis-je en poussant Kellan.

Il grogna et fit pendre ses jambes à l'extérieur de la couchette.

– Tu veux que je sorte de là à poil ?

Je m'agrippai à la couverture. La blague de Griffin était peut-être drôle mais je n'avais pas envie de rester là complètement nue avec juste le rideau pour me protéger.

– Depuis quand ça te dérange de te balader à poil ?

Il sourit, m'embrassa et sauta à bas de la couchette.

– Je reviens tout de suite.

Je ris tout en espérant qu'il arrive à prendre des affaires dans nos sacs sans trop se faire voir. Je passai la tête à l'extérieur : il n'y avait personne, mais on entendait des bruits. Certains des garçons ronflaient, d'autres étaient dans l'espace détente, et je pouvais aussi entendre Gibson qui pleurait. Nos affaires étaient dans un placard près de la salle de bains, et au moment où je me demandais où était Kellan, il émergea de derrière le rideau qui séparait les couchettes de l'arrière du bus. Il était tout habillé et en train de rire, et je me demandai pourquoi jusqu'à ce que je voie ma sœur apparaître derrière lui une seconde plus tard. Est-ce qu'elle l'avait vu tout nu ?

Elle le dépassa en souriant et m'ébouriffa les cheveux en passant à côté de moi.

– Ton mari a vraiment tout ce qu'il faut où il faut. Petite veinarde, dit-elle en me faisant un clin d'œil.

Je me sentis devenir rouge comme une tomate. Elle avait donc vu Kellan dans le plus simple appareil. Génial. Elle quitta la pièce et Kellan vint s'accroupir devant le lit, un tas de vêtements à la main.

– Tiens, dit-il en riant.

Si quelqu'un m'avait surprise toute nue, j'aurais été morte de honte, mais lui, ça avait l'air de l'amuser.

Quand on rejoignit les autres, Griffin était en train de regarder Anna donner le sein à Gibson. Quelques jours plus tôt, je me serais attendue à voir un éclat pervers dans son regard mais ce n'était pas le cas. En réalité, il ne regardait même pas la poitrine gonflée de ma sœur : il n'avait d'yeux que pour Gibson et un sourire comblé illuminait son visage.

Kellan l'interrompit en pleine contemplation en lui donnant une tape à l'arrière de la tête.

– Qu'est-ce que tu fous ? demanda Griffin.

– C'est pour te remercier d'avoir piqué nos fringues.

Griffin ricana et se tourna vers Anna qui éclata de rire.

– Ah, ça. Ouais, c'était drôle.

Il tendit le bras vers Anna qui lui tapa dans la main et se tourna vers Kellan qui évitait soigneusement de regarder dans la direction de ma sœur.

– Gibson n'arrivait pas à se rendormir alors j'ai fait un tour dans le bus avec elle pour la bercer. Et quand on a vu vos jeans dépasser du rideau, on n'a pas pu s'en empêcher.

On ? Parce que Gibson était sa complice, maintenant ?

– Tu es le meilleur DILF[2] du monde, dit Anna.

Il se laissa aller dans son fauteuil avec des allures de roi sur son trône.

– Merci, MILF[3]. Tu n'es pas mal non plus.

Leurs petits surnoms me donnèrent envie de vomir.

– Vous ne pourriez pas vous appeler autrement ?

– Genre quoi ? Mon petit lapin en sucre ?

Soudain, son visage s'illumina et il regarda Anna.

– Dis-moi, ma petite MILF en sucre, quand est-ce que c'est mon tour ?

– Ne t'en fais pas, mon petit DILF en sucre, je m'occuperai de toi tout à l'heure.

Je leur tournai le dos, le ventre en vrac. Ils pouvaient bien se donner les surnoms qu'ils voulaient tant qu'ils arrêtaient de dire des trucs pareils en public.

Kellan alla s'asseoir à côté d'Evan pendant que j'allais faire du café. J'allais avoir besoin d'un coup de pouce pour m'aider à rester debout toute la journée. À mon retour, Kellan tenait Gibson dans ses bras et je restai clouée sur place en le voyant : il se tenait au milieu du bus et la berçait doucement tout en lui chantant une chanson. Il chantait tout doucement et j'avais du mal à l'entendre par-dessus le jeu vidéo auquel les Holeshot jouaient mais apparemment, ce n'était pas une berceuse : c'était une chanson des D-Bags. Et c'était ma préférée.

---

2. De l'anglais « *Daddy I'd like to fuck* » NDE.

3. Sur le même principe « *Mother I'd like to fuck* » NDE.

Il sentit que j'étais là et leva la tête avec un sourire que je ne lui avais jamais vu avant. Ma sœur avait raison : il rêvait sûrement d'avoir un enfant à qui donner tout son amour. Je tremblais un peu quand j'allai m'asseoir à côté d'Anna et que je posai nos tasses sur la table. Est-ce que j'étais prête à lui donner un enfant ? Mon instinct maternel hurlait *Oui !* mais je devais réfléchir avec ma tête. Si on avait un enfant, on devrait être séparés. Un bébé sur la route, c'était une chose, mais un enfant en bas âge ? Et un enfant en âge d'aller à l'école ? C'était complètement différent et même si je n'avais pas envie de passer le reste de mon existence sur la route, je n'étais pas encore prête à renoncer à ce style de vie. À l'exception de ce qui se passait avec Sienna et des couchettes minuscules, j'adorais ma vie avec les D-Bags, et peut-être que c'était égoïste mais je voulais avoir Kellan pour moi toute seule pendant encore quelques années. Et après ça, on pourrait toujours avoir une tripotée d'enfants.

Anna aussi regardait Kellan et elle passa un bras autour de mes épaules tandis qu'il entamait une autre chanson. Soudain, il s'arrêta, fit la grimace, et se mit à porter Gibson à bout de bras.

– Elle ne sent plus très bon, d'un seul coup.

Anna rit et se leva mais Griffin fut plus rapide qu'elle et il alla prendre sa fille des mains de Kellan.

– Mauviette, lança-t-il à Kellan avant d'emmener Gibson dans la chambre.

– Qu'est-ce que tu as fait à Griffin ? demandai-je à Anna avec le plus grand sérieux.

– Moi ? Rien du tout. Mais la petite le mène à la baguette. Je n'aurais jamais cru voir ça un jour.

Je voulais bien la croire. Moi non plus, je n'aurais jamais imaginé voir ça un jour : un Griffin apprivoisé. C'était tellement perturbant que je ne savais même pas comment réagir.

Je regardai par la fenêtre et vis que notre bus évoluait dans les rues de New York. Il y avait des gratte-ciel partout et je commençai à penser aux millions de gens qui vivaient dans cette ville immense. Combien d'entre eux viendraient au concert pour s'en prendre à moi ? Kellan disait que tout le monde voulait tout savoir sur sa vie, mais peut-être qu'ils voulaient aussi tout savoir sur la mienne. J'étais une énigme, après tout : est-ce que j'étais juste un coup de cœur, une aventure de quelques jours dans la vie de Kellan, ou est-ce que c'était plus que ça ? C'était la question que tout le monde se posait.

Matt émergea du coin couchettes et nous fit signe. Au moment où je lui répondais, le portable de Kellan se mit à sonner. Il ne semblait pas avoir envie de répondre et je ne tardai pas à comprendre pourquoi.

– Salut, Sienna, dit-il froidement.

Quelques instants plus tard, il fronça les sourcils.

– Oui, tout le monde est là sauf Griffin, pourquoi ?

Puis il leva les yeux au ciel.

– Comme tu veux.

Puis il écarta son portable de son oreille et se tourna vers moi.

– Comment je mets ce truc sur haut-parleur ?

Je retins un sourire en voyant à quel point il était nul dès qu'il s'agissait de technologie. On aurait plus dit un papy de quatre-vingt-dix ans qu'une rock star dans la vingtaine. Je mis le haut-parleur et Kellan posa le téléphone sur la table. Griffin était toujours dans la chambre avec Gibson, et en train de jurer, d'après les sons qui parvenaient jusqu'à nous, et on fit signe à Evan et Matt de venir à côté de nous.

– C'est bon, vas-y.

La voix pétillante de Sienna retentit.

– D'abord, je voulais vous dire à quel point vous me manquiez. On a été tellement occupés que j'ai l'impression qu'on ne se voit jamais !

On échangea un regard dubitatif avec Kellan. Même si Sienna avait été aussi occupée que Kellan ces derniers temps, on savait très bien tous les deux que ce n'était pas pour ça qu'elle avait disparu. La vraie raison, c'était qu'elle jouait à la femme blessée. Dès qu'un objectif était braqué sur elle, elle affectait un air triste et parvenait même à paraître au bord des larmes. J'avais déjà vu des photos d'elle en train de se tamponner les yeux avec un mouchoir. Désormais, elle interprétait son duo avec Kellan en agissant comme si elle était en plein chagrin d'amour, et même si elle continuait à prendre place à côté de lui pendant les séances de dédicace, le groupe m'avait dit qu'elle jouait aussi les éplorées dans ces moments-là. L'animateur radio qui nous avait confié un jour qu'elle n'était pas si bonne actrice que ça s'était trompé : elle jouait le rôle de la petite amie trahie à la perfection.

Mais à cet instant, elle avait l'air au comble du bonheur tandis qu'elle piaffait dans le téléphone.

– J'étais incapable d'attendre que les bus s'arrêtent pour vous annoncer la grande nouvelle !

– Qu'est-ce qui se passe ? demanda Kellan, inquiet.

Ce qui était une bonne nouvelle pour Sienna ne l'était pas nécessairement pour le reste du monde.

– Je viens d'avoir Nick au téléphone… et votre album est numéro deux, juste derrière le mien !

Elle glapit et on se regarda avec Kellan.

– Tu es numéro un ?

Je n'en revenais pas que toutes ses manigances lui aient réellement permis d'obtenir ce qu'elle voulait.

– Oui, et les D-Bags sont numéro deux ! C'est génial, non ?

Kellan avait l'air d'halluciner autant que moi. Sienna et Nick avaient totalement manipulé le public en lui faisant croire à une romance inventée de toutes pièces et, dans leur course au succès, ils ne s'étaient pas du tout inquiétés du fait que leurs plans pouvaient blesser certaines personnes. Et ça avait marché. Ça me paraissait injuste, et absolument incorrect. Anna et les garçons étaient surexcités et ils avaient visiblement envie de pousser des cris de joie, mais en voyant la tête qu'on tirait Kellan et moi, ils gardèrent le silence.

Kellan ferma les yeux et se passa une main sur le visage, puis dans les cheveux. Quand il rouvrit les yeux, son regard était un mélange de joie et de frustration, et il se tourna vers moi.

– Si tu savais comme le Pete's me manque.

Sienna, qui s'attendait à des cris de joie, parut confuse.

– C'est une super nouvelle. Tu devrais être en train de sauter dans tous les sens en poussant des cris, au lieu de bouder comme si je venais de t'annoncer que ton meilleur ami déménageait.

Il regarda le téléphone en souriant.

– Le public pense que ma femme est une traînée, alors tu m'excuseras de ne pas sauter de joie. Maintenant que Nick et toi, vous avez eu ce que vous vouliez, c'est mon tour. Et ce que je veux, c'est que tu dises la vérité. Toute la vérité.

On entendit Sienna prendre une grande bouffée d'air.

– Laisse-moi t'expliquer un truc, chéri : si on avoue qu'on a inventé une relation bidon entre nous pour booster les ventes, le public va vraiment mal réagir et ça aura des répercussions négatives pour tout le monde. Ça fera un scandale et ça te poursuivra pendant toute ta carrière. C'est vraiment le genre de casseroles que tu veux te trimballer ?

– Ce *scandale* est entièrement ta faute, depuis le début. Et maintenant, tu me demandes si c'est ça que je veux ? Je n'ai jamais voulu ça !

– Tu as marché, Kellan, répondit-elle d'une voix de femme d'affaires. Personne ne t'a forcé.

On resta bouche bée tous les deux. *Personne ne t'a forcé ?* On avait été intimidés et manipulés dans tous les sens, et Kellan avait fait ce qu'il avait pu pour rester honnête envers le public, mais Nick et Sienna avaient été bien meilleurs que lui à ce petit jeu.

– Personne ne m'a…

Kellan ne finit même pas sa phrase tellement il n'en revenait pas et Sienna poussa un soupir frustré, comme si on venait de gâcher sa fête d'anniversaire.

– J'ai juste dit qu'on ne pouvait pas dire la vérité, pas qu'on ne pouvait pas mettre fin à Kell-Sex. Si ça te chiffonne au point de ne pas pouvoir profiter de ton quart d'heure de gloire, on n'a qu'à « rompre » à la fin de la tournée. J'aurai le cœur brisé puis je rencontrerai rapidement quelqu'un d'autre, et quand le public verra à quel point je suis heureuse avec mon nouveau mec, toi et ta femme pourrez vivre votre petite vie tranquillement.

J'en avais tellement plein la tête que je bégayai plusieurs fois avant de réussir à faire une phrase complète.

– Et en quoi ça résout le problème ? Je serai toujours l'autre femme qui a provoqué votre rupture.

Elle soupira une fois de plus.

– On va bientôt arriver. Je voulais juste vous féliciter.

Là-dessus, elle raccrocha et tout le monde regarda le téléphone sans rien dire, jusqu'à ce qu'Anna prenne la parole.

– Elle ne va pas vous aider du tout en fait, c'est ça ?

– Il va falloir qu'on règle ça tout seuls, dit Kellan.

Anna avait vu de ses yeux à quel point le public me détestait, et elle prit ma main dans la sienne et la serra.

Griffin et Gibson nous rejoignirent et Griffin remarqua la drôle de tête que faisaient Evan et Matt.

– Pourquoi vous avez tous un air constipé ? Vous avez bu un mauvais café ou quoi ?

Evan expliqua à Griffin ce qui venait de se passer et ce dernier sauta au plafond quand il apprit que leur album était numéro deux des ventes. Par peur qu'il ne fasse tomber Gibson dans sa joie, je me levai pour la prendre dans mes bras et son odeur de talc m'apaisa un peu.

– Numéro deux, sans déconner ?! C'est un truc de malade ! cria Griffin en battant des mains.

Il se mit à pousser des cris de joie en courant dans le couloir du bus et notre chauffeur secoua la tête en riant.

L'enthousiasme de Griffin était si communicatif que les autres finirent par laisser libre cours à leur joie, y compris Kellan. Notre mélodrame pouvait attendre : pour l'instant, ils devaient profiter de leur succès.

– Tu te rends compte, Kell ? demanda Matt. On est numéro deux !

Kellan rit et prit Gibson dans ses bras.

– Je sais, je n'arrive pas à y croire.

Il sourit aux autres en la berçant et j'aurais pu jurer qu'elle lui souriait.

– Numéro deux… juste derrière Sienna… Si on m'avait dit ça il y a quelques mois, je n'y aurais jamais cru, dit Evan.

Griffin se mit à onduler des hanches d'une manière si provocante que j'eus envie de cacher les yeux de Gibson.

– Moi, si. J'ai toujours su que je finirais par être juste derrière elle un jour.

Les membres de Holeshot nous rejoignirent pile au moment où Griffin faisait semblant de prendre Sienna par-derrière mais ils y prêtèrent à peine attention. Ils avaient l'habitude, depuis le temps. Quand il arriva à « l'orgasme », je me couvris les oreilles pour ne pas entendre. Lui et Anna n'était pas du genre silencieux, et les fois où je les entendais sans faire exprès me suffisaient amplement.

Une fois son numéro terminé, Griffin nous salua et Anna applaudit. Quant à moi, je ne pus m'empêcher de rire en même temps que les garçons. Sa vulgarité m'amusait, désormais, mais c'était hors de question que je lui dise, car il prendrait ça comme prétexte pour en rajouter ma couche.

– Ravi de voir que ça ne change rien que tu sois marié et père de famille, dit Matt en donnant une tape dans le dos de Griffin.

– Et puis quoi, encore ?

Une fois que les rires se calmèrent, Kellan les regarda tous un par un et ils comprirent qu'il voulait leur parler.

– Demain matin, on doit jouer pour une station de radio. On doit jouer deux morceaux, parler de l'album et du concert et s'en aller gentiment, mais ce n'est pas ce que je veux faire. Je veux leur balancer tout ce qui s'est passé.

Il me regarda et je sentis le stress m'envahir.

– Tu es en train de dire que tu veux faire une déclaration dans le dos de Nick et Sienna, et dire au monde entier ce qu'ils ont fait ?

– Ça, et je veux aussi dire qui tu es.

Je sentis un sourire naître sur mes lèvres en même temps qu'un nœud se former dans mon estomac.

– Alors je viens avec toi et on fait l'interview ensemble.

– Tu es sûre ? C'est une des plus grosses radios de toute la côte Est…

Mon sourire s'évanouit tandis que je m'imaginais en train de prendre la parole « face » à des milliers d'auditeurs. Mais il fallait que je le fasse.

– Oui, je suis sûre. Si tu as décidé de faire un truc aussi taré que balancer ta maison de disques et la plus grande star de la pop de la planète, alors je veux être près de toi.

Je levai le poignet pour lui montrer son nom tatoué sur ma peau.

– J'en ai marre de me cacher. Bon, et maintenant, il faut que je te laisse, je dois aller vomir.

Il rit et se pencha sur moi pour m'embrasser.

– Ça va avoir des conséquences sur vous aussi, dit-il ensuite aux garçons. Si je dis à tout le monde ce qu'on a fait pour booster les ventes, ça peut nous faire du tort. Sienna avait raison là-dessus, c'est le genre de truc qui peut nous poursuivre pendant des années. Vous en pensez quoi ?

J'observai les autres prudemment. Kellan avait raison, ça concernait tout le groupe et il ne voulait pas que les autres souffrent à cause de lui. C'était d'ailleurs pour cette raison qu'il avait accepté de jouer le jeu au début.

Evan avança jusqu'à moi et me serra dans ses bras.

– Ça me dégoûte à chaque fois que j'entends un de ces ragots débiles sur toi alors je suis content que ce soit bientôt fini.

Kellan hocha la tête puis se tourna vers Matt. Il risquait d'être difficile à convaincre : il prenait la carrière du groupe très au sérieux et on était sur le point de provoquer un scandale qui pouvait vraiment leur faire du tort. Matt le regarda dans les yeux sans rien dire et Kellan haussa les épaules.

– Je suis désolé, Matt. Je ne m'attendais pas du tout à tout ça… mais je ne cracherai pas le morceau si tout le monde n'est pas d'accord.

Matt sourit et tapota l'épaule de Kellan.

– Je pense que c'est la bonne décision. Il va juste falloir qu'on fasse un deuxième album qui déchirera tellement que tout le monde aura envie de l'acheter de toute façon.

– Marché conclu.

26

Cracher le morceau

J'avais les nerfs en compote dans la voiture qui nous conduisait au studio. J'étais habituée à être dans l'ombre et je m'y sentais bien, et me retrouver d'un coup sous le feu des projecteurs risquait de laisser des traces. Mais je restai déterminée. Ça ne changerait peut-être pas ce que les gens pensaient de moi, mais je voulais soutenir mon mari alors qu'il se trouvait sur la corde raide. Et si la corde cassait, au moins, on serait ensemble au moment de la chute.

Les garçons regardaient les paysages défiler sous leurs yeux tandis qu'on traversait les rues embouteillées de la Grosse Pomme. On était déjà passés à New York au moment de la tournée promotionnelle mais j'étais toujours aussi étonnée en voyant le nombre de taxis et de voitures dans les rues. Il y avait de l'activité absolument partout, sur les trottoirs, la chaussée, dans les bâtiments, et la ville vibrait tellement que c'était contagieux et que je n'arrêtais pas de remuer les jambes. Mais peut-être que c'était juste le stress.

Kellan me regardait d'un air amusé et j'aurais voulu lui dire d'arrêter de se moquer de moi, mais j'avais la gorge si nouée que je ne pouvais pas parler. Il mit la main dans sa poche, attrapa quelque chose et me le tendit. Curieuse, je baissai les yeux et vis que c'était un pétale de rose fuchsia. Il avait écrit *Bravo* au marqueur à l'intérieur et je le regardai sans comprendre.

– J'ai fini ton livre. C'est génial. Il faut absolument que tu te fasses publier.

Je souris et caressai le pétale du bout des doigts.

– Merci. Je me demandais comment tu allais te sentir après l'avoir lu.

– Je ne pensais pas que c'était possible mais je crois que je t'aime encore plus. La façon dont tu me vois… je n'aurais jamais cru que quelqu'un puisse…

Il ne finit pas sa phrase et je me blottis contre lui.

– C'est parce que tu n'arrives pas à te voir comme moi, je te vois.

Il rit et me serra contre lui.

– Je pourrais te dire la même chose.

Je restai là, tout contre lui, tandis qu'il jouait avec mon alliance. Il avait vraiment le don de me réconforter et de me surprendre.

– Où est-ce que tu trouves tous ces pétales ?

– C'est un secret que je ne peux vous dévoiler, madame Kyle, dit-il avec un regard malicieux.

La foule était immense devant la station de radio. Je ne comprenais vraiment pas comment les gens faisaient pour toujours savoir où on était. C'était comme s'il y avait une alerte D-Bag qui se déclenchait dans chaque ville qu'on visitait.

Beaucoup avaient des pancartes avec le nom de leur D-Bag préféré et c'était vraiment bizarre de voir des gens que je connaissais être idolâtrés à ce point. Certaines filles étaient carrément en train de sangloter et j'étais presque sûre que si la fille qui tenait la pancarte *Épouse-moi, Griffin* l'avait vraiment connu, elle ne se serait pas mise dans un état pareil et aurait encore moins voulu l'épouser. Quoique, le nouveau Griffin plus calme et plus doux n'était pas si mal… Mais le Griffin d'avant Gibson ? Aucune chance.

La voiture nous déposa juste devant l'attroupement qui s'était formé à l'entrée. Tory était avec nous et elle essaya d'entraîner immédiatement les garçons à l'intérieur mais ils ne la suivirent pas tout de suite. Evan resta en arrière pour discuter avec des fans, signer des autographes et même faire quelques accolades. Matt, un peu en retrait, semblait un peu mal à l'aise face à toute cette foule, mais ça ne l'empêchait pas de serrer quelques mains de bonne grâce. Quand à Griffin, il alla jusqu'au bout de la rue, et une fois arrivé au bout de la ligne de fans, il fit demi-tour et revint à son point de départ. Il courait en levant les bras en l'air et demanda à la foule d'en faire autant. Tout le monde l'imita en criant et c'est à ce moment-là que je me rendis compte qu'il leur faisait faire la ola. Andouille.

Kellan rit en observant Griffin et m'attendit devant la voiture. Je sortis à mon tour et il prit ma main avant de m'attirer vers les fans. J'hésitai à le suivre pour plusieurs raisons : d'abord, c'était son job et pas le mien, et je ne me sentais pas à ma place ; ensuite, je ne voulais pas me faire agresser avant même d'avoir eu la chance de m'exprimer à l'antenne.

Les fans n'avaient pas l'air de savoir comment réagir en me voyant. Elles étaient tellement excitées de voir Kellan qu'elles criaient et pleuraient, mais elles arrivaient quand même à me regarder méchamment. J'espérais juste qu'aucune d'elles n'aurait le culot de me dire quelque chose alors que Kellan était juste à côté de moi, car je savais qu'il aurait le plus grand mal à garder son calme.

Il me lâcha la main pour aller signer quelques autographes et je restai là à l'observer avec fierté. Il était vraiment doué : il prenait bien soin de dire bonjour et de regarder chaque personne qui lui tendait quelque chose, et il était chaleureux et souriant. Il plaisantait avec ses fans et lançait même des compliments mais ça ne me dérangeait pas. Je comprenais pourquoi il leur souriait comme ça et pourquoi il venait de dire à la petite blonde en face de lui que lui aussi était « ravi de la rencontrer ». Ce n'était pas de la drague : il faisait ça pour elle, et pour lui laisser un souvenir qui illuminerait sa journée.

Une seule personne eut le cran de lui poser une question sur moi. Fièrement vêtue de son tee-shirt Kell-Sex, elle fronça les sourcils et me pointa du doigt.

– Qu'est-ce qu'elle fait là ?

Je pensais qu'il n'allait pas lui répondre mais il s'adressa à elle d'une voix calme.

– C'est ma femme. Elle m'accompagne partout où je vais.

Là-dessus, il me prit la main et s'éloigna et le dernier bruit que j'entendis avant de rentrer dans le bâtiment fut celui de murmures stupéfaits. Il ne m'avait jamais appelée comme ça en public avant, et il me sourit une fois dans l'entrée.

– C'était vraiment agréable de dire ça.

Malgré son sourire, j'avais le cœur qui battait à tout rompre maintenant qu'on s'apprêtait à parler de notre vie privée.

– Alors qu'est-ce que ça va être de le dire à des millions de personnes dans cinq minutes !

– Des millions, ça m'étonnerait. Enfin… je ne crois pas, dit-il en fronçant les sourcils.

Tory nous sépara et nous fit passer le contrôle de sécurité avant de nous guider vers l'ascenseur. Quand on fut tous serrés dans la cabine, elle posa son regard intimidant sur nous.

– Le plan, c'est de jouer une chanson ou deux, mais je les ai autorisés à prendre cinq minutes au début pour vous poser des questions. Rappelle-toi de rester focalisé sur la tournée et sur l'album. Je leur ai interdit de te poser des questions sur ta vie privée, sur Sienna ou sur la photo de Kiera, mais ils feront sûrement des commentaires, de toute façon. Tu ferais mieux de rester dans le couloir pendant l'interview, dit-elle en se tournant vers moi, histoire que ta présence ne donne pas lieu à des questions déplacées.

Kellan se contenta de lui sourire et Tory, prenant ça pour un oui, se tourna vers les portes de l'ascenseur. Derrière son dos, Kellan m'adressa un sourire diabolique qui voulait clairement dire *C'est ce qu'on va voir* et je ressentis une nouvelle montée d'adrénaline. Pourvu que je ne tombe pas dans les pommes.

Quand on arriva au studio, la lumière était allumée, ce qui voulait dire que les micros étaient branchés. J'eus envie de vomir mais le sourire confiant de Kellan me rassura un peu. On pouvait le faire. Je pouvais le faire. Un stagiaire de la radio nous laissa entrer et Tory, confiante et intimidante, passa en premier. Son regard perçant examinait tout autour d'elle, pourtant j'étais sûre que notre surprise allait être quelque chose qu'elle n'avait pas vu arriver.

Un grand homme d'âge moyen, qui se trouvait derrière une console aux allures de tableau de bord de fusée, sourit derrière son micro en nous voyant entrer.

– Les D-Bags viennent juste d'arriver au studio. Ravis de vous revoir, les garçons.

Kellan lui serra la main. On était déjà venus dans cette radio pendant la précédente tournée et quelque chose me revint soudain en mémoire : il y avait des Webcams aux quatre coins du studio. Ce qui voulait dire que non seulement les gens allaient nous entendre, mais qu'ils allaient aussi nous voir.

L'animateur nous indiqua des chaises et nous invita à nous asseoir, et tandis que Matt, Evan et Griffin s'installaient, Kellan alla voir un autre animateur aux allures de grizzly.

– On peut avoir un siège en plus ? demanda-t-il en faisant un signe de tête dans ma direction.

L'animateur eut l'air confus, puis étonné, comme s'il me reconnaissait.

– Bien sûr, sans problème.

On ajouta une chaise en plus à côté de Kellan et je me risquai à regarder Tory : elle avait l'air furax, et elle allait sans doute me demander de quitter la pièce quand on commencerait à parler.

Une jolie brune installée derrière un ordinateur prit la parole en premier.

– On est vraiment ravis de vous revoir. Comment ça va ?

Ses yeux se posèrent d'abord sur Kellan, puis sur moi, avant de glisser sur le reste des garçons pour finalement revenir vers moi, et sa curiosité était palpable.

Tous les garçons portaient un casque, à présent, et quelqu'un tendit un micro à Kellan, qui rentra immédiatement dans le vif du sujet.

– Pas très bien, à vrai dire.

Tous les animateurs le dévisagèrent. Les gens disaient rarement la vérité quand on leur posait cette question dans ce contexte. C'était plus une formalité avant d'en venir aux vraies questions. L'animatrice nous regardait comme si elle savait tout ce qui s'était passé avec Kellan – en matière de ragots, du moins –, et son expression montrait qu'elle comprenait le sens de ma présence, et cela la rendait folle. Elle attendait des réponses, et elle n'allait pas être déçue.

– J'imagine que ça a été un peu dur ces derniers temps, dit-elle en me montrant du doigt.

Son regard dévia vers Tory, qui était déjà en train de faire signe aux animateurs d'arrêter. Kellan la regarda à son tour, leva un doigt en l'air pour la faire taire puis se tourna de nouveau vers l'animatrice.

– Je voudrais éclaircir quelques petites choses. Je sais qu'on était censés jouer en acoustique mais je préférerais faire une interview à la place. Vous voulez bien ?

Tout le monde dans la pièce hocha la tête puis Kellan me désigna.

– Elle peut avoir un casque aussi ?

Plusieurs personnes se levèrent en même temps pour m'en apporter un mais Evan me tendit le sien. Je le pris d'une main tremblante, le remerciai et le mis en espérant que je n'allais pas vomir devant tout le monde.

Tory vint rejoindre Kellan, lui retira son casque et lui dit quelque chose d'un ton qui n'avait rien d'amical. Je ne pouvais pas l'entendre mais j'étais sûre qu'elle était en train de lui dire de la boucler.

– Non ! dit Kellan brusquement. J'en ai ras-le-bol de me taire.

Puis il se contenta de se retourner vers les animateurs en faisant comme si elle n'était pas là. Livide, elle attrapa son portable et sortit de la pièce en trombe, ce qui voulait dire que Nick allait sûrement nous appeler dans les trente secondes.

On me tendit un micro et je sentis la tension et l'impatience dans la pièce. En essayant d'ignorer les caméras autour de nous, j'attrapai la main de Kellan, et quand son regard rencontra le mien, je me rappelai de la première fois où je l'avais vraiment regardé dans les yeux. Cela m'avait intimidée à l'époque, mais à présent, c'était la plus grande source de réconfort qui soit.

Sans me quitter des yeux, Kellan approcha son micro de sa bouche.

– J'aimerais vous présenter officiellement la fille magnifique qui est assise à côté de moi en ce moment. Elle s'appelle Kiera Michelle Allen, et c'est ma femme.

Je n'aurais jamais imaginé que c'était possible de scotcher autant de gens en même temps. Ils étaient tous bouche bée.

– Bonjour, dis-je timidement.

Soudain, tous les regards se posèrent sur nos mains. Si moi, je n'avais jamais arrêté de porter mon alliance, j'avais demandé à Kellan de ne pas porter la sienne pour éviter les rumeurs. Mais aujourd'hui, il la portait, et nos anneaux assortis brillaient fièrement dans la lumière du studio.

L'animatrice fut la première à reprendre ses esprits.

– Eh bien… félicitations. C'est… c'est récent ?

Kellan souriait de toutes ses dents, comme si on venait de lui retirer un énorme poids.

– Non. On s'est mariés en juin dernier, bien avant que tout ça commence.

– Enfin, techniquement, on ne s'est pas encore mariés, intervins-je pour clarifier la situation. On a eu une sorte de petite cérémonie mais on doit encore légaliser tout ça.

J'avais la gorge tellement serrée que ma voix ressemblait certainement aux croassements d'une grenouille.

– Je t'ai épousée dans ce bar, pour moi c'est tout ce qui compte, répondit Kellan en haussant les épaules.

– Vous vous êtes mariés dans un bar ? demanda le deuxième animateur. Génial ! J'adorerais me marier dans un bar. Enfin, même si je n'ai pas du tout envie de me marier.

Un petit rire m'échappa et je sentis le nœud dans ma gorge rétrécir un peu.

– On s'est mariés en juin mais on est ensemble depuis presque deux ans. Ça fera deux ans en mars.

– Mais alors si vous étiez fiancés pendant tout ce temps, intervint l'animatrice, pourquoi personne n'a entendu parler de Kiera avant ? Vous étiez cachée où ? me demanda-t-elle avec un sourire espiègle.

– J'étais avec lui, on est restés inséparables pendant tout ce temps. J'étais même dans la pièce quand Kellan avait des interviews et qu'il disait qu'il était en couple.

– Dans ce cas, Kellan, pourquoi ne pas l'avoir présentée ? Ou ne pas juste dire « Regardez, c'est ma copine » ?

– C'est ma faute, répondis-je. Je ne suis pas très… à l'aise quand je suis au centre de l'attention et Kellan essayait de me mettre à l'abri des projecteurs. Quand je vois tout ça, dis-je en désignant la pièce autour de moi, ça me donne envie de vomir, ou de me faire pipi dessus, voire un mélange horrible des deux.

Tout le monde rit et je résistai à l'envie de plaquer ma main sur mes yeux. Je venais vraiment de dire ça tout haut devant des milliers de personnes ? Génial…

– Quand tout le battage autour de Sienna et moi a commencé, j'ai essayé d'expliquer que j'étais en couple, mais tout le monde déformait mes propos comme si je parlais de Sienna. Kiera ne voulait pas que je parle d'elle explicitement, et je ne pouvais pas la jeter en pâture aux médias.

Il embrassa ma main et je suis presque sûre que quelqu'un soupira.

– Je suis resté aussi vague que possible à ton sujet, et peut-être que j'étais trop évasif, justement. J'aurais dû dire que j'étais fiancé, au moins.

– Tu as fait ce que tu pensais être le mieux pour moi. Et puis Sienna aurait sûrement commencé à porter une bague de fiançailles de toute façon, ajoutai-je en riant.

Les animateurs réagirent instantanément.

– Vous voulez dire que Sienna Sexton a orchestré tout ce phénomène Kell-Sex ?

Kellan tourna lentement la tête vers l'animatrice. Ce n'était pas facile pour lui : en dépit de la façon dont Sienna nous avait manipulés, c'était elle qui avait propulsé le groupe. Et il n'y avait pas que du mauvais chez elle : elle pouvait être d'une générosité incroyable, comme quand elle avait envoyé un chauffeur à l'hôpital ou qu'elle avait fait tous ces cadeaux à Gibson. Elle avait un bon fond, mais il était bien caché sous son désir incessant d'être au sommet, et je me demandai dans quelles proportions c'était lié à la pression que ses parents avaient mise sur ses épaules quand elle était enfant.

– Ce n'est pas entièrement sa faute, finit par répondre Kellan, mais oui, elle a clairement contribué au fait que les gens nous croient ensemble.

– Mais pourquoi ?

Kellan regarda le reste des membres du groupe. S'il répondait à cette question, il ne pourrait plus revenir en arrière… Mais on était déjà allés trop loin et si on voulait que les gens comprennent vraiment ce qui s'était passé, il fallait qu'on dise *toute* la vérité.

Evan se pencha pour poser sa main sur l'épaule de Kellan et il la pressa en hochant la tête.

– Pour booster les ventes, lâcha alors Kellan. La maison de disques a décidé dès le début que si on se faisait passer pour un couple, on ferait un buzz qui nous aiderait tous les deux. C'était aussi leur idée de faire un clip aussi… explosif.

Il fronça les sourcils et me regarda.

– Et je ne me pardonnerai jamais d'avoir accepté.

– C'est moi qui t'ai convaincu de le faire, lui rappelai-je.

Il hocha la tête et inspira profondément.

– La maison de disques m'a encouragé à laisser courir la rumeur et à ne rien dire. Je ne voulais pas laisser tomber le groupe, parce qu'ils sont comme ma famille et que je voulais qu'ils réussissent, alors j'ai laissé faire. Et au moment où j'ai changé d'avis et où j'ai commencé à parler, c'était trop tard, personne ne me croyait.

– La maison de disques a retiré les D-Bags de la tournée qu'ils faisaient avec Avoiding Redemption et les a greffés à la tournée de Sienna pour faire encore plus monter la sauce. Sienna s'est arrangée pour qu'ils se fassent prendre en photo ensemble à longueur de temps et Kellan est resté évasif pour me protéger. C'est normal que les fans n'aient pas cru ce que tu leur racontais, assurai-je en me tournant vers Kellan. Ce n'est la faute de personne.

– Personne à part votre maison de disques et Sienna, dit l'animatrice en fronçant les sourcils. Vous étiez nouveaux dans l'industrie et sûrement un peu dépassés et ils en ont profité. Je trouve ça lamentable et franchement, je suis indignée de ce qu'ils vous ont fait.

On lui sourit tous les deux. Enfin, quelqu'un comprenait et acceptait de nous croire, et je trouvai ça bien plus réconfortant que tout ce que j'avais imaginé.

On passa les minutes qui suivirent à répondre à toutes les questions qu'ils nous posaient, y compris de nombreuses questions concernant la sex tape.

– Non, ce n'était pas Sienna, expliqua Kellan. C'était une ancienne colocataire et la vidéo date d'il y a plusieurs années. Elle l'a divulguée pour se faire de l'argent et j'imagine qu'elle a dû toucher le gros lot parce qu'elle ne s'est jamais manifestée pour dire que c'était elle et pas Sienna.

Après les questions des animateurs, on prit aussi quelques appels d'auditeurs à l'antenne. Ça se passa très bien, même si certains avaient l'air vraiment choqués, en colère ou tristes que Sienna et Kellan ne soient pas ensemble (une fan se mit même à pleurer). On ne voulait briser le cœur de personne mais on ne pouvait plus continuer à vivre comme ça avec Kellan et j'espérais qu'ils finiraient par le comprendre.

À la seconde où on quitta le studio, une euphorie et un bonheur que je n'avais pas ressentis depuis longtemps m'envahirent. C'était vraiment libérateur de pouvoir vivre notre relation au grand jour, même si c'était terrifiant aussi. Et au moins, même si on risquait de se faire étriper par Sienna et la maison de disques, on n'avait plus rien à cacher. Pour la première fois depuis des semaines, je me remis à espérer et je me sentis fière. Ça avait été difficile mais on avait pris la bonne décision.

Le téléphone de Kellan se mit à sonner avant même qu'on eut le temps d'atteindre l'ascenseur. Il se crispa en voyant le nom sur l'écran mais il répondit quand même.

– Salut, Sienna.

Elle hurlait tellement qu'il n'y avait pas besoin du haut-parleur pour que je l'entende.

– Tu te rends compte de ce que tu viens de faire ?

Il lui répondit avec le plus grand calme.

– Oui, et j'aurais dû le faire depuis longtemps.

– Tu viens d'avouer qu'on avait manipulé le public pour de l'argent ! Tu essaies de ruiner nos carrières ou quoi ?

Tory était écarlate et j'étais tellement sûre qu'elle était du côté de Sienna que j'étais étonnée qu'elle ne nous soit pas encore tombée dessus. Elle attendait certainement qu'on soit dans la voiture.

Le reste du groupe ne disait rien pendant que Sienna continuait à crier comme une hystérique et Kellan dut carrément éloigner son portable de son oreille.

– Notre musique parlera d'elle-même, et si notre simple talent ne suffit pas, alors c'est qu'on ne mérite pas d'être numéro un. Et si on se casse la gueule, eh bien tant pis.

– Je n'ai jamais rencontré un abruti pareil ! Ramène ton cul immédiatement !

Puis elle raccrocha et Kellan remit son portable dans sa poche.

– Tu crois qu'elle est fâchée ? demanda-t-il au moment où les portes de la cabine d'ascenseur s'ouvraient.

Son sourire était tellement sexy que je me mis à l'embrasser à peine à l'intérieur de l'ascenseur.

– Je m'en fiche pas mal, murmurai-je entre deux baisers.

Le portable de Kellan n'arrêta pas de sonner mais on l'ignora tous les deux. Pourtant, une fois dehors, mon enthousiasme s'évanouit légèrement lorsque je vis que le nombre de fans dehors avait augmenté pendant l'interview. Mais apparemment, leur humeur aussi avait changé : le choc, la colère ou encore la tristesse les submergeaient, même si c'était la tristesse qui semblait dominer. C'était évident qu'ils avaient tous écouté l'interview et qu'ils avaient encore des questions.

Il y avait aussi pas mal de journalistes dans la foule, armés de micros et de caméras, et leur présence ne fit que confirmer à quel point les nouvelles allaient vite à New York. Je n'étais pas enchantée à l'idée de passer à la télé, mais après la radio, ça ne me terrifiait plus autant qu'avant.

L'histoire qu'on avait racontée était plus qu'un simple ragot : on avait ouvertement avoué que la maison de disques nous avait utilisés, et c'était le genre de scandale qui ne passait pas inaperçu. En conséquence, les journalistes nous bombardèrent de questions. « Kellan, Kiera, vous avez quelque chose à dire sur la façon dont la maison de disques vous a traités ? », « Vous allez les poursuivre en justice ? », « Vous allez arrêter la tournée ? », « Est-ce que vous avez violé les clauses de votre contrat ? »

C'étaient de bonnes questions… auxquelles on n'avait pas encore de réponses. Les fans aussi avaient des questions, disons beaucoup plus personnelles. « C'est vrai que tu n'es pas avec Sienna ? », « C'était vraiment bidon ? », « La vidéo avait l'air tellement réelle, tu n'es vraiment pas amoureux d'elle ? »

Tory et l'équipe radio essayaient de garder la foule sous contrôle pour qu'on puisse partir. On aurait peut-être dû rester et répondre à leurs questions mais la façon dont tout le monde formait un cercle de plus en plus serré autour de nous me rendait claustrophobe. Il y avait trop de gens, ils étaient trop près et je n'aimais pas ça. On en avait assez dit pour le moment et je voulais juste remonter en voiture et retrouver l'intimité de notre bus.

Un petit espace se forma parmi les fans et la presse, et les agents de sécurité parvinrent à retenir les gens de façon où que Matt, Evan et Griffin réussissent à se frayer un chemin et à monter en voiture d'un air soulagé. On n'avait pas assez de place avec Kellan pour marcher côte à côte, alors il me prit par la main et m'entraîna derrière lui à travers la foule.

Plusieurs flashes crépitèrent sur notre passage et je me rendis compte qu'il n'y avait pas que des journalistes dans le tas : il y avait aussi des paparazzis et ils étaient bien plus agressifs que les fans et les journalistes. À l'inverse des autres, les agents de sécurité arrivaient à peine à les retenir, et deux photographes particulièrement tenaces réussirent à se faufiler jusqu'à se retrouver devant nous. Kellan me fit reculer d'un pas et je dus me couvrir les yeux face aux flashes qui m'éblouissaient.

Ils se moquaient complètement du fait qu'on essayait d'atteindre notre voiture et ils nous posaient une question après l'autre sans même nous laisser le temps de répondre –on n'en avait pas l'intention, de toute façon. Agacé, Kellan essaya de contourner l'un d'entre eux mais le photographe était costaud et il ne bougea pas d'un pouce.

Kellan prit soin de ne pas être agressif, étant donné qu'il avait échappé de justesse à une accusation la dernière fois qu'on s'était retrouvés dans ce genre de situation.

– On voudrait partir, laissez-nous passer s'il vous plaît, dit-il poliment.

C'était comme s'ils étaient sourds. Ils continuaient à nous mitrailler et je pouvais voir Matt et Evan nous regarder avec inquiétude depuis la voiture. Ils avaient l'air prêts à tabasser tout le monde pour qu'on puisse se frayer un chemin, et même si on voulait à tout prix éviter une bagarre générale, je commençais à me dire qu'il n'y avait peut-être pas d'autre solution. Soudain, un couloir apparut sur la gauche. C'était à l'opposé de là où on voulait aller et il fallait qu'on traverse un gros groupe de fans pour atteindre la rue, mais on n'avait pas vraiment le choix.

Kellan vit l'échappatoire en même temps que moi et fit semblant de m'attirer vers la droite pour duper les photographes avant de virer brusquement à gauche, et il m'entraîna derrière lui en courant au moment où les rangs recommençaient à se serrer. Les fans nous bousculaient un peu mais au moins, ils n'étaient pas aussi agressifs que les photographes.

On ne tarda pas à se retrouver coincés au beau milieu de la foule de gens qui nous séparait de la voiture au bout de la rue et, étant donné que le reste du groupe était dans la voiture, il n'y avait plus que Kellan et moi au centre de l'attention. Je pouvais voir les fans se masser derrière nous par-dessus mon épaule. Kellan leva la main pour interpeller un taxi pour nous sortir de là mais mon appréhension augmentait de seconde en seconde.

Les journalistes continuaient à nous poser des questions et à brandir leurs micros en attendant une réponse, les paparazzis poussaient les fans pour se rapprocher de nous et les fans étaient surexcités d'être si près de leur idole. Ils avaient l'air de se moquer complètement de ce qu'on avait dit sur Sienna, et ceux que Kellan avait frôlés en passant à côté d'eux paraissaient vouloir le toucher à tout prix. Je pouvais comprendre ça, mais la frénésie et l'agitation ambiante me rendaient vraiment nerveuse.

– Kellan, ça ne me plaît pas, je veux qu'on s'en aille.

– Je vais nous trouver un taxi.

À ce moment-là, les fans commencèrent à se rendre compte qu'il partait et affluèrent vers nous. L'étau se resserait. Je tâchai de ne pas lâcher sa main mais la foule finit par nous séparer.

Les questions des journalistes et des photographes se mêlaient aux cris d'amour des fans et, à ma grande surprise, nombre d'entre eux criaient aussi mon nom pour attirer mon attention. Certains voulaient savoir comment il était dans la vie de tous les jours, d'autres ce que je pensais de la vidéo, et d'autres encore si j'étais enceinte. J'étais complètement dépassée et je reculai instinctivement.

La presse se compressait derrière les fans, et à présent, des curieux venaient s'ajouter à la foule. À un moment, le mouvement de foule fut si brusque que je perdis l'équilibre et tombai sur la chaussée. Une fan tenta de me rattraper mais n'y parvint pas et je m'écrasais sur la route de tout mon poids. Étourdie, je vis des phares se rapprocher de moi et ne pensai à rien, sinon à espérer que se faire renverser par un fourgon n'était pas aussi douloureux que ça en avait l'air.

Je tentai de me relever mais j'étais désorientée et je sus que je n'arriverais pas à m'écarter à temps. Quant au véhicule, il n'avait même pas l'air de ralentir. Soudain, tel un chevalier sur son cheval blanc, ou plutôt comme un fou hystérique, Kellan se précipita vers moi et je fus certaine que j'étais sur le point d'être témoin de la mort de mon mari. Convaincue que j'allais devenir veuve avant même d'avoir pu me marier officiellement, je cessai de respirer.

Il referma ses doigts autour de mon poignet pour me remettre debout et j'eus l'impression qu'on m'arrachait le bras de l'épaule. Puis le conducteur nous vit enfin et j'entendis les freins crisser sur l'asphalte, mais c'était trop tard. Quand j'atterris contre la poitrine de Kellan, il me poussa derrière lui et tendit le bras en avant. Il n'eut pas le temps de faire autre chose avant l'impact.

Bizarrement, alors qu'une nanoseconde nous séparait d'un terrible accident, je remarquai que c'était un fourgon de fleuriste et je repensai aux messages écrits dans les pétales que Kellan me donnait. Ça allait me manquer.

Le chauffeur braqua à gauche pour essayer de nous éviter mais il n'eut pas le temps et le fourgon heurta Kellan au niveau de l'estomac. Puis, emporté par sa vitesse, le fleuriste me percuta à mon tour. Je m'écrasai contre le dos de Kellan avant de tomber par terre. Ça faisait aussi mal que ce que je redoutais : le choc me donna l'impression d'être une poupée de chiffon et ma tête heurta le sol avant que j'aie eu le temps d'amortir. Je sentis une douleur brûlante derrière ma tête, puis je vis des étoiles, puis ce fut le trou noir.

27

Impensable cauchemar

Quand je me réveillai, quelqu'un était en train d'examiner mes yeux au moyen d'une lampe crayon. Ça me faisait mal, je ne savais pas où j'étais et j'avais envie de vomir. Pourquoi avais-je envie de vomir ? J'essayai de détourner le regard pour que la lumière arrête de me vriller le crâne mais quelque chose autour de mon cou m'en empêcha. Qu'est-ce que c'était que ça ? Du coin de l'œil, je pouvais voir que j'étais allongée dans une rue. Il y avait du verre brisé et des débris autour de ma tête et un morceau de métal couvert de sang. Qu'est-ce que je faisais allongée sur la chaussée ? Est-ce que j'empêchais les voitures de circuler ? Les gens devaient vraiment être en pétard contre moi. Je voulais me lever et en même temps, je n'avais pas envie de bouger, car quelque chose me disait que ça allait faire mal.

J'étais dans le brouillard et je sentis quelqu'un me soulever pour me placer sur une espèce de table blanche. Ça faisait mal de bouger et je retins mon souffle. Pourquoi est-ce qu'on me posait sur une table ? Et pourquoi y avait-il une table au milieu de la route ? Et c'était qui, cet homme avec une veste de haute visibilité qui me posait des questions ?

– Madame, vous savez où vous êtes ? Vous savez ce qui s'est passé ?

J'avais l'impression de peser des tonnes et que mon cerveau tournait au ralenti. Et je sentais que du sang coulait sur mon visage.

– Je… Je n'ai…

Des souvenirs commençaient à me revenir vaguement. Les phares. Les freins. Ma chute.

– J'ai été renversée par un fourgon.

– Oui.

Quelqu'un me banda la tête et je me rappelai qu'elle avait heurté le sol. C'était pour ça que j'avais aussi mal et que je saignais. Mais mon épaule me faisait mal aussi et j'avais l'impression d'être couverte de bleus. Kellan m'avait fait me relever et je m'étais cognée à lui avant de tomber.

– Kellan ! criai-je en essayant de me redresser.

L'urgentiste m'en empêcha et m'obligea à rester immobile. Je cherchai Kellan du regard mais tout ce que je voyais était du verre cassé et du sang.

– Vous avez une vilaine plaie, madame, je dois vous bander la tête et m'assurer que vous n'avez pas d'autres blessures. Si vous bougez, vous risquez d'aggraver votre état. Vous pouvez me dire votre nom ? demanda-t-il gentiment.

– Kiera Allen. Enfin, Kyle. Où est mon mari ?

Il continua à me bander la tête et je faisais de mon mieux pour ne pas bouger, mais je n'avais qu'une envie, c'était de me lever et de courir en criant son nom.

– Les médecins s'occupent de lui, Kiera, il est entre de bonnes mains.

Malgré ma vue un peu floue, je le vis regarder vers la gauche et suivis son regard, morte d'inquiétude. Il était allongé sur une civière semblable à la mienne et il était couvert de sang. Je ne savais pas si c'était le sien ou le mien et cela me terrifia.

Je criai son nom mais il ne répondit pas. Il tremblait et il avait l'air vraiment mal, et soudain, il se pencha sur le côté pour vomir du sang.

La panique m'envahit et je tentai de me lever pour le rejoindre mais, là encore, l'ambulancier m'en empêcha et je me retrouvai à l'arrière de l'ambulance.

– Est-ce qu'il va bien ? Est-ce qu'il va bien ?

Je ne pouvais pas m'empêcher de répéter la question en boucle mais il referma les portes et l'ambulance se mit en route. Les sirènes me donnaient mal à la tête, ce qui n'était rien comparé à la douleur que je ressentais au plus profond de moi. Pourquoi est-ce qu'il vomissait du sang ? Est-ce qu'il allait bien ?

– Ils vont faire tout leur possible, je vous le promets, dit l'ambulancier en me prenant la main.

Mais ça ne m'aida pas vraiment, car je me mis à sangloter.

J'étais complètement dans les vapes quand on arriva à l'hôpital. Les gens me parlaient mais j'étais incapable de comprendre ce qu'on me disait, et quelqu'un déclara que j'étais en état de choc. Une autre personne parla de commotion cérébrale, de blessure à la tête, de blessures internes, mais tout me passait au-dessus de la tête. La seule chose qui m'obsédait, c'était Kellan en train de cracher du sang. On m'examina, on me palpa, j'avais mal partout, mon épaule me lançait mais ce n'était rien comparé à la douleur de ne rien savoir sur l'état de Kellan.

Il arriva aux urgences au moment où une infirmière me faisait une piqûre pour m'anesthésier et pouvoir me recoudre la tête. Je vis sa civière passer devant ma chambre et je sautai à bas de mon lit. Il ne vomissait pas mais était inconscient. Il avait même carrément l'air sans vie et cela me fit encore plus peur.

Mon infirmière me courut après en me disant que je devais rester allongée. Celles qui entouraient Kellan étaient en train d'expliquer au docteur ce qui venait de se passer et je restai en retrait pour pouvoir les entendre sans qu'elles me voient. Je ne voulais pas qu'on me ramène de force dans ma chambre avant de savoir ce qu'il avait exactement.

– Homme, environ vingt-cinq ans, impliqué dans un accident de voiture. Sur place, il était en état de choc, il avait mal à la tête et il vomissait du sang. Abdomen distendu, tachycardie et hypotension.

Le médecin hocha la tête tout en vérifiant ses constantes puis il releva son tee-shirt et je pus voir que son ventre était gonflé. Le médecin le palpa délicatement et il ouvrit les yeux en poussant un cri de douleur.

– Il fait une hémorragie interne, préparez-le pour le bloc.

– Le bloc ? demandai-je en faisant un pas vers le docteur. C'est grave ? Il va s'en sortir ?

– Je vais faire mon maximum, dit-il en souriant gravement.

Puis il s'interposa entre Kellan et moi et examina ma tête tandis qu'on l'emmenait au loin.

– Vous devez vraiment vous faire recoudre.

Il fit un signe de tête à l'infirmière derrière moi et elle m'attrapa gentiment par le bras pour me ramener dans ma salle d'examen. Kellan était déjà parti et je savais ça ne servait à rien que je le suive.

– Vous savez ce qu'il a ? demandai-je à l'infirmière, les larmes aux yeux.

Elle me fit m'asseoir et pressa une compresse contre ma tête.

– Quelque chose a dû se déchirer à l'intérieur de lui, c'est ça qui le fait saigner et qu'ils doivent réparer au plus vite.

Elle attrapa du fil et une aiguille et je luttai contre une soudaine envie de vomir.

– Il va mourir ?

Les larmes se mirent à ruisseler sur mes joues. Ça ne pouvait pas finir comme ça. L'infirmière ne me répondit pas tout de suite, et quand elle le fit, ce fut d'un ton professionnel et poli.

– Nous avons les meilleurs médecins du pays, il est entre de bonnes mains.

Je savais que c'était une réponse toute prête, sauf que j'en voulais une vraie et je la regardai méchamment.

– Ce n'est pas une réponse.

– Je sais, mais c'est la seule que je puisse vous offrir.

Son ton était gentil cette fois, mais ferme aussi, et je compris qu'en effet il n'y avait rien d'autre à répondre.

Je subis plusieurs examens après avoir été recousue, notamment une radio et un scanner. On me donna une poche de glace pour mon épaule en me disant de l'appliquer vingt minutes toutes les heures. À part mes courbatures et mon mal de tête, je me sentais bien et je n'arrêtais pas de le leur répéter. Une fois que le résultat des examens le confirma, ils acceptèrent enfin de me laisser sortir.

Après avoir rempli tous les papiers, je récupérai mes affaires et me rendis dans la salle d'attente des urgences en espérant avoir des nouvelles de Kellan. Il y avait du monde et, en regardant autour de moi, je me demandai combien de pauvres gens avaient vu leur vie bouleversée comme moi. Des larmes me montèrent de nouveau aux yeux mais je luttai contre elles. Ce n'était pas le moment de craquer et surtout, ça ne servait à rien car il allait s'en sortir.

Je posai la poche de glace que je pressais contre mon épaule et fouillai dans mon sac à la recherche de mon portable en espérant qu'il fonctionne encore. J'avais besoin de faire quelque chose, de m'occuper, parce que si je restais sans rien faire ne serait-ce qu'une seconde, j'allais me mettre à réfléchir et je ne voulais pas penser. Je ne voulais pas m'inquiéter.

Heureusement, mon téléphone était en un seul morceau. Je me demandai qui appeler en premier quand quelqu'un cria mon nom de toutes ses forces. Je relevai la tête et finis par voir ma sœur qui courait vers moi, suivie de Griffin et d'Evan. Elle me fit reculer d'un pas quand elle se jeta à mon cou et me serra de toutes ses forces. Ça me faisait mal mais ça m'était égal et je la serrai contre moi.

– Anna, murmurai-je en essayant de ne pas me mettre à sangloter.

– Tu vas bien, merci mon Dieu, chuchota-t-elle en me caressant les cheveux. Ne me refais plus *jamais* ça, tu m'entends ?

Je hochai la tête et cherchai Matt du regard mais il n'était nulle part. Griffin et Evan étaient pâles et Griffin tenait sa fille contre son torse.

– Ils n'ont rien voulu nous dire. Il se passe quoi avec Kellan ? Il va bien ? demanda-t-il au bord des larmes.

Je lâchai Anna et dus attendre plusieurs secondes avant de pouvoir lui répondre.

– Il est au bloc, mais il va s'en sortir, dis-je en me forçant à sourire.

– J'ai vu l'accident sur Internet, les journalistes ont tout filmé, dit Anna en me caressant le dos.

– Il va s'en sortir, répétai-je en la regardant dans les yeux.

Les yeux pleins de larmes, Griffin caressa les cheveux de Gibson et Evan me serra dans ses bras.

– Et Matt ? Il n'est pas là ? demandai-je.

Griffin renifla et regarda vers les portes automatiques.

– Il est dehors, il devait passer quelques coups de fil.

Je suivis le regard de Griffin et vis Matt qui faisait les cent pas de l'autre côté des portes.

– Je vais aller le prévenir pour Kellan.

Tout le monde hocha la tête et Anna se serra contre Griffin d'une telle façon que c'était vraiment évident qu'ils s'aimaient, et le regard qu'ils échangèrent en disait long également. Je commençai à me diriger vers les portes quand mon portable sonna, et un mélange de soulagement et de douleur m'envahit lorsque je vis qui appelait.

– Denny, je suis tellement contente de t'entendre, je…

– J'ai vu l'accident aux infos, tu vas bien ?

– Oui, ça va.

Il soupira longuement.

– J'étais tellement inquiet, ils n'ont même pas tout montré à la télé. Je suis tellement rassuré d'entendre ta voix.

Je fermai les yeux un instant puis recommençai à avancer vers Matt, qui faisait toujours les cent pas.

– Moi, ça va, mais Kellan…

– Pitié, dis-moi qu'il va bien, murmura-t-il.

Je me pinçai les lèvres de toutes mes forces. Je détestais ce que je m'apprêtais à dire, et je détestais le penser.

– Il est au bloc. Ils ne savent pas si…

– Mon Dieu, Kiera… Je suis tellement désolé.

Même si on était au beau milieu de New York, les alentours de l'hôpital étaient silencieux et paisibles. Je pouvais entendre clairement tout ce qui se passait autour de moi, les voitures, un couple qui discutait en marchant, une sirène au loin et Denny qui sanglotait au téléphone.

– Je suis sûr que ça va aller.

En entendant la douleur dans sa voix, je compris que, en dépit de tout ce qui s'était passé entre eux, il tenait toujours à Kellan et qu'il était mort d'inquiétude.

Je m'adossai contre un pilier à côté des portes, et en me voyant, Matt s'immobilisa.

– J'espère, murmurai-je.

Je ne pouvais pas imaginer ma vie sans Kellan. Je raccrochai après avoir promis à Denny que je l'appellerais dès que j'aurais des nouvelles et Matt s'approcha de moi quand je rangeai mon portable dans ma poche.

– Je suis tellement content que tu ailles bien. Je n'ai jamais vu un truc aussi terrifiant de ma vie.

Je hochai la tête et fis un pas vers lui. Il serrait son portable si fort que ses jointures étaient blanches et je posai ma main sur la sienne.

– Tu parlais à qui ?

– À mes parents, à Rachel.

Il regarda par-dessus mon épaule et quand ses yeux revinrent sur moi, ils étaient pleins de larmes.

– J'ai peur d'entrer, murmura-t-il.

– Moi aussi.

Je délogeai son portable de sa main, le mis dans mon autre poche et lui pris la main, et il la serra comme si sa vie en dépendait.

– Viens, on y va ensemble.

Il acquiesça avec l'air d'un petit garçon qui vient de trouver quelqu'un pour le ramener chez lui et on alla dans la salle pour attendre d'être fixés sur le destin de Kellan.

Puis Deacon et le reste des Holeshot arrivèrent, ainsi que le général Tory et plusieurs techniciens, et tous avaient l'air aussi inquiets que nous. Tandis que tout le monde s'installait, j'appelai Jenny, Cheyenne, Kate, mes parents et le père de Kellan. La plupart d'entre eux étaient déjà au courant qu'on avait eu un accident mais leur parler me permettait d'être occupée.

Après tous mes coups de fil, Anna m'emmena aux toilettes pour m'aider à me nettoyer. J'étais encore couverte de sang et elle lava mon visage, mes mains et retira un des tee-shirts qu'elle portait pour me le mettre. C'était un tee-shirt de grossesse et il était trop grand pour moi mais au moins, ça cachait mon propre haut IKKS taché de sang.

– Je ne veux jamais te revoir dans cet état, dit-elle en embrassant doucement le bandage autour de ma tête.

– Moi non plus, assurai-je en me regardant dans le miroir.

– Je suis tellement contente que tu ailles bien.

Elle prit mon visage entre ses mains et, sentant qu'elle avait envie de pleurer, je la serrai contre moi. Elle se mit à sangloter mais je parvins à ne pas l'imiter. Ce n'était pas la peine : Kellan allait bien.

Quand on retourna dans la salle d'attente, je vis des gens qui nous pointaient quelque chose du doigt dehors. J'étais trop inquiète à propos de Kellan pour m'occuper d'eux mais Deacon était avec eux et me fit signe d'approcher.

– Il faut que tu voies ça, Kiera.

Courbatue et fatiguée, je me traînai jusqu'à la fenêtre pour voir ce qu'ils regardaient. C'était l'heure du déjeuner et un groupe de gens s'était rassemblé près d'un petit muret à côté du parking comme s'ils étaient en train de pique-niquer. Fascinant. J'allais demander ce qu'il y avait de si intéressant quand je remarquai les tee-shirts que les gens portaient sous leurs vestes. Ils arboraient tous des tee-shirts des D-Bags et ce n'était pas des boissons qu'ils avaient à la main mais des bougies, et mon cœur se serra lorsque je vis qu'il comptait pour tant de personnes.

– Ils sont là pour Kellan ? demandai-je, même si je connaissais déjà la réponse.

Deacon sourit en regardant le groupe qui s'agrandissait progressivement.

– Oui.

Leur veillée silencieuse me réconforta un peu et je pouvais presque sentir les ondes positives qui émanaient d'eux. Il fallait absolument que Kellan voie ça et qu'il voie à quel point les gens l'aimaient.

– Madame Kyle ?

Je me tournai et vit une femme avec un stéthoscope qui se tenait derrière moi. Elle regardait tout le monde autour d'elle d'un air impassible et ce n'était pas le médecin à qui j'avais parlé avant que Kellan ne parte en chirurgie. Je ne savais pas qui elle était ni ce qu'elle voulait, mais j'avais déjà rempli tous les papiers pour Kellan et moi avec l'infirmière alors elle était sûrement là pour me donner de ses nouvelles et me dire s'il était en vie… ou pas. Pourquoi elle ne souriait pas ? Mon cœur battait à tout rompre, j'avais du mal à respirer et je me contentai de faire un pas vers elle et de lever la main.

– Votre mari vient de sortir du bloc, me dit-elle calmement une fois à côté de moi. Tout s'est bien passé et il est en train de se reposer dans une chambre, si vous voulez le voir.

Mes jambes me lâchèrent presque mais Deacon me soutint.

– Il va bien ? Vous êtes sûre ?

Elle sourit enfin.

– L'accident a provoqué une rupture de la rate, ce qui peut être très dangereux, mais on a pu réparer la blessure et sauver l'organe. Il a aussi un hématome à la hanche et quelques côtes cassées et il va avoir mal partout pendant un bon moment, mais il a eu de la chance. On va garder un œil sur lui pendant quelques jours et après ça, il aura besoin d'énormément de repos…

Elle continua à parler mais je n'entendais plus rien. *Il était vivant.* Toutes les personnes qui attendaient de ses nouvelles dans la salle d'attente m'accompagnèrent à l'étage et on se dirigeait vers le bureau des infirmières quand l'une d'entre elles nous arrêta.

– Vous venez voir qui ?

Je regardai les différents musiciens et les techniciens : on formait un drôle de tableau.

– Je viens voir mon mari, Kellan Kyle, répondis-je d'une voix à la fois tremblante et excitée.

Un petit sourire naquit sur ses lèvres.

– Ah, d'accord. Il est encore en salle de réveil alors une seule personne…

Je fis un pas en avant et l'interrompit.

– Je voudrais voir mon mari, s'il vous plaît.

Elle me fit signe de la suivre et on se mit en route.

– On a déjà eu quelques stars ici, mais jamais personne d'aussi célèbre que Kellan Kyle. La moitié des filles de l'étage sont complètement affolées de le savoir ici. Vous êtes vraiment sa femme ?

Je scrutai avidement les noms indiqués devant chaque chambre. *Il était où, bon sang ?*

– Oui, répondis-je en l'écoutant à moitié.

– Oh, dit-elle d'un air surpris. Toutes ces histoires avec Sienna Sexton, ça n'a pas dû être facile pour vous deux.

Je levai les yeux vers elle : elle avait l'air jeune mais les petites ridules au coin de ses yeux et de sa bouche indiquaient qu'elle était sans doute plus âgée qu'elle ne le paraissait et son sourire débordait de sympathie, à présent.

– Si vous saviez…

– Je m'appelle Carly, dit-elle en me tendant la main. Si vous avez besoin de quoi que ce soit, n'hésitez pas.

– Merci, dis-je en lui serrant la main, c'est gentil.

J'avais le pressentiment que j'aurais sûrement besoin de son aide pendant le séjour de Kellan. Sans même voir le nom sur la porte, je sus qu'on approchait de sa chambre, car une tripotée de jeunes infirmières se tenaient devant.

– Si vous n'avez rien à faire, leur dit Carly d'un air mécontent, je suis sûre que je peux trouver de quoi vous occuper.

Elles s'éparpillèrent toutes en gloussant et Carly soupira.

– Comme je vous l'ai dit, on n'a pas l'habitude d'avoir des patients aussi célèbres.

J'entrai dans la chambre et elle ferma la porte derrière moi, nous laissant seuls. Les lumières étaient tamisées, les rideaux baissés et il n'y avait aucun bruit. Kellan avait les yeux fermés et la tête tournée de l'autre côté, et son buste était relevé, avec la couverture remontée jusqu'à la poitrine. Ses bras étaient étendus de chaque côté de son corps et une perfusion était fixée au dos de sa main droite, qui lui apportait sûrement des antidouleurs. Il n'avait pas son alliance mais ils avaient dû la lui retirer avant de l'opérer.

Il était pourtant grand et fort mais il avait l'air minuscule, allongé dans ce lit, et je sentis mes yeux se remplir de larmes. L'expression sur son visage était si paisible que j'eus presque envie de rester là où j'étais pour ne pas le déranger, mais j'en étais incapable et je m'approchai de son lit sur la pointe des pieds. À part quelques coupures au visage, il était parfait, même s'il portait un de ces pyjamas d'hôpital qui s'attachent dans le dos. Un sac contenant ses affaires se trouvait sur la table de nuit près du lit.

Je m'assis doucement sur le bord du lit pour ne pas lui faire mal et je posai ma main sur son bras, même si j'avais un peu peur de le toucher.

– Kellan, murmurai-je, tu m'entends ?

Il bougea la tête mais ne me répondit pas et je pris sa main dans la mienne.

– Je suis là, je t'attends. Je ne bouge pas, promis.

Les yeux pleins de larmes, je lui caressai la joue et attendis que l'effet des médicaments s'estompe assez pour qu'il se réveille. Je me sentais un peu coupable que les autres ne puissent pas le voir mais j'avais absolument besoin d'être là quand il se réveillerait.

Au bout de ce qui me parut une éternité, il bougea les yeux derrière ses paupières, puis il prit une grande respiration et se crispa en expirant. Pourvu qu'il n'ait pas trop mal en se réveillant. Quand il ouvrit enfin les yeux, je souriais tellement que mon visage me faisait mal.

– Kellan ?

Il cligna des yeux et regarda dans le vide d'un air si confus que je me demandai s'il se rappelait de l'accident.

– Kellan ? répétai-je en lui caressant tendrement la joue.

Il se tourna enfin vers moi, sans expression, et tandis qu'il scrutait mon visage, je commençai à avoir l'horrible pressentiment qu'il ne se rappelait pas de moi. Les médecins n'avaient pourtant pas mentionné de blessure à la tête mais peut-être que lui aussi s'était cogné en tombant ? Et s'il était amnésique ? Est-ce qu'il m'aimerait encore si on devait tout recommencer depuis le début ?

Il ouvrit la bouche, déglutit plusieurs fois et fronça les sourcils.

– Kiera ? Qu'est-ce qui s'est passé ?

Le soulagement m'envahit, et même une pointe d'amusement. Bien sûr qu'il se rappelait de moi.

– On m'a poussée sur la route, tu t'es précipité pour m'aider et tu t'es fait percuter par un fourgon. Tu es à l'hôpital.

– Ça va, toi ? demanda-t-il en regardant mon bandage.

Je n'en revenais pas qu'il s'inquiète pour moi vu son état et je me penchai pour l'embrasser doucement.

– Tu es vivant, alors tout va bien.

Soudain, il ferma les yeux et se raidit tandis qu'il respirait par petites bouffées.

– Je ne me sens pas très bien.

– Ils ont dû t'opérer parce que ta rate s'est déchirée. Ils ont réussi à la sauver mais tu vas avoir mal pendant un bon moment.

Il ouvrit un œil et un demi-sourire apparut sur ses lèvres.

– Dieu merci, je ne voudrais surtout pas perdre ma rate, dit-il avant de refermer les yeux. À quoi ça sert, la rate, d'ailleurs ?

Je ris et lui caressai les cheveux.

– Si je me rappelle bien, je crois que c'est un genre de filtre à huile pour ton système immunitaire, et à une époque, c'était aussi considéré comme l'organe responsable de la mauvaise humeur. Enfin, pour ça, je ne suis pas trop sûre.

Il se mit à rire puis il s'immobilisa.

– Ne me fais pas rire.

– D'accord. On ne rira plus jamais, promis.

Il ouvrit les yeux, rit à nouveau puis se crispa.

– Arrête !

– Je t'aime tellement, murmurai-je en appuyant ma tête contre la sienne. Et je suis tellement soulagée que tu ailles bien.

Il essaya de me prendre dans ses bras mais il était trop faible et trop courbatu, alors je me glissai à côté de lui sur son lit. Je posai prudemment mon bras sur sa poitrine et embrassai son épaule et il soupira.

– Moi aussi, je t'aime.

Ce qui avait failli se passer aujourd'hui m'apparut enfin dans toute sa gravité et je me mis à pleurer.

– Tu m'as sauvé la vie, murmurai-je.

– Je t'ai juste renvoyé l'ascenseur, dit-il d'une voix endormie.

Il commença à s'assoupir et j'allais partir pour laisser la place aux autres mais il attrapa ma main en me sentant bouger.

– Ne t'inquiète pas, je vais juste sortir pour que les autres puissent venir te voir. Tout le monde est super inquiet.

– Reste… juste une minute, bafouilla-t-il.

– D'accord. Aussi longtemps que tu voudras.

Il se rendormit quelques minutes plus tard et quand je me relevai prudemment, il s'étira mais n'ouvrit pas les yeux. Quand je revins dans la salle d'attente, une surprise m'attendait : Justin était là, en train de discuter avec Evan, et les infirmières qui avaient gardé la porte de Kellan étaient maintenant en train de se pâmer devant la nouvelle rock star qui venait de faire son entrée. Elles ne risquaient pas d'oublier cette journée… et moi non plus, d'ailleurs.

– Justin, c'est gentil d'être venu, dis-je en le prenant dans mes bras. Ça va faire tellement plaisir à Kellan.

J'étais vraiment émue de le voir là et il me frotta le dos.

– On était dans le coin avec la tournée et je suis venu dès que j'ai su pour l'accident. Comment il va ?

– Il est sonné mais ça va. Vous pouvez aller le voir, dis-je en me tournant vers Matt, Evan et Griffin.

L'infirmière avait dit une personne à la fois et ils se mirent à se regarder les uns les autres en essayant de décider qui y allait en premier. Au bout d'un moment, Matt haussa les épaules et tendit la main.

– Pierre, feuille, ciseaux ?

Griffin leva les yeux au ciel.

– On est des stars, depuis quand on en a quelque chose à foutre des règles ?

Toujours avec Gibson dans les bras, Griffin se dirigea vers la chambre et Matt et Evan échangèrent un regard puis lui emboîtèrent le pas. Ma sœur les suivit en riant et je fis signe à Justin et aux Holeshot de venir avec moi. Un pour tous, tous pour un.

Dans l'après-midi, Kellan allait déjà un petit peu mieux et même s'il était exténué et s'il avait mal, il était plutôt joyeux. Tory était partie peu après être passée le voir en disant qu'elle allait immédiatement faire une déclaration à la presse pour expliquer que « Kellan avait vu la mort de très près mais qu'il en avait réchappé et se remettait lentement de cet horrible accident ». Je trouvais ça un peu dramatique sur les bords mais en voyant l'éclat dans son regard, je compris que cette formulation était un excellent coup de pub. C'était vraiment intéressant de voir qu'elle n'aurait pas bougé le petit doigt pour nous quand on avait besoin d'elle mais qu'elle se jetait dans la bataille dès que ça profitait à la maison de disques.

Les stars et les techniciens se succédaient dans la chambre de Kellan, pour le plus grand bonheur des infirmières, qui passaient toutes les cinq minutes. En revanche, les médecins et Carly, l'infirmière en chef, n'étaient pas enchantés qu'il y ait autant de va-et-vient, et ils finirent par demander à tout le monde de partir. Holeshot et les techniciens devaient aller se préparer pour le concert de ce soir, de toute façon, alors ils dirent au revoir à Kellan et partirent à contrecœur. Justin resta, étant donné qu'il n'avait pas de concert ce soir-là, mais il s'installa dans la salle d'attente avec Anna et les autres D-Bags pour nous laisser seuls avec Kellan.

Quand la nuit commença à tomber, je m'approchai de la fenêtre pour regarder dehors. J'avais entendu les infirmières dire que le nombre de fans dehors avaient considérablement augmenté pendant la journée.

– Tu as eu des nouvelles de Sienna ? Ça m'étonne qu'elle ne soit pas venue.

Je me tournai vers lui : son lit était relevé en position assise à présent et il y avait un plateau repas devant lui, avec un pot de gelée dans laquelle il donnait des petits coups de cuillère en fronçant les sourcils.

– Moi aussi, ça m'étonne.

Ce n'était pas le genre de Sienna de manquer un coup de pub pareil et j'avais l'impression qu'elle avait raté une sacrée opportunité en ne se précipitant pas au chevet de Kellan. Même si on avait dévoilé notre relation au public et si plus personne ne croyait qu'ils étaient ensemble – et j'espérais vraiment que c'était le cas, à présent –, rendre visite à Kellan à l'hôpital restait bon pour son image, et après ce qu'on avait balancé sur elle, une petite démonstration d'altruisme ne lui aurait pas fait de mal.

– Elle a fait envoyer des fleurs, dis-je en montrant un modeste bouquet coincé entre un splendide bouquet de lys de la part de Lana et un vase monstrueux qui débordait de roses rouges, envoyé par Nick.

La carte du bouquet de Sienna disait juste « Je suis vraiment désolée. S. », et Kellan regarda les fleurs en fronçant les sourcils.

– Un bouquet discret avec un petit mot, ce n'est pas vraiment son style. Je m'attendais à ce qu'elle m'apporte une serre en personne dans une robe du soir.

Je lui souris. Effectivement, elle était plutôt du genre à faire quelque chose de disproportionné pour attirer l'attention plutôt que de rester discrète en faisant livrer des fleurs. Je secouai la tête sans comprendre et retournai à la fenêtre. Il ne faisait pas encore noir car le soleil venait de se coucher, mais je voyais bien toutes les petites lumières des bougies des fans rassemblés en masse devant l'hôpital.

– Kellan, il faut que tu voies ça.

Je savais qu'il n'avait pas le droit de se lever alors je relevai le rideau. Comme son lit n'était pas loin de la fenêtre, il avait sûrement une bonne vue de là où il était et je le vis laisser tomber sa cuillère de surprise.

– C'est quoi ?

– Tes fans, dis-je en faisant un petit signe de la main à leur attention.

Comme la lumière était allumée dans la chambre de Kellan et qu'il faisait de plus en plus sombre dehors, je savais qu'ils me voyaient et je me demandai comment ils allaient réagir. À ma grande surprise, toutes les bougies se mirent à bouger à l'unisson comme s'ils me faisaient tous signe aussi et je pris ça comme un signe positif.

– Ils sont là pour moi ?

J'allai m'asseoir au bord de son lit et lui passai la main dans les cheveux.

– Les gens t'aiment beaucoup, et pas juste à cause de ton apparence. Ils te connaissent à travers ta musique et ils t'aiment pour ce que tu es.

Je l'embrassai sur le front et me redressai en entendant de petits coups frappés à la porte. Je crus que j'allais me mettre à pleurer en voyant le petit groupe qui venait d'arriver : ma mère, mon père et Gavin se tenaient dans l'encadrement de la porte, avec Hailey et Riley juste derrière leur père. J'étais tellement étonnée que je ne savais pas quoi dire. Nous avions échangé il y avait à peine quelques heures et aucun d'eux n'avait parlé de prendre l'avion pour venir.

– Gavin, Caroline, Martin… Qu'est-ce que vous faites à New York ? demanda Kellan, ébahi.

Gavin s'approcha du lit et voir à quel point il était inquiet me réchauffa le cœur. Même s'il avait raté une grande partie de la vie de Kellan, il l'aimait profondément.

– Désolé d'arriver si tard. On a pris l'avion dès qu'on a pu. On se faisait tellement de souci pour toi, dit-il en posant sa main sur l'épaule de Kellan.

Hailey et Riley avancèrent jusqu'au bout du lit et les yeux de Kellan se remplirent de larmes.

– Vous étiez inquiets pour moi ?

Il avait l'air de trouver ça tellement incroyable que Gavin sourit.

– Bien sûr, fiston. Quand j'ai entendu dire que tu avais eu un accident, j'ai cru mourir de peur.

– On t'aime, tu sais, dit Hailey en lui caressant le pied par-dessus la couverture.

Riley acquiesça et mes parents se rapprochèrent du lit, ma mère avec Gibson dans les bras.

– On est venus dès que possible. Tu es de la famille, tu sais, dit-elle en me regardant.

Kellan se tourna vers moi et je lus un mélange de douleur et de joie dans ses yeux. Une famille était ce qu'il avait toujours voulu et je me mis à pleurer, incapable de me retenir plus longtemps. Mon père me dévisagea comme s'il était soudain inquiet pour ma santé et ma mère vint à côté de moi et me serra contre elle. Savoir que ma famille acceptait mon mari était le plus beau cadeau qui soit, pour moi, mais aussi pour Kellan.

Quand mes pleurs s'apaisèrent, Kellan se laissa aller contre ses oreillers et me sourit.

– Tu es vraiment adorable.

Je ne lui répondis pas et regardai ma mère qui était en train d'embrasser Gibson sur le bout du nez.

– Comment ça se fait que vous soyez arrivés tous en même temps ?

Mon père fronça les sourcils et lança un regard irrité à ma mère.

– Ta mère a repéré Gavin pendant qu'on attendait les bagages… depuis l'autre côté du terminal.

Ma mère l'ignora et continua à jouer avec Gibson et je retins un rictus. Comme Kellan, Gavin était du genre à sortir du lot.

Plus tard dans la soirée, je me mis à penser au concert qui était en train d'avoir lieu et à tous les fans qui auraient le cœur brisé de ne pas voir Kellan et les D-Bags sur scène. J'étais surprise que Sienna n'ait pas joué la carte de la détresse et qu'elle n'ait pas annulé le concert, mais en même temps, c'était aussi étonnant que le reste de son attitude.

Ma mère aurait sûrement voulu rester là toute la nuit avec Gibson dans les bras mais je voyais bien qu'elle était fatiguée et je demandai aux D-Bags de la raccompagner à l'hôtel ainsi que mon père. Ma mère promit qu'elle reviendrait à la première heure le lendemain matin et rendit Gibson à Anna.

– Tu viens avec nous ? demanda ma sœur d'une voix qui indiquait qu'elle se doutait de la réponse.

En effet, il était hors de question que je parte et je secouai la tête. Ils devraient me virer manu militari pour me faire partir. Justin et les D-Bags quittèrent la pièce, suivis d'Anna, de nos parents, de Gavin et de ses enfants. Une fois tout le monde parti, on resta là à se regarder pendant je ne sais pas combien de temps, simplement heureux d'être ensemble, quand soudain, son visage se tordit.

– Et merde, murmura-t-il. J'ai envie de pisser.

Il regarda vers la salle de bains et soupira comme si des milliers de kilomètres l'en séparaient et je ris doucement.

– Tu veux que je t'aide ?

– Non, c'est bon, je vais me débrouiller. Et puis l'infirmière a dit que je pouvais me lever, de toute façon.

Il se pencha en avant pour se lever et je plaçai mes mains dans son dos pour le soutenir.

– Oui, demain.

Il se mordit la lèvre pour retenir un gémissement de douleur, sans succès.

– C'est dans deux heures, c'est pareil, dit-il entre ses dents.

Il écarta les draps et je me précipitai de l'autre côté du lit pour lui apporter le pied sa perfusion. Une fois debout, il s'y agrippa pour ne pas tomber, et je tins le pied pour l'empêcher de glisser. Pâle, il regarda par la fenêtre et resta bouche bée en voyant toutes les bougies qui brillaient dans le noir.

– Kiera, regarde, ils sont encore là.

Je tapotai sa main pour l'encourager à avancer.

– Bien sûr, qu'ils sont encore là, qu'est-ce que tu croyais ?

L'espace d'un instant, il parut oublier la douleur, jusqu'à ce qu'il fasse un pas. À ce moment-là, il grogna et porta une main à son estomac, et je lui tins la porte de la salle de bain, frustrée de ne pas pouvoir l'aider davantage.

– Merci, dit-il d'une voix tendue en passant à côté de moi.

Avant de fermer la porte derrière lui, je ne pus m'empêcher de regarder les parties de son dos que son pyjama d'hôpital laissait entrevoir. Il n'y avait que lui pour réussir à être sexy là-dedans. Il surprit mon regard et se mit à rire, avant de faire la grimace.

– Arrête de me faire rire et ferme la porte.

Je ris et m'exécutai puis je retournai à la fenêtre en espérant qu'il ne s'évanouisse pas. Ses fans étaient toujours là, le long du trottoir de l'hôpital, et ils avaient l'air de s'étendre à perte de vue. C'était vraiment impressionnant. Soudain, un petit coup frappé à la porte et une voix polie me firent sursauter.

– Madame Kyle, je suis désolée de vous déranger, je sais que l'heure des visites est terminée, mais votre frère est là.

Je me tournai vers l'infirmière de nuit en essayant de garder une expression aussi neutre que possible. Mon frère ? L'infirmière regarda par-dessus son épaule puis posa les yeux sur moi.

– En temps habituel, je lui aurais demandé d'attendre demain matin mais il dit qu'il a traversé le pays pour vous voir ?

Elle me regarda d'un air sceptique, comme si elle était convaincue que cette personne mentait, et elle avait raison, étant donné que je n'avais pas de frère. Soudain, je pensai à quelqu'un… et je fus incapable de masquer ma surprise.

– Denny ? Denny est ici ?

L'infirmière ouvrit un peu plus grand la porte.

– Il peut entrer, mais seulement quelques minutes, d'accord ?

Je hochai la tête, incapable de croire qu'il avait fait tout ce chemin. L'infirmière recula, fit un geste de la main, et Denny entra dans la pièce, l'air inquiet et fatigué. Abby entra une seconde plus tard et ma surprise se décupla.

– Merci beaucoup pour votre aide, Renae, dit-il à l'infirmière.

Il dit ça sans le moindre accent australien, chose inédite à ce jour, et je restai là à le regarder sans rien dire.

Une fois l'infirmière partie, il se tourna vers moi et je devais tirer une drôle de tête car il se mit à rire.

– J'aurais eu du mal à passer pour ton frère avec mon accent et je voulais être sûre qu'ils me laissent entrer. C'est difficile d'imiter l'accent américain, j'étais sûr qu'elle allait me griller en deux secondes.

Je ris et le serrai dans mes bras.

– Je n'arrive pas à croire que tu sois là.

– Désolé d'arriver si tard.

On s'écarta en entendant la porte de la salle de bains s'ouvrir, et le petit sourire de Kellan s'évanouit en voyant Denny. Il était aussi choqué que moi, visiblement.

– J'hallucine à cause des médicaments, ou alors tu es vraiment là ?

– Content de te voir, mec, dit Denny en souriant.

Puis il avança vers lui pour le prendre dans ses bras et l'aida à regagner son lit. Son expédition semblait l'avoir épuisé.

– Tu es là aussi ? demanda soudain Kellan en voyant Abby. Vous avez fait tout ce chemin pour me voir ?

Une fois Kellan allongé, Denny soupira et passa une main dans ses cheveux.

– Oui, on est venus pour toi. J'ai pissé de trouille quand j'ai appris que tu étais blessé. Je n'arrêtais pas de me dire que…

Denny détourna le regard et avala sa salive et j'allai m'adosser contre le mur en essayant de me faire toute petite pour les laisser discuter. Abby vint me rejoindre et me sourit doucement en me tapotant la main, et je devinai, en la regardant, qu'elle imaginait à quel point cette journée avait dû être horrible et qu'elle m'offrait son soutien et son amitié. Je serrai sa main, reconnaissante, et on se tourna toutes les deux vers nos fiancés.

– On était tellement proches, reprit Denny, on était comme des frères. Et si tu mourais, j'aurais l'impression de perdre un membre de ma famille, et je ne sais pas si tu t'en rends compte. Je détesterais qu'il t'arrive quelque chose sans que tu saches…

Il renifla et prit une grande respiration.

– Tu sais, j'ai l'impression que je n'ai peut-être pas été un super ami pour toi.

– Denny, je…

– Je savais ce qui se passait avec ton père et je n'ai rien dit à personne. J'aurais dû t'aider et je ne l'ai pas fait.

– Tu n'étais qu'un gamin.

– Toi aussi, rétorqua Denny. Et quand je suis parti, je t'avais promis que je resterais en contact et je ne l'ai pas fait non plus. Tu avais besoin de moi et je n'ai pas été là, et je suis vraiment désolé. C'était vraiment nase de ma part.

– Tu plaisantes ? demanda Kellan en me montrant du doigt. J'ai couché avec ta copine… plusieurs fois.

Je me raidis et Abby serra ma main un peu plus fort tandis que Denny fronçait les sourcils.

– Oui, et c'était vraiment nase de ta part.

Un sourire triste vint illuminer un peu son visage.

– Mais je t'ai laissé tout seul dans cet enfer… et je pense que c'est encore pire. Je sais qu'on a laissé le passé derrière nous, dit Denny en tendant la main vers lui, et je sais qu'on est amis, mais je veux que tu saches que toi et moi, on est toujours comme des frères. Tu m'entends ?

Kellan avait l'air complètement sous le choc mais il hocha la tête et serra la main de Denny.

– Oui. D'accord.

28

Je le veux

Ma mère fut la première à arriver à l'hôpital le lendemain matin. J'étais encore endormie dans un fauteuil dans un coin de la chambre quand elle plaça une main sur mon épaule.

– Tiens, ma chérie, murmura-t-elle.

J'ouvris les yeux avec difficulté et souris en voyant la tasse fumante qu'elle me tendait. Du café. Et pas celui pourri du distributeur : un vrai café qu'elle avait acheté sur la route. J'adorais ma mère.

– Merci.

Elle s'appuya contre le rebord de la fenêtre et se mit à boire son café aussi en regardant Kellan dormir. Puis ses yeux se posèrent sur Denny, endormi sur une chaise à côté de Kellan. J'avais appelé Evan la veille au soir pour lui demander d'emmener Denny et Abby à l'hôtel où tout le monde était mais, après s'être assuré qu'Abby ne manquait de rien, Denny avait décidé de revenir voir Kellan et l'infirmière lui avait permis de rester. Peut-être qu'elle avait senti que quelque chose de crucial était en train de se passer.

J'étais incapable de dire ce à quoi ma mère pensait mais ça devait être bizarre pour elle de voir mon ex ici. Un ex que j'avais trompé avec Kellan, par-dessus le marché. Après un long silence, ma mère se tourna vers moi et montra Denny du doigt.

– Il t'aime vraiment beaucoup, pas vrai ?

Elle avait presque l'air inquiète, comme si Denny représentait une menace pour Kellan, et je secouai la tête en souriant.

– Non, c'est Kellan qu'il aime beaucoup. C'est pour lui qu'il est venu. Et il lui a dit qu'il le considérait toujours comme son frère, même après tout ce qui s'était passé.

Elle prit une gorgée de café et écarquilla les yeux.

– Il est vraiment indulgent. J'espère que vous vous rendez compte à quel point les amis comme lui sont rares.

Je hochai la tête, les larmes aux yeux. On le savait, et on ne ferait plus jamais rien qui soit susceptible de lui faire du mal.

Les garçons dormirent encore une heure. On avait discuté jusque tard dans la soirée et ils étaient encore en train de parler quand je m'étais endormie. Kellan aurait sans doute bien aimé dormir encore plus mais une infirmière arriva pour l'examiner et le réveilla. Elle lui demanda comment il allait, s'il avait mal, s'il avait faim, s'il s'était levé et s'il était allé aux toilettes. Ça n'avait pas l'air de la gêner de lui demander tout ça devant des gens mais ça ne semblait pas le gêner non plus. Il avait même l'air content.

Gavin, ses enfants et mon père arrivèrent pendant que Kellan mangeait ce qui ressemblait à une omelette pour le petit déjeuner. C'était la première fois que je le voyais manger quelque chose depuis l'accident et j'eus presque envie d'applaudir. Quand ils entrèrent dans la chambre, Gavin et mon père avaient une discussion animée sur les Pirates de Pittsburgh et les Reds de Cincinnati. Mon père adorait parler sport plus que tout et je souris en les voyant débattre de la meilleure équipe, ravie que mes parents deviennent amis avec son père.

Abby, Anna et les D-Bags arrivèrent en milieu de matinée, accompagnés de Justin. Il était encore tôt pour les garçons du groupe et ils bâillaient tous en entrant dans la chambre. Cela faisait à peine deux secondes que Gibson était dans la pièce quand ma mère se jeta sur elle pour l'ôter des bras de Griffin. Il fronça les sourcils mais la laissa faire et Anna passa un bras autour de moi en riant.

– Je pense que personne ne va pouvoir la toucher tant que maman sera là.

Je regardai notre mère bercer Gibson et je pensai à quelque chose.

– Tu vas rester combien de temps, maman ? Enfin, je veux dire, avec Thanksgiving qui arrive, tu n'as invité personne à la maison ?

Elle secoua la tête sans quitter sa petite-fille des yeux.

– On a annulé. On reste ici pour Thanksgiving. On repartira une fois que Kellan sera sorti de l'hôpital. On est une famille, il faut s'entraider, ajouta-t-elle en me souriant.

Je n'étais pas vraiment étonnée mais j'étais ravie de l'entendre dire ça. Je regardai Gavin et il montra Riley qui jouait à un jeu vidéo et Hailey qui feuilletait un magazine sur la couverture duquel on voyait une photo de Kellan et moi en train de nous embrasser au cimetière.

– Les enfants sont en vacances et j'ai prévenu au bureau qu'il y avait une urgence dans ma famille et que je ne rentrerais pas avant lundi. Alors jusque-là, vous allez devoir me supporter.

Kellan sourit et baissa les yeux.

– Ça me fait vraiment plaisir.

En regardant le reste des D-Bags, je compris qu'eux aussi avaient prévu de rester près de Kellan pendant les vacances et je ne posai même pas la question. En revanche, je n'étais pas sûre du programme de Justin et je ne me rappelais plus des dates de son groupe.

– On a encore un concert ce soir et après, on n'a rien pendant une semaine. Hé, vous deux, demanda-t-il en se penchant vers Hailey et Riley, vous voulez voir Avoiding Redemption ce soir ? Et aller faire un tour en coulisses après ?

Gavin s'éclaircit la gorge et Justin se tourna vers lui.

– Avec votre permission, bien sûr.

Hailey et Riley étaient déjà en train de sautiller sur place et de supplier leur père, qui n'eut pas le cœur de refuser.

– À condition que tu gardes un œil sur ton petit frère, dit-il à Hailey. Et pas d'alcool.

Hailey leva les yeux au ciel et se tourna vers Kellan.

– Tu vois un peu ce que je dois supporter ?

– Une vraie brute, dit Kellan en souriant.

Je haussai les sourcils en l'entendant dire ça mais il n'y avait aucune trace de tristesse dans sa voix, juste de l'amusement, alors je finis par rire comme les autres.

– Et vous deux ? demandai-je à Abby et Denny. Vous rentrez quand ?

Denny passa un bras autour d'elle et l'attira à lui.

– C'est le premier Thanksgiving d'Abby aux États-Unis et elle m'a fait promettre de regarder la parade avec elle à la télé.

Il leva les yeux au ciel tandis qu'Abby souriait et je ris en voyant l'air ennuyé de Denny. Je le connaissais bien et je savais qu'en réalité il avait sûrement hâte d'offrir à Abby des vacances de rêve, parade incluse. Il n'y avait pas grand-chose qu'il pouvait refuser à la personne qu'il aimait.

– Et puis en fait, on en a parlé dans l'avion en venant ici et on a décidé de passer les vacances à New York.

Abby lui tapota sur le torse et sa bague de fiançailles brilla de mille feux dans la lumière qui filtrait par la fenêtre.

– Denny m'emmène voir la parade en vrai ! s'exclama-t-elle d'une voix qui montrait à quel point elle était enchantée.

De l'autre côté de la pièce, Griffin glissa « mauviette » entre deux quintes de toux et, même si Anna rit, elle lui mit quand même un coup dans les côtes. Ça m'étonna qu'elle défende Denny, mais ça avait vraiment dû l'impressionner qu'il vienne jusqu'ici.

Ravie que tout le monde soit réuni pour quelques jours, je me levai.

– Dans ce cas, j'ai une proposition à vous faire.

J'allai jusqu'à la table de nuit de Kellan, où se trouvait son sac avec ses affaires, et je fouillai dans le sac jusqu'à trouver la boîte qui contenait sa bague. Je l'ouvris, pris son anneau et m'assis au bord du lit. Mon épaule me fit un peu mal quand j'attrapai sa main gauche mais j'allais déjà mieux et je me penchai pour lui parler à l'oreille, le cœur battant.

– Kellan Kyle, tu es l'amour de ma vie et je t'aime plus que tout. Est-ce que tu veux bien faire de moi la femme la plus heureuse du monde en devenant mon mari… jeudi ?

Je passai la bague à son doigt et il serra ma main.

– Tu veux te marier le jour de Thanksgiving… *ici* ?

Il regarda autour de lui : effectivement, entre la chambre d'hôpital et le lit médicalisé, ça ne respirait pas le romantisme. Mais j'étais sûre de moi.

– On s'en moque, de l'endroit. Je n'ai pas envie d'attendre encore un mois pour t'épouser et je pense que c'est le jour idéal pour devenir mari et femme. Et en plus, les gens les plus importants de nos vies sont déjà là. Enfin, sauf Jenny et les filles, fis-je remarquer en fronçant les sourcils. Il faut absolument qu'on les fasse venir.

Evan était adossé contre un mur et il se mit à rayonner.

– Pas de souci, je vais prévenir Tagada et lui dire de venir avec les filles. Elle ne voudrait pas rater ça, et puis surtout, je n'aurais pas fini d'en entendre parler si jamais elle n'était pas là.

C'était aussi simple que ça et tout me parut parfait.

– Tu vois ? demandai-je à Kellan. C'est comme ça qu'on est censés se marier.

L'émerveillement remplaça la surprise sur son visage.

– Tu vas vraiment devenir ma femme…

Je ris et l'embrassai doucement, les yeux légèrement embués.

– Et toi, tu vas vraiment devenir mon mari.

– Ici, Kiera ? Vraiment ? dit soudain ma mère derrière moi.

Je me tournai pour la regarder : elle fronçait les sourcils en regardant autour d'elle.

– Mais tu n'y penses pas ! On a déjà envoyé les invitations, il y a de la famille qui va venir de partout, des cousins qu'on n'a pas vus depuis dix ans ou plus… Tout est prêt pour l'église et on a tout organisé pour le repas après la cérémonie. Chacun apporte quelque chose et Polly doit faire ses haricots blancs à la sauce tomate. Et puis Gertrude a tellement hâte de jouer de l'orgue pour toi. Elle a quatre-vingt-dix-huit ans, Kiera, elle n'en a plus pour longtemps, tu sais…

Des *haricots* ? Et de l'*orgue* ? Je glissai un regard vers Anna : elle était en train de s'étouffer de rire. Je me levai et allai prendre ma mère par les épaules.

– Écoute, maman, j'ai failli perdre Kellan hier et je ne veux pas attendre une minute de plus pour devenir sa femme. Alors est-ce que tu veux bien m'aider à me marier jeudi ?

Une grosse larme roula sur sa joue.

– Bien sûr, ma chérie.

– Bien. Dans ce cas, trouve-nous quelqu'un qui puisse nous marier aussi rapidement.

Elle activa immédiatement son mode « organisatrice » et se mit à faire les cent pas.

– D'accord. Je suis sûre qu'on va bien réussir à trouver quelqu'un ici qui soit habilité à célébrer un mariage. Bon, il faudrait donner un petit coup de frais à la pièce, acheter des fleurs…

Elle regarda tous les bouquets que Kellan avait reçus et qui continuaient à affluer, étant donné que ses fans savaient qu'il était ici.

– Avec tout ça, on devrait y arriver. Oh… ta robe. J'aurais dû l'apporter avec moi. Elle était tellement belle.

J'essayai d'avoir l'air déçue même si, dans le fond, j'étais ravie d'échapper aux manches bouffantes et aux fanfreluches dont Anna m'avait parlé. J'offris quand même un petit sourire réconfortant à ma mère et haussai les épaules.

– Oui, c'est vraiment dommage, mais je suis sûre qu'Anna va m'aider à trouver quelque chose.

Anna sauta sur ses pieds.

– Et on va aller chercher ta licence de mariage aussi.

D'après ce que je savais, les deux personnes qui voulaient se marier devaient être présentes pour demander la licence mais Kellan était plus ou moins cloué à son lit. Enfin, je n'avais aucun doute sur la capacité de persuasion de ma sœur, surtout si la personne qui se trouvait face à elle était un homme. Pourvu que le secrétaire du comté soit un homme.

À ce moment-là, notre mère fit quelque chose d'impensable : elle mit Gibson dans les bras de quelqu'un d'autre. Griffin finit donc enfin par récupérer sa fille et ma mère annonça qu'elle avait besoin d'un téléphone, d'un annuaire, d'un bloc-notes et d'un autre expresso, et plus vite que ça. Gavin alla lui chercher du café tandis que mon père se mettait en quête des autres choses dont elle aurait besoin pour faire de mon mariage une réalité, et j'étais ravie de la voir se mettre en action.

Anna me tira par le bras et je vis un éclat dans ses yeux qui ressemblait furieusement à celui des yeux de ma mère.

– Viens, on va te chercher une robe !

Je ris et allai embrasser Kellan.

– On revient dans pas longtemps. Ça va aller, toi ?

Il acquiesça, l'air aussi euphorique que moi, et je savais que même s'il avait mal, il était plus heureux que jamais. Je le savais parce que c'était exactement comme ça que je me sentais. *J'allais me marier !*

Griffin hocha la tête quand Anna lui demanda s'il pouvait garder Gibson pendant qu'on allait faire les boutiques. Elle avait nourri sa fille peu de temps auparavant mais on ne pourrait pas y passer la journée, du moins pas elle. J'espérai qu'elle avait compris qu'elle n'allait pas rester huit heures d'affilée au rayon chaussures.

– Vous vous mariez le jour de Thanksgiving, c'est pratique, murmura Griffin. Tu n'auras pas de mal à te rappeler de votre anniversaire de mariage. On aurait dû faire pareil, dit-il à Anna. J'ai déjà oublié le nôtre.

Anna et Kellan sourirent tous les deux.

– Euh, ça ne tombera pas toujours le jour de Thanksgiving, tu sais, dit Kellan.

– Hein ? Bien sûr que si, répondit Griffin d'un air terriblement confus.

Kellan se mordit la lèvre et je savais qu'il était vraiment en train de faire tout son possible pour ne pas rire, étant donné que c'était douloureux pour lui.

– Thanksgiving ne tombe pas tous les ans le même jour, Griffin. Ça change.

– Arrête de me prendre pour un con, dit Griffin en le fusillant du regard.

J'entendis Matt et Evan glousser avec Justin et Denny et mon père leva les yeux au ciel. De mon côté, je finis par éclater de rire et Kellan devait prendre de grandes respirations pour ne pas rire, lui aussi.

– Griffin, je ne suis pas en train de…

– Laisse tomber, dis-je en tapotant la jambe de Kellan.

Il rit en se tenant les côtes.

– Quel abruti, grommela-t-il.

Je savais qu'il était entre de bonnes mains alors je l'embrassai une dernière fois et je quittai la chambre.

– Thanksgiving change vraiment de jour tous les ans ? murmura Anna une fois dans le couloir.

Je m'empêchai presque de me moquer d'elle. Presque.

On croisa Carly dans le couloir et je lui expliquai notre projet tandis qu'Anna appelait un taxi. Elle eut l'air un peu surprise étant donné que je lui avais dit qu'on était déjà mariés avec Kellan, mais elle accepta néanmoins de nous aider. Quand on sortit, notre taxi nous attendait déjà devant l'hôpital et je fus étonnée de voir le nombre de fans qui faisaient le pied de grue. La vue depuis la chambre de Kellan était limitée et, à présent, je me rendais compte qu'il y en avait bien plus que ce que je croyais. Quand ils me remarquèrent, les différents groupes commencèrent à murmurer et à me montrer du doigt, et Anna parut immédiatement sur les nerfs.

– Dépêche-toi de monter en voiture, Kiera.

Mais je ne pouvais m'empêcher de regarder la masse de gens rassemblés autour de nous. Ils avaient l'air réellement tristes et certains étaient même en train de pleurer, et ça me brisa le cœur de les voir comme ça. J'étais sûre que personne ne leur avait donné de nouvelles de l'état de Kellan, et les employés s'étaient sans doute contentés de leur demander de partir, ou du moins de rester à l'écart. Tory avait publié un communiqué de presse dramatique mais ce n'était pas ça qui avait rassuré les fans. Peut-être que *moi*, je pouvais le faire ?

– Je reviens, dis-je à ma sœur.

– Tu fais quoi ?

Je regardai de nouveau vers la foule. Bonne question. Qu'est-ce que je faisais ?

– Je veux juste leur dire qu'il va bien.

Je traversai la rue, suivie d'Anna, et toute la foule sembla se tourner vers nous. Je me mis à trembler mais je décidai de lutter contre ma peur et je m'approchai d'eux la tête haute. Comment Kellan avait réussi à vaincre son trac quand il avait commencé à monter sur scène ? Est-ce que je devais les imaginer nus ? Finalement, je décidai d'imaginer que Kellan était à côté de moi et qu'il avançait vers ses fans avec un sourire charmeur. Je pensai à la relation fusionnelle qu'il entretenait avec eux, à la place qu'ils occupaient dans sa vie et lui dans la leur, et mon stress s'évanouit quand je me rendis compte que je pouvais être le point de contact entre eux.

Dès que je fus près d'eux, ils se mirent tous à parler pour savoir comment il allait. Quand je levai les mains pour prendre la parole, ils se turent et je m'adressai à eux d'une voix plus assurée que jamais.

– Kellan m'a chargée de vous dire qu'il allait bien. Enfin, il a mal partout mais il va bien. Il est vraiment ému de savoir que vous êtes tous là et qu'il peut compter sur vous et je sais que, s'il le pouvait, il viendrait tous vous remercier un par un. Votre soutien est très important pour lui, pour nous, et on ne sait pas comment vous remercier.

La tornade d'émotions des dernières vingt-quatre heures me rattrapa et des larmes se mirent à rouler sur mes joues. Je m'essuyai rapidement les yeux et entendis la foule murmurer des remerciements.

– Vous êtes vraiment sa femme ? cria soudain quelqu'un alors que j'allais retourner vers la voiture.

Je sentis un sourire poindre sur mes lèvres. *Oui, j'allais le devenir.* Je me sentis alors proche de cette foule d'inconnus qui aimait profondément la même personne que moi et je leur dis la vérité.

– Ça fait longtemps qu'on est mariés dans nos cœurs, mais… on va rendre ça officiel cette semaine. Je deviendrai officiellement madame Kyle jeudi.

À ma grande surprise, tout le monde se mit à applaudir et à pousser des cris. Je n'en revenais pas qu'ils m'acceptent enfin, et l'émotion me submergea.

– Je dois vous laisser, il faut que j'aille acheter une robe.

Plusieurs personnes nous crièrent des noms et des adresses et si j'étais trop bouleversée de mon côté pour en prendre note, je vis ma sœur hocher la tête. Elle ne savait peut-être pas quand tombait Thanksgiving mais c'était un génie quand il s'agissait de shopping. On finit par monter dans le taxi et Anna donna le nom d'une boutique au chauffeur tandis que je riais toute seule, encore sous le coup de la surprise. J'allais enfin épouser Kellan et je mourais d'impatience. Ma sœur sortit son portable et, après une minute de silence, elle me secoua le bras.

– Tu as vu ça ?

Elle me montra l'écran de son portable. Elle était sur un site de potins, et naturellement l'histoire de l'accident de Kellan figurait en première page. Les photos étaient terrifiantes : il y en avait de Kellan en train de m'aider à me relever, puis avec moi derrière lui et sa main tendue, et il y en avait même du moment où le fourgon l'avait percuté. Voir ces photos réveilla toutes mes angoisses et même ma douleur à la tête. Si le fourgon était allé juste un peu plus vite, si Kellan était tombé et qu'il s'était cogné la tête contre le trottoir, si d'autres organes avaient été endommagés, je l'aurais vraiment perdu.

Soudain, je remarquai ce que ma sœur essayait vraiment de me montrer. Il y avait des centaines de commentaires de fans sous l'article, et tous disaient que Kellan était un héros. Ça me fit chaud au cœur de lire tous les commentaires qui lui souhaitaient un bon rétablissement, et je fus surprise de voir que je figurais dans certains commentaires. *Il s'est jeté devant une voiture pour elle ! Il lui a sauvé la vie ! C'est ça, le véritable amour. Ils sont faits l'un pour l'autre, et je n'ai jamais cru aux histoires sur lui et Sienna.*

Je n'en revenais pas que des gens nous soutiennent comme ça. C'était comme si l'accident avait appuyé sur un interrupteur et que le public nous voyait désormais comme le nouveau couple star. J'étais passée du statut d'autre femme détestée pour avoir volé à Sienna l'homme qu'elle aimait à celui d'âme sœur de Kellan. Le changement était si rapide et radical que je n'arrivais pas à y croire.

– Ils nous aiment bien… murmurai-je, sous le choc.

– *Tout le monde* adore le couple que vous formez, répondit-elle en souriant.

On avait tellement de choses à faire en si peu de temps que je fis en sorte de ne plus penser à ça pour le moment. Quand on finit par me trouver une robe, j'étais tellement fatiguée que j'avais l'impression d'avoir couru un marathon mais au moins, j'avais tout ce qu'il me fallait, y compris la licence de mariage. Ça n'avait pas été facile mais Anna avait fait son numéro de charme et la clerc avait accepté de venir à l'hôpital pour qu'on puisse remplir les papiers ensemble avec Kellan. J'étais sûre qu'en réalité elle avait dit oui juste parce qu'elle avait envie de mater Kellan : ses yeux s'étaient illuminés quand elle avait compris qui j'étais.

On commença les préparatifs tôt le lendemain, dès l'arrivée de mes demoiselles d'honneur. Je poussai un cri de joie quand Jenny, Rachel, Kate et Cheyenne débarquèrent dans la chambre de Kellan, et elles me serrèrent dans leurs bras sous le regard amusé des garçons. Ils ne pouvaient pas comprendre.

– Je n'arrive pas à croire que tu sois là, dis-je à Jenny entre deux reniflements. Merci d'être venue aussi vite.

– Je n'aurais raté ton mariage pour rien au monde.

Elle sourit puis son regard se posa sur mon bandage avant de dériver sur Kellan, qui nous souriait.

– Et puis je voulais m'assurer que vous alliez bien. Tu m'as foutu une de ces trouilles.

– Toutes mes excuses, répondit Kellan.

Elle rit et alla le serrer dans ses bras et je remerciai le reste des filles. On avait payé leurs billets d'avion et leurs chambres d'hôtel avec Kellan, mais elles avaient quand même dû tout laisser en plan pour venir ici et je débordais de reconnaissance.

Ensuite, Rachel alla rejoindre Matt, Kate resta nerveusement debout à côté de Justin et Cheyenne essaya de subtiliser Gibson à ma mère, sans succès.

– Je suis vraiment contente d'être ici, dit Jenny en prenant Evan dans ses bras, mais je n'arrive pas à croire que tu vas te marier dans une chambre d'hôpital.

Ma mère soupira à fendre l'âme pour indiquer ce qu'elle en pensait et je levai les yeux au ciel.

– On a beaucoup de choses à faire aujourd'hui, dis-je en m'adressant à mes troupes. On doit transformer cette chambre pour qu'elle puisse accueillir un mariage demain.

Denny était à côté de moi avec Abby et il secoua doucement la tête en regardant les meubles et les appareils.

– Ça ne va pas être facile, murmura-t-il.

– Je sais. Mais merci d'être là pour m'aider.

– Ma générosité me perdra, dit-il en souriant.

– Maman, tu as trouvé quelqu'un pour nous marier ?

Elle embrassa Gibson et nous adressa un sourire rayonnant.

– Oui ! Un des infirmiers qui a aidé à le recoudre est pasteur et il a dit qu'il serait ravi de marier une rock star.

Kellan rit et porta sa main à son estomac une seconde plus tard. Il était encore un peu pâle et il avait les traits tirés mais il avait déjà l'air d'aller un peu mieux que la veille.

Ravie de voir que tout se mettait en place, je tapai dans les mains puis m'adressai aux filles.

– On m'a trouvé une robe avec Anna hier mais il faut qu'on aille acheter vos tenues de demoiselles d'honneur.

– Même pour moi ? demanda Abby, surprise.

– Surtout pour toi, lui répondis-je en souriant.

Elle rosit et parut vraiment touchée que je veuille lui confier ce rôle, mais après tout, elle faisait partie de la vie de Denny et c'était mon meilleur ami. Ils formaient un tout au même titre que Kellan et moi et ça me paraissait normal de les inclure tous les deux.

– Euh… les garçons, vous allez réussir à trouver des costumes d'ici à demain ?

Ils portaient tous des jeans et des vieux tee-shirts, et même si je n'éprouvais pas le besoin qu'ils soient en queue-de-pie, j'avais quand même envie qu'ils fassent un petit effort.

Griffin sourit de toutes ses dents.

– Pas de souci, je sais déjà ce que je veux.

Je fronçai les sourcils et pointai Matt du doigt.

– Je t'interdis de le laisser sortir du magasin avec quoi que ce soit de pastel. Ou n'importe quoi qui découvrirait ses fesses.

Matt acquiesça en souriant et je haussai les épaules.

– Bon, il ne reste plus que le traiteur, alors.

– On est partis en reconnaissance avec Martin, hier, intervint Gavin, et on a trouvé l'endroit parfait. Ils sont ouverts demain et servent un repas traditionnel de Thanksgiving, et ils sont même d'accord pour livrer à l'hôpital.

– Alors c'est parti !

On partit à la recherche de robes avec les filles tandis que les garçons allaient chercher des costumes. Je me sentais un peu coupable d'abandonner Kellan, et même si Carly m'assura qu'elle prendrait soin de lui et qu'il avait besoin de repos de toute façon, je l'embrassai une bonne dizaine de fois avant de partir.

Au lieu d'essayer de trouver des robes assorties pour tout le monde, je laissai chaque fille choisir ce qu'elle voulait. Je ne voulais pas les obliger à porter quelque chose qu'elles détestaient, du genre manches bouffantes… Ma seule suggestion était qu'elles portent la même couleur : un rouge profond qui me rappelait Noël, Kellan et l'amour.

Hailey choisit une robe simple mais coquette, Anna prit une robe si serrée que je n'étais même pas sûre qu'elle puisse respirer, et les autres trouvèrent chacune quelque chose qui reflétait leur personnalité : une robe discrète pour Rachel, pétillante pour Jenny, sophistiquée pour Abby et romantique pour Cheyenne et

Kate. Anna trouva une barboteuse rouge adorable pour Gibson et même ma mère joua le jeu, en achetant une jolie robe de cocktail qu'elle porterait sûrement à chaque repas de fête où elle serait invitée pendant les vacances.

Après ça, on réfléchit à comment transformer la chambre de Kellan pour la rendre un peu plus romantique. Abby et Jenny avaient plein d'idées de déco géniales qui allaient sûrement mettre les nerfs des infirmières à rude épreuve, mais avec un peu de chance, elles nous laisseraient chambouler un peu leurs installations. Après tout, ce n'était pas tous les jours qu'une rock star se mariait sur leur lieu de travail !

Je fus accueillie par des cris et des applaudissements de la part des fans à mon retour à l'hôpital. Ils semblaient toujours aussi nombreux en dépit du jour férié qui approchait, et on aurait même dit qu'il y en avait encore plus. Il y avait aussi quelques photographes, sûrement au courant de nos projets de mariage, mais ça m'était égal et je les saluai la tête haute.

– On t'aime, Kiera ! répondirent plusieurs fans.

Je secouai la tête, incrédule. *Ils m'aimaient ?* Même si je ne comprenais pas pourquoi – comment ils pouvaient m'aimer, s'ils ne me connaissaient pas ? –, ça me faisait très plaisir. J'avais l'impression que l'amour était dans l'air. Tout allait pour le mieux, à la veille de mon mariage.

Les garçons étaient déjà de retour quand on retourna dans la chambre et Abby et Jenny exposèrent immédiatement leurs plans pour la décoration. Les garçons les regardèrent comme si elles parlaient chinois mais Denny hocha la tête et se mit tout de suite au travail. Il était super doué en design et avait très bon goût, ce qui expliquait sans doute pourquoi il était si talentueux dans son domaine.

Denny et Abby travaillaient en parfaite harmonie sans même avoir besoin de se parler. Il suffisait qu'un regarde quelque chose en haussant les sourcils pour que l'autre dise « Oui, c'est ce que je me disais aussi », et c'était vraiment touchant de voir à quel point ils étaient complémentaires.

Sous la supervision d'Anna, plusieurs d'entre nous se mirent en devoir de cacher les appareils. Riley et moi étions debout sur un tabouret pour essayer d'accrocher une grande tenture et j'essayai de ne pas lever mon bras droit trop haut pour ne pas me faire mal à l'épaule, ce qui ne me facilitait vraiment pas la tâche.

– J'ai vraiment l'impression de ne servir à rien, dit Kellan en me regardant, les sourcils froncés.

– Voilà ce qui arrive quand tu fais l'idiot et que tu te déchires un organe. Ça t'apprendra, répondis-je en souriant.

– Je ferai plus attention la prochaine fois qu'on se fera écraser, surenchérit-il d'un air joueur.

– Vous n'êtes vraiment pas drôles, dit ma mère.

L'employée de la mairie arriva alors qu'on avait installé la moitié de la décoration. Être à côté de Kellan semblait la rendre nerveuse, et même s'il n'était pas dans une forme olympique, il fit de son mieux pour la mettre à l'aise. Il flirta même un peu avec elle et me décocha un petit sourire amusé tandis qu'elle devenait rouge comme une pivoine. J'avais eu tendance à en faire autant quand il avait commencé à flirter avec moi, alors je ne pouvais pas vraiment lui en vouloir. Je savais que c'était incontrôlable. À la fin de la journée, tout le monde était fatigué mais tout était installé et j'étais enfin prête à épouser l'homme de mes rêves.

Je ne dormis pas de la nuit, d'autant qu'Anna m'avait embarquée avec elle et les filles à l'hôtel, en prétextant que c'était contraire à la tradition de rester avec mon fiancé la nuit précédant le mariage. Quand je lui répondis qu'elle non plus n'avait pas respecté la tradition avec Griffin, elle se renfrogna.

– Ça n'a rien à voir. On est complètement différents : on fait tout à l'envers, nous, dit-elle en montrant du doigt Gibson, qui était dans les bras de ma mère.

Le lendemain matin, Abby s'esquiva quelques heures pour aller voir la parade avec Denny tandis qu'avec les autres filles, on alla se préparer pour mon grand jour. Même si c'était férié, on réussit quand même à se faire faire une manucure, une pédicure et un soin visage. New York était vraiment la ville qui ne dormait jamais. Abby revint au moment où ma mère préparait ma robe et Jenny et Kate étaient en train de me coiffer. Elles pensaient que des ondulations m'allaient mieux qu'un chignon et elles laissèrent mes cheveux retomber sur mes épaules. Puis Anna me maquilla, et je lui rappelai que j'étais du genre simple et que je ne voulais rien d'extravagant.

– Ne t'en fais pas, je garde le maquillage de pute en réserve pour ta nuit de noces. Au fait, j'ai demandé à une infirmière, elle m'a dit que vous devriez pouvoir recommencer à vous envoyer en l'air dans quatre à six semaines.

Elle venait juste de m'appliquer du mascara mais j'étais tellement mortifiée que je fermai les yeux. Car naturellement, les filles étaient rentrées dans la pièce pile au moment où elle disait ça, suivies de notre mère.

– De rien, dit Anna en riant.

Je finis par rire aussi et je lui souris en rouvrant les yeux. Après tout, c'était bon à savoir.

Une fois mon maquillage terminé, ma mère m'aida à enfiler ma robe. Avec Anna, on en avait trouvé une en satin à fines bretelles, simple mais magnifique. Le tissu blanc brillait légèrement et Anna disait que ça m'allait comme un gant. Il n'y avait pas de fanfreluches dessus, pas de rubans, pas de dentelles ou de manches, et la robe n'en avait pas besoin : elle était belle naturellement. Tout comme Kellan, la robe n'avait besoin de rien.

Pour finir, j'enfilai une paire de chaussures blanches avant de me regarder dans le miroir. J'avais du mal à croire ce que je voyais : avec mes cheveux ondulés, mon maquillage et ma robe blanche, j'avais l'air de sortir tout droit d'un conte de fées, comme une princesse sur le point d'épouser son prince, sauf qu'au lieu d'une couronne, la princesse portait un collier avec un pendentif en forme de guitare. Même moi, je devais bien l'avouer… j'étais magnifique.

Ma mère pleurait tandis qu'elle prenait des photos de moi avec son portable tout en jonglant avec Gibson. Si elle pleurait déjà, qu'est-ce que ça allait être pendant la cérémonie… Heureusement qu'on allait dans un hôpital car il allait peut-être lui falloir du Valium.

– Arrête, Maman, sinon tu vas me faire pleurer et je vais bousiller mon maquillage.

Ma mère renifla tout en essayant courageusement de se maîtriser.

– Pardon, ma chérie, tu es tellement belle.

Je la pris par l'épaule et respirai profondément.

– Je suis prête. Conduis-moi à mon mari, que je puisse enfin l'épouser.

Mon père avait réservé une limousine qui nous attendait en bas de l'hôtel. Elle était toute simple, sans doute parmi les moins chères, et il n'y avait rien de spécial à l'intérieur, ce qui m'enchanta. C'était parfait, et je préférais de loin cette simplicité à la débauche de luxe de la limousine de Sienna.

Le chauffeur nous déposa devant l'hôpital et les fans devinrent hystériques en me voyant. Ils me crièrent des compliments si flatteurs que je rougis, mais je parvins à sourire et à leur faire un petit signe pour les remercier. Je fis même signe aux paparazzis et les laissai me prendre en photo, même si je savais que je ferais sûrement la couverture des magazines. Enfin, ça ferait des souvenirs pour notre album de famille.

Tout le monde aurait dû avoir l'air étonné en voyant notre petit groupe entrer dans le hall mais je ne vis que des sourires de la part des infirmières, des médecins et des autres patients. Tout le monde avait l'air aussi excité que moi. Enfin, peut-être pas autant : j'avais l'impression que j'allais exploser en avançant au bras de ma mère. Quand on arriva à l'étage de Kellan, il y avait des pétales de rose par terre et je sentis les larmes me monter aux yeux à la vue de ce tapis rouge.

En atteignant le couloir qui menait à sa chambre, mes yeux étaient proches d'un barrage qui menaçait de s'effondrer. Vêtu d'un costume gris et d'une chemise bleu marine, mon père m'attendait au bout du couloir. Il faisait dix ans de moins et il débordait de fierté, et ma mère se remit à pleurer en lui passant le relais.

– Je n'ai jamais été aussi fier de toi, murmura-t-il en me prenant dans ses bras.

Je m'accrochai à mon père comme si ma vie en dépendait et regardai en direction de la chambre où mon amour blessé m'attendait. Au moins une douzaine d'infirmières, de médecins et d'employés étaient alignés le long du couloir, et tous portaient des bougies similaires à celles des fans postés devant l'hôpital. Certains patients, curieux, sortirent de leur chambre, mais je me moquais complètement que des inconnus m'observent. *J'allais me marier.*

La chambre de Kellan se trouvait au bout du couloir, et Deacon se tenait devant la porte, la guitare de Kellan en bandoulière. En me voyant approcher, il me sourit et je lus « Tu es magnifique » sur ses lèvres, puis il se mit à jouer ma chanson préférée des D-Bags. Je crus que j'allais vraiment me mettre à pleurer. Ma mère, elle, n'essaya même pas de se retenir.

Carly tendit à Anna et Jenny deux petits bouquets composés des fleurs offertes par les fans, puis des bougies à Kate, Cheyenne, Rachel, Abby et Hailey. Ensuite, elle me tendit un bouquet d'arums blancs et jaunes que je n'avais pas vu dans la chambre de Kellan.

– Je les ai commandés ce matin, expliqua-t-elle en voyant mon air étonné.

Touchée, je la serrai doucement dans mes bras, puis mes demoiselles d'honneur avancèrent, leurs robes se mariant parfaitement aux pétales qui jonchaient le sol. Une fois qu'elles furent toutes à l'intérieur de la chambre, Deacon se mit à jouer la marche nuptiale et cette fois, je me mis à pleurer. Ma mère m'essuya délicatement les yeux puis elle se précipita au bout du couloir pour me filmer tandis que mon père me donnait le bras jusqu'à la chambre.

Je tremblais tellement que même mon père devait le sentir, et je ne sais vraiment pas comment je réussis à traverser le couloir sans tomber. Il me tapota le bras pour me rassurer et je fis un petit sourire à Deacon, puis je rentrai dans la chambre. Je fus émerveillée par l'aspect de la pièce, même si j'avais aidé à la décorer. De longues tentures pendaient du plafond, cachant les signes qui indiquaient qu'on était dans un hôpital, et des guirlandes lumineuses étaient accrochées au plafond et pendaient le long des tentures, réchauffant la pièce tout en l'éclairant doucement.

Un tapis rouge s'étendait de la porte jusqu'à la fenêtre, près de laquelle se tenait le pasteur, vêtu d'un élégant costume noir. Des guirlandes et des fleurs entouraient la fenêtre de telle façon qu'on aurait dit un autel et le sol était recouvert de pétales, ainsi que le rebord de la fenêtre.

À l'exception du lit de Kellan, il n'y avait plus aucun meuble dans la chambre, afin de laisser plus de place aux invités. Je me rendis alors compte que toutes les personnes présentes tenaient une bougie, et je crus que mon cœur allait exploser.

Le reste des membres de Holeshot et les Avoiding Redemption étaient là, regroupés près de la porte, et Deacon entra derrière moi sans arrêter de jouer de la guitare. Jenny et Anna, qui pleuraient toutes les deux, se tenaient à gauche du pasteur ; Evan se tenait à sa droite, et Denny était juste derrière lui. En me voyant, il sourit, hocha la tête pour m'encourager et alluma sa bougie.

Le reste de nos invités était aligné le long du tapis qui menait au lit de Kellan, avec les filles d'un côté et les garçons de l'autre. Matt et Griffin, qui semblaient déborder de fierté, étaient avec Justin, Gavin et Riley, et le reste des filles, Rachel, Kate, Cheyenne, Abby et Hailey, se tenaient en face à eux. Gibson était endormie dans les bras de son père, qui la berçait doucement, et je remarquai avec soulagement que celui-ci portait un costume et une chemise similaires à ceux du reste des garçons.

On passa devant cette haie d'honneur avec mon père et mon regard se posa enfin sur mon mari en arrivant au pied de son lit.

– Tu es magnifique, murmura-t-il, les yeux brillants.

Quelqu'un l'avait aidé à se débarrasser de son pyjama d'hôpital pour enfiler de vrais vêtements et, à présent, il portait une chemise blanche et un pantalon noir. Pieds nus, il était allongé par-dessus les couvertures et même s'il avait l'air fatigué, il était magnifique, lui aussi.

Je m'apprêtais à grimper dans son lit et à me marier allongée mais il leva la main pour m'arrêter.

– Attends, dit-il en se redressant.

– Arrête. Tu es trop faible, reste allongé.

Il s'agrippa au pied de sa perfusion en faisant la grimace.

– J'ai attendu ce moment toute ma vie alors je pense que je vais me lever.

Gavin tendit immédiatement sa bougie à Riley et se précipita vers Kellan pour l'aider. J'eus presque envie de rire en voyant que nos pères nous conduisaient *tous les deux* à l'autel mais j'étais trop émue et les larmes de joie remplacèrent le rire.

Quand Kellan se trouva près du pasteur, son père recula d'un pas et le mien m'embrassa sur la joue avant de me lâcher le bras. Je rejoignis rapidement Kellan de peur qu'il ne tombe, et il me sourit avant de souffler doucement.

– Ça va aller.

Pour être assortie à Kellan, je retirai mes chaussures et les envoyai valser dans un coin et je sentis des pétales de rose coller sous mes pieds. Si on oubliait la perfusion de Kellan, on aurait pu croire qu'on était en train de se marier sur la plage, et je pouvais presque imaginer le bruit des vagues en fond sonore.

Kellan rit en me voyant pieds nus, et ça n'eut pas l'air de lui faire aussi mal que la veille. Tandis que le pasteur remerciait tout le monde d'être là, Kellan mit une main dans sa poche et en ressortit quelque chose qu'il glissa dans ma paume. En regardant discrètement, je vis que c'était un pétale de rose sur lequel il avait écrit *Ton mari, pour toujours.*

Je refermai mes doigts sur le pétale et les larmes se mirent à rouler sur mes joues. J'avais envie de l'embrasser mais on n'était pas encore arrivés à cette partie alors je me retins. C'était vraiment difficile de ne pas l'embrasser, d'autant qu'il me regardait comme si j'étais la chose la plus merveilleuse qu'il ait jamais vue.

Je pris sa main libre dans la mienne et le pasteur entama son discours.

– Kellan Kyle, Kiera Allen, vos familles et vos amis sont aujourd'hui réunis pour assister à l'union de vos deux vies. À partir de maintenant, vous ferez face aux épreuves et aux joies non plus séparément, mais ensemble. Vous serez liés corps et âmes et les désirs de l'un devront répondre aux besoins de l'autre. Vous retirerez tous deux de la force de cette union : ce qu'une personne ne peut faire seule, deux peuvent y arriver ; ce qu'une personne redoute, deux peuvent le surmonter. Jusqu'à la fin de vos jours, vous aurez à vos côtés quelqu'un pour vous soutenir dans les moments de faiblesse, vous réconforter dans les moments de tristesse, vous encourager face à la peur et célébrer les instants joyeux. C'est un cadeau pour lequel vous devrez toujours être reconnaissants et que vous ne devrez jamais tenir pour acquis. Aimez-vous l'un l'autre autant que Dieu vous aime et vous connaîtrez le bonheur et la paix.

Je serrai la main de Kellan en le regardant. On avait déjà traversé un tas de choses ensemble et il avait raison : on était plus forts quand on était ensemble. J'entendis ma mère sangloter quelque part et le pasteur se tourna vers nos témoins.

– Vous avez les alliances ?

Anna acquiesça en essuyant une larme sur sa joue. On lui avait donné nos anneaux la veille pendant qu'on était en train de décorer la chambre et j'étais soulagée qu'Anna n'ait pas perdu celui de Kellan. La maternité faisait des miracles sur son sens des responsabilités. Elle me tendit la bague de Kellan et Evan tendit la mienne à Kellan, aussi ému que ma sœur.

– Est-ce que vous voulez que je prononce les vœux habituels ou est-ce que vous préférez dire quelque chose ? nous demanda alors le pasteur.

– Je préfère dire quelque chose, répondit immédiatement Kellan.

– Moi aussi.

D'un geste de la main, il invita Kellan à prendre la parole en souriant. Kellan lâcha le pied de sa perfusion et chancela un instant. Evan était déjà prêt à le retenir mais il parvint à se redresser et il prit ma main gauche dans la sienne. Puis il prit la bague qu'Evan lui tendait et sa voix remplit la pièce.

– Kiera Michelle Allen, ma vie n'avait pas de sens jusqu'à ce que tu y entres. Je pensais que j'avais tout ce dont j'avais besoin mais en réalité, je ne m'autorisais pas à vouloir quoi que ce soit. Puis mes yeux se sont posés sur toi et tout a changé. Je n'avais jamais autant désiré quelqu'un et je n'avais jamais eu aussi peur. De *toute* ma vie.

Je déglutis difficilement en comprenant tout ce que ce mot impliquait. J'avais l'impression qu'il m'écorchait vive et qu'il me caressait en même temps et je voulus dire quelque chose mais il ne m'en laissa pas le temps.

– Et ensuite, un miracle s'est produit, et tu es restée avec moi. Et maintenant… je commence seulement à comprendre ce que ça veut dire de *vraiment* vouloir quelque chose, parce que je veux tellement de choses. Je veux te rendre heureuse, je veux décrocher la lune pour toi, je veux que tu sois fière de moi, je veux te réconforter, je veux te serrer dans mes bras quand tu as peur et que tu me serres dans les tiens, je veux te faire rire, je veux te faire rougir.

Puis il se pencha pour murmurer à mon oreille.

– Et je veux te faire crier.

Je rougis et il rit en me passant la bague au doigt.

– Je veux te donner un foyer. Je veux te donner des enfants. Je veux prendre soin de toi. Je veux vieillir à tes côtés. Je veux t'avoir près de moi chaque jour. Je te veux. Est-ce que tu veux tout ça, toi aussi ?

J'étais tellement émue que je pouvais à peine ouvrir la bouche.

– Je le veux, parvins-je enfin à articuler.

Le sourire qui irradia son visage illumina ses joues pâles et je pris une grande respiration en me demandant comment j'allais bien pouvoir faire un discours digne de ce nom après ça.

– Avant de te rencontrer, j'ai toujours cru que j'étais une fille quelconque et ordinaire, dis-je en prenant sa main dans la mienne. Et puis il y a eu toi. La façon dont tu me regardes, la manière dont tu me vois… tu m'as révélée. Quand j'ai envie de me cacher, tu me pousses vers l'avant. Quand je pense que je ne vaux rien, tu arrives à me convaincre du contraire. Quand je me sens laide, tu arrives à me convaincre que je suis belle. Je me sens spéciale rien qu'en étant à tes côtés. Tu penses que tu n'es pas doué quand il s'agit d'aimer les autres mais tu l'es. Que ce soit avec tes amis ou ta famille, l'amour inconditionnel que tu leur offres me surprend jour après jour. Tu penses que les gens ne t'aiment pas en retour mais tu te trompes : ils t'aiment passionnément. *Je* t'aime passionnément. Je n'ai jamais rencontré quelqu'un d'aussi généreux, passionné, extraordinaire que toi. Tu m'inspires chaque jour et si tu acceptes de devenir mon mari, je ferai de mon mieux pour que tu sois toujours fière de moi.

Une larme roula sur sa joue et je me rendis compte que, techniquement, je ne lui avais pas posé la question.

– Alors, euh… est-ce que tu veux bien… me prendre ?

J'écarquillai les yeux, mortifiée.

– Pour épouse, ajoutai-je précipitamment.

Tout le monde y compris Kellan se mit à rire et même si j'étais gênée, j'étais entourée de gens qui m'aimaient et je finis par me joindre à eux. Puis Kellan arrêta de rire et se raccrocha au pied de sa perfusion en grimaçant de douleur.

– Je le veux.

Je lui souris et le pasteur reprit la parole.

– Par les pouvoirs qui me sont conférés, je vous déclare mari et femme. Vous pouvez embrasser la mariée.

– Pas trop tôt, je n'en pouvais plus.

Il prit mon visage entre ses mains au moment où je passai mes bras autour de son cou en veillant à ne pas le bousculer, puis je l'embrassai de tout mon cœur et de toute mon âme. Doux et chaleureux, tendre et sensuel, c'était un baiser plein d'espoir, d'amour, de passion et de fidélité, comme une promesse qu'on se faisait l'un et l'autre.

– Mesdames et messieurs, monsieur et madame Kellan Kyle, dit le pasteur dans un tonnerre d'applaudissements et de sifflets dignes d'un concert des D-Bags.

On l'avait fait. On était officiellement mari et femme. Et je n'avais jamais été aussi heureuse de toute ma vie.

29

Un coup de main

Une fois que les cris et les applaudissements se calmèrent, Kellan recula d'un pas, l'air ravi mais épuisé.

– On peut s'allonger maintenant ?

Je hochai la tête et commençai à avancer jusqu'à son lit quand il marqua une pause devant la fenêtre. Les fans dehors faisaient signe avec leurs bougies pour célébrer notre union et je pouvais même les entendre crier.

Kellan se rapprocha encore de la vitre en souriant et les cris redoublèrent lorsque le public put enfin l'apercevoir. Il leur fit signe de la main, les larmes aux yeux.

– Tu vois à quel point ils t'aiment ? murmurai-je.

Il se retourna et posa sur moi un regard qui débordait d'adoration avant de m'embrasser tendrement et passionnément. Mon cœur se mit à battre plus vite, ma respiration s'accéléra et je maudis le fait de devoir attendre six semaines avant de pouvoir consommer mon mariage.

Ça allait être les six semaines les plus longues de ma vie.

Quand Kellan écarta son visage du mien, ses yeux brillaient de désir et je sus sans l'ombre d'un doute qu'on ne tiendrait jamais aussi longtemps. Il faudrait juste qu'on fasse très attention…

Puis il chancela et j'oubliai mes fantasmes pour l'aider à regagner son lit. Il poussa un soupir de soulagement une fois allongé et je m'installai sur le matelas à côté de lui, puis tout le monde se rassembla ensuite autour de nous pour nous féliciter. C'était sûrement le mariage le plus bizarre auquel ils avaient assisté mais j'avais envie de croire que c'était aussi le plus romantique.

Ma mère sanglotait quand elle me prit dans ses bras, puis elle se pencha au-dessus de moi pour serrer Kellan contre elle. Ensuite, ce fut au tour de mon père d'échanger avec lui une poignée de main ferme, et je sus en voyant l'expression sur son visage que Kellan avait enfin trouvé une place dans son cœur. Il faisait partie de la famille, à présent, et mon père le protégerait de la même façon qu'il protégeait ses filles. Je n'avais jamais autant pleuré et souri en même temps de ma vie.

Puis Anna arriva près de moi et me serra de toutes ses forces contre elle, avant de prendre Kellan dans ses bras mais avec plus de délicatesse. Griffin se tenait derrière elle et quand il arriva près de moi, il souffla dans sa paume pour vérifier qu'il n'avait pas mauvaise haleine. J'étais déjà en train de lever la main mais il sourit.

– Détends-toi, ce n'est pas pour toi.

Puis il se pencha et embrassa Kellan sur la bouche. Il ne pouvait pas faire grand-chose pour se débarrasser de Griffin étant donné qu'un mouvement trop brusque lui ferait mal et tout le monde dans la pièce éclata de rire.

– Casse-toi, finit-il par dire en le repoussant et en s'essuyant la bouche.

– Félicitations, mon pote, dit Griffin en riant. Content de voir que tu as suivi mes conseils en tout cas, tu commences à bien te débrouiller niveau galoche.

Mes parents eurent l'air horrifiés et j'éclatai de rire. À ma grande surprise, je pris Griffin dans mes bras, et il eut l'air tout aussi surpris.

– Sois gentil avec ma sœur, murmurai-je à son oreille. On va dire que j'aime bien vous voir ensemble.

Griffin s'écarta et me sourit d'un air diabolique.

– Tu m'aimes.

– Je n'ai pas dit ça.

– Mais c'est ce que tu voulais dire. Tu m'aimes !

Il se leva et leva les mains en l'air pour que tout le monde le regarde.

– Kiera veut mon corps !

Matt le poussa pour prendre sa place.

– Ses parents ont dû beaucoup le laisser tomber quand il était petit, dit-il à voix basse.

J'acquiesçai et il me serra tendrement dans ses bras avant de m'embrasser sur la joue.

– Je suis vraiment content pour vous. Je ne l'ai jamais vu aussi heureux que quand il est avec toi. En revanche, quand tu n'es pas là, qu'est-ce qu'il est désagréable, ajouta-t-il à voix basse.

Je souris et regardai Kellan : trois infirmières étaient en train de le féliciter mais à voir leurs sourires de séductrices, j'avais des doutes quant à leur sincérité.

Puis ce fut au tour d'Evan de me prendre dans ses bras, bientôt rejoint par Jenny.

– Je t'aime, Kiera, bafouilla-t-elle.

Je voulais lui dire que je l'aimais aussi mais j'étais tellement serrée entre eux que je ne pouvais pas respirer.

– Moi aussi, je vous aime, parvins-je enfin à dire quand ils s'écartèrent de moi.

Puis ils contournèrent le lit pour aller féliciter Kellan et Denny s'approcha de moi. Je pris un instant pour l'observer. Il avait l'air tellement plus vieux et plus sage que du temps où était ensemble, comme si notre rupture l'avait fait mûrir. Je pouvais à peine imaginer ce qu'il avait traversé à cause de moi, mais heureusement, ça ne l'avait pas brisé et ça ne l'avait pas aigri. Ça l'avait juste rendu plus fort. L'homme en face de moi semblait vraiment différent du garçon qui m'avait fait traverser le pays pour commencer une nouvelle vie. Je n'aurais jamais cru que notre relation s'écroulerait si vite, car j'étais convaincue qu'on resterait toujours ensemble. Mais c'était le cas, d'une certaine façon.

Son sourire était paisible alors qu'il me regardait et quand il ouvrit les bras, je me blottis contre sa poitrine. Il serait toujours mon ami et on compterait toujours l'un pour l'autre.

– Je suis tellement content pour toi, murmura-t-il.

– Merci. Et merci d'être là. Tu n'as pas idée de ce que ça représente pour moi.

– Je ne pouvais pas rater ça. On est les meilleurs amis, après tout.

Je ne savais pas s'il parlait de lui et moi ou de lui et Kellan en disant ça et ça me rendit vraiment heureuse de ne pas en être sûre.

– Compte sur nous pour être là au tien. C'est quand, au fait ?

Avec un sourire radieux, il regarda dans la direction d'Abby, qui était en train de féliciter Kellan.

– Abby a choisi la Saint-Valentin. Elle est un peu obsédée par les jours de fête… Elle nous a même emmenés dans un restaurant français pour fêter la prise de la Bastille, alors qu'on n'est jamais allés en France.

– On sera là. Et si tu as besoin d'un groupe, je connais des mecs pas trop mal qui seraient sans doute ravis de jouer ce jour-là.

Un éclat amusé brilla dans son regard.

– Il ne faut pas me le dire deux fois. Au fait, dit-il d'un ton soudain sérieux, avec Abby, on voudrait vous parler de quelque chose à Kellan et toi avant de repartir. D'accord ?

– Nous parler de quoi ?

– Je t'expliquerai plus tard, dit-il en jetant un regard sur la file de gens qui attendaient derrière lui.

Il allait s'éloigner quand il me regarda une dernière fois.

– Et je voulais que tu saches que je t'ai toujours trouvée magnifique. Je suis désolé de ne pas avoir réussi à te le montrer, dit-il à voix basse.

Je sentis mon cœur se serrer et je le serrai dans mes bras une dernière fois.

– Tu n'y peux rien. C'était moi qui faisais un blocage. Sûrement le résultat d'années passées à côté d'une sœur super canon.

– Je t'ai toujours trouvée plus belle qu'Anna. Et je ne suis pas le seul.

Il regarda Kellan en disant ça et je rougis tandis qu'il s'éloignait en riant.

Justin et Kate me félicitèrent ensuite, et à voir les regards qu'ils échangeaient, j'étais prête à parier que ce n'était qu'une question de jours avant qu'ils ne se mettent ensemble. Après d'autres effusions avec Rachel, Abby, Cheyenne, Hailey et Riley, Hailey fit promettre à Kellan de venir en Pennsylvanie. Puis Deacon et le reste de son groupe nous félicitèrent, ainsi que les Avoiding Redemption, et ce fut au tour de Gavin de s'approcher du lit.

Il avait l'air très ému et ses yeux si semblables à ceux de Kellan brillaient. Il avait visiblement du mal à retenir ses larmes.

– Je suis tellement heureux pour vous deux. Profitez de cet instant et rappelez-vous bien de ce que vous ressentez en ce moment parce que ce ne sera pas toujours comme ça. Vous aurez des hauts et des bas et vous vous taperez sur les nerfs, mais ça vaut le coup. J'ai vécu des années de bonheur extraordinaire avec ma femme avant son décès.

Il nous sourit et je fus frappée, une fois de plus, par sa ressemblance avec son fils. Je n'excusais pas ce que la mère de Kellan lui avait fait, mais je pouvais comprendre à quel point ça avait dû être difficile pour elle d'être près de lui alors qu'il ressemblait autant à son père biologique.

– Merci, papa, dit Kellan en prenant la main de son père dans les siennes.

Gavin écarquilla les yeux. C'était la première fois que Kellan ne l'appelait pas par son prénom et il était si bouleversé qu'il se contenta de hocher la tête.

Pour la réception, on apporta des chaises pour que tout le mond puisse s'asseoir et on dégusta notre repas traditionnel de Thanks ving. Même si c'était mon idée, je trouvais ça comique et je r toute seule quand les infirmières se mirent à nous apporter des teaux avec de la dinde fourrée, de la purée de pommes de terre, de la salade de canneberges et des haricots verts. En mangeant ma part de tarte au potiron en guise de pièce montée, je me dis que le pique-nique qu'avait prévu ma mère n'aurait sans doute pas été si à côté de la plaque que ça. Mais après tout, ce n'était pas la nourriture qui comptait, mais les gens qui étaient là pour la partager avec nous.

Gavin et mon père avaient vraiment bien choisi le traiteur : la dinde était tendre, la purée délicieuse, et la tarte encore plus, et tout le monde avait l'air enchanté. Anna et Griffin discutaient avec mon père et ma mère, qui tenait Gibson dans ses bras. Gavin discutait en alternance avec Kellan et avec Carly, qui avait l'air fascinée par tout ce qu'il racontait. Evan et Jenny papotaient entre eux tout en mangeant, tout comme Rachel et Matt, tandis qu'Abby et Denny discutaient dans un coin et que Cheyenne demandait à Riley et Hailey comment s'était passé le concert d'Avoiding Redemption. Kate et Justin étaient à côté de la fenêtre et flirtaient devant leurs assiettes intactes et Kellan picorait par-ci par-là quand il n'était pas occupé à m'embrasser.

Tout était absolument parfait.

Malheureusement, toutes les bonnes choses ont une fin et les gens commencèrent à partir. Gavin serra Kellan dans ses bras avant de s'en aller avec Hailey et Riley.

– Et rappelle-toi, fiston, la porte est toujours ouverte. Tu pourrais peut-être venir à la fin de la tournée ?

– Tu as promis, insista Hailey.

– Avec plaisir. On serait ravis de venir vous voir.

Kellan me regarda et j'acquiesçai. Des vacances nous feraient le plus grand bien une fois la tournée terminée. Gavin semblait ravi en sortant de la chambre, et je n'en étais pas certaine mais je crus voir Carly lui donner son numéro de téléphone. Décidément, c'était vraiment le portrait craché de son fils.

Mes demoiselles d'honneur partirent ensuite. Jenny, Rachel, Kate et Cheyenne nous prirent dans leurs bras en même temps dans un mélange de cheveux, de larmes et de rires et Jenny m'embrassa doucement sur la tête.

– Je vous interdis de me refaire un coup pareil, d'accord ? Je ne veux plus *jamais* vous revoir dans un hôpital.

Les lèvres de Kellan formèrent un sourire diabolique.

– On dirait que tu vas devoir accoucher dans le bus.

Jenny écarquilla tellement les yeux que je crus qu'ils allaient sortir de sa tête et je donnai une tape à Kellan.

– Je ne suis pas enceinte ! Il plaisante !

Sauf que bien sûr, personne ne me crut et je dus passer les minutes qui suivirent à convaincre tout le monde que je n'allais pas avoir un bébé. Ma mère me menaça carrément de m'obliger à faire un test de grossesse sur-le-champ étant donné qu'on était à l'hôpital et Kellan se retenait tellement de rire qu'il grimaçait de douleur. Bien fait pour lui. Crétin !

Alors qu'Evan et Matt s'apprêtaient à partir avec les filles, Justin les interpella.

– Attendez, je viens avec vous.

Les yeux topaze de Kate s'illuminèrent à la perspective de passer encore un peu de temps avec lui, et il se dirigea vers Kellan en lui tendant la main.

– Je suis content que tu ailles bien. C'était vraiment dégueulasse, ce que la maison de disques et Sienna t'ont fait. Je comprendrais que tu rompes ton contrat avec eux.

Kellan ne répondit pas, sûrement parce qu'il n'avait pas encore décidé, mais Justin interpréta ça comme un oui.

– Pour la prochaine tournée, quand vous serez la tête d'affiche et que vous remplirez des stades entiers, on pourra peut-être faire votre première partie.

Il sourit en montrant du doigt Deacon et les autres membres de Holeshot et d'Avoiding Redemption qui quittaient la pièce, et Kellan lui sourit en retour.

– J'adorerais partir en tournée avec vous, mais pour ce qui est de remplir des stades, je pense qu'on en est loin.

– Je ne dirais pas ça, si j'étais toi. Vous êtes au top maintenant, et ça fait longtemps que vous êtes capables de remplir autre chose que des petites salles.

– Si tu le dis… Marché conclu, alors.

Justin lui sourit puis emboîta le pas aux autres, et je remarquai qu'il avait la main de Kate dans la sienne en sortant de la chambre.

Sûrement épuisés par toutes leurs émotions et par la quantité de dinde qu'ils avaient ingurgitée, mes parents partirent ensuite, accompagnés d'Anna et Griffin. Ils n'avaient pas trop le choix étant donné que ma mère ne lâchait pas Gibson, et Anna râla tandis qu'elle essayait de convaincre ma mère de la poser dans son siège bébé avant de descendre prendre un taxi.

– Maman, si tu passes ton temps à la prendre dans tes bras, elle va s'habituer et après je ne pourrai jamais la poser deux minutes !

Ma mère continua à bercer Gibson.

– Ne t'inquiète pas, Anna. Et puis c'est normal que je veuille la tenir, je ne vais pas la voir très souvent.

Griffin acquiesça. Il était d'accord avec ma mère ! Je devais halluciner.

– C'est important de les prendre dans les bras. Ça crée des liens et tout le bordel.

Langage mis à part, il avait raison, mais Anna n'avait pas tort non plus et, pour la première fois, je me demandai de quel côté me ranger. Heureusement, on n'avait pas encore à s'inquiéter de ce genre de choses avec Kellan. Ils partirent en fermant la porte derrière eux et on se retrouva à quatre avec Denny et Abby.

– Vous ne rentrez pas à l'hôtel ? demandai-je en voyant l'heure qu'il était.

Il s'assit sur une chaise et prit la main d'Abby.

– Si, dans deux minutes. Mais maintenant que tout le monde est parti, on voulait vous parler d'un truc.

– On t'écoute.

Denny allait répondre mais le téléphone de Kellan se mit à sonner. En temps normal, je lui aurais dit de ne pas répondre mais je reconnus la sonnerie personnalisée pour Sienna. C'était le titre *You're so vain*, et c'était moi qui l'avais programmé dans le portable de Kellan après la fois où Sienna avait refusé de nous aider à rétablir la vérité auprès de la presse. Kellan avait trouvé ça drôle alors il n'avait jamais changé la sonnerie. De toute façon, il ne savait certainement pas comment faire.

– Sienna… Qu'est-ce qu'elle peut bien vouloir ? demanda-t-il.

J'étais curieuse et je me précipitai vers sa table de nuit pour attraper son téléphone et répondre avant que le répondeur ne se déclenche.

– Allô ?

– Oh, c'est toi, Kiera ?

À part les fleurs qu'elle avait envoyées, c'était la première fois qu'elle se manifestait et je ne pus m'empêcher de prendre un ton cassant.

– Kellan a un peu de mal à se bouger alors c'est moi qui répond au téléphone.

– Je suis tellement désolée, dit-elle aussitôt d'une voix pleine de remords. Vraiment, si tu savais. Je n'ai jamais voulu qu'il lui arrive quoi que ce soit, et à toi non plus.

Elle renifla et ma colère se dissipa un peu.

– Tu as joué avec les gens et tu les as manipulés en pondant une histoire racoleuse bidon d'un bout à l'autre. Tu t'attendais à quoi ?

– Je voulais juste faire le buzz, dit-elle en pleurant. Je voulais faire la une des magazines mais jamais je n'ai imaginé que quelque chose comme ça arriverait. Je ne voulais pas ça.

Je soupirai. Je voulais bien croire qu'elle n'avait jamais voulu faire de mal à Kellan, mais de là à dire qu'elle ne voulait pas ça… Tout ce cirque, c'était exactement ce qu'elle avait voulu.

– Ne bouge pas, je vais te mettre sur haut-parleur.

J'appuyai sur la touche correspondante et posai le téléphone sur les genoux de Kellan.

– Vas-y, lui dis-je.

– Kellan, chéri, je suis tellement désolée pour ce qui t'est arrivé. Je me sens mal à un point… Je ne trouve même pas les mots pour te le dire.

– J'ai vu, j'ai reçu tes fleurs.

– Écoute, je sais que tu ne comprends pas, mais tout ce que j'ai fait, je l'ai fait pour toi. Pour vous deux.

– En effet, je ne comprends pas.

Kellan fronça les sourcils et Sienna prit une voix toute douce.

– Tu n'auras plus jamais à avoir peur que je te manipule. Je te le promets. Et c'est pareil pour Nick. Je ne suis pas obligée de renouveler mon contrat après cet album-là et je les ai menacés de partir s'il continuait à te déranger.

– Tu as quoi ?

– J'ai aussi parlé au père de Nick, c'est lui le président de la maison de disques. Il était loin d'être enchanté de la façon dont les choses se sont déroulées ces derniers temps. Il ne veut pas de scandale et l'interview que tu as donnée avec Kiera a retenu son attention. Et quand je lui ai avoué que Nick avait en partie orchestré tout ça… disons qu'à partir de maintenant, Nick aura sûrement besoin de demander la permission pour aller pisser.

Denny rit en entendant ça mais Kellan était encore trop choqué pour réagir.

– Pourquoi tu as fait ça ? demandai-je.

– Parce que je vous ai fait du mal et que je veux me faire pardonner. Ça fait des jours que j'y réfléchis et je pense que je vais présenter des excuses publiques et avouer le rôle que j'ai joué dans ce qui est arrivé à Kellan.

– Et tes fans ? Et ta carrière ?

– Je rebondirai. Comme toujours.

Elle avait l'air si sûre d'elle que je la crus.

– Merci pour ton aide, alors, murmurai-je.

– Si tu savais tout ce que j'ai fait pour vous nuire, chérie, tu ne dirais sûrement pas ça, confessa-t-elle.

– Je préfère ne pas le savoir.

– Ça marche, dit-elle en riant sans joie. En tout cas, je vous promets qu'à partir de maintenant je vais vous laisser tranquilles.

Kellan et Denny échangèrent un regard et je sus qu'ils se posaient la même question que celle que je m'étais toujours posée.

Est-ce que c'était elle qui avait orchestré tous les détails, même ceux dont on pensait qu'ils n'étaient qu'un hasard, qui nous avaient conduits jusqu'ici ? Je n'avais pas envie de lui accorder autant d'importance mais je savais qu'elle était derrière bien plus de magouilles que ce qu'on croyait et j'étais prête à parier que tous les photographes qui s'étaient retrouvés sur notre route n'avaient jamais été là par hasard.

– Au fait, Kiera, ton livre est fini ? Je peux l'envoyer à mon agent ?

Je me mordis la lèvre. C'était une très bonne question, à laquelle j'avais déjà réfléchi à de nombreuses reprises. Est-ce que je voulais vraiment accepter de l'aide de la part de Sienna ? Elle pouvait sûrement m'ouvrir des portes et dans l'industrie, tout se jouait en fonction de qui vous connaissiez. Mais je continuais à me demander si ça ne revenait pas à signer un pacte avec le diable. Elle venait de dire qu'elle avait fini de jouer et qu'elle ne nous manipulerait plus, mais pour combien de temps ? Nous éloigner d'elle semblait être la meilleure solution et j'étais comme Kellan : je voulais réussir parce que j'avais du talent.

– Il est fini, répondis-je avec le ventre monstrueusement noué, mais… je veux essayer de me débrouiller toute seule.

Kellan et Denny se tournèrent vers moi, bouche bée.

– Vraiment ? demanda Sienna d'un air choqué. Et tu penses que ça va te mener quelque part ?

– Je ne sais pas… On verra bien, dis-je, ravie de la décision que je venais de prendre.

Peut-être que c'était une erreur, ou peut-être pas, mais dans tous les cas, que je réussisse ou non, je ne devrais rien à personne.

– Comme tu voudras.

Clairement, elle ne comprenait pas comment je pouvais refuser son aide.

– Mais si tu changes d'avis… murmura-t-elle.

– Je sais où te trouver.

– Bon courage, Kiera.

– Merci, à toi aussi.

Puis elle dit au revoir à Kellan et elle raccrocha.

– Voyez-vous ça, dit Kellan en me souriant, madame refuse l'offre d'une des plus grandes stars de la planète.

Mon estomac se cramponna que j'eus l'impression que je ne pourrais plus jamais rien avaler de ma vie.

– Merde. Vous pensez que j'ai eu tort ? demandai-je en regardant les deux hommes dont l'avis m'importait le plus.

Ils échangèrent un regard et répondirent tous les deux en même temps.

– Non.

Kellan rit et Denny se tourna vers moi.

– Tu y arriveras par tes propres moyens et tu seras encore plus fière de toi. Je n'ai peut-être pas lu ton roman mais j'ai lu tes articles et ils sont excellents. Je *sais* que tu vas réussir.

– Merci.

Je lui souris tout en songeant qu'il faudrait qu'il le lise d'abord avant que je fasse quoi que ce soit. C'était si personnel que je voulais absolument avoir sa permission avant de le faire publier.

Puis le silence envahit la pièce. On échangea un regard avec Kellan avant de nous tourner vers Denny : il avait voulu dire quelque chose avant l'appel de Sienna et à voir sa tête, c'était toujours d'actualité. Il lâcha la main d'Abby, se pencha en avant et joignit les mains, me rappelant l'espace d'une seconde Nick quand il nous avait offert « la chance de notre vie ». Sauf que cette fois, je n'avais pas peur ou mal au ventre, car à part Kellan, Denny était la seule personne à qui je faisais une confiance aveugle.

– On a pas mal parlé avec Abby, ces derniers temps. Enfin, on a énormément parlé, à vrai dire.

J'essayai de deviner où il voulait en venir mais je n'en avais pas la moindre idée.

– De quoi ? demanda Kellan.

Denny sourit et regarda Abby qui montra Kellan du doigt.

– De toi, mec, dit-elle.

Kellan eut l'air stupéfait et Denny rit.

– De toi et du groupe, clarifia-t-il. Avec Abby, on trouve que vous êtes vraiment mal représentés. On ne défend pas vos intérêts et les gens qui sont censés vous protéger font tout le contraire, la preuve, dit-il en regardant le lit de Kellan. On a tous les deux une grande expérience niveau marketing et on sait comment créer une image positive pour des marques et des gens. C'est pour ça que si ça vous intéresse, on aimerait être vos managers. On s'occuperait de vos relations publiques, on vous représenterait et on vous protégerait, et les trucs du style de ceux qui se sont passés avec Sienna n'arriveraient plus. Ou pas dans des proportions aussi délirantes, en tout cas.

À voir la tête de Kellan, on aurait pu croire que Denny venait de lui avouer que c'était *lui*, son père biologique. Je pouvais le comprendre, cela dit : moi aussi, j'étais plus que surprise par sa proposition.

– Vous voulez devenir nos agents ? Vous feriez ça pour nous ?

– Bien sûr, répondit Denny en souriant.

Je secouai la tête.

– Mais… Vous avez déjà un boulot…

– Les D-Bags seraient nos seuls clients et je ne pense pas que vous auriez besoin de nous à plein temps. Ça veut dire qu'on pourrait garder nos jobs respectifs avec Abby, mais vous seriez quand même notre priorité et on serait là dès que vous auriez besoin de nous. Ce serait un honneur de vous représenter.

– D'accord, dit Kellan. Enfin, je veux dire, il faut que j'en parle aux autres, mais… d'accord. Ce serait un honneur de *vous* avoir.

Il tendit la main et Denny et Abby la serrèrent chacun leur tour en souriant.

– On vous paierait, bien sûr.

– On parlera de tout ça plus tard, dit Denny en riant. Quand tu ne seras plus sous calmants, par exemple.

Il pointa la perfusion de Kellan du doigt et on se mit tous à rire. J'étais vraiment émerveillée de voir tout le chemin qu'on avait parcouru : on avait tellement changé comparé à qui on était quand on avait commencé à vivre ensemble. On était plus forts, plus confiants, plus sûrs de nous. On se soutenait, on se protégeait les uns les autres, et maintenant que la blessure causée par la trahison s'était refermée, on était tous les trois ce que j'avais toujours espéré pour nous : les meilleurs amis du monde.

30

Le succès

Quand Kellan put enfin sortir de l'hôpital, il dut le faire dans un fauteuil roulant et en promettant d'y aller doucement pour les six semaines à venir. Il avait vraiment l'air agacé de ne pas pouvoir sortir en marchant car il se déplaçait beaucoup mieux à présent et il aurait sûrement réussi à descendre sans problème, mais je ne lâchai pas le morceau et l'obligeai à suivre les consignes. On lui avait recousu un organe et il avait besoin de se reposer, pas de jouer au macho invincible.

Pour le plus grand plaisir de Griffin et des autres D-Bags, Kellan montra son mécontentement pendant tout le temps où je poussai son fauteuil et je lui tapotai la tête comme s'il était un gentil toutou. Il me fusilla du regard et je crus qu'il allait se lever, mais il resta sagement assis et me laissa continuer à le pousser. Deux infirmières nous suivaient avec les bras chargés de cartes, de fleurs et de cadeaux, et je ne savais vraiment pas ce qu'on allait faire de tout ça.

En arrivant près de la limousine noire qui nous attendait dehors, gracieusement envoyée par Nick, j'envisageai de dire à Kellan de tout dédicacer et de tout offrir à ses fans. Ils étaient des centaines à tenir des bougies, des pancartes, et ils hurlaient en voyant leur star préférée.

Les employés de l'hôpital se précipitèrent vers eux pour les empêcher d'avancer mais quand un employé attrapa les poignées de son fauteuil roulant pour le conduire à la voiture, Kellan leva une main en l'air.

– Attendez, je veux leur parler.

Il eut l'air étonné qu'il veuille s'adresser aux « petites gens », mais ça ne me surprenait pas. Il les avait regardés tenir des bougies et rester là dans le froid nuit après nuit, et les remercier lui paraissait la moindre des choses. Connaissant Kellan, il voulait sûrement leur dire merci un par un mais ils étaient je ne sais pas combien et on avait un avion à prendre. Kellan n'était pas en état de remonter sur scène alors on avait accepté l'offre de Gavin et on partait passer quelques semaines en Pennsylvanie avant d'aller rendre visite à mes parents dans l'Ohio. J'avais vraiment hâte d'y être, et Kellan aussi.

Je repris les poignées de son fauteuil et le poussai vers un groupe massé non loin de la voiture, sous le regard des autres D-Bags restés en retrait pour laisser Kellan seul avec ses fans. Enfin, Matt avait dû donner un coup de coude à Griffin pour lui faire comprendre que ce n'était pas le moment qu'il aille se jeter dans la foule.

Les cris des fans étaient vraiment perçants et j'espérai que personne n'essayait de dormir dans les chambres qui donnaient de ce côté. Quand Kellan fut assez près, il serra ma main pour me remercier puis s'adressa au public.

– Je ne sais pas comment vous remercier pour votre soutien et vos prières.

Il secoua la tête et quelques filles au premier rang soupirèrent.

– Je vous ai vus rester là tous les soirs, dans le froid, et vous n'avez pas idée de ce que ça représente pour moi. Je ne l'oublierai jamais.

Il serra ma main dans la sienne et je compris qu'il ne s'adressait pas seulement à ses fans. On s'était mariés ici et cet endroit, et ce qu'on y avait vécu, resterait à jamais gravé dans notre mémoire. Kellan remercia la foule et je commençai à faire pivoter son fauteuil quand une fille se mit à crier.

– Félicitations pour votre mariage !

– Merci, dit-il en lui adressant un sourire charmeur.

Elle eut l'air d'être sur le point de tomber dans les pommes et je le poussai rapidement vers la voiture.

– Tu ne peux vraiment pas t'en empêcher, murmurai-je en me penchant sur lui.

– De quoi ? demanda-t-il d'un air innocent.

– D'être ridiculement sexy, dis-je en l'embrassant sur la joue.

Il secoua la tête tandis que je l'aidais à monter en voiture.

– C'est toi qui es ridicule, murmura-t-il une fois à l'intérieur.

Je m'assis à côté de lui en levant les yeux au ciel. Bien essayé, mais il savait très bien qu'il était attirant. Il avait peut-être des doutes sur l'amour que les gens lui portaient, mais pas sur son apparence.

Tout le monde allait se séparer et nos sacs étaient à l'intérieur de la limousine, y compris la guitare de Kellan. Ça me rendait triste et ils allaient tous me manquer mais la tournée était bel et bien terminée. Au moment où Kellan serait complètement remis, il ne resterait que quelques semaines avant la fin de la tournée de Sienna et, au lieu de la rejoindre, les garçons avaient décidé de faire une pause et de travailler sur un nouvel album. Enfin, en réalité, ça n'avait pas uniquement été la décision des garçons.

Sienna avait présenté des excuses publiques le lendemain de notre mariage. Sur le plateau d'un programme matinal populaire, elle avait confessé à ses fans avec des trémolos dans la voix qu'elle avait aidé à fabriquer sa relation avec Kellan. Elle dit à ses fans qu'elle s'était laissé emporter et qu'elle avait laissé l'argent et le succès prendre le pas sur sa bonne conscience, elle s'excusa de les avoir induits en erreur et les supplia de la pardonner. Elle finit son discours en disant qu'elle finirait sa tournée sans les D-Bags, de façon que Kellan ait le temps de se reposer et de profiter de sa femme.

Comme on pouvait s'y attendre, les fans étaient vraiment en pétard contre elle, et d'après ce que j'avais entendu les ventes des places pour le reste de la tournée s'étaient effondrées. Ça pouvait sembler dérisoire mais je lui envoyai une carte de remerciements. Nick voulut aussitôt planifier une nouvelle tournée avec les garçons, dont ils seraient la tête d'affiche, comme Justin l'avait prévu. Il appela Kellan alors qu'on passait une soirée tranquille avec Gavin, Riley et Hailey, et il lui répondit aussi poliment que possible avant de lui expliquer que tous les arrangements devaient désormais être pris en accord avec le nouvel agent du groupe, Denny Harris. Quand il raccrocha, il avait un grand sourire aux lèvres.

– Ça fait du bien, déclara-t-il.

En tant que représentant officiel des D-Bags, Denny négocia tous les détails de la tournée et quand il appela Kellan, deux semaines plus tard, je sus sans l'ombre d'un doute qu'il était fait pour être leur manager. Il comprenait vraiment les attentes et les besoins du groupe, et il obtint que les concerts se déroulent dans des salles plus grandes que celles de la tournée de Justin mais plus petites que celles de la tournée de Sienna, pour que les fans et le groupe en profitent davantage. Ça rapporterait moins d'argent à tout le monde mais Denny savait que Kellan s'en moquait et de toute façon, l'argent n'était pas vraiment un problème : après l'accident, l'album des garçons avait dépassé celui de Sienna pour se classer numéro un, et il n'en bougeait pas. Ce qui voulait dire que, financièrement, les D-Bags seraient tranquilles pour un moment.

Denny m'aida aussi avec ma propre carrière. Je le laissai enfin lire mon livre un mois après l'accident, alors qu'on était chez mes parents avec Kellan. J'étais dans un état lamentable en lui envoyant l'e-mail. C'était bien pire que laisser Kellan le lire, car ce que j'avais fait à Denny était inexcusable et qu'il le lise risquait vraiment d'avoir des conséquences terribles. Trois jours après le lui avoir envoyé, je n'avais toujours pas de nouvelles et l'impression que mon cœur allait exploser dans ma poitrine. Kellan n'arrêtait pas de me dire que ça allait bien se passer et ma mère que je me faisais du souci pour rien mais je ne pouvais pas m'en empêcher. Ça me tuait qu'il ne réagisse pas, mais peut-être que je le méritais.

Enfin, Denny m'appela le jour où je devais me marier à la base. J'étais tellement nerveuse que je sortis pour lui parler dans le jardin recouvert de neige de mes parents. Il était encore tôt et il n'y avait pas un bruit ni un mouvement dans le quartier, ce qui rendait la voix de Denny encore plus claire.

– Salut, c'est moi. J'ai enfin lu ton livre.

Je m'assis sur un banc sur le porche et me rappelai de m'être assise là avec Denny, il y a une éternité.

– Et ? demandai-je en me crispant.

– Et… je pense que c'est super. Et que tu devrais le publier.

– Tu es sûr ? C'est vraiment… personnel. Et je ne veux pas te faire encore plus mal que ce que j'ai déjà fait.

Il soupira mais il n'y avait aucune trace de douleur ou de rancœur dans son soupir.

– Je comprends, Kiera. Lire le livre, ça m'a vraiment aidé à mieux comprendre ce qui s'était passé. Je regrette la façon dont ça s'est passé et je sais que toi aussi mais je vais bien maintenant et ça ne me dérange pas. Je veux que tu le fasses. Fais-le publier et casse la baraque. Tu le mérites.

– Merci. Ça représente beaucoup pour moi. Je ferais sans doute mieux de me mettre à chercher un éditeur. Et puisqu'on en parle, monsieur Brillant, est-ce que vous auriez des contacts dans l'édition, par hasard ?

Je savais qu'il souriait quand il me répondit.

– Je me doute que tu penses sûrement t'adresser à un éditeur traditionnel tout de suite mais pourquoi ne pas le publier toi-même dans un premier temps ? Essaie d'abord d'attirer l'attention avant de faire ça à l'ancienne. Tout de suite après l'avoir lu, je me suis renseigné et j'ai trouvé un tas d'articles et de sites Internet qui parlent d'autopublication. Je peux t'aider pour le côté technique, et après je peux t'assister pour l'aspect marketing si tu veux.

– Je n'y avais pas pensé mais l'idée me plaît bien.

Je m'arrêtai un instant pour y réfléchir et songeai qu'il n'avait sûrement pas tort. Un roman qui parle de moi trompant mon petit copain ne serait peut-être pas évident à vendre à un éditeur. Le publier moi-même serait un bon moyen de montrer que c'était une bonne histoire.

– Tu ferais vraiment ça pour moi ?

– Tu le sais, je ferais n'importe quoi pour toi et pour Kellan.

Je ne savais même pas quoi répondre alors je finis par lui dire merci, tout simplement. Puis je me précipitai dans la maison et je me jetai sur Kellan pour couvrir son visage de baisers.

– Je vais me faire publier !

Il me prit dans ses bras et me fit m'asseoir sur le canapé près de lui.

– Je sais. Et tu vas cartonner.

Soudain, il fit la moue.

– Tu vas devenir célèbre, moi je vais devenir has been, et tu vas me quitter, c'est ça ?

– Premièrement, grâce à toi, je suis *déjà* célèbre, deuxièmement, je ne te quitterai jamais, et troisièmement, tu ne seras jamais has been. Pas pour moi, en tout cas.

Deux semaines plus tard, on dit au revoir à nos familles et on repartit pour Seattle. Kellan ne tenait pas en place pendant notre vol en première classe (encore une gracieuse attention de ce cher Nick) et, dès que l'avion s'immobilisa sur le tarmac, il bondit sur ses pieds. Je crus d'abord que c'était parce qu'il était heureux de rentrer, mais après avoir salué quelques fans à l'aéroport et avoir récupéré nos bagages puis sauté dans un taxi, la raison de son excitation devint claire comme de l'eau de roche.

Au lieu de donner notre adresse au chauffeur, il donna l'adresse d'Evan.

– Pourquoi on va chez Evan ?

J'avais envie de voir les garçons, bien sûr, mais on avait passé les six dernières semaines avec nos familles et j'avais envie de rester un peu seule avec lui. On avait eu de l'intimité chez Gavin et chez mes parents, et mon père nous avait même laissés dormir dans la même chambre étant donné qu'on était mariés, maintenant. Naturellement, on avait désobéi aux conseils du médecin au bout de trois semaines. C'était dur de résister à Kellan, et quand il m'avait assuré qu'il allait bien tout en m'embrassant dans le cou… ma volonté m'avait abandonnée, comme souvent. Mais ces instants avaient été brefs et j'avais envie de rentrer à la maison.

– On ne va pas chez Evan. On va au garage.

Il rayonnait et je compris enfin ce qui lui arrivait. Il allait récupérer sa Chevelle… Je levai les yeux au ciel en me moquant de lui. *Les garçons et leurs jouets.* En sortant du taxi, Rox, la mécanicienne qui « connaissait très bien » Kellan, était là avec les clés de la voiture et il était tellement content qu'il la souleva de terre. Je fis la grimace, pas parce que j'étais jalouse mais parce que je ne voulais pas qu'il se fasse mal. Il devait encore faire attention.

Rox riait quand il la reposa et elle lui indiqua le garage, où une voiture attendait recouverte d'une grande bâche. Kellan prit les clés, marcha jusqu'à sa voiture et retira la bâche délicatement avec le même regard que quand il me retirait mon tee-shirt. Avec un grand sourire, il passa la main le long du flanc de la voiture puis caressa le toit d'une manière si sensuelle que je l'imaginai en faire autant sur moi. Il était *vraiment* temps de rentrer chez nous.

– On peut dire qu'il aime sa voiture.

Je ris en voyant Kellan poser sa joue sur le toit.

– C'est clair.

– Au fait… je voulais juste te dire que je n'ai jamais cru à toutes ces rumeurs.

À voir la tête qu'elle faisait, je n'étais pas convaincue, mais elle essayait d'être sympa et je décidai de jouer le jeu.

– Merci… C'est gentil.

Puis je rejoignis Kellan et tendis la main, paume vers le haut.

– Quoi ? demanda-t-il en fronçant les sourcils.

– Tu te remets d'une grosse opération, alors je pense que c'est mieux que ce soit moi qui conduise.

Ses doigts se resserrèrent jalousement sur les clés.

– Je vais très bien, et tu le sais. C'est bien plus fatigant de faire l'amour que de conduire, et on le fait depuis des semaines. Et ça ne m'a pas fait mal quand tu m'as grimpé dessus ce matin, je dirais même que c'était plutôt agréable.

J'écarquillai les yeux et entendis Rox rire, ce qui voulait dire qu'elle l'avait entendu en dépit du bruit dans le garage. Kellan aussi riait et j'eus envie de lui mettre un coup dans le ventre juste pour voir si *ça*, ça faisait mal, mais je m'étais promis de ne plus jamais frapper quelqu'un alors je me retins. Il déverrouilla les portières et j'allais m'asseoir du côté du passager en quatrième vitesse.

– Quoi ? demanda-t-il en démarrant la voiture. Ce n'est pas vrai ?

Je lui souris et secouai la tête. C'était vrai : ça avait été génial ce matin et Kellan avait l'air d'avoir retrouvé son endurance. Sans le savoir, c'était impossible de deviner qu'il avait eu un accident aussi grave, à part peut-être la cicatrice sur son abdomen. Mais il avait été très bien recousu et, avec le temps, elle deviendrait presque invisible. De toute manière, la cicatrice ne me dérangeait pas et je la trouvais même sexy, sans trop savoir pourquoi.

On se mit en route, impatients de rentrer chez nous, mais une fois dans notre rue, on dut faire face à une triste vérité : parfois, c'est impossible de rentrer chez soi. La petite rue de Kellan débordait de gens et de voitures et on ne pouvait même pas avancer. Une foule dense se pressait dans la rue et je constatai avec horreur que tous prenaient des photos de notre maison.

– Dis-moi que c'est la fête des voisins, murmurai-je.

– Je pense que les voisins n'ont rien à voir là-dedans, dit-il d'un air résigné.

Alors qu'on continuait à observer la scène, deux voisins sortirent de chez eux et se mirent à crier sur les inconnus, ce qui confirma nos craintes. La maison était devenue une attraction touristique et même si on appelait la police pour faire évacuer tous ces gens, ils reviendraient. J'espérais juste que personne ne s'était introduit à l'intérieur et que nos affaires étaient intactes.

Kellan fit demi-tour en soupirant et je dus me rendre à l'évidence qu'on ne pouvait plus habiter là. Ça me brisa le cœur car j'avais plein de souvenirs dans cette maison, mais après tout, ce n'était que des murs. Mon vrai chez-moi, c'était le cœur de Kellan, et personne ne pourrait jamais m'obliger à en partir.

On alla chez Matt et Griffin, qui habitaient dans une banlieue tranquille de Seattle. Il n'y avait personne à notre arrivée, ce qui voulait dire que les fans ignoraient l'existence de la maison et qu'on serait tranquilles. Griffin avait emménagé dans l'appartement de ma sœur, Matt avait donc de la place pour nous accueillir. Rachel s'était installée chez lui pendant l'été, mais ils étaient plutôt discrets et je savais qu'on n'aurait pas de mal à cohabiter avec eux jusqu'à ce qu'on trouve une solution.

Matt nous expliqua ce qui s'était passé pendant notre absence. Apparemment, Joey avait révélé où Kellan vivait dans une interview pour un site Internet bas de gamme, et l'adresse de la maison s'était répandue comme une traînée de poudre. Après les aveux de Sienna, Joey avait avoué à son tour que c'était elle qui apparaissait sur la sex tape avec Kellan et que Sienna l'avait payée pour qu'elle se taise.

J'étais à la fois choquée et pas si étonnée que ça. On s'était toujours dit que quelqu'un avait dû la payer. Je me demandai juste si Sienna avait aussi empêché la parution d'autres sex tapes, était donné qu'aucune autre n'avait été révélée, ou si les autres filles avaient simplement plus d'estime d'elles-mêmes que Joey. Dans tous les cas, ça n'avait plus d'importance, car même si elles regardaient mille vidéos, je connaîtrais toujours mieux mon mari que toutes ces femmes.

Pendant qu'on cherchait une maison avec Kellan, je publiai mon livre en format électronique. Denny m'aida à concevoir une couverture à la fois élégante et romantique qui attirait l'œil. C'était terrifiant de le publier et je me demandais vraiment ce que les gens allaient en penser mais il fallait que je le fasse. C'était mon rêve, ma carrière, ma passion.

Après l'avoir mis en ligne, je ressentis un immense soulagement. J'avais créé une histoire et j'avais eu le courage de la partager, et même si ça ne devait pas faire l'unanimité, j'étais quand même fière de moi. Et quand je vendis le premier exemplaire, une excitation indescriptible s'empara de moi et j'eus enfin le sentiment d'être un auteur.

Tandis que la version électronique commençait doucement à se faire connaître, je m'occupai de la version papier. Je mourais d'impatience de tenir un exemplaire dans mes mains et je guettai le courrier chaque jour. Quand la livraison arriva enfin, ce fut Kellan qui intercepta le paquet alors que j'étais partie déjeuner avec Jenny, Kate et Cheyenne. Quand je revins chez Matt, il y avait un petit mot sur la porte qui disait *Viens me chercher.*

Je souris en reconnaissant l'écriture de Kellan et ouvris la porte. Il y avait des pétales de rose alignés par terre avec une lettre sur chacun et je me mis à rire en les suivant. La file de pétales s'étendait jusque devant la porte de la salle de bains et disait *J'ai hâte que tu me trouves, dépêche-toi.*

– Kellan, qu'est-ce que tu fais là-dedans ? demandai-je en ouvrant la porte.

Sauf que la pièce était vide, à l'exception d'une grande feuille de papier accrochée au mur au-dessus des toilettes. *On n'a pas le temps de faire des cochonneries. Concentre-toi, un peu !*

Je fis demi-tour en riant.

– Tu es où, Kellan ?

Une flèche près de l'interrupteur de la salle de bain indiquait le couloir et je déduisis qu'il était sûrement dans notre chambre. En traversant le couloir, je remarquai d'autres Post-it sur le mur. *Tu es excitée ? Tu es prête ? Tu te dépêches un peu ?* Il y avait des pétales de rose en forme de cœur collés à la porte de la chambre, avec un autre Post-it au milieu qui disait *Je crois que je suis là* et je poussai la porte en riant.

– Kellan ? À quoi tu joues ?

Mais il n'était pas non plus dans la chambre. L'étui de sa guitare était ouvert sur notre lit avec les notes de mon deuxième roman empilées dedans et un Post-it rose qui disait « Futur best-seller ! ». Je me mis à rire plus fort et regardai dans le placard pour voir s'il se cachait dedans mais je ne trouvai rien à part une feuille de papier avec les paroles d'une nouvelle chanson. *Tu ne sauras jamais tout ce que tu représentes, ni à quel point je t'aime. Je pourrais tout recommencer pour toi, tout reprendre depuis le début pour toi.*

Les yeux pleins de larmes, je l'appelai une fois de plus mais il ne répondit pas. Je me dis que les paroles étaient peut-être un indice et je revins sur mes pas, jusqu'à la porte d'entrée. Toujours rien. J'ouvris la porte pour jeter un coup d'œil dehors en me disant que je n'allais jamais le trouver et il était là, sur le pas de la porte. Vêtu d'un jean bleu délavé et de sa veste en cuir noir, il avait un bouquet de roses dans une main et un exemplaire relié de mon roman dans l'autre. Je ne savais pas ce qui m'excitait le plus : le fait de l'avoir trouvé, l'éclat dans ses yeux, l'odeur des fleurs ou mon nom sur la couverture.

– Tu en as mis, du temps.

Je me jetai à son cou en riant et en pleurant à la fois et l'attirai à l'intérieur de la maison avant de plaquer ma bouche contre la sienne. Il ferma la porte derrière lui d'un coup de pied et parvint à placer une phrase entre deux baisers.

– J'ai quelque chose pour toi.

Je mourais d'envie de tenir mon livre et je lâchai Kellan pour tendre les mains comme un enfant qui réclame un bonbon. Il plaça le bouquet de roses dans mes bras et je fronçai les sourcils. Les fleurs étaient magnifiques mais il savait très bien ce que je voulais, et il montra le livre avec un sourire joueur.

– Seulement si tu promets de m'en dédicacer un.

Je fis la moue mais il secoua la tête.

– Non. Je veux le *premier* exemplaire dédicacé.

Je grognai et tendis ma main libre.

– Je te signerai tout ce que tu veux, mais fais voir !

– Tout ce que je veux ? Vraiment ? demanda-t-il en reprenant les fleurs et en me tendant le livre.

J'ignorai son ton provocateur, trop concentrée sur la photo en noir et blanc de la couverture qui représentait une femme debout entre deux hommes. Le titre, *Irrésistible*, et mon pseudonyme s'étalaient en lettres audacieuses. Je ne voulais pas me cacher et je n'avais pas honte, mais les gens connaissaient mon nom à présent et je voulais que le roman se vende parce que les gens aimaient l'histoire, pas la femme d'un chanteur célèbre.

Avoir le livre entre les mains était complètement surréaliste. Je l'avais fait. J'avais écrit un roman et je l'avais publié. C'était complètement fou.

– Je suis tellement fier de toi.

Je levai les yeux vers lui et la fierté que je lus dans son regard me parut la plus belle des récompenses.

La nouvelle tournée de Kellan avec Holeshot et Avoiding Redemption en premières parties devait commencer en avril, et je ne savais pas si c'était l'œuvre de la maison de disques ou de Denny mais les garçons allaient aussi donner des concerts à l'étranger. À la fin de la tournée américaine, ils devaient aller jouer au Royaume-Uni et en Australie et c'était drôle de me dire qu'ils allaient passer par le pays d'origine de Denny.

Mais avant le début de la tournée, qu'il attendait avec impatience, Kellan devait faire quelque chose dont il n'avait pas du tout envie. Et qu'à ma grande surprise, j'avais hâte. Je fermai mon bagage à main et traversai ma nouvelle chambre pour aller le trouver. On avait emménagé dans une nouvelle maison deux semaines auparavant, et elle était bien plus belle que toutes celles où j'avais vécu. C'était presque trop grand pour nous deux mais Kellan n'arrêtait pas de dire que quand notre famille s'agrandirait, on aurait besoin de l'espace de toute façon, et l'emplacement était juste parfait. Griffin avait voulu qu'on achète une maison à Medina, à côté de chez Bill Gates de préférence, mais on avait décidé de partir à la campagne. On avait trouvé une superbe maison un peu isolée au nord de la ville avec un terrain de plusieurs hectares. Nos voisins les plus proches, un gentil couple de personnes âgées, étaient venus nous apporter une tarte en voyant qu'on emménageait. Notre vie à la campagne allait être bien plus solitaire que ce qu'on avait connu à Seattle, mais c'était précisemment ce qu'on voulait.

Ça avait été un peu compliqué de récupérer toutes nos affaires dans l'ancienne maison. Nos amis nous avaient aidés et avaient affronté la foule pour tout mettre en carton à notre place. Je trouvais ça un peu gênant de faire emballer nos affaires par d'autres gens mais on n'avait pas trop le choix et on n'avait pas beaucoup d'affaires de toute façon. D'ailleurs, la nouvelle maison avait l'air un peu vide vu le peu de meubles qu'on possédait et il allait falloir que je m'occupe de ça. Heureusement que Jenny et Denny avaient bon goût et plein d'idées pour la déco.

J'avais quand même fait ce que je pouvais pour qu'on se sente chez nous et il y avait des touches personnelles dans chaque pièce. Le fauteuil de Kellan était dans un coin de notre chambre à côté d'une lampe, ce qui constituait un coin de lecture parfait. Le poster des Ramones était désormais encadré et accroché au mur à côté du poster du Bumbershoot. Le chapeau de cow-boy de Kellan pendait à un des pieds de notre lit et une pile de CD des D-Bags trônait à côté d'exemplaires de mon livre. C'était comme si on vivait là depuis des années.

J'entrai dans la salle de bains et regardai la baignoire, assez grande pour qu'on puisse y dormir, l'énorme cabine de douche et les surfaces en granit. J'aimais tellement cette pièce que j'aurais pu habiter dedans. Vêtu d'une chemise blanche dont il avait retroussé les manches, Kellan se regardait dans la glace en prenant de grandes inspirations, et si je ne l'avais pas connu aussi bien, j'aurais presque pu croire qu'il était nerveux.

– Il faut qu'on y aille. Ça va ?

– Je suis prêt, répondit-il avec un sourire insouciant.

– Je t'ai demandé si ça allait.

Son sourire se fit charmeur et il passa ses bras autour de ma taille.

– Je viens de faire l'amour à un écrivain célèbre et magnifique, je suis en super forme.

– Et ton groupe est en lice pour le Grammy du meilleur nouvel artiste demain alors on ferait bien de se bouger pour ne pas rater l'avion.

Les nominations étaient tombées fin novembre, une semaine après notre mariage, mais Kellan était en pleine phase de déni à l'époque. Il ne réalisait pas que tout était arrivé si vite, et même si moi aussi je trouvais ça incroyable, je n'étais pas aussi étonnée que lui. Il avait tout pour réussir : le talent, la beauté, le charisme. Il avait ce « je ne sais quoi » qui attirait l'attention, et quelque chose me disait que les Grammies n'étaient que le début.

– Je suis vraiment obligé d'y aller ?

– Vous êtes censés monter sur scène donc, oui, je pense que tu es obligé.

Il ferma les yeux et soupira, et sa mauvaise volonté me fit rire.

– Pourquoi j'ai accepté de faire un truc pareil ?

Je l'embrassai doucement et le serrai contre moi.

– Parce que tu ne peux pas résister à l'appel de la scène et parce que tout le monde adore ta musique.

Il ouvrit un œil avec une expression incrédule sur le visage et je l'embrassai une nouvelle fois en riant.

– Allez, monsieur la star, on y va.

Il se dirigea vers notre chambre.

– Ce n'est pas comme si on allait gagner, de toute façon, balança-t-il par-dessus son épaule. L'album n'est pas sorti depuis assez longtemps.

Je ne répondis pas mais je savais pertinemment que ça ne voulait rien dire. Et j'étais certaine que Kellan allait gagner.

Dans la limousine qui nous emmenait au Staples Center pour la cérémonie, je commençai à revoir mon excitation à la baisse. À l'exception du bout de moquette qu'on avait installé dans la chambre de Kellan pour notre mariage, je n'avais jamais marché sur un tapis rouge de ma vie et je sentais mon estomac complètement retourné à l'idée de me retrouver devant tous ces photographes. Mais le plus surprenant, c'était que Kellan avait l'air exactement dans le même état. Enfin, ce n'était pas les photographes qui le stressaient, mais la possibilité de remporter un prix. Le feu des projecteurs ne le dérangeait pas mais ça, ce n'était vraiment pas son truc et il n'avait même pas voulu écrire un discours en disant que, de toute façon, il n'avait aucune chance de gagner et que ça ne servait à rien.

Pour me calmer les nerfs, j'attrapai mon portable pour écrire un message et Kellan posa les yeux sur mon écran, à la recherche d'une distraction.

– Tu fais quoi ?

– J'écris un tweet pour tes fans. « En route pour les Grammies. Souhaitez-moi bonne chance. »

Il leva les yeux au ciel. Une des premières choses que Denny avait faites en tant qu'agent avait été de lui créer un compte sur plusieurs réseaux sociaux, en expliquant à Kellan que le meilleur moyen d'empêcher les rumeurs était de communiquer directement avec ses fans. Il avait raison et je m'étais demandé pourquoi on ne l'avait pas fait avant, jusqu'à voir la tête de Kellan.

– Un compte Facequoi ? Et Twitter, c'est quoi ce truc ? avait-il demandé à Denny d'un air exaspéré.

Il avait fait tout ce qu'il avait pu pour garder ses distances avec les nouvelles technologies. Ce n'était pas son truc et il n'avait même pas d'ordinateur. Il se contentait d'emprunter le mien ou celui de Griffin, avec une préférence pour le mien étant donné que le clavier de Griffin collait, d'après lui, pour des raisons que je préférais ignorer. Mais désormais, il était obligé d'entrer dans l'ère moderne, et quand il avait donné son accord à Denny, j'avais trouvé son air boudeur et résigné tellement adorable que j'avais pris une photo. Je la posterais peut-être sur son mur un de ces jours.

Après avoir twitté au nom de Kellan, les messages d'encouragement se mirent à affluer et il finit par les consulter en souriant. On était tellement absorbés par la lecture des commentaires qu'on ne se rendit même pas compte qu'on était arrivés au Staples Center. Kellan et les garçons étaient déjà venus pour assister à une répétition de la cérémonie, mais ça n'avait rien à voir comparé à ce qui nous attendait : il y avait des gens partout, des caméras, des stars et j'avais l'impression d'être dans une autre dimension.

– Putain… murmura Kellan en regardant par la fenêtre.

Les autres aussi commencèrent à flipper quand la voiture s'arrêta. On avait voulu venir tous ensemble et la limousine était pleine à craquer avec Griffin, Anna, Evan, Jenny, Matt et Rachel en plus de Kellan et moi. Tout le monde était magnifique : Anna et Jenny avaient vraiment assuré pour leur maquillage et des grands couturiers avaient contacté les garçons pour leur proposer des vêtements pour la cérémonie. De mon côté, je portais une robe noire asymétrique magnifique qui coûtait sûrement plus cher que ce que j'aurais gagné en un an comme serveuse et j'étais terrifiée à l'idée de la tacher ou de faire un accroc.

Les garçons portaient des tenues un peu plus relax : Evan avait un pantalon gris avec une veste assortie et une chemise noire, Matt portait un jean élégant avec une chemise blanche et un blazer bleu marine, et Griffin… Griffin portait un pantalon noir en cuir *vraiment* moulant. Tout le monde avait essayé de l'en dissuader mais il n'avait rien voulu entendre. Au moins, Anna avait réussi à le convaincre de ne pas porter un tee-shirt avec une inscription qui disait *Le roi de la touffe*. Pas à cause de l'inscription elle-même, attention, mais parce qu'elle trouvait que ça ne faisait pas assez classe de porter un tee-shirt. Quant à Kellan, il portait une veste et un pantalon noirs et une chemise blanche IKKS, et il était à la fois super tendance et sexy à mourir.

Avant de sortir de la voiture, on se prit tous dans les bras, puis ce fut le moment d'affronter le feu des projecteurs.

Une fois que je fus arrivée au milieu du tapis rouge, mon stress s'évapora. C'était incroyable de voir à quelle vitesse on pouvait s'habituer à se faire prendre en photo et à se faire bombarder de questions. Je n'aurais pas non plus voulu faire ça tous les jours mais ce n'était pas si terrible. Le sourire de Kellan était éclatant et sa démarche assurée, et tout le monde devait se dire qu'il était parfaitement détendu. Mais moi, je savais que ce n'était pas le cas, rien qu'à la façon dont il serrait ma main dans la sienne. Je ne savais pas ce qui le soulagerait le plus : gagner ou perdre ? Monter sur scène pour chanter l'aiderait sans doute à se détendre mais malheureusement, le groupe ne devait jouer qu'après l'annonce des résultats dans sa catégorie, ce qui voulait dire qu'il n'aurait pas de répit jusqu'au moment de vérité. Mais j'étais près de lui et j'allais faire de mon mieux pour le soutenir, comme il le faisait toujours avec moi.

Pendant la cérémonie, j'essayai de lui changer les idées en plaisantant sur Abby et Denny. C'étaient eux qui gardaient Gibson et j'étais sûre que d'ici à lundi matin, Abby voudrait avoir un bébé rien qu'à elle. On finit par discuter des chansons que le groupe devait jouer à leur mariage deux jours plus tard. Abby était une fan absolue du morceau *Islands in the Stream* mais Kellan refusait catégoriquement de la chanter, et c'était la même chose pour *Endless Love*, qui était la chanson de secours d'Abby.

Alors que la catégorie de Kellan approchait, il se mit à parler de moins en moins et à trépigner de plus en plus tout en embrassant le tatouage à mon poignet de manière presque compulsive. Quand les deux présentateurs montèrent sur scène pour présenter les différents nommés dans la catégorie Meilleure révélation, il commença carrément à se ronger les ongles. Je ne l'avais jamais vu dans un état pareil.

Je posai ma main sur son genou et il se tourna vers moi.

– J'ai la trouille. Je pisse de trouille. Ça ne m'arrive jamais. C'est quoi, mon problème ?

– C'est normal. Et je pense que tout le monde ici est nerveux.

– Pas toi, dit-il tandis que les deux présentateurs essayaient de détendre l'atmosphère en faisant des blagues vraiment pas drôles.

Je l'observai en me demandant s'il fallait que je lui dise ou pas. À la base, j'avais prévu d'attendre jusqu'à la fin de la cérémonie mais je savais qu'il arrêterait de stresser si je lui disais et que ça allait le scotcher. Moi, ça m'avait scotchée en tout cas. Une vidéo commença à défiler avec des extraits des clips des groupes de la catégorie et quand la voix de Kellan retentit dans l'auditorium, je me penchai vers lui et murmurai mon secret à son oreille. Il ouvrit grand la bouche, complètement sous le choc, et ses yeux se remplirent de larmes alors que je hochai la tête en réponse à sa question silencieuse.

Quand les présentateurs reprirent la parole à l'unisson, un grand sourire illuminait son visage.

– Et le gagnant dans la catégorie Meilleure révélation est…

Ils firent une pause pour ménager le suspense et Kellan se pencha sur moi pour m'embrasser.

– … les D-Bags !

Toute la salle se mit à crier et à applaudir mais j'étais presque sûre que Kellan ne les entendait même pas. Les garçons se levèrent, mais lui était toujours assis, en train de couvrir mon visage de baisers. Consciente que des millions de téléspectateurs regardaient la cérémonie en direct sur le petit écran, je le poussai doucement et lui dis de se lever. Il se mit enfin debout, en extase, et Matt et Evan lui donnèrent une tape dans le dos avant de le pousser en avant, puis on se leva aussi avec les filles pour applaudir tandis qu'ils se dirigeaient vers la scène. Kellan se retournait pour me regarder toutes les cinq secondes, l'air complètement euphorique, et je ne savais pas si c'était à cause de ce que je venais de lui annoncer ou parce qu'il venait de remporter un prix.

Les garçons montèrent sur scène et saluèrent poliment les célébrités qui animaient la soirée, puis Evan et Matt reculèrent simultanément pour laisser Kellan prendre la parole, tout en retenant Griffin dans ce qui pouvait passer pour une accolade de groupe. Kellan secoua la tête en attrapant la récompense et alla s'installer derrière le micro.

– Ça alors… Waouh. Je ne sais vraiment pas quoi dire. Je voudrais remercier…

Sa voix se brisa et les larmes qui me montaient aux yeux se mirent à rouler sur mes joues. Il secoua la tête et se passa une main dans les cheveux, puis il reprit la parole d'une vois nouée par l'émotion.

– Je suis désolé. Ma femme vient juste de m'annoncer qu'elle est enceinte.

Il fit un pas en arrière, bouleversé, et tout le monde se mit à hurler. Les D-Bags se jetèrent sur lui pour le féliciter et un tas de visages se tourna dans ma direction, y compris ceux de ma sœur et de mes amies. Je n'en avais encore parlé à personne, pour la bonne et simple raison que je venais juste de l'apprendre. Enfin, je le savais depuis une semaine pour être exacte, et le moins qu'on puisse dire, c'est que j'avais été surprise. Je prenais la pilule, alors je n'étais vraiment pas inquiète à l'idée d'une possible grossesse. Je pensais que j'avais du retard parce que j'étais stressée ou excitée par tout ce qui s'était passé dans nos vies dernièrement. Mais je me sentais… bizarre. Je n'étais pas vraiment malade, j'avais juste l'impression qu'il y avait quelque chose de pas normal. J'étais fatiguée, et j'alternais entre des moments où je ne pouvais rien avaler et d'autres où j'aurais pu manger un kilo de pâtes à moi toute seule. J'avais donc pris rendez-vous chez le médecin juste pour m'assurer que je n'étais pas malade et après m'avoir examinée, elle m'avait assuré que j'étais loin d'être malade : j'étais tout simplement enceinte.

Je lui avais répondu que c'était impossible étant donné que je prenais religieusement ma pilule mais elle m'avait expliqué qu'un lot défaillant s'était retrouvé sur le marché. Apparemment, il y avait eu un problème de dosage. C'était bon à savoir. Le laboratoire avait rappelé toutes les plaquettes qui appartenaient au lot en question mais apparemment, la mienne était passée à travers les mailles du filet et j'avais touché le gros lot. Je devais accoucher en septembre.

Alors que ma sœur et Jenny me posaient tout un tas de questions, Kellan reprit ses esprits et poussa un long soupir.

– Je pense que je mentirais si je disais que ce n'était pas le plus beau jour de ma vie.

Un tonnerre d'applaudissements retentit.

– Je veux remercier absolument toutes les personnes qui nous ont soutenus. Votre dévouement n'a pas de prix à nos yeux et on n'aurait jamais réussi sans votre aide. Je suis peut-être un peu émotif vu les circonstances, mais je voudrais vous dire que je vous aime tous et vous remercier du plus profond de mon cœur.

Je ne pouvais pas voir, de là où je me situais, mais j'étais presque sûre qu'il avait les larmes aux yeux et je savais que cet instant de la cérémonie serait diffusé en boucle à la télé demain et que ça ferait la couverture de tous les magazines. Et pour une fois, j'étais ravie, parce que je voulais que ce moment dure toujours. Je voulais que ce souvenir soit évoqué encore et encore et je voulais me repasser cet instant en vidéo dans vingt ans pour me rappeler de l'expression sur le visage de Kellan en apprenant qu'il allait être père. Et je voulais aussi montrer ça à notre enfant pour qu'il sache que, dès le premier jour, ses parents l'aimaient déjà plus que tout.

31

Épilogue

Denny n'y était pas allé de mainmorte pour offrir le mariage de ses rêves à Abby, et tout avait l'air sorti d'un magazine de mariage. C'était à couper le souffle. La cérémonie eut lieu au Fairmont Olympic Hotel, dans le centre de Seattle, un endroit incroyable avec une hauteur de six mètres sous plafond, des chandeliers en cristal, des fenêtres en arc qui allaient du sol au plafond, du brocard et de la porcelaine de Chine.

Kellan était témoin et moi demoiselle d'honneur. Me tenir près de l'autel décoré de fleurs roses et de petites guirlandes lumineuses me fit monter les larmes aux yeux. C'étaient peut-être les hormones à cause de la grossesse, tout simplement, mais j'avais plutôt l'impression que c'était l'émotion de voir Denny épouser la femme de ses rêves. Et l'expression sur son visage en disant *oui*. Et celle de Kellan qui se tenait derrière lui, les yeux brillants. Et le souvenir de mes propres vœux lors de notre mariage.

Après la cérémonie, tout le monde fit la queue pour féliciter les jeunes mariés. Avec sa robe blanche à manches longues délicatement brodée, je n'avais jamais vu Abby aussi rayonnante, et Denny n'avait jamais semblé aussi heureux tandis qu'il se tenait fièrement debout à côté d'elle. Le mariage était beaucoup plus sélect que le nôtre et tout le monde était tiré à quatre épingles. Kellan était à tomber dans son costume et j'avais remarqué que certaines invitées ne l'avaient pas quitté des yeux pendant la cérémonie au lieu de regarder les futurs mariés.

Quand ce fut mon tour de prendre Denny dans mes bras, j'étais tellement émue que je pouvais à peine parler. Je crois que je lui dis que j'étais contente pour lui avant de le serrer contre moi et il essuya une larme sur ma joue.

– Je suis tellement content que tu sois là. Je t'aime fort, tu sais.

Ça m'acheva et je me mis à rire et à sangloter en même temps, à tel point que Kellan me guida jusqu'à notre table et m'apporta un verre d'eau pour que je me calme. Ça promettait pour les sept mois à venir.

– Respire, murmura-t-il en me frottant le dos.

Il m'aida à m'asseoir, comme à chaque fois que je voulais m'asseoir depuis la cérémonie des Grammies. À le voir, on aurait pu croire que j'en étais déjà à huit mois de grossesse mais je le laissais faire. Il était encore sous le choc et moi aussi, mais j'avais eu quelques jours de plus que lui pour me faire à l'idée.

Chaque table était décorée de porte-noms en argent avec des petits cartons recouverts d'une écriture élégante. En voyant mon nouveau nom, *Kiera Kyle*, je sentis mes yeux se remplir de larmes une fois de plus. Anna et Griffin étaient assis à notre gauche, Evan et Jenny à notre droite, et Matt et Rachel avaient pris place en face de nous. Quant au reste des tables, elles étaient occupées par des amis et des collègues de Denny et Abby.

Après un repas de gala, plusieurs toasts et le découpage du gâteau, c'était l'heure pour les D-Bags de monter sur scène. Cela faisait vraiment longtemps que je ne les avais pas vus jouer dans un endroit aussi petit et j'avais l'impression d'être de nouveau au Pete's. Ça semblait encore plus intime qu'un concert et il ne fallut que quelques minutes à Kellan pour séduire l'audience et attirer tout le monde sur la piste de danse.

En cadeau pour Denny et pour faire une surprise à Abby, et sûrement aussi parce qu'il n'aimait pas les chansons qu'elle avait choisies, Kellan avait composé une chanson pour leur première danse. C'était un morceau magnifique qui parlait du fait de rencontrer quelqu'un qui vous faisait vous ouvrir au monde, de tomber amoureux un peu plus chaque jour et d'avoir le souffle coupé quand l'être aimé était loin, mais aussi quand il était tout près. La chanson était pleine d'émotions, sensuelle et terriblement romantique, et même s'il l'avait écrite pour Denny et Abby, je savais que c'était notre couple qui l'avait inspiré et je me remis à pleurer.

Denny et Abby s'éclipsèrent tout à la fin de la soirée pour rejoindre leur suite. Ils prenaient l'avion tôt le lendemain matin pour l'Australie afin d'y passer leur lune de miel et d'avoir une deuxième cérémonie avec leurs amis et leurs familles. Je trouvais que Denny était cinglé de faire ça deux fois mais c'était ce qu'Abby voulait et il avait l'air enchanté.

On allait aussi partir pour l'Australie avec Kellan, mais pas avant quelques mois. La tournée commençait à Las Vegas, une autre ville que j'avais toujours voulu visiter. Denny avait même réussi à nous dégoter un bus privé avec Kellan : on allait avoir notre propre bus rien que pour nous deux ! J'allais pouvoir faire autant de bruit que je voulais et personne ne pourrait m'entendre à part Kellan. Enfin, à part lui, le chauffeur et notre garde du corps, que j'avais toujours tendance à oublier. Après ce qui s'était passé à New York, on avait décidé de faire appel à un garde du corps lorsqu'on sortait en public. Je trouvais ça bizarre mais en effet, on attirait l'attention quand on sortait. C'était le prix à payer mais les gens étaient un peu trop pressants parfois et, maintenant que j'étais enceinte, on ne voulait vraiment prendre aucun risque.

On ne serait donc pas complètement seuls, mais on aurait bien plus d'intimité qu'avant et j'avais hâte que la tournée commence.

Le premier concert se déroula à guichets fermés. Puis le suivant. Et celui d'après. Les D-Bags créaient un raz-de-marée partout où ils passaient. C'était complètement fou mais tellement génial, et cette fois, on savait que c'était uniquement dû à leur talent et pas à des potins racoleurs. On allait traverser les États-Unis et le Canada pendant trois mois avant de partir un mois à l'étranger. C'était une exigence de Kellan, qui avait insisté pour ne pas passer plus de quelques mois sur les routes, surtout une fois que le bébé serait là. Et après ça, si je n'étais pas en mesure de le suivre pour une raison ou une autre, les tournées dureraient encore moins longtemps. Il ne voulait pas passer sa vie sur les routes loin de sa famille et je ne pouvais pas l'en blâmer.

Au fur et à mesure que la tournée progressait, mon ventre s'arrondissait de plus en plus. J'avais l'impression d'être passée d'un petit bidon à un ventre de la taille d'une pastèque du jour au lendemain et Kellan adorait suivre l'évolution de ma grossesse. Parfois, il passait je ne sais pas combien de temps à regarder mon ventre quand on était allongés sur le lit, comme s'il s'attendait à le voir s'arrondir en direct sous ses yeux.

– Ce n'est pas en regardant une casserole pleine d'eau qu'elle va se mettre à bouillir, tu sais, lui dis-je un soir après plusieurs mois d'observation.

– Je sais. J'essaie juste d'imaginer le bébé.

– Moi aussi, je fais ça souvent, dis-je en souriant et en lui caressant la joue.

Il colla doucement son oreille contre mon ventre qui, à cinq mois, commençait à constituer un oreiller plus que confortable.

– Tu fais quoi ?

– J'écoute ce qu'elle fait. Ou ce qu'il fait.

On avait décidé qu'on ne voulait pas connaître le sexe du bébé. On préférait que ce soit la surprise, et puis avec ce qui était arrivé à Anna, on savait désormais que même les médecins pouvaient se tromper.

– Je crois surtout que tu écoutes le poulet au parmesan que j'ai mangé au dîner, dis-je en riant.

– Chuuuuut. Je n'entends rien, murmura-t-il.

Puis il commença à chantonner doucement et je sentis le bébé bouger dans mon ventre. Kellan écarquilla les yeux et je ris en voyant la tête qu'il faisait.

– Continue.

Il s'exécuta et le bébé bougea de nouveau, avant de donner un coup.

– Bébé aime bien la voix de papa, on dirait.

– Comme sa maman, dit Kellan en souriant.

Pendant quelques instants, je réfléchis à ce qui me faisait le plus envie : lui ou les restes de poulet dans le frigo. Finalement, je choisis comme à l'accoutumée et attirai Kellan à moi pour l'embrasser et profiter pleinement d'un des avantages de ma grossesse : ma libido débordante.

Quand j'entrai dans mon septième mois, on était à l'étranger. Au début, Kellan s'était inquiété de me voir le suivre car il voulait que je sois en sécurité et il était terrifié à l'idée que j'accouche en coulisse. Mais je l'avais convaincu en lui répétant que j'allais très bien, qu'on serait de retour à la maison bien avant mon terme et aussi que ce serait l'occasion de faire l'amour dans l'avion pour l'Australie. Ça avait suscité son intérêt étant donné qu'il ne l'avait jamais fait avant, et ça n'avait vraiment pas été évident étant donné mon état. Mais avec beaucoup de patience, de contorsions et une main plaquée sur ma bouche, on avait fini par réussir, même si désormais les couchettes de l'ancien bus nous paraissaient spacieuses en comparaison.

Enfin bref, j'étais rondouillarde et pleine de vie et je continuais à assister aux concerts du groupe. On passait d'abord par Perth, puis par Sydney, avant d'aller à Brisbane. Les coulisses étaient remplies de gagnants de concours, de groupies, de personnalités de la radio, de techniciens et de musiciens. Bien sûr, il y avait des agents de sécurité qui gardaient un œil vigilant sur tout le monde, mais les séances de dédicaces organisées comme des défilés militaires étaient terminées. Chacun pouvait se balader librement, chose que Sienna n'aurait jamais tolérée, mais Kellan continuait à vouloir être proche de ses fans. Ça voulait aussi dire que ce n'était pas évident pour moi d'écrire étant donné que pas mal de fans voulaient aussi discuter avec madame Kyle, mais j'arrivais toujours à trouver un coin un peu tranquille où travailler tout en le regardant sur scène.

Après la publication de mon premier livre, je m'étais vraiment concentrée sur mon deuxième roman et je ne savais pas si c'était à cause des heures que Kellan avait passées à me lire *Orgueil et Préjugés* mais toutes les histoires qui germaient dans ma tête étaient du style Jane Austen, des romans d'amour historiques. Je les trouvais vraiment fascinants et maintenant que j'étais libérée du poids de mon autobiographie, j'avais vraiment envie de travailler sur quelque chose de différent.

Tout en écrivant, je levai le nez de temps en temps pour regarder mon mari sur scène. C'était vraiment génial de voir à quel point il s'amusait sur cette tournée. Il adorait traîner avec les garçons de Holeshot et d'Avoiding Redemption. Kellan et Justin avaient même prévu d'enregistrer un duo après la tournée. Je les avais entendus répéter et j'en avais eu des frissons. Les fans allaient adorer.

Cette fois, les garçons avaient décidé de rester à Seattle pour enregistrer leur album, étant donné que je serais sur le point d'accoucher à ce moment-là. Ça n'avait pas l'air de déranger Nick et, en même temps, pas grand-chose ne semblait le déranger ces derniers temps. Depuis le scandale avec Sienna et le rappel à l'ordre de son père, il faisait vraiment profil bas et il était évident qu'il avait peur de perdre deux de ses plus gros contrats.

Quant à Sienna, elle tenait parole et gardait ses distances. Elle avait félicité les garçons pour leur Grammy pendant la soirée qui avait suivi mais c'était à peu près tout. Les ventes de son album s'étaient effondrées après ses révélations mais elle commençait doucement à reprendre le dessus, et telle que je la connaissais, elle finirait sûrement par rebondir.

Au moment où la tournée toucha à sa fin, j'étais prête à rentrer à la maison. J'étais fatiguée et très enceinte, et j'avais développé une nouvelle forme de respect pour Anna qui avait tenu dans le bus jusqu'à la fin de sa grossesse. C'était sympa d'être sur la route mais c'était épuisant aussi. J'avais hâte de retrouver Anna, et Griffin aussi. Elle ne nous avait pas accompagnés cette fois car Gibson arrivait à un stade où elle avait besoin de davantage d'attention et de surveillance (elle mettait absolument tout et n'importe quoi dans sa bouche). Anna avait donc décidé de rester à la maison avec elle et j'étais fière de voir que ma sœur faisait passer les besoins de sa fille en premier. Elle s'était beaucoup inquiétée mais c'était une mère formidable et j'espérais que je serais aussi douée qu'elle.

Quand j'entrai dans mon neuvième mois de grossesse, je n'en pouvais plus. J'étais énorme, épuisée, j'avais les pieds gonflés et le dos en compote. Je n'arrivais plus à trouver de position confortable pour dormir et mon appétit sexuel n'était plus qu'un lointain souvenir. Il était vraiment temps que le bébé sorte de là.

Kellan faisait tout ce qu'il pouvait pour me réconforter. Il faisait une demi-heure de voiture pour m'acheter ma glace préférée, il me massait le dos tous les soirs et il avait même essayé de me faire une pédicure mais j'avais tellement ri que je m'étais retrouvée avec du vernis rouge plein les orteils. Mais j'avais quand même trouvé ça adorable.

Et puis un jour, alors que je m'étais résignée à passer le reste de ma vie enceinte, je commençai à avoir des contractions. Je me mis immédiatement à noter l'heure et la durée de chacune et Kellan remarqua que j'écrivais dans un de ses carnets.

– Tu fais quoi ?

Je fixai ma montre et comptai les secondes.

– Je note mes contractions, répondis-je enfin.

– Tu quoi ? demanda-t-il d'un air complètement paniqué. Le bébé arrive ? Est-ce qu'il faut que je t'emmène à l'hôpital tout de suite ? Je vais démarrer la voiture et chercher ton sac et… Merde, le siège bébé !

Il disparut avant que j'aie eu le temps de répondre à une seule de ses questions.

– Kellan ! Il est trop tôt !

Mes contractions n'étaient pas très fortes et vraiment espacées, et on avait encore le temps, mais il était complètement surexcité alors je ne pris pas la peine de le lui expliquer et je me contentai de rester assise sur le canapé en attendant la prochaine secousse. Il courait dans tous les sens en attrapant des choses dont, selon lui, on allait avoir besoin, tout en parlant tout seul des choses qu'il était sûrement en train d'oublier.

– Est-ce qu'il faut qu'on prenne des couches ? Je vais en chercher. C'est mieux si on a des couches.

– Je pense qu'ils doivent en avoir à l'hôpital, tu sais !

Il ne répondit pas et j'étais sûre que le coffre de la Chevelle allait bientôt déborder de couches en quantité suffisante pour couvrir les fesses de la moitié des bébés de Seattle.

Je tournai la tête vers ma mère, tranquillement assise à côté de moi. Elle était arrivée à Seattle un peu avant mon terme pour être sûre de ne pas rater une autre naissance et mon père devait la rejoindre une fois que j'aurais accouché.

– Il est dans un état…

Elle rit et me tapota le genou.

– Ils sont tous comme ça pour le premier.

Même si j'étais encore loin d'être sur le point d'accoucher, je me retrouvai dans la voiture vingt minutes plus tard, direction l'hôpital le plus proche.

– Ralentis, dis-je à Kellan en regardant le compteur. On a tout le temps.

– Tu es sûre ? Comment tu le sais ? Peut-être que tu as juste des contractions vraiment légères et que tu n'auras pas plus mal que ça.

Ma mère laissa échapper un gloussement amusé depuis le siège arrière. Inutile de dire que ça ne me rassura pas du tout. Quelques heures plus tard, j'aurais pu tuer mon mari, ma mère et les fabricants de cette maudite pilule mal dosée. J'allais mourir, c'était sûr. Je n'avais jamais eu aussi mal de toute ma vie. Mais ensuite, un ange (ou peut-être que c'était une infirmière ?) me donna des médicaments, et ça alla beaucoup mieux.

Reste que c'était douloureux et terrifiant. Je n'avais pas pensé que donner la vie serait difficile à ce point. Étant donné que ça arrive tout le temps, je m'attendais à quelque chose de bien plus facile. J'avais déjà vu des vidéos de baleines en train d'accoucher et j'étais sûre qu'elles ne se rendaient même pas compte de ce qui était en train de leur arriver. Même avec une péridurale, je m'en rendais compte, vous pouvez me croire.

Kellan me tenait la main et faisait de son mieux pour me soutenir, même si je voyais bien qu'il se sentait complètement inutile et qu'il aurait aimé pouvoir m'aider davantage. Il aurait sûrement proposé d'accoucher à ma place s'il avait pu.

– Tu t'en sors très bien, ma chérie, tu y es presque.

Le docteur me dit de pousser encore une fois et je crus que j'allais me mettre à pleurer. Je voulais juste que ce soit fini. Je détestais ça et je préférerais me faire renverser par un autre camion que de devoir accoucher une deuxième fois.

– Tu peux le faire, me dit ma mère en me serrant la main.

Ses mots me donnèrent du courage et je poussai de toutes mes forces. Le soulagement instantané que je ressentis me fit comprendre que j'avais réussi avant même que le bébé ne se mette à pleurer et Kellan embrassa mon front en sueur en pleurant.

– Tu es géniale, murmura-t-il.

Je fermai les yeux et réussis à lui sourire.

– Félicitations ! s'exclama la sage-femme. C'est un garçon !

J'entendis ma mère se mettre à pleurer et j'ouvris les yeux pour regarder Kellan. Un garçon ? On avait un petit garçon ! Le regard de Kellan était rivé sur le petit paquet dans les bras de la sage-femme.

– J'ai un fils ?

Une larme roula sur sa joue et tomba sur son épaule et je sus que je m'étais trompée : je pourrais refaire ça des milliers de fois rien que pour revoir cette expression sur son visage. Enfin, peut-être pas des milliers mais au moins deux ou trois fois encore.

La sage-femme hocha la tête en s'approchant de moi avec mon fils. Je mourais d'envie de le voir et de le tenir dans mes bras mais je secouai la tête et regardai dans la direction de Kellan. Elle comprit tout de suite et lui tendit le bébé. Il avait traversé tellement d'épreuves dans sa vie qu'il méritait d'être le premier à tenir notre enfant dans ses bras.

Il regarda son fils en riant et en pleurant à la fois.

– Salut, petit bonhomme, murmura-t-il. Je suis ton papa et je t'aime plus que tout. Je suis tellement content que tu sois là.

Quand Kellan me le mit dans les bras, j'avais commencé à sangloter depuis longtemps, déjà.

Quelques mois plus tard, je pataugeais au milieu d'un océan de ballons roses et blancs. Il y en avait absolument partout dans la maison, attachés à des lampes, à la rampe d'escalier, aux poignées de porte et aux dos des chaises. Il y en avait partout au plafond et par terre et tout le monde s'éclatait en tapant dedans. Ma nièce de quinze mois était assise par terre et elle était au paradis tandis qu'elle essayait d'attraper autant de ballons que possible sous le regard attentif d'Anna au cas où Gibson prendrait les ballons pour des bonbons. Elle continuait à tout mettre à la bouche et Anna m'avait même dit qu'elle avait trouvé la boîte où elle rangeait ses sex-toys et qu'à deux secondes près, sa fille aurait dû passer sa vie en psychothérapie. Désormais, ils conservaient donc leur assortiment de jouets pour adultes tout en haut de leur armoire, un détail dont je me serais bien passée.

Un gâteau à trois étages trônait au milieu de la table en chêne de ma cuisine : il était en forme de cœur et chaque niveau était d'un rose différent. Même la nappe était rose. Et les assiettes. Et les couverts. Entre ça, les cookies et les bonbons en forme de cœur multicolores qui entouraient le gâteau, c'était digne d'une fête d'anniversaire pour Cupidon.

En réalité, on fêtait tout un tas de choses, comme le montrait l'immense banderole accrochée par-dessus les portes coulissantes qui donnaient sur la terrasse. *Joyeux premier anniversaire de mariage, Denny et Abby ! Félicitations pour ton deuxième livre, Kiera ! Bravo pour votre deuxième album classé numéro 1, les D-Bags ! Bonne Saint-Valentin !*

Abby adorait organiser des fêtes et des événements et elle s'était occupée de tout. La seule chose qui n'apparaissait pas sur la banderole était le fait que c'étaient les cinq mois de notre petit bonhomme aujourd'hui mais en même temps, c'était surtout pour Kellan et moi que c'était important. La plupart des gens ne faisaient pas une fête par mois mais avec Kellan, on sautait sur la moindre occasion de célébrer l'existence de notre fils.

Il neigeait un peu dehors, ce qui ne nous empêcha pas de faire un barbecue. Evan était dehors avec un gros manteau et un bonnet, en train de préparer des burgers et des hot-dogs, et Matt était à côté de lui. Rachel était blottie contre Matt et avait l'air d'être gelée, et tandis que je regardais nos amis rentrer dans la maison à l'abri du froid, je sentis une présence à côté de moi.

En tournant la tête, je vis que c'était Denny. Il était rasé de près et c'était la première fois depuis la fac que je le voyais sans un filet de barbe. Il souriait d'un air qui semblait dire *Tout va bien dans ma vie et je suis heureux*, et ça me fit chaud au cœur de le voir comme ça.

– Tu ne plaisantais pas quand tu parlais de son obsession pour les fêtes et les vacances… dis-je en montrant les décorations autour de nous.

– C'est ça… Vous devriez venir à la maison pour la Saint-Patrick, Abby cuisine toujours des super trucs. Tu as déjà mangé des patates vertes ?

Je ris et je me mis à imaginer ma table rose transformée en pays des merveilles vert et recouverte de nourriture verte, elle aussi.

– Félicitations pour votre anniversaire de mariage, dis-je regardant l'alliance à son doigt.

– Merci. J'ai des bonnes nouvelles pour toi, au fait. Comme je t'avais dit, j'ai envoyé *Irrésistible* à toutes les maisons d'édition que je connaissais et l'une d'entre elles m'a appelé hier. Ils avaient l'air très impressionné par le succès que le livre connaît déjà et ils ont adoré l'histoire. Du coup, ils aimeraient te rencontrer pour discuter d'une publication.

J'ouvris grand les yeux. Un vrai contrat avec une maison d'édition, vraiment ? Pour le moment, mon livre était disponible sur Internet, mais le voir en librairie, ce serait carrément le rêve.

– Merci beaucoup, Denny. J'adorerais les rencontrer.

J'étais encore ébahie quand Abby nous rejoignit.

– Tu lui as dit ? lui demanda-t-elle en voyant la tête que je faisais.

Il hocha la tête et elle se tourna vers moi.

– Félicitations, Kiera. On est vraiment contents pour toi. Je voulais changer la banderole mais Denny m'a dit que c'était encore trop tôt.

– Merci. J'ai encore du mal à le croire.

– Tu le mérites, tout comme Kellan. Et votre gâteau est vraiment magnifique, tu ne trouves pas ?

– Absolument. Il est presque encore plus beau que la pièce montée de votre mariage.

Elle haussa les sourcils et j'éclatai de rire. Le gâteau pour leur mariage sortait tout droit du catalogue de Martha Stewart et il avait sept niveaux, avec en plus une fontaine en chocolat.

Denny rit aussi mais s'arrêta net en voyant qu'Abby faisait la moue.

– Bon anniversaire, ma chérie.

Son visage s'illumina et quand elle l'embrassa, je m'éloignai pour les laisser seuls. Soudain, j'entendis quelqu'un parler dans un micro derrière moi et je me raidis. Quelqu'un avait mis en marche la chaîne karaoké. Je ne savais pas trop pourquoi j'avais laissé Kellan me convaincre d'en acheter une. On ne s'en était servis qu'une fois un soir où on était que tous les deux à la maison, et ça avait été une catastrophe de m'entendre au micro. Mais ensuite, Kellan m'avait remplacée et, finalement, je n'avais pas été trop déçue de mon achat.

Je retournai dans le salon en me frayant un chemin parmi les ballons et ce que je vis me fit rire et m'émut à la fois : Griffin se tenait devant la cheminée en compagnie de Kellan, qui tenait notre fils dans un porte-bébé ventral. Dire que c'était adorable était un euphémisme…

Les autres personnes dans la pièce les regardaient avec curiosité. Il y avait Anna et Gibson mais aussi Hailey, la sœur de Kellan. Elle avait décidé de venir à Seattle après la fac et même si ça avait rendu Gavin triste au début, il avait fini par voir ça comme une excuse supplémentaire pour venir nous rendre visite. Lors de son dernier séjour, lui et Riley étaient allés au studio où Kellan et les garçons répétaient et Riley avait fait une démonstration à la guitare qui ne laissait aucun doute quant au fait qu'il n'allait pas tarder à être aussi doué que son grand frère. Il devenait de plus en plus mignon, aussi, et il deviendrait un vrai bourreau des cœurs.

Griffin s'éclaircit la gorge et prit la parole.

– Mesdames et messieurs, merci d'être avec nous ce soir pour assister au *G and K Show* !

Il s'humecta les lèvres et envoya un baiser à l'assistance.

– C'est un plaisir de vous divertir.

Je me couvris les yeux d'une main en le voyant onduler des hanches et Anna éclata de rire. Elle avait Gibson sur les genoux, habillée d'une petite robe rouge, de collants blancs et des babies les plus adorables du monde. Ses cheveux blonds étaient coiffés en deux couettes parfaitement symétriques et Anna m'avait expliqué que Griffin avait passé une demi-heure à la coiffer jusqu'à ce que ses couettes soient impeccablement alignées. Gibson tapa dans les mains en voyant son père faire le pitre et tout le monde se mit à rire.

– Tu veux bien lancer la musique ? demanda Kellan en s'emparant du micro. Qu'on en finisse.

Griffin fronça les sourcils mais appuya sur le bouton lecture. Quand les premières notes de la chanson de Debbie Gibson, *Lost in Your Eyes*, retentirent, Kellan baissa le micro et regarda Griffin d'un air incrédule.

– Tu plaisantes ? C'est ça que tu voulais chanter ?

Ma sœur éclata de rire et Griffin montra sa fille du doigt.

– C'est Debbie *Gibson*, mec. C'est pour ma fille.

Kellan soupira en fermant les yeux.

– Si on doit faire un duo, on ne peut pas chanter *Electric Youth*, au moins ?

Griffin leva les yeux au ciel et se tourna vers la chaîne pour changer la chanson, et Kellan se mit à rire derrière son dos. Puis il ramena le micro devant sa bouche et une petite main attrapa le câble. C'était celle de notre fils, Ryder. C'était Kellan qui avait choisi le nom, parce que ça ressemblait au nom de son petit frère. De mon côté, j'adorais le côté rock'n'roll de ce prénom. Il fallait au moins ça pour le fils du chanteur d'un des groupes les plus célèbres du monde.

Kellan se balança un peu sur ses pieds tandis que Ryder tirait sur la corde du micro et il sourit. Ces deux-là étaient déjà inséparables. Ryder m'adorait aussi, ça ne faisait pas de doute, mais c'était vraiment le petit garçon à son papa et il lui ressemblait déjà avec ses cheveux bruns indomptables et ses yeux bleu marine. Je n'étais peut-être pas très objective mais je le trouvais absolument parfait : ses petites joues, son nez, ses sourires, ses petites taches de rousseur, j'aimais absolument tout chez lui.

Les garçons devaient partir en tournée pour le deuxième album cet été et j'avais décidé de les accompagner avec Ryder. Au pire, si ça ne se passait pas bien, on pourrait toujours rentrer à la maison et trouver une autre solution pour les tournées suivantes. Mais on était plutôt faciles à vivre avec Kellan et Ryder était un ange, alors il n'y avait pas de raison que ça ne fonctionne pas. Notre plus grande inquiétude avec Kellan était de ne pas exposer Ryder au public, et c'était pour cette raison qu'on était passés d'un à deux gardes du corps et qu'on avait engagé une nourrice. Je trouvais qu'on n'en avait pas vraiment besoin car je me débrouillais très bien toute seule mais Kellan était sûr qu'un peu d'aide serait la bienvenue.

– Et puis avec une nounou, on pourrait avoir un peu de temps rien qu'à nous, avait-il ajouté.

Ça avait achevé de me convaincre.

Au moment où *Electric Youth* commençait à résonner dans la pièce, Jenny arriva, passa ses bras autour de moi et je regardai la bague qui scintillait à son doigt. Ils avaient pris leur temps avec Evan mais il avait enfin fini par la demander en mariage la semaine d'avant. Il ne restait donc que Matt et Rachel. Des bruits couraient comme quoi il devait la demander en mariage avant leur départ en tournée, et apparemment, il était mort de trouille. Il n'aurait pas dû : j'étais certaine que Rachel allait dire oui.

– Super fête, Kiera.

– Merci, mais c'est à Abby qu'il faut dire ça, répondis-je en riant. C'est elle qui a tout fait.

Je regardai dans la direction de Kellan : il venait de se mettre à chanter avec Griffin mais il riait tellement que ça ne donnait pas grand-chose, et Jenny gloussa.

– C'est parce que Kellan a perdu le pari ?

– Quel pari ? demandai-je, les sourcils froncés.

– Tu sais, Griffin a parié qu'il pourrait remettre Anna enceinte avant que Kellan te remette enceinte. Je ne pense pas que Kellan ait pris ça au sérieux mais tu connais Griffin… Il adore gagner, même quand il joue tout seul.

J'ouvris des yeux ronds comme des billes. Anna était enceinte ? Par le plus grand des hasards, Anna regarda dans ma direction à ce moment-là et en voyant ma tête et Jenny assise à côté de moi, elle comprit que j'étais au courant. Un sourire se forma sur ses lèvres et elle haussa simplement les épaules. J'étais tellement sous le choc que je pouvais à peine parler.

– Ils veulent faire exploser le taux de natalité du pays ?

– On dirait bien, dit Jenny en souriant.

Arrivé au deuxième couplet, Kellan parvint à reprendre son sérieux et, à la fin de la chanson, tout le monde avait les larmes aux yeux, que ce soit Cheyenne, Meadow, le reste des Poetic Bliss, Justin, Kate, Troy, Rita ou encore Sam.

Kellan et Griffin nous saluèrent puis Kellan tendit le micro à Rain qui sauta du canapé, aussi impatiente que Griffin de se donner en spectacle. Ils durent retirer le câble du micro de la main de Ryder qui se mit à pleurer, mais Kellan parvint à le distraire en lui donnant un hochet en forme de guitare qu'il avait dans sa poche. Puis il se dirigea vers moi et me tendit notre fils, et je sentis une onde de douceur et de chaleur en le serrant contre moi. Il avait même hérité de l'odeur de son père.

Quelques heures plus tard, la fête était terminée et j'errais dans la maison jonchée de gobelets et de morceaux de gâteau pas finis. Même si c'était le bazar partout, cette maison était comme un sanctuaire et je ressentais un sentiment de paix incroyable. Le voyage avait été compliqué mais ça en avait valu la peine, car toutes les difficultés et les épreuves nous avaient amenés là où on était aujourd'hui avec Kellan et j'étais certaine qu'on était capables de tout surmonter ensemble.

Je me frayai un chemin entre les ballons qui avaient réussi à se retrouver à l'étage – pour le ménage, je verrais ça plus tard – et je me dirigeai vers la salle de bain. Je pouvais entendre des bruits d'eau et Kellan en train de fredonner *Electric Youth*. J'avançai jusqu'à la porte ouverte et m'appuyai contre l'encadrement pour regarder mon mari donner son bain à mon fils.

Ryder était allongé dans une petite baignoire en plastique bleu à l'intérieur de la grande baignoire et il tirait la langue à chaque fois que Kellan lui versait de l'eau sur la tête comme pour essayer de la boire.

– Va t'allonger si tu veux, dit Kellan en remarquant que j'étais là. Je m'en occupe.

Je secouai la tête en souriant.

– J'aime bien vous regarder tous les deux.

– Tu entends ça ? Maman aime regarder. Ça s'appelle du voyeurisme.

Il dit ça en détachant bien chaque syllabe, comme si Ryder allait répéter le mot après lui, mais il se contenta de gazouiller et je m'approchai de Kellan pour lui mettre un petit coup de pied aux fesses. Crétin ! Puis Kellan lui lava les cheveux, le rinça et l'enveloppa dans une serviette en forme de canard jaune géant.

Je ne savais pas si c'était normal mais rien que le fait de le regarder s'occuper de son fils me donnait envie de lui. J'aurais peut-être mieux fait d'aller m'allonger et de l'attendre uniquement vêtue de ma culotte avec ses initiales mais je préférai les suivre dans la chambre de Ryder.

Jenny m'avait aidée à décorer la pièce pour lui donner l'atmosphère d'une scène. Un des murs était peint en noir et orné de rideaux rouges et on avait installé le berceau devant ce mur-là, comme si c'était le chanteur d'un groupe. Ma mère en avait fait tout un plat quand je lui avais dit qu'on avait peint la chambre de Ryder en noir mais elle ne savait pas que c'était en hommage au Pete's, l'endroit où tout avait commencé. On avait même décidé qu'on accrocherait des guitares au mur quand Ryder serait un peu plus grand. De toute façon, tous les magazines spécialisés disaient que les bébés adoraient le contraste entre le blanc et le noir, et tous les autres murs étaient blancs, à l'exception de la portée que Jenny avait dessinée au milieu de chacun. Les notes qui apparaissaient sur les portées étaient les vraies notes d'une des chansons du groupe, celle que Kellan avait chantée le soir de nos retrouvailles, et j'avais le cœur qui se serrait chaque fois que j'entrais dans la pièce.

Au milieu des livres pour enfants et des jouets, Kellan plaça Ryder sur sa table à langer et lui mit une couche en un temps record. C'était quelque chose qu'on avait appris dès le début : plus vous mettiez du temps à mettre une couche à un petit garçon et plus vous risquiez de vous faire pisser dessus. Kellan s'était pris un jet en pleine figure une fois et j'avais tellement ri que j'avais failli m'étouffer. Puis il le reposa et se mit à lui souffler sur le ventre, ce qui déclencha mon bruit préféré : le rire de mon fils.

Après lui avoir embrassé les pieds, les mains et les joues, Kellan lui mit enfin son pyjama et le berça jusqu'à ce qu'il ferme les yeux en chantonnant. Il le faisait presque tous les soirs, et il lui disait aussi qu'il l'aimait, comme s'il voulait être sûr que Ryder n'en doute jamais un instant.

Quand il coucha notre fils endormi dans son lit, j'avais les larmes aux yeux et Kellan me sourit.

– À chaque fois, murmura-t-il.

– De quoi tu parles ?

Il me prit la main et m'entraîna dans le couloir avant de refermer doucement la porte derrière lui.

– À chaque fois que je le mets au lit, tu pleures. Comment ça se fait ?

Parce que je t'aime tellement que ça devrait être interdit d'aimer quelqu'un comme ça.

– C'est parce que je vois à quel point tu l'aimes.

Une larme roula sur ma joue et Kellan prit mes mains dans les siennes avant d'appuyer son front contre le mien.

– Toi aussi, je t'aime, tu sais.

– Je sais. Tu me le prouves tous les jours.

Je reculai et indiquai notre chambre.

– Ça te dirait de me le prouver encore, là maintenant ?

Le sourire qui naquit sur ses lèvres était si diaboliquement sexy qu'il suffit à faire monter le désir en moi.

– Je peux même te le prouver encore, encore et encore.

Il se mordit la lèvre et me regarda de haut en bas. J'avais déjà l'impression d'être nue et je me sentis sexy, aimée et désirée.

Je pressai mon corps contre le sien et enroulai mes bras autour de son cou, puis je me mis sur la pointe des pieds jusqu'à ce que mes lèvres effleurent les siennes.

– Emmène-moi dans notre chambre et fais-moi l'amour tout doucement… s'il te plaît.

Il n'y avait aucune trace de gêne dans ma voix. À présent, je savais que je pouvais tout lui demander, tout lui dire et tout être avec lui. Il me coupa le souffle en me plaquant contre le mur et il plaça ses mains sous mes fesses pour me soulever. Je mis mes jambes autour de sa taille et ses lèvres avides et passionnées vinrent trouver les miennes. Quand il arrêta de m'embrasser, on avait tous les deux le souffle court et on mourait d'envie de sentir le corps de l'autre.

– J'adore quand tu me supplies, murmura-t-il avant de me porter jusqu'à notre chambre.

Une fois à l'intérieur, il me posa sur le lit et j'avais l'impression qu'un incendie me ravageait tandis qu'il me déshabillait. Puis je lui retirai son tee-shirt et l'embrassait au niveau de son tatouage. À voir le désir entre nous, on aurait pu croire que ça faisait des semaines qu'on ne s'était pas touchés, alors qu'en réalité ça ne faisait que vingt-quatre heures. C'était toujours comme ça entre nous : électrique, tout le temps.

Ses doigts déboutonnèrent rapidement mon jean et il gémit quand je glissai ma main dans le sien pour le caresser. Au moment où on se retrouva nus tous les deux, j'avais l'impression d'être déjà sur le point d'exploser mais ce fut à ce moment-là que Kellan déploya ses talents. Au lieu de faire à toute vitesse ce dont on mourait d'envie tous les deux, il prit tout son temps et m'amena encore et encore au point de non-retour sans aller jusqu'au bout, me donnant sans cesse plus envie de lui. Comme dans notre couple, j'en voulais toujours plus. Ce n'était pas toujours facile, comme dans toutes les relations, mais être avec lui était chaque jour une source de bonheur et en voyant sa réaction lorsqu'on jouit ensemble, je sus qu'il ressentait la même chose. Il n'était jamais rassasié de moi. Il voudrait toujours que je sois à ses côtés et j'aurais toujours la première place dans son cœur. On était faits l'un pour l'autre. C'était mon âme sœur.

La passion, l'amitié, l'amour, la fidélité… une fois qu'on a trouvé la bonne personne… c'est vraiment possible de tout avoir.

Remerciements

Tout d'abord, j'aimerais adresser un grand merci à mes fans. Écrire cette trilogie pour vous a été une source de joie inimaginable et il ne se passe pas un jour sans que je m'émerveille devant l'amour que vous portez aux personnages. Ils sont comme mes enfants et savoir qu'ils comptent autant pour vous me réchauffe le cœur. Merci pour votre dévouement sans faille !

Je souhaite également remercier mes quatre amies de toujours, Rena, Lesa, Toni et Amy : vous êtes une bénédiction et je ne peux pas imaginer ma vie sans vous. À ma famille, et au cas où je ne vous le dirais pas assez souvent : je vous aime de tout mon cœur ! À Wayne, Robin, Tyson et Dean, merci pour votre soutien sans faille, vos encouragements et votre patience envers moi et mon emploi du temps de dingue !

À Nicky Charles, mon mentor : merci de m'avoir guidée le long de ce chemin semé d'embûches qu'est l'autopublication ! Tu as toujours été là pour m'écouter et je t'en suis à jamais reconnaissante.

À K.A. Linde, qui sait faire mille choses à la fois : tu as été d'un soutien extraordinaire et je suis honorée d'avoir entrepris ce voyage à tes côtés. J'ai hâte de te voir décoller, car tu le mérites ! Je suis fière de toi !

À Jenny : je ne sais même pas par où commencer. Merci d'avoir été ma bouée de sauvetage, merci d'avoir été ma supportrice attitrée, et surtout, merci d'être mon amie ! Sans toi, je pense que je serais sûrement en train de pleurnicher dans un coin. Je t'adore !

À Becky, Monica, Lori, Gitte et Sam, merci pour vos conseils avisés, mes romans sont meilleurs grâce à vous ! Merci pour m'avoir accordé votre temps sans compter. Un grand merci également à Lysa, de Pegasus Designs, pour mon site Internet, à Sarah, d'Okay Creations, pour ma boutique D-Bag en ligne, et à Francine pour ses logos extraordinaires ! Merci d'avoir bien voulu me laisser les utiliser !

Merci à Jamie McGuire, Colleen Hoover, Tammara Webber, Tina Reber, Tracey Garvis-Graves, Jessica Park, Abbi Glines, Jenn Sterling, Rebecca Donovan, Tarryn Fisher et à tous les autres auteurs qui m'ont soutenue et encouragée et qui ont répondu à mes innombrables questions. C'était un véritable honneur d'être à votre contact.

Je tiens également à remercier Kristyn Keene, d'ICM, d'être un agent aussi formidable ainsi qu'une fan inconditionnelle et Kate Dresser, de Gallery Books, pour avoir cru en moi et m'avoir donné ma chance.

Et enfin, un grand merci à tous les critiques et les blogueurs qui ont crié leur passion pour ces histoires ! Totally Booked, Maryse's Book Blog, The Indie Bookshelf, Lisa's Reads, Tough Critic Book Reviews, Book Snobs, My Secret Romance, Lori's Book Blog, Novel Magic, Flirty and Dirty Book Blog, Literati Literature Lovers, The Subclub Book Club, The Autumn Review et bien d'autres : c'est vous qui avez fait de cette trilogie ce qu'elle est et je ne serais pas là sans vous !

Hugo Roman

Romans parus et à paraître
dans la collection Hugo New Romance :

Du même auteur, S. C. Stephens :
Indécise tome 1 [Thoughtless]
Insatiable tome 2 [Effortless]
Intrépide tome 3 [Recktless]

De Christina Lauren :
Beautiful Bastard
Beautiful Stranger
Beautiful Bitch
Beautiful Sex Bomb
Beautiful Player
Beautiful Beginning

De Lexi Ryan :
Unbreak Me tome 1
Unbreak Me tome 2, Wish I May
Unbreak me tome 3, Rêves volés

De Emma Chase :
Love Game tome 1 [Tangled]
Love Game tome 2 [Twisted] : novembre 2014
Love Game tome 3 [Tamed] : janvier 2015

De Katy Evans :
Fight for love, tome 1 REAL : octobre 2014
Fight for love, tome 2 MINE : janvier 2015
Fight for love, tome 3 REMY : mars 2015

Retrouvez toute l'actualité de la série [*Thoughtless*],
de l'auteur S. C. Stephens et des autres titres de la collection
New Romance, sur notre page Facebook,
Hugo New Romance.

NEW ROMANCE
S. C. Stephens
INSATIABLE
[Effortless]
S'aimer c'est facile,
se faire confiance,
c'est plus difficile...
Tome 2 de la trilogie Thoughtless
Hugo Roman